U0686694

时光三白

兰溪日子

三白/著

團結出版社
UNITY PRESS

图书在版编目（CIP）数据

时光三白. 兰溪日子 / 三白著. -- 北京 : 团结出版社, 2023. 11

ISBN 978-7-5234-0431-7

Ⅰ. ①时… Ⅱ. ①三… Ⅲ. ①散文集-中国-当代 Ⅳ. ①I267

中国国家版本馆 CIP 数据核字（2023）第 180708 号

出　　版：团结出版社
（北京市东城区东皇城根南街 84 号　邮编：100006）
电　　话：（010）65228880　65244790
网　　址：www.tjpress.com
E - mail：65244790@163.com
经　　销：全国新华书店
印　　刷：四川科德彩色数码科技有限公司

开　　本：145mm×210mm　1/32
印　　张：33
字　　数：590 千字
版　　次：2023 年 11 月第 1 版
印　　次：2023 年 11 月第 1 次印刷

书　　号：ISBN 978-7-5234-0431-7
定　　价：138. 00 元（全三册）

关于一座城市的记忆和书写（序）

李　英

沿着婺江顺水而下，行数十里，江面豁然开朗。婺江与衢江在这里汇合成兰江，水流却变得更加缓和与平静起来。这三江汇合的平静水面之上有一座城，它的名字叫“兰溪”。有多少南来北往的过客，因为爱上这旖旎的山水而在此安居；有多少文人骚客，流连于这座美丽的小城而留下光辉的诗篇；又有多少有志之士和平民百姓，为这座城市拓荒，筑城，生根，开花。于是，我们看到，兰溪这座城市在历史深处毫不掩饰它的炫丽与光彩，散发出它独有的芳香。

而当一个作家爱上一座城，这座城会深深烙印在他的骨髓里，随着岁月的精进而愈发深刻。于是，他成了这座城的书写者、记录者、代言者。

三白就是爱上兰溪这座城的一位作家，他把自己近十年创作的有关兰溪风土人情的散文集结出版，以《兰溪日子》为名，献给兰溪这座城。兰溪日子，有戏有味，三白以独特的姿势和视角，不断走进兰溪这座城的深处，描摹兰溪之韵、之踪、之歌，触及兰溪的乡村图景和文化肌理，为我们提供了本土作家回报自己所爱城市的一个范本和典例。

兰溪邑以溪名，溪以兰名，是一座美丽的小城，更是一座历史名城、文化名城、红色之城、创新之城。作者看来，这里山不高，却有许多神仙的传说；这里水不深，却有着跳动的音符；这里人不多，却有许多“相忘不如相见”的朋友。这里虽无惊艳之处，却有着黄大仙的仙气、诸葛亮的灵气、李渔的才气、赵四小姐的秀气，还有北纬29°的福气、兰花的香气、兰江的水气、游埠老街的烟火气，这里山美、水美、人美。以至于作者从心底里爱上这座城，发出“此生无悔入兰溪，来生再做兰溪人”的感叹。

一座城市的情色之美，首先在于它有深厚的历史文化底蕴。作者是兰溪这座城土生土长的作家，数十年浸淫在兰溪的历史文化这块沃土之中；更为重要的是，他以独特的视角审视这块土地上的商埠文化、诗路文化、耕读文化，发现这里丰厚的文化土壤绽放的艳丽之花。

在《穿越千年的“行走”城市》中，作者以“兰溪的景”“兰溪的香”“兰溪的吃”为视角，解剖兰溪这座城的文化根源和文化符号，美丽而不动声色的这座小城，悠闲而舒适从容。唐代戴叔伦春日感叹“兰溪三日桃花雨”；元代萨都剌惊叹“越船一叶兰江上”；郁达夫更是赞叹“兰江风物最宜秋”；李渔更是从骨子里爱上兰溪，说兰溪是“看一眼不足为奇，看两眼怦然心动，看三眼引人入胜”。

兰溪的繁华和美景其实只是这座城市的底色，而背后却是商埠文化、诗路文化、耕读文化。它们像一个个耀眼的光环，在作者的记忆里永远闪烁。曾经有四百多位历代诗人、名家在兰溪留下了上万首诗，兰溪也因此享有“万诗之城”之美誉，造就了钱塘诗歌上的文化高地，在中国诗词文化发展历史上留下了一笔厚重的文化财富。作者对兰溪历史化名人有着深入的研究和深刻的见解，范浚、金履祥、章懋、李渔等都成为作者解码城市基因的文本典范。于是作者得出一个结论：钱塘诗路照明月，兰溪棹歌吟兰香。兰溪，一座独具风情的万诗之城，正悄悄地拂去历史之尘，散发出独特的江南魅力，兰溪成为钱塘诗路上熠熠闪光的一颗文化明珠。

作者以抒情的散文笔法，写下的《蒋畈一家人》，其实也可以作为历史纪实散文去解读。作者深入研究了曹梦岐、曹聚仁、曹景行这个蒋畈一家人的历史钩沉，将其归结为“金华学派的集体实践”，有其深刻的历史渊源和独特的见解分析。他对“蒋畈精神”的解读可谓系统精准，它像梅溪水清澈而从容；它像荞麦的顽强生命力，以“即知即行”的傲骨展示在世人面前；它像死而复生的苍松翠柏长大成林，锲而不舍，匡民救世；它像紫荆花，从无土的岩石缝里蓬勃生长，担当无畏，漫山遍野，绽放自己，装扮世界；它又像暗夜里的“萤火虫”，用自己的身体为别人发光，闪闪微光永不熄，漫漫长夜照前行。在作者看来，这正是“蒋畈精神”的历史价值和生动实践。

作者行走在这座跨越千年的城市，走遍这里的山山水水，一草一木都成为他生命中的一部分。他在《徐霞客地理寻踪》等篇章中，对兰溪的名山、古寺的历史和现状做了系统梳理，走进兰溪历史的深处。作者多年来还一直致力于保护兰溪优秀的文化遗产，因此作者不仅仅是记录叙说名山古寺和乡村古建，更多是从研究者的角度出发，打捞历史的记忆，发现文化记忆和文化存在，就像一个村庄里的土地上长出不同的庄稼一样。作者在参与兰溪创评全国首批徐霞客游线标志期间，对徐霞客游线各个节点做了寻踪笔记，对徐霞客游线文化做了很好的梳理与解读，以一种亲历者的身份和在场的姿态，给予徐霞客游历节新的记录和发现。

《兰溪日子》还收入作者的一些随笔，散发着淡淡的怀念之情和幽幽的乡愁芬芳。作者对亲朋好友的一些怀念文章，从死看到生，从生看到死，表达了对亲友的一种思念之情，对珍惜生命的一种启迪之思。作者在部分回忆文章中表现出对乡音、乡愿、乡愁的浓厚情怀。在作者的眼里，故乡是我们的根，是流在每个人血脉中的基因。因而，在他文章里所呈现的不仅仅是乡恋，更是这块土地上历史与现实的交错，人与自然悲欣的交集，乡土部落与城市文化的重构。

《流年碎语》则是作者关于文艺创作有感而发的小文以及部分序与跋，由人及文，由文及人，真挚而平实，真情而精准。《兰溪杨梅有戏有味》表达了作者在农业部门工作期间一个文化人对杨梅的文化情感，也寄托了对创意农业的未来期待。《很兰溪　很文学》以兰溪口语“很”开篇，历数“很兰溪”的变化，发出“很兰溪”的赞叹，而他和兰溪作家们就有了一种“很兰溪”的书写与解读，将流淌在兰溪人血脉里一种“很兰溪”的风雅气质与基因，通过文学艺术的不同形式表现得淋漓尽致、至善至美。

三白是兰溪历史文化的深耕者、守望者、书写者，他敏锐的触角、探索的勇气和孜孜以求的精神，总是让我深为感动。《兰溪日子》是他数十年深耕兰溪文化结出的硕果，既丰盈厚实，又新意迭出，就像兰阴山上盛开的兰花芳香四溢，又像兰江上跃动的浪花奔腾激越。

兰溪日子，有戏有味。此城如斯，此文如斯。

（作者系中国作家协会会员，原金华市作家协会主席）

第三辑 流年碎语

LAN XI RI ZI

兰溪日子

Chapter 1 商埠寻踪

在商埠繁华时，兰溪人只要有间店铺，拿把茶壶就可以做掌柜，茶楼、会馆、驿站，南来北往的客人就会把钱送上门来，小日子就能过得很滋润。

穿越千年的“行走”城市

沿着婺江顺水而下，行数十里，江面豁然开朗。婺江与衢江在这里汇合成兰江，水流却变得更加缓和与平静起来。三江六岸，十里兰香，这便到了有“中国兰花之乡”美誉的兰溪了。邑以溪名，溪以兰名，兰溪地处三江之汇，“七省通衢”，历来为水上交通之要道，文化底蕴深厚，自然风光旖旎，商埠贸易繁华，人杰地灵，物阜民殷，有“小上海”之美誉。

兰溪的商埠文化决定了这座城市骨子里“行走”的气质。千百年来，那些南来北往的过客就像候鸟一样每天都是一批来，一批去，其中有一些就因为爱上这美丽的山水而在此安居，成为兰溪最早的移民。唐咸亨五年（674），婺州府在兰溪设县，从此，这座由各地移民聚集而成的城市便一天天地扩张，在历史深处毫不掩饰它的炫丽与光彩，散发出它独有的芳香。

兰溪的景：凉月如眉挂柳湾，越中山色镜中看

现如今，兰溪人从外地返乡，驱车从杭金衢高速下来，沿着气派的迎宾大道行数百米，远远便可见兰阴山临江峭壁之上矗立的聚利塔招手相望，顿时感到一股温暖自心底涌出。

兰阴山，兰溪人称之母亲山，与大云山隔江相望，以怀抱之势轻轻地揽着，兰溪这座江南小城就像一个婴儿躺在母亲的怀里。新老城区一衣带水，一边是历史繁华的见证，一边是现代商业的崛起，烙着时代印痕的兰江大桥把两种文明自然地融合在一起。兰江水从身边无声无息地淌着，看不见江底的沙卷云涌，就像那些激情燃烧的岁月，一去不复返。

兰溪就是这样一座小城，美丽而不动声色，悠闲而舒适从容。在商埠繁华时，兰溪人只要有间店铺，拿把茶壶就可以做掌柜，茶楼、会馆、驿站，南来北往的客人就会把钱送上门来，小日子就能过得很滋润。加上兰溪山美、水美、人美，有女儿家上了船就是船娘，唱个曲儿陪个酒水，那钱就哗哗地流，卖唱不卖身，拿现在的话来说，也算是体面的文化产业。

自古以来，上至高官贵人、富家子弟、文朋诗客，下至商贾小贩、掮客挑夫、平民百姓，或逗留，或专访，纷纷踏迹而来，赏景赋诗。唐代戴叔伦来的时候正是春天，感叹道：“凉

月如眉挂柳湾，越中山色镜中看。兰溪三日桃花雨，半夜鲤鱼来上滩。”元代萨都剌舟过兰江时恰是金秋，道是“越船一叶兰江上，载得金华一半秋。”哪怕是来兰溪散心解闷的郁达夫都赞叹“红叶清溪水急流，兰江风物最宜秋”，美丽的景致令他心旷神怡，流连忘返。

文人才子尚如此爱恋，更何况凡夫俗子。据说有个绍兴富家子弟听说兰溪好玩，就拿了老爷子一大包银子偷偷地来兰寻乐子。老爷子获知后，料想兰溪一个小城玩遍天也花不了几个钱，不想没几天儿子就托人带信来，让老爷子拿钱去赎人，原来是寻了乐子钱不够让人家给扣了。

由此可见兰溪当时的繁华，而这种繁华也造就了兰溪人“坐商”的秉性。兰溪人守着一江春水，日日晨起看一眼兰阴山上的塔成了必不可少的功课。都说兰溪人一天看不见横山就要哭的，这种恋母情结根深蒂固。身为兰溪人的李渔更是深深懂得这一点，他说兰溪是：“看一眼不足为奇，看两眼怦然心动，看三眼引人入胜。”就好像一个妩媚的女子，让你越看越喜欢，而欲罢不能，深深地留在你的印记里。

兰溪的香：兰花十里照春水，山鸟无声香自幽

若是套用一部电影《闻香识女人》的片名，说“闻香识兰

溪”，我想一点儿都不为过。作为“中国兰花之乡”的兰溪人爱兰植兰的传统自唐代便已开始，到了明代，在官员、文人之间采兰赏兰已成为一件雅事极为盛行了，连县衙头门上都挂着“观瀫采兰”的匾额。“丹嶂阴茫长谷雪，翠岚光滴大江流。兰花十里照春水，山鸟无声香自幽。”五百年多后，当再次吟诵起唐龙的这首《兰阴春馥》时，似乎仍能在风中闻到沿江十里飘荡着兰花的缕缕幽香。

相传唐时，兰阴山上住着一兰叟，嗜兰如命，膝下一女，取名兰花，貌美若兰。邻家有子，与兰花互生爱慕之情。不料有一天，一富家少爷看中了兰花女，便扬言要娶她。为了保全心中之真爱，无奈之下，兰花女只得答应了，等上船过江之时她纵身跃入江中，香消玉殒。数天后，当人们把她捞上来后，仍见面色鲜活，身上散发着兰的幽香。人们为了纪念她，便把她埋在了兰阴山麓，并塑了像。自此，兰阴山上的兰花更是花姿摇曳，香飘千里了，甚至连明代的正德皇帝也曾踏香而来，想把兰阴山上的兰花移栽到皇宫里。却不料兰花在深宫后院只开花却无香气，让宫内莳花官大为叹奇，正德皇帝挥笔在石壁上留下“兰阴深处有真香”，带着遗憾而去。但不知为什么，数百年后在兰阴山的石壁上却只能找到“兰阴深处”四个字了，这“真香”已在历史深处随风飘散。

要说真正的觅香兰客，当属懂兰、爱兰的李渔了，而纪念他的馆舍芥子园恰恰就建在兰阴山麓，好似一伸手就能拥香入怀。园内建有佩兰亭，植有名贵兰花，轻轻推门而入，但见粉墙碧瓦，青藤攀绕，绿树掩映，修篁斜径，小桥流水，芙蕖妖娆，园中的一草一木，一楼一阁都仿佛沾了李渔的灵性，雅致而别具清幽情味。李渔曾言兰花为他四时之命占其一，居室之内，宁可无食，也不可无兰。闲暇之余，他常与爱姬游园赏兰，吟诗作赋，寄情觅香。只是好景不长，爱姬兰躯早殒，李渔悲痛欲绝，郁郁寡欢。暮年之时，李渔回到故里，再登兰阴山采兰纫佩、观澈引觞，遥想爱姬昔日之情，叹今再无赏兰之人，从此再不养兰。

今日兰溪大街小巷，百姓人家，养兰成风，并专辟地块，建了兰花村。全国各地养兰、爱兰者闻香而来，风光一时。后因兰花培育科技市场的冲击，兰花身价大跌，兰花村也备受冷落。可漫步其中，依然能够闻到从兰农花棚里飘出淡淡的馨香，一如儿时母乳的馨香，温暖着你的记忆，让你在喧嚣与浮躁中找到心灵栖息的港湾。

兰溪的吃：酒在邻家呼即至，果生当面看犹尝

20 世纪初，有一位叫张锦泉的兰溪人，在嘉兴以弹棉花为业，因为生意不错，平时都顾不上做饭，就干脆包了粽子，肚

子饿时热着吃，既节省时间又能填饱肚子。那粽子外形较为别致，沿用了兰溪一带四角交叉立体长方枕头形，又好看又好吃，闻着又香。偶尔有顾客上门恰遇上他在吃粽子，他会热情地拿一个递上，顾客尝后就问："这粽子卖不？"这一问倒启发了张锦泉。到了春夏季，生意清淡下来，他闲着没事，就在大街上设个摊，正儿八经地卖起粽子来。后来他还选用金华火腿肉作馅，使粽子更香味更美。这样一来，他做粽子的名气反而比弹棉花的名气还大。张锦泉没想到这卖粽子的钱反比弹棉花好赚，后来他就干脆放弃了弹棉花职业，一心一意做起粽子来。渐渐地有了名气之后，自己家人已经忙不过来，他又召集了几名兰溪老乡，在嘉兴当时最热闹的张家弄口租了间门面，挂起了"荣记五芳斋"的牌子，这就是嘉兴历史上首家五芳斋粽子店。现如今嘉兴的粽子已经成为当地的一大支柱产业，却很少有人知道这五芳斋最早的创始人是兰溪人。

兰溪人对吃是很有讲究的，哪怕是一个饼一碗面都要精心选料，制作考究。曾有人做过一个调查，在金华八个县市中，数兰溪的男人最会做菜。这个结果让很多兰溪男人感到纠结，生怕别人说兰溪男人只会烧吃不会创业。其实一个人只有懂得享受生活才会懂得创业。兰溪男人创业就有创业的样，居家就有居家的样，是最懂得生活的男人，李渔就是一个典型的代表。

兰溪的移民文化也把各地具有风味的小吃集中到了一起，

加上自己的独创、发展，成为别具特色的兰溪小吃文化。比如，永康的粿、安徽的饼、兰州的面，到了兰溪都能衍生出新的特色小吃。还有鸡子粿、牛肉面、酥饼、豆腐汤圆、小麦铃、牛杂汤等，可以数出一大串。去年，浙师大的一个暑期实践队来兰溪，却意外地对兰溪小吃文化产生了深厚的兴趣，还编写了兰溪小吃三字经，在网上广为流传。

所以来兰溪的客人都不肯上酒店喝酒，可以在兰江边上、西门城楼、古商城步行街，吆喝一声“来碗牛肉面，加料”，或者“鸡子粿一只，皮蛋粥一碗”，然后找个空位坐下。店里会有个标致能干的老板娘给你记着号，不管有多挤，也不会记乱了。过一会儿就有跑堂的把热气腾腾的面或粥捧上。

现如今兰溪又多了许多“农家乐”，因为兰溪一年四季水果不断，这些农家乐一般都设在果园边，如马涧的杨梅、穆坞的枇杷、余粮山的柿子、东徐的翠冠梨、汇潭的甘蔗、香溪的甜橘，兰溪人还把水果酿成了水果酒，如杨梅酒、柿子酒、莲子酒等。想当年，李渔在夏李村做“识字农”时也是自己建了个农庄叫“伊山别业”，把屋后的泉水用竹梢管道接到自家水缸里来，用这样的泉水泡的茶还带着乡村的泥土芬芳，感觉特别生态，“旋烹佳茗供佳客，犹带源头石髓香”“酒在邻家呼即至，果生当面看犹尝”，李渔说自己过的简直就是山中神仙的生活。

兰溪的商埠文化已经成为历史的一种积淀，像一个耀眼的光环，在记忆里闪烁。水运的优势已经不再，兰溪的优势渐渐淡化，在新的发展时期，兰溪如何利用自己的文化优势，营造良好的发展环境，为新一轮的追赶跨越提供强有力的动力，这是当下所迫切需要去做的。

（原载 2010 年 2 月 14 日《金华晚报》读城专栏）

钱塘诗路月明兰溪

溯钱塘江而上，经富春江到梅城，宽阔的江面突然拐了个弯，由南而上，这便到了兰江。从兰溪城南门外的三江口到梅城的三江口，浩浩荡荡，百里兰江，不知有多少文人墨客在此留下了千古绝唱，又有多少动人故事在此流淌着美丽传说。据不完全统计，有四百多位历代诗人、名家在兰溪留下了上万首诗，兰溪也因此享有“万诗之城”之美誉，造就了钱塘诗路上的文化高地，在中国传统文化发展史上留下了厚重的一笔。

兰溪——这座江南小城“溪以兰名，邑以溪名”，自唐咸亨五年（674）建县起，便拥有着诗一般的名字，兰一般的品质。早在唐代，县衙门口就书有“观濲采兰”的匾额，上至达官贵人，下至平民百姓，都以植兰、采兰、赏兰、咏兰为乐事。如今，这里还是“中国兰花之乡”。历朝历代的咏兰诗也留下不少，最早的见于五代十国时的诗画僧贯休，其诗《书陈处士屋壁》曰：“有叟傲尧日，发白肌肤红。妻子亦读书，种兰清溪东。”这位陈处士也是记载中最早的种兰人，据贯休记载，陈处士还专门写有《种兰篇》。据考，此书成于902年左右，比兰界公认的兰花专著《金漳兰谱》还要早三百三十年左右。

贯休不但写兰、爱兰，自身也一直保持着兰之高洁的品质。890年，贯休前往杭州向越王钱镠投诗曰：“满堂花醉三千客，一剑霜寒十四州。”钱王阅之大喜，只是要求其将“十四州”改为“四十州”，方能见之。贯休答曰：“诗亦难改，州亦难添，吾闲云野鹤，何天不可飞。”言罢便飘然而去，前往四川，以“一瓶一钵垂垂老，千水千山得得来”之诗而深得蜀主所爱，赐号“禅月和尚”，也称得得和尚。如今，在他的老家兰溪游埠，长长的小巷尽头，弯弯的石桥旁边，都可以看见他的经典诗句。世代生于斯老于斯的那些老人们，一边坐在屋檐下喝着早茶，一边说着贯休与石壁寺的传奇，聊着贯休画《十六罗汉图》的故事。悠悠的岁月便浸泡在浓浓的茶水里，飘散在袅袅的烟火中，流淌在缓缓的溪水中，如诗如画，慢慢地消磨着、幸福着。

离游埠不足十公里的地方，有个叫夏李的村庄，出生在这里的李渔也是一位爱兰如命的才子，他将春之兰、夏之荷、秋之海棠、冬之梅视为自己的四季之命，缺一不可。建在家乡伊山脚下的伊园已然是他当年的乡村别墅，名著一方。李渔 36 岁那年，清兵攻占金华，他避居乡里，在伊山脚下构建伊园，营造自己的一个小世界，自喻“山中宰相”。他将山泉用竹梢管直接引到厨房里来，“飞瀑山厨止隔墙，竹梢一片引流长。旋烹佳茗供佳客，犹带源头石髓香”，称之为“来泉灶”。他把门口的方塘建成小西湖：“方塘未敢拟西湖，桃柳曾栽百十株。只少楼船载歌舞，风光原不甚相殊。”打开门，对面便是远山：“两扉无意对山开，不去寻诗诗自来。”村民推荐他担当祠堂总理，他为首修水利、筑堰坝、建凉亭，在亭上悬挂自己亲笔题写的楹联“名乎利乎道路奔波休碌碌；来者往者溪山清静且停停”，不知吸引多少路人驻足沉思。在那个兵荒马乱的年代，李渔却隐于伊山脚下，经营着一方世外桃源。一花一草，寄托才情，一亭一阁，匠心独具，诗情画意。李渔是一个崇尚自然、热爱山水之人，他认为山水是天地之才情。正因为兰溪的灵山秀水，赋予了李渔一身的才情，让他拥有了集争议与荣誉于一身的盛名，在他 60 岁荣归故里时，时任县令赵滚授予他“才名震世”的匾额。他自称自己一生走过的地方“三分天下几遍其二”“名山大川、十经六七”“四海历其三，三江五河则俱未尝遗一”，走遍了祖国山河，阅尽了世间冷暖，留下了两千余首诗和五百多万字的作品。在以功名论成败的年代，李渔却绝意仕途，走出了一条“卖诗鬻文”的文化产业道路，可谓是自古以来第一人。他的传奇《笠翁十种曲》，小说《十二楼》《无声戏》等至今盛传不衰，他的《笠翁一家言》《笠翁诗韵》《笠翁对韵》成了写诗作赋必读之经典。

李渔生于明末，名于清初，但是他在清廷向全国发布剃发令的时候，视为亡朝之辱，君子“不仕二朝”的气节让他在入清之后绝意仕途，不管怎么利诱权邀，再也没有动过当官的念头。而在兰溪历朝历代的文人中，有着这样高洁清流的比比皆是，早李渔五百年出生的范浚就是其中之一。

范浚（1102—1150），字茂明，世居香溪，人称香溪先生。范浚出自宦门而不喜荣利，刻苦读书，诸子百家无所不通。祖父范锷，父亲范筠，均官至“光禄大夫”正一品，授予“上柱国”功勋荣誉。筠生十子，范浚排行第八，除二兄范深为举人外，其余八位兄弟均为进士，九人全部做官，故有“一门双柱国，十子九登科”之佳话。而范浚天资高迈，自幼嗜学，不喜荣利，笃志求道，独隐居不仕，于保惠寺讲学授徒，屋室简陋而怡然自乐。南宋绍兴间，以贤良方正数荐于朝，因秦桧当权，坚辞不出。但以《进策》25 篇提出自己的富国强兵之首，献于朝廷，得到重视。范浚的居所自题“慎独斋”，以慎为思，以诗言志，笃志好学，闭户不出，著有《香溪文集》二十卷传世。南宋绍兴十八年（1148），18 岁的朱熹因早就听说范浚“学甚正，而不知从何学”，于是在赴杭途中特意去香溪拜访，不遇。过了二年再次专程登门拜访，仍不遇，“因录屏书《心箴》而旋”。后来，朱熹把《心箴》收入他的《孟子集注》。

时隔三百七十七年之后，明嘉靖六年（1527）十一月十三日，状元出身的讲官顾鼎臣给嘉靖皇帝解说收入朱熹《孟子集注》中的《心箴》。之后几天，嘉靖皇帝一直在御书房品读此箴，对其中的“茫茫堪舆，俯仰无垠。人于其间，渺然有身”“君子存诚，克念克敬，天君泰然，百体从令”等句，心有所得，亲为注释。短短96个字，却道出了“存心养性”之真理。两天之后，召集内阁诸臣说：“朕因十三日听讲官顾鼎臣解说范浚《心箴》，连日思味，其意甚为正心之助。”并“敕建敬一亭，刊立《心箴》于天下学宫，特赐专祠春秋二祭”，一时成为天下儒士必读之经典。《心箴》之名篇也奠定了范浚在浙学之地位，有“婺学之开宗，浙学之托始”之誉。

或许也正是因为范浚的影响，在其之后始盛的婺学发展中，兰溪成为婺学文脉重要传承之地。在清代康熙年间丽泽书院山长张祖年编的《婺学志》中，列入名录的门人中兰溪籍的占到四分之一，其中数金履祥、章懋最为重要。

金履祥（1232—1303），字吉父，号次农，婺学“北山四先生”之一，世人尊称为仁山先生。从小好学，初受学于王柏，后又学于何基，造诣益深，凡天文、地形、礼乐、田乘、兵谋、阴阳、律历之书，无不精研。时值南宋末年，政治动荡，其献策于朝廷，然未被采纳。后筑“仁山书院”于兰溪桐山后金的仁山之下，收徒讲学，著书立说，婺学之重要人物许谦、柳贯、吴师道皆出其门。其著有《尚书表注》《大学指义》《大学疏义》等，皆有独到见解，在宋元理学史上占有重要地位。

章懋（1437—1522），字德懋，人称枫山先生。自幼天资颖异，10 岁时便通读《四书》《五经》，能下笔千言。27 岁乡试夺魁，30 岁中进士，并在一次内阁诗会上，以一篇《中秋赏月赋》一举成名。他从月之圆缺到人之忧乐，从少年岁月之蹉跎，到边城将士之饥寒，再到庙堂君臣之宵旰，感而慨之，最后满座“举杯酬月，稽首乞灵”，愿国昌民安，“老安少怀兮各得其所，近悦远来兮咸遂其生。囹圄空兮永期有司之不犯，兵甲洗兮宁复有苗之徂征。家家见月兮有忻然之色，人人对景兮无叹息之声。”然而次年他的忧国忧民情怀就被浇了一盆冷水。

成化三年（1467）十月，章懋授翰林院编修，十一月，朝廷决定翌年元宵要举办花灯大会，然而还没站牢脚跟的章懋便偕黄仲昭、庄昶等三人，向皇上奏了一本，共同上书《谏元宵灯火疏》，力谏取消花灯大会，说国家战时吃紧，用钱的地方多着呢，这太浪费钱了。这一下却惹怒了朝廷中的利益团伙，在他们的鼓动下，四人都被贬了职，章懋被贬到了湖南临武当知县。41 岁时他借母亲生病为由辞官回家，在家乡办起了枫山书院，讲学二十余年，培养了二十多位进士，如陆震、黄傅、唐龙、方太古等皆为门生，受业者众，无不受益，皆有政声。弘治十四年（1501），64岁的章懋重新起用授为南京国子监祭酒。正德元年（1506），69岁的章懋解甲归田。次年，被贬为龙场驿丞的王阳明途经兰溪，住在城中的圣寿教寺，他特地前去拜访章懋，向章懋请教人生道义，回来后写了一首《题兰溪圣寿教寺壁》诗："兰溪山水地，卜筑趁云岑。况复径行日，方多避地心。潭沉秋色静，山晚市烟深。更有枫山老，时堪仗履行。"这次拜访或许给王阳明很多的启发，所以时隔十四年后，王阳明从广东打胜仗归来，途经兰溪，在城外安兵扎寨，自己独身一人轻车简行前去拜访已经84岁的枫山老，以谢当年的知遇之恩。

明代是兰溪历史上文化最为繁盛的时期，历朝历代兰溪共出过进士二百多人，其中明代就有66人，将近金华府总数的三分之一。明代文化的繁盛一方面得益于商埠文化交流的频繁，一方面得益于民间藏书、读书、授业的兴盛。明《金华诗录》中记载："婺州藏书楼独盛于兰溪，胡应麟有二酉山房，徐介寿之百城楼与陆瑞家之万书楼，一时角立。"除上述三家，还有赵志皋的灵洞山房、方太古的寒溪书屋、黄仕高的云山书楼等二十多家。而胡应麟的外祖父、父亲都是著名的藏书家，每遇好书，便倾囊而购。胡应麟还曾典当妻子之首饰、自己之衣服而去购书。十年间，藏书四万余册。其布衣一生，却通读经史，广交天下。时任大司空朱衡过兰溪时，曾送帖求见，在西门城下泊舟三日，方得以见之。胡应麟作赋《昆仑行》予以答谢，朱衡称之为“天下奇才”。其在文献学、史学、诗学、小说及戏剧学方面都有突出成就，有诗论专著《诗薮》、诗文集《少室山房集》等，是著名的诗评家，最早从故纸堆里挖掘出“孤篇压全唐”的《春江花月夜》，可谓是张若虚作品之伯乐，被鲁迅称之为中国古代十大文学家之一，近代明史专家吴晗曾为之作《胡应麟年谱》。

而赵志皋与灵洞山水的结缘也是出于偶然。明万历五年（1577），赵志皋遭排斥谪官广东任职，途经家中时，当时的灵洞山水主人因经营不善欲低价转让，得知他有山水之好便闻讯赶来，赵欣然答应，倾尽囊中所有而购之。此后，灵洞山水便成了他魂牵梦萦之物，不久便辞官回到家乡，开始构筑起他的灵洞山房，并在此留下了《灵洞十二景》等大量的诗词，集成《灵洞山房集》行于世。赵志皋在此隐居十年后重被重用，70岁任礼部尚书兼东阁大学士，后升为首辅，他的诗作也被同朝纷纷传阅，因而使得灵洞山房朝野皆知，许多同僚慕名前来，留下了大量的诗赋。此事甚至惊动了陈太后，得知其构建的栖真寺后，便赐予《大藏经》一部供于栖真寺典藏。此经全本6667卷，全国仅有三部。直到1959年被浙江图书馆收藏，寺中今存拓印本，并于每年的农历六月初六晒经祈福。赵志皋念念不忘灵洞山水，已过古稀之年还在拼命工作的他经常梦见家乡山水，75 岁时曾写下五言律《记山房梦》：“别山经五载，千里梦长游。春日花寻坞，秋风月上楼。去根坐奇石，岩底漱清流。却怪翩然蝶，俄惊还是周。”其先后八十多次向皇帝打辞职报告要求告老还乡，都没有被批准。直至 1601 年病逝，其家人扶柩回乡，安葬于张坑樟树园村的绿畴之中，远远守望着灵洞山水，倾听着古刹的幽远钟声。赵志皋曾在《梵刹钟声》中写道：“一簇青莲绕翠微，孤云卓锡启岩扉。钟声飘落寒松外，犹忆当年僧独归。”世事变迁，如今再读此诗，却多了几许悲凉与感慨。

明代还有一位人物不得不提，那就是女埠焦石村的邵玘（1375—1430），字以先，永乐四年（1406）中进士三甲，官至南京都察院左副都御史。《明史》称邵玘“幼承家训，为人外肃内宽，遇事善断，廉直有声”。有一年，邵玘奉命巡按河南，开封百姓状告一陈姓县官贪赃枉法，其闻讯连夜跑到邵玘临时居所，送上一箱沉沉的黄金，被邵玘厉声斥之，并上奏朝廷将其革职查办，百姓拍手称快，赞其为包青天再世。其升任南京都察院左副都御史后，曾罢免不称职御史 13 人，精简诸司庸懦不肖者八十余人，被誉为“无冤都察院”之美誉。因此也深得皇帝信任。永乐十四年（1416），兰溪遭受洪水灾害严重，永乐皇帝命其巡视实情，他秉公实录，写成《永乐丙申洪水记》，上呈朝廷，开仓赈济受灾百姓，并亲自督查治理金衢两地水患，疏浚河道、修建堤坝，有效治理水患。他的这篇《永乐丙申洪水记》也成了兰溪人民苦难的见证，被刻在兰江边的石碑上，成为永远的警钟。

百里兰江，浩浩荡荡；千年古城，风风雨雨。历史的每一个瞬间都曾如此感人，每一首诗篇都曾如此绚丽，每一个人物都曾如此壮烈。兰溪在戴叔伦眼里有“凉月如眉挂柳湾，越中山色镜中看”的毓秀，在萨都刺眼里有“越船一叶兰江上，载得金华一半秋”的风情，在唐龙眼里有“兰花十里照春水，山鸟无声香自幽”的清雅，在李渔眼里有“窗临水曲琴书润，人读花间字句香”的绝尘，在郁达夫眼里有“红叶清溪水急流，兰江风物最宜秋”的纯净，同样的景，不同的人可以读出不同的味；同样的诗路，可以走出不一样的人生。

钱塘诗路照明月，兰溪棹歌吟兰香。兰溪，一座独具风情的万诗之城，正悄悄地拂去历史之尘，散发出其独特的江南魅力，成为钱塘诗路上熠熠闪光的一颗文化明珠。

（原载 2022 年 5 月 31 日《兰江导报》）

徐霞客地理寻踪

明崇祯九年（1636），这是一个非常特殊的年份。这一年，年仅26岁的李渔刚刚取得金华童子试的头魁，正以府庠生的身份在金华发愤苦读，准备参加杭州的乡试求取功名。而同样在这一年，读了大量书籍的江阴人徐霞客恰恰与李渔相反，他打算再次走出书房，开始计划已久的西疆之游，而他此时已届知天命之年。他对别人说，我要是再不出游，恐怕没有机会了。此话不幸被言中，使得这趟长达四年之久的出游成为他人生中的最后一次出游。

据《徐霞客游记》记载，在此二十年前的明万历四十四年（1616）二月，30岁的徐霞客在游历黄山之后，从新安江转道，第一次途经兰溪至江西上饶，前往福建武彝山（武夷山），此后又曾于明万历四十八年（1620）五月、明崇祯元年（1628）

二月、明崇祯三年（1630）三月三次途经兰溪前往福建等地游历，而这四次出行或为母还愿，或访友，或探险，直奔目的地而去，每次都是匆匆而过并未停留，兰溪古老城墙下那一大片乌压压的茭白船给他留下了深刻的印象。时隔二十年之后，徐霞客第五次途经兰溪，他决定要上岸看个究竟了。或许是命运的安排，谁都不知道，这竟然也是徐霞客生命中最后一次途经兰溪。

香头：暮色苍凉暖生香

1636 年的农历九月十九，徐霞客跟家乡的好友把盏告别，乘醉放舟，从江阴沿运河而下。这一路上，朋友们得知他出游，纷纷前来告别。他在江苏境内的几天几乎每到一地，必有好友挽留喝酒，而且每喝必醉。当时徐霞客有个好朋友叫静闻和尚，禅诵近二十年，刺血写成《法华经》，想把它供奉于云南鸡足山。鸡足山当时是许多僧人的朝圣之地。静闻听说徐霞客此行的最终目的地就是鸡足山，便要求同行，徐霞客乐得路上找个情投意合的游伴，欣然应允。随从还有顾、王两个仆人。其中王姓仆人因受不了路途之苦在半路上逃走，只剩顾姓仆人一直跟随着。

半月之后，徐霞客主仆一行经杭州、临安、桐庐，转走富春江，溯流而上。直至十月初七，从严州府（今梅城）抵达兰溪境内。

他在日记中写道："初七日，雾漫不辨咫尺，舟人饭而后行，上午复霁。七十里，至香头已暮。"短短27个字，却展示了一段雾舟逆行的遐想空间。那时候的雾是真的雾，没有霾。时值深秋，"红叶清溪水急流"，使得逆行之舟速度缓慢。幸好这一路上两岸的秋色美不胜收，也便不觉得慢了。他们到达香头的时候已经日落时分，船夫划了一天的船，又饿又累，于是决定在香头码头停靠休息。

徐霞客在这段日记后面特别写了一条备注："香头，山北之大村落也，张、叶诸姓，簪缨颇盛。"就是说，香头是山之北的一个大村落，张、叶诸姓居多，文风盛行，当官的颇有不少。我相信这个信息一定是徐霞客在停靠码头时向渔民或路人打听的。但当我沿踪寻访之后，发现他的这个注解有误。香头是香溪的习惯叫法，而现在的香溪是镇政府所在地，且分成了香一、香二、香三、香四、香五，五个村。在三百多年前，兰江的河床还是从香头的豹山脚沿着香头西边上蜿蜒而过，然后往鲍村、郭宅而去。如今河床几经变迁，堤坝已至洲上之外，原有河床大多成了良田，只有郭宅那一段围堰成湖，为当地一景。

当年徐霞客抵达时，天已渐黑，观远处，金华的北山绵延不绝，黑乎乎的一片。可能是口音的缘故，徐霞客把“章”听成了“张”。香头应该是范姓、章姓居多，张、叶两姓有，但很少，而且读书当官的也是前者居多。范姓当时就有“一门双柱国，十子九登科”之称，十兄弟中只有老八范浚没有当官，而他的才学却是出类拔萃，朱熹三次拜访不遇，朝廷七次请他做官都被谢绝。范氏宗祠有联云“朱子三访地；朝廷七聘家”，说的就是他。而章姓中读书做官的也有不少，其中有一个叫童琥的，在做官之余专门收集历代名家的颂梅诗句，集句成诗310首，出版《梅花集句》三卷，传为奇文，后被收入《四库全书存目》。

因为时至天黑，徐霞客对当地民俗人文无暇细细考证，笔误在所难免。徐霞客一行稍事停留后便趁着月色前往兰溪，行二十里，夜泊西门城外的柳家码头，他也因此错过了与香溪的一次美丽邂逅。

2015年5月7日

浮桥：虹卧江波见沧桑

1636年，大明王朝气数殆尽，大厦将倾，离它的寿终正寝只剩八年时间；刚过而立之年的李自成起义军已成燎原之势，自命“闯王”，志在天下必得之势；后金国大汗皇太极称帝，改国号为“大清”，定都沈阳，并且连连拿下昌平、房山、顺义、天津等城，向关内张开了虎口大牙开始了野心的扩张；而也是这一年，美国人却开始创建哈佛大学，立志要办一所像英国剑桥大学一样的名牌大学……相比之下，当欧美国家开始实施教育大计的时候，我们国家却还陷在群雄逐鹿的战乱中，不知何去何从。

但这样的时局依然阻挡不了徐霞客要走遍大好河山热情的脚步，在1636年的十月初七夜他经香溪趁着月色抵达兰溪西门城下。此时已经深夜，城门早关了，他和静闻和尚、随从小顾三人只能在船上将就一休。第二天，登上浮桥一看，桥上有很多官兵把守着，把整条兰江航道也封了，任何船只不得上下。徐霞客在日记中写道：“初八日，早登浮桥，桥内外诸舡鳞次，以勤王师自衢将至，封桥聚舟，不听不允许上下也。”原来是朝廷的救驾军自衢州发兵，要从这里坐大船去京都。所以兰江里很多的船都让朝廷征用了，一只紧挨着一只，聚集在岸边。

徐霞客登上浮桥看到这种情况的时候，心里不免感慨，不知道自己此次的出游是凶还是吉，只是希望时局能早日安定下来。他忽然记起嘉靖年间曾先后担任过兵部尚书、刑部尚书和吏部尚书的兰溪人唐龙，在兰溪八景诗中给浮桥写过的一首诗《巨浸卧虹》，诗曰：“松舟百叶浮江上，铁缆千寻贯水中。月下独横题柱笔，一来一往踏长虹。”这种气吞山河的气势一下子鼓舞了徐霞客，如果说人生就像脚下这滔滔的兰江水，那么活着的意义就是要在这人生之河上架一座桥，能够渡自己从此岸顺利地到达彼岸。

说起兰江上的这座浮桥，从建立起至今已经有九百多年历史，它分为两段，老城西门至中洲公园段叫悦济浮桥，中洲公园至溪西段叫辅济浮桥，在过去没有大桥的时候，它是往来老城至溪西的唯一水上通道。据宋代范锷《悦济渡浮桥记》记载，北宋熙宁五年（1072），一位叫江衍的地方官员自己捐资在兰江上游杨埠位置建了一座长 50 节的浮桥。但在 1076 年的夏天，浮桥被洪水冲到了兰溪西门城下。江衍君一路找到兰溪，准备拉回去，有当地百姓看到就想叫他把浮桥留下。江衍君想浮桥本来就是用来渡人的，既然这里需要，那就留下吧，他满口应允了。但因下游比上游河面更宽，桥的长度不够，他便又捐资增加了 16 节，共 66 节。为了使浮桥没有后顾之忧，他又捐出良田 250 亩，其收入用于浮桥的修缮。又在溪西建了寺庙，邀请德善之僧长年居守，并负责浮桥的修缮工作。从此兰江两岸鸿沟变通途，人们奔走相告，俱为幸事。由于旧时兰江洪灾为患，浮桥经常被冲走，所以期间多次更替、修缮，直到 1975 年兰江大桥建成通车，悦济浮桥才被拆除。

到了 1995 年，为了恢复兰溪古城风貌，丰富兰溪旅游内涵，经有识人士捐资，悦济浮桥再次修复，桥长二百余米，桥面宽 4.3 米，设铁索护栏，浮桥中间设有通航的船闸，并配有照明设施，不管是晨昏还是夜晚，或月下独横，或晚霞尽染，宛若江上卧虹，瀫纹粼粼，光影悠悠，已成为兰溪人散步观景的首选之处。

2015 年 5 月 28 日

天福山：满城红叶醉金秋

徐霞客到了兰溪之后，因为官府封航，所以不得不上岸进城。因为一路上带着不少的行李，他要去爬金华北山不方便，于是在南门找了一家旅馆，让随行的小顾守在旅馆看行李，他与静闻两人去爬北山。这个旅馆便是他在日记里提到的“南门旅肆”。

我曾查看了明万历三十四年（1606）的兰溪城区图，那时候的县城基本上以现在的东至聚仁路，南至云山路，西至兰江，北至大厥路为界，这之外便是城郊了。根据此图推测，徐霞客所记载的南门旅肆大概位置应该是现在的天福山社区，具体是哪一幢，已经很难考证清楚了。但徐霞客的记录为我们研究商埠文化提供了一些信息，说明那时候兰溪商业氛围的浓厚。

应该说，在历史上相当长的一段时期，兰溪由于地处“三江之汇、六水之腰”的特殊位置，成为浙中西部的重要物流中心，浙西、皖南，以及闽、赣一带的客商都要从兰溪运转货物，或是水转陆、陆转水，或是大船转小船、小船转大船。在转运期间，客商们一般都会在兰溪城里滞留几天，所以就带动了兰溪茶楼、旅馆、戏院、餐馆等业态的兴盛。有的地方为了便于同乡之间的联系，干脆在兰溪城里建起了会馆，如义乌、永康、绍兴、宁波等地客商当时都设有会馆。历史上最繁盛的时候，兰溪的 GDP 比金华还要高，因而有了“大大兰溪县，小小金华府”的说法。

徐霞客抵达兰溪的季节应该正是深秋，而这个时候的景色与春季相差甚远，却别有风韵。此时的溪水是最浅的时候，也是最清的时候，甚至看得见水底的黄蜡石和游动的鱼。这时候的鱼都是安静的，就像沉在水底的树叶，有时候一动不动，不像春天涨水之后的鱼，会兴奋得失眠。要是在春风沉醉的晚上，轻摇船橹至江中心，哪怕就是不用渔网，鱼也会争先恐后地跳到船上来。唐代戴叔伦有诗曰“兰溪三日桃花雨，半夜鲤鱼来上滩”，记录的就是这个现象。

兰溪，溪以兰名，邑以溪名，山灵水秀，人杰地灵，自古以来，历代文人但凡到过兰溪的都会留下一些诗文，因为来的季节不同，描写的景色便也不同，但笔者细数了一下，还是以秋季的为多，光是市志里收录的，不下十首，而且多为经典之句。如元代萨都剌诗曰“越船一叶兰江上，载得金华一半秋”，宋代真山民诗曰“一舸下中流，风雨两岸秋。橹声摇客梦，帆影挂离愁”，近代郁达夫诗曰“红叶清溪水急流，兰江风物最宜秋”，等等。兰江的秋色，在历代文人眼中，或静或闹，或喜或愁，或闲或梦，各有其态，尽显其美。

而在徐霞客的眼中，兰江却又是另一种别样的美。他在日记中写道：“水流沙岸中，四山俱远，丹枫疏密，斗锦裁霞，映叠尤异。”他就像一位画家，简简单单的几笔，便勾勒出了一幅兰江秋色图。船儿在浅浅的溪水中前行，两边的沙石已经裸露出来，四面的山峰在身后渐渐远去，山上的红枫点缀在翠绿的松柏之间，像一块块彩色的织锦，又像是一道道彩霞，相互映衬着，显出一种奇异艳丽的美。徐霞客选择在最美的金秋季节游兰溪，不管是偶遇还是有意安排，这个令人陶醉的深秋却成了他最美的记忆。

说起兰江两岸的金秋红叶，多为乌柏树。乌柏在兰溪已有一千多年的种植历史，一到秋天，兰江两岸乌柏红叶挂满枝头，比红枫还要壮观、艳丽，以至于“红叶清溪水急流”与“兰花十里照春水”相呼应，成为兰江春光与秋色的两大文化经典符号。兰溪的乌柏产量曾是全国排名第五，因此成为全国闻名的“乌柏之乡”，1987 年经兰溪市人大通过，把乌柏与樟树一起命名为市树。至于徐霞客是不是把乌柏看成了枫树，已不得而知。但如今的乌柏树已经很少看到了，2010 年兰溪市人大又取消了乌桕为市树的称号，满城“红叶”的景象也便成了兰溪人永远的记忆。

2015 年 6 月 4 日

城南驿道：繁华散尽蹄声远

有必要说一说城南的这条驿道。

从现在的自由路、婺江路，沿着江边，经回龙桥、皂角树下，到费垄口，这是一条徐霞客出城与入城的必经之路，也是旧时兰婺之驿道。1636 年农历十月初八徐霞客决定前往北山的时候，并不熟悉具体的路线怎么走。当然，我们不必担心他会迷失方向，对于一个长年在外的暴走一族来说，辨别方向就像我们辨别香味一样，一嗅便知。而且，之前他也是做足了功课，有备而来的。要不然他既没导航，又没谷歌地图，当年怎么能把金华山的方位搞得这么清楚呢。

他说：“盖金华之山，横峙东西，郡城在其阳，浦江在其北，西垂尽处则为兰溪，东则义乌也。”金华山好像是浙中的镇宝之山，又像是一座东西走向的巨大屏风，被几座县城围在中间。徐霞客认准了方向，便与静闻和尚两人出了南门，往东南方向走。因为江里大多数的船都被官兵征用了，他们一开始便打算沿着这条驿道走到金华。幸运的是走没多久，就看见江里有一条船溯流而上，两人喜出望外地搭上了船。在船上徐霞客问船夫北山的三洞位置，才知道走陆路反而更快，只需半日即可。坐船则只能先到金华，然后从金华到北山，要费不少周折。但既然都已经坐船上了，那就“既来之则安之”，多一条路便是多一道风景。对徐霞客来说，出游就是为了多看一些地方，多拐一点路也无妨。两天之后，他游完北山、六洞山，从这条驿道返城，刚好绕了一大圈，整个行程线路在地图上打了一个“爱心”结。

我曾经想，如果沿着这条驿道从兰溪古商城到金华古子城，然后再到北山，从北山到六洞山，再回到兰溪古商城，围绕这一圈打造一条霞客绿道，结合美丽乡村游，沿着徐霞客的足迹，可以骑行，可以观光，一定很有诗意，很受欢迎。

根据明代末年的地图显示，那时候还没有自由路，只有一条驿道沿着江边通往金华与灵洞。自由路现存建筑多为清代末期或民国时期，其中 232 号保存较为完整，为三开间砖木结构的客栈房，即是清末所建。在回龙桥有一座骑跨在路中的过路凉亭，是民国所建，每根柱子上都刻有捐献者的姓氏，那时候的人都以做善事为荣。

这条明末时期的驿道两边虽然建筑不多，但人来车马喧，客至商贾兴，已是非常的繁华。在城南的驿道边上，有一座永康会所，始建于明嘉靖年间，只可惜后来几经修缮，已不见本来面貌。现存建筑为当地村民自筹款项于2004年修复的，并供奉了胡公大帝及其他佛像，俨然成了一座胡公祠了。胡公即胡则（963—1039），北宋永康人，进士出身，做了四十年的官，力仁政、宽刑狱、减赋税、除弊端，为朝野所称道。明道元年（1032）江淮大旱，百姓民不聊生，胡则上疏求免江南各地身丁钱，受诏许，百姓感其德，立祠祀之。永康人更是将其以“大帝”供奉之，走到哪儿供奉到哪儿，以祈吉祥平安。兰溪最繁盛时，全国各地商人在兰溪所设会馆多达二十几个，但大多设于城内，以方便聚会、商议大事。独有永康会所建于城南的大云山麓、婺水之畔，令人费解。徐霞客在日记中写道：“婺水东南从永康经郡之南门，而西北抵兰溪与衢江合。”既然这是永康的水，曲折不挠历经艰辛地来到兰江，那面临家乡水自然是永康会所的最佳选择，一来便于码头货物运输，二来以解永康人的思乡之情吧。

在永康会所门口，还保留着一棵大樟树，挺立在驿道中间，在它的周围都被浇上了水泥，路边的一些野草坚强地沿着水泥的边缘，一点一点地爬到道路中间来。这一条曾经繁华如烟的城南古驿道，如今已是蹄声渐远、车马罕至了。那么，如何唤醒这条本充满生机的城南驿道，以推动古城的保护与发展，是我们当下迫切需要思考的问题……

2015年6月11日

西山寺：离愁深处是故土

1636年农历十月初八，徐霞客从兰溪前往金华，夜宿金华西门外驿馆。初九，经罗店，过智者寺、尖峰山、斗鸡岩，夜宿鹿田寺。初十，游朝真、冰壶、双龙、讲堂四洞后，过玲珑岩回到兰溪境内，夜宿栖真寺。

徐霞客每天的行程都排得满满当当，可谓马不停蹄，当属暴走一族。他日行山路几十里，晚上还要将白天所到之处、所看之景、所闻之言原原本本地写出来，这样的精神真是没有几人能够做到的。

徐霞客与静闻和尚从金华到兰溪，翻越了整座的北山，并把山脉的走向、层次、地质等搞得一清二楚。现属兰溪灵洞乡管辖的西山寺村是他从北山进入兰溪境内的第一个行政村。它分为西山寺、鸟窠岩与捞刀坑三个自然村，前两者是徐霞客沿途经过之地。

西山寺村寺以山名，村以寺名，世居姓赵，自宋代迁思山祠下建村，已有一千多年历史。思山祠原建于北山南脉的岭上，又叫狮山寺，谐音西山寺，后因村落的搬迁而迁移。徐霞客抵达该村已是傍晚，炊烟袅袅升起，飘散在林间云端，让人恍似进入了桃花源。但时隔三百七十多年之后，已今非昔比，曾经有 160 多户人家的村庄被夷为平地，取而代之的是采矿、运矿的隆隆机车声。曾被徐霞客感叹的山头已被削为万仞绝壁，十分壮观。对面的山坡上，西山寺村村民主要靠采掘石矿、烧石灰和水泥为业，近年来，也有不少赵姓人氏以此致富，但他们为了城市日新月异的变化与更多城市人的安居工程，却放弃了自己的家乡与故土。2014 年，西山寺村整体搬迁至上华街道缸窑村附近，建于绿茶碧湖之间，红墙青瓦，鸟语花香，经典别致，风景如画，让村民致富的脸上又多了一层笑容。

位于西山寺东上首两里许的鸟窠岩村，世居卢姓，明代已形成村落，有几十户人家，名钮坑。后因村周山上多鹞鹰筑巢栖息，改名鹞窠岩，谐音鸟窠岩。笔者前往寻踪时，村中尚有十几幢旧屋，一条小溪自村中而过，横于溪面的小石桥爬满了青藤绿苔，桥头已有二百三十多年的一棵樟树华盖如伞，遮护着驿道的荫凉。因为村后的一座山坡已纳入矿区开采范围，村中大部分人也已迁至山下的西山寺新村里去了，只有几位老人家因为习惯原来的生活，似乎一下子还难以适应陌生的环境，所以迟迟没有搬迁。据村里一位老人介绍，过不了多久，等这里搬空了，这个村也就没有了。

我听了默默无言，在为他们获得新居而欣喜之余，心中也泛起淡淡离愁，赶紧拿起手中照相机“咔嚓咔嚓”地拍了起来，只是希望借助于现代科技的工具，把那些曾经带给我们感动与忧伤的古村韵味与乡愁记忆，在我的图片与文字里能够保存下来。

2015 年 6 月 18 日

白坑：东山群鸟早晚朝

1636 年农历十月初十的傍晚，徐霞客离开西山寺，直奔洞源寺而来。他在日记中写道："亟下岭，循涧南趋五里，暮至白坑。居人颇多，亦俱烧石。"由此可见，当时的白坑已非小村，且以烧石灰为主。

据考，白坑村以赵姓为主，自宋代迁入，为"铁面御史"赵抃后裔。赵抃七世孙赵景文在宋政和年间任兰溪县主簿，因惠政爱民而受百姓挽留，遂为迁兰始祖，并建告天台以铭颂赵抃之廉名。其死后墓葬洞源村北山麓，后裔便从桃花坞迁到了灵洞一带，居于青山碧水间。但后来只因村民的一念之差而改变了现状。

传说村里有一户财主，家中非常富裕，老婆却极势利，看不起穷鬼。有一天，一个衣衫破旧拄着拐杖的老和尚上门讨水喝，这财主婆非但不给，还将他恶狠狠地骂了一顿。老和尚把拐杖往地上戳了三下，山坑中清澈的山泉顿时都渗到了地下，从此，"绿坑"成了"白坑"。老和尚又去一间茅草屋向一个老婆婆讨水，没想老婆婆虽家境贫寒，却又是递水又是留他吃饭，感动了老和尚。老和尚为了答谢，便把拐杖变成了一座石灰山，山嘴里还留了一个洞，让那些流到地下的水又从这个洞口流了出来，这就是现在的涌雪洞。亏得这老婆婆的一碗水，为白坑人开辟了一条致富路。从此，这座石灰山也就成了致富山，源源不断地为村民提供财源。但由于过度开采，村庄的居住环境也受到一定的影响，“雨天一身泥，晴天一身灰”，让村民不堪忍受，遂迁回城区。

但笔者在当地人的陪同下前往村庄寻踪时发现，白坑村边上还有一座海拔近四百米的山，叫东山，山上泉水潺潺，竹篁幽幽，鸟鸣啾啾。竹林间掩映着一座寺庙，叫皇回禅院，据说是明朝的建文帝朱允炆的削发隐跸之地。我查阅了许多资料以及参考了一些当地文化研究者的文章，对此说还是有一定的可信度。当年朱元璋死后传位给皇孙朱允炆，引来其叔朱棣的不满，朱棣便以“清君侧”之名欲以废帝。建文帝自幼饱读诗书，独缺少狠毒之心，以致受“靖难之役”，走投无路，幸从一场大火中逃得一条生路。他在程济、杨应能、叶希贤等几位大臣的协助之下，一路南下。在途经白坑村东山寺时，闻山名暗合“东山再起”之意，以为吉象，便在此隐居了下来。只不过此地山灵水秀，如桃源胜地，令建文帝留恋不舍。久而久之，竟对宫廷里那种尔虞我诈的帝王生涯再无向往之意。其有诗云：

“阅罢楞严罄懒敲，笑看黄屋寄团瓢。南来嶂岭千层迥，北望天门万里遥。款段久忘飞凤辇，袈裟新换衮龙袍。百官此日知何处，唯有群鸟早晚朝。”他把林间的万木当作子民，把群鸟当成百官，关爱有加，和谐相处，成为一段佳话。后来，此寺改名为“皇回禅院”，东山也改成了“皇回山”。

如今，山上林木更加苍翠，寺院更加幽静，虽历代几经修建，但有关建文帝的传说一直不断。寺庙门口尚有古碑铭录此事，世代相颂。林间静立着历代禅院主持之圣塔，虽于乱石荒草之间，却与青山相守，绿水相伴，成为一代帝王亲民爱民之见证。

据说，这些故事一直到了清代才渐渐流传开来，而当时的徐霞客或许并未所闻，况且他途经此地时天色已暮，一心只顾着赶路，而无暇顾及其他了。

2015 年 7 月 2 日

洞源：月满空山风满楼

徐霞客和静闻和尚离开白坑赶往上洞寺时，夜色已经像一块巨大的幕布慢慢地拉上了。

他已问清了上洞寺的方位，再翻过一道岭就到了。身后的狗吠声渐渐远去，只听见两人踩在山路落叶上的“唰唰”脚步声，夜显得更静了。

从兰溪到金华，再转回兰溪境内，转眼已经三天，此时，空中的那轮上弦月渐盈微凸，淡淡的月光洒在山路上，像是铺了厚厚的一层霜。夜色越深，月色越白。

由白坑从岭上到上洞寺，有说是五里，有说是十里。其实岭上有条小路直通上洞寺，走小路是五里，走大路是十里。因为是晚上，两人路况不熟，荒郊野岭的，又没向导，晚上也辨不清小路的方向，便顺着大路下了山。下山之后沿着一条小路往西继续走。又走了许久，还是没有见到寺庙，也见不着半个人影，路边都是一些石灰窑。两人正怀疑会不会走错时，只见前面隐约有烛光闪烁，走近了一看，原来是一个水碓房，两人忙前去问路。水碓房的主人告诉他们，这里已经到了水源村，从这个山坞向北越过一座洪桥，再顺着右边的山岭上去，走三里路就到上洞寺了。

水源村就是现在的洞源村，因为就坐落在六洞山下，山中有溶洞，洞中泉水源源不断地溢出，流经村中，故名水源。此处汉代以前就有人烟，到唐代形成村落，因风景独胜而不断吸引文人墨客前来。宋时赵抃裔孙赵居仁从兰溪县城迁入定居，此与白坑赵姓同脉。明成化年间范仲淹后裔范池由龚塘迁入，并建有范氏宗祠曰“爱敬堂”，今尚存。仅隔数年，香溪章璧也慕名迁入，建有章氏家庙。自此后，赵、范、章三姓承祖德之遗风，效先哲之修行，弃宗派，敦和睦，同心协力，共图发展，改革开放后，成为兰溪最早的亿元村。正如徐霞客所见，此地最早以烧石灰发家致富，直至20世纪80年代从徐霞客游记中发现关于六洞山的记载，从而开始旅游业的开发，才逐渐弃窑覆绿，走上生态产业之路。

徐霞客提到的洪桥位于洞源村东，俗名东西桥。据《灵洞乡志》记载，该桥旧时由两块长条青石砌成，有六米多长，是洞源村通往寺庙的必经之路。20世纪80年代地下长河景区开发，加宽改造成水泥桥。

徐霞客与静闻两人走了一天的山路，此时已经累得不想走路，便问水碓房主人能不能借宿一晚。主人看看自己这间小屋，风呼呼地刮着，屋檐的稻草被吹得七零八乱，感到非常为难，便说，月色这么好，前面又没有分叉路口，再坚持一下就到了。徐霞客听后知道主人有难处，便不再要求，喝了口水便匆匆告别，趁着月夜继续赶路。

等到两人赶到寺庙时，已是三更时分。寺庙的钟声当当当地响起，月色静静地洒满整座山岙，夜风从高高的窗棂穿过，吹得屋后的红叶沙沙作响。

这一夜，徐霞客实在是太累了，他一反往常，没有在睡前完成当天的日记，甚至都来不及细想这里是不是相国赵志皋曾经隐居的灵洞山房，便连衣躺下，倒头就睡着了。

2015年7月2日

栖真寺：犹忆当年僧独归

徐霞客在1636年农历十月十一日的日记中记载："平明起，僧已出。余过前殿，读黄贞父碑，始知所称六洞者，以金华之三洞与此中之三洞，总而得六也。出殿，则赵相国之祠正当其前，有崇楼杰阁，集、记中所称灵洞山房者是也。余艳羡之久矣，今竟以不意得之，山果灵于作合人工造作耶！"

黄贞父，钱塘人，善书法，行草集苏米之长，媚不掩骨，韵能成法。徐霞客小他30岁，是忘年交。他在1618年农历二月初三的日记中，有记载两人雪天在黄山泡温泉一事。八年后，黄贞父因病去世。此时，徐霞客睹物思人，百感交集。赵相国就是赵志皋，也是徐霞客所敬仰之人。当晚入住时因天黑看不清，早上起来先是看见忘年交的碑刻，然后又与羡慕已久的灵洞山房不期而遇，莫非天意。

要说赵志皋的灵洞山房，还得从寺庙的渊源说起。后唐长兴年间，此地建有铜山石关寺，至北宋太平兴国年间废。太平兴国八年（983），有一名叫如契的僧人游经此地，见山水之胜，遂重建寺宇，初名灵洞寺，后改名栖真教院。当时，竹幽林茂，古树参天，为金兰一带的参禅胜地，也是高贤逸士的常游之地，邑贤金履祥、张润之、于石等都曾留下许多描写此地的诗文。明嘉靖初年寺再废。有一次赵志皋陪好友重游此地，只见残垣断壁，林木萧条，只有泉石依然，不禁扼腕叹息。不想机缘使然，1577年，赵志皋赴广东任职途经家中时，栖真寺的主人知道他有山水之好便闻讯赶来，说要把这块山地转让给他。他闻之欣然接受，倾尽囊中所有而购之，从此，灵洞山水便与他的生命紧紧连在了一起。他在广东任职期间一直牵挂着家乡山水，多次梦见自己置身此中。

1581年，赵志皋受宰相张居正排斥，辞官回到家乡，开始经营起他的灵洞山房。他一边重新修缮了观音阁与古刹，一边为自己构筑了一座三开间的藏书楼，楼前匾额上写着“秘书”两字。边上又造了两间小阁楼，一间供住宿，一间堆杂物。楼前为斋，匾曰“三山”，意指前临三峰；斋前为堂，匾曰“六虚”，意指周环六洞。楼后又有轩，匾曰“玉液”，意指轩前临池，泉水清澈，琮琮不绝。原来的池子比较小，只供洗菜做饭之用，赵志皋把池子拓宽了一半多，又把泉水从楼的两边引到前面去，环绕一周，高低错落，水流叮咚，声如佩玉，题曰“金华第一泉”。后来他把这些都写在了《灵洞山房纪事》中。与他一起做官的刑部尚书读到此文，不远千里前来游览，并写下了《灵洞山房记》。

赵志皋在此地只住了十年，1591年，70岁的赵志皋再次被重用，任礼部尚书兼东阁大学士。后升为首辅，顶上了原来张居正的宰相岗位。他兢兢业业，尽心尽职，深得僚臣敬佩，屡受皇帝褒奖。他曾利用职务之便，向陈太后求得佛教经典《大藏经》赐予栖真寺收藏。此经全本6667卷，全国仅有三部，另两部藏于镇江超岸寺，南通广教寺。直到1959年被浙江图书馆收藏，寺中今存拓印本，并于每年的农历六月初六晒经祈福。

赵志皋因为一方面挂念着灵洞山水，一方面深感权位之害而不能忠义两全，先后八十多次向皇帝打辞职报告要求告老还乡，都没有被批准。直至1601年病逝，其家人扶柩回乡，安葬于张坑樟树园村的绿畴之中，远远守望着灵洞山水，倾听着古刹的幽远钟声。

赵志皋曾在灵洞十二景之《梵刹钟声》中写道："一簇青莲绕翠微，孤云卓锡启岩扉。钟声飘落寒松外，犹忆当年僧独归。"如今再读此诗，却多了几许悲凉与感慨。

2015年7月16日

漏斗洞：云卷云舒落松花

徐霞客一大早起来，离开栖真寺，直奔后山的白云洞而去。他在日记中记载："一里至岭头，逾岭而北，岭凹忽盘旋下洼如盂磐。披莽从之，一洞岈然，下坠深黑，意即所云白云而疑其隘。"他开始以为这就是白云洞，但看着洞口又不像，恰巧有个砍柴的农夫经过，就仰头问他。农夫说："白云洞还在北边，这个叫洞窗。"他又是失望又是惊喜，失望的是这里不是白云洞，惊喜的是他又发现了一个新洞。这个洞窗就是灵洞人通常说的漏斗洞。

根据宋濂的文章记载，六洞山所指的六洞是指金华的朝真、冰壶、双龙大三洞与兰溪的白云、紫霞、涌雪小三洞之合称。六洞所在山都属于金华北山山脉，在赵志皋等人的文章中也多次提到，疑此六洞为同脉所生。如赵志皋的《灵洞山房集》一书中收入了邑人章云的《灵洞山房赋》，文中写道："涌雪则泡沫飞花，紫霞则丹气成幄，白云迎旭而吐吞……此盖与朝真、冰壶、双龙相鲁卫，而通呼吸者也。"

金华北山东起浦江、义乌，西至兰溪、婺城，蜿蜒起伏，势如游龙，位于金华城的北边，如同一道天然的屏障，故史上又叫长山，兰溪与金华、义乌便以此为界。徐霞客日记中记载："盖金华之山，横峙东西，郡城在其阳，浦江在其北，西垂尽处则为兰溪，东则义乌也。婺水东南从永康经郡之南门，而西北抵兰溪与衢江合。"金华山东西横耸，府城在它的南面，浦江县在它的北面，西边尽头处是兰溪县，东面则是义乌县，婺水从东南面的永康县流来，经过金华府城南门，流向西北到兰溪县与衢江汇合。所以这金华北山历来以奇居胜，据初步考证，东边以火山石地貌为主，中部如大佛寺以丹霞地貌为主，西边则以喀斯特地貌为主。故以喀斯特地貌为主的六洞景观都集中在金华山的西面，徐霞客这次考察的正是西面这条线，他共考察了八个洞，除了上述六洞之外，金华的讲堂洞与兰溪的漏斗洞是意外收获。

但兰溪现在通常所讲的六洞指的是白云、紫霞、涌雪与漏斗、无底、呵呵六洞，后来又发现玉露洞，并与涌雪洞打通融为一洞。漏斗洞与白云洞相隔仅数十米，系石灰岩溶蚀的落水洞，洞口形如漏斗，盘旋而下，形如盂盘，沿斜壁而下，见有一厅，高 28 米、狭长 116 米、宽 4 米有余，洞厅面积约 420 平方米，平坦而宽敞，四壁布满大小钟乳石，形态各异，颇具特色。另外无底洞与呵呵洞都在栖真寺后坡不远，无底洞因底部幽深狭长而名，呵呵洞因洞底暗流激石声传出似笑声而名。据说因为呵呵洞的笑声引来众多好奇的游人，明代时僧人不堪其扰，便把洞口用石头堵掉了。估计应该在徐霞客来临之前，要不然料他不会错过此胜景。

当年的这些溶洞都纯属天然，没有半点儿人工痕迹，这让我想起孙悟空被如来压在五指山下的山洞里，洞口小得只够伸脖观天象，压在山底五百年，只能望着洞外云卷云舒，花开花落，岁月流淌，世事变幻。纵然有百般武艺的孙猴子也仅能如此，何况我等凡人，又能奈岁月如何呢？

2016 年 7 月 16 日

白云洞：洞中仙子今何在

徐霞客与静闻和尚离开漏斗洞之后，在一个柴夫的指点下，直奔白云洞而去。经过一片大洼地，在万青峰的北巅，两人终于找到了白云洞口。徐霞客在日记中写道：“洞门北向，门顶一石横裂成梁，架于其前，从洞仰视，宛然鹊桥之横空也。入洞，转而左，渐下渐黑，有门穹然，内若甚深，外有石屏遥峙。从黑暗中以杖探地而入数十步，洞愈宽广，第但是无灯炬，四顾无所见，乃返步而出。出至穹门之内，初入黑甚者，至此光定，已历历可睹。乃复转屏出洞，逾岭而还。”

白云洞，又名上灵洞，洞口朝北，洞口顶部有一块石头横向裂开，形成石桥，架在前方，从洞口仰视，宛然是一座鹊桥横在空中。从洞内往外看，又像是一朵白云飘在空中，刚好挡住了半个洞口，故名白云洞。那天和六洞山管理处的程利红、兰庆鸡子馃的朱兰庆等在当地老人赵宝珍的带领下，从栖真寺出发，走了两三里的山路，找到了在杂草掩映中的白云洞口。

我们小心翼翼地下了洞，洞势有点儿陡，四壁都是钟乳石，地面有点儿湿滑。正如徐霞客所写，越是往下越是宽广，左拐石门，内有一厅，穹顶宏豁，高逾数丈，宽二丈余，深百余米。当年徐霞客因为没打火把，只是凭着洞口的亮光初探了一下就离开了。而我们带着手电便决心往里走，越是往里走，脚下越是绵软，起初不知何物，手电一照，原来全是蝙蝠的粪便。因为此洞一直未有开发，平时鲜有人来，这些粪便不知道已经积了几百年，像铺了一层厚厚的地毯。关了手电静息细听，洞顶似有“唰唰”的雨水声，很有气势。大家聚集所有手电光照洞厅，只见上千只的蝙蝠黑压压地一大片，在洞厅如潮水般的涌过来涌过去，甚是壮观。蝙蝠弱视怕光，飞行靠触觉判断方向，它们长年累月生活在黑暗里，见到光亮便惊慌失措，拍打着翅膀撞成一团。看来我们的寻访惊扰了它们，终不忍心，便匆匆地离开了。

回家翻阅赵志皋的《灵洞山房集》，里面收录了大量描写灵洞山水的诗文。当时白云洞已名声不小，为金华六洞之一，凡来灵洞游山玩水者必到之洞。邑人赵佑卿、徐用检、于石等都曾兴游此洞，并留下众多诗文。如于石写道：“四山回合响幽泉，古木苍藤路屈盘。一局残棋双鹤去，石屏空倚白云寒。”赵志皋自不必说，在灵洞幽居十年，留下诗词美文无数，其中赞白云洞曰：“白云偏与洞相宜，此洞停云我所思。石磴闲哦尘不到，柴扉半掩鹤归迟。琴衣每湿晨蒸候，山屐多迷晚霭岐。为问仙郎云卧处，可能扫得净无遗。”时任兰溪县尹喻均也慕名前来，并在游了白云洞后写道：“自拥孤筇访白云，千峰回合画氤氲。遥疑天上身能到，渐觉人间路已分。拂石旧题游客姓，磨崖重勒老夫文。胜情谩道频堪遂，一去风尘总不闻。”

明万历十九年（1591），赵志皋复得朝廷重用，但他在京城倍加思念灵洞山水，总在同僚间提起自己在山中当神仙般的那段日子。其中时任吏部考功司主政的浙江老乡周应治终经不住他的诱惑，有一次趁回浙期间前往兰溪游了灵洞山水，并写下《白云洞》诗云：“洞中仙子今何在，洞口白云空自飞。三素却疑朝帝阙，五华不断锁灵扉。琼柯密布青天半，玉检遥封降殿微。深处卧来闲寄兴，卷舒应共息尘机。”

洞中仙子今何在，洞口白云空自飞。如今，白云洞依然还在，洞口的白云依然还在，但曾为此洞留下优美诗句的这些诗人们如今何在？曾经在洞中驻足良久而留下遗憾的徐霞客今又何在？

2015 年 7 月 30 日

紫霞洞：朝看烟云暮看霞

徐霞客与静闻两人游了漏斗洞、白云洞之后，已近中午，回到寺庙吃中饭。“饭而出寺，仍旧路西下，二里至洪桥。未渡，复从桥左人居后半里上紫云洞。”饭后沿着前日来时的路下山，找到了紫云洞，也就是紫霞洞。徐霞客在日记中写道：“洞门西向，洞既高亢，上下平整。中有垂柱四五枚，分门列户，界为内外两重。琼窗翠幄，处处皆是，亦敞亦奥，肤色俱胜。洞之北隅复通一奥，宛转深入，以无炬而返。”

此洞位于半山腰，处于上下洞之间，故又叫中洞。洞门向西，洞长50余米、宽20余米，地面较为平坦，洞口平敞，俯视可见山下的洞源村。中间有四五根向下垂悬的石柱，分门列户，将洞隔为内外两间。洞内奇石如琼玉翡翠，有的如窗户，有的如帐幔，到处都是。此洞如大套居室，亮堂而宽敞，洞之北角还有一间石穴，如同现代居室中的私密更衣室。

洞的右壁有篆体“紫霞”二字，相传为宋人于石所写。此前因洞中无水，当地人叫燥洞，自于石题字后便改叫紫霞洞了。于石为洞源人，相貌古怪，形如罗汉，故与栖真寺诸僧来往甚密。其生性刚强，自负甚高，自元灭宋后，即隐居不出，凡有讲学授徒一概拒之。惟寄情山水，专工诗学，诗风苍劲豪放，著有《紫岩诗集》三卷，《四库全书》存其诗目。其曾写过六洞山诸景的大量诗作，其中有《紫霞洞》曰：“洞门相对是吾家，朝看烟云暮看霞。铁笛一声山石裂，老松惊落半岩花。”颇有禅境。

在六洞山诸洞中，紫霞洞为历代文人最爱。白云洞地势高而深邃，不宜久留，涌雪洞常年流水，湿气太重，而紫霞洞处于半山，为临崖石窟，坐于洞口，“朝看烟云暮看霞”，饮酒作赋，甚有雅趣。在洞口处，赵志皋还曾建有半山亭，与之相呼应。洞内石壁如霞，疑为仙人炼丹之处，赵志皋曾写有“翠壁青萝洞穴寒，石妆锦幛起仙坛。试观岩窦留霞色，犹是当年炼液丹”“郁葱紫气自南来，晓映晴峦锦幛开。此地餐霞谁是主，谪仙曾住小蓬莱”等诗句。洞口栽有桃树，山脚有溪水流过，每到春天，桃花盛开，泉水潺潺，如陶渊明笔下之桃花源。赵志皋有诗赞曰：“丹霞迷洞口，遥自赤城来。缥缈烟霏处，氤氲绵作堆。桃花薰客梦，石竹冒行杯。虚谷自生听，飘飘仙吹回。”此情此景，万籁俱寂，天人合一，如入仙境。“万物自生听，太空恒寂寥。还从静中起，却向静中消。”这种与永恒与宁静是常人所不能意会的。

当我们找到此洞时，洞口筑有小屋，洞内遍是杂物，壁上有闲人题字，不堪入目。据当地人介绍，20 世纪 90 年代曾有村民自筹开发，售票经营，却因不景气而弃之。实为今人浮躁，如若没有一颗宁静之心，想必是难以体会到此洞的静妙之处了。

2015 年 7 月 30 日

涌雪洞：断崖怒涌四时雪

徐霞客与静闻和尚出了紫霞洞，沿着溪水向东走。沿途溪边有的山岩已被削了一半，光秃秃地耸立着。山脚有几个石灰窑，路边横七竖八地堆着一些用来烧窑的柴垛，占去了大半条路。两人这时才看清昨夜上山道路之狭窄，现又回到了昨天的问路的水碓房。水碓房对面便是水源洞的洞口了。

水源洞又叫下洞，大约形成于五十万年前，由于水美洞奇，为历代学者游历所必到之处。泉水自洞口喷涌而出，遇石溅若飞雪，故南宋著名理学家吕祖谦将其洞命名为“涌雪洞”。宋人于石在诗中写道：“断崖怒涌四时雪，虚壁寒凝六月霜。倚树老僧闲洗钵，碧桃花落涧泉香。”于石自元灭宋后，寄情山水，隐居不出，诗中“怒涌”两字正是表达了他内心不甘做“亡国奴”之怒恨。此诗前两句表达抱负与冤恨，后两句却是表达一种逃避现实的隐逸与闲情，借景抒情，可谓经典之作。

而身为地理学家、探险家的徐霞客来说，关注更多的是构造与地质地貌情况。他在日记中写道：“洞口垂石缤纷，中有一柱，自下属上，若擎之而起；其上嵌空纷纶，复辟一窦，幻作海蜃状。洞内上下分二层。下层即水涧所从出，涧水已涸，出洞数步，即有水溢于涧中，盖为水碓引出洞侧也。上层由洞门蹑蹬而上，渐入渐下，既下而空广愈觉无极，闻水声甚远，以无炬不及穷。”当时正是秋冬枯水季节，所以徐霞客去的时候“涧水已涸”。20 世纪涌雪洞开发后，为了保持长年有水以便行船，便在洞口处筑了个坝，形成暗河可行舟部分长度达1100 多米，成为“全国洞府泉流航游之冠”的地下长河。遗憾的是洞口因为筑坝后成了一处供游客上船的水泊，而没有了旧时洞口泉水喷溅而出的“怒涌”之状了。

徐霞客与静闻和尚出来后，坐在洞口的那根擎柱边休息了一会儿。此时徐霞客已完成北山全部溶洞的探游，他想着这两天来游过的八个洞，觉得很感慨，原以为六洞山只有六个洞，而他却一下子找到了八个洞。静闻和尚问他觉得哪个洞最好？他仔细考虑之后对八个洞搞了个排行榜，即：“双龙第一，水源第二，讲堂第三，紫霞第四，朝真第五，冰壶第六，白云第七，洞窗第八。”这大约是有史以来最早的溶洞排行榜吧！他还幻想要是白云洞、紫霞洞、水源洞等几个洞都在一起，那该多好！其实这种幻想许多人都会有，包括现在每个去游过地下长河的游客，都会猜测兰溪地下长河与金华双龙洞会不会是相通的。元代礼部郎中吴师道就曾在《小三洞记》中写道：“下灵洞深五十丈，与金华洞通。”下灵洞指的就是涌雪洞。这种猜测也不无道理，因为六洞皆属于北山山脉。

据说，在 20 世纪 80 年代初期，有当地农民最初发现涌雪洞时，见洞内银光闪闪，眼睛都睁不开，以为是金银宝藏，忙向地方政府报告。地方政府派人进行勘察，发现此巨大溶洞后，即进行了历时两年的整体规划与开发，成为全省对外开放较早的溶洞之一。后来又与玉露洞相打通，成为全国游览线路最长的溶洞之一。2014 年，地下长河又被升格为全国 AAAA 级景区，成为兰溪市旅游业的重要增长点。但我想，这其实仅仅是徐霞客旅游文化的一小部分，还有其他诸洞都没有开发，这不能不说是一种遗憾。

2015 年 8 月 6 日

横山渡：醉眠篷底枕青蓑

明崇祯九年（1636）农历十月十一日的下午，徐霞客与静闻坐在涌雪洞洞口回味良久，终恋恋不舍地离开了。两人“循西岭出坞，西南行十五里，而达于兰溪之南关”。两人在城南的旅馆里找到小顾，小顾一天都没吃饭。两人等小顾吃饱了饭，赶紧去江边找船。江边那些几天前就被征用来的船还停在那里，衢州的援兵还没有来，船工们怨声载道。徐霞客一行在江边正愁着，忽见有一条船至北而来，大喜过望。近了一看，原是运布的。他们好说歹说搭上了船，可船工又说不打算走了，正歇着的时候，那些到处征船的官兵又来了，船工连忙撑篙开船，“刺舟五里，泊于横山头”。

横山就是兰阴山，但横山头具体在哪个位置呢？我带着这个疑问先后走访了位于衢江边上的横山村、马鞍徐村，查看了《马安徐氏宗谱》，终于有了大概了解。宗谱记载：“兰阴山下为四达之途，溪流亘绝中道，其溪源发于衢，滔滔南来，阻兰阴而西折汇为潭，深不可测。”在南朝刘宋泰始二年（466），曾有建州刺史徐灿携夫人宓氏途经横山潭遇风覆舟而亡。其为官清正廉明，为人刚正不阿，平生尽做善事，颇得民众爱戴。据《光绪兰溪县志》记载，其夫妇两人淹溺后面不改色，异香袭人，众以为神，乃约众议，立庙塑像，世代供奉。到了宋徽宗宣和年间，朝廷敕封其为“积庆侯”，重新建庙。明太祖时，稔闻灵迹丕著，敕封为“自在大帝”，民间叫“横山大帝”。其间，横山殿屡废屡修，至乾隆五十四年（1789），横山殿再次扩建，石木结构，庙貌威雄。

而今马鞍徐、横山两村皆以徐姓居多，其祖上自宋代从河南开封的陈留迁居而来，当年是不是因为看到其徐姓祖上徐灿之庙而落居此地呢？不得而知。但自此后，徐氏后裔却为此渡做了许多善事。横山渡是兰溪通往金华等地要道，原来官方有一摆渡的，但不太正常，而且船工经常从过路的客商处敲诈勒索。马鞍徐有个叫徐从善的人在外面做生意赚了点儿钱，回来后就自己买了条船，雇了个船工专门为百姓义务摆渡，不收分文。为了此善举能长年坚持下去，他专门捐出四亩租田以用于支付渡船的维修费和船工的工资，一时传为佳话。晚年他自号“爱渔老人”，善名远播。他死后，当时的刑部尚书兼都察院右都御史唐龙为他写赞文，江西道监察御史郑本立专门为他写了一篇《兰溪义渡记》，收在宗谱里。他的儿子徐廷望也是乐善好施之人，捐资捐物，建桥助学，从不含糊。明嘉靖年间兰溪洪水泛滥，村民颗粒无收，他立即捐出粮谷八百余石供赈灾之用。有人赞曰："兰溪人物冠金华，徐氏兰溪积善家。"徐霞客夜泊横山渡，抑或也是徐氏积善之缘吧。

据横山村老人回忆，在20世纪初，此渡码头还是非常繁华的，沿江有成百上千只船停靠，所以横山殿的檐柱上有联曰"日有千舟竞发；夜照万户明灯"。其实在横山村里也有一个横山殿，听老人说原来就建在江边，供奉的也是横山大帝。后来为了建设大坝，横山殿迁至坝内，但香火依然不断。

徐氏后裔不但崇善，还更加注重修身崇学。明洪武年间有个叫徐希濂的，非常爱竹，在村前屋后全部种上了竹，还建了一座翠筠轩，专门设立学堂。"徐君世居瀫水阴，绿竹万竿森翠林""人皆种花贵颜色，红紫色娇能几日。何如种竹常翠苍，修竿劲节凌风霜""轩窗面峭壁，朝暮对华峰。晓日明翠黛，寒光净芙蓉"，置身竹林间，捧读圣贤书，过着悠哉悠哉的日子。

这样的日子也是徐霞客所想要的，但他此刻更想要的是走出书斋，去更多的地方看一看。当晚他与船老大喝了点儿酒，便在船篷里早早地躺下了。"一曲未终仍一曲，醉眠篷底枕青蓑。"远处隐隐约约传来船娘的歌声，一曲未终，一曲又起，江水轻轻地拍打着船舷，发出汩汩声，夜显得更静了。徐霞客把船老大的一件蓑衣当成了枕头，感觉就像小时候躺在摇篮里，不一会儿便睡着了。

2015年8月20日

裘家堰：百舸争流梦依稀

明崇祯九年（1636）农历十月十二日一大早，徐霞客搭乘的这条布船继续前行。由于是逆水而行，到中午时分才走了约二十里，抵达汤溪县青草坑。越往上走，河床越浅，加上满船的货物，行船越来越难。徐霞客在日记中写道："时日已中，水涸舟重，咫尺不前。又十五里，至裘家堰，舟人觅剥舟卸货船同泊焉。是夜微雨，东风颇厉。"傍晚时分，船靠裘家堰，船夫找来一条小船，正准备卸货，却遇上一场突如其来的秋雨，让人愁上眉头，两只船只好泊在码头，等天亮再说。是夜，秋雨潇潇，风呼呼地刮着，两只船在雨中就像浮在江面的两片叶子，随风飘摇。

裘家堰位于衢江与游埠溪的交汇处，离古镇游埠仅两公里。凡往游埠运货的大船都在此地转为小舟，沿溪而入古镇。裘家堰边裘家村，据兰溪地名志记载，裘家村世居裘姓，其先祖裘陵为明万历年间松阳教谕，相当于现在的教委主任一职，有一次他随父乘船停泊此埠头，见地势平坦，绿树成荫，遂定居于此，原名双湖，后因筑堰于此称裘家堰。据《双湖裘氏家谱》

记载，此地“上有来龙进气，下有水堰回护，前有九峰罗列，后有双湖环绕”，自然环境优美，水路“上通常山，下达杭省”，驿道“南至汤溪，北至寿邑”，历来交通方便，“商贾往来，舟楫上下，日以千计”，故为“衢要之地、仁里之族”。此地也是扼守衢江上游与游埠之咽喉，清时太平军李世贤与清廷左宗棠部曾激战于此。村处平原，土地肥沃，现有村民近二百户六百余人，多以种植棉花为业。

徐霞客搭乘的船满载布匹，有一部分正是要经裘家堰码头运往游埠的，而同样在这卸货转运剥舟的大大小小船只，少说也有上百只，一派繁荣景象。时隔三百多年以后，我在当地村民的带领下寻访此地，已然不见当年繁华商埠的踪迹了。

在村中，我们见到有一农户门匾上还写着“百舸争流”四字，似乎在诉说着曾经的繁华。沿着村东沙石路，上了江堤，一片滩涂之地映入眼帘，其杂草丛生的荒芜景象很难让人想象当年这里曾舟楫林立，商贾云集。在江边有一座荒弃已久的三层砖房，墙上写着“裘家电灌站一九六四年十二月建”等字样。墙上水迹斑斑，一株梧桐树把枝条伸进了一扇敞开了的窗户，淡紫色的梧桐花给荒寂的房子增添了一点儿生机。村民告诉我，这曾经是灌溉裘家六百多亩良田的水泵机房，如今村里年轻人都出去打工了，很多良田都荒废了，这电灌站也成了摆设。隔江而望，对面的沙滩上矗立着七八台挖砂的机械，张牙舞爪的样子好像是一群横七竖八的螃蟹。

我们在江边遇上一位老船工，他满怀感慨地向我们述说了逝去的繁华。在20世纪六七十年代，每天都有机动客运船往返于兰溪至裘家，但随着汽车客运的发展，加上河道淤泥沉积，航运逐渐消失，退出了历史舞台。老船工指着江边一条通向远方的沙石路告诉我们，这条通往游埠镇的古驿道曾经都是青石板铺的，后来荒芜之后，青石板也被抬的抬，偷的偷，如今一块都见不到了。两年前码头还可见到几根很粗的系船缆的石桩，但后来也被人偷走了。

或许被人偷走的那根石桩正是系过徐霞客搭乘的那条布船，谁知道呢？可如今这唯一可疑的见证物也不见了，只有奔流不息的江水洗刷着年复一年的岁月。徐霞客在日记中写道："十三日，天明，云气复开。舟人起布一舱付剥舟，风已转利。"他在船离岸的那一刻想起了从初七入兰溪境内以来，除了金华两夜，栖真寺一夜，其余三夜都是在兰溪的码头船上度过的。溪以兰名，邑以溪名，兰溪在他眼里，是一座水一样的江南小城，粼粼的瀫纹，浓浓的秋色，成为他梦中挥之不去的记忆。

2015年9月23日

宁静诸葛村

诸葛村去过很多次。

每次去都像回到老家一样熟悉，丞相祠堂、大公堂、百草园，甚至哪条弄堂，哪座建筑，几乎闭着眼睛都可以指出来。

最早的一次还是 20 世纪 90 年代初，诸葛村还未开发成景点。那时候的大公堂是村里的老年活动室，许多老人会在这里喝喝茶、聊聊天、打打牌，用一种中国传统的休闲方式打发时光。那时候或许想不到有一天他们喝茶聊天的地方能为村里带来财富。

现在的诸葛村已经成为古村落旅游热点，游客像洪水一样来了一拨又一拨。那些喝茶打牌的老人也没闲着，在家门口支个木板，摆上几包咸菜干、萝卜丝，抑或罗盘、孔明锁什么的，也不吆喝，静静地守着，游客要买，给个不亏的价钱就行。老人并不是冲着游客的钱，只是没点事心里空落，摆个摊守着日子充实。

诸葛村，位于浙江省兰溪市西部，是全国诸葛亮后裔最大聚居地。村中现有人口五千余人，其中诸葛亮后裔有四千余人，是一个建筑独特、人口众多、规模庞大的现代古村落。现有保存完好的明、清古建筑二百多处，并按九宫八卦设计布局，是全国重点文物保护单位、中国古民居的典范，也是中国十大古村落之一，被费孝通先生誉为“八卦奇村，华夏一绝”。村中传承至今的“诸葛古村落营造技艺”“诸葛后裔祭祖”等已经成为国家级非物质文化遗产。

“静以修身，俭以养德。”诸葛人追求简单宁静的生活。自元代中期诸葛亮第二十七世孙诸葛大狮迁居此地以来，亲自设计村落，兴建宗祠，谨遵祖训，信守家规，从未改变过初衷。漫步村中，你能体会到那种不慌不忙的宁静带来的恒久。远离了城市的喧嚣，远离了名利的浮躁，仿佛这里的空气都是甘甜的，这里的时间都是静止的。老人坐在暖暖的阳光里，眯着眼打着盹，宁静而安详；孩子们在空地里相互追逐着、嬉笑着，天真而烂漫；几只小鸭在门前的水塘里悠闲地游着，一只黄色的狗卧在老人的椅子边上，警惕的眼神不停地扫视着来来去去的路人，却没有一丝凶光……

“不为良相，便为良医。”其后裔谨遵祖上训导，在诸葛村大力发展中医药，并向外拓展，足迹遍及大江南北。明清中药业繁盛时期，诸葛人在全国各地开设药店数百家，从业人数千人，远及陕西、山东、上海、广东、香港等地，近则省内各县市都有诸葛人的影子，他们师徒相带、亲邻相帮、父子相承、代代相传，形成“诸葛药帮”，为业界所闻名。像生生堂、恒山堂、天一堂等都是当时著名的药店老字号，特别是由诸葛亮四十七世孙诸葛棠斋创办的天一堂为当时名号，堂内挂有“修合虽无人见；存心自有天知”“但得世间人无病；何愁架上药生尘”等联，经营以诚信与善德为首。

“非淡泊无以明志，非宁静无以致远。”千百年来，诸葛村人正是把诸葛亮的《诫子书》奉为家训经典，修身养德，励精治性，淡泊宁静，代有人出：明英宗年间天下闹饥荒，饥民遍野，诸葛亮第三十二世孙诸葛吉慷慨出谷1121石赈济灾民，受到皇帝嘉奖，赐予“敕旌尚义之门”匾额，至今悬挂于诸葛村的大公堂；明嘉靖年间，诸葛亮第四十世孙诸葛岘官至刑科给事中，立朝端正，忠直敢言，不图名利，弹劾奸佞，正气浩然，后因劳累病死任上；诸葛亮第四十三世孙诸葛谡任山西怀仁知县十余年未有过一次断案不公事件，百姓安居乐业，其三次提拔升迁都被百姓挽留；诸葛亮第四十五世孙诸葛槐到外地任职不带家眷，不收百姓一粟一厘，深得民心……自明清以来，全村有进士7人，举人12人，各类正途贡生43人，在《光绪兰溪县志》上有列传的39人，受到各种嘉奖的有二百余人。一代又一代诸葛裔孙秉承先祖遗风，为官者淡泊名利、勤政廉洁、严于自律、不受不污，为民者笃守品行、勤劳务实、艰苦创业、宁静安然，让生活在简单与雅致中过得更加美好。

记得有一次陪诗人刘湛秋去诸葛村，他一下就喜欢上了这里，一住就是一个多月。他在诗中写道："让浮躁生活静下来/静于江南的梅雨中/听下塘狗吠与棒槌声/任青苔牵到幽远……"在诗人的眼里，诸葛村的宁静就是老屋檐下的雨滴声、乡村之夜的狗叫声和水边埠头浣纱女的槌衣声，就是弄堂里让鞋底磨光了的青石板、台阶上湿漉漉的青苔和窗外依墙望月的芭蕉叶……的泛了光我想诸葛村的这种宁静是与生俱来的，长在诸葛人的骨子里，凝固在诸葛村的空气中。如今这种宁静与恒久就像日夜思念的乡愁，在这个充满名利与浮躁的时代显得弥足珍贵。

如果有一天你想静静了，就来诸葛走一走。世界这么大，静静很稀缺。静静是治疗乡愁的一剂良药。

（原载2016年浙江人民出版社《文化地图看浙江》）

灵洞山房今何在

汪启淑在《兰溪棹歌》的第 11 首诗中写道："洞源僻寄白云隈，多半郇民业柴灰。如水香车争路人，栖真院里曝经回。"诗人在前去洞源村的路上，看到人来车往，老老少少倾城而出，原来是恰好遇上了栖真寺六月六晒经会，人们都赶来想沾点儿运气。

洞源位于金华北山的西面，现归灵洞乡，原有鸟巢岩、西山寺、白坑、洞源等村，皆以烧石灰为业。其中白坑村以赵姓为主，自宋代迁入，为"铁面御史"赵抃后裔。赵抃七世孙赵景文在宋政和年间任兰溪县主簿，因惠政爱民而受百姓挽留，遂为迁兰始祖，并建告天台以铭颂赵抃之廉名。其死后墓葬洞源村北山麓，后裔便从桃花坞迁到了灵洞一带，居于青山碧水间。

金华北山东起浦江、义乌，西至兰溪、婺城，蜿蜒起伏，势如游龙，位于金华城的北边，如同一道天然的屏障，故史上又叫长山，兰溪与金华、义乌便以此为界。徐霞客日记中记载：“盖金华之山，横峙东西，郡城在其阳，浦江在其北，西垂尽处则为兰溪，东则义乌也。婺水东南从永康经郡之南门，而西北抵兰溪与衢江合。”

金华北山历来以奇居胜，据初步考证，东边以火山石地貌为主，中部如大佛寺以丹霞地貌为主，西边则以喀斯特地貌为主。故以喀斯特地貌为主的六洞景观都集中在金华山的西面。根据宋濂的文章记载，六洞山所指的六洞为金华的朝真、冰壶、双龙大三洞与兰溪的白云、紫霞、涌雪小三洞之合称。但兰溪现在通常所讲的六洞指的是白云、紫霞、涌雪、漏斗、无底、呵呵六洞，后来又发现玉露洞，并与涌雪洞打通融为一洞，长则长矣，却少了些许幽趣。

要说栖真寺，还得从它的源头说起。后唐长兴年间，此地建有铜山石关寺，至北宋太平兴国年间废。太平兴国八年(983)，有一名叫如契的僧人游经此地，重建寺宇，初名灵洞寺，后改名栖真教院。当时，竹幽林茂，古树参天，为金兰一带的参禅胜地，也是高贤逸士的常游之地，邑贤金履祥、张润之、于石等都曾留下许多描写此地的诗文。明嘉靖初年寺再废。有一次赵志皋陪好友重游此地，只见残垣断壁，林木萧条，只有泉石依然，不禁扼腕叹息。不想机缘使然，1577 年，赵志皋赴广东任职途经家中时，栖真寺的主人知道他有山水之好便闻讯赶来，说要把这块山地转让给他。他闻之欣然接受，倾尽囊中所有购之。从此，灵洞山水便与他的生命紧紧连在了一起。他在广东任职期间一直牵挂着家乡山水，多次梦见自己置身此中。

1581 年，赵志皋受宰相张居正排斥，辞官回到家乡，开始经营起他的灵洞山房。他一边重新修缮了观音阁与古刹，一边为自己构筑了一座三开间的藏书楼，楼前匾额上写着“秘书”两字。边上又造了两间小阁楼，一间供住宿，一间堆杂物。楼前为斋，匾曰“三山”，意指前临三峰；斋前为堂，匾曰“六虚”，意指周环六洞。楼后又有轩，匾曰“玉液”，意指轩前临池，泉水清澈，琮琮不绝。后来他把这些都写在了《灵洞山房纪事》中。与他一起做官的刑部尚书读到此文，不远千里前来游览，并写下了《灵洞山房记》。

赵志皋在此地只住了十年，1591 年，70 岁的赵志皋再次被重用，任礼部尚书兼东阁大学士。后升为首辅，顶上了原来张居正的宰相岗位。他兢兢业业，尽心尽职，深得僚臣敬佩，屡受皇帝褒奖。他曾向陈太后求得佛教经典《大藏经》赐予栖真寺收藏。此经全本 6667 卷，全国仅有三部，另两部藏于镇江超岸寺，南通广教寺。直到 1959 年被浙江图书馆收藏，寺中今存拓印本，并于每年的农历六月初六晒经祈福。

赵志皋因为一方面挂念着灵洞山水，一方面深感权位之害而不能忠义两全，先后八十多次向皇帝打辞职报告要求告老还乡，都没有被批准。直至1601年病逝，其家人扶柩回乡，安葬于张坑樟树园村的绿畴之中，远远守望着灵洞山水，倾听着古刹的幽远钟声。赵志皋曾在灵洞十二景之《梵刹钟声》中写道："一簇青莲绕翠微，孤云卓锡启岩扉。钟声飘落寒松外，犹忆当年僧独归。"

一百七十年之后，汪启淑寻访此地，已经不见灵洞山房，只见一路上都是善男信女，诵经念佛，祈灵求佑，却全然已经忘了诵经修身之本义了。再读此诗，已多了几许悲凉与感慨。

2021 年 3 月 13 日

岁月静好的芝堰

趁着三月草长莺飞的季节，再次踏上芝堰的严婺古道，去寻找那份远离尘嚣的古韵。

从兰溪到芝堰，二十多公里的路程，已经找不到古道的痕迹，那些沉寂的岁月被淹没在近百年来的汽车时代。而在芝堰古村内，由于地处偏僻，依然保存着那份古韵：青砖黑瓦、石板街、古樟木……好像一下子穿越了时空，来到了另一个世界。

“月邀九堂一街静；村驿南客北货喧。”

这是兰溪芝堰村口凉亭上的一副楹联，一静一动，道尽了古道数百年来的变迁。数百年前，芝堰还是严婺古道上的一处重要驿站，每有商贾旅人赶发脚至此，天色已暮，多要歇一夜去。据《芝堰陈氏宗谱》记载，在距今六百多年前元代，芝堰村陈姓七六公陈义，跟徽商合伙做生意，赚了不少钱，富甲一方。一次他回乡见村里萧条不景气，便慷慨解囊，捐资修建了一条商业街。并立下规矩，凡有经商特色者，都可以迁入此街开店。此后，许多颇有名望的商家闻讯而来。芝堰虽为陈姓居多，但沿街商铺多为外姓人开设。不几年，古道商街上便店铺林立，从客栈、酒店、药铺到银楼、当铺、作坊、澡堂，甚至衙办驿站等，一应俱全，成了方圆百里的闹市。从此，芝堰这个沉寂的山乡古村翻开了繁华的一页。

这一页，一翻便是数百年，直至民国初期，汽车的渐起替代了马拉肩挑的时代，人们再也不用翻山越岭去抄近路了，古道便渐渐地开始衰落。现如今，繁华落尽，马蹄声远，喧闹驿站成了落寞古村。每天的日子便成了年复一年的轮回，日升月落，芝水西流。

有首诗《芝水西流》中写道："芝水碧潺潺，秋涛万顷间。琴心听一曲，孰与我消闲。"该诗为村中清代秀才陈景芝（1835—1926）的《芝堰八景》诗之一。他擅长诗词和医学，光绪年间秀才考试第一，授"贡元"，入国子监读书，后回乡办私塾。该诗为归乡后作。芝堰位于兰溪、建德交界处，旧属严州，严婺古道从村中穿过，是旧时婺州前往严州之要道。自从有了公路，古道废弃，芝堰以北段淹没于芝堰水库，村中千米石板街为仅存一段。芝水即芝溪，从村西环绕而过，经甘溪汇兰江，八百多年来一直滋润着芝堰古村。诗人写道：潺潺流淌的芝溪水啊，你日夜不息，灌溉着家乡的万顷良田，我多想在这青山绿水间，为你抚琴一曲，可除了你，又有谁能与我一起举杯消愁呢？此诗以景抒情，对家乡山水的钟爱之情跃然纸上，表达了诗人怀才不遇寄情于山水间之感慨。陈景芝生于斯，老于斯，与世无争，九十而终，五子四女，安而无奇。

沿着古街入村，看那白墙黑瓦上层层斑驳，爬满了潮湿的青苔；空中斜挑的马头墙昂着一张张深沉的脸，诉说着一段古老的传说；脚下踩得发光的青石板，回响着历史的跫音。街边的沟渠中，清澈的山泉缓缓流过，人们在水边淘米、洗菜、浣纱，过着不紧不慢的日子。虽然不再有驿站的繁华，却多了一份生活的从容，许多游客慕名前来，贪恋的无非也是这份从容。在这里，你可以放下手机，放下烦恼，放下焦虑，让心静下来，穿越时光，去聆听岁月的沉淀，过上属于自己的日子。

这里的水从远处的山上流下来，经过家家户户的门口，带去大自然的恩赐和山的问候，最后汇入村中的半月塘，在古街的尽头凝固成岁月的样子。老人说，这不是池塘，是砚墨，那条古道便是笔，起伏在远处的山便是笔架，村口那大片的农田便是纸。在世代芝堰人眼里，文才是最高的追求，虽然深居山乡，却能走读天下。男儿阅卷无数，志在千里，那条古道通向的远方，便是芝堰人永远的向往。

这里的建筑精美雅致，从一砖一木，一门一窗，每一块雕刻，每一个符号，都寄寓着芝堰人的智慧与梦想。虽然历经几百年的劫数与变迁，仍然保留着数十幢明清建筑，成为全国较早的文物保护古建筑群。以孝思堂、衍德堂、济美堂等九堂为代表的建筑特色分明，每一个堂都在述说着它动人的故事。

这里独有的水米糕是大自然中水与稻米的完美结晶。从米到糕，需要经过水的洗磨、火的历练和岁月的沉积，那柔而不腻、发而不紧、爽而不糯的味道，是水的甘甜、米的清香，就像山坡上的一抹红、野地里的一簇绿，让人清心而神怡。

漫步在悠悠古道，听着这里的水声、鸟语，整个世界像是透明的，在这里可以看淡一切，看清一切，不必掩饰，不必隐藏。数百米的古街，随便拐进哪一家，都可以坐下来，抽根烟，喝杯茶，与主人谈笑风生，说过去，说未来。

严婺古道的马蹄声虽已远去，但芝堰的那份静然和古韵却在岁月的淘洗中幸存了下来。在这个浮躁的时代，你如若被生活逼急了，不妨来这里走一走，不急不躁，不紧不慢，岁月还是静好。

2021 年 5 月 23 日

戴叔伦眼中的兰溪“九宫格”

一弯挂在柳梢的月亮，一江上涨的春水，两岸带雨的桃花，一条跃出水面的鲤鱼……

一千二百多年前的一个夜晚，落泊诗人戴叔伦在兰江边发了个“九宫格”，顿时引爆了整个朋友圈。大家纷纷点赞转发，留言打听这是哪里的美景。

戴叔伦给所有人回复了一个“呵呵”的表情，并附上四句诗：“凉月如眉挂柳湾，越中山色镜中看。兰溪三日桃花雨，半夜鲤鱼来上滩。”

这就是后来流行于九姓渔民中的《兰溪棹歌》。短短 28 个字，把兰溪九姓渔民寂寞无聊的夜晚，装饰了许多浪漫的情怀。这首《兰溪棹歌》，如今还被收入沪教版二年级下册和北师大版四年级下册的语文教科书，成为小学生必读的篇目。

一

先说一说这位落泊的诗人戴叔伦。

唐建中元年（780），唐德宗听信宰相杨炎的谗言，将65岁的吏部尚书刘晏秘密杀害。备受刘晏赏识的戴叔伦也受到株连，由监察部的一个后备干部（监察御史里行）降为东阳县县令。

这一年，他已经49岁。

那时的东阳，不是现在的东阳，匪乱四起，民不聊生，周边各地农民起义不断。为了镇压起义军，官府又向农民征收大量的赋税，用于军费开支。东阳深陷于朝廷镇压与农民起义相抗衡的漩涡中，战事不断，因此也没人愿意到这个地方当官。

杨炎将戴叔伦贬到此地，起到了杀鸡儆猴的目的。一方面不断受到杨炎势力的挤压，另一方面来自各方面的压力也让他进退两难，最终，戴叔伦成了一位落魄诗人。

兰江月色，就是他在去东阳的途中遇到的美景。

春天，一个雨后的夜晚，远航的船在兰江边靠了岸。戴叔伦钻出船舱，第一眼看到了挂在柳梢的月色，虽有点儿凉意，却因为柳枝的遮挡，多了几分妖娆，显得有些春宵撩人；第二眼看到了映在水中的月色，上涨的春水看似平静，却隐藏着一颗驿动的心，让疲惫的“我”有点怦怦然；第三眼看到了心中的月色，突然跃出水面的鲤鱼，让他一下子扫去了多日来积郁在心头的阴霾。原来，人生所有的相遇都是一种美好，所有的历练都是一种成长。

兰江月色撩人，看过“三眼”的戴叔伦已无法入睡，感叹这才是越中山色第一景，忍不住要在朋友圈里晒一晒，于是就有了开头那一幕。

二

到东阳上任后，戴叔伦对地方事务大刀阔斧进行整顿改革，表现出了卓越的政治才能和爱国爱民情怀。

实践证明，他不仅会读书、能写诗，而且是地方治理的一把好手。

他采取了一系列的改革措施：减赋税，平劳役，惠政于民，吸引出逃在外的农民返乡；抑权豪，平盗贼，打造平安家园，让动荡的社会平稳下来；通商旅，兴水利，优化宜居生态，营造就业环境；劝农桑，垦荒田，大力发展农业生产，提振社会发展信心。

经过三年的休养生息，东阳人民不但过上了安定的生活，而且由一个省级贫困县一跃成为全省纳税大县。在当年的年度考核中，戴县长夺得金华第一名，一时间声誉鹊起，朝野震动。原先不重视他的人，都开始对他另眼相看。他也因此得到了李世民皇室后裔李皋的器重。不久，李皋提拔他到身边做判官。

建中四年（783），戴叔伦离开东阳，赴李皋部任职时，全县百姓扶老携幼出城相送，场面十分感人。但戴叔伦最念念不忘的，还是兰江上撩人的月色。他明白，人有旦夕祸福，月有阴晴圆缺，满则亏，亏则盈，重要的是心态要平衡。

戴叔伦离开东阳后，东阳人民对他念念不忘。为了表彰他的清廉政德，百姓自发在县衙门口立起一块“唐东阳令戴公去思颂”的纪念碑，对他三年的政绩给予高度评价。

此后，不管走到哪里，他都以此警诫自己，遇事要在心中问三问：一问能不能做？二问值不值做？三问要怎么做？经得起三问之事，事必成，成必功。

三

关于《兰溪棹歌》这首诗，一直有争议。

有专家说，这首《兰溪棹歌》不是戴叔伦写的，而是出自明丞相汪广洋之手。的确，汪广洋还写过其他两首《兰溪棹歌》，其中一首写道：“棹郎歌到竹枝词，一寸心肠一寸丝。莫倚官船听此曲，白沙洲畔月明时。”但同样写兰江月色，一位是位极人臣的丞相，一位是被贬的落泊诗人，两者的心境与风格是完全不同的。

事实上，历来以《兰溪棹歌》为题的诗词何止这几首，光是清代的汪启淑就曾写过一百首，但大多隐入历史尘烟中，不为大多数人所知晓。唯独戴叔伦的这首例外，成为“棹歌”中的爆款，而且经船夫们传唱，一传十十传百，竟成了兰江渔歌的一首保留曲目，并一直传到了今天。我想，这不仅是因为诗好，更是景好、人好，正所谓是“好人好诗戴叔伦”。

也有人考证后说，戴叔伦写的是绍兴的兰溪，这似乎也没有说服依据。

首先，“兰溪三日桃花雨”的意境与兰溪所处的地理位置和气候特点极其吻合。兰溪地处三江之汇，一到雨季，只消下得三日雨，江水必涨，上游婺江、衢江的水都直奔兰溪而来，在此汇集成百里兰江，然后才浩浩荡荡地奔钱塘而去。

其次，诗中写到的鲤鱼，更是兰溪的特色。每到除夕，鲤鱼是兰溪家家户户必备的一道菜，“鲤鱼跳龙门”是兰溪人对生活、对子女的良好期盼。或许，也正是因为“鲤鱼跳龙门”这个寓意，才让戴叔伦一下子治愈了苦闷的心灵。

争议归争议，但丝毫不影响大家对戴叔伦《兰溪棹歌》的痴迷。读诗、评诗，其实也是在读人、评人。

诗如其人，人如其诗，不是吗？

《兰溪棹歌》自收入教科书之日起，便凸显了对戴叔伦人品的肯定，以及对兰江月色和祖国大好河山的赞美。

兰江月色，只是兰溪撩人景色的一角而已，更多的四季美景、百味美食藏在有戏有味的兰溪日子里，期待你来寻访、体验、探秘。

你一定会不虚此行。

2022 年 10 月 27 日

郎静山的镜头

2018 年的夏天，已过知命之年的卜宗元偶然在上海的一次摄影展上结识了来自郎静山故里的几位摄友，并在他们的热情邀请下，来到了兰溪游埠这个小镇。

小镇的诚意与酷热的炎夏同样让人难忘，使他深深地爱上了这块土地，把他寻找了半辈子的镜头聚焦在了游埠，在这里建起了中国第一家也是规模最大的相机博物馆，并由此打开了后半生一片新的天空。

那么郎静山到底何许人也，为何有如此魅力？游埠一个江南小镇缘何成为网红小镇？

一

游埠是一个充满传奇与浪漫的地方，它的名气其实由来已久。

唐代诗画僧贯休出生于此，7 岁在本地和安寺出家，并曾主持建造著名的石壁寺；明代探险旅行家徐霞客曾途经此地，夜宿小镇，并在《徐霞客日记》中留下难忘一笔；清代大戏剧家李渔年轻时曾穿梭于茶馆旅肆中，收集民间奇闻趣事，后来创作的《笠翁十种曲》《十二楼》等有不少故事取材于此；更有民国义士章驹与同学千家驹一起创立了金华第一个党支部，先后担任兰溪县教育科长、金华县长、慈溪县长，是浙江省第一位死于抗日战争的县长……

郎静山只是众多传奇中的一个，却是最为神奇的一个。

一奇是他对相机的热爱。从 14 岁第一次端起相机开始，直到 105 岁终老，九十多年来“机不离手”“手不离机”。1986 年 7 月，95 岁的郎老参加一次摄影采风活动，所乘大巴从山路上侧翻，一车人都受了伤，唯有郎老安然无恙，手里还紧紧地握着完好无损的相机，同行中无不啧啧称奇。他说：“拿照相机就是我的生活”“相机比太太还重要”。

二奇是他对摄影的创新。郎老是中国近现代著名摄影大师、世界十大摄影师之一，而让他站在摄影界最高峰的是他独创的集锦摄影法。他从拿起相机那一天起，就不满足于简单的拍摄，只是将景物移入一个框内，他的梦想是将更多的“诗与远方”装点人生。经过反复尝试独创了集锦摄影法，经暗房多次曝光，把跨时空的不同景色叠映在一起，呈现出有着东方美学特有的照片。把摄影从平面艺术呈现出立体艺术的创新，让世人惊艳，其登峰造极的“PS”技术至今无人超越。

三奇是他对家乡的情感。他出生于江苏淮阴，一生只回过兰溪三次。第一次是10岁的时候父亲带着他回到游埠，这样一座江南小镇给他留下了深刻的印象。第二次是父亲去世后，护送父亲的灵位回到游埠供奉在老家的宗祠里。第三次是在1991年，年届百岁的郎老再次迈着矫健的步伐，一袭蓝衫回到游埠家乡祭祖，并在兰溪芥子园举办“百岁百幅摄影作品展”，在李渔的燕又堂前欣然题词“兰为君子，温文尔雅，溪流文化，源远流长”。两位穿越三百多年时空的大家因为溪兰文化的共情在燕又堂相遇，成为又一段文坛佳话。

郎静山的镜头拍摄过的美景千千万，最后却把镜头对准了家乡。他在百岁回兰时对乡亲们说：“我还会回来的！”

在游埠老街的入口处，却立着一个大大的镜头，等着郎老的回来。遗憾的是隔着一衣带水，郎老却再也没有回来过。

二

游埠，一座曾与桐乡乌镇、湖州南浔、义乌佛堂并称为江南四大古镇的江南小镇，千百年来，述说着一个又一个的传奇。

游埠曾因水而盛，因水而衰。曾几何时，“喝早茶”成了游埠人不思进取的代名词；却又不知从何时起，“江南第一早茶”成了人们蜂拥而至的网红打卡点。

而这绝非偶然，也非必然。

在古镇受到市场冷落的时候，游埠人不甘寂寞，痛定思痛，挖掘历史文化，拓展文创空间，硬是把一杯“早茶”做成了一个富民产业。

他们善待文化，用摄影文化的核引来了各方青睐的眼光，用自己的诚意引来了一个又一个的项目。

来自桐乡崇德的卜宗元因为2018年的相遇，把自己一生收藏的相机都留在了这里，建起了全国独一无二的古董相机博物馆。他从19岁起开始收藏相机，到今近四十年收藏了不下3000架不同的相机，有许多还是绝版。当2019年12月1日，博物馆惊艳开馆时，无疑在摄影界扔下了一个重磅炸弹，近1000台绝版相机让人看直了眼，更有每一台相机后的动人故事，让人动容。

随之，摄影创作基地、摄影人之家、摄影作品展馆等等众多牌子随之挂起，郎静山摄影艺术周、各种摄影大赛相继而起，等等，成为摄影小镇特有的一道风景。

而游埠人不仅仅是局限于摄影，在美食、旅游、未来乡村等种种主题上都进行可能性链接、拓展，当无数的可能性汇集在一起的时候，不可能也便成了可能。

原来只是最普通的一杯早茶，现在成了“不喝早茶非游埠”的典型特征；原来丈母娘留给女婿吃的“肉沉子”，现在成了美食小镇的“爆款”，都惊诧于如何鸡蛋里会长肉，肉里会夹鸡蛋？

从郎静山的传奇到早茶街的传奇，看似偶然，其实必然。

三

游埠是一个活态的古镇。不仅有着千百年的历史底蕴，名人、名胜、名作，让人数不胜数，更是有着活态的传承，喝早茶的习俗、手工艺的传承、古镇风貌的保护，等等，在许多地方已经消失了的文化形态，在游埠，却是流淌在每一个百姓血液中的基因。

游埠是一个创新的古镇。石桥是老的，流水是新的；街巷是老的，面孔是新的；习俗是老的，业态是新的；相机是老的，镜头是新的；问题是老的，办法是新的……

游埠是一个融合的古镇。从“各美其美”到“美美与共”，游埠人渐渐懂得了习近平总书记所说的“命运共同体”。在这个时候，谁都不能成为一个独立的个体，个人英雄主义的时代已经过去，从“互联网”到“物联网”，游埠还需要更多融会贯通，贯休的“善”，郎静山的“美”，章驹的“义”，像游埠溪上游的一个个支流，最终都汇合成游埠的“商埠文化”，成为钱塘江上游一道灿烂的风景。

一个地方的发展离不开文化，就像一个生命离不开肺的呼吸一样，需要保护与传承。游埠如是，兰溪如是，中国如是。站在这百年未有之大变局的时代风口，摄影小镇就像刚刚起航的小舟，从游埠溪到兰江，到钱塘江，到大海，还有许多路要走，还有许多风浪要经历。

李渔曾说过：“凡作传世之文者，必先有可以传世之心。”只要我们心中有蓝图，手中有镜头，脚下有力量，我们的梦想必定会抵达胜利的彼岸。

2022 年 11 月 25 日

千山万水“粽”是情

端午节前夕，在李渔故里的兰溪夏李村，作为李渔十二代裔孙李卫东的家里正热火朝天地忙着改装厨房。

夏李村在“五一”李渔戏剧小镇一期开园之后，常常有大巴载着游客进来，但大多是匆匆而来，又匆匆而去，在这里只是听导游讲几段李渔的故事，李渔像前摆几个“剪刀手”，却无法让他们停留得更久，正是应了李渔的那句话“名乎利乎道路奔波休碌碌，来者往者溪山清静且停停”。看到这些，李卫东、黄建仙夫妇俩感到很遗憾，他们敏锐的嗅觉从中看到了无限的商机。两人一合计，便把厨房推倒重修，万事食为先，要把李渔家粽做成兰溪第一粽，第一步要把厨房盖成“李渔第一厨”。

在很多人看来，厨房毕竟是厨房，吃得着看不着，要那么光亮干嘛。可黄建仙不这么想，人除了工作之外最要紧的就是睡和吃，李渔所说的休闲，无非就是要会睡能吃。所以这厨房与卧房同样重要，非得干干净净、亮亮堂堂的才好。劳动节“谪凡居”开张，游客闻“香”而来，尝“香”而去，就是对就餐的环境有点遗憾。看着自家狭小的院子与阴暗的厨房，黄建仙就暗下决心，节后怎么也得装修一下。

李卫东自己早年在建筑工地上干过，黄建仙就在工地上给工友们做饭。如今回到村里，两人的手艺都派上了用场。李卫东跑到隔壁诸葛村的古木料市场里，精心挑选了一些老旧木料、雕花梁栋，又买了青砖黑瓦，找了两个老伙计当帮手，就干了起来。

我坐在院子里，李卫东就在不远处铺地砖。地砖是青色方条砖，好几块钱一支，下了血本。李卫东按照李渔《闲情偶寄》里花纹的样式铺设，一块贴着一块，显得不慌不忙、一丝不苟的样子，现在除了古建，已经很少有人会这样去铺自家的院子了。我们有一搭没一搭地聊着话，对未来的夏李充满了憧憬。

新建的厨房门梁都是老旧木料，比新木料还贵，又配了精致的花雕牛腿，既保留了柴火灶的传统，又增添了老建筑的韵味，这样的一个厨房挤在几幢现代洋房中间，感觉一个穿西装的脚上套了双布鞋。李卫东说：“等下次赚了钱，把这‘西装’

也换掉。”看来夏李村“新洋房马头墙”的建筑新风尚已经深入人心。

说起李渔粽，黄建仙说，自从她嫁到李家，婆婆就手把手地把“李渔粽”制作法教给了她。以前只是逢年过节为家里人做，没想到有一天可以做成业态。吃粽子的习俗全国都有，其源起也是大同小异，而在兰溪稍有不同，除了端午、中秋、春节之外，平时出远门也会包上几个，随身带着以作干粮。据说嘉兴粽子就是兰溪的弹棉花匠带到那边去而发展起来的。而在夏李还多了一个习俗，就是考生赴考场带着吃，因为“粽”谐音“中”，希望吃粽能助自己高中榜首。据说当年李渔就是带着他母亲包的粽子去金华考中童子试第一名的，被誉为“五经童子”，在整个金华都传为佳话。李渔是村里的第一个秀才，因而村里人就把粽子叫“李渔粽”了，也有人叫“童子粽”，村里凡有孩子参加大考，家中必做“李渔粽”。吃着热腾腾香喷喷的大肉粽，考生的自信心倍增，成绩自然也就不会差了。

黄建仙是个有心人，做什么事都很上心，在别人看来十分简单的“李渔粽”，在她这里却是一门手艺活，每一个步骤都容不得半点儿马虎。从粽叶到食材都要选上等的。干燥的粽叶要先用井水浸泡一个晚上，使其恢复柔韧的品质，可以在主人手里任意包裹而不变其形。浸泡后的粽叶用干净的毛巾一张张擦拭干净，再用开水焯过，以消毒杀菌。同时选用糯米、鲜肉等上好的食材，以备用。糯米要先冷水浸泡 3 小时，此时的糯米刚刚开始发胀，在它将胀未胀之时便沥干水，以备用。时间太短则米未发胀，包起来的粽子口感生硬，时间太长则已完成发胀，这样的粽子太软缺少韧性，吃起来没嚼劲。

完成这些，黄建仙才穿戴整齐开始进入调料、包粽的主程序。服装是她让裁缝用青花布做的。以前自己家做的时候随便搞块方巾往头上一扎就行了，为的是防止头发等掉进去。现在做生意当然要讲究规范，既要卫生还要好看。她不但自己穿，前来帮忙的人都得穿，黄建仙觉得这样才像正规的店，干起活来也带劲儿。

此时，糯米中的水已沥干，黄建仙净手后，再把精盐、酱油、料酒、食用油、白糖等依序放入，慢慢用手搅拌调匀。一斤米几克盐、几克油都有精准的配比，这是上辈人得出的经验，传到黄建仙的手上，已经精细完美，不得有半点儿误差。用手搅拌是为了用指尖感知到糯米的变化，让每一颗米都能吸收到调料的精华，慢慢渗透，在轻轻地搅拌中，让它们完成从一颗白色无味的糯米到浸透着香润气息而晶莹如玉的香米的转变。这时候，再取出切成条状并同样用调料调好浸泡后的鲜肉或其他的馅料，就可以包粽子啦。

粽子按大小分有一叶粽、两叶粽、三叶粽等，就是根据使用的粽叶张数的多少来定。按形状分有三角粽、四角粽等。如果按馅料分，那就品种更多了，有大肉粽、大栗粽、甜粽等，包裹时会根据馅料的不同而采用不同颜色的线或其他记号来区分。李渔说：“饮食之道，脍不如肉，肉不如蔬。”黄建仙为此除了祖上传的一些馅料配法，又根据当下人们的新口味自己新创了一些馅料，如佛豆粽、蛋黄粽等。黄建仙把三角小粽叫“李渔一口香”，三个不同馅串一起叫“一家亲”，五个串起来叫“五福临门”，十个串起来叫“李渔十粽曲”等。

粽子包好后就可以开煮啦！新厨房，大灶锅，用柴火灶煮起来的“李渔粽”别有一股特有的青香。不一会儿，院子里的空气中便迷漫着香润的气息，经久不散。粽子要在水开后持续煮 3 个小时，只听得水泡嘟嘟嘟地在锅里欢快地沸腾着，浸足了调料的糯米在水沸声中开始继续发胀、相互挤压，最后松松垮垮的一个粽子变得严严实实。熄火后，再焖 5 小时，然后才出锅，自然晾凉，降至常温后，真空包装，粽子这才算真正完成。游客购买后热一下就可以吃了。当然，如果您有幸到夏李谪凡居，去吃刚出锅的李渔粽，那味道就更香了。

想当年，李渔带着他母亲做的粽子，从夏李带到了金华，又从金华带到了杭州。后来那次到杭州参加乡试，路上遇到劫匪，身上没什么银两，硬是用几个粽子蒙混过了关，算是保下一条命来。从此，李渔对于粽子，更多了一层思念家乡、思念母亲的情感，真可谓是踏遍千山万水不忘其香，尝遍千辛万苦不变其味，道遍千言万语不改其心。

在未来，李卫东还想建立自己的粽叶基地，在伊山下种糯米、养螃蟹，按照李渔的喜好开发出蟹黄粽、鲜笋粽等。想当年，李渔60岁时，带着他的戏班子回到夏李探亲，让他们都尝到了夏李的家乡粽。如今，李卫东夫妇也有个愿望，想把自己的粽子事业做大做强，不但让回家的游子能吃到美味的粽子，更希望让自己的粽子越过万水千山，送到天涯海角每一个乡贤的手中，让他们无论何时何地，都能感受到家的味道、妈妈粽的味道！

（原载2020年6月《天下兰溪人》）

Chapter 2

风骨芳华

自那日望云楼与朱元璋一醉之后，刘基心里明白，此后半生将与此人捆绑一起，再也无法分开，是成是败就像赌徒下注一样，全押在了朱元璋身上了。

黄大仙与黄蜡石的传说

东晋年间，战乱匪患，连年大旱，民不聊生，怨声载道。

相传，在浙江钱塘江中上游的兰江边上住着一户黄氏人家，世代放羊为生。家中两个儿子，大的叫黄初起，小的叫黄初平，放羊是他们每天雷打不动的功课。每天一大早，兄弟俩就要把几十只羊赶出去，傍晚再赶回来。这一年遇上了大旱，眼看着青山碧野日渐枯黄，赶出去的羊越走越远，还是找不到一处可供啃食的绿荫之地，两兄弟急眼了，再找不到吃羊要饿死了呀！

忽一日，黄初平发现由于干旱兰江里的水位已经浅了许多，几乎都可以蹚水过江了。黄初平赶紧把这消息告诉了哥哥。

黄初起开始不明白，问："江水浅与我们有何相干？"

黄初平就说："哥，你忘了，江中心有个岛，岛上有一片大草地……"

黄初起“哦”了一声，才恍然大悟：“你是说，我们可以去岛上放羊?”

黄初平点了点头。

黄初起猛地抱起弟弟，在他额头上狠狠地亲了一口，嘴里道：“还是你聪明!”

两人便赶着羊开始往江边走。以往波涛汹涌的兰江此时看上去更像一条清澈的小溪，正是盛夏，两双小脚一踏入江水，便跳跃起来，欢快得像两只小鹿。那一群羊就像千军万马，在兄弟俩的指挥下，朝着江中心的绿岛奔跑，溅起的水花在阳光的折射下五彩斑斓，煞是好看。

从此，小岛便成了兄弟俩的一个秘密据点，每天早出晚归。因为是盛夏，岛上却因江风不断而显得异常凉爽，于是黄初平对哥哥说：“我们何不住在岛上呢，也省得天天来回。”于是兄弟俩在岛上用鹅卵石垒了一座小石屋，以岛为床，以云为被，就在岛上住了下来。每天只是叫哥哥回家拿一下饭，弟弟却以岛为家，怡然自得。

时间过得很快，一下子就到了秋天，天气渐渐地凉了，羊每天都有新鲜的草吃，渐渐地长高长肥了。这一天，哥哥又回家准备给弟弟送饭，可他前脚刚踏上岸，后脚就下雨了，而且越下越大，狂风暴雨，一点儿停的意思都没有。于是江水一下子就涨了上来，再不是那条温柔的小溪，滚滚的波涛再一次汹涌起来。兄弟俩隔着一江滔滔洪水，束手无策。

黄初平和他的那些羊在岛上的石屋里躲了一夜。第二天，雨过天晴，但江水水位依然很高，羊无法涉水而过，这可怎么办呢？黄初平急得眼泪都要掉下来了，这时，走过来一白胡子老道。黄初平正纳闷这老道从何而来时，只见老道向他施了一礼，问道："小施主，有什么需要帮助的吗？"

黄初平忙上前还礼，道："因为江水上涨，我的羊回不去了！"

老道捋着颌下的白胡子说："我教你一道咒语，把羊变成石头，用木盆运到对岸去。"

黄初平顿时破涕为笑，将信将疑地问道："真的吗？可以把羊变成石头，那太好了！"

于是老道将咒语与点化的机密传授于黄初平。黄初平悟性高，一下子就掌握了要领，不到半个时辰，已经可以将羊与石头变幻自如了。

黄初平先游过对岸，回家中取了个木盆，然后把岛上的羊都变成石头，装在盆里，用手托着，运回了岸。在上岸时不小心，有一块石头滚落到了江里，黄初平心痛不已，少一块石头就少了一头羊。

哥哥黄初起看到弟弟运了一盆石头回来，以为他是泡了一天的雨泡傻了，便问他："初平，羊呢？"

黄初平指了指盆中的石头说："呶，这就是！"

黄初起哪里会信，说："你傻了吧，这是石头啊！"

黄初平指着石头念了一道咒语，然后轻喝一声："起！"

只见一只只肥壮的白羊站了起来，然后走出了木盆！

黄初起顿时傻眼了，问弟弟："初平，你这法术哪里学的呀？"

黄初平指着身后江面上的老道说："呶，那个老道教的！"

老道朝他俩点点头，忽然化作一道轻烟，朝金华山方向飘走了。

后来，兄弟俩在金华山找到了这位老道，并拜他为师，开始了修道之路。由于黄初平修炼成仙后，一直为百姓扶贫济困、传馨送德，所以被后人尊为"黄大仙"，香火鼎盛。

而那块滚落到江底的石头因为有了羊的灵性，又经过一千多年的江水浸泡，久而久之就玉化了。后来有人到江底采挖砂石，不断地会挖到这种质地坚硬、光滑润透的石头，为了纪念黄大仙，有的叫它"黄蜡石"，有的叫它"大仙玉"。至于那个村落，为了纪念那个装石羊的木盆，这个村也改名叫黄盆村了，因为盆是从水上来的，后人又在盆字前加了三点水，所以就叫黄湓村了。那个岛因为是黄大仙的放羊之地，所以就叫灵羊岛了。

（原载2016年第10期《宝藏》杂志）

此去只饮兰溪一杯水

明天启五年（1625）的某一天，从衢江上游漂下来一只船。船在兰溪西门码头靠了岸，从船上走下来一个其貌不扬的中年男子，跟随的仆人挑着担子，径直朝县衙走去。

此人正是前来兰溪赴任的新县令王家彦，这一年他 38 岁，是参加工作第四年。

现在一说起福建，就会想到莆田系医院，声名狼藉。而在三百多年前，说起莆田人王家彦，则清名显赫，无人不敬。

明神宗万历十六年（1588），王家彦出生于福建莆田东峤山美村，字开美，号尊五，莆阳奎山王氏后裔。年少时在当地众妙园书院读书，聪明好学，才华横溢，善良正直，胸怀大志。有一年除夕，他与邻村的同窗好友徐嘉奋、林佳鼎一起赶路，沿途经过一座小桥，林见满天星斗映入水中，不禁触景生情，随口吟联曰“除夕过溪桥；足踏漫天星斗”，要两位好友对下联。两人一路思考，直至分手也没想出对子来。王家彦心中一直想着下联，这个年也没过好。正月初一，父亲让他挂一幅山水画，正是《万里江山图》，心中一激灵，吟道：“新春挂画轴，手扶万里江山。”赶紧找到两位好友告之，好友心中称妙，口中却说：“妙则妙矣，可是去年的对子今年才对出来，是不是该罚酒三杯啊?”三人拥怀而笑，举杯畅饮，传为佳话。日后三人皆成大器，誉为“众妙园三鼎甲”，其中徐嘉奋中举后任教谕，林佳鼎登科后官至兵部侍郎，后在广东死于抗清前线，而王家彦官至尚书，其一生更为壮烈。

由于王家彦文才出众，34 岁中举人，35 岁中进士，被朝廷派往浙江任开化知县。他勤政爱民，廉洁奉公，一腔正气，两袖清风，在开化不到三年时间，就将县域治理得井井有条，百姓赞为“神君”。朝廷又委以重任，派往兰溪任职。兰溪不比开化，靠山吃山靠水吃水，地处金衢盆地，有山山不高，有水水不深，王县令没来之前就听说是个穷县衙，此行前去任重道远。他取了家中所有积蓄，并典当了妻母的首饰衣物，对夫人说，我当初入仕当官，就是为了百姓，如今要去兰溪当官，我不能富了自己，苦了百姓，家里这些钱，留三分之一给母亲用，其余的我带去任上用了。夫人深明大义，点头应允。王县令临行之前更是在先祖灵位前许下“此去只饮兰溪一杯水，不取民众一分钱”的誓愿，决心要做个好官。

到了兰溪，安顿好起居之后，王家彦即带衙役深入基层，视察民情。发现县城残破不堪，百废待举，水利失修，民生凋敝。他果断提出改革方案，废除旧制，减轻赋税，尽献家资，大兴水利。县城的官绅富户们见县令都如此以身作则，关爱民生，深受感动，纷纷慷慨解囊，一时城里城外到处都是工地，清理河道、修缮城墙，全民动员，大兴土木，从大街小巷到商埠码头，从县衙公差到山野村夫，一派热火朝天的景象。几年时间，兰溪面貌大变，城防完善，市场繁荣，官民和谐，百姓富裕。王县令这样一位自掏腰包为民办实事的清官事迹从此在坊间流传，据说连城隍庙里的火神爷都感动了呢。

王家彦一心牵挂民情，昼夜忙于政务，有一年夏天，因为天气炎热，他积劳成疾，脖颈上长了个痈包，却舍不得花钱买药，便让妻子上山采草药以敷治，但久而不愈，疼痛异常。一日王县令路过城隍庙，想着百姓疾苦便进庙烧香祈愿，进香时看到火神爷脖子上也有一处脓包，和自己生的部位、大小相同，忽觉怜恤，便上前用香竹将其轻轻刮去，并默默为其祈愿。想不到第二天洗脸时，他发现自己脖子上的痈包不见了，心想定是火神爷显灵，驱邪祛疾。为感恩火神爷，多年以后，王家彦在京城任职丁忧回乡时，特地取道兰溪，将火神爷分灵请回老家，供奉于莆田城关王氏宗祠内。后来，王家彦死后，当地人都把火神爷看作是他的化身，称为“蒲府大人”，世代供奉。庙内有联曰“暗室亏心神目如电；人间私语天闻似雷”，蕴意人在做，天在看，颇有劝善惩恶之义。

从此，王家彦自己担钱做县令的事在家乡传了开来，后来有人将此编成了传统莆仙戏《担钱兰溪去做县》，至今仍在上演。

王家彦在兰溪的政绩让皇帝刮目相看，明熹宗提拔他任刑部给事中。时值宦官魏忠贤弄权，朝风败坏，许多正直官员愤然辞职。而他在这个位置上一干就是十年，弹劾权贵，直言相谏，大义凛然，一身正气，贪官污吏见了无不胆寒。崇祯元年(1628)，王家彦等人上疏弹劾魏忠贤，揭露其罪状，遂崇祯帝下旨捉拿，魏忠贤闻风畏罪自杀。

王家彦不但反对恶势力，不畏权贵阔佬，主张正义，清明廉洁，而且坚持真理，革除旧弊，大胆创新，提出过不少新思想新理念，如《明刑疏》《闽省海防疏》《马政疏》《救灾疏》等对推动当时的律法、海防、马政等改革起到积极影响，得到崇祯皇帝赏识，称“家彦奏皆善”，说他的建议都是好建议，全部采纳。但是此时的大明王朝大厦将倾，靠其一人已经难以回天。

崇祯十六年（1643)，北京城受到清军侵扰。皇帝提拔他为右司马，协理京营军队政务。他上任第一天就跑遍十六座城门，视察详情。当夜，风雪交加，他独自一人提灯步行巡视城堞，竟然没有一人知道。第二天，宣布谁坚守谁失职，丝毫不差，官兵无一不服，从此再也不敢马虎。此后半年时间，他吃住在城楼上，直至京城解围。他护城有功，遂提拔为户部尚书。

可好景不长，第二年，清军再次进逼京城，守御城墙的军队不战而降，节节败退，王家彦回天乏术，站在安定门上，看城下烽烟四起，杀声震天，却是胜败两重天，不禁昂首长啸，涕泪俱下，悲怆地吟出《城头秋感》两首：

一

漠漠寒云起暮笳，烟尘犹未退戎车。
壁门明月临青海，朔野霜风卷白沙。
幕府夜阑蛩复切，严城秋老菊无花。
可怜关塞凄凉甚，荒冢垒垒数万家。

二

铁笛齐吹汉月秋，壮夫有志竟悠悠。
凄凉关塞寒风集，杳渺河山积雪留。
匹马曾过青草冢，大军昔驻皋兰洲。
平生最厌推卫霍，百战无封亦便休。

黎明时分，北京城被攻陷，王家彦从城墙上一跃而下，欲以身殉国，结果没有死。王家彦羞愤不已，一瘸一拐地走到附近一座民房里，再次悬梁殉国。起义军找到他的尸体后，残忍地用火焚烧以辱尸。幸好被躲在角落里的仆人及时扑灭，只烧掉了一条胳膊，剩余部分被仆人收捡后，扶柩回乡安葬。死后赠太子太保，谥忠端。清朝赐谥忠毅。

他生前有个老铁叫黄道周，官至吏部兼兵部尚书，比他大3岁，也是福建老乡，两人相交甚厚。王家彦灵柩回乡时，黄道周抚棺痛哭道："您真是死得值啊!"言下之意赞他的气节。两年之后，隆武二年（1646），黄道周被捕，奸人劝降，誓死不从。临刑前大呼："天下哪有怕死的黄道周啊!"十八年后，老子又是一条好汉！被奸人刀起头落，身子却仍站立不倒。死后人们发现他的衣服里写着"大明孤臣黄道周"七个大字，令人唏嘘不已。

这一年，清兵攻入金华，屠城三日，守城大将朱大典全家三十多口全部以身殉国，全城百姓死了五万余。时任金华府幕僚李渔乱后余生，回到老家夏李，临危受命担任"祠堂总理"，任职当日提出乡村振兴的三年计划，并当众许下"不喝祠堂一杯水"的誓愿，从此揭开一段新的开始。这时候，离王家彦在福建老家祠堂里许下"此去只饮兰溪一杯水"誓愿时，已经相隔二十一年，人间已翻过又一次改朝换代的一页。

在这场时代的变迁中，王家彦烧掉了一只胳膊，黄道周掉了一颗脑袋，而李渔不得不剃发留头，耻辱地活着。

死者已逝，生者却更为艰难，不管是只喝百姓一杯水，还是不喝百姓一杯水，都不能忘记为官一任“为天地立心，为生民立命，为往圣继绝学”的初心。

同样是一杯水，喝与不喝，却是同样的悲壮与清明，令后世敬仰。

（原载 2023 年 8 月 15 日《联谊报》）

在痛并快乐中奔走的李渔

曾经在芥子园工作了十年，那是一个纪念李渔的地方，幽静、雅致、清灵。虽然三百多年前李渔的墓茔已无迹可寻，可我相信，李渔的魂灵一直与我们相依相伴，他的思想无时无刻不闪耀着发人深省光芒，他的乐观、豁达、创新、执着、敏捷、才智，乃至他的经商头脑和独异的为人处世之道，都一直深深地影响着兰溪人的世世代代。我现在终于明白为什么现代兰溪人经商、办厂、从业的足迹敢于踏遍全国，近至杭嘉湖、长三角，远至珠三角、大东北、大西北，为什么我们兰溪康恩贝、兰溪建材企业、兰溪纺织生意的触角可以伸到全国的每个角落，而常立于不败之地，因为在他们的血液里无不流淌着李渔先贤那种智慧、创新与执着的因子。当我恍然醒悟的时候，李渔痛并快乐着的生命轨迹在我脑海中越来越清晰，他奔走的姿势在我的视线里越来越近。

少年·发奋斯楼

人类奔走的本性似乎是与生俱来的，但是人类又无时无刻不在与这种本性抗争着，希望自己能说停就停下来，哪怕是一时半会都行。李渔却知道，人一旦停下来，就再也没有起跑的可能，他只希望自己能跑得快乐一点儿，哪怕是痛，也要痛得快乐，这种想法或许在他还在母体里的时候就已经萌发了。

相传，李渔家世贫寒，父亲李如松长年在江苏如皋做药材生意，难得回来，母亲给人家帮工。明万历三十九年（1611），李渔母亲怀了 11 个月的胎，肚子痛了三天三夜，还是没有分娩。一位长老说他家阴气重，建议把产妇抬到祠堂阳宅里去，就在大家七手八脚抬产妇去祠堂的路上，李渔“哇”的一声出世了。从此，这个出生在路上的李渔注定了在痛并快乐中奔走的一生。

夏李村人多地薄，族中不少人在如皋古城经营药材，有“冠带医生”头衔的李渔伯父李如椿在如皋城内的药铺也开得红红火火。父亲李如松在李渔出生后不久，便举家迁往如皋居住，以助其兄照顾生意。自幼聪颖的李渔，襁褓识字，“四书”“五经”过目不忘，总角之年便能赋诗作文，伯父出门行医总喜欢带着他。但是出门多了，李渔母亲又怕他荒废了学业，为了让儿子能静心攻读，她又将李渔安置到李堡镇上的一座“老鹳楼”里读书。这座老鹳楼处于城郊，远离闹市的喧哗，幽静宜人，适合读书。李渔每天来回奔走于从家到老鹳楼的路上，两边怡人的郊外风光成了他读书之余的最佳调味剂。但好景不长，他父亲因病不幸去世，家庭突然失去顶梁柱，全家人顿陷困境。迫于生计，幼小的李渔肩负起一家人的生活重任，扶柩回乡，踏上生活新的征程。

青年·仕落八咏

父亲的去世更坚定了李渔谋取功名的决心，崇祯八年（1635），25岁的李渔去金华参加童子试，一举成为名噪一时的五经童子。首战告捷，使李渔尝到了读书成名的甜头，他信心更足，读书也更加刻苦。崇祯十二年（1639），李渔稳操胜券赴省城杭州参加乡试，他万万没有料到，由于考场的腐败，自己竟名落孙山。崇祯十五年（1642），明王朝举行最后一次乡试，李渔再赴杭州应试，由于局势动荡，李渔途中闻警返回兰溪。不久，社会局势发生了根本变化，清朝的铁骑横扫江南，明王朝已成风雨飘摇之势。国难当头，自己求取功名之路化为泡影，此时的李渔心灰意冷，惆怅不已。这年的清明节，他在祭扫先慈墓时，百感交集，内心愧疚，长歌当哭：“三迁有教亲何愧，一命无荣子不才。人泪桃花都是血，纸钱心事共成灰。”

不久，受新任婺州司马许檄彩之盛情，做了幕客。后又结识新任知府朱梅溪，两人志趣相投，来往甚为密切。一次，朱梅溪盛邀李渔去城东南隅的八咏楼赏景，并要他为此楼题联，以弥补该楼有诗无联的缺憾。八咏楼原名玄畅楼，因齐梁时沈约的《八咏》诗而得名，唐代后改名，是历代文人墨客吟咏之盛地。南宋李清照曾登临此楼，并作诗《题八咏楼》。李渔当即作了“沈郎去后难为句；婺女当头莫摘星”一联，令人拍案叫绝。既是表述了对前人名篇的敬仰之意，又表达了李渔落第后的那种难言内心之情。朱梅溪命人将此联制匾后悬于楼柱上。三年后，清兵攻入金华，楼遭灾，联遭毁，李渔也被迫离开金华回到了兰溪。

壮年 · 隐归伊园

清顺治三年（1646）八月，清军攻占金华，清廷颁布了剃发令，所到之处，“留头不留发，留发不留头”，李渔对这一伤害民族自尊心的暴行虽强烈不满，但为了保命，不得不剃。正当壮年的李渔无以继业，只得归隐故乡，回兰溪夏李村居住，并自誉为“识字农”。这是他一生中最为清闲的岁月，什么忧也不担，什么事也不想，什么书也不读，在伊山头的“先人墟墓边”“新开一草堂”，构筑了自己的世外桃源——伊山别业(即伊园)。伊园是李渔展示其园林技艺的最初杰作，园内经他独具匠心的设计和安排，构筑有廊、轩、桥、亭等诸景，自誉可与杭州西湖相比，“只少楼台载歌舞，风光原不甚相殊”。并写下《伊园十便》《伊园十二宜》等诗篇咏之。“此身不作王摩诘，身后还须葬辋川”，他决定学唐代诗人王维，在伊山别业隐居终生，老死于此。在这之前，他还写过《归故乡赋》，里面写道：“至乃鸡犬欢迎，山川相识。农辍锄以来欢，渔投竿而相揖。骚朋韵执，索佳句于奚囊；逸叟闲夫，访新闻于异国。家无主而常扉，草齐腰而没膝。燕迁旧垒之巢，鹊喜新归之客。虫网厚兮如茧，蜗迹纷兮如织。书破蠹肥，花稀棘密。妻颜减红，亲发增白。幸犹归之及今，悔长征之自昔。”“男子生兮，弧矢四方。世莫予宗兮，盍归父母之邦。采兰纫佩兮，观瀫引觞。与鼎食而为萍为梗兮，宁啜菽而为梓为桑者也。”深感人生奔走之艰辛，字里行间表露出了归隐之意。

李渔一腔热血与雄心壮志既然无以报效国家，那么就奉献于桑梓。他在村里被推为祠堂总理，相当于现在的村主任。任职期间，为村里的公益事业建设费尽心机，先是制定出台了李氏宗祠《祠约十三则》，大概相当于现在的村规民约，接着又主持修了《龙门李氏宗谱》，还兴建了且停亭及一大批堰坑、水坝等农田水利设施，深受村民敬重。这些水利设施有许多至今尚存，让夏李村农民世代受益。李渔还在村口的大道旁建的“且停亭”刻上自己的亲笔联“名乎利乎道路奔波休碌碌；来者往者溪山清静且停停”，既是充满对奔走与停止的一种人生哲理思考，又表达了李渔隐归伊园的心境。

然而这样的清闲日子并不长久，后来李渔因为在一次兴修水利过程中不小心介入了一场民事纠纷中，一帮胡姓农民扬言要打死李渔，李渔因此连夜逃离了故乡，开始新的奔走生涯。

中年 · 萍寄金陵

李渔先是到了杭州。站在风景秀丽的西湖边上，爱好游玩的李渔也没了兴致。在这里，人生地不熟，一家老小的生活全靠他着落。李渔硬是靠一支笔，走出了一条前人从未走过的、被时人视为“贱业”的“卖文字”之路，开始了他作为我国历史上第一位“卖赋糊口”的创作生涯。数年间，他连续写出了《怜香伴》《风筝误》《意中缘》《玉搔头》等六部传奇及《无声戏》《十二楼》两部白话短篇小说集，在杭州坊间一下子就打响了名声，而且连南京、苏州也都流传着他的作品。同时，一些不法书商也把眼睛盯上了李渔，他们千方百计进行私刻翻印以牟取暴利。有的就干脆拿一个名不见经传的作者的作品，挂上“湖上笠翁”之名，蒙骗读者。对这种行径，李渔勇敢地站出来与之斗争，不断地奔走于杭州、南京、苏州之间，上门交涉，并上告官府，但收效并不甚明显。

为了便于书籍刊行，李渔索性在1662年离开了杭州，举家迁往金陵。只要资金允许，李渔每迁一地，必置产造园，以便利于奔走之后的身心休闲，而绝不做“蜗居族”。这时候，五十多岁的李渔大器晚成，他的园林设计与戏曲创作两大才能开始充分地显现出来了。他在这里营建了寓所芥子园，地虽小，微如芥子，但经他创新设计，巧妙构造，小中见大，曲中见幽，俗中见雅，成为园林建筑史上较为经典的一个设计案例，其声名也一下子传遍金陵，一些达官贵人都纷纷请他设计，并报以高额设计酬金。

有了钱之后，他多年前那个建立专业剧团的文艺梦又开始复活了。特别是自他获得颇具艺术天赋的乔、王二姬之后，一个李氏家班便马上就建立起来了。但是原来只有十来个人的家庭一下子就多出来几十个人，李渔又不得不长年累月奔走在外，“打抽丰”于达官贵人，逐声色于词场，以取得馈赠和资助；另一方面，他游览山水胜地，寻找创作灵感，积累生活素材，不断著写新书，交于芥子书铺出版销售。在古代交通条件十分落后的情况下，他远途跋涉，走遍了燕、秦、闽、楚、豫、广、陕等省区，“三分天下几遍其二”“名山大川、十经六七”“四海历其三，三江五河则俱未尝遗一”。他的李氏家班也是走遍大江南北，名红一时。李渔作为家班的导演与老板，在奔走演出中并没有厚待自己，而是和这些演员们同吃同住，同甘共苦，享受一样的待遇，日久生情，家班里的两个“台柱子”乔、王二姬也被李渔视为红颜知己。只是红颜多薄命，乔、王二姬终因长年的旅途奔波，劳累成疾，先后病倒在戏班奔走的旅途中，两人去世时都是 19 岁，正当花季的年龄。李渔痛心疾首，好像一夜之间老了许多，生活、事业一落千丈。

晚年 · 梦断层园

晚年的李渔思乡之情日切，有一次回兰溪，在途经富春江严子陵钓台时，不免身心劳累，感慨万千，于是在船上挥毫写下《多丽 · 过子陵钓台》：“过严陵，钓台咫尺难登；为舟师，计程遥发，不容先辈留行。仰高山，形容自愧；俯流水，面目堪憎。同执纶竿，共披蓑笠，君名何重我何轻！不自量，将身高比，才识敬先生。相去远：君辞厚禄，我钓虚名。”其谦卑之言发自肺腑，江水可鉴。

于是在康熙十六年（1677），67 岁的李渔告别了南京那个伤心之园，回到了西湖边上。李渔与西湖似乎有着一种割不断的情愫，不管走到哪里，都会想起或梦见这一湖碧水，老死西湖是他的人生愿望。现在再次面对西湖，他再也不想走了，想在西子湖畔度过余生，但又基于囊中羞涩，买不起西湖边上好地段的房子。后来在当地官员的资助下，李渔买下了吴山东北麓张侍卫的旧宅，开始营建他人生中的最后一座寓所，也是自己在梦中住过无数次的那座坐卧之间都可饱赏湖山美景的“层园”：“烦冗驱人，旧业尽抛尘市里；湖山招我，全家移入画图中。”刚开始建造还比较顺利，可自从自己一次不小心失足从楼梯上滚下，伤了筋骨后，从此贫病交加，囊中微资再也难以维持繁重的家计了，甚至正在修订的《笠翁一家言》也难以继续了。李渔不得不在床上向京师老友写了一封公开信《上都门故人述旧状书》，要求援助。三百多年过去了，每每去看李渔那些求助信，其所述景况，所兴感慨，无不让人痛心。许是这封公开信起了作用，李渔在朋友、官员们的资助下，次年层园修成。

可好景不长，由于长期奔波的劳累，李渔再次病倒。康熙十九年（1680）农历正月十三，在一个大雪纷飞的凌晨，这位在痛并快乐中奔走一生、对艺术执着追求又立志创新的老人与世长辞了。李渔死后，被安葬在杭州方家峪九曜山上，钱塘县令梁允植为他题碣“湖上笠翁之墓”。三百多年过去了，几经变迁，李渔的坟墓也无迹可寻。在 20 世纪 70 年代，曾有人撰文在杭州云居山麓的一个水池边上看到过一块垫脚的青石正是李渔之墓碑，后来有人复寻，却再也没有找到。所幸的是，在他的故乡兰溪建有一方芥子园，塑有李渔铜像，今年又将修建李渔主题公园，让李渔的在天之灵有安息之地，让家乡人民有瞻仰之处，弘扬李渔优秀文化传统的一个春天已经悄悄地来临了。

（原载于2011年第一期《金华作家》）

长乐风云录

1. 元桥惊空

这天下雨，刘基闲着无聊，又约了石抹宜孙一起下棋。照例是石抹宜孙执黑先下。没下一会儿，石抹宜孙便唉声叹气起来。

刘基心里明白他因何哀叹，便不予理会，只顾下棋。待他一连吃了石抹宜孙十来颗子，石抹宜孙才开始警觉起来，嘴上不说，心中似有责怪之意。趁刘基不注意，石抹宜孙使了一个回马枪，反打四五颗白子。刘基还是不语，落下一子，暗藏玄机。

石抹宜孙是个话痨子，哪受得了如此沉闷，终于憋不住了，说道："伯温兄，这雨下了该有四五天了吧？"

刘基仍然不语，挥手间，又落得一子。

石抹宜孙大惊，输局已定，手指一张，掌中黑子撒落盘中，口中耍赖道："不算，不算，重来！"

刘基笑而不答，子分两色，摆局重新开始。

天至将黑，石抹宜孙仍然是输，一推棋盘站起道："又是输，不来了！"

刘基这才将棋盘收将起来道："申之啊，心输即输，心恼即恼，大势已去，回天无术，何必劳心？"

申之是石抹宜孙的字。

石抹宜孙抓着后脑勺，问："你是说棋吗？"

"你说呢？"

伯温兄说话总是文绉绉的，石抹宜孙有点儿找不到北。

刘基大笑，石抹宜孙也跟着傻笑。

笑毕，刘基拍拍石抹宜孙的肩道："我想去浙中看看，明天一大早就走，你起得晚，就不跟你道别了，你自己多保重吧！"

石抹宜孙张着嘴巴，道："去浙中？那里毛贼闹得正凶呢，你去凑什么热闹呢？再说这几天还下雨呢！"

刘基望着窗外渐渐暗下来的天空，道："就要变天了。"

石抹宜孙还没听出刘基说的"变天"是什么意思，只知道刘基受奸臣所害，得不到朝廷的重用。当时全国各地有方国珍、陈友谅等叛贼四起，刘基议剿奏书朝廷，非但得不到采纳，反受奸害，连降三级，一直被贬到处州，与石抹宜孙同守山城。刘基枉有满腹才学无可用之处，整天闲着只做三件事：看书、下棋、数星星。石抹宜孙心里也明白，处州这小地方不养人，刘基早晚要走，适才提及，便也不作挽留，只是吩咐管家的给刘基多备点衣物与银两。

翌日，刘基果真没跟石抹宜孙招呼一声，就冒雨离开了处州。路上在衢州歇了一夜，便直奔兰溪而来。

兰溪水运发达，商埠繁华，是婺州之咽喉，浙中之要塞，兵家要取浙中，必先取兰溪。兰溪土地肥沃，物阜民丰，也是殷实粮资的据地。刘基一路行来，进得兰溪地界，便见山清水秀，民生富裕，村中炊烟缭绕，田里稻谷垂金，不禁随口吟了一首《自衢州至兰溪》：

秋郊敛微雨，霁色澄人心。
振策率广路，逍遥散烦襟。
疏烟带平原，薄云去高岑。
湛湛水凝碧，离离稻垂金。
荞麦霜始秀，玄蝉寒更吟。
幽怀耿虚寂，好景自相寻。
心契清川流，目玩嘉树林。

歌传沧浪调，曲继白雪音。

仙山在咫尺，早晚期登临。

正吟诵间，迎面一条溪水挡住去路。因为近来雨水不断，溪水上涨，许多河堤、桥梁都被冲垮了。刘基抬眼望去，前面不远处有一石桥，奔腾的河水冲撞着坚固的石墩，飞溅起朵朵浪花，那汹涌急流似要卷桥而去，不由得让过桥人有些心慌。这在刘基看来，更添心中激情，步上桥去如若闲庭信步，怡然自得。不料刚走得桥中时，正欲抬脚，却听得“扑通”一声，桥中一石块落入急流中，马上就不见了。只见停在空中的脚底下露出一个大窟窿，滔滔河水呼啸而过，任凭刘基再淡定也由不得惊出一身冷汗来。

刘基拉住路过的一位荷锄农夫打听。

农夫告诉他桥的北边是上坑村，南边是里叶村，两个村分属兰溪与建德，隔溪相望，一桥相连，这桥叫元桥，正是两地分界点。

刘基听了，心下大惊，这桥取什么名不好，却偏要取个元桥？“元桥（当地方言与‘朝’谐音）中空”这不正是应了元朝大势已去之象吗！

刘基仰天长叹，心想，自己原本还想回京都效忠朝廷，不料天意示我，天下大势如滔滔流水，任由它去无力回天。其实刘基心里倒不是叹天下大势，而是叹自己不能效忠朝廷，却只能落得一个不忠不孝之名了。

2. 燕侯玄机

刘基仔细观察了上坑村的地理环境，其背靠砚山，右峙玉龙山，村前沃野数里，良田千亩，有环塘山为案山，远处五马山为朝山，砚山西南的水口，一泓清流自南绕过，注入村中，正是应了太极之象，乃一风水宝地也。

于是刘基寻得一金姓人家，屋宇宽敞，就此住下。孰料那金姓人家正是村中族长，叫金恭，乃村中有识之士。金恭见刘基中堂发亮，必是日后贵人，待客如亲，将家中一幢楼腾了出来让刘基住下，吃喝免费。刘基掏出银两客气了好几回都被谢绝，金恭最后执拗不过，就拉出家中儿郎，说："要不先生教教我家孩儿识字对诗吧！"这事对刘基来说还不是小菜一碟，于是就安心住下，一边教书，一边观察天下大势了。

刘基对教书这事得心应手，况且这小孩又是极具悟性，所以几天下来，孩子就能出口成对了。金恭见孩儿长进得快，心下高兴，见人就吹，家中请了名师。村中族人一听，也纷纷愿出高价以让自己孩子求得一学。于是刘基的学生一下子就从一个增加到了十几个，只是不收分文。金恭见了，却急了，说什么也不肯让别人来读了，怕学生多了影响自家孩子长进。

这下，在外人看来刘基更像是一个教书先生了。但在刘基心里，却总像是在等着什么。等什么呢？一个人？一场战争？或是一个新的朝代？刘基自己也说不清楚，好像都有，又好像都没有。

这一天，孩子放学早了些，刘基闲着没事，信步踱了出来。走着走着，不知不觉地出了村，来到砚山脚下。抬头望，山上树影婆娑中隐约可见有一寺庙。上得山来，走近了看，只见额匾上写着“砚山寺”三个金字，门上贴着对联，“净地何须扫；空门不用关”。

刘基抬腿正想进去，里面却迎出一和尚来，双手合十向刘基问好。

待双方自我介绍过后，刘基才知他就是金恭经常说起的月庭和尚，忙施谦礼。月庭和尚也不是闭耳不闻天下事者，早闻刘基大名，心下佩服得紧，忙热情相迎，入内室喝茶。

进了内室，见一书案，一茶几，几把靠背椅，书案上摊了纸，摆了笔墨。纸上墨迹未干，想必是月庭和尚刚刚写的。

刘基说：“大师好书法啊！”

月庭和尚忙收了那未完成的书法作品，请刘基动笔。

刘基笑道：“动笔可以，早闻大师测字灵验，你可得测测我写的字。”

月庭和尚大笑道："好好好！"

只见刘基轻轻提笔，飞龙走蛇，写下"燕侯"两字。刘基放下笔再看字时，心里一惊，原来是想写"燕候"的，以暗寓自己安然静候的心情，不料，落笔太快，"候"字中间少了一竖。

月庭和尚默立许久，而后才道："刘先生好心志啊！"

刘基道："何以见得？"

月庭和尚反问："先生是在等人不？而且等得不是一般人。"

刘基笑而不答。

月庭继续说道："先生原是想写'燕候'的，却不知为何写成了'燕侯'，按先生的习性，不应粗心遗漏的，这乃天意。看这字面，'燕'是由廿、北、口几个字组成，这个人应是从北而来，金口之人，应该是在二十天之内吧。至于这'侯'字么，就很好理解了，你等候而来的这人必会给你带来将侯之福，贫僧在这里先恭喜了！"

刘基大惊，心想，自己对天象地理人文不说精通，也算是万里挑一的，没料这山野孤寺中竟有如此高人，不由得更加佩服起来。又怕自己再说话会泄露更多玄机，忙匆匆告辞而回。

而"燕侯"两个字刘基也定然不敢再留，忙撕毁丢了。

3. 英雄嘉会

刘基从砚山寺回来，才对自己隐居此地的目的更加清晰起来。

是夜，月黑风高。

刘基唤金恭到房里喝茶聊天。金恭不知刘基有什么吩咐，还以为他要走，急着赶过去问个究竟。

金恭小心翼翼地问道："先生唤我，不知何事？"

刘基道："你是村中族长，想为村中做点好事不？"

金恭道："那是自然，可是怎么做呢？"

刘基道："这几日，我看过村中地形，风水极好，只是还差点睛之笔，未与天象呼应，故村中族人难以突破发迹。在下才学粗浅，星象堪舆略知一二，对于上坑村的布局，在下仔细作了观察与研究，火象较旺，易烧财，不易贮财，应该予以弥补。"

金恭一边听一边鸡啄米似的点头说："对！对！对！是啊，是啊！那应该怎么办呢？"

刘基说着从怀中取出一张图来，道："这是我花了几夜时间赶出来的一幅上坑示意图，火来水挡，这是自古以来就知道的办法。可是这水挡哪儿呢，只有挡在火口上才是有效之法，要是挡得不对，那是火上浇油，只会让财被烧得更快。”刘基指了指图，继续道：“你看，我们要是在这村口挖上两口塘，分别叫日塘与月塘，再在这里挖四口井，与原来的三口井形成七星之象，使整个布局与天象对应，日月同辉，阴阳太极，此消彼长，相互推进，定有贵相。”

刘基一通理论，金恭听得只有点头的份儿。第二天，便带领族人按照刘基所画的图纸开始掘井挖塘了。此时，外面的世界群雄四起，揭竿而兴，占山为王，败北为寇，背井离乡的，因祸得福的，鸡犬升天的，一片乱哄哄的景象。唯有长乐村如世外桃源之地，掘井的掘井，挖塘的挖塘，欢声笑语，和谐融洽，一派盛世之象。

天已入秋，树叶渐黄，站在楼前的空地上看砚山，已是层林初染，风光正好，真是一方福地啊。一天，刘基正在空地上远观砚山，不远处一群孩子正在玩“跳房子”游戏，一边玩一边唱着童谣。刘基若有所思地走了过去，向领头的一个孩子招了招手，说：“孩子过来，我教你们一首童谣。”

孩子们一听先生要教童谣，全一哄而上，围着刘基。

刘基摇头吟道：“乱哄哄，元桥空；大厦倾，勿伤心；明君主，七星佑；日月兴，民欢庆。”

吟毕，刘基笑问：“好不好听啊？”

好听！孩子们齐声道：“先生教我们唱吧！”

于是刘基一句，孩子们一句，跟了三遍，就全会了。刘基拍拍孩子们的脑袋，说道："玩去吧!"孩子们一哄而散，又聚到不远处的树底下去了。这回他们不再玩"跳房子"了，而是在树下排排坐，一起摇头晃脑起来，刘基刚教的童谣一经孩子们的口唱出来，声音清脆响亮，震得树叶都"嗖嗖"地响。刘基笑着走开了。

时间过得很快，入了深秋，村中的井、塘都挖得差不多了，刘基忙着一处一处去查验，是否符合要求。村中大人也都随着去看新鲜，村里一下子挖了这么多水井与池塘，好似换了天似的，心中有种莫名的激动。只有孩子们觉得几个坑没啥好看，仍然留在这块空地上，摇头晃脑地唱着刘基教他们的那首童谣。

在接近晌午之时，村中忽然来几个陌生男子，其中为首的耳尖，听得孩子们的童谣，忙走将前去，问道："孩子们，这童谣是谁教的呀?"

孩子们齐声道："刘先生!"

陌生男子道："刘先生是谁啊?"

为首的孩子反问道："你是谁啊?"

陌生男子道："一个过路人，想向你们讨口水喝，你们村的大人呢?"

为首的孩子道："刘先生带着他们去看井去了。"

"什么井?"陌生男子一脸疑云。

正说话间，刘基带着村里人有说有笑地朝这边走来。孩子们指着刘基对陌生男子说："那就是刘先生!"

刘基此时也发现在陌生男子，抬头看时，只见为首的一个身材魁梧，生相奇特，高颧骨、大鼻子、大耳朵，瘦长的脸型上隐约有点点的麻子，但眉宇间却透着一股逼人的帝王之气。刘基一眼判定此人一定是风起云涌的朱元璋了。两人对视半刻，几乎同时迎上前去，异口同声地叫出了对方的名字。

"您就是朱大元帅?"

"您就是刘先生?"

从未见过面的两人此时却像失散已久的老朋友一样，紧紧握住了对方的手，哈哈大笑起来。正是英雄相见恨晚，两人紧紧地拉着手，久久不肯松开。

朱元璋又将跟随左右的两人介绍给刘基，正是朱元璋手下的两员大将，一位是胡大海，一位是常遇春。胡大海在婺城久攻不下，朱元璋闻讯后，带着常遇春亲自前来助阵。行至兰溪地界，见此地风生水起，物阜民丰，便在此安营扎寨，自己带着两员大将换了便服，想看看当地民情，顺便可以收纳几个民间贤达高士。没想到一入村，就见到了早就听说的刘基高士，心下甚喜。

刘基也将金恭族长、月庭和尚等人一一介绍，大家相谈甚欢。

金恭族长道："大家别只顾说话，都晌午时间了，肚子也饿了，不妨进去先喝杯酒去。"

众人也不客气，连声说好，当下便一起进楼喝酒去了。边上的民众也便都散了，各自回去。

正是民间乡野藏隐士，英雄嘉会谋天下。

4. 望云论道

且说朱元璋、胡大海、常遇春和刘基、月庭和尚等一干人在金恭族长的邀请之下，进得楼来，上了楼梯，在厅堂坐下。

此楼别具特色，楼下卧室楼上厅，厅堂中间四根柱子粗大挺直，一人都抱不过来，分别用了柏、梓、桐、椿四种木料，含了"百子同春"之寓意。墙上挂了刘基的一首诗《望云》：

忆昔西湖睹庆云，玉毫贯顶动星文。
烛微早已征休瑞，革命方知佐圣君。
香火重参龙象窟，烟霞久负鹿麋群。
赤松黄石今安在，徒倚莲台怅夕曛。

朱元璋看了连连赞叹："先生好诗！"

主客分座落下，一盏茶功夫，家人已端上酒菜来。

众人正欲举杯之时，只听得月庭和尚微微叹了一口气，道：“众贤齐集，只差一人矣！”

朱元璋脑子转得快，忙放下半空中的杯盏问道：“此地还有哪位高士，快快请来一起痛饮才好。”

月庭和尚摇了摇头，胡大海也急了，粗口道：“和尚，看你吞吞吐吐的，倒是说啊，什么人这般为难？我去帮先生们擒来便是。”

朱元璋眼睛一瞪，道：“休得无礼！”

月庭和尚道：“我说的是宋濂学士，要是他在就齐了，只是他在兰溪北乡，一来一去没一两个时辰来不了。”

胡大海站起道：“那我快马去请来便是。”

朱元璋道：“坐下坐下，你去不把宋学士吓坏才怪，还是叫常遇春去吧。”

刘基道：“那也好，宋学士曾与我同朝谋事，后又一起归隐乡野，多有走动，待我修书一封，他见了我的信，自然就会赶来，将来也好辅佐主公。”

朱元璋兴奋得击案而起，喜道：“那岂不更好！”

众人边喝边等，常遇春快马加鞭，只一个半时辰，便带着宋濂到了。

宋濂一看刘基的信，便急急赶来，未上楼便高声喊道：“伯温兄，我来晚了，先罚酒三杯！”

众人早已喝得七分醉意，听闻此言，哈哈大笑，想起身迎接，却已歪歪扭扭，怎么都站不起来了。

宋濂酒量不大，三杯落肚，又满杯敬了一圈，也有了七分醉意，话也一下子多了起来，朗声道："当今朝廷昏庸无道，这天下终将是朱大元帅的。"

朱元璋忙摆手止住，道："天下苍生正处于水深火热之中，鄙人只是想讨个公道而已。"

宋濂道："古人有云，凡治国之道，必先富民，民富则安乡重家，安乡重家则敬上畏罪，敬上畏罪则安国也；民贫则危乡轻家，危乡轻家则敢凌上犯禁，凌上犯禁则乱国也。故安国常富，乱国常贫；民富则国强，民贫则国弱；国强则盛，国弱则亡，此乃自然规律。"

宋学士一番高论，众人碟箸齐鸣，高声叫好。

刘基也趁着酒兴朗声道："古有武王曾向姜太公讨教治国之道，姜太公说治国之道就是两个字：'爱民'。武王又问'那该如何爱民呢？'姜太公道：'给其利而勿害，助其成而勿毁，励其志而勿杀，护其产而勿夺，与其乐而勿苦，迁其喜而勿怒，这便是爱民之道。'"

朱元璋越听越兴奋，拍手称绝。

月庭和尚道："这就是佛所说的要有悲悯之心。"

众人你一言我一语，都是人醉心不醉，思维活跃，妙语连珠，不知不觉已近天黑。金恭早已命家人点了烛台，堂中亮如白昼，桌上却杯箸狼藉，大家歪七竖八的，胡大海不知何时已趴在桌上酣睡，开始打起呼噜来了。

宋濂抬头望天，只见满天的星斗像宝石一样镶嵌着蓝天。不禁问道："伯温兄，这叫什么楼啊？"

金恭素知宋濂学识渊博，这会见刘基有点儿喝多了，没等他答话，忙将迎上前去，对宋濂道："没起过名字呢，还请宋学士给起个名吧。"

"这个？"宋濂迟疑着。

月庭和尚道："今天众贤达高士在此把酒论道，不如就叫'得道楼'吧。"

刘基这时却耳尖，忙摆手说："不好不好，太直白了。"

宋濂望了望天，似有所悟，道："望云论道，把酒问青天，况且又有伯温兄的《望云》诗文在此，我看还是叫'望云楼'吧！"

刘基第一个拍案叫好，接着众人都一起鼓起掌来："好一个望云楼！"

金恭早已备好笔墨，将笔塞入宋濂手中，要他题写楼名。宋濂有些为难，说："我连印鉴都没带呢！"

金恭忙道："没事没事，谁不认得您宋大学士的字啊！"

宋濂恭敬不如从命，趁着酒意，挥手写下了“望云”二字。写到最后一点时，酒劲泛来，再也站立不住，“扑通”一声倒在地上，呼呼大睡而去。

只有月庭和尚滴酒未沾，清醒地坐在那里望着一地的醉卧士，口中念道：“阿弥陀佛，善哉善哉！”忽然感觉空中一道亮光，抬头望时，只见一颗流星正穿云而过，往西坠落而去。

5. 和园对弈

自那日望云楼与朱元璋一醉之后，刘基心里明白，此后半生将与此人捆绑一起，再也无法分开，是成是败就像赌徒下注一样，全押在了朱元璋身上了。而这也意味着从今往后，许多原来在朝廷一起谋过事的同僚转眼之间就成了仇敌。特别是石抹宜孙，回想起当年与他两人泛舟西湖，一同唱和，恍如昨日。不想处州一别，再无平坐之日。转念一想，这乱哄哄的天下，民不聊生，总得有一个人出来收拾才是，既然天意选择了朱元璋这个人，自己为什么不能出山助他一臂之力呢？就此一想，也就心安了，暂且把石抹宜孙的事放于一边，与宋濂两人齐心协力，专心辅佐朱元璋先攻下婺州再说。

再说朱元璋得了刘基、宋濂二人，就干脆把部队在上坑村安营扎寨下来，然后派人前去婺州先摸清敌情。

金恭族长早已把宋濂写的望云两字刻上了牌匾，悬在楼上厅正中。他也就把宋濂安排在望云楼与刘基住在一块。把朱元璋安排住在了一个药商的一座院子里，叫和园。朱元璋喜欢这个和园，住在这里，内心平和，运筹帷幄，祈福太平，觉得蛮吉利的。

上坑村正是处在浙中盆地的中心，位于兰溪、龙游、建德三地交界点上，正是“一脚跨三地，一饭香三县”。部队安扎于此，进可攻，退可守。朱元璋原打算半个月内拿来婺州的，没想到自部队安下后，一直下雨，连下二十天。到了二十一天上，朱元璋把刘基叫到和园下棋。

摆好棋盘，朱元璋一边伸手抓子一边道：“这上坑村怎么这么会下雨啊，都有二十来天了，还没有一点儿停止的意思，干脆就叫常落村好了！”

刘基笑道：“常落村，有意思！”

朱元璋在棋盘上落下一子道：“先生啊，你看这雨何时才会停啊？”

刘基道：“快了，就这一两天，该停了。”

朱元璋凝视着刘基的脸道：“果真？”

刘基道：“绝无戏言，拙下昨天三更时分起来看过天象，这一两天之内必会放晴，正是我们攻打婺州最佳时机。”

朱元璋道：“有劳先生了。”

窗外雨声滴答，屋内对弈正酣，难解难分。此时，宋濂、常遇春也闻讯赶了来，围在一边观战。观棋不语真君子，宋濂自知不是刘基对手，自是不会指手画脚。但今日这棋也下得神了，有几着真是连下四五颗子才看出究竟来，宋濂也禁不住唏嘘不已，大开眼界。

其实刘基心里很明白这棋的难处，赢也不是，输也不是，每落一子，都得比平时多费半分神才肯离手。眼见得天将暗淡下来，还没分出个高低来。这时，常遇春点了灯端上来，眼睛却仍不忘朝棋盘上多瞟一眼，这一瞟不要紧，竟瞟出一个字来，禁不住惊叫道："明！手中的烛台也一惊，摇晃着差点儿倒下。"

朱元璋、宋濂定睛一看，棋盘上果真是端端正正地写着一个"明"字！

大家面面相觑，而后又会心一笑，相互赞道："好棋好棋！"

朱元璋忽然想起什么似的，道："先生，我忽然想起一上联来，请先生对个下联如何？"

刘基道："好啊，请说上联。"

朱元璋道："天作棋盘星作子，日月争风。"

刘基道："这有何难。"

说话间，猛地一声冬雷响过，雨紧跟着哗哗而下。

常遇春道："这地方也真怪，冬天也打雷啊。"

刘基道："这下联是：雷为战鼓电为旗，风云际会。"

朱元璋拍手称好，好一个风云际会！

6. 决胜长乐

说也奇怪，这雨到了第二十一天夜里，越下越大，像要把什么冲走似的，到了第二十二天，雨却忽然停了，像被关了闸似的，滴水不漏。

朱元璋喜出望外，一大早就找刘基、宋濂几个一起商讨攻婺大计。

此时，刘基早已在望云楼备好茶水，只待朱元璋一到，便将自己早已想好的攻打婺州方案全盘而出。而后又拿出自己花费多年心血写成的向《时务十八策》呈献给朱元璋。

朱元璋大喜，道："先生真乃忠臣也！"

其实刘基内心并不平静，他知道，从此后，战火所烧之处都有着他曾经共过事谋过策的同党，而如今，自己竟把战刀指向了他们。

但形势的发展容不得刘基婆婆妈妈、优柔寡断，元朝的没落与真命天子的出现也是天意轮回，当断则断，攻下婺州才是眼下最要紧的事。

刘基命人在砚山下设了祭星坛，自己亲身作法，以村中前不久刚挖的七星为祈象，拜祭空中北斗七星天象。七星有七象，天枢、天璇、天玑、天权、玉衡、开阳和摇光，对应七种变化。古云，道生一，一生二，二生三，三生万物。七种变化又可幻化出千百种变化。拜祭七星就是要让万物归一，七星成斗，天地暗合，心想事成。

刘基在七星祭坛一连作了三天三夜的法。到了第四天，刘基对朱元璋说："命胡大海夜袭婺州，叫常遇春着便装白天先入得城去，待信号弹起，与胡大海内外夹应，一举攻下。"

众人一一领命而去，刘基却坐在望云楼前的空地上晒起太阳来了。不远处，又有孩子在唱着刘基教他们的那首童谣：

乱哄哄，元桥空；
大厦倾，勿伤心。
明君主，七星佑；
日月兴，民欢庆。

朱元璋却坐立不安，时不时地朝村口张望，看有没有捷报传来。刘基心中暗想，哪儿有这么快的捷报，再快也得明天早上才会到啊。

刘基看到孩子们的嬉闹似有所悟，道："主公谋天下，天下大幸，民众大幸，我看这'常落'村可以改为'长乐'村了吧！"

朱元璋想起上次在和园与刘基的戏言，忽然哈哈大笑起来，道："好好，就依了先生，上坑村从今以后就叫长乐村吧！"

金恭族长站在边上听两位不为战报担忧，却拿了村名说道，真是不解。不过觉得这上坑村改叫上长乐村，实在好听得很，忙谢过两位，就忙着给村里各家各户通告去了。

刘基见金恭渐远，便也站起道："主公，咱们走走吧。"

朱元璋应允而起，两人不知不觉地走到了村口。朱元璋指着两口"日塘""月塘"道："先生，怎么会给水塘取这名字啊？"

刘基笑道："日月乃明也，明君才能得道，君明则国盛，才能得万世太平。"

朱元璋若有所思，道："先生高见，如拨云见日，让我茅塞顿开。"

两人又行至元桥处，桥中心那块缺石不知被谁已经补了回去。朱元璋笑道，这桥也该改名"长乐桥"了。

刘基道："主公英明！"

第二天一大早，朱元璋与刘基在和园一边下棋，一边等候消息。这次两人似乎都下得有点儿心不在焉，时不时地朝门口张望，看有否信使前来。

捷报传来时，朱元璋刚刚打了刘基五六颗子，刘基有点儿招架不住，正欲丢子缴械呢。

这一年是元至正十八年（1358），朱元璋时值而立之年，刚满30周岁，而刘基47岁、宋濂48岁。

翌年，朱元璋、刘基带兵攻下处州，石抹宜孙战败，逃至庆元被战死。刘基命人予以厚葬。

十年之后的1368年，朱元璋在刘基、宋濂等人的辅佐下建立新王朝，立国号为“明”，定都应天府，就是现在的南京。

从此，历史翻开了新的一页。

2013年4月

捐粮风波

明英宗正统四年（1439），天下大旱，灾民成群。英宗皇帝命令打开官仓，救济灾民，岂料灾民如蝗，官仓如杯水车薪，难以解决。

正是夏日，毒辣的日头暴晒，知了叫个不停，一些灾民三三两两地或躺或坐在城郊路边的树下，树枝都光秃秃的，没有一片树叶。灾民有的垂头耷脑，不知是死是活，有的不断地呻吟着，有的一看见有路人过来，便伸手乞讨，一边无力地喊着："客官行行好，给点儿吃的吧！"

县城西门外，两个瘦弱的士兵靠在城门两边，垂着头，像死了一般。城门边墙上贴着一张告示，好像贴了好几天了，一只角已经脱胶，在风中摇曳着。

城门进进出出的人或无精打采的百姓，或乘着马车而过的商人，但都像没看见这告示似的。此时走过来一老一少两个人，一前一后走到告示跟前停了下来。此二人正是诸葛亮三十二世孙、诸葛村族长诸葛吉与他的家仆。诸葛吉字彦祥，47 岁，一副神采奕奕的样子。

家仆："老爷，这皇榜上写的什么啊？"

诸葛吉捋须念道："奉天承运，皇帝诏曰：天下连年遭灾，饥荒不断，今官仓告急，百姓罹难，欲求各族豪绅，义征储粮，以救天下……"

家仆："老爷，这不是要捐粮吗？"

诸葛吉凝视皇榜不语。

在城内的一个赌馆里却是另外一幅景象，屋内喊声阵阵，乌烟腾腾，一群人围着桌子在押宝。一些人喊："大大大。"一些人喊："小小小。"庄主打开，一些人欢呼，一些人叹气。诸葛吉的妻弟徐永福看着自己面前的一堆筹码被庄主勾走，一头的丧气。

庄主："徐少爷，再来一把。"

徐永福："今日晦气，改日再来！"

庄主："好好，随时恭候！"

徐永福垂头丧气地走出赌馆，沿街走去。

在街另一头的有富米行门口，被一群灾民围得水泄不通，有拿碗的，有拿布袋的，有气无力地喊道："老板，卖我点儿米吧！”

两个伙计拼命把灾民往外推：“没有了，没有了，明天再来！”

米行老板李有富在边上指着墙上的一张告示道：“大家都看清楚了，如今天下灾荒，衙门有令，每天只供应一石，每人每次限购一升，今天的卖完了，明天再来，都回去吧！都回去吧！”

众人无奈地空手而归。

李有富正得意地看着灾民离去，忽闻身后有人道：“限售粮米恐怕不是衙门有令，而是李老板的屯粮之计吧？”

李有富回头一看，正是徐永福，连忙伸手捂住其嘴，道：“徐少爷，这话可说不得，会杀头的！”

李有富遂将其拉入店内，让座奉茶。

徐永福：“李老板啊，你又在发国难财了吧？”

李有富：“哎呀，徐少爷，你都看见了吧，衙门有令，国难当头，限量销售，还谈什么发财啊？”

徐永福笑道：“哼，我还不知道你们这一套！”

李有富忙道：“这话可说不得！”

徐永福站起抱拳道：“好，既然说不得，那我就告辞了！”

李有富拉住徐永福道：“哎，再坐会儿嘛，小弟还有事相求呢！”

徐永福一脸疑惑：“哦，李老板有事求我?”

李有富：“是。”

徐永福：“何事?说说。”

李有富：“这不国难当头，官仓告急，我听说诸葛村人勤地沃，储粮丰裕，特别是你姐夫家，都说家中储粮三年都吃不完……”

徐永福：“什么，你想打我姐夫的主意?”

李有富：“这不，可以大家共同发财嘛，总比堆在家里的好。”

徐永福：“我那姐夫可不听我的!”

李有富招招手，示意徐永福附耳过来，然后在他耳边如此这般地说了一通。

夕阳西斜，诸葛村口的山岗上，诸葛吉与家仆爬上村外的山坡，只见围于八卦山中的诸葛村炊烟袅袅，如桃源仙境般，毫无灾荒迹象，外面的那场灾荒似乎与世隔绝一般。

家仆：终于到家了，还是咱村好，没有灾荒，没有纷争，风景这边独好。

诸葛吉：“这都应该得益于先祖选得宝地好啊，你看四周高中间低，有良田千顷，林木绵延，又不受干旱之苦、洪涝之灾，常年风调雨顺，物阜民安。”

家仆：“这还要归功于老爷你这族长当得好!”

诸葛吉指着家仆笑道："哈哈哈，看你这嘴甜的，咱还是快走吧！要不然天就黑了。"

在诸葛吉家，徐永福先一步到了家，慌慌张张地边跑边喊："姐，姐!"

诸葛吉的原配夫人徐氏迎出来道： "怎么了，慌慌张张的?"

徐永福："大事不好了?"

徐氏："什么大事不好了?"

徐永福："朝廷要征粮了!"

徐氏："那就征呗!"

徐永福："姐父辛辛苦苦储了这么多年的粮，朝廷一句话就征了?"

徐氏："那你还想咋样?"

徐永福："我看还不如趁早卖了，还能卖个好价钱!"

徐氏："这得你姐夫作主。"

徐永福："姐夫还不是听你的，再说了，卖了钱你还可以多做一些善事，多救济一些贫苦人家啊!"

徐氏想了想："你说的也不无道理。"

徐永福："事不宜迟，那我现在就去叫马车来装!"

徐氏："这事儿也得等你姐夫回来再作决定，莫急，再等等，你姐夫也该回来了。"

徐永福无奈道："那好吧。"

此时诸葛吉与家仆正经过写着"诸葛村"三个大字的村口牌楼，沿着上塘老街往村里走，这里的商户村民卖东西的卖东西，洗衣服的洗衣服，走路的走路，各守其责，安静悠闲。诸葛吉一边走，一边与大家热情地打着招呼。

诸葛吉进门时，诸葛贤正在给他的六岁小儿子诸葛平安教读《诫子书》。诸葛贤已经70多岁，兄弟中排行第六，人称贤六公，是诸葛吉请来的私塾老师。

诸葛贤摇头晃脑地吟道："夫君子之行，静以修身，俭以养德……"

诸葛平安也学老师摇头晃脑道："夫君子之行，静以修身，俭以养德……"

诸葛贤："非淡泊无以明志，非宁静无以致远……"

诸葛平安："非淡泊无以明志，非宁静无以致远……"

诸葛吉一进门就喊："安儿，安儿！"

诸葛平安："先生，我爸回来了！"

诸葛贤："去吧！"

诸葛平安风一般地跑出书斋，喊道："父亲，父亲！"

诸葛吉一把抱起平安，举起手中的一只风车道："看，父亲给你买什么了？"

诸葛平安："风车！给我！"

诸葛吉："给你！安儿，今天有没有听先生的话啊？"

诸葛贤走过来说："安儿听话着呢，今天已经把《诫子书》背下来了！"

诸葛吉："《诫子书》是我们的祖训，不光要记在脑子里，还要记在心上！"

诸葛平安指指胸口："孩儿已经记在心上了。"

众大笑："哈哈哈！"

徐氏、徐永福也闻声走了过来。

诸葛吉："永福也在啊！（放下平安，对他说）玩去吧！"

诸葛平安："哦，玩风筝去啰！"

徐氏："慢点儿，别摔着！"

家仆跟上："小公子，慢点儿！"

诸葛吉："坐！"

众人坐下，诸葛吉与诸葛贤坐于上首，徐氏、徐永福坐于下首。

诸葛贤："彦祥啊，听说外面灾荒闹得厉害，是真的吗？最近城里有什么消息啊？"

诸葛吉："贤六公，现在外面是灾民如蝗虫，天下不太平啊！朝廷正下旨要征集民间捐粮呢！"

诸葛贤："那你的意思是？"

诸葛吉："一个字——捐！"

徐永福急道："姐夫，捐不得啊！"

诸葛吉："怎么捐不得，国家有难，大丈夫不能以身报国，区区捐粮之事，难道还有什么犹豫不成？"

徐永福："那也得卖个高价啊？"

诸葛吉："国难当头，钱有何用？"

徐永福："有了钱，也可拿去救济灾民啊！"

徐氏："阿弟说得有道理。"

诸葛吉："有什么道理？我还不知道你肚子里打的什么算盘！"

徐永福："我……我有什么算盘？"

诸葛吉："你恐怕是想跟城里有富米行的李老板串起来卖高价粮吧？"

徐永福："我……我哪儿有啊……"

徐永福气得甩袖而出。徐氏急忙站起喊道："阿弟……"

诸葛吉挥了挥手："让他去吧。"

徐氏嗫嚅道："阿弟是想多卖些钱，好拿去救助灾民……"

诸葛吉："你也不想想，这捐粮本身就是救助灾民，何必要拐那个弯儿呢？"

徐氏："老爷说的也是，只是……"

诸葛吉："只是什么？只是！"

诸葛贤："彦祥啊，你可得想清楚了呀！"

诸葛吉："贤六公，在回诸葛的路上我都想清楚了，咱粮食今年捐了明年还可以再种，老百姓是国家的根基，这百姓要都饿死了，国家也就没根基了，这个道理是再明白不过了。"

诸葛贤捋须点了点头。

诸葛吉转而对徐氏道："夫人，平时你为附近村民修桥铺路捐钱捐物为了啥？"

徐氏："还不是为了行善积德啊！"

诸葛吉："对啊，捐粮就是最大的行善，最大的积德啊，何乐而不为呢？"

诸葛贤："彦祥说得有道理！"

徐氏："你作主便是。"

次日，诸葛吉与徐永福一前一后从诸葛村上塘街走过。路人打着招呼。

徐永福跟在后面："姐夫，你这是要把我带哪儿去啊？"

诸葛吉："去了你就知道了。"

路人甲："听说了吗？族长要捐粮了。"

路人乙："捐就捐呗，关我们什么事？"

路人甲："族长都捐了，我们捐不捐啊？"

路人乙："我们？（想了一下）既然族长都捐了，那我们也捐呗！"

路人甲："你捐我也捐。"

不一会儿，诸葛吉与徐永福在村口桥头停下。

诸葛吉问：“你知道这叫什么桥吗？”

徐永福摇摇头：“不知道。”

诸葛吉：“过去看看。”

徐永福走过去看桥头立着一块碑，上写着：“永福桥。”

徐永福诧异的眼神看着诸葛吉：“姐夫，这……”

诸葛吉：“这座桥是你姐用省吃俭用积下的钱捐助建造起来的，人家要你姐取个名，你姐就用你的名取了这桥名，她知道你好赌，在外面惹下不少事端，想以你的名义捐座桥为你积善留德。”

徐永福一时愣在那里，过了良久才在碑前跪了下来，抱着碑流下了泪，自语道：“姐，我从此一定改……”

回到家中，诸葛吉一声令下，家里所有的人都忙了起来，进进出出地搬起了粮袋。

诸葛平安跑前跑后，问诸葛吉：“父亲，这袋子里是什么啊？”

诸葛吉：“是粮食。”

诸葛平安：“父亲，这粮食要搬哪里去啊？”

诸葛吉：“咱这是给国家捐粮！安儿长大了也要报国效忠！”

诸葛平安：“哦，捐粮啰！”

诸葛平安边喊边手里举着风车跑走了。徐氏跟在后面喊：“慢点慢点。”

诸葛村上塘街，路人甲急匆匆地走着。

路人乙：“他婶，走这么急干吗去？”

路人甲：“回家装粮去。”

路人乙：“装粮干吗？”

路人甲：“啊，你不知道啊？朝廷征粮，我们族长带头捐粮，我们诸葛后裔怎么说也不能拖后腿啊！”

路人乙：“那我也回家捐去！”

县衙前，一群百姓在排队捐粮，几个衙役一边过磅一边报数，另一边一个师爷模样的正在埋头登记。

衙役喊道：“诸葛村诸葛义，十石零五斗；诸葛村诸葛贤，百石；诸葛村诸葛桂枝二石零八斗……”

路人围在边上叽叽喳喳议论着。

路人丙：“怎么都是诸葛村的啊？”

路人丁：“这附近除了诸葛村还有哪个村有粮捐啊？”

路人丙：“那倒是。”

衙役：“古塘村徐永福三石零六斗……”

路人丙：“这可不是诸葛村的……”

李有富悄悄地走到徐永福身边，拉拉他的衣角：“你怎么也捐了呀？”

徐永福：“这叫救灾民，行善义，积功德！”

李有富：“哟哟哟，几天不见，变了个人！”

衙役："诸葛村诸葛吉一千一百二十一石……"

众人"哇"的一下，全炸开锅了，纷纷在打听这个诸葛吉是什么人？

李有富："这个诸葛吉是谁啊？"

徐永福自豪地高声道："就是我姐夫！"

周边人听了都朝徐永福竖起了大拇指。

师爷把一叠钱双手递给诸葛吉："按朝廷义征价，这是给你的钱，虽然少了点儿，但也是朝廷的心意，请族长收下！"

诸葛吉推辞道："既然是捐粮，分文不收！"

师爷竖起大拇指："诸葛族长真乃忠义之士，我等定将报于朝廷，给予表彰！"

诸葛吉："我等草民恨不能身赴沙场报效国家，此等小事，何敢表彰！师爷好意，在下领谢了，告辞！"

一个月后，百姓饥荒有所缓解。这天，诸葛村突然传来一阵锣鼓声。徐氏带着诸葛平安走出来瞧热闹。

诸葛平安："娘，这是哪里做戏啊，我要去看！"

徐氏："该不会谁家娶亲吧？"

诸葛平安："我要去看，我要去看！"

锣鼓声越传越近，直往自家门口而来，近了，一看是一群官兵抬着牌匾前来，听人道："圣旨下！有请诸葛吉听旨！"

徐氏连忙进屋把诸葛吉叫来，一家人跪于门口。

诸葛吉："草民诸葛吉听旨。"

师爷宣道："奉天承运，皇帝诏曰：国家施仁，养民为首。尔能出谷一千一百二十一石，用助赈济，有司有闻，朕用嘉之。今遣人斋敕谕尔，劳以羊酒，旌为义民，免杂泛役三年。尚允忠厚，表励乡俗，用副褒奖之意，钦哉！谢恩！……"

众："谢主隆恩，万岁，万岁，万万岁！"

师爷道："把牌匾与美酒抬上来！"

只见那牌匾上写着一行金色大字：敕旌尚义之门。

众人一片欢腾。

为了彰显皇恩浩荡，诸葛吉命家仆把这块写着"敕旌尚义之门"的牌匾悬于诸葛大公堂的门额之上，至今尚存。

2018 年 12 月

徐霞客笔下的灵洞人

明崇祯九年（1636）十月初十晚，著名探险家、旅游家徐霞客自金华翻山越岭前往灵洞栖真寺（上洞寺）投宿，因为夜黑路险，久不得寺，便想向当地灵洞人借宿，却遭到了婉言回绝。他在当天的日记中写道：

时昏黑不辨山路，无可询问，竟循大路下山。已见一径西岐而下，强强迫静闻从之。久而不得寺，只见石窑满前，径路纷错。正徬徨间，望见一灯隐隐，亟投之，则水舂也。其人曰："此地即水源，由此坞北过洪桥，循右岭而上，可三里即上洞寺矣。"以深夜难行，欲止宿其中，其人曰："月色如昼，至此山径亦无他岐，不妨行也。"

那么好客的灵洞人为什么要回绝徐霞客的投宿请求呢？不妨从这段文字中来一一解读。

一

众所周知，徐霞客的游记都是在行游中所写，所以用笔向来惜墨如金、言简意赅，但在短短文字中却往往透露出许多信息。徐霞客在灵洞留宿当晚的所见所闻，只要我们稍加分析，便可看出灵洞人的诸多特性与当时生活景况。

一是勤劳。徐霞客当日从金华探得三洞之后，越山径往兰溪境内，已至天黑。因当地路况不熟，又找不到路人问询。当时，从西山寺村下来，往栖真寺其实有两条路，一条小路，翻个岭就到了，另一条是大路，要从洞源村绕过岭前再往回走才到寺庙。徐霞客循大路下山，路远时久，到洞源时已是深夜。这时大多人家都已睡了，只有一户人家的灯还隐隐亮着，走近一看是“水舂也”。水舂即水碓房，利用水流的冲力推动水轮，拨动碓杆来进行舂米的一种大型农具。这不仅说明了灵洞农人的智慧，更是说明勤劳，这么晚了不打麻将不玩手机，却在舂米，不是勤劳又是什么？

二是热情。灵洞农人对徐霞客的深夜到访有问有答，告诉他前往栖真寺怎么走，还有多少路，有没有分叉，要不要转弯等等，一一说明，耐心细致，热情好客。

三是艰苦。徐霞客看到的是“一灯隐隐”，而不是灯火通明，说明灯油不足。而农人说外面“月色如昼”，更是衬托出屋内的昏暗。当徐霞客以夜深为由向农人借宿时，农人却婉言回绝。我想灵洞农人并非不肯，概因家里并无多余床铺可供徐霞客与静闻和尚两人留宿。当时灵洞山多田少，生活并不富裕，许多人家都是几个人挤一个铺，哪儿有余地。想想一户连灯都几乎点不起的人家房子能宽敞吗？而寺内往往会有备房为过境旅人留宿之用。

四是烧石灰为业。徐霞客当晚月色之下看到当地“石窑满前，径路纷错”，第二天下山时又在前晚问路处看到“石窑柴积，纵横塞路”。到处都是烧石类的窑，和烧窑的柴，以至于把路都堵了，说明当时石灰业的兴盛。徐霞客遇上的这位农人很有可能是白天烧窑顾不上来，才在晚上舂米的。

二

说起烧石灰，当地有个传说。

传说有一天灵洞来了一个拄着拐杖卖秤的老头，一位婆婆看他可怜就给他水喝，又叫媳妇做饭给他吃。老头吃饱喝足之后，拿出一大一小两把秤说：“我也没东西好谢的，这里两把秤你选一把，以表谢意吧！”婆婆推辞不过，就选了一把小的。媳妇却说：“选大的吧，大的秤东西多，实用些。”老头就换了大的给她，然后就将据灵洞当地人传说，这些石灰矿是神仙赐给灵洞人的宝矿，让他们世代受用。据地质勘查，石灰岩矿储量在一亿吨以上。

据记载，灵洞的石灰烧制史比兰溪的建县史还要长。但最早的烧石灰是当地的一道特色风景线，在一些诗人的笔下也都有记载。

宋代诗人于石是洞源于姓的迁始祖，看到此地风景美丽便迁居于此。他曾有诗云：“洞门相对是吾家，朝看烟云暮看霞。铁笛一声山石裂，老松惊落半崖花。”当地采矿的爆破声惊落了松花，正是当时采矿的真实写照。

据《兰溪县志》记载，元代兰溪石灰烧制业年征税银 1565 两，居酿酒业、陶瓷业之后的第三位，而灵洞产量居兰溪之首。到了清代，其外来雇工达到顶峰，有来自仙居、缙云、天台、永嘉等地，而有的后来就干脆留了下来，成为新灵洞人。

改革开放以后，全国房地产与城市建设日新月异，聪明的灵洞人从中看到了商机，立马从石灰业转向了水泥制造业。从 20 世纪 80 年代起，灵洞水泥厂雨后春笋般地冒了出来，为灵洞掘到了第一桶金。

兰溪第一个风景区、第一个亿元村、第一个电话村等，紧随而来。

在获得一个个荣誉的同时，灵洞的发展也从最早的柴窑到土立窑，到机立窑，再到21世纪初的浙江全省第一条新型干法回转窑水泥生产线，灵洞人善于革新、敢于拼搏，始终抢得发展的先机，成为走在时代前列的弄潮儿。

灵洞也便成了著名的“水泥之乡”，享誉全国乃至世界。

为了支持全国的建筑行业，灵洞人远离家乡，足迹踏遍千山万水，在全国二十多个省份创办水泥厂一百七十多家。

党的十八大以后，中央提出加快转变经济发展方式，实施创新驱动的发展战略，经济发展进入新常态。固定资产投资增速趋缓，水泥需求乏力，加上产能过剩，全行业进入下行周期面对严峻挑战，灵洞水泥企业积极适应、把握新常态，趋利避害，有效应对。在坚持立足水泥主业的同时，加强供给侧改革，去产能、去库存，重点抓现有生产线降本增效，提高管理水平。同时树立绿色发展理念，加快企业转型升级，向商品混凝土、助磨剂等关行业延伸，并进行数字化管理，实施互联网化、国际化战略，提升企业的核心竞争力，促进建材行业良性发展，让灵洞经济发展永立潮头。

三

千百年来，灵洞人靠山吃山，硬是在山岙岙里拼出了一条活路，活出了一种精神。

灵洞首先是一种牺牲精神。

灵洞人在长期的发展中也作出了巨大的牺牲，甚至不得不放弃自己世代居住的地方，迁离故土。但牺牲环境、远离故土，绝不是灵洞人的本意，他们比任何人都想留住那份绿色，留住那片故土。有一次我陪一位灵洞乡贤回到她的故土，在那些尘封的村庄里去寻找童年的足迹，眼里满是乡愁。我想此时的她或许比任何人都思念自己失去故土。

但是，舍小家为大家，为了城市的建设，为了经济的发展，他们牺牲了自己。在我们城市一幢幢高楼拔地而起、一座座桥梁彩虹飞架的时候，却有一些人正在失去脚下的故土。

灵洞还是一种斗争精神。

他们与天斗，与地斗，与自己斗，在每一次与时代潮流的搏击中，他们从没有埋怨，没有放弃，用自己的勤劳、智慧与胆识、创新，在改革的阵痛中让自己获得新生。

徐霞客或许也没有想到，他当年笔下的灵洞人如今也跟他一样，足迹遍布全国，乃至全世界，跟他一样富有冒险、斗争精神，在新时代的潮流中展示出不一样的风采。

灵洞还是一种创新精神。

双狮控股范承喜在20世纪末巨资买下兰江大厦，在做好水泥主业的同时，开始向酒店、房产等三产转型。

红狮建材章小华被誉为“一个最爱读书的老总”，他的创新理念总是走在时代前列，最早实施“走出去”战略，抓住国家“一带一路”建设积极开拓国际市场，同时利用数字化大脑，进行远程管理，成为全省数字化工厂的示范企业。

虎鹰建材杨少琪本着打造“森林中的工厂，工厂中的园林”理念，将广西合山虎鹰建材公司建成一所集工业建材生产和旅游为一体的创新型、高新技术现代化绿色工厂，被评为国家AAA级景区，完全颠覆了水泥厂尘土飞扬的传统印象。去年年底，又刚刚获得了广西第四批自治区级中小学生研学实践教育基地的认证。

这样的努力、这样的实践还有许多，皆源于灵洞人的创新意识和永无止境的内生动力。

在当年徐霞客的笔下，灵洞的青山绿水与热情好客的灵洞人给他留下了深刻的印象。在抵达灵洞的第二天中午，他坐在涌雪洞（水源洞）洞口给此行探得的金华兰溪八洞进行了排名：“双龙第一，水源第二”。对洞源的旅游资源进行了充分的肯定，也为兰溪成为全国首批徐霞客游线标志地奠定基础。

如今，站在新时代的节点上，灵洞人应该有更宽广的胸怀、更创新的胆魄、更坚定的斗志，以更绿色、更生态，持续发展、人民至上的理念，以壮士断腕的意志进一步优化环境，整治革新，促进转型升级，为深入实施“八八战略”，打造兰溪新时代典型工业城市，奋力谱写中国式现代化生动实践的灵洞篇章。

2023 年 3 月 7 日

“满江红事件”中的兰溪人

今年兰溪春节最火的，一个是游埠早茶街，一个是电影院。《满江红》和《流浪地球 2》两部电影你追我赶，票房不相上下。

据统计，至 2 月 8 日，《满江红》上映第 18 天，全国票房突破 40 亿，超越《长津湖之水门桥》的票房成绩，名列中国内地影史票房八强。

而朋友圈各种蹭热点的帖子不断，有用鞋板打秦桧脸的大妈，有在电影院大声朗诵《满江红》的青年学子，有给电影“挤水”的网络评论员，等等。

偏偏最有资格蹭热点的兰溪却风平浪静，有文史爱好者都忍不住在群里振臂高呼，为“满江红事件”中的兰溪人叫屈。

可任凭朋友圈闹成一片，那曾经被鲜血染红的一湾兰江水依然是八百多年前的样子，无怨无悔一往无前。

一

与岳飞事件相关联的其实有两位兰溪人，一位叫周三畏（1103—1181），他是因为岳飞事件才成为兰溪人的。

周三畏，字正仲，是河南开封人，系北宋文学家、理学家周敦颐的第三代孙。关于他在事件中的表现众说纷纭，历史上有许多不同说法。但有一点是可以肯定的，在整个过程中，他始终没有依附于秦桧的权势之下。

绍兴十一年（1141），岳飞蒙冤下狱，当时身为大理寺少卿的周三畏，与秦桧党羽御史中丞何铸、罗汝楫、万俟卨等一起担任岳飞一案的审理者，但在岳飞冤狱中的作用和表现却各不相同。罗汝楫、万俟卨两人甘当秦桧鹰犬，一个弹劾，一个庭审，完全按着主子的旨意，一脚一脚地将岳飞这只“球”硬生生地踢进了风波亭，制造了一桩千古冤案。

而何铸虽然曾参与弹劾岳飞，但他在审讯过程中，看到岳飞背刺“尽忠报国”四字，甚为感动，转而力辩岳飞之无辜，同秦桧当面抗争。宋廷为了他碍手碍脚，一纸调令将其调离主审官的岗位，直至免职。

周三畏深受儒家影响，以“畏天命、畏大人、畏圣人之言”为三畏，所以在岳飞这件事上心有不服，却没有何铸这么坚决，后来还得到了提拔，他视为耻辱，拒绝赴任，惹得宋帝不高兴，把他贬为婺州知府。到了金华之后，他再次挂冠而去，带着家属避世于兰溪白露山下，躬耕陇亩，世代隐居，成了新兰溪人。

后来这段历史被写进了《说岳全传》，树立了一个充满正气的文学形象。嘉定元年（1208），在他死了二十七年之后，宋宁宗为他的乡祠赐匾“忠隐庵”。从此，周三畏的故事流传得更为广泛，还作为一个“拼却乌纱，不顾性命”的刚正法官形象，与万俟卨、罗汝楫面折廷争，并被改编成了戏曲《周三畏挂冠》，盛演不衰。

如今，在兰溪女埠垷坦村还有忠隐庵与周三畏墓遗存，当地也流传着不少相关的故事，代代相传。

二

与岳飞事件相关的还有一位兰溪人叫范洵（1099—1142），他因为这件事不但自己以身殉国，而且还影响了整个家族及后代。

这还得从范氏家族迁兰说起。

范氏兰溪迁始祖叫范怀，原来也是河南人，唐末避乱南下，先是到福建，然后从福建入浙，沿江一路来到兰溪，居于城南。一直到了他的孙子范大禄手上，才迁居香溪。

范大禄是个老实本分之人，在兰溪任县吏，做事公平，行善积德，后来老年得子，取名范锷。可他没等儿子长大便撒手归西，妻子赵氏含辛茹苦拉扯儿子长大，靠缝衣织布供儿念书。然范锷也没让人失望，从小聪颖，勤学苦读，谨言慎行，18 岁就考上了进士，成了范氏迁兰以来的首位进士。历任密州知府、开封府尹等，特进光禄大夫、上柱国、太府少卿，并受到司马光的点赞，称他是“中朝倚宁咨群牧，上考先书第一人”。

范锷生二子，为范筠、范筥。范筠 28 岁中进士，虽然比父亲中进士晚了十年，但他同样也做到了光禄大夫、上柱国、资政殿大学士等，并生十子：溶、深、渭、浒、浩、泳、洵、浚、澄、溉，其中八个中了进士，九个当了官。后人誉之为“一门双柱国，十子九登科”，达到了范氏登科的巅峰时代。

这时候与秦桧同朝为官的范筠（1060—1130）已经开始走向他的对立面，在靖康之耻中表现出正义凛然的气概，主战金兵，迎回二帝，却屡屡遭到秦桧一伙的弹劾。范筠仰天长叹“赤诚报国志难酬，西去阴魂哭苍天”，怆然辞归，泪洒金阶。

宋高宗建炎四年（1130），归隐不久的范筠驾鹤归西，噩耗传至朝廷，朝官一片黯然，宋高宗也不免痛哭流涕。此时老七范洵 32 岁，老八范浚 29 岁。

由此，范筠与秦桧结下的梁子到了他儿子这一代却愈加怨忿。

范浚是十兄弟中唯一没有当官的。倒不是说他不想当官，也不是说他考不上公务员，他眼见父亲如此遭遇，便暗自下了“秦桧当朝，誓不为官”的决心。当时，范浚虽不为官，却在兄弟中最为有名的。他的香溪书院声名远播，许多人都慕名前来求学，朱熹也曾三次到访，却均未遇，抄录《心箴》抱憾而去。在他 36 岁的时候，写下洋洋洒洒的《策略二十五篇》万言书进献朝廷，却被奸臣压下，石沉大海，杳无音信，从此他对朝廷彻底失望。后来朝廷多次请他任职，都被一一谢绝。后人称之为“朱子三访地，朝廷七聘家”，以示敬仰之情。

而他的哥哥范洵在绍兴年间任大理寺丞时，也参与了岳飞案的审理，知道岳飞无辜蒙冤，就向宋高宗写了一道奏折为岳飞力辩。因宋高宗轻信秦桧，自然没能准奏。范洵自知蚍蜉撼树无能为力，又不愿与秦桧同流合污，心生解甲归田之意，便弃官而回。可这一举动却触怒了秦桧，假传圣旨，派人沿江一路追杀，将范洵夫妇刺死于一处名为白石滩的兰江边上（今建德大洋镇麻车桥边），鲜血染红了整个江面，真可谓是惨绝人寰的“满江红”。

而侥幸逃脱的子女们再也没能回到家乡香溪，而是散居在金华白龙桥、秋滨等地，并世代不再为官。

在范洵死后，婺学创始人吕祖谦为他题赞曰："经济之才，宏博之学，识见之高，制行之确，诚一代之伟人，为万夫之先觉。"

三

但范洵的死并没有一解秦桧的心头之恨，他时时寻找机会欲致范氏于灭门之绝境。

范氏家族在当时的朝廷可谓根深叶茂，上至省部级，下至知府县令，都有范家的人。据宗谱统计，除了范筠10子9人入仕之外，他的弟弟范筥五子四仕，筠孙四十三孙三十五仕，筥孙十三孙七仕，两代人总计七十一男，五十五人入仕，入仕比例达到77.5%。

但后来发生的一件事，让范氏后裔对入仕再无兴趣。

且说有一日秦桧见宋帝没有上朝，就去看宋帝。帝见了秦桧，说起前一夜的一个奇怪之梦，说梦见九头牛在金銮殿上横冲直撞，撞坏了很多东西，帝请秦桧解之。

秦桧眼珠一转便说道："范筠家有九个儿子在朝廷为官，他们早就对朝廷有篡权之心，这梦是范氏兄弟谋反之兆，是神灵托梦于帝，提醒圣上得想办法早日除了这心头之患才行。"

所幸当时皇帝并没有听信秦桧之言，要是让秦桧斩草除根的阴谋得逞，那香溪范氏也就没有今日了。

这就是在香溪流传颇广的“九牛操殿”的故事。

然而自此后，范氏深知官场险恶，纷纷开始远离官场，并告诫后人不读书、不做官，躬耕乡野。此后数百年，兴旺一时的范氏一族便沉寂了下去。

据统计，范氏迁兰第八世孙九十六人，第九世孙四十六人，共一百四十二人，其中进士仅一人，入仕十人。从第十世以后到清科举废止，再也没有出过进士，连贡举、旌表在内，仅二十八人。

但如今，不管是女埠垷坦村的周三畏后裔，还是香溪的范氏后裔，都牢记立志乡野也报国的祖训，牢记《满江红》的“壮志饥餐胡虏肉，笑谈渴饮匈奴血。待从头、收拾旧山河，朝天阙”的壮怀激烈，牢记“君子存诚，克念克敬。天君泰然，百体从令”的自我修养，把水果种好，把身边事做好，勤勤恳恳做事，明明白白做人。

这也正是我们每个兰溪人都不能忘记的“满江红”。

2023 年 2 月 10 日

兰溪毛峰是怎样“炼”成的

1972 年，兰溪毛峰茶叶被选为国礼赠送给当时的美国总统尼克松访问团，这大概也是迄今为止兰溪唯一国礼级别的农产品。但对此事背后的原因人们一直知之甚少。随着近年来对史料的整理与挖掘，当年的事情内幕逐渐揭开神秘的面纱。特别是兰溪籍茶学家唐力新子女的口述以及唐力新遗作《浙江名茶》的出版，使之更加清晰。

一辈子只做一件事

说到兰溪毛峰，就无法避及唐力新这个人，只因他英年早逝，现在很多人已经不记得他了，大多数行外人或许根本就不知道他。

唐力新，兰溪市黄店镇上唐村人，近代著名茶学家，1925年4月生，1986年4月因病去世。1949年毕业于复旦大学茶叶专业，毕业后长期在浙江省茶叶公司工作，直至去世。他一辈子只做一件事，茶界泰斗庄晚芳评价他是“一生许茶”。

唐力新从事茶叶三十多年，一直在茶叶生产第一线，深入基层调查研究，参与制订有关茶叶收购价格、收购政策。他在公司担任业务科副科长，分管原料采购、茶叶收购等，但他从不滥用职权，坑害茶农。每到一地，他必与茶农打成一片，深入了解当地人文历史、地理环境和茶叶生产等情况，再根据实情来制定收购价格与政策。他还热心于为当地茶农进行技术培训，与当地茶叶技术人员一起，恢复与创制名茶，如“江山绿牡丹”“兰溪毛峰”“普陀佛茶”“径山香茗”等都倾注了他的心血，为促进浙江名茶生产，提高茶叶质量作出了积极的贡献。在《浙江名茶》一书中罗列了全省25种名茶，如东阳东白、开化龙顶、建德苞茶等作品，对每一种茶的产地、制作工艺、历史文化及销售情况等都作一一介绍，十分详尽，不失为一本名茶文化挖掘与保护很好的参考史料。

唐力新在公司历任业务科副科长、业务指导科副科长等，曾任中国茶叶学会常务理事、浙江省茶叶学会副理事长、“茶人之家”副理事长、《茶叶》杂志副主编等，与人合作出版《中国名茶》《浙江茶叶》《饮茶漫话》等作品。由于历史原因，他所任职务皆为副职，主编的著作也都署名于他人之后，但他对此从无怨言，只问业务上的耕耘，不求名利上的收获。即便在茶叶界已成“大师”之誉，仍然衣着朴素，为人十分低调。杭州茶人赵天相在回忆录中描述第一次见到唐大师的印象是“一个衣着朴素，几近邋遢，脸膛黝黑，不修边幅，眼睑好像熬夜过度而显得微肿的五十开外的人”。这形象哪儿像“大师”呢？想想如今“大师”遍地，出则前呼后拥，进则宝马豪宅，真是不可同日而语。

名茶是怎样“炼”成的

在20世纪七八十年代，还没有对名茶统一的标准认定。有的说名山名水产“名茶”，有的说被历史名人写过文章的就叫“名茶”，还有的说被皇帝封过贡品的就叫“名茶”，等等，众说纷纭。针对此，1983年唐力新撰写《关于名茶的论述》对名茶的概念与特征进行一一阐述，得到茶界的一致认可。他认为名茶大致要有四个条件：一是“产区自然条件优越”；二是“茶树品种优良”；三是“标准采摘，制作工艺精湛，外形美观，色、香、味各有特色”；四是“具有一定的商品量和销售市场”。进而他对名茶的形、色、香、味又提出标准说，形要“大方、雅致，匀净一致，独具风格”，色要“嫩绿或翠绿，鲜活有神，调和舒适”，闻之要“具有花、果的芳香，馥郁、清爽、持久”，品之“醇和鲜爽，回味甘甜可口”，观之汤色“绿中微嫩呈黄，清澈明亮，活泼协调”，观之茶形“芽叶完整、匀齐，色泽鲜明”，此茶方为名茶。

该文收入《浙江名茶》作为开篇，对全书具有指导意义，开卷介绍浙江名茶之前，让读者对名茶的概念有所了解。唐力新在罗列了名茶的种种标准之后，也对当时的种种说法给予了回应，表示名山名水即为优越的自然条件，是产出名茶的先决条件。而名人雅士的歌咏、帝王将相的青睐、佛教圣地的造化等都是对名茶传播的一种推广形式，如西湖龙井、普陀佛茶等之所以闻名遐迩与这些原因是分不开的。

兰溪毛峰的前世今生

在该书《兰溪毛峰》一文中，唐力新对兰溪毛峰名茶的标准进行了一一对照。他在开篇即写道：“兰溪毛峰，产于兰溪县西北山区，是 20 世纪 70 年代新创的名茶，为浙江名茶中的新秀之一。”很显然，在此之前，兰溪毛峰还不是名茶，那么兰溪毛峰何以会成为名茶的呢？此文没有提及。2017 年清明，唐力新的遗孀徐素琴带子女回乡祭祖，向笔者道出了事情的原委。

1971 年，中美关系解冻，周恩来总理托人送给美国总统尼克松两斤龙井茶，反响很好。次年，尼克松访华，周总理要求浙江准备 1000 公斤高档茶叶作为国礼送给美国的访华团。但由于龙井茶叶产量少，这可急坏了浙江茶叶公司。于是有人建议从外省调剂，但也有人反对，认为有失浙江的面子。这时，唐力新提出一个折中的办法，就是将兰溪品质优越的“云雾毛峰”进行工艺提升以满足外交所需。他之所以推介兰溪茶叶，不仅仅是出于对家乡的深厚感情，更是因他对兰溪茶叶的了解与信任。当年，兰溪县的下陈公社和朱家公社都种植茶树，茶园分布在海拔七八百米的高山上，发芽较早，品质相当不错。经商讨，领导、专家对唐力新的提议给予了肯定，并当场决定由浙江省茶叶公司牵头，会同有关单位，组成“云雾毛峰”茶叶研制课题组，按时按质完成了周总理交给浙江的任务。从此后，曾经名不见经传的兰溪“云雾毛峰”声名远扬。1973 年起，兰溪“云雾毛峰”茶对外统称“兰溪毛峰”。1979 年，唐力新与庄晚芳等合编的《中国名茶》一书出版，“兰溪毛峰”

名列第22位。此后，兰溪毛峰多次获得浙江省名优茶、中国精品名茶金奖等荣誉。2017年8月，兰溪毛峰顺利通过农业部的农产品地理标志注册，从此兰溪毛峰也成为兰溪农业的一张金名片。

抚今追昔，我想如果没有唐力新的推荐，或许就没有兰溪毛峰的“名茶”一说了。当然历史没有“如果”，如今斯人已去，唯有先生的风骨永存、精神不朽。

笔者注意到，《兰溪毛峰》一文写于1985年12月8日，是该书中所有文章成稿最晚的一篇。这个时候他已经身患重症卧病在床，四个月后辞世而去。很难想象他带病挑灯奋笔疾书的样子。在之前，他也应该写过兰溪毛峰的专栏文章，但可能他觉得还不够系统，又进行了重写。该文对兰溪毛峰的生长环境、特征、采摘标准、制作工艺等更加系统性地进行了一一介绍，还特别提到了茉莉毛峰茶的制作工艺，因为融入了茉莉的花香，更具浓郁的清香，只可惜现在这种花茶现在很少见到了。全文不到1500字，但对于一个重症在身的人来说，该是如何艰难。他的儿子唐大年在本书的后记中写道：“很小的时候，常看到父亲在家伏案写作。那时候没有空调，炎炎夏日，父亲光着膀子，挥汗如雨，奋笔疾书，这一幕历历在目。”“父亲白天在单位工作繁忙，晚上又常常写作至深更半夜，以致严重透支了健康，在他 61 岁时便患疾病，与世长辞，每念及此，我们都感到无比心痛！”

唐力新与庄晚芳的深厚友谊

由于历史原因，唐力新一直没能入党。1985 年 11 月，受亦师亦友的庄晚芳教授影响与推荐，已满 60 岁的唐力新加入了中国民主同盟。至 1986 年去世，他的盟龄不足六个月，是兰溪盟龄最短的一位盟员，这在全国盟员中也是不多见的。但正是这一段特殊的历史，见证了唐力新与庄晚芳之间的深厚友谊。

庄晚芳（1908—1996），福建省惠安县人，大唐力新 17 岁，当代中国十大茶人排名第 8 位。1949 年唐力新毕业那年庄晚芳调入复旦大学农学院任教授，很有可能两人当时就有所交集。1954 调任浙江农业大学茶学系，1956 年加入中国民主同盟，先后任浙江公安厅十一处茶叶技术顾问、浙江省茶叶学会副理事长等，从此后，两人在茶叶技术方面有了更深入的交流与探讨。两人先后合作出版过不少茶叶方面的著作。唐力新受他影响，后期倾心于中国茶道礼仪的研究设计，即便在病重期间，还念念不忘未完成的《中国茶礼》。

1986 年 3 月，庄晚芳福建出差回杭州，听说唐力新重病住院，连家都没来得及回直奔医院，给他送去一包从福建带回的好茶，并赠言鼓励道："茶味禅味正气味，道香佛香心灵香。安心静养，必能痊愈，而后康乐。"唐力新激动得热泪盈眶，说不出话来，事后写了一篇《答谢恩师庄公赠送佳茗良言》，其中写道："生我者父母，养我者人民，救我者共产党，知我者恩师、盟友，庄公也！不才平日茶禅研究不力，茶味、禅味、道香、佛香体会肤浅。恶魔缠身，幸多方关怀，四面救援，有如神佑，未知恶魔安敢附身耶？自知夕阳将西沉，待残体稍有复苏，将用尽余晖，继成《中国茶礼》拙作，不负庄公平日所示，亦了平生之愿。苍天应有识，茶禅应显灵，乞赐光明，以答谢党、国家与人民，也不负有心茶人！"但苍天并未护佑，一个月后，唐力新驾鹤归西，《中国茶礼》之著亦成未竟之志。

庄晚芳惊闻噩耗后提笔写下"忆望病床悲泪言，几经周折为茶新，如今不幸离人间，感慨沧桑如梦神"的诗句，其悲痛之情令人动容。一月之后的一个夜晚，他再次念及唐力新，想起以前两人对茶礼茶德的彻夜长谈，相知恨短，仰天叹道："昔年共上密泉山，感慨人为事反悩，岂料如今君不在，饮茶漫话偕谁谈？"十年后，庄晚芳亦随之西去，著名作家王旭烽将自己刚刚出版的长篇小说茶人三部曲之一《南方有嘉木》焚其墓前。从此，一代茶人的深厚友谊成为人间佳话。

兰溪盟员为他手植芬芳

2017年仲冬之暮，在我的建议之下，经兰溪茶文化研究会和农业局的大力支持，在唐力新墓前建成兰溪茶人初心园。兰溪盟员与唐力新的亲属、兰溪茶人一起，在他墓前空地里种下十八棵从下陈高山移植过来的优质茶树，美其名曰“兰溪茶人初心园”，并树立了铭文碑。碑文由我和陈星一起撰写，全文如下：

茶人唐公，力新其名。乙丑之年，上唐降生。兵戎家世，信义和平。少年求学，负笈沪城。名校复旦，茶学专精。学成归浙，奉职杭垣。德随庄公，苦学前行。博学钻研，踵追茶经。不惭陆羽，弘扬是任。登山涉水，如浙如闽。滇黔桂粤，足迹纵横。崇山峻岭，曲径密林。飘雨如注，猛浪如奔。采集标本，问道乡邻。归而整编，著述箱盈。中国名茶，尽归其庭。辛亥之年，中美融冰。美利坚国，总统嘉宾。唐公力荐，外交新茗。下陈高山，云雾精灵。兰溪毛峰，国礼精品。香溢华夏，世界好评。甘醇清冽，不输龙井。名优精特，赏银获金。既尽其学，亦报乡井。茶人之家，鞠躬尽瘁。甲子之年，入盟申请。忠诚可风，盟志惟坚。不忘初心，牢记使命。振兴茶业，德才双馨。茶界泰斗，黄钟大吕。一生许茶，一心为民。

呜呼！天不佑善，遽丧贤人。丙寅殁年，六二有庚。埋骨乡梓，月白风清。巍巍青山，魂归故园。垂三十载，蔓草荒茔。幸哉！饮茶思源，不忘初心。丁酉仲冬，祭奠英灵。杭有龙井，兰有毛峰。下陈高山，移茶十八。手植芬芳，永伴君灵。兰溪茶人，追思寄情。白英黄菊，吉祥如馨。时蔬旨酒，祈福愿景。今愿吾辈，勠力同心。先贤遗志，牢记使命。巍巍白露，煌煌上唐。新茶茁茁，香兰沁沁。日新月异，乡村振兴。追赶跨越，沸腾前进。责在人先，利居人后。启新时代，担新使命。绘景江南，梦圆兰溪！

是为兰溪茶人初心园。

2017年12月27日下午，由民盟兰溪市委会联合市农林局、市茶文化研究会、黄店镇人民政府等部门在黄店镇上唐村举行兰溪茶人初心园揭牌仪式。兰溪市人民政府副市长陈玉祥、兰溪市茶文化研究会会长陈国画、唐力新儿子唐大年和我一起为初心园揭牌。半个世纪前他将家乡茶叶送出国门，半个世纪后，家乡的盟员与茶人为他种下一片芬芳，寄托对先生的缅怀之情。当我站在先生墓前，领诵碑记的时候，仿佛又一次浮现出先生伏案写作和翻山越岭考察茶事的背影，对先生的敬仰之情油然而生。

2021 年是先生逝世三十五周年，正值清明之际，95 岁高龄的唐夫人偕同其子唐大年、小女唐韵之等亲属从杭州赶回，与盟员一起前往祭扫先生英灵。

4 月 7 日这天，天空阴沉着脸，当我们抵达先生墓前时，竟下了几滴雨，莫非是先生的泪滴？先生与其祖上的墓连在一起，却唯有先生的墓上长出了几棵茶树，而且异常的茂盛，郁郁苍苍，像一头浓密的绿发。而墓前初心园的十八棵茶树正是新芽初放，翠绿欲滴。

烟雨中，远处的青山，近处的茶树，让人无端地遐想与思念。我把先生的精神概括为“三个一”：一是“一生许茶”的专业精神，先生称自己一辈子只做一件事，茶可清心，先生爱茶，著书立说，一生清廉，如茶可鉴；二是一心为民的实干精神，先生无论何时何地都装着家乡人民，甚至病榻前仍然眷念着故土难离，嘱咐定要魂归故里；三是一心向党的忠诚精神，先生称“生我者父母，养我者人民，救我者共产党，知我者恩师、盟友，庄公也!”先生一心向党，却因历史原因不能入党，后来追随庄公，加入了中国民主同盟，成为民盟人的骄傲。先生的在事业、胸怀与思想上的“三一”精神值得我们每一个人学习。

从墓园回来，天空似乎突然亮了起来，远处隐约的青山揭去了面纱，好似张开了笑脸，显得更加迷人。从路边草丛中惊起的一只白鹭斜刺而出，扑打着翅膀飞向了对面的树丛。

茶学泰斗庄晚芳曾送给先生一副手迹，上书“茶美精神爽，泉美茶香异，人美名茶敬，境美万家孝”，这与费孝通先生的“各美其美，美人之美，美美与共，天下大同”有异曲同工之妙。茶美、水美、人美、境美，这就是先生一生眷恋的美丽家园，如今斯人已去，乡村振兴的使命落在我辈肩上，任重而道远。

革命尚未成功，同志仍需努力！愿我辈竭毕生之力、尽毕生之能，承先生之遗志、继先生之伟业，踩在一代又一代先贤的肩膀上，去迎接兰溪未来的喷薄日出！

于 2017 年 12 月 24 日一稿

2021 年 4 月 9 日二稿

一伎半生呕心肝

在兰溪城北近郊处，有一座并不显眼的墓，墓前刻有一长联“一伎半生，精诚所结神鬼可通，果然奇悟别闻，佽助前贤补苴罅漏；孤灯廿载，意气徒豪心肝呕尽，从此虚灵未泯，惟冀后起完续残编。”这副联的作者正是墓的主人，一位名叫张山雷的上海嘉定人。在一个世纪以前，他孤身一人来到兰溪，受聘兰溪中医专门学校的教务长，从而成为近代中医教育奠基人。

张山雷，原名张寿祥，字颐征，后改名寿颐，字山雷。清同治十一年（1872）出生于江苏省嘉定县马陆镇（今属上海市）一家以经营旧衣为业的普通商人家庭。但在他31岁以前一直致力于科举，以求在仕途路上获取功名。但一次偶然的事件让他在后半生走向了中医教学之路。

访医求学

张山雷自幼天资聪颖，酷爱读书。他5岁开始启蒙读书，6岁入家塾，至11岁时，四书五经已默诵于心，13岁开始学习科考“八股文”的写作，19岁时便考取秀才。然天性自由的他不喜欢受“八股文”的约束，但为了走上仕途之路又不得不受“八股”之囿。然而在他23岁时，家中的一场变故改变了他后半生的人生轨迹。

光绪二十年（1894），母亲突患风痹，致肢体不遂。张山雷是家中独子，正忙于科举之事的他只得放下学业，留在母亲身边请医诊治、煎药疗疾。都说久病成医，张山雷在照顾母亲之时，一边复习功课，一边耳濡目染地接触到了中国传统医学，并渐渐地引起了他对中医药的兴趣。为了更好地照顾母亲，他还购置了部分诸家医书，以备查阅。但此时的张山雷，尚还寄望于朝廷科举，并非把医学作为自己今后的人生之路。然而随着时间的推移，及医药学知识的积累，觉得习医虽非易事，但尚易领悟，遂兴趣亦日渐浓厚。

此后数年中，父母相继去世，对他很大打击，又遇清廷政局动荡，国运衰败及外敌侵扰，张山雷对科举之事渐渐心灰意冷，直至彻底放弃，而潜心于医学。此后，他朝夕钻研于医药经典文献及历代名家著述，以求贯通，并经常与同邑学弟张文彦切磋医理，或纵论古今各家得失，证之彼此临床经验；或向当地及上海名医俞德琈、侯春林、黄醴泉等求教医理、质疑问难而获益良多。待“研究日久，于杂病粗有头绪”之时，他便小试牛刀，开始为乡亲邻里诊治病症。功夫不负有心人，张山雷的医术日渐长进，每每应手而效，一传十，十传百，问病求治者络绎不绝，在当地小有名气。

光绪二十八年（1902）秋天，31 岁的他有一次偶感风寒，身体发热，病本不重，却用了好几个药方都不见好，反而怀疑起自己的医术起来，连自己的这么点儿小病都治不好，还怎么治别人的病。他一头茫然，深感中国医学的博大精深和自己的不足，遂决心访医求学，进一步深造。

次年，张山雷求学于嘉定县方泰乡黄墙村疡医朱阆仙门下。朱阆仙为黄墙朱氏世医，五代相传，精通各科，尤以疡科见长。朱阆仙见张山雷虽已届而立之年，但求学虚心刻苦，悟性聪灵，则不厌其烦地悉心指点，每日不仅向山雷阐析内外妇儿各科病症所以然之原理，还将平生经验，家传秘方，亦悉数传授。张山雷得益于朱冠千、朱阆仙叔侄俩的亲聆教诲，使学识经验益臻精湛。他在黄墙求学侍诊不到三年，学识与医术便达到“饮我上池，不啻洞垣有见”的高度。然而张山雷非常谦虚，在其后的嘉定城内张马弄悬壶行医时，仅书“张资生知医”五字招帖，意谓我非名医大家，仅懂得一些医药知识，为父老乡亲求医访药提供一点儿方便而已。

黄墙办学

民国初年，西方医学流行，我国传统医学日受挤压，特别是受日本明治维新“废止汉方医学”思潮的影响，视中华民族传统医学为糟粕，这种思潮与行动使中医学蒙受打击。当时，医界同仁呼吁当局准予批办国医学馆，以弘扬国医文化，却遭到时任北洋政府教育总长汪大燮“不准中医办学校”的狂言阻拦。在如此巨大压力下，中医界有识之士与这股思潮进行了生死存亡的抗争，形成一股维护中医传承发展的中坚力量，张山雷就是其中之一。

1914 年，朱阆仙力邀张山雷在黄墙村筹办私立中医专门学校，以规范中医教学，培养后继人才。当时一方面西学东渐，中医日受歧视，政府任其自生自灭；一方面，传统中医仍是口述心传的师徒授带方式，存在囿于一家之言、门户之见等弊端。张山雷目睹这些现象，却找不到解决的办法，恰遇朱师办学，便欣诺前往，他说：“吾师创设中医学校于黄墙家塾，实开国医立校之先河。”他与朱师共同商定教学规划，设置教学课程等。因为没有教材，他自告奋勇以卫生、生理、脉学、药物、药剂、诊断七大纲，编纂讲义十余种，为中医学教学之首创。其后又代朱师撰写“黄墙朱氏私立中国医药学校宣言书”。在“宣言书”中，张山雷指陈利弊，认为中国医药学有数千年历史，其间群英荟萃，名医辈出，典籍丰富，汗牛充栋。可却偏偏有人重西轻中，或看不起中医。针对这种不良倾向，张氏强调中医界定要自强自立，只要“发扬国粹之精神”，就可以做到“自足应世而有余，已不必乞灵于邻家，借材于异地，又何苦喜新厌故，舍己从人，震惊域外之奇观，而诧为人间之未有乎”？

当时从嘉定周边来校报名求学者达七八十人之多，盛况空前。不料办学仅两年，校长朱阆仙即于 1916 年秋溘然与世长辞，学校失去了领路人，无奈只得停办。但对于初次参与办学的张山雷，对如何创办中医学校，怎样设置课程、编写教材，积累了一定的经验。

1918 年 8 月，神州医药总会的谢观、丁甘仁、包识生等人在上海联合创办神州中医专门学校，并力邀具有一定办学经验的张山雷入校任教并编纂教材。但学校初办缺乏师资与教材，管理混乱，许多事情只靠包识生一个张罗，张山雷虽有才华，却难以施展。恰在此时，兰溪给他递来了橄榄枝，为他提供了一个实现人生价值的舞台。

兰溪讲学

兰溪为全国中药材集散之地。1918 年，时任兰溪知县盛鸿涛对本县的“有名药无名医”的现象深感缺憾，便与瀫西药业公所的董事们商议，由县衙与公所联合出资办学，弘扬国粹，培植医学人才。

经过一段时间筹备，1919 年春，兰溪中医专门学校成立。首任校长由药业富商诸葛超（字少卿）担任。第一期即招收来自兰溪、浦江、义乌、龙游、宣平、汤溪等地的中学毕业生三十余人。然建校伊始，由于严重缺乏师资教材，举步维艰。当年初秋，诸葛超亲赴上海求访名师，经神州医药总会推荐，聘请张山雷为兰溪中医专门学校教务主任。时年 48 岁的张山雷欣然接受，并于 1920 年仲春来到兰溪讲学。

到校之初，除了校舍和中草药园圃以外，其他一无所有。张山雷首先制定了以“发扬国粹，造就真才”的办学方针，起草了《兰溪中医专门学校章程》，其中规定：学生入学前须经考核国文一门；凡中学毕业生与青年中医均可免试入学；年龄定在 16 至 26 岁以内。学制初定五年，后改为四年，其中预科两年，正科两年，首先学习中医基础理论，其后学习以临床各科为主。整个教学设想、课程设置，大多按照他在黄墙医校经验所定，即以生理学、卫生学、脉理学、药物学、药剂学、诊断学为经，以内、外、女、幼临证四科为纬。

办学之初，由于缺乏教材，张山雷则把早年在黄墙医校编写的《本草正义》《中风斠诠》等重新修订，先解了教材之急。此后十五年间，他夜以继日，呕心沥血，先后编改完成的教材讲义达三十余种，著述颇丰。其中大多数讲义，皆属于边写、边教、边改而逐渐趋于完善。尤其于生理解剖一科，张山雷则选用西方医学教科书《合信氏全体新论》，以运用西方医学科学知识，详加疏解，融会贯通。这说明张山雷是一位既维护祖国医学之精粹，又尊重西方医学科学知识；既古为今用、洋为中用，又尊古不泥，颇能与时俱进的近代现实主义创新型医药学家与中医教育家。

呕心沥血

张山雷颇得朱师真传，既教过学，有理论基础，也行过医，有临床经验，先后在《神州医药学报》《绍兴医药月报》发表论文数十篇，对当时的一些中医观点与治疗方面提出自己的不同见解。到兰溪后，他非常重视理论研究与临床实践相结合，于1927年成立了兰溪“中医求是学社”，创办了《中医求是月刊》，他自己带头撰写医学文章，发动学生踊跃写稿，并积极向其他刊物投稿，先后在《医界春秋》《中医世界》等刊物发表中医药学术论文近百篇。这体现了张山雷不仅善于中医课堂教学，而且还是一位精于中医学术研究及临床诊疗的医药学专家。1930 年，经推荐，张山雷担任了中央国医馆常务理事兼教材编审委员会委员，为兰溪中医教学走向全国提供了更大的舞台。

张山雷形体清瘦，目光矍铄，行步快捷，在兰溪十五年如一日，白天讲习授课、临床带生；夜晚则编写教材、修改教案、批阅作业等。常常是废寝忘食、挑灯夜战，可谓是殚精竭虑、辛劳备至。繁忙的教学与临床诊治，使他健康状况每况愈下。据张山雷在《古今医案平义第一种・第六卷・湿温病》曾对自己的体质自评说："寿颐生平，亦是瘦人多火，阴液不充。虽自问骨干尚非甚弱，自 30 岁秋间湿温药误，卧病三月以后，至今二十五年，未有大病，体力尚不可谓不健。然偶有感冒，小小身热，则必倦怠嗜卧，动则睡去，亦恒自言自语，旁人必误以为昏谵，实则自己但觉梦寐纷纭，恒若有多人相与对语，以至有此状况。苟得热解，神即清明，三十年来常常如此，家中人亦咸知之，不以为怪也。"

张山雷毕生视中医药教育为己任，本着弘扬祖国民族医学，培养中医后继人才的强烈责任感，日复一日、年复一年，不辞辛劳，亲力亲为，最后终究因心力交瘁，精神疲竭而病倒在床。

然而即便身卧病榻，他仍然手不释卷地为《沈氏女科辑要笺证》讲义做最后的修订。待到吞咽困难，水米不进，且精气神日颓之时，他自知来日无多，遂题挽联，寄希望于未来。

1934年6月19日，这位被誉为兰溪“中医之父”的张山雷病故于兰溪世德路寓所，享年62岁。噩耗一经传出，校内外师生无不悲痛，全国医界同仁、海内知交咸为震惊，纷纷发来挽词挽联，以志哀悼。遵照张山雷之遗愿，其家人与弟子将其安葬于兰溪北郊，把自己永远留在了兰溪这块土地上。

1937年，日寇侵华，兰溪沦陷，为遣散学生回乡躲避战乱，学校停办。

张山雷先生数十年的孤灯相伴，其心肝呕尽，精诚所至，实可谓惊鬼神、动天地。张山雷一生为浙、苏、沪、赣、皖等省市培养中医达六百余人，当年的这部分学生，有的成了中华人民共和国成立后省中医院校教授或讲师，有的成为各县市医院的中医医疗或教学骨干，有的成了全国名老中医，分散在全国各地，成为我国中医的传承与发展事业的中坚力量！

2022年3月30日

“为中国教育寻觅曙光”的兰溪人

1926年（民国十五年），陶知行（后改名为行知）欲创办试验乡村师范学校，便在报上刊登启事，还专门发表了一篇《试验乡村师范学校答客问》。

这篇《答客问》让曹聚仁看到之后，欣喜地告诉父亲曹梦岐。父亲很高兴，因为陶知行的梦想也是他正在实践的，他便推荐自己的得意门生王琳去学习。王琳自是非常愿意，便给陶知行写了封信，表达自己的愿望。曹聚仁又专程写信为他推荐。如今快一百年过去了，我从陶行知的书信全集中查到这两封信，读之十分感慨，原来陶行知与兰溪的育才还有这么一段情缘，先看王琳写给陶知行的信：

知行先生：

读到那篇《答客问》，真是喜而不寐。光绪末年，启蒙曹师在敝乡设立育才小学，想以切实的学问来救济空疏的旧八股。来学的青年，必须亲自做洒扫烹涤日常生活上不可少的事。后来洋八股的风气进来，高贵的学生不屑做这琐屑细事了。像我，除了偶尔做过一些轻便的农事，竟不曾对于耕作有相当训练呢。民国初年，曹师着眼到实为上去，从养鸡、养羊起，做到种蔗、制糖、养蚕、织布。失败固不曾失败，成功也不曾有过什么大成功。《农业全书》固然还不及长工的口头闲谈，《养鸡全书》《养羊全书》更是连覆瓿还嫌太硬。结果只好凭自己的经验去应付，这当然不会有大大成功的希望了。近年，我在外面“鬼混”，渐渐明白病源所在：洋八股依旧是一个“国粹”老八股，离开整个生活，以“干禄”为目的，什么教育都不曾有效果。而最适当的补救，必得使教育和生活全为整个的才行。因此，决计进贵校来研究，在诸将擎旗冲锋的当儿，呐喊助威一阵。我是杭州第一中学毕业的，曾任过教务，也进过工厂，对于农事虽未有相当经验，却自信有农夫的身手，愿舍身从事！请先生给我一线曙光吧！

王琳鞠躬

1927年1月28日

王琳还特地在信的后面标注“章程请寄下一份”，表明了他“愿舍身从事”的迫切之心。1927 年 1 月 28 日农历已是腊月二十五了，我不知道当年的邮寄速度，料想陶行知收到信应该差不多过年了，或者是春节。他称此信是自己收到最好的一件过年礼物，他正想回信，随之又收到了曹聚仁先生的来信，向他特别推荐了从蒋畈育才学园走出去的这位优秀学子，他在信中写道：

知行先生：

农业社会的中心，不在都市，而在乡村。这一点，数十年来的教育家完全把他忘却了。我平常每这般怀疑：究竟教育是否一种装饰品，专为有钱的人们办的？因此我又想，新教育的建设，必须使一般青年有受教育的机会。去年秋间，我曾想筹设一乡村中学，专收高小毕业以后从事耕作的青年，按着时令分配课程。虽是不曾成功，我的心愿总是这么抱着。日前读到先生的《答客问》，深觉到乡村师范的办法，真是中国教育的还魂丹。在我不仅是钦佩，而且是十二分的羡慕。家父从清末办理教育，已以乡村生活为训练的方针，只因僻处穷壤，不曾得到大大的效果。这回我把这情形报告给家父，他是欢喜极了。适巧从前舍下读过书的王琳君，他立志从事这个教育，便决定以舍下的育才小学做个试验，请他在贵校研究以后，为敝乡改造一下。这封信固然是替王琳君做介绍，同时也是对于先生表示十二分的敬意。

祝乡村教育运动猛进！

曹聚仁上

二月五日

从某种意义上说，王琳不仅是育才学园的学生，还是王春翠的堂弟，曹聚仁是他的堂姐夫。曹聚仁无论是从情感上还是从育才的长远发展上看，都是期盼王琳能从事乡村教育，学成后为育才学园的未来发展发挥更大的作用。陶行知在收到两人的来信后，非常感动、激动，在正月二十这天，一并作了回信，力约曹先生“加入乡村教育之发展”，约王琳一起“为中国教育寻觅曙光”。他给曹聚仁先生的信中写道：

聚仁先生：

接读二月五日手书，欣悉先生决以育才小学试验乡村教育，并介绍王琳君报考试验乡村师范，俾学成后回到育才学校服务。高瞻远瞩，至堪钦佩。王君农事经验，国文程度及服务社会之精神，闻皆素有修养，实为敝校所欲招致之人才，来宁投考，不胜欢迎之至。先生对于农业社会及教育之见解，洵属至理名言，发人深省。敝著《答客问》荷蒙过奖，且感且愧。人生得一知己，可以无憾，既承嘉许，自当力图实现，以副厚望。但乡村教育积习已深，问题亦最复杂，非全国同志分工研究，合力进行，不能收效。叔愚先生与弟深望先生加入乡村教育之发展。如蒙不弃，弟等愿尽介绍之劳，全会同志当无不踊跃欢迎也。专此奉达，鹄候复音。敬请新安！

陶知行上

二月十一日

他在给王琳的信这样写道：

王琳先生：

前星期接到你一月二十八日的信，可算是这次过年最好的礼物，我读这封信比小孩子吃年糕还快乐。不久曹先生从真如来信为你介绍，他的信和你的信一样的感动人，真是令人喜而不寐，我本想写一封长信给你。因此就耽误了好多天。谅想你现在必定急待回信，所以只好缩短笔阵，先给你一个简短的回答。你对于《农业全书》《养鸡全书》《养羊全书》的批评，真是一针见血的。纸上谈教育或农业，原来与纸上谈兵一样，何能发生效力？你说“洋八股”依旧是一个“国粹”老八股，离开整个生活，以干禄为目的，也是千真万真的。我们现在要打倒的就是这八股教育、干禄教育。我们决定再不制造书呆子和官僚绅士们。你愿意舍身从事适合于农村生活的教育，我们是十二分的欢迎，我们可共同为中国教育寻觅曙光，为中国教育探获生路。章程详《乡教丛讯》，已于接信时寄奉，谅已收到了。敬祝康乐！

陶知行上

二．二十一

陶行知招收了首批学生 13 人，王琳勤学苦读，成为陶先生的得力助手，在此后为全国乡村教育事业的奔波过程中，发挥了重要作用。

王琳，谱名瑞琳，字碧色，号文林，浙江省金华市兰溪县（原浦江县）塔山脚村人。生于清光绪甲辰（1904）年，卒公元 1991 年 11 月 13 日上午 7 时 21 分，享寿 87 岁高龄。祖父贤鈖、父亲兴国均勤俭治农，兄弟五人，先生居长。先生于 1922 年毕业于浙江省立杭州第一中学，由于天资颖悟，刻苦力学，考入上海暨南大学，因向往陶行知先生“改造中国乡村教育”的号召，1927 年 3 月，转入南京晓庄师范学校，追随先生从事教育事业。

陶行知为学校取名为“晓庄”寓有“为教育寻觅曙光”之意。1927 年 3 月 15 日，晓庄师范举行开学典礼，陶行知先生发表了热情洋溢的许话，系统阐述了“生活即教育”“社会即学校”等理论。王琳在这里找到了自己的梦想，如饥似渴地学习。他在陶先生的身上看到了曹梦岐的影子，他们有许多相似点，却又有许多不同点，他说：“曹梦岐先生是乡村生长、带泥土气息的陶行知，陶行知先生呢，是漂洋过海、吃过洋面包的曹梦岐，着眼乡村文化，注重生活教育，行而后知，实践躬行，都是相同的。”

1929 年，育才学园创始人曹梦岐先生病逝。此后，育才学校先后由曹聚德、曹聚义和王春翠掌管，原本想创办中学的事便耽搁了下来。原本王琳想学成后回到蒋畈去的，也因曹先生的去世而发生改变，他把眼光放到了更远的全中国，追随陶行知先生奔波于全国各地的乡村教育新事业去了！而蒋畈的育才也在随之而来的抗日战争中被炸毁，校长夫人也就是曹聚仁的母亲刘香梅以为育才学校在那块废墟上再也立不起来了，不想在抗日战争胜利后，经曹聚仁兄弟几个的奔波，育才学校又被重新恢复，而且比之前更大，经当时的浦江县批准同意，1947 年在原来育才小学的基础上又扩建成育才初中，了了老校长创办中学的梦。在首届董事会的名录中，曹聚仁亲任董事长，董事有当时的国民党陆军副总司令汤恩伯，有国民党 203 师师长、曹的妹夫金式，辎汽六团少将团长、曹的弟弟曹艺，汉口军需局局长舒绍基，兰溪县教育科科长邵英麟，青岛警备司令部党政处少将处长陈烜，浦江县国民党党部书记长吴光汉等。曹聚德任校长。当时王琳正在筹建处州师范，任普师部主任兼训导主任，无法回到蒋畈，于是也只能兼了育才初中的一名董事。作为一所乡村初中，如此高级别的董事会，估计在全国也是绝无仅有的吧。

而对于王琳来说，两位先生对他的言传身教影响了他的一生。他自从踏入晓庄师范学校那天起，就给自己剃了个光头，认为每天要洗头梳发太过浪费时间，应该把更多的时间用于投身教育事业上。他信守与先生一起“为中国教育寻觅曙光”的诺言，从无到有，在黑暗中寻找光明，尽其全力穷其一生，直至灯枯油尽。

1928 年 4 月，陶行知先生接受浙江省教育界有识之士的邀请和委托，来浙江创办“湘湖师范”。筹备期间，王琳随陶先生经常奔波于南京与杭州湘湖两地间，呕心沥血，日夜操劳。当时一起赴湘湖师范担任创办指导员还有他的两位学友，一位是来自山东的操震球，一位是来自安徽的程本海。同年 10 月 1 日，湘湖师范正式开课，操任校长，王为社会改造部主任，负责小学辅导、民众教育、乡村自治和宣传工作，同时兼任纪律检查委员会的执行委员。在学校初建时期，王琳积极贯彻陶先生“教学做合一”的理念，对陶先生的乡村师范教育思想在湘湖实践作出了应有的贡献。

此后，在 1932 年至 1948 年间，王琳先后在广东省龙川、安徽省蚌埠、江苏省昆山徐公桥实验区及浙江省庆元、临海、温岭、云和、处州、乐清师范等处任校长、主任、教育科长、主任、教育科长等职，每到一地，都是白手起家，筚路蓝缕，克服种种困难，为当地的新式教育开天辟地。

1941 年 7 月，应乐清县长李乃常的邀请，王琳任乐清县政府教育科长，负责筹建乐清县立简易师范，并兼任师范学校校长。创办之初，没场地、没经费，王琳学习当年曹梦岐先生借寺庙办学的经验，提出要在城东东岳庙办学。当时里面还有不少泥菩萨，无人敢抬，王琳亲自抬泥菩萨，整理出教室空间，开辟活动场地。他在学校经费开支方面力求节约，自己亲自带头，节衣缩食，甚至连写过的信封也翻过背用来写字打草稿，教室字纸篓里学生已写过的纸也捡来给自己再用，以身示范教育学生一切要从“小处着眼、大处着手”，要替学校节约开支，共同办好学校。王琳认为为人师表，一言一行都要以身作则。他虽为一校之长，但仍然兼课程教学，而且非常认真，早餐、自修也必亲自来教室点名，和学生一起看书，督促学生温习，并当面指导。其乐清师范勤俭办学之风，与曹梦岐创办育才学园、陶行知创办晓庄师范相比，有过之而无不及。

1949 年全国解放，王先生应邀赴南京担任恢复后的晓庄师范教导主任，副校长达二十三年，1971 年光荣退休。后又筹建陶行知纪念馆，“文革”期间，他挺身而出保护了陶馆全部资料。

1979年以后，在十一届三中全会精神指引下，王先生以无比的热情支持、参与陶行知纪念馆恢复和江苏省陶行知教育思想研究会的成立，并担任顾问。在八十高龄期间与陶研会同仁筹办南京育才大学，为改革开放培养人才发挥余热。他一生学陶、师陶，信守诺言，紧随其后，倡导成立中国陶行知研究会，被担任顾问。

王琳还是南京市政协第三至六届常务委员，编著有《陶行知生平实录》。该书共分45题，七万余字，是他多年研究陶行知教学思想的成果。在《行知书文集》《陶行知教育思想研究文集》中都选载有王琳写给陶先生的建议与信函，足见陶王之间不同于一般的师生关系。王琳还参与了湖南版《陶行知全集》一书的编委工作。晚年他带病伏案坚持撰写《晓庄学校》校史，至临终前还嘱咐儿辈购买新版《陶行知全集》。

王琳一生启蒙于曹梦岐，受教于陶行知，也是两位先师精神的最好传承人。他真正做到了最初给陶师信中承诺的“舍身从事”教育，一生桃李满天下，为中国乡村教育培养了一大批优秀师资，作出了巨大贡献。

1991年11月13日上午7时21分，王琳先生在南京寓内无疾而终，享年87岁。

2022年3月15日

金华学派的最后一位先生

曹梦岐（1875—1929），谱名学应，字文昭，号良叙，兰溪蒋畈村（原属浦江通化）人，清末秀才，乡村教育家、理学家、实业家。深受清末维新思潮影响，以教育救国、开启民智为己任，于光绪二十八年（1902）春在蒋畈创办育才学园，男女兼收，学做并进，开创乡村平民教育之先河。其倡导“知行合一”，以“立志、求实，即知即行，学做真人”为校训，言传身教，兴利除弊，投身乡村教育凡二十七载，育人三千，英才辈出，有力地推动了地方乡风民俗之淳化和经济社会之进步。他身为校长兼老师，不但授书育人，还身体力行率学生砌堰垒堤、植树造林，着力推广熬糖、缫丝、纺织等新技术……以实践躬行、经世致用之务实作风，不但把文化教育普及于民，更把先进的生产技术引进原本愚昧落后、烟赌泛滥的穷乡僻壤，切实改良乡风，造就文明，曹聚仁称之为“金华学派最后一位学者”，时人尊称“蒋畈先生”。

1. “半个秀才”

蒋畈原为兰溪市洪塘里蒋氏在山下村前的一畈良田，故称“蒋畈”。蒋氏为方便耕作，在田畈中央建造了两间矮屋，用于存放犁、耙等农具，并派长工居此看守。明武宗年间曹氏仁一公从金华北山南麓洞井村入赘洪塘里蒋家，其曾孙又入赘山下蒋家，生下二子，一姓蒋，一姓曹，从此后曹氏便在东山脚下刘源溪畔安家，蒋畈因此成为村名。经过数百年风雨沧桑，蒋畈曹氏人丁逐渐繁盛起来。

清咸丰年间，祖父曹麒麟娶钟氏，夫妇齐眉，兄弟和睦，晓之以义，教之以方，耕读传家，屋宇书香。至清代末年，洪杨之乱，村无宁日。蒋畈被左宗棠麾下张玉良以“勾结长毛”为由遭到清兵“抄白地”，整个村子夷为平地，只有三间老屋和钟氏带着6岁的曹永道死里逃生，得以幸存。后来，曹永道与逃难于此的唐姓女子结为夫妇，婆媳三人在苦难中相依为命，共克时艰。清光绪元年（1875）七月十六，唐氏生下儿子曹梦岐，让这几代单传的贫寒一家多了一些生机。

曹氏也曾是江南望族，可自从迁至蒋畈后，三百多年未有一子登科，世代“凉籍”。当地有民谣“刘源溪直垅通，没个秀才种”寓讽蒋畈曹氏。曹梦岐自幼聪慧，熟读四书五经，而且骨子里有股桀骜不驯的傲气。有一次见到父亲为了田里的灌溉水，竟然向别人家在田埂上下跪，小小的他当即拉起父亲说，男儿膝下有黄金，咱不能跪！曹永道为了一家人的生存，受人家凌辱、看人家脸色已经习以为常，但在曹梦岐看来，却是有辱名节的大事。唐氏看在眼里，疼在心上，供他上私塾，希望有朝一日能考取功名走向仕途，光宗耀祖。

光绪辛丑年（1901）岁试，曹梦岐经人指点赴浦江县参加科举考试，却被人举报“冒籍”，被驱逐出院。回到家中父亲曹永道劝他认命，他却偷偷地跑到金华洞井借了《曹氏宗谱》赴金华再考。不想这一考，竟然以第一名的成绩考中了秀才，改写了曹氏数百年无秀才的“凉籍”历史。金华府衙敲锣打鼓地来报喜，这一下，可轰动了方圆几十里，从此民谣也改成了“刘源溪直垅通，半个秀才种”。因为当时蒋畈虽然属于浦江，他却是以金华洞井人的身份考中的秀才，故有“半个秀才”之说。

2. 教育救国

1900年八国联军一把火烧了代表中国封建文化的贡院，中国的各界仁人志士都在思考中国教育接下来应该怎么办？当时康有为提出“立国育才，所关至大”，梁启超也提出废科举、兴学校，育才学园就是在这样的历史背景下形成的。1902年，曹梦岐在杭城贡院里看到了清朝大厦将倾之势，便绝意仕途，带着一套《王阳明全集》回到蒋畈，以“修身齐家治国平天下”为己任，在自家堂前办起了全县第一家私立育才学堂，立志要培育一批能改变社会风气的人才，从此将一个愚昧落后的穷乡僻壤推向了时代的前列。

那个时候，对于新式学堂怎么办，浦江、兰溪都还没有样板，他就跑到东阳、义乌等地去求师访道，讨教经验。附近没有新式老师，就到金华、浦江城里去请。自己放样建学堂，自己动手做桌椅，自任文化课老师，就连排课程表、买教学用品、上下课摇铃都是亲力亲为，既是校长，也是教员、校工。

曹梦岐认为人要立大志、做大事，立志为圣贤尧舜的已饥已溺，范仲淹的以天下兴亡为已任，都是年轻人应该有的志向。于是他便将“立志、求实，学做真人”作为校训，将“肩背书包上学堂，即知即行细思量，苦读苦学做真人，励勤崇俭不可忘”作为校歌，广为传唱。“让乡村人睁开眼睛看世界，为国家培育有用之才”是曹梦岐一生的梦想。新生入学，曹梦岐对每一位都要问同样的问题：“你为什么要来读书啊？”有的说为了当官，有的说为了识字好记账，等等，几乎没有让他满意的答案。他便在开学典礼上特别强调求学的目的是“做人”，学古人做好人，以天下为己任，做一个有志向的人。

他提出的办学宗旨是：“躬行实践，文化教学与社会教育并进，教学做合一，农工学齐驱”。所以在课程上除了自然科学、文史修养等课外，还设农业、园艺、工艺等课，男学养鱼、种菜、武术等，女学种桑、养蚕、缫丝、织布等。不管省、县视学下来检查时如何批评，他都按照自己三课合一的特色安排课程，即：读经课——对高年级学生讲授《论语》《孟子》《大学》《中庸》等课，由曹梦岐自己亲授；劳动课——每周必安排一到两个半天参加农（工）业劳动，男女生全体参加，按正课评分；宣传课——将时事教育与社会兴革作为必修课，而且在每周六下午，都安排学生到周边各村举行文艺演出，宣传时事，兴利除弊。旧到读“经”，新到闹革命，不为读书而读书，要为做人而读书。他既反对死读书的“蛀米虫”，又反对学无专长的“无柄尿勺”。然越是这样，育才小学的升学率反而都比周边的小学要高。

他虽在偏僻乡里，却通读时讯，洞悉风云。在获悉“五四运动”暴发，曹梦岐积极响应，带领师生组织游行、抵制日货、反对“二十一条”、反对列强侵略等。他还支持进步青年组建“通化社”，夺取全通化的教育、文化领导权，对通化旧制陋俗进行彻底的社会改良、文化革命，掀起乡村革命的热潮，迫使那些老学究、顽固派以及豪绅恶霸们在通化无藏身之地，纷纷抛戈弃甲而逃往杭州、南京等大城市。

曹梦岐坚持“一日之学，一生之师”，对学生负责到底。不但在校时管教严正，毕业后很多年，还要管他们的言论行动。不管是哪个学生遇到困难，还是犯了错误，他要是知道，便要主动上门帮助解决，或劝诲教导。从育才毕业出去的学生都会视育才为家，每每在外就读寒暑假回家，都要来育才拜谒这位老校长，跟他谈论学术及社会时弊等各种问题，从伦理首先到时事新闻，无所不谈。而各个校友由于受教不同，观点便不同，大家一旦辩论起来，难决胜负，而曹梦岐每每都会站在革新的一方。这种充满民主的思辨论学常常会给育才带来清新之风。

他不求名利鄙弃功名，蔑视金钱，廉洁自爱，未占管过半点公家产款。当了二十七年的校长，未领过一分薪水，还把家里的十五亩田和全部房子都贴进去了，置办全部的膳、宿家具。根据当年的收支情况，每年学生人数平均在 60 人左右，连补习班共七个年级。四个教学班，请 4 至 5 位教师，平均工资每人每月 6 元（连伙食 10 元），合计每月 50 元（一年 10 个月共计

500元）。学生每人每年补习班学费5元、高级班4元、中级班3元、初级班2元，按10、20、20、10人计算，全年共可收学费210元，政府补助约40元合计250元，刚够教师工食的一半，其余一半就在师生的大小便，增加农业生产的收入来弥补，因之每年都是亏垫的。至于住宿生每年每人1元杂费，通学生0.5元杂费，则房子、床铺、桌椅的损耗、修补和茶水费都包括在内，此外再无别的收费。而且乡间贫苦学生较多，每年总有几个学生交不清费或免费的。每学期，还要添购教具，这都是要另贴的。他的这种廉洁自爱也影响着家人。

妻子王春翠从1937年到1950年担任育才小学校长十三年，也未领过一分工资，期间曾有几年划为公立，政府给予工资，她也全部拿出来作为奖学金使用。妻子汪能泳在浦江城里担任了十多年启文女子学校校长，回来后带回自置的一点家具，曹梦岐非要她送回去，说瓜田李下难辨公私。

曹梦岐把一生都奉献给了乡村教育事业，他虽是校长，却还兼任国文与历史课程，一个人要做五六个人的事。他每天最多只睡四个小时，50岁的人就已经衰老得像七八十岁了。每天晚上，总要到学校每座房子四周巡回一遍，看过所有的门户，才去睡觉；早上鸡鸣即起，穿着一双破布鞋，先到田畈里转一圈，把田地里的事都安排妥当才回来吃早饭。

他去世后，乡人都说：“我们这一百里方圆之内，不会再有第二个梦岐先生了!”

3. 乡村振兴

洪杨之难后，曹家的田地只留下一亩六分田和光秃秃的一块东山，东山是红沙石，寸草不生，曹梦岐办了学校后，年年春天带着学生去种树，夏天去浇水，在沙石缝里都种上柏树、松树苗。在别人的冷嘲热讽中，种了死，死了种，年复一年，日复一日，一棵棵苍松翠柏终于长大成林，“蒋畈先生”锲而不舍的努力为东山换来了一片青葱。他还以孟子“斧斤以时入山林，材木不可胜用也”的养林理论指导村民成立“森林会”封山养林，种植水果，放牧家禽，打造循环经济。

《四书》上说：“五亩之宅，树之以桑。”因之曹梦岐乡村振兴的第一件事就是植桑兴农。妻子刘香梅嫁给他后第一件事就是学会养蚕、缫丝、拌茧锦、织生丝。第一任妻子汪能泳娶进门，就派去杭州读浙江女子蚕桑学校，两年时间就把新式栽桑、剪叶、特别是养蚕、缫丝、制种的成套新法全部学回来了，成为蒋畈第一个蚕桑专业技术员。在曹梦岐的支持下，结合当地实际，因地制宜，研制出一套蚕室温度控制法，成功仿制了成套的家庭式木制缫丝车，这对于蒋畈来说确是一次创举，也是山乡最初的工业萌芽。

民国初年，洋人在中国开办了“打蛋厂”“毛织厂”，为了吸取中国农村廉价的材料，叫些买办文人在报上鼓吹养羊养鸡是爱国而又富家的陶朱事业，蒋畈人积极响应。于是，以育才校友为核心的“养鸡会”“养羊会”先后成立起来。统一购种、分户饲养、集中运销，组织得有条有理。但等一批批鸡蛋羊毛运到杭州、上海，买办、货行大刨“黄瓜儿”，乡下人的上等货都成了次品，如果不卖，鸡蛋要坏，羊毛会蛀，买办趁机压价，越是旺季越下跌，三两年下来，鸡羊会便“无疾而终”了，但曹梦岐振兴乡村的梦想依然不灭。

“一战”结束前夕以曹梦岐为主，联合一些好朋友、信徒们集资创办了一家竞存工艺社。派出门生去上海纺织厂学来了工艺，又购了机器、棉纱，成立了全县第一家纺织厂。既能纺织各色粗细洋布，又能制造洋袜、毛巾等针织品，一时成为山乡新闻，前来报名做工学艺和参观看新鲜的人络绎不绝。但创办之初不计工资，还勉强够本，后来发现人家百货店到的洋布成品价格比竞存工艺社的棉纱进来时的价格还低，而且货色“洋的比土的”丰富。于是产品滞销，只好让织布师傅和育才学生都利用假日做货郎，走村入户，上门推销。换货、代销、附赠品，花样用尽，还是难以回生。最后洋袜、毛巾先后停产，只织乡村比较欢迎的一点“小布”，拖了十多年，终于关门彻底停产。在帝国主义经济侵略的中国，民族工商业刚一抬头就被打压，实属必然。

1921年春，曹梦岐去义乌考察后，又请了师傅对蒋畈气候、土质进行分析、比照后，说动了一些育才家长，组建“糖车会”，引进糖蔗种植技术。是年冬，大片大片的糖蔗获得了丰收。曹又请来义乌师傅安装糖车开始榨糖，力克三关始成。第一观念关。开始村民就议论纷纷，认为蒋畈种不起糖蔗，新糖车安好试绞时，有个育才学生在给绞机“喂”糖蔗时不小心将左手的四个指头“喂”进去压碎了，鲜血流进了榨汁缸里，村民认为是曹梦岐不敬神好新立异的报应，迷信势力和守旧势力把矛头指向曹梦岐，声称要拆平糖车。曹梦岐力排众议，赔了钱，道了歉，才大事化小。第二动力关。当时的绞车动力是用水牛拉，曹梦岐自己养了一头水牛，又四处求爷爷告奶奶地借了几头牛轮值，才使24小时昼夜不停。第三技术关。义乌熬糖师傅受义乌同行的警告，在蒋畈留了一手，一连几次都没有熬出砂糖来，一是说柴的原因，一是说配料原因，一是说糖蔗原因。最后还是本地的吴姓师傅边看边学悟出了门道，试熬成功。从此蒋畈有了第一个以梅溪命名的工业产品，叫“梅青”(红糖、砂糖)，其质并不亚于义青、福青。其后，他还先进引进新式养蜂和水蜜桃、杨梅、南枣等种植技术，为乡村振兴费尽心机。

1920年，曹梦岐在邻村西庄陈姓的推荐下，购置了西庄村钱塘垅山场，组织村民成立“合作社”，推行社会主义合作化，制订农业振兴二十年计划：封山养林，适度砍伐；在山林中种植桐、棕、漆、茶等不易燃林森木，形成纵横防火带；扩大杨梅、南枣、枇杷、节桃、梨、李等水果种植规模，引进花红、苹果等外地新品种，形成真正的水果园；在林中放牧羊群，形成生态循环；重振项村的麻车（榨油车），建造糖车厂，形成农业工业化，打造产业链；大规模养蚕、养蜂，打造立体农业；在钱塘垅源头筑塘蓄水，不但提升灌溉能力，而且还可养鱼致富；在路边村开办火腿作坊。以上计划，三年推进，五年有起色，六年见成效，十年小成，二十年大成。他号召大家齐商量、齐出力、齐办事，穷富同心，共建山垅，把钱塘垅变成一个丰衣足食的共同乐园。

农业不能少了水，曹梦岐深知车水之苦，因此非常重视水利灌溉工程。在刘源溪段和梅溪段不管是否有曹家田，只要是有堰坝损毁，他必是亲临主持修砌。他一边要和温州石匠谈价格、商议工程，一边要向各区田地户主拼凑资金，几乎日无暇晷。1928 年他重病在床时，还带病参加了一次与温州石匠订合同的答谢酒席，再三嘱咐温州石匠要把好质量，修成百年坝。这也是他最后一次参加的村里公益活动，此后便卧病不起了。

4. 乡风革命

在19世纪末，通洲桥是金、兰、浦“三不管”地带，法令不能及，烟赌盛行，盗贼猖獗，乡风黑暗，整个挂钟尖下也只有三四个读书人。曹梦岐第一个从杭州带回来康梁的《时务报》，在家乡办学兴业，推出“四禁”：禁鸦片、禁赌博、禁斗牛、禁杀耕牛；“四废”：废“天地君亲师”牌位、废跪拜礼、废买卖婚姻、废养奴蓄婢；“八劝”：劝放脚、劝读书、劝养蚕、劝织布、劝种养森林、劝兴修水利、劝熟耕作、劝不信仙佛。以一已之力开启乡风革命的新篇章。

1903年，他带领了育才的高班学生王鹏飞等人，会合社会上的年轻人，搬起金星庵的菩萨和通洲桥上的观音菩萨统统抛进了桥下滔滔的梅溪水中，向社会歪风、封建迷信、旧制势力发起了挑战。一时间舆论沸腾，连80岁的老太太也拄着拐杖出来喊罪过。从此，一边办学，一边打官司，一边不断地接到社会恶势力的反击，“割下良叙头”“驱逐金华佬”三十年中成为此起彼伏的恫吓与实际行动，成为全乡、全县甚至联合金、兰、浦三县缙绅群而攻之的檄文，直到1924年，杭州的一些报纸还时常刊出那些缙绅们声讨曹某的文电与新闻。

曹梦岐作为刘源溪的第一个秀才，完全可以关起门来过自己的“土皇帝”生活，吹吹牛皮，摆摆资格，可他偏要放下秀才的架子，凭着一股憨劲要教育救国、兴业利民，要砸了烟赌馆，关了娼妓院，醒愚去恶，改变社会，触动了豪绅阶级的既得利益，激怒了地方黑恶势力，连一些地痞流氓都个个咬牙切齿，要“抄平蒋畈”。他们明火执仗夜袭过蒋畈，半路埋伏刀劫过他夜归，都不为所动，软硬不吃，依然我行我素。

邻村塔山脚有一唐姓赌徒，因为曹梦岐的禁赌而积愤日久，决意伺机刺杀。一次跟踪时曹突然回首望着他，让他措手不及，匕首落地，曹走过去捡了刀递于其手微笑着说：“小心刀，当心刺到你的脚背。”赌徒被曹的正气凛然所慑，丢了刀跪于地上，表示要痛改前非，并成为曹的保镖和忠实信徒。曹也被人称之为“割不断的头”。曹去世后，唐披麻戴孝，权当义子，每逢节岁，都要前去祭拜，终生不变其忠。

他不但是这个乡间最早也是最坚决废除跪拜者，最早最坚持的非君非皇分子，也是最早最坚决的解放妇女的先驱，推行婚姻自主的启蒙者。他反对溺女，主张男女平等，批判重男轻女思想，打破了“女子无才便是德”的观念。有许多人家生了女孩后“挂篮”到曹家，在曹聚仁的记忆中，至少有十次以上。还有一些逃婚的亲戚、育才学生，都会找到老校长，要他主持公道。

育才创办初期就男女兼收，但许多乡民囿于旧制，不肯把女儿送来读书，曹梦岐就动员他的一些亲戚朋友的女儿、姐妹来上学，好不容易凑了二十来个人，作为首批女生。但这批一毕业，有几年又绝了女生的影迹。直到1918年，又招进三个女生：王春翠、柳赛鹤、金鱼。1919年“五四”运动后，教育风气好转，要求读书的女孩越来越多，浦江县办起启文女校，敦请曹家大媳妇汪能泳任校长。1927年，育才毕业生吴绣鸳从杭州毕业返乡，在近外阳办起育才分校，专收女生，多时达四十人。

5. 金华学派

曹梦岐是一位笃实的理学家，几乎达到排除佛道各派思想的程度。他既学习朱子《近思录》《小学》的立身处世之道，又崇尚王阳明的“知行合一”思想，维护社会治安，培养民间新风尚，倡导教育救国、实业救国。他在乡间提倡放足，在学校增设女班，创办纺织厂、糖厂等，都是实实在在地推进社会的进步、人类的文明。曹聚仁称曹梦岐为“金华学派的最后一个学者”，生平只用“实践躬行”四个字来教人，他的弟子都要知稼穑之事，不能捧起书本就忘记种田，穿上长衫就脱离生产。所以他创办的育才小学虽效仿于城市的洋学堂，却没有洋学堂的习气，学生要自己扫地、揩台子、煮饭、洗衣等。他认为经世之学并不是空谈性命，也不是高论治国平天下的大道，而是追求当下的实用主义教育，在乡村就要懂得农业生产技能。他要求学生课外去牧羊、割草、播种、车水等。他的这些理念比之陶行知的晓庄师范、黄炎培的职业教育社已经早了二十五年。

孔子曰："君子博学于文，约之于礼。"关于治学工夫，曹梦岐主张博而返约，重点在"约"，而考证训诂学只是枝枝节节的功夫，无当于大道。他认为衣食足而知礼仪，礼仪需简约、平易，简则易知，平则易行。

有人说曹梦岐为人治学颇近于明代张孟兼，教人之道同于清末黄以周。而他的学问虽主要来自《近思录》和《王阳明全集》，但他既非程朱，也非陆王，主张"独学无友"，不受任何学派与门户之见所拘束，用自己的眼光去看问题，根据自己的经验，实事求是地去解决问题。曹聚仁认为曹梦岐的治学立身之道，和永嘉学派的叶水心、永康学派的陈亮、金华学派的唐仲友还是比较接近的。

1924 年，曹梦岐从报上了解到四川段正元（1864—1940）在成立了道德学社，专程赴杭州与其论道，并当场揭穿了这种挂着儒门的妖道。对于夏敬观（1875—1953）之类食古不化的"犬儒"，他认为与世无补。面对军阀不休、帝国主义侵凌，究竟谁是人民的"救世主"，他带着希望而去，怀着无限迷惘归来。直到孙中山民族、民权、民生“新三民主义”的提出，才让他看到了一丝希望。

五四运动以后，以“叛逆”为主流的新思想一下子燃烧了青年们的革命热情，文化革命、社会革命、家庭革命、思想革命等。1919 年 11 月 7 日，时为浙江一师学生的施复亮在《浙江新潮》上发表了一篇题为《非孝》的文章，引起轩然大波。因为施家与曹家有点远亲，曹梦岐专门写信给曹聚仁，称其“大逆不道”，狠狠地教训了一顿，并要他跟施断绝来往。曹聚仁回信辩驳，更激起他的火来，儿子便以战士自命，说要脱离家庭关系。这封信让他伤心了一个月，整个晚上在屋子里打转，心痛得难以入眠，直到儿子认错才得以平息。

曹梦岐虽然没有机会接触到马列主义，但他是一个改造社会的唯物主义实践者。他一生中不知驱逐了多少和尚道士，扳倒过多少菩萨，一切扶乩、求雨、求签、算卦等凡属道佛迷信活动，无不彻底抵制。但对于传统的祭祖、上坟，以及财神庙、土地庙却非常虔诚。他生平只敬神，不怕鬼。孔子说“未知生，焉知死”。他是宋明理学家现世主义的跟随者，只注重人生现实问题，对于生命归宿，并不想有所交代。他注重祖先崇拜，孔子说“祭如在，祭神如神在”，其生命观也就到“如”字为止，他相信“正直之为神”，只要正气便可以把一切“鬼”都挡在门外了。

曹梦岐以教育为抓手，以实业为动力，以学校为基点，延伸到社会，以光复会的改良主义来进行改造社会，他的力量虽然微薄，但持之以恒，竟结出丰硕的果实。他前脚刚踏入贡院科考，后脚出来便革了自己的命，脱了秀才服，剪了头发，还与蒋六山一起加入了光复会。鲁迅先生说："在中国即使搬动一张桌子，改装一个火炉，几乎也要流血。"曹梦岐不但要革自己的命，还要革社会的命，只要是对的就该去做，只要去做就一定会成功。正是这种知行合一的精神让他单枪匹马去开展以"四禁、四废、八劝"为核心的社会改良，竟使这方圆几十里的社会风气切切实实地得到了改造。

曹梦岐坚信正可克邪，行事皆乞灵于"法律"，万事夺不过一个"理"字。他认为不管谁是统治者，相信法律是不变的准尺。朝代变了，度量衡的标准是不会变的。他一生为穷苦无告的百姓打过不少官司，皆以理自持，胜诉于法。有一次，两个村为一株樟树归属问题打官司，甲村在地方法院塞了钱而胜诉，曹公写了上百页的状子，跑了四五十趟的路，自己还贴进去几百元的路费，硬是将官司到高院为乙村打赢了。

在曹梦岐看来，军阀无义战，所有军阀不过是帝国主义豢养的走狗，没有一个是代表人民利益的。在浙江孙传芳政权时期，对他有过几次褒奖，给过勋章，送过匾，但他一律不予接受，死前还叮嘱家属，把这些东西与秀才服一起，不许殉葬。

在辛亥革命以后，许多人以为革命已经成功，同志无须努力，他在乡间却锲而不舍，久而弥坚，致志于外抗强权、内除国贼的宣教和开发民智，救弱图强。他还组织当地农民协会积极与孙传芳残部开展武装斗争，并积极响应革命行动，为革命军支粮、支差、安排住宿，派向导、挑夫等。1926 年冬，孙传芳北洋军阀从沪杭前往赣闽，途经浦江、兰溪，沿途一路奸淫掳掠，拿不走的还拉上大便，或点火焚烧，极尽人间惨境。曹梦岐暗伏学校附近，北兵放一处，他救一处，才没有整个烧起来。1927 年 1 月，旧历春节前五天，北兵前线溃败回来，再次途经兰溪，炮声隆隆。这次他早早地做好了战斗的准备，组织了“火铳队”，准备了“抬铳”（土炮）。见塔山脚起火后，老校长登上东山顶，不怕自己暴露目标，敲响了战斗的第一声锣。百姓同心，炮声、枪声、欢呼声顿时响成一团，吓得北军四处溃散，沿途被老百姓俘杀达五百多人。而东山上的这第一声锣、第一声枪也成了蒋畈人同心克敌的标志。

曹梦岐未老先衰，未满五十便满鬓白发。这次保卫战之后，终因积劳成疾病倒不起，卧床两年多。1929 年 5 月 30 日，55 岁的曹梦岐于病榻前最后一次听育才师生齐唱育才校歌，操劳一生的老校长最终在歌声中吐血而亡，血吐了一脸盆，歌声却像鸟儿一样飞向了东山，飞向了通洲桥，沿着梅溪飞向了更远的世界之外。

曹梦岐提倡乡村教育，兴学二十八年，弟子三千，亲炙训诲者千人，被誉为“蒋畈精神”。去世后被葬于东山之麓，他当年带领学生手植的松树已郁郁葱葱。其弟子在其墓前题碑云：“学在而农二曲之间，实践躬行，大道折中于孔氏。”而农即思想家王夫之（1619—1692）的字，人称“船山先生”，与顾炎武、黄宗羲、唐甄并称为明末清初四大启蒙思想家，反禁欲、反专制。李二曲（1627—1705），明清之际思想家、哲学家，其一生读书、教书、著书，强调一个“实”字，注重实修、实学、实用，反对门户之见，提高修养自觉。将曹梦岐与王船山、李二曲相提并论，足见对他成就之肯定，难怪曹聚仁会称他为“金华学派的最后一位先生”了。曹聚仁请了当时上海著名书画家、哲学家、人称“艺苑全才”的马公愚先生为父亲题写挽联：“厦为寒士庇；剑作不平鸣”，刻于墓之两侧。

在曹梦岐死了四十七年之后的1966年仲夏的一天，一声惊天动地的巨响，曹老先生的墓穴被贼人炸开了，贼人以为里面会有什么珍贵的陪葬品，结果一无所有，只有先生的尸骨被炸飞一地。正是“文革”期间，曹氏后人偷偷地捡了尸骨，另行安放。一直到20世纪80年代，曹艺写信给全国政协主席邓颖超，经邓过问，才得以平反，要求地方恢复育才学校与墓园。经曹家兄妹几次商量后，1987年在墓址上建立纪念碑，曾执教育才的著名儿童文学家洪汛涛题写碑文：育才学园创始人曹梦岐纪念碑。

1995 年，北京《工人日报》首席记者柳白随曹艺先生来兰溪参加曹聚仁诞辰九十五周年纪念活动，并在当地进行为期一个月的采访，撰写《梅江叹往录》长篇纪实，翔实记录了曹梦岐影响之后的梅江文化，并为墓园撰写碑记，由杭州一位书法家倪昌龄书写，在曹梦岐去世七十周年的时候刻碑立于墓园中，全文如下：

此地原为曹梦岐先生（1875—1929）之墓园。先生系清末秀才，光绪年间赴省会杭州，应举人试不第，遂接受维新救国思想，归乡后，倾尽私财，创办育才学园。本其“即知即行”观点，循超前步伐，男女兼收、学做并进，以改造社会、兴利除弊为己任。兴学共积三十年，弟子三千，亲炙训诲者千余。此乡乃界金兰浦三邑交汇处，文化落后，政令有所不及，一度为烟赌盗窃罪恶渊薮。先生无权无势，然坚信正必克邪，率领学生与落后斗，与罪恶斗。育才学园开一代新风，被誉之为“蒋畈精神”而名传百里。惜先生操劳过度，寿未花甲，即已凋谢。1930 年，长子聚德、次子聚仁、女儿守三将先生茔之于东山之阳，铭沪上硕哲所赞“厦为寒士庇，剑作不平鸣”之句于墓门两侧，乡里传颂至今，为先生不刊定论。后人遵先生“儒者薄葬”之明训，墓内丝毫无珍宝财物陪葬。不想“文革”

时，里有佞人异想天开，炸墓碎尸掠宝。事闻中央后，由全国政协邓颖超主席批示，拨乱反正。地方各级领导，征得现仍健在的先生三子聚义作主平反，不究佞人，复校不复墓，仅在原墓址立纪念碑一座，由曾在育才学园任教的文化名人洪汛涛题写碑文，并在石碑四周培养花木，蔚然成绿化小园，配合挂钟尖、通洲桥、白岩寺、育才小学新校园、曹聚仁故居，成为一组小景点。是为记。

燕人柳白小记

武林倪昌龄书于己卯春月

（原载于2023年第一期《古今谈》）

蒋畈一家人

1. 谁能浮过生命海

2022年正月十一，再过三天就是传统的元宵节，天下人共庆团圆的日子。可是曹景行先生等不及这一天，突然撒手离去，与天堂里的父亲曹聚仁、母亲邓珂云、哥哥曹景仲团圆去了。

正月十七，元宵节过后第二天，春寒料峭，细雨绵绵，室外气温达到2℃，是今年最冷的一天。

这一天，在上海宝兴殡仪馆举行了小范围的曹景行先生遗体告别仪式，灵堂前挂着一副挽联：承父业创开讲睿智洞观天下事；览群言游世界精彩洒脱自由人。横批是高山仰止景行行止。此联对曹先生一生的评价可谓精准，曹先生不愿受行政的牵绊，追求思想与文风上的自由。他的父亲如此，他也如此。

这也是当年他的祖父曹梦岐创办育才学堂时的宗旨，他说：“我办学校不是为了培养当官发财的人，而是即知即行学做真人。”

而很多不能前往上海的亲朋好友与追随者，自发地来到他的老家蒋畈村，参加与上海同时举行的著名媒体人曹景行先生追思会。他生生念念的曹聚仁事迹陈列馆也在同一天开馆，馆内电视机播放着他生前回忆父亲与鲁迅的书信往来。举行追思会的礼堂里挂着一副挽联：说风云看世界谁主人生浮过海；忆蒋畈听涛声我槃凤凰独登天。横批是景行行止。事先没有与上海方面对接过内容与细节，但是所表达的主题不谋而合，这是大家对曹先生共同的认可。这一副挽联是我拟好请姜如良先生写的，上联写的是他的人生，下联写的是祖孙三曹的蒋畈精神，《涛声》是父亲创办的杂志，而父亲常喻自己是乌鸦，报忧不报喜，曹景行最后待的一个单位是凤凰卫视，常说乌鸦变凤凰，这典故用在这里却是恰如其分。如今凤凰涅槃已登天，一个独字意指先生的风骨独树一帜，非同凡人。而姜先生的字体潇洒俊逸，个性张扬，非常符合曹先生的品性，在这之前，他还给景行的祖父曹梦岐画过一幅像，也曾得到曹氏后裔的赞许。

曹先生的离去显得有些突然，却又是冥冥之中有预兆。他每天两个微信号都要发几百条的信息资讯，有时一个微信号发至上限四百条会限更 24 小时，他就换另一个号继续发，人们戏称“一个人的通讯社”。注册“闲闲”的微信号于 2 月 7 日 22：18 发的最后一条，而后外一个注册“曹景行正点播报”的微信号于 2 月 8 日 6：56 以“老曹推荐”专题推送，内容是“微知金华”发的视频新闻，题目是《又喝走一个，同桌 9 人赔 61 万，金华喝酒的都看看！》，饮酒过量走掉的是一位浦江男子。曹先生爱饮，也有几分酒量，蒋畈原属于浦江，也算是半个家乡，父亲给曹艺的二百多封信现藏于浦江博物馆，他多次表示想去看看。而发完家乡的这条资讯后，“一个人的通讯社”永远停更。

父亲曹聚仁给他取小名叫“闲闲”，可是他却一刻都没有闲过，每年要绕地球两圈，边走边拍，边想边写。2019 年的最后一天，他发来一条祝贺“新年快乐，老鼠快乐”的短视频，并且写道：“我同王梦的#老曹日本新观察#马上就开播。2019 年我绕了地球一大圈，新的一年依旧行程满满，日本、德国会多去多看，年度课程与上外学生同赴北爱尔兰看英人如何脱欧，重头戏是四月开始百日环球整一圈，当然还少不了年底大戏美国大选。与各方朋友一起，全年一天一集，一路看一路拍一路播，用自己的眼光观察，感受和思考不断变化的世界。地球是圆的，每年绕两圈。咱们新年见！”

正是计划不如变化快，结果 2020 的老鼠年来了，可是厉害的新冠疫情也来了，接连的封城让曹先生改变了行程，只能待在国内，开始了老曹看上海的系列视频录制。他说自己十年前体检的时候身体啥毛病没有，五年前体检的时候发现有点儿胃溃疡，也不算什么大病吃点儿药就好了，没太在意。2017 年之后因为一直在世界各地跑，加上曹先生是香港籍，香港老人没有医保，于是他再也没有体检过。2020 年 8 月跟上海长征医院的朋友说起后，马上给他安排了体检。第一天体检下来都还好，第二天去做胃肠镜，还没做好，医生就召唤他女儿进去，说发现了明显癌变。这如惊天雷击碎了家人的心，但对曹先生来说，却是从容应对，在切除五分之四的胃之后，还和医院的医生合作，制作了《肠久之计》系列短视频，普及预防知识。

2020 年末倒数第 5 天，曹先生的夫人蔡金莲女士在微信上配照片发了一段长达千余字感言《迈过生命中 73 这道坎》，原文如下：

2020 年我们 73 周岁。

经历着肆虐全球的新冠疫情，我们不是生活在一个安全的世界，只是有幸生活在相对安全的中国。

但也正承受着“生命中无法承受之轻”。

祸福相倚纠结如绳，幸福与不幸就好像拧成一股绳子，表里一体，没有谁能一生都幸福。

因为疫情，所有今年的计划都按下暂停键。不能外出看世界，那就关心下我们自身吧，差不多近五六年没全面体检了，八月初机缘巧合碰到热心的医院负责人，二话不说过了周末就去医院检查。第一天，所有常规的体检项目完成，我们夫妇各项指标都还不差，有的还好过同龄人。而第二天做胃肠镜检查一下就出问题了。先是我多年前手术后遗症肠黏连，很费劲地做完肠镜取出息肉。而到老曹的胃镜检测，经验丰富的医生一看就觉得不妙，马上让女儿进入观看，说要取多块组织做病理检查。抱着忐忑不安的心情，等到病理切片报告及血液肿瘤标记结果，确证老曹患胃癌。再进一步做了腹部增强 CT，查明是胃角癌伴腹腔腹膜淋巴转移。接着医院 MDT（多学科专家会诊）一致认为需先做新辅助化疗，再视疗效做胃癌根治手术。

这一切太突然，尽管对医生说的都还似懂非懂，但只能“既来之则安之”，遵照专家意见积极配合治疗。好在老曹本人很乐观豁达，对病情不必隐瞒。只是他要安排好已承接的工作，尽可能不给对方带来麻烦。所以在八月下旬入院的前一天照样出镜，下午录播整台节目，接着直播晚间新闻，才安心入院开始治疗。

时至今日整整四个月，已完成术前四次化疗和胃癌根治手术。医生从他腹中取出一大盆“杂碎”，割除了五分之四的胃，还摘除了远端转移的 B16 淋巴。用主刀医生的话来说是“践行精准外科，拆弹成功”。手术已超出一般 D2 的范围，多亏是医疗团队的精湛功夫，挖出老曹体内隐藏的“瘤弹”，同时又以精巧的手法将十二指肠移位，把剩余的那部分胃和空肠吻合，巧妙而完美重组。

迄今术后一个月，除了减轻5公斤，体重基本正常，一日多餐，胃口正日渐恢复可以食软食物了。当然经化疗头发是基本全脱了（有些朋友还以为他改变发型了），而老曹说头发脱光无所谓，只要脑子不坏就好。在化疗期间正值美国大选高潮迭起，他天天写两三千字的选情评论文章在多家媒体发表，流量最高的一篇当日竟有六千万人浏览。

手术前四次化疗共三个月，老曹间隙还外出拍摄视频，完成今年365天每天上线一集短视频的计划。

用老曹的话说，我们真的很幸运：幸亏一切的停摆，我们回到上海才会去体检发现疾病；幸亏通过朋友遇到一批好医护人员能及时精准治疗（再拖半年就晚了）；幸亏化疗的药物对他特别有效，可杀死大部分癌细胞。

明天将开始术后化疗及放疗阶段，望一如既往能顺利打完这场歼灭战，真正跨过生命中的“坎”！

在2020年11月24日中午，曹先生从手术的麻醉中醒来，脑子里第一念便是“浮过了生命海”，那是他父亲曹聚仁出的一本书的题目。书中记录了曹聚仁患胆囊炎，在香港广华医院住院治疗、开刀及痊愈的经过，和他在医院的所见、所闻、所感。

曹景行后来回忆起这次经历，在给《文汇报》专栏文章中写道："我也浮过了生命海，还在挣扎上岸，过程辛苦，但也很值得。每天都有新的体会，每天都从遭遇到的人和事中获得新的感悟。生命的力量实在顽强，科学的发展已让'带癌生存'变成越来越多人的现实状态，甚至可以'带癌工作'。"

但是他终究没有浮过生命海，在即将上岸之前驾鹤离去。在"蒋畈曹"的那块纪念碑上，又多了一个响亮的名字——曹景行。

如果说"生"是生命的偶然，是几万精子中幸存者的裂变，那么"死"是生命的必然。然而我们自孔老师开始便避讳"死"而不谈。孔老师说，我们"生"都做不好，还有什么脸面谈"死"呢？鲁迅说有一户人家生了个孩子，大家都前去祝贺，说一些吉祥话，有人说此孩福相，能成大业；有人说有大福；有人说能发财，此时却偏有一人说，此人必死。说成大业有大福的未必可知，说死的却是必然，而结果是说未知的得到奖赏，说真理的得到一顿暴打。

曹聚仁在《浮过了生命海》扉语中说谈了"生"与"死"的问题。他说对"死有重如泰山者，有轻于鸿毛者"这句话有两种说法，"一种是说死要死得有价值有意义，为国牺牲，奔走革命，或者战死沙场，那便是重于泰山；至于一时气愤，自经于沟壑，那便是轻于鸿毛。这是从‘死’的意义来说的。另一种是说一个人有时要把‘死’看得很重，再艰苦也要活下去，不可随便牺牲；有时要把‘死’看得很轻，苏格拉底为着殉自己的真理，坦然就死，从容不变。这是从把握‘死’的时机来说的；‘人生必有死’，最难的是‘死得其时’”。

无论是谁，总有一“死”，所以说终究没有人能够浮过生命海，但有些人是淹没在生命海中，有些人却化为水汽，升上空中，转而成云。曹聚仁在战场中、在医院里见过许许多多的生死，有特别的感受，他说有些人是怕死，有些人是不怕死，有些人是只知生不知死。他觉得感知“生死”是人与动物的最大区别，动物对“生死”是没有感知的，而只要是人都是有感知的。冯友兰说：“在自然境界中的人，不知怕死。在功利境界中的人，怕死。在道德境界中的人，不怕死。在天地境界中的人，无所谓怕死不怕死。”曹聚仁以为，在自然境界中的人将死视为自然现场，就像小孩子看见母亲死了，以为母亲睡着了，所以他们不怕。而那些在功利境界中的人是以“我”为中心的，世界都是我的，我“死”了，世界就没了，功利也将灰飞烟灭，所以最怕死的是这些人。在道德境界中的人却是“无我”，我之“死”可以换来众之“生”，如众多的革命者前赴后继，不怕牺牲，便是如此。然天地境界中的人却认为生是顺化，死亦是顺化，将生死视为自然规律，顺其自然，听天由命。

曹聚仁自称从小胆小，但在抗战时期，却毅然决然地走向了烽火之中。他说在战场上，哪儿有不怕死的，只不过是一旦打起来，哪儿还有考虑死的工夫，“战号一响，提枪前进，那时候有如吃醉了的，颇有轻快的感觉，已经和哲人一样，到了超死生的境界了”，正所谓是置之“死”于不顾了。

曹聚仁称最了解自己的是他的三弟曹艺。曹艺的一生也是硕果累累，当年的文笔曾受到鲁迅的赏识。在他晚年给子女的信中，谈到了自己的死，他在信中写道：

万一我倒身道路间，或被您不慎车伤、碰倒，都请不必介意，若附近有医院，请把身体送到医院解剖，然后焚灰散弃，我幼时先天不足，受麻疹后遗症影响，少年期天天吃药。成年后从军，身体康壮，几十年很少生病，胃肺恐留病痕，但老来无老年病，血压、心脏都正常，希望解剖后对医药上有点作用。何处死，何处烧，不必通知单位或家属，我自愿倒路亡身，不知所终。几年来走遍祖国东西南北，并未遇意外，这次半自动的住进医院，查出血脂、血糖过高，知道防治之道，当遵医嘱，善养天年。不过我还是认为我已经活得够长了，不必勉强求长寿，少壮之时，且不能为国家、社会，为人类做点有益的事，今后以期耄耋之年，精神体力两疲，生无益于人世，徒然浪费人民财物；可也不求横死，徒使亲人担心，组织关怀。所以，特为留几句话：对生死问题，我是采取自然主义，照目前查明的体质状况，很可能由糖尿病引起的心脏、脑血管等的并发症。若能猝然逝去，那是最理想的了，那种无疾而亡是难得也是难求的；若不幸而半身不遂，辗转床第，那是最无可奈何的了，我主观上就求安乐死，希望家属配合医师给以人道主义对待，尽快结束此生。万一暂时昏迷，千万勿浪费高贵药物抢救。我是享受“特约医疗”的人员，千万别浪费人民血汗了，至嘱！至嘱！

死后，尸身贡献给医院解剖，不必发讣告，开追悼会，骨灰请火葬场随便处理，不必取一撮入骨灰盒，不必筑巢修坟。也不必通知外地子女远道奔丧。

我身后无余物可留子孙，一点旧书，一些资料，几件旧衣服，一概由老伴孙庆华做主，任意处理吧。

拜托了，亲爱的家属，大家含笑送我离开人世吧！我年过八十，是喜丧，千万别落泪了，当然也不必放鞭炮，开庆祝会。

如此坦然面对生死者，能有几人？想当年，曹梦岐先生也是一个无神论者，自省城带着维新思想回来后，立志要革新乡里，把寺庙里的泥菩萨们全都砸了个稀巴烂，从通洲桥上扔到滚滚梅溪水中，都冲到大海里去了。但是在他晚年患病之后（推测也是胃癌）却也是无比地想多活几年，希望能做更多的事，要老婆刘香梅偷偷地上挂钟尖去文昌阁里烧得香，希冀能得到文昌大帝之护祐，能多活几年。但他终也没有浮过生命海，最后在育才学子们的歌声中吐血而亡。

那一天的育才校歌哟，响遏行云，十里八乡的百姓都听到了梅溪水的哭声。

曹梦岐死后，十里八乡的百姓都视其为城隍，甚至有人还在太阳岭上立了庙，给他塑了泥身像。而曹聚仁死后，周恩来总理称他为“爱国人士曹聚仁”，并以此为墓碑名。

“蒋畈曹”已经成了一种精神，是金华学派的践行表率。曹聚仁称其父是“金华学派的最后一位学者”，然而曹聚仁、曹景行都随其后，用自己的实践谱写了金华学派知行合一、经世致用的后续篇章。

但是“蒋畈曹”之后，“蒋畈精神”谁以继之？

人死是必然，正如曹艺在信中说的可以含笑送别，但如果精神死了，那才真是可悲可叹。或许，世上再无“蒋畈曹”，但是“蒋畈精神”这把火炬我们得继续传递下去……

2. 没时间生病

有一天子贡对孔老师说：“我太累了想请几天假休息休息。”孔老师说：“活在世界上，是不能休息的，要休息，只能到坟墓里去！”

这个典故曹聚仁写在《浮过了生命海》这本书的“扉语”中，他说自己是一个没时间生病的人。为了生计，他只有卖文字生活，像李渔一样，李渔除了卖文字，还卖策划，帮人家设计园林，唱戏什么的，把文字做成了文化产业。而曹聚仁呢，除了卖文字还是文字。他写专栏，每天要写三五千字的文章。每天的报纸都开着天窗等着他。晚年他在给儿子们的信中说：“我既不曾做生意，又不曾借过钱，我的钱是一字一字写出来的。年纪也慢慢大了，就算卖文章，也没有几年可卖了。”

他千不怕万不怕就怕自己生病。他在《病中杂感》开头就写道：“这两年，我一直在生病，老病侵寻，没有话可说；不过，我并不怕死，死乃人生的归宿，这一关，我早已看破了。我只希望死复旦快，一小时或几分钟死去。如曹礼吾兄那样病了七八年，潘伯鹰兄也病了五年，那才够受呢！”他怕得病胜过怕死。死毕竟是人人都得往之的归宿，而只要活着一天，就得实现自己的价值一天，如果活着而无所事事，那才是最不值当的。

在他病中遇上一位病了七年的马小姐，也算是一位诗人，写了不少病中诗。但曹聚仁读了他的诗后，颇有些失望，诗句虽好，意境消极。如《度岁》：“岁阑慵倦吾何耐，春到高楼日渐曛；照却病魔增体健，从今不复作枯吟。”《七夕》：“瓜果当前说慕仙，高风林下月纤纤；秋自清清人自瘦，十分光景为谁妍!”等等。他觉得马小姐的诗只是一种“自影恋”，缺少对人生的解悟，没有哲理的意味。他在住院期间也写了不少诗，自己戏称打油诗，但读来却颇有几分意味，列举几首：

一

日来卧病入嚣尘，朝夕奔车轮转轮。
分割时间付流水，仰头侍漏看珠银。
户外辚辚随处转，室中汩汩与时新。
老翁自叹眼如豆，欲向疑河三问津。

二

纷纷无助孤魂来，面瘦肌黄各病灾。
到此众生皆平等，院衣号码记层台。

三

禁食生涯我试新，黄昏侍漏到明晨。
看它点滴飞空去，不计六时与五辰。

曹聚仁在给王春翠、曹艺的一些信中，多次谈及自己的病情，虽然在孤无亲人的香港医院里，却依然保持着积极的心态与顽强的毅力。哪怕他只要有一丝丝动笔的可能性，他都会坚持写作，他在病床上起不来的时候，就用一块小木板举在空中，稿纸垫在上面写作。他在晚年患胆囊炎手术后，曾禁食十天，每天睡得昏昏沉沉，1965 年他在给曹艺的信中写道：

我一直在病中……我的病，有一天十分严重，我以为真的完蛋了。所谓“完蛋”，并非“死去”，而是右半边风瘫，还是“死不了”，而半死半活，那才受罪。……那天，(半个月前的事) 最严重的一天，我居心拄了杖到九龙去医生处针灸了一回，左手指倒好起来了。接连又看二星期，风湿倒好了；倒勉强可以写字了。像我这样手停口停的人，右手是风瘫不得的。目前的病，却是从另外的过敏症来的。我的过敏症，由于倒棚扶架，几处外伤引发的，溃烂了五六处，我已说过了。当时为了想奔丧，心中焦急，找医生打针吃药，想不到溃烂是好了，身体却更坏了。因为西医打的针，吃的药，抹的药，都是安眠宁静剂，这一来，神经就受了影响。近月来，每天上午就难于起床，一直要到下午二三时，让我睡够了，才可以起床。因为胃口还好，血压也不高，勉强可以把文章写起来。(不写文章，又叫我怎么过活呢？真是天无绝人之路！) 有一天，我试着上午九时起身，那天，真是精神垮了！可怕得很！我如今只是听其自然，随便什么，等我好起来再说。我不想变成半死半活的人。

曹聚仁怕生病，最怕的是手风瘫不能写，那是每一个写作人的最大痛苦，所以他说“右手是风瘫不得的”。1967 年他在给王春翠的信中这样写道：

我又病了十多天，前晚十时半，倒上床去，一倒就是二十八小时，睡了二十四小时，今天早晨才醒来，九时下床，又没什么了。医生断定是“胆”病，胆扩大了。要进医院，动手术，把胆割掉。大约要花三千元上下。去年十一月时我的体重，曾回涨到一一六磅；前几天又跌到一百零四磅，比顶胖日子，瘦了四十二磅了。三年里积存的一点儿钱，都花在吃苦药、不苦不甜的无味糖衣什么药上。因此，我既不悲观也不乐观，只是病得麻木了。

上面这段话，写了一星期！我可并没进医院去，只是整天在床上躺着的时候为多！我改请教中医，他认为只是胆扩大，没胆石的话，就用不着开刀。于是改吃中药，吃了一星期，情况还不错！胃口有进步。十一个月没吃饭（只吃粥）昨天吃了一碗饭，还有味。我且吃一个月中药再说。

……去年除夕前三天，我正病倒的第三天，到医生处看病出来，年尾人头涌涌，比潮还厉害。我因为病体衰弱，没气力上楼公共汽车去，想在三等挤一下就算了。谁知一到了站，下车的直推，上车的急涌，就把我推倒在地上了。等我从地上勉强爬起来，一辆汽车猛刹住在身边了。这样的情形，对于我这样的老人只好付之天命了。平时还有“的士”可叫，岁尾年头，以及假日，连“的士”也叫不到了。因此，我平日也就很少出门了。

上面这段话，又写了四五天了，因为这几天是大节日，又度节气了，每日躺在床上的时间为多。

……希望我的病况有进步。今天吃了一碗半饭，是十一个月来新丰收了。

一封信写了竟然断断续续写了十多天，一天吃一碗半饭，是近一年来吃得最多的一天。一百四五十斤的人，在病后瘦到了一百斤之内，从他晚年的照片与回北京时的照片两相对照，可见他病中的痛楚。可他却在文章中庆幸这种没有亲友近视与陪伴的生病，说是能为康复提供更安静的环境，这当然是借辞。

曹聚仁勤勉一生，留下了四千多万字的作品，就连牛气哄哄的李敖见了曹景行都说：“我最佩服的是你家老爷子，他写了四千多万字的作品，我自愧不如。”

曹聚仁从小勤奋，也是受父亲曹梦岐管教的结果。小时候就连除夕夜、正月初一都不能像村里其他孩子一样可以出去看戏、放鞭炮。每年除夕夜都要写好一篇文章方可。他回忆，六七岁的时候有一年除夕夜，他偷偷地跑出去和伙伴们玩“赛字乌”，就是拿三个铜钱，正面是字，反面是乌，在手掌心摇好后看谁的字多谁赢，就是小孩子玩的一种游戏。父亲知道后，叫回去好一顿打。从此，曹聚仁一生从不沾赌。

父亲曹梦岐不但要求孩子们都要这样做，自己也是亲作表率，也倡导这种文明的乡风。他创办育才学校期间每天只睡四五个小时，全校第一个起，最后一个睡。在28岁的时候生过一场大病，差点死去。那次从生命海边上岸后更加勤奋地做事，每每有险阻之时，他便会说：“譬如我28岁那年死去了！怕什么！”他无权无势，凭赤手空拳，以一人之力，办学校、创实业，在这样一个远离都市的山村里开创了时代的新风，培养了一大批优秀人才，这是谁都没有想到的。曹聚仁、曹艺、王琳、王鹏飞、陈烜、蒋良顺等，都是他的得意门生，也传承了他的思想与理念。就拿王琳来说吧，他后来跟了陶行知，成了晓庄师范学院首批13个学员之一，也是陶先生最为得意的弟子。民国时期浙江的多半师范学校都是王琳曾参与创办的，晚年的时候他还参与编著晓庄师范的校志。他的勤勉是受了先师曹梦岐的影响，甚至为了节省剃头洗发的时间，他常年光头，不留须发。

“蒋畈曹”的百年家风传了一代又一代，到了曹景行的身上，依然流淌着坚毅勤勉的基因。他自离开凤凰卫视的体制之后，常年奔波于世界各地，每天要为全国三百多个电台提供新闻资讯。2017年回兰之行，我第一次目睹了他的这种工作作风。年已七旬的他在雨中疾步如飞，我上去给他撑伞，他却给我挡了回来，说："一点儿小雨不碍事。"他边走边拍，不放过任何一个细节。对于家乡的每一点儿变化都感到无比的亲切。白天跑村，晚上给孩子们讲座、签名，没见过他说过一个累字。期间，我女儿和她的伙伴们去采访他，晚上从七点到八点多，一个多小时，耐心解答每一个问题。读他的病中笔记，与父亲曹聚仁的《浮过了生命海》恍如一人。他在病中依然保持着乐观的心态，还与医生合作，制作短视频，传播癌症预防知识。

在现实生活中，"没时间"也常常成为我们很多人不成事的借口。在我们匆匆人生中，"时间去哪了"也常常成为岁月流逝的感叹。或许，我们很多人也"没时间生病"，但"时间"不仅仅是拿来"干事"的，更是拿来"成事"的。在焦虑、内卷的当下，大家都"没时间生病"，但"时间"诚可贵，不要只见"干事"，不见"成事"。工作像工作，休息像休息，勤劳地工作是为了更好地休息，良好的休息是为了更好的工作。提高时间效率，实现最大化工作成效，或许是当下最迫切需要进行革新的。

3. 曹景行与兰溪

在蒋畈人的记忆中，曹聚仁的祖父曹永道的这条命是从长毛刀下捡回来的，从此屈服于命运，成为一个老实巴交的农民。

但也正因为他这颗种子，留下了蒋畈的根，一代一代地往下传。曹聚仁的父亲曹梦岐虽然也是独苗，却一反曹永道软弱的性格，终究不能屈服于一亩三分地，成为叛逆的一代。特别是在他幼时，看到父亲为了田里放水向别人跪下来的时候，小小的他一把拉起父亲的手往家走："爸爸，你不知道男儿膝下有黄金啊！"从此暗暗发誓要活出个人样来，独身一人赴金华考了个榜首，成为刘源溪第一个秀才。当官衙里的人敲锣打鼓地送喜榜到这个"三不管"村来的时候，整个通化乡都震惊了。把那句传唱了几百年的"刘源溪，直笼统，没个秀才种"也改成了"刘源溪，直笼统，半个秀才种"。何为半个？因为蒋畈位于金华、兰溪、浦江三县交界处，而三县都天高皇帝远，心有余却力管之不及，故曰"三不管"之地。而曹家祖上从金华洞井迁至蒋畈，曹梦岐后来却在浦江的考场被赶了出来，然他不屈于命，借了金华的宗谱才得以在金华考上秀才，所以只能算上半个。1950 年蒋畈归属到兰溪，这样算来，这个秀才属于兰溪的也只有三分之一了。

曹景行好几次跟我谈起这个事，虽然以前从没来过兰溪，却从父亲《蒋畈六十年》中能感受到这里的点点滴滴，在脑子里已经记得滚瓜烂熟了，梦中也见过无数次，血液里也一直流淌着蒋畈曹不屈的基因。2022 年正月，他的突然离去，让无数的媒体关注到了蒋畈曹，关注到了这个偏僻的小山村。有媒体称他祖籍兰溪，而他生前在自己的微博里，却一直视兰溪为老家的，都说“兰溪老家怎么怎么地”，从经济、文化，甚至一家电影院的票房，无不关注，但他更想探寻的是自己祖上的文化基因。他曾跟我说：“一直没弄明白，为什么蒋畈这块穷山区，百年前竟然会冒出曹家为代表的新文化种子。要把这块地方的历史吃透才行。”

“曹梦岐只是一个农家子弟，梅江周边社会对他成长一定有重大影响，这才值得研究。我想当年梅江或许比今天更多接受外界影响。”

他有一次还让我去查他外太婆的根脉，就是曹梦岐夫人刘香梅的祖上，是不是刘备的皇家血统。后来我让他们查了，据说宗谱上确实有一些蛛丝马迹的记载。难怪刘香梅这样一个农家女，照片中却流露出一种贵族的气质。虽然大字不识一个，却是育才学堂里人人尊敬的算术老师，所说的话，所做的事，都是十分得体的。后来育才学校被日本人炸平之后，刘香梅痛惜地以为蒋畈再也立不起来了。结果几年之后，在曹聚仁兄弟三个的一起努力下，育才学校不但重新建了起来，而且第一次有了初中，他们梦想未来还要办高中、办大学。

这个大学梦在曹家手上永远成了一个遗憾。但是这个遗憾在21世纪来临的时候，兰溪人民为曹家完成了这个心愿。在兰溪城区，不但有了聚仁小学、聚仁初中、育才中学，还第一次有了大学，叫行知学院。学院的校训“行以求知，学以致用”与蒋畈村育才的“即知即行，学做真人”的知行合一文化不谋而合。难怪同是曹梦岐与陶行知的得意弟子王琳要说：“曹梦岐是乡村生长、带着泥土气息的陶行知；陶行知是漂洋过海、吃过洋面包的曹梦岐。”

2017 年，浙师大行知学院在兰溪落成，学院里的几条路分别以李渔、郎静山、范浚、胡应麟、金履祥和曹聚仁的名号命名，其中南门最宽的一条路留给了曹聚仁，命名为聚仁路，也算是了了蒋畈曹的一个大学梦。正值举办第十一届浙江中小企业高峰论坛，校方很想请曹景行先生回乡来为聚仁路揭牌。当时，我与曹老师有微信联系，但一直没有见过面。第一次与他联系的时候，刚好与他的行程有冲突。他一年到头都在世界各地跑，难得有空，这也是意料之中，只好遗憾地给学院里回复。不想事有凑巧，学院的活动时间后来因为种种原因由 11 月推迟到了 12 月，这样学院又让我再一次联系他。真是上帝安排要他回来，这次定的时间他恰好有个空档，马上就答应了。

在这之前，他回过兰溪两次。第一次是在 2009 年 5 月，他带着《城市名片 · 景行浙江》栏目组到家乡拍摄。第二次是 2010 年 7 月，得知老家育才学校停办消息后，他和姐姐曹雷、曹艺的女儿曹汛等一起回兰溪，拜访相关领导了解情况，后来又考察了市区的聚仁学校和一所在建学校，当时他们正为征集不到好校名发愁，最后决定把这所在建学校命名为育才中学，以将育才精神予以传承。曹先生觉得非常好，高兴地在学校留言册上写下了“百年育才再百年”的题词。那一年，正是曹聚仁110周年诞辰、育才学校成立108周年。2021年，聚仁小学、育才中学因为聚仁集团的调整，要修缮校大门，都不约而同地想到了要我请曹先生题字。我联系后，他都婉拒了，说自己的字不好。后来我就给他们出点子，用曹聚仁的集字，他们都觉得好。后来我又托请曹先生，曹先生立即答应，让姐姐曹雷把相关字体找出来，集成校名，非常的大气、古朴、厚重。

2017年的这次兰溪之行对我来说也是与曹先生的一次缘分。之前从没见过他，因为很少回兰溪，总觉得他对家乡的情感可能不是很浓。但这次接触之后，完全不是这样的。定下时间后，他主动提出来，说以前回兰溪都匆匆而过，这次要多看几个地方，好好地走一走。同时，他表示，如果有需要，可以多安排几堂讲座。这对我来说，是求之不得的事。我立马把这个好消息与相关方面进行了沟通，三天时间安排了三场演讲，行程安排了梅江、芝堰、游埠等，兰溪的每个方向都安排了代表性的点进行考察。

2017年12月15日上午，曹先生风尘仆仆地来到了兰溪。我到金华高铁站里去接，他一出站，高高的个子老远一眼就认出来了。没有客套话，好像很熟悉的样子，打招呼、握手、上车、寒暄。他来之前就吩咐过，不要麻烦领导，就自己到处看看。所以在三天的行程，除了我之外，没再安排其他领导陪同。就在他抵达的中午，当时的市委书记安排请他吃了个便饭，聊了聊兰溪的情况，双方都很开心。

那天我记得下着很大的雨，中饭后，先安排学校的行程，聚仁初中、聚仁小学、育才中学，在雨中，他健步如飞，神情凝重，在这里的每一个角落，好像都散发着父亲曹聚仁和祖父曹梦岐的气息。他曾经跟我提起过好几次，关于曹梦岐的塑像问题。因为在2010年的时候，曹先生一行曾提起过在育才中学能够有一个曹梦岐塑像的愿望，但一直没有实现。这一次，在育才的时候他也没说什么，还送给了学校一套曹聚仁的作品。育才中学聘他为校外辅导员，并颁发了聘书，他欣然接受，脸上流露着笑容。但在三天后离开兰溪的路上，言语中还是向我流露出一些遗憾的意思。

为了曹梦岐的塑像，我多次沟通未果。2019年，是曹梦岐逝世90周年，清明前后有个机缘，我陪同曹景辉的儿子曹兆吉参观育才中学，曹景辉曾是王春翠当育才学校校长时的教务长。我向曹兆吉先生提出向校方捐献梦岐铜像的建议，曹先生欣然接受。我作为委托人，立马联系了制作方，半年时间后，制作成曹梦岐半身铜像，同时经与校方沟通与努力，建成了曹梦岐事迹陈列室，这也是兰溪第一次真正全面展示了曹梦岐与育才的历史文化。2020 年 1 月 12 日，在育才学校举行曹梦岐铜像暨曹梦岐事迹陈列室揭牌仪式。就在前一天，还是冬雨蒙蒙，这一天却突然晴空万里，校园里洒满了阳光，到处洋溢着幸福的味道。几位老育才的学子迈着颤颤巍巍的步子也来了，还唱起了育才校歌。我把这消息告诉曹景行老师，他也很高兴，只是不能来到现场，便与曹雷两人联合署名发来了贺信，曰：

欣闻祖父曹梦岐的事迹陈列室今天开馆。百多年前的中国，以他这样一位山村文弱书生，敢于挑战旧势力，迎接新时代，要有怎样的见识、勇气和心胸。他开创的育才教育事业融入了这样的精神，至今仍然可贵，更望年轻一代继承发扬。

曹雷、曹景行

2020 年 1 月 12 日

曹先生的贺信既是对育才精神传承的一种期待，更是对兰溪教育事业的一种鼓励。我期待他能有时间再来兰溪走走看看。可随后春节的一场新冠疫情暴发，让整个世界改变了格局，打乱了许多计划，包括曹景行老师的计划，他的世界之旅也定格在了这一年，直至他离开这个世界。

思绪回到 2017 年的 12 月 15 日，这一天，绵绵的冬雨没有挡住曹景行先生探寻兰溪的脚步，他除了去学校，还去了李渔的故里夏李、郎静山的故里游埠，兰溪古村古镇的每一个角落都让他感到新奇，边走边看，边拍边想。当天晚上，又不辞辛劳地在科华文化中心举行了一场题为《我和我的世界》的演讲。第二天，又去了芝堰、蒋畈，和万舟纺织企业，让他暨感受了兰溪古村古镇的风貌，又感受到了兰溪从传统产业到现代企业的飞跃。第三天，全天参加行知学院的中小企业论坛活动，并作了两场分别题为《世界看中国，中国看世界》《看清今天世界，是为了看清未来》的演讲。第四天上午，去看了芥子园，中午我带他吃了兰溪的特色牛肉面，之后，送金华高铁站返程。

这短短的三天半行程，我自始至终作了陪同，切身体会到一位七旬老人的激情与才识。期间，他在自己拥有四百多万粉丝的微博上以“初冬兰溪行”专题先后发了17条微文，150张图片，其中在蒋畈的内容最多，充分表达了他的老家情思。那是抵达兰溪的第二天，下了一天的雨略微停了，我们先来到了梦岐陵园，祭奠了蒋畈英灵。

东山之麓，茂密的松柏丛中，由《神笔马良》作者、原育才学校老师洪汛涛亲题的“曹梦岐纪念碑”庄严矗立，地上厚厚的落叶好像无尽的思念散落一地，让整个氛围都显得肃穆起来。曹先生亲自点起了香烛，对祖父英灵进行了庄严的祭拜。他在微博上写道：

“浙江兰溪，蒋畈村原育才学校三间旧屋。天下兴亡，匹夫有责，二楼昏暗光线下，仍然看得出当年墙上画着的世界地图，大概保存不了多久了……翻过山就是义乌，公路已经开通，蒋畈村将旧貌换新？”

“回到父亲出生的蒋畈村。很难想象这么偏远的小村子里，百多年前竟会出现一位敢于点燃现代文明火把的文弱书生，我的祖父曹梦岐。”

“终于见到父亲好多次写到的通洲桥，挂钟尖。冬天傍晚的阴冷中，漂着淡淡的伤感。”

这一丝淡淡的伤感在蒋畈村的上空徘徊了四年之后，2022年2月11日，在蒋畈村举行的曹景行先生追思会上显得更加浓厚，天空也变得阴沉起来，雨雪交加，气温突降，让我们不仅感受到身体的阴冷，更加感受到内心的沉痛。

2017年的初冬，在他的微博上，除了播发蒋畈之行的内容外，还发了3条在游埠所见所闻，有老街、贯休祖庭、酱坊等，他对酱坊的年轻店主印象深刻，因而在微博上写道：“浙江兰溪游埠镇，摄影大师郎静溪故居对面。古法制酱油晒两年，面上浮起白色盐花。百年老店有了年轻的店主，可喜。”

在兰湖发了3条，写道：“浙江兰溪，老乡吴志强设计的兰湖景区，不同凡响。他是上海世博会总规划师，同济大学副校长，建筑学院院长，新当选中国工程院院士。兰湖规划中的一草一木都由他定夺。”“期待明年春天樱花开，怎一个美字。”我记得，在兰湖，我们还曾约定，待明年樱花盛开的时候，他带一帮退休教授到兰溪来，一则可以与行知学院做学术交流，二则可以体验兰湖樱花之美。不想，这个约定一拖再拖，乃至错失此生。

在行知学院发了2条，他写道：“浙江师范大学行知学院，兰溪新校区。投资16亿，一年多一点完工。二千多一年级学生开始在新而美的校园中开始大学生涯。”“兰溪终于有了自己的第一所大学。在许多大学的聘书中，这份有着特别意义。”对他来说，这样的聘书已有不少，他习以为常了，但他对兰溪第一所大学的这一本鲜红的聘书却异常地看重。

在芥子园也发了2条，他写道：“浙江兰溪芥子园，为纪念李渔而建。李渔生于明，殁于清，一生坎坷。他的戏曲至今没有都拍成电影、电视剧，可惜了。”这个遗憾也是兰溪的遗憾，虽说前些年也曾拍过《讨饭国舅》《三女休夫》等根据李渔作品改编的影视作品，但有影响的实在太少，不是因为李渔的作品不行，实在是我们对李渔文化的理解太肤浅了，不能读懂李渔文化的时代性、思想性与艺术性。

最后一天临行前的中午，我们一起前往溪西老街吃了牛肉面，他大加赞赏，对着老街与那个小小的店铺拍个不停。他在微博中写道：“浙江兰溪溪西老街。老街老街，老人的街，过去的生活静悄悄。”“兰溪有好多牛肉面小铺，各具特色。这家夫妻店干干净净，味道不错。”这是一对夫妻开的牛肉面小店，我多次前往，店小却很清爽，店主也是很热情、很朴实，与兰溪几百家牛肉面店一样，是一家有着故事的小店。

在他的微博上，除了这次兰溪之行，我还搜索到他曾经在 2016 年 1 月 3 日的微博“老曹之见”专题中发过兰溪一家电影院《老炮儿》的票房情况，写道：“今天中国电影票房越来越依靠中小城市。【浙江兰溪，老炮儿票房不错】”在同年 4 月 20 日的“老曹之见”中写道：“原来，浙江老家兰溪的粽子是嘉兴五芳斋的祖宗。图中的粽子为金家表嫂的手艺，色香味皆绝。端午节近了，到兰溪寻找真正的美食，满足各位的舌尖。”他说的金家表嫂是曹聚仁妹夫金式儿媳，她女儿金慧在上海开过一家名叫“殿前金”的私房菜。殿前金是她老家的村名，曹先生多次在自己微博上推介。后来因为上海的城市管理等原因，她把私房菜迁回了兰溪，开在离溪西老街不远的地方。2017 年曹老师回兰溪也曾前往用餐，再一次品尝了当年父亲请鲁迅吃的小麦铃的味道。金慧女士对食材的追求非常苛刻，都是自己亲自采购与清洗，所以在上海有口皆碑，但是在兰溪却开得并不顺利，没几年后就关掉了。

在 2017 年 2 月 25 日的微博“老曹之见”上他写道：“如何解决冬天取暖，成为纯电汽车的一大难题。浙江兰溪老家一朋友的空调企业正在研发取暖空调，希望早日成功!”他说的这家空调压缩机企业老总姓陈，是一个很朴实的企业家，从零起步，却做成了兰溪最有发展潜力的一家未来企业，当人家羡慕他的成功之时，他却又在进行新的研发。那时候，电瓶汽车刚开始起步，但是电瓶能解决汽车行程问题，却对空调耗电问题无法解决，以至于当时刚启用的一些出租车在夏天的时候，开半天就得回家充电。当时陈总正在致力于这方面的研发。期间曹景行老师也给予了很大的支持与帮助。这一年年底，曹景行回到兰溪，特意在间隙时间会晤了陈总，关切地询问一些研发的进展情况。陈总对他说，已经有了进展。他表示很欣慰。2021 年的夏天，我有一次拜访陈总，问起此事，他告诉我，已经试验成功了，他正在试运行，效果非常好，如果一旦推广开来，市场将是无限宽广。2022 年他的冷链体系以“九一树下”品牌为疫情下的兰溪枇杷、兰溪杨梅提供服务，全面向市场大步迈进。我想，曹老师如果在天有灵，得知此消息，定当为兰溪老家日新月异的变化感到无比欣慰了吧!

4. 耕读传家

蒋畈为何不姓蒋，而姓曹？很多人不明白。

蒋畈原为兰溪市洪塘里蒋氏在山下村前的一畈良田，故称

“蒋畈”。蒋氏为方便耕作，在田畈中央建造了两间矮屋，用于存放犁、耙等农具，并派长工居此看守。明武帝年间曹氏仁一公从金华北山南麓洞井村入赘洪塘里蒋家，其曾孙又入赘山下蒋家，生下二子，一姓蒋，一姓曹，从此后曹氏便在东山脚下刘源溪畔安家立下，蒋畈因此成为村名。经过数百年风雨沧桑，蒋畈曹氏人丁逐渐繁盛起来。

由此脉络看来，曹氏祖上是在入赘山下蒋家后才迁居至蒋畈的。在曹氏家训中有一条写道：“器量须大，心境须宽，耕读兼并，学会忍让。”自古以来，耕为农民，读为书生，两者难以兼容。然而曹氏祖上偏要叫儿孙们耕读兼并，但自从来到通化这块土地上，依然不能改变只耕不读的局面，一直到了曹梦岐才得以实现。

曹梦岐的祖父曹奇林虽然有心想在后代中培养几个读书人出来，却是没有赶上好时代，清末的一场“洪杨之乱”让整个蒋畈夷为平地，只留下祖母钟氏，和一根独苗曹永道。在战乱年代，连命都不保，还何谈读书。曹永道虽然老实巴交，总算是为曹家留了一个火种。

或许为了火种不灭，让曹家单传能得以延续，曹永道“知其不可奈何而安之若命”，面朝黄土背朝天，从零起步，硬是把这个家在这块贫瘠的土地上，一点点地重新站了起来。而曹梦岐得以受母亲、祖母的宠爱，开始了耕读兼并的努力。

曹聚仁后来称父亲曹梦岐是金华学派的最后一位先生，这话是站得住脚的。金华学派自范浚开宗，吕祖谦弘扬，得以与朱熹理学、陆九渊心学并称为三大学派，而在曹聚仁看来，程朱理学只会耍嘴皮子，陆王心学却是故弄玄虚，只有金华学派才是务实的。他打了个比方，说在战场上突遇敌机轰炸，他们将如何应付？依陆王的说法，应当让弟子们闭目静坐，不为机声所慑；朱熹会教弟子们到书架上去翻查飞机的种类性能以及防空措施等；而金华学派的吕祖谦则会带着学生逃到峰顶山脚，在树木岩石下掩蔽起来，卧倒不动。曹梦岐便是金华学派务实求真的实践者，他主张“尽人事以听天命”。天命自在，虽不能改，然尽心人事是人之天职。曹梦岐曾给子女们留下遗训曰：看重当前，不做违心之事，宁吃一时之亏，则日后省些懊悔。这就是担当精神。

曹梦岐 26 岁去浦江参加“童试”，却被人举报赶出了考场。父亲劝他认命放弃仕途之路，他却偏要再拼一拼，借了宗谱到金华再次赴考，一举拿下童试第一的好成绩，成为蒋畈秀才第一人。第二年，他再赴杭州参加科举，当时的维新思想却让他看清了这个世界的腐朽与生机。回到家乡，决意要办一所学校，用自己的行动去改变“山里壳笼”不读书的野蛮之风。

曹聚仁在《蒋畈六十年》里谈到，没有人会相信，在半个世纪之前，这里没有一个人会说官话（普通话），满嘴的方言过往的客人多半只能连猜带蒙的。而自从曹梦岐办了育才学堂之后，这里的读书之风日盛，甚至后来培养了一大批的老师与校长出来，像王琳、王鹏飞、项鲁天等。如王琳深受曹梦岐影响，后来跟从陶行知先生，为浙江的十几所师范学校的创办立下汗马功劳。就拿我老家不足八百人的西庄村，就出过五个校长，都是育才小学培养的。这些老师与校长又去培养了一批又一批的读书人，从此野蛮通化（现称梅江）也成了文化通化了。

曹梦岐并不是有家底的人，用自己家的房子拿来做教室。他甚至把那些泥塑菩萨砸了，丢到了梅溪里去，腾出庙宇来办学校。到了晚上和周末，他还带着老师到附近村庄里去开设夜校，让那些不识字的山野村夫也渐渐地能识得字来。他的学校开教育之新风，耕读兼并，既要懂孔孟之道，也要学桑麻之技。而且男女兼收，不管家里有钱的没钱的，只要愿意都可以来读。每年新学期第一天，他都会站在校门口问学生，为什么来读书？却很少有回答让他满意的，他便在开学典礼上亲自训话，说读书的重要性，说为什么要读书，怎么读书，怎么做人，等等。

他对学生严厉，对自己的儿子曹聚仁更是严厉，甚至连迎神、赛会、演戏、斗牛都不准他去看，只怕他分了读书的心。就是除夕的晚上，还要背书，正月初一上午，扫了祖坟回来，还要写一篇文章，不让他偷闲半刻。但曹梦岐又是不主张读死书的，他是曹氏家族里第一个把“耕读兼并”四个字实践得很好的人。他在校园里专门设了一块地供子女们耕作的。当年曹聚仁被金华省立七中退学回来的时候，曹梦岐痛心疾首，便要他下田专事耕作。结果下田没几天，便是手上生茧，脚底冒泡，皮肤也晒黑了，他尝尽了稼穑之辛，再回到学校读书时便倍加的努力。曹聚仁一生笔耕不辍，连躺在病床上都未有停止专栏写作，留下了四千多万字，怕也是受了这种家风的影响吧！

据夫人邓珂云回忆，曹聚仁不吸烟、不喝酒，却有饮绿茶、吃零食和买书的三大嗜好。零食是和家人们共享的，书却是自己独享的，别人想看也要等他先看完。家里的每月开支差不多有三分之一是拿来买书的。曹聚仁称自己的书房是“书似青山常乱叠”，甚至没有书架，都是这里一叠，那里一叠，家里废弃的苹果箱、牛奶箱里全是书。一杯绿茶一本书，便是他最享受的时候。平时出去也总要带上本书，坐在车上也看，走路的时候也看。有一次走路差点儿撞上汽车，司机探出头来骂道：“走路还看书，不要命啦！”

但曹聚仁并不完全是一个书呆子，主张知识并非来自书籍。他引用叔本华的一句话说：“在读书之际，我们的头脑，不是我们自身的活动场，乃是别人思想斗争场；所以终天只顾读书，得不着思议工夫的人，自己思考的能力便要渐渐丧失，他们是因读书而把自己弄愚了的。”所以他说一个读书人，决不可念些死书，用别人的思想替自己筑成牢狱。他甚至设想，在不久的将来，科学再进步一些，用一张薄纸可以像留声机片那么收音放音，则所谓的“文字”便可以陈列在博物院里去了，而省下大段的念书时间，可以用来做其他的事情。

几十年过去，曹聚仁这种脑洞大开的想法还真是实现了，一张小小的芯片可以装得下以前的一个图书馆。人们的阅读也由书籍转到了手机与网络，现在真正买书看书的人确实是少之又少了。

2006 年 6 月，曹景行对某大学学生做了一场题为《何必乱翻书》的讲座。他对中国当前的读书形势发出感慨：“读万卷书者少，行万里路者多。”他指出现代发达的交通工具使人们出行非常方便，万里路对于飞机来说也只是以小时就可以计算的路程，而读书的人群在我国却在不断地下降。他给出的几组数据使得在场观众都非常震惊。据统计，2003 年同 1998 年相比，我国大众的读书率下降了 8.7%。全国只有 5%的群体保持着经常读书的习惯。作为祖国未来的中小学生，有 30%的学生因为沉重的学习压力无法抽出时间读书，30%～50%的学生称老师与家长不赞成他们阅读课外读物，10%的学生说无书可读，35%的学生说家里没有读书的气氛。另外，近几年国内公共图书馆的使用率之低，群众的购书量之少，都是很令人担忧的。曹景行根据自己多年在外工作的观察指出，同样乘坐地铁，在纽约会发现很多人利用这段时间阅读书籍，在中国香港会发现很多人利用这段时间翻阅报纸，而在上海人们却是在摆弄自己的手机发送短信。

而这差不多是二十年前的数据，如果是现在再做一个调查，恐怕更让人担忧。

曹景行作为蒋畈曹一脉，骨子里却秉承了“耕读兼并”的基因，以父亲为榜样，一生读书、著书，并且总结了一个从“乱翻书”到“翻乱书”的读书经验。他的同事陈鲁豫回忆说他每天至少要看 20 份报纸、5 份时事杂志、做数不清的剪报。他有个习惯，看到报上有用的信息就会影印下来，公司复印机的旁边总能看到他。所以他也被称为“影帝”，意思是影印之帝。1999 年 5 月 7 日，美国炸了我们驻南斯拉夫大使馆，曹景行和他的同事全国首创《中国人今天说不!》时事开讲栏目，他成了全国首位时事评论员，每天 15 分钟的评说，为凤凰台创下了高收视率，《时事开讲》也成了凤凰台的名牌栏目。这如果没有渊博的知识与深厚的读书功底是难以做到的。

2017 年曹景行回到兰溪，做了一次深度寻访。这期间，刚好我女儿学校里要做一个碎化片阅读与传统阅读的辩论课题，她们借机采访了曹景行老师。曹老师非常认真地接受了她们的采访，回答了她们的问题。在曹景行看来，互联网所蕴含的信息量很大，但是因为碎片化、快餐化，有很多是没有经过思考与浓缩的东西，有些时候是经不起推敲的。而书本上的知识大多是经过了历史几百年的沉淀才形成的。所以说在关注网络的同时，不能忽视传统阅读。他觉得最大的根源在于教育体制的不合理。他认为，当前的教育体制要把更多的孩子从沉重的学业中解放出来，让他们有充足的时间去阅读中华传统文化与世界文化中的经典作品。差不多一个小时的采访结束后，他又与孩子们一起合照留念，并在他们本子上留下了“面对世界，思考中国”的题词。

当年，在蒋畈育才小学的教室里，就画着一张世界地图。这在当时连县城都没去过的通化人来说，这简直是一部“天书”。然而正因为这张世界地图，让梅江这个山沟沟里的孩子们看到了未来与远方，一代又一代走出了梅江，走向了世界。

5. 金华学派的集体实践

人生就像一趟单行列车，一路上，每过一个站都会有人上车，有人下车。这对于列车来说是一件再平常不过的事了，可对于人生来说，上车的总归要下车，下车的却再也上不了车了。每当看见一路上陪你过来的人下车的时候，明知这是无法改变的事实，还是会涌起无数的悲伤。

曹梦岐先生走了有九十三年，曹聚仁先生走了有五十年，曹景行先生走了有一个多月。蒋畈曹的祖孙三代风云人物都“下车”了，而蒋畈这趟列车还得继续往前开。

几年前，村庄撤并时，蒋畈村与近外阳、塔山脚等附近的几个村合并，改成了聚仁村。曹聚仁名气大，改村名也是为了发挥名人效应。美丽村庄为该村设计的方案中称曹聚仁是“牛人”，策划了一个看“牛人”、吃牛肉的IP，在村庄的显眼处写上“一个来了就会走牛运的村”。我不知道牛运是什么运，对这个策划感到无语，因为我知道曹聚仁不仅仅是一个“牛人”。

要说“牛人”，当年的曹梦岐才是真的牛。他当年独枪匹马，砸赌场、禁烟馆、办新学、兴实业，竟没有一人能挡得了他。他在蒋畈推出四禁四废八劝，开启了文明乡风的历史性革命。四禁即禁鸦片、禁赌博、禁斗牛、禁杀耕牛；四废为废“天地君亲师”牌位、废跪拜礼、废买卖婚姻、废养奴蓄婢；八劝为劝放脚、劝读书、劝养蚕、劝织布、劝种养森林、劝兴修水利、劝熟耕作、劝不信仙佛。曹聚仁有个舅父是所有亲戚中最没出息的，曹梦岐所禁的赌博、抽大烟都是他的所好，在他临行之前对曹聚仁惨悔道，方圆百里没有人不敬畏你父亲的，只有我不怕他，他也拿我没办法，但是不怕你父亲的人是没有出息的。一边说一边吧嗒吧嗒地往下掉眼泪。曹聚仁也是最怕父亲的，每做一件事都要先考虑一下父亲的看法然后才去做。他说自己在父亲死后的五年里，在梦中见到还是会吓醒过来的。

而今曹梦岐死后还不到一百年，不但没有人怕他，甚至都没几个人能记得他了。在我四十岁之前，也不知梅溪有梦岐，直至不惑以后，因曹景行先生之缘，才去关注育才文化，关注曹梦岐先生。特别是近年来，竭力为蒋畈曹文化奔波、游说，总算还有些见效。在2019年梦岐先生逝世90周年的时候完成了他的铜像与事迹陈列馆的设置。我想，兰溪的北乡，从昨日之通化，到今日之梅江，梦岐先生的育才功不可没，我们不应该把他忘记。在蒋畈村的村口牌坊两边，写着一副对联“当记者任教授为学者堪称爱国人士；除旧习倡新学敢作为誉为蒋畈精神”，算是给曹家两代人的真实写照吧。

“立志求实，学做真人”是曹梦岐在育才学堂一直推崇的校训，也是蒋畈曹一直践行的精神文化。所以要说蒋畈曹的文化精髓应该是“真人”，而不是“牛人”，写在村口的那句宣传语应该改成“一个来了就假不了的村”。可要是真的想让来的人都摘下“假面具”，恐怕就没人敢来了。这或许是曹梦岐在一百多年前所想不到的。

去过蒋畈的人都会对这里产生疑问，很平常的一个小村庄，总共也没几户人家，而且好多都改了新房，把孤零零的三间老屋围在中间。原来的曹氏一族大多都迁至别处，只剩下曹聚德一脉，其他的多是从城头水库迁来的库区移民，多数姓陈，与原来的曹家没有任何瓜葛，问起蒋畈曹的文化，都是一脸的茫然。村口，以曹梦岐为首倡建的刘源溪大坝虽然几经修缮，但依然可见原来的风采。他的小儿子曹艺曾带着育才的学生站在大坝上高唱《义勇军进行曲》，和着哗哗的流水声，让人感受到一种黄河大合唱的雄壮气势。村后原来光秃秃的东山岗已经长满了树木，曹梦岐的魂灵就安放在那里。一条即将修成的国道从东山岗中间穿过，为蒋畈连接世界打开了通途。

这就是蒋畈，独一无二的蒋畈。蒋畈曹、蒋畈精神成了这里独有的专用名词。

那么，什么是蒋畈精神？

我们曾经在几次座谈会上都探讨过，曹艺的女儿曹汛在一次纪念曹梦岐逝世90周年座谈会上谈到蒋畈精神时表示，忧国忧民、教育救国的家国情怀是蒋畈精神的核心，“即知即行，知行合一”的办学理念是蒋畈精神的生命线，邪不敌正、除恶扬善是蒋畈精神的风骨。

应该说曹汛女士的这个概括已经非常到位，但在我看来，还是不够完善。

曹聚仁说自己父亲是金华学派的最后一位先生。我想把这句话的意思再延伸一下就是：蒋畈精神是“蒋畈曹”对金华学派的一次集体实践。金华学派的所有特点在他们身上都多多少少有所体现。

在曹梦岐死后，他的弟子在他墓门上写有这么一句话：

“学在而农二曲之间，实践躬行，大道折中于孔氏。”说他的学问介于王而农与李二曲之间，道学已有孔夫子的一半了，这是弟子们对他一生的肯定。

王夫之（1619—1692），字而农，号姜斋，人称“船山先生”，湖广衡阳县（今湖南省衡阳市）人，明末清初思想家，与顾炎武、黄宗羲、唐甄并称“明末清初四大启蒙思想家”。他反对“生而知之”的先天论，“耳有聪，目有明，心思有睿知”，但人的感官心智必须通过后天进入世界万物声色之中，去探寻事物发展规律，才是认识世界的途径。他认为真知识一定是名与实的统一，“知实而不知名，知名而不知实，皆不知也”。

船山先生的“名实统一”论与曹梦岐的办学宗旨有异工同工之合。他提出的办学宗旨是：“躬行实践，文化教学与社会教育并进，教学做合一，农工学齐驱”。所以在课程上除了自然科学、文史修养等课外，还设有农业、园艺、工艺等课，男学养鱼、种菜、武术等，女学种桑、养蚕、缫丝、织布等。不管省、县视学下来检查时如何批评，他都按照自己三课合一的特色安排课程，即：读经课——对高年级学生讲授《论语》《孟子》《大学》《中庸》等课，由曹梦岐自己亲授；劳动课——每周必安排一到两个半天参加农（工）业劳动，男女生全体参加，按正课评分；宣传课——将时事教育与社会兴革作为必修课，而且在每周六下午，都安排学生到周边各村举行文艺演出，宣传时事，兴利除弊。旧到读“经”，新到闹革命，不为读书而读书，要为做人而读书。他既反对死读书的“蛀米虫”，又反对学无专长的“无柄尿勺”，执教二十七年间，培养弟子三千，个个都成了社会有用的人才。

李颙（1627—1705），字中孚，号二曲，明末清初陕西盩厔（今周至）人，哲学家，与河南孙奇逢、浙江黄宗羲并称为“海内三大名儒”。他不仅反对学术上的门户之见，而且反对真理只能由圣人垄断，凡人不能有所发现的传统观点。他说：“天地之间的道理，有前面的圣人没有发现而后面的圣人却发现了的；有贤人没有发现而普通人却发现了的，不要以为出身贫贱的人就不能发现真理。”他曾举出许多出身微贱的古人和明代学人为例，说明只要肯用心钻研，不论是圣贤还是平凡人，在学问上都可以有所成就。

李二曲“人人能成贤”的观点也是曹梦岐办学理念。他祖上几代都是农民，自己却通过努力成了一乡之贤。因此曹梦岐认为人要立大志做大事，立志为圣贤，尧舜的己饥己溺，范仲淹的以天下兴亡为己任，都是年轻人应该有的志向。于是他便将“立志、求实，学做真人”作为校训，将“肩背书包上学堂，即知即行细思量，苦读苦学做真人，励勤崇俭不可忘”作为校歌，广为传唱。“让乡村人睁开眼睛看世界，为国家培育有用之才”是曹梦岐一生的梦想。

曹梦岐生在蒋畈这个穷乡僻壤，读的书并不多，独学无友，无师自成，这种经历也是与王船山李二农两人相近的。但他又是比较能接受新思想的，能将朱熹理学、王阳明心学和清末的维新思想相结合的，而这种“不私一说，兼取众长”恰恰是我们婺学的精神。所以他虽然熟读《近思录》和《王阳明全集》，但他的学问既非程朱之理学，也非陆王之心学。而正因为他是独学无友，不名一师，才不至于受到门户之见的约束。他不但一边实践一边领悟，还外出寻访、交流，一听说哪里有异人先师，便前去拜见。但他又不惟名，不惟虚，说得来可以谈个几天几夜，甚至有时候就某个问题跟他的弟子也可以讨论个半天；如果说不拢马上拍屁股走人。

1924 年，有位四川异人段正元（1864—1940）学了点王阳明的皮毛，加上一点儿玄学，便到处忽悠人，在全国各地成立道德学社，入社弟子无数。曹梦岐报上了解到他在杭州也成立了道德学社后，便专程前往与其论道，并当场揭穿了这种挂着儒门的妖道。面对军阀混乱的世道，他四处寻求百姓的“救世主”。但常常带着希望而去，怀着迷惘归来。但他坚信做总比不做好，求真务实、知行合一是他坚持的真理。

曹聚仁曾多次在文章中提到金华学派，而自吕祖谦后，婺学渐衰，浙东学派渐起，以至于千百年后，世人只知有朱学，未知有婺学。他曾给一位好友的回信中表示，一千多年以来，对于“格物致知”的解读不同而分成了三大学派。一派为程（颐）朱（熹），他们认为“格物”是“研究社会人生的事事物物”，研究得久了，自然就豁然贯通。一派为陆（九渊）王（阳明）派，他们认为“格”即“格除”“物”即“物欲”，像一面镜子上的灰尘，只要把它擦干净了，本来的光明就亮出来了，所以把“致知”解读为“致良知”。吕祖谦当年把朱熹与陆九渊约到鹅湖见面，本意想把两派的观点进行融会贯通，却不想两派都带了众多弟子来观战，谁也不服谁，最后双双不欢而散。但江湖上一经传开，吕祖谦的名声大振，他无意间主持的这场鹅湖学术辩论赛也名垂千古。而实际上，他更为得益的是因此对两派学术兼容并蓄，从而奠定了婺学的千年根基，成为天下第三大学派。求真务实，经世致用；注重创新，敢于批判；刻苦研习，严谨治学；广泛交流，兼取众长；两端兼重，本末并举，等等这些婺学特点自成一派，通过丽泽书院的传授为国家培养了一大批栋梁之材，吕祖谦与何基、王柏、金履祥、许谦北山四先生也因此从祀于孔庙为万民供奉。

蒋畈曹从金华山的东麓，翻越高高的太阳岭，来到西麓，得以婺学文脉的滋养，成就了“江南旺族”的千秋大业。我们不但在曹梦岐身上能看到金华学派的影子，从他的儿孙辈们的身上也能看到金华学派的蒋畈精神来。曹聚仁、曹聚义（曹艺)、曹聚德、曹雷、曹景行、曹景仲……这是属于“蒋畈曹”对金华学派的集体实践，一脉相承。总结“蒋畈曹”几代人的事迹，我把蒋畈精神归纳为以下几点：

一是兼容并蓄、求同存异的包容精神。它就像梅溪水，清澈而包容。梅溪水来自各个山岙里的山坑水，从高处直下，不会转弯，但它在沿途遇到别的水自会融为一体，从滴水之泉到滔滔江水。所以梅溪不叫梅溪，偏要叫梅江，以示包容。梅溪的另一个特点就是往西流，别的河都是一江春水向东流，它却偏偏要往西。因为西面有兰溪的母亲河兰江，梅溪水来自深山，却向往大海，有着远大的抱负与梦想。

二是即知即行、务实创新的求真精神。蒋畈村先后在光绪年间和民国三十五年（1946）两次被清兵和日军洗劫一空，唯剩三间老屋，最后又在废墟上建起来了。蒋畈曹数代单传，一个个都是死过几回的人，最后都从死亡边缘站起来了。人家说蒋畈曹是一根野荞麦，全身上下都流着血，通红通红。每一个打着蒋畈老屋主意的人都虎视眈眈，一锄头就可以将其连根刨掉，但只要有一点根在，来年春天，它又会漫山遍野，开花结子。蒋畈曹从孤儿寡母到现在的五湖四海，正是凭着即知即行、务实创新的求真精神，以荞麦般的顽强生命力，展示在世人面前。

三是锲而不舍、匡民救世的践行精神。洪杨之难后，曹家的田地只留下一亩六分田和光秃秃的一块东山岗，东山上全是红沙石，寸草不生，曹梦岐办了学校后，年年春天带着学生去种树，夏天去浇水，在沙石缝里种上柏树、松树苗。在别人的冷嘲热讽中，种了死，死了种，年复一年，日复一日，一棵棵苍松翠柏终于长大成林。不管是种树还是办学，他都凭着一股锲而不舍、匡民救世的践行精神，为蒋畈村迎来了一缕新的希望。

四是无私无畏、耕读传家的担当精神。在梅溪两岸贫瘠的山上，开得最盛的花就是紫荆花，它不需要肥料和沃土，甚至在无土的岩石缝里，它都能生长出来。其旺盛的生命力就像蒋畈曹的这种担当精神，无私无畏，漫山遍野，绽放自己，装扮世界。它倔强的枝干却充满着无穷力量，硬而不脆，韧而不拔，在需要的时候随时可以挺身而出。

五是邪不敌正、我将无我的奉献精神。曹艺曾把扑灯之蛾、火柴棒和萤火虫三物相比，认为蛾是“投机主义”，黑暗统治下不见它，灯火点燃时却装成勇士扑向光明，到头来身心俱焚；火柴是“冒险主义”，自己都不知道几斤几两还动不动就擦枪走火，到头来焦头烂额、燃为灰烬，连个尸首都没有；而萤火虫才是“奉献主义”，用自己的身体为别人发光，光虽弱却持久不灭，飞虽不高却能划破长空，给世界增添一抹亮色。闪闪微光永不息，漫漫长夜照前行，这就是蒋畈精神。

在我整理“蒋畈曹”资料的过程中，常常为事迹所感动。

但曹梦岐作为金华学派的最后一位先生，为何终未成“八婺名儒”，反而被世人所冷落？我后来终于想明白了，所谓名儒，需有三个条件必备，一为躬行实践，二为思想论著，三为衣钵传承。曹梦岐作为婺学传承者，在实践上已无可挑剔，但在思想论著与衣钵传承上却有所忽视。从现存资料中看，他留下来的东西并不多，甚至曹聚仁为他编撰的年谱也遗失在战乱中，成为一大遗憾。在古代名儒中，总会有弟子把他的一言一行记录下来，久而久之，便形成了一套独有的思想体系。而曹梦岐开启的新式教育，只把孩子培养到小学，初中就得到金华读了，心智还未发育成熟的孩子们不要说记录，就是理解也是未必全知。曹梦岐的这种不喜荣利、经世致用的风骨是金华学派的一脉相承。兰溪作为婺学的重要承载地，从宋代的范浚、金履祥、叶诞，到明代的章枫山、方太古、赵志皋、胡应麟，到清代的李渔，再到民国的曹梦岐，等等，虽然在学术研究上日渐式微，但在金华学派的文脉发展上却得到了一贯的传承，这也是值得欣慰的。

最后，我想把上海大学方守狮教授为解读曹梦岐姓名诗作为文章结尾：

冥夕倒见之谓梦，灵山多枝谓之岐。
一梦初醒到净土，多岐能周识菩提。

心王权杖决生死，天下殊途同归依。

梦时能觉见明月，岐处可合辨意识。

君不见，心梦岐，光岐普照遍十方。

灵山十万八千丈，非梦非影非短长。

2022 年 2 月 19 日至 3 月 14 日

LAN XI RI ZI
兰 溪 日 子

Chapter 3
流年碎语

一条江、一座城、一千年，这是身为兰溪人之荣耀。此生无悔入兰溪，倾心一曲赋江南。美好生活的一切从爱上一座城开始。

火种是一种传承

——《火种》创作手记

第一次到上新屋村的时候，就被村口广场上的一尊塑像震住了，一只手抱着一卷书，一只手微微靠在身后，挺拔的身姿，脸上带着从容的微笑，眼神坚定地望着前方，微风轻轻地吹起了长衫的下摆，像在风中扬起的旗帜。村里人介绍说，这就是兰溪最早入党的党员——童玉堂先生。

之前，我对童先生并不十分了解。步入展厅，随着村里人对他事迹的介绍，一个时代的风云与一个坚贞不屈的形象慢慢浮现在我眼前。他出身书香门第，却从不以富贵为荣，一次次地散尽家财，两袖清风半担书，舍小家、保大家，与国家共存亡，与乡民共太平，着力构建人民美好的生活是他革命的初心和永远的梦想。“十年西北向归途，两袖清风半担书。去去不知家在否，行行未卜路存无？心忧望破双亲眼，胆怕推翻游子颀。今夜此身穿百穴，万山初渡月明车。”童先生在诗中的内心独白让我感动、震撼。三次入狱，十年追寻，哪怕把牢底坐穿，也决不背叛党的忠诚；哪怕生活再贫苦，也决不变卖珍藏的文物，最后将其全数捐献国家，没有一丝保留。这是何等的雄心、何等的胸襟、何等的胆魄！

那一天，我在童先生的像前写下了一首小诗：“您是一牧童/ 把一个时代牧放/ 用红色的初心妆点山河/ 您是一块玉/ 三次入狱与所有的酷刑/ 也动摇不了您坚贞洁白的心/ 您是一盏灯/ 星星之火燃尽一生/ 点亮一个民族的胸膛/ 您是一阵风/ 两袖清清半担书/ 来去无影万里长空/ 如今/ 您站成一座雕像/ 立于上新屋的老屋前/ 与一个时代同在/ 泪洒衣襟英何在/ 一屋风雨向归途”。

他，燃烧了自己，点亮了别人，这是一种火种精神、一种兰溪精神、一种革命人精神。童先生的事迹，触动了我被浮躁麻木的心，我想在党的百年华诞之际应该有一首歌来传颂他的精神。在那个时代，他就是一个火种，在兰溪大地上点燃了革命的热情；在那个时代，正因为有许许多多的“童玉堂”在全国各地传播火种，才掀起了一个时代革命的热潮，才有了从一个时代到另一个时代的跨越。

回首历史，不忘初心；展望未来，信心满怀。“火种”是一种力量、一种传承，更是一种奉献、一种精神。火种不熄，奋斗不止，精神不灭，未来，定将更加美好！

一首歌，一座城

——《诗路钱塘》创作手记

由金华市文化广电旅游局主办，金华市文化馆与金华市音乐家协会承办的金华市第二届音乐新作大赛尘埃落定，兰溪文化馆获得了组织奖，选送的三首歌拿了六个奖，获得了大满贯，其中《诗路钱塘》获创作一等奖（第一名）、表演一等奖，《爷爷的手艺》获创作二等奖、表演三等奖，《瀫纹漾月》获创作三等奖、表演三等奖，以兰溪棹歌音乐创作营为核心的团队同志们捧着沉甸甸的奖杯，在金华群星剧场耀眼的灯光下喜不自禁地跳跃欢呼，心情久久不能平静。

《诗路钱塘》最初是叫《钱塘风雅颂》，虽然改了几次名，但我作为词作者，从心里还是更认同于原来的名字。甚至有人提出来，为什么不叫“诗路金华”“诗路兰溪”，我想正因为取之于“钱塘”是别有用意的。这得从兰溪成立“兰溪棹歌音乐创作营”本意说起。

我自从2009年被徐琮赶鸭子上架为李渔故里夏李村写了第一首村歌歌词以后，从此对这种赋予文字神奇的力量的艺术产生了深深的迷恋。原本只是写在纸上的一些长短句，就是1234567这七个看上去跟数字长得一模一样的数字却可以赋予文字以鲜活的生命，或激昂，或厚重，或诙谐。转瞬十年间，已经写了三十多首，但真正让自己满意的并不多。有位老师说过，诗歌与音乐是艺术最高的境界，当诗歌与音乐相遇时，那便可以幻化出世间最神奇的力量。一首歌可以让人产生无穷的力量，一首歌也可以让人胆寒。江姐的一首《红梅赞》可以给人生命绽放的力量，一首《太阳岛上》可以让一个地方一夜之间名闻天下，肖申克监狱里的一首《今宵微风吹拂》可以让狱警如临大敌。要想让一首歌真正产生力量，它比一首诗更需要配合默契的团队力量，从词到曲，从音乐到演唱，从体会到演绎，缺一不可。一首歌，每个人的理解不同就会有不同的演绎。为了发挥更大的团队精神，在2019年的春天，兰溪成立了兰溪棹歌音乐创作营，从作词、作曲到演唱，把整条“音乐生产链”上的志同道合者聚在了一起。

兰溪棹歌取自于戴叔伦的一首诗《兰溪棹歌》：“凉月如眉挂柳湾，越中山色镜中看。兰溪三日桃花雨，半夜鲤鱼来上滩。”对兰溪人来说耳熟能详，意韵悠长。很单位的四句话，却道出了兰溪的无穷风雅。可以想象在春天雨后的某一个初月之夜，一位旅经兰溪的男子卧于舟中，听江水轻拍堤岸，柳影、桃香，还有不时跃出的鲤鱼，让这个夜多了几许相思的愁绪。这首诗兰溪的音乐人已经给予了好几个版本进行演绎。

兰溪是一座有着风雅、风情与风尚的江南小城，由于商埠的繁华，各种文化在这里交集，为后世留下了诸多的文化瑰宝。兰溪现有各级文保单位 132 处，其中国家级 8 处、省级 38 处，省级以上文保单位总量居全省首位；全市“三普”登录的文物点 2631 处，总量居全省第三、金华第一。兰溪文化丰富，如商埠文化、纺织文化、医药文化、会馆文化、戏曲文化、宗教文化、美食文化、休闲文化，以及兰文化、茶文化、水文化等，所有这些丰富的文化逐渐形成了兰溪古城休闲、优雅、宁静、淡泊的独特风韵。在全省推出的钱塘诗路文化中，兰溪是钱塘诗路上的重要节点城市。千年的商埠文化造就了一座底蕴深厚的风雅小城，青山绿水、城南古巷、中洲渔火、瀔纹漾月、渔舟晚唱，等等，所到之处皆为诗情，皆有画意。兰江全程 100 里，钱塘诗路之门户，下至建德，上至龙游，是钱塘江中上游的核心区段。我想应该为这条诗路写一首歌，于是就有了《钱塘风雅颂》最初的想法。2019 年 7 月 22 日在手机上写下了“剪一片云羽衣霓裳，采一朵兰满室馨香”这第一句，至今刚好一年。最初的稿子如下：

剪一片云羽衣霓裳，
采一朵兰满室馨香，
天下江南千年浙商，
唐韵宋学诗路钱塘。

画一江水富裕春光，
守一脉山金银满仓，
山清水秀鸟语花香，
诗情画意美丽梦想。

啊，你从唐诗宋词中走来，
迎一缕晨风，
沐一路春光；
你沿一带一路走去，
美好生活芳华绽放。

啊，你从千年风韵中走来，
画一湖秀色，
唱一曲越腔；
你沿万里江山走去，
美好生活诗路钱塘。

这首歌从词的创作到作品的成熟，整整花了一年时间。我曾建议在兰江上搞一个首发式，但因经费问题最终搁浅。这应该是钱塘诗路文化意义上的第一首歌。之所以取名钱塘，正因为想把歌曲的格局拉得更大一些，放得更远一些。2015 年 5 月 25 日至 27 日，习近平总书记在浙江调研时说，“浙江的今天就是中国的明天。”2020 年 3 月 29 日至 4 月 1 日，习近平总书记在浙江宁波考察时，提出浙江要努力成为“重要窗口”。既然浙江是全国的“重要窗口”，那曾经是浙江“重要窗口”的兰溪未来的位置又将在哪里？兰溪不应该关起门来做文章，一首歌如此，一座城更是如此，要以兰江、兰花、兰城为点，高定位高着眼，放舟钱塘。

非常感谢徐琮对这首歌的诠释，她在看到第一眼的时候就用了“喜欢”两个字表达了对它的厚爱。记得当我第一次在她办公室听到小样的时候，便被深深地打动了，钱塘的风雅，兰溪古城的韵味，诗路文化的厚重，在音符的跳动里幻化成魂，把人深深地吸引了进去。经过赵必丹与陈怡然的深情演绎，一唱一和中，水袖的挥舞与裙裾的摇曳间，千年的商埠往事款款而来。而徐琮恰是将音乐通过流行与戏曲的唱法相结合，给听者带去视听上的历史纵深感与钱塘水路的流淌感，从而让人感悟到兰溪这座传统文化与现代文化相交融的城市之美。

这次新作比赛与以往不同的是去掉了 MTV 视频的播放，甚至现场连歌词也没有播放，这就对音乐的感染力与歌唱者的清晰咬字有了更高的要求。但这些《钱塘诗路》的团队们都做到了，赵必丹、陈怡然的“怡丹组合”下了一番苦功。在歌曲结束的时候，观众意犹未尽，情不自禁地发出了叫好声。在随后的评委亮分环节，几位评委给予的高分也得到了现场观众的掌声，也是当天比赛中唯一在亮分环节得到掌声的，这让我们深受感动。当一首歌的感染力能进入观众心里的时候，他们给予的掌声是最真诚、最感动的，也是对作品的最高赞赏。最后，这首歌毫无悬念地获得了创作、表演双金奖。在随后的点评中，张卫东老师对这首歌的形式、内涵与表达上给予了充分的肯定。

另一首《爷爷的手艺》音乐用流行风与童谣风相结合的形式对非遗进行演绎，大概是兰溪以非遗为主题的第一首歌。兰溪自宋室南迁后，凭借八百里黄金水道，一跃成为贯通苏、皖、赣、闽、粤的水上交通枢纽和浙中商贸中心，也是南方诸城通往北方的必经之埠，从而孕育了一座繁花似锦的兰溪古商城。在这漫长的历史进程中，中国传统农业社会的式微与近代商埠的繁华为兰溪留下了丰富的文化遗产，现有各级非物质文化遗产代表作名录108项，其中诸葛古建筑营造技艺、诸葛后裔祭祖等5项入选国家级非遗名录，7项入选省非遗名录，总量位居全省前列。粮食砌、浇糖画、捏面人、剪窗花等，曾经流行在城南古巷里的这些老手艺，如今成了非遗的保护对象，在时代的潮流中，我们想通过歌曲的传唱，呼唤文化的传承，呼唤时代的创新。但由于自身对这些非遗文化缺少深入的了解，对我来说，这首词还是停留在应景创作的基础上，没有打动人心的东西。希望能在以后的创作中有所突破。

音乐大赛的这天正好也是全国高考成绩揭榜的时间，每个考生都在等待着自己的未来。女儿发微信说今晚不回家吃饭了，同学太紧张了，陪她在外面等分数。在大多数家长看来，分数就是决定孩子未来的生死榜，分数一出，几家欢乐几家愁。我想说的是，天下道路千万条，条条通罗马，不必太在意分数。就像这个大赛的奖杯，一首作品的初心并不在于授予它的奖杯奖牌，而是它对听众的感染力，有没有给人带人愉悦的感受、积极的力量。

一首歌，一座城，不管是诗路钱塘，还是爷爷的手艺，我想都应该从内心出发，以文化的力量，抵达另一个内心，这才是文艺作品应该具备的初心。

听一首歌，爱一座城。愿从此，诗路钱塘，风在兰溪！

2020 年 7 月 26 日

倾心一曲赋江南

不知道钻过多少次牛角尖，登过多少回百步梯，爬过多少次告天台，去过多少次桃花坞，骑过多少趟兰江大桥圆盘……溪以兰名、邑以溪名的兰溪独有人文地理在与她日夜相伴的三十年中，已经成为生命中的深深烙印。三江之汇、七省通衢，依山傍水、两山两塔、一城三片成为兰溪典型的地域特征，有“天下江南”“小上海”“钱塘第一商埠”“万诗之城”等美誉。这里的山、这里的水、这里的城、这里的塔、这里的乡愁，一闭眼就扑面而来。曾经走过的每一条古巷，吃过的每一家面馆，身边的每一张笑脸，记忆中的点点滴滴都充满了温馨与感动。

如今依然记得，15 岁的那个夏天，第一次跟着父亲走了五里山路，挤上了前往兰溪的公交车。对我来说，第一次的兰城印象充满了新奇，兰江大桥、新华书店、百货大楼，以及繁华的人民路，车水马龙，琳琅满目，记忆深刻。没想到，五年之后，学校毕业回到兰溪参加工作，从此，日夜相伴，没再离开。

一晃已经三十多年，如果说在三十年前对这座城市的爱还只是懵懂的、青涩的，那么三十年后对这座城市的爱是深沉的、根深蒂固的、无法割舍的。都说“兰溪人一天看不见就会哭的”，那是因为“在家千般好，出家一日难”的固定性思维所致。如今，随着改革开放的脚步，兰溪人的足迹遍布全国各地，甚至世界各国。在见识了“外面世界多精彩”的兰溪人回到兰溪，下高速第一眼看到横山塔便有种想抱塔痛哭的感觉，颇有杨万里“最感横山山上塔，迎人东去送人西”的感动，那是从心底对家乡的眷恋，对兰溪发展的期待。

为什么我的眼里常含泪水，因为我对这个城市爱得深沉。这是独一无二的城市，曾经的商埠文化让它在钱塘上游领跑一千年，一千年的文化积淀和一万年的上山文明史，让这座城市熠熠生辉。站在新时代面前，兰溪又该往何处去？

在刚刚结束的第十五次党代会上，兰溪市委提出了“拥江发展”的城市建设迭代战略思维，描绘了雅致老城、精致溪西、活力上华的“兰阴春馥”愿景图。站在西门城楼，观瀫赏兰，“此楼即宋楼，宋楼非此楼，一沉一浮，已越千年”的时空穿越感，让我有点儿恍惚。“几十里的埠头客商，几千年的帝王将相”“才子佳人今何在，空留舞台翰墨香”，什么功名也好，利禄也好，所谓的美好生活并非是占有多少，得到多少，而是你心里装了多少，在你的生命中留住多少？政府的所有服务提供的只是一个环境，真正能够感受到美好生活的是你的心境。爱自己、爱生活、爱兰城，才是一切美好生活的开始。

一条江、一座城、一千年，这是身为兰溪人之荣耀。此生无悔入兰溪，倾心一曲赋江南。美好生活的一切从爱上一座城开始。

2022 年 1 月 13 日

三百多年前“烂尾塔”引发的思考

——厚伦方村歌《路有多远家有多近》创作记

这是一座矗立在水中的烂尾塔，村里人都叫它无头塔。

第一次见到这座塔的时候只是偶然经过那里，远远地看它立在水中央。

我走着，它站着；或许是我站着，它走着。

从明崇祯十四年（1641）起，已经三百七十多年了，它一直这样站着，可谓是“塔坚强”。

明崇祯十四年，是一个蛇年，明代大厦将倾。一个叫李自成的农民揭竿而起，这一年他连攻汝州、开封数城，自封“闯王”，直逼京城而去。

而远离京城数千里的一个乡下，兰溪厚伦方的乡民们梦想建立起一座祈愿祥塔。据记载，唐代诗人方干（字元英）一个叫方珉（字明三）的后裔在元代时从桐庐迁至兰溪大平乡后陵，逐渐发展成了一个家族，于是改后陵为厚伦，后称厚伦方。据老一辈说厚伦方就是一条船，可是少一根桅杆，在大明将倾之时更显得风雨飘摇，要有一根桅杆把它定牢才是。于是乡民们筹资开始建造这座七层高塔。可是从开始建塔之日起村里就出怪事，而且每建一层必死一人，村里人人恐慌。经族人商议，遂在建成四层后放弃建塔。

塔未建成，那个叫李自成的“闯王”虽然推倒了岌岌可危的大明之塔，却也没有建成自己的帝王之塔，最终倒让清朝成就了帝王梦。李闯王的帝王之塔轰然倒塌，而厚伦方的无头塔却矗立至今。

于是这座无头塔也就成了一项永远的“烂尾工程”。自那以后，无头塔周边从未有村民靠近，走路都是绕道而行，更别说建房居住了。改革开放以来，塔四周改成了珍珠塘，遂成厚伦湖，那塔也成了水中无头塔，反而成了厚伦方的一道美丽风景。只是后人再也无法明白这座烂尾塔是如何建成的？

最初接到厚伦方村歌的任务时，首先就想到了这座无头塔。而且又因为自己祖上也是方干之后，在宋末因受方腊之诛而改为陈姓，也算是同宗之缘。于是就欣然地接受任务，创作了这首略带忧思的歌词。想如今村歌多是从村落的角度赞美家乡，而此曲偏是从外出游子思乡的角度进行叙述。事实上，现在的大部分村庄都成了留守村，青壮年男女都远离家乡在外打工，唯有老弱幼残的留守在家。在月明之夜，那种思乡的愁绪就自是油然而生了。然看我们的祖辈，或是因为战争，或是因为病疫，从来都是居无定所，风雨飘摇，厚伦方的祖上从桐庐迁居自此，我的祖上从淳安迁居至兰，他们何曾不也是游子。

可是路有多远，家有多近，毕竟家乡才是我们一生都难以离舍的情。

2016 年 10 月 27 日

人读花间字句香

——兰溪作家“廿文学丛书”首发有感

“窗临水曲琴书润，人读花间字句香。”这是李渔当年对自己隐居夏李伊园做“识字农”时的生活写照，临水赋诗，捧读花间，在明末清初的那个乱世，这是一种何等的闲情，何等的悠然，何等的浪漫。李渔诞辰四百年后，在充满功利、喧哗与浮躁的当下，这种闲情似乎成了一种奢求。然而就在9月21日，芥子园的燕又堂里，却洋溢着一种久违了的书香，兰溪作家丛书第三辑——“廿文学丛书”昨天在芥子园举行首发式。文朋诗友济济一堂，著书、读书、论书，书香四溢。恍惚间，让人回到了三百多年前的那个芥子园，李渔和那群文人们席坐于桂花树下，品茗、赋诗，芥子书铺刚刚印好的那卷《闲情偶寄》散发着阵阵油墨清香，夹杂于花间，已分不清何为花香，何为书香。

兰溪作家协会最早有个兰阴文学沙龙，成立于20世纪80

年代，每个月聚会一次，没有固定地点，后因种种，几次停止，几次恢复，反反复复好几次。到了2009年，已经是文学边缘化的年代，协会再次提出成立了文学沙龙，是因为有戴品三这个对文学事业热心支持的老人无偿提供活动地点，是因为有兰溪这帮充满精神守望的文学人，是因为有兰溪这块富有灵韵的江南诗地。在兰阴山麓，兰花村枫树塘路22号畅怀园，环境幽静、敞亮、雅致，每个月的20号文朋诗友一二十人相聚于兰香飘逸间，品茗畅怀，临窗诵读，气氛祥和，故此曰“廿文学沙龙”。此次出版“廿文学丛书”，意在推行“文学是一种生活，文学是一种品质”的文学理念。

姜绍绩年过古稀，却对著书立说之事孜孜不倦，此次推出长篇小说《不了曲》是继《无期》《无价》《无痕》之后又一部探讨人性之作，通过对世俗百相的洞察与多角度叙述，不厌其烦地重复着“婚姻与爱情”这个“不了”的主题。年过花甲的黄治政在建党90周年之际推出他的长篇处女作《翡翠蝴蝶坠》，这是一部难能多得的主旋律作品，与其说是塑造了一个执着追求、经历曲折的共产党人，不如说是让我们看到了一个对文学创作富有同样执着追求的祖国同龄人。或许是陈静独具的艺术敏感与女性细腻，她的短篇小说集《无以名状》给人以一种意识流的莫名情愫，恍恍惚惚，存在于真实与不真实之间，穿行于文字与非文字之外，让人欲读情碍，欲罢情牵。马跃真、何惠芳是一对文学“并蒂莲”，两人都是下岗工人，却在自主创业之余耕笔不止，捧于读者面前的文集《并蒂莲》清新可读，如午后静莲，能安浮躁。胡新谷电视剧本《笛仙黄初平》是继长篇小说《外圩洲神笛》的又一部关于黄大仙的力作，也是他多年来对黄大仙文化的研究成果。另有陈水河散文集《嘀嗒雨镇》、何寿松作品集《屋顶上的红辣椒》、赵勇鹏诗集《醉歌》，以及会员作品集《廿文学草根作品集》充分展现了兰溪文学创作多方位、多角度、多题材的综合实力。

李渔曾说过，一个面貌无奇而具有媚态的女子看一眼不足为奇，看两眼怦然心动，看三眼引人入胜。我想文学其实就是这样一个女子，虽然不靓丽却妩媚，虽然不出众却迷人，越是浸淫其中，越是不能自拔，久而久之，成为你的一种品质，成为你的一种生活。正如兰溪市委宣传部部长刘成芝在首发式上所说，文学需要一种耐守孤独的品质，需要坚持守望的精神，需要自我欣赏自我陶醉的一种脱俗境界。或许是兰溪这方独具灵毓的山水给予了文学的滋润，或许是身上还流淌着具有乡贤李渔艺术品质的血液，兰溪的文学人一直在坚持，一直在守望，在兰阴山下，在瀫水之滨。相信在不久的将来，我们的文学一定会迎来一个更加灿烂、更加妩媚、更具品质的明天。

2011 年 9 月 22 日

听一听祠堂的声音

——《兰溪祠堂》跋

小时候，最怕去的地方就是祠堂，感觉那地方总是阴森森的，很可怕。每次需要经过祠堂的时候，也尽量绕着走。

后来上学以后，知道了祠堂是旧社会封建体制的产物，是家族权力的象征，每个祠堂都有着严厉的家规家训，要是有人犯了禁条，就会被祠堂所惩罚，严重者要被逐出祠堂门，甚至处以极刑。这些在当时法律不健全的时代，成为大家墨守的专制旧习。

如今那些专制已被历史所淘汰，可是那些祠堂有许多还在，成了乡村极少的公共建筑之一。有的地方把祠堂改成了小学，有的改成了村办公楼，在 20 世纪 80 年代，有的祠堂还被改成了乡村俱乐部，在 21 世纪初，很多地方又把这些祠堂改成了文化礼堂。但不管改什么，那些精美的雕梁画栋没有改，它们默默地守着，好像一个岁月老人，静静地注视着凡世间一切的变化。

政协兰溪市第十三届文史资料编辑委员会成立之初，并没有想好要去编一本《兰溪祠堂》的书，但当我们沿着“兰溪古韵”系列，从《兰溪文史（曹聚仁专辑）》到《风雅兰溪》，到《兰溪家风》，再到《兰溪风骨》，这么一本一本编过来的时候，越来越感觉到兰溪历史的厚重和文化的底蕴。风雅兰溪的底气何处来？我们渐渐地发现，当我们拂去祠堂文化中的那些糟粕之后，留下来的却是熠熠生辉的精华。这让我们产生编撰《兰溪祠堂》的内心愿望。

从发起到成书，历时半年多，25万多字，数百张图片，这对于一部书也许不算什么，但对于一种文化，这实在是冰山一角。所以在匆匆成书之时，仍有许多遗憾，诸如还有许多精美的祠堂还没有列入其中，而且搜集的资料也不够详尽，编排的格式也不尽科学。可是在这个充满浮躁与名利的时代，效率总是比遗憾重要，所以我们常常会看见许多效率的背后是种种的遗憾。或许，我们这本书也难逃其责。那么，作为编者，我们也诚恳地接受各方的批评与建议，以期在下次的编撰过程中得到更多的纠正。

祠堂静静地立在那里，几十年，甚至几百年，或许，我们很少有去重视过它，那么，我们建议，让我们翻开这本书，静静地听一听祠堂的声音，听一听历史深处的呐喊，听一听自己内心深处的文化呼吸。

2017 年 2 月 8 日　于大寒之夜

家风是一种传承

——《兰溪家风》序

2014 年春节，中央电视台以“家风是什么”为题作街头采访。这“马年第一问”引起了社会的广泛关注，继而全国掀起了一股谈家风的热潮。但多数人对此感到陌生，一些被采访者的回答不知所云，或者答非所问，让人在忍俊不禁之余不免多了一些对当下的思考。现代社会价值观念发生极大的变化，人们的价值选择悬殊，有的人尤其是一些青年人对人性、道德、伦理的思考日渐浅薄，对传统文化的认知支离破碎，精神失落、道德滑坡、心理失衡、礼仪荒疏，对家规、家训、家风此类词汇基本淡忘、抛弃，这种现象确实令人痛心。

其实，家风是中华民族根深蒂固、源远流长、独具特色的传统，既是中华优秀传统文化的重要组成部分，也是推动社会文明进步的正能量。家风是一家一族在世代繁衍过程中，家族成员在上辈道德礼仪教育下，在家规家训的约束下逐步形成的一种家庭传统风气、风格、风尚，是家规家训、家庭伦理道德的集中体现。家风因先辈提倡并身体力行，言传身教于日常生活中，却承载着家庭或家族的生活方式、处世态度、文化氛围、伦理道德、为人处事的精神风貌，以及价值观、人生观等。家规、家训是家风的文字依据，家庭的生活方式、文化氛围是形成良好家风的基础。它既是先辈生活智慧与生存经验的结晶，也是前人对后人的人生期许，是长期培育、日积月累形成的一种潜在的文化、道德范畴的精神力量。家风本身是一种润物无声、耳濡目染的家庭教育，起着感染、熏陶、陶冶性情的作用，在日常生活中潜移默化地影响家人尤其是下一代的心灵，塑造下一代的人格。它不仅为家庭成员确立理想的做人标准，而且以耳濡目染，日浸月润的方式，为家庭成员形成理想的人格提供了保障。因此，良好的家风是家族子弟养成良好德行、良好素质的基础，是一代又一代后人健康成长的保证。

一个家庭或家族，其家风的好坏、正邪，具有长远影响力和渗透力。它会长远地影响到许多代后人的成长。家是人们成长的第一空间，家风渗透在家族家庭的日常生活，潜移默化地影响着人的心灵，塑造人的性格，它是一种无言的教育、无字的典籍、无声的力量，是最基本、最直接、最平常的教育，它对人成长的影响是全方位的，每个人的世界观、人生观、性格特征、道德素养、为人处事及生活习惯等，都会打上家风的烙印。可以说，有什么样的家风，就有什么样的人。

所以说，一个家庭或家族的家风要正，要注重以德立家、以文兴家。许多保有优良家风的家族，都制定了有很强约束力的家规、家训、家约、家仪、家诫、家范等，为家族自身发展建立了规范的家族道德体系。家风琳琳琅琅，概括起来，不外乎家国天下、耕读传家、积德行善、仁孝清廉等。如北齐颜之推的《颜氏家训》、北宋司马光的《温公家范》、清朝朱柏庐的《治家格言》等，这些家训不仅弘扬了中华民族的传统美德，也为家庭成员制定了道德准绳和行为规范，让后代人每读每有启悟、每阅每有策警。

曾在一座老宅看到过两副楹联“传家无别法，非耕即读；裕后有良图，唯俭与勤”“几百年人家无非积善；第一等好事只是读书”，说的就是家风之精髓。都说兰溪文化底蕴深厚，人才辈出，这是与兰溪的许多优良家关紧密相连的。正是有诸葛亮的“非淡泊无以明志，非宁静无以致远”和“不为良相，便为良医”的《诫子书》，才有了今日诸葛之安宁与和谐；正是有李渔的“莫道班门难弄斧，正是雷门堪击鼓”的《示儿辈》，才有李氏后裔的创新与胆略；也正是有曹梦岐的“知行合一，务真求实”的“蒋畈精神”，才有了今日梅江人的耿直与那股不达目标不罢休的拼搏精神……

有人讲，现在谈家风没有多大意义，现在更应该讲政风社风，而不能退而求其次家风。“家风正，社稷兴”，家风是政风社风的源头，家风如果不正，何来好的政风社风呢？2013年底，中央办公厅下发了《关于培育和践行社会主义核心价值观的意见》，提出了国家、社会、个人三个层面“富强、民主、文明、和谐；自由、平等、公正、法治；爱国、敬业、诚信、友善”的24字核心价值观，倡导全国身体力行。2014年5月4日青年节，习近平总书记在北京大学座谈时讲到：“人类社会发展的历史表明，对一个民族、一个国家来说，最持久、最深层的力量是全社会共同认可的核心价值观。核心价值观，承载着一个民族、一个国家的精神追求，体现着一个社会评判是非曲直的价值标准。”这是弘扬中华民族传统文化、推进社会道德、精神文明建设、践行社会主义核心价值观、共筑伟大复兴中国梦的动员令和进军号。尽管古代的家规、家训、家风中有封建思想意识的弊端、糟粕，但其中一直传承弘扬的精华部分如“爱国、敬业、尊师、感恩、忠孝、友善、诚信”等内容，与24字社会主义核心价值观所蕴含的内容是相契合的，应当传承引导，使其更符合现代特色和价值观，从而形成文明、和谐、健康、向上的新时代家风。

家风作为传统文化的重要组成部分，推动社会文明进步的正能量，与社会风气有着相互渗透、相互影响、相互制约、相互促进的关系。家庭是社会的细胞，良好的家庭风气、风尚，能促进社会道德建设良性运行，促成良好的社风、民风及党风、政风，进而形成风清气正、和谐向上的良好社会风气，全面培育和践行社会主义核心价值观。从这个意义上说，家风话题无法回避，也不过时，在当前社会风气处于浮躁的状态、拜金主义、享乐主义、极端个人主义、功利主义等不同程度地存在，和传统观失落、人生观失衡，价值观失调的浮躁环境下，兰溪市政协编撰的这本《兰溪家风》显得尤为及时，从某种意义上说，它也是去年编撰的文史资料《千年商埠·风雅兰溪》的注解，更具有“存史、资政、团结、育人”的重要意义，和弘扬兰溪家风，携手共建“两美”兰溪的现实意义！

2014 年 12 月 23 日

换个角度看兰溪

——《千年商埠·风雅兰溪》后记

当我看完最后一篇稿子的时候，2013 年平安夜的午夜钟声刚刚敲过，按照西方圣诞节的传统，即将迎来新的一个岁月轮回。在城市某个灯火通明的角落，一群年轻人还在为别人的节日彻夜疯狂。

掩卷沉思，我不知道在这个网络信息爆炸时代，还有多少人会来关注自己的历史，关注自己的文化？在这之前，我曾把这一期文史专辑的两个封面小样发到自己的微博上，想听取网友们的建议。两个封面的底色一个是古铜色的，一个是洁白的。有趣的是，网友意见分成了两派，支持古铜色的认为有历史厚重感，支持白色的认为清爽。我最后还是选择了后者，倒并不是因为支持它的人数多，而是我突然想到了一个问题，为什么我们不能用轻松的状态去阅读历史呢？

因为我们一直过度地强调历史，认为它是厚重的、庄严的，反而被许多人反感与忽视，要么就是淡忘了，要么就是躺在历史书里不肯起来。诸君看看我们当下的影视，铺天盖地都是历史剧，而偏偏都是曲解于历史，沉湎于历史。但好莱坞与我们恰恰相反，拍的都是科幻片，幻想与未来的敌人如何作战，幻想未来的生活如何如何？但他们不是空想，是基于历史经验上的危机幻想，是演绎未来的历史。

对于一座城市，文化是它的魂，历史是它的根，若是把这两者都抛弃了，那我们的未来就是一座空城。年轻人过“洋人节”只不过是寻找一种娱乐的快感，一种感官的刺激，他们或许未必能懂得人家节日背后更深的文化意义。在我们这座小城，你或许每天都会从同一条江边走过，会从同一块青石板踩过，会从同一片梧桐树荫路过，可是你是否曾关注过它的过去与未来？当忽然有一天你发现那条江的水变得不再清澈，那块青石板不知何时已改浇成水泥，那棵梧桐树也忽然不见了的时候，是否触动了你心中的那根弦？当我们不经意间推开那扇历史的门扉，那些沧桑的历史故事便像窗外的斜风细雨，打湿了我们的心扉……

收集与整理文史是我们的职责所在，但不是为了标榜自己的辉煌历史，而是为了正确解读历史，为了把前面的路走好、走正。周恩来总理曾经对政协的文史工作提出过“存史、资政、团结、育人”的八字方针，这对我们搞文史的人来说无疑有着很深的启迪。关注历史是为了关注一种文化的传承，关注一种可以借鉴于当下的历史经验，更是关注一种可以引领未来的文化个性。

兰溪有着辉煌的过去，但相信她会有一个更辉煌的未来！

2013 年 12 月 26 日

城市的记忆

——《古韵风情　记忆兰溪》后记

2017年12月31日。

这一年的最后一天，天气特别好。暖暖的阳光从小区行道树上洒下来，落在地上金黄色的无患子树叶上，觉得有点恍惚。

不知不觉一年就被翻过去了。2018的大门已经打开，双脚似乎还停留在2017的门内。桌上摊着《古韵风情记忆兰溪》文史资料的最后一稿，思绪中飘过这座城市一年来的记忆，每一幕每一天都那么让人难忘，惟时光匆匆，太匆匆。回望这一年，做了许多事，又好像还有许多事没有做。

这一年，从国家来说，是极不平凡的一年，实现了一个新时代的跨越，举世瞩目。

这一年，对兰溪来说，是极其艰难的一年。“一区一地一城”的战略开始布局，一些以前想干却没有条件干的事今年已经干起来了，多年的兰溪大学梦落地生根花开行知，交通的短板轰轰烈烈地开始了补课的节奏，城市棚户区改造与古城复兴有机地融合，兰商总会成立助力工业转型升级，李渔国际音乐季让兰溪有了更高的文化品位，首届张山雷中医药文化节助力兰溪中医药业的振兴，等等，城市的各个角落都在沸腾。

这一年，对兰溪文史工作来说，是极具意义的一年。全市上下掀起了一场兰溪文史资料的总动员，无论是公务员，还是文史爱好者，无论是老师，还是学生，都投入到这场没有硝烟的战斗中来，从城市到农村，从古城到古村，从一座塔到一座桥，从一本家谱到一座祠堂，每个角落，每个老物件，每个老人，都不愿放过，来了一次文史资料大起底。这是以前从没有过的，是全方位深层次的一次挖掘。功夫不负有心人，在这些文史资料中，有了许多新发现，那些熠熠生辉的记忆一旦被拂去历史的尘埃，便会放射出耀眼的光芒。从中可以看到兰溪的千所商埠史，每一次的繁荣都让我们无比自豪：

农耕文明时代，兰溪遍植棉桑，兰香十里，物阜民丰，宋徽宗赞之为“天下江南”；

商业手工业文明时代，三十六码头，七十二行业，水运发达，商业繁荣，“日对千帆竞发，夜照万户明灯”，被誉为“钱塘第一商埠”；

近现代工业文明时代，率先设立铁路局、电灯公司等，为浙中最早呈现工业雏形，成为军事上的占领要地，又是贯通浙西、皖南以及闽赣的交通枢纽和商业重镇，城市人口一度达到20万，被誉为“小上海”“民国第一县”。

计划经济时代，兰溪工业达到顶峰，走在全国县市前列，在全省最早撤县设市，掀起“全国学兰溪”的新高潮……

三十年河东，三十年河西。面对现代市场经济的大潮，兰溪停留在计划经济的梦香里久久不愿醒来，一下子没能适应新形势的转型升级，从浪尖拍在了沙滩上，萎靡不振。党的十八大春风吹醒了兰溪这块古老的沉睡土地，用五年时间做了一个梦，画了一张图。党的十九大吹响了进行伟大斗争建设伟大工程推进伟大事业实现伟大梦想的号角，兰溪这座曾经在每个时代从未失去过先机的城市当然不能落下，当以全城总动员，凝聚力量，全力以赴，决胜未来。

在兰溪这场“工业转型升级，古城焕发青春”的沸腾战役中，我们文史人理应有一份担当与责任，“存史资政，团结育人”是我们的宗旨，也是我们的初心。曾几何时，文史工作陷于边缘化、学术化、圈子化，得不到有关方面的重视，文史工作者的呼吁也显得苍白无力、声嘶力竭，大家似乎是有心“存史”，无力“资政”“团结”有限，“育人”无望。如今跨入新时代，我国社会主要矛盾已经转化为人民日益增长的美好生活需要和不平衡不充分的发展之间的矛盾，解决这些矛盾，更需要“存史资政，团结育人”的担当与诤言。

一座城市有一座城市的记忆，一座城市有一座城市的个性与文明。让城市复活，让文化复兴，让经济沸腾，这就是我们寻找城市记忆的出发点与初心。

2013年我们编撰的《千年商埠　风雅兰溪》曾经让许多人感慨，使得以前很少人关注的文史资料成为洛阳纸贵，让我们感受到文史工作的价值与意义。继而编撰了《兰溪家风》《兰溪风骨》《兰溪祠堂》等，都受到领导与社会的好评，让我们感到欣慰。在这2017年的最后一天，我们完成了《古韵风情　记忆兰溪》最后的编校工作。按惯例，作为编辑，有必要在书的最后再啰唆两句，以表达对各界给予文史工作大力支持的谢意。因为那一年编完《风雅兰溪》的时候，还接到不少的稿子，有许多读者建议我们再编续集，所以手头的这本《记忆兰溪》可以说是前面那本的姐妹篇。在这个过程中，我们收到了大量的稿件，因为版面有限，不能全部收录，有的只能暂时忍痛割爱。我们还意外得到了童俊伟先生1994年发表于《金华日报》上的一篇题为《面对历史的嘱托》的文章，赤诚之心跃然纸上，读之倍感珍惜之情、责任之重。此文在当年发表成为捍卫古城建筑的一篇宣言，让许多人记忆犹新；却又如心中的一个痛结，一直没有勇气去触碰。研究文史并非是去揭伤疤，更不是固守陈旧，而是为了看清历史、把握当下、展望未来！是为了让今天不要重复历史的伤痛，让未来有足够的人文资本去决胜更大的市场，让兰溪早日实现“品质活力幸福城”的梦想。

2017年最后的一缕阳光渐渐西沉，明天新的太阳又将升起。我想，这一本带着油墨馨香的《记忆兰溪》很快就会送到大家的面前，当您翻开它的时候，如果能够与我们一样感受到兰溪历史的厚重与辉煌，感受到当下“古城复兴”的责任与担当，感受到兰溪决胜未来的信心与勇气，那就足以让我们欣慰了。或许限于我们的水平，限于时间的仓促，书中肯定还会有许多不足与遗漏之处，还希望大家多多指正。在2018年，我们打算再编一本以乡村历史人物与古村记忆为主的《天下江南　乡韵兰溪》，希望与前两本一起成为寻找兰溪记忆的古韵文史三部曲，成为兰溪全域旅游开发和“一区一地一城”建设的参考文献，同时也希望广大文史工作者一如既往地给予我们更多的支持！

每一座城市的记忆里总有一群人为它在默默守护，每一座城市的繁荣与发展总有一些人要为它牺牲一些既得利益，每一次城市的转折与跨越中总有一些有担当有情怀的人在为它奋斗、为它执着、为它沸腾……

愿我们不忘文史初心，携手继续前进！

2017年12月31日

曾经的工业辉煌

——《兰溪工业记忆》后记

曾经无数次走进那一扇扇威严气派的厂大门，无数次仰望那一排排高耸入云的烟囱，无数次倾听那一阵阵不绝于耳的隆隆机器声……

曾经让每一个兰溪人都引以为豪的那些国有企业，冶炼厂、味精厂、农药厂、机床厂、塑料厂、化工厂……如今都已成明日黄花，只见楼台，不闻鹤鸣。同样是铁打的机器，曾经是多少兰溪人生活的依靠、温暖的记忆，如今在那些遗弃的厂房里，成为一堆堆冰冷的铁，任岁月尘埃一层层地掩盖。

曾经的辉煌，何以如退潮的水，一落千丈？

曾经的繁华，何以如秋天的风，落叶萧萧？

曾经的雄心壮志，何以如霜打的茄子，日渐枯萎？

从农耕时代的“天下江南”到手工业时代的“钱塘第一商埠”，从全国中药“三溪”之首到民国四大实验县之首，从全省最早撤县改市到工业改制"全国学兰溪"，曾经一举跃居全国百强县，从辉煌到辉煌，我们走了一千多年时间；而从辉煌到衰落，仅仅是十数年间。是水运的落寞？是潮流的转向？还是观念的落后？

在这个非同寻常的2020年，充斥着太多的不确定，太多的痛，太多的艰难，太多的别离与相聚，太多的爱恨与情仇……在这个非同寻常的冬天，江南的小城也迎来了多少年未有过的寒冷，刮风、下雪、结冰，甚至把坚硬的水管都冻裂了。

想想那么柔软的水，何以变幻出如此丰富的形态，可以是清澈的泉水，可以是洁白的雪花，可以是晶莹的冰块。从水到冰，在狭小的空间里，一种形态的转变，其力量却足以撕裂一根钢管的束缚。柔软的水何以变得如此坚硬？

想想我们的辉煌，也就是一江春水向东流，潮起潮落，花开花谢，月圆月缺，本都是正常的事物发展规律。好在兰溪人没有沉迷于衰败之中，虽然有过徘徊，有过阵痛，但站在历史汹涌的潮流中，非进即退，容不得半点儿迟疑，从"河东"到"河西"，从"河西"到"河东"，三十年太长，只争朝夕。

在这个寒冷的冬天，世间万物都可以冻僵，但我们的思想不能冻僵。翻开历史，只为更清楚地看清那些成功与失败的足迹。我们在摆脱"下岗潮"阴影的时候，搜集、整理、编撰这样一辑《兰溪工业记忆》，只是为了更接近那些痛并快乐着的历史真相，将我们的真诚向那些为兰溪工业做出努力与奉献的人们表示怀念与感恩。

过去是未来的影子，未来是今天的延续。曾经徘徊于兰阴深处的兰溪人，已经从“横山”走向了更广阔的“天下”，做天下人，迎天下客。兰溪不再是那个挂在嘴上的“小上海”，而是干在手上的“天下兰溪”，立足三江，面向钱塘，将发展的触角伸向更远的长三角、珠三角。

兰溪的工业已经走过了最寒冷的冬天，迎来了春的生机。在1957兰棉文创园里，我们听到了那些年已花甲“老兰棉”的笑声；在万舟纺织巨轮般的厂房里，我们看到了老领导惊讶的目光；在高新企业欣旺达的工地上，我们感受到了未来的速度如万马奔腾；在红狮智能监控室里，我们看到了兰溪企业家走向世界的眼光与胆识……

站在历史的肩膀上，兰溪工业重振信心、再创辉煌。在我们完成此书编撰的时候，欣闻市委在兰溪“十四五”规划中将“重回全国百强”定为未来十五年的发展目标，这不仅仅是一种信心与决心，更多的是来自我们这些年华丽转身、奋勇拼搏、担当追赶的底气。

回首过去，展望未来，兰溪这艘巨轮将再一次起航，胜利的彼岸已为期不远！

2021年1月13日

兰溪棹歌　千古绝唱

——文史资料《兰溪棹歌》序

2018年，有一本书突然在兰溪文史爱好者中流传开来，先是文史爱好者，然后是文学爱好者、文化人士，乃至乡贤、教授、学生等等，一传十，十传百，以众筹的方式，一年内数次重印，洛阳纸贵，求书若渴，微信上、报纸上，引起热烈反响。究竟是一本什么书让大家如此痴迷？

《兰溪棹歌》！一个大家耳熟能详的书名跃入眼帘。这之前，我们都知道唐代诗人戴叔伦创作的七绝《兰溪棹歌》："凉月如眉挂柳湾，越中山色镜中看。兰溪三日桃花雨，半夜鲤鱼来上滩。"这是建中年间他担任东阳令经过兰溪时写下的，成为兰溪最早的形象宣传广告语，如今几乎无人不知，无人不晓。而时隔千年之后，清代汪启淑将寓居兰溪时创作的100首诗结集《兰溪棹歌》，印行于市，其中因为涉及了大量的地方风土、人情物态、名胜古迹和逸闻掌故，故而被誉为兰溪史上首部“文化诗典”，是一部难得一见的“诗体史志”。“棹歌”原是船夫在行船过程中唱的渔歌，因为歌词简短直白、易于传唱，后演化为与水乡有关的诗词，并形成一种独特的诗歌创作方法，刘铁冷《作诗百法》称其为“作棹歌法”。多为江南一带诗人使用。而汪启淑的《兰溪棹歌》与朱彝尊的《鸳湖棹歌》成为棹歌体作品中的经典之作。

汪启淑（1728—1799），字慎仪，号讱庵、秀峰，歙县绵潭人。早年在浙江经营盐业，从而发家致富。因为多在浙江活动，故常居杭州，年轻时喜爱读书作诗，后与杭世骏、厉鹗等人在净慈寺结社，称南屏诗社。著有《埠掌录》《水漕清暇录》《撷芳集》《兰溪棹歌》《小粉场杂识》等。汪启淑酷爱藏书，藏书楼名“开万堂”，藏书量在当时浙江名列前茅。清乾隆年间纂修《四库全书》时，征集天下遗书，命各地藏书家进献。在东南地区，范懋柱、鲍士恭、马裕和汪启淑四家献书最多。汪启淑献珍本书六百多种，为示表彰，乾隆皇帝特赐《古今图书集成》一部，并批准在绵潭村建“御书楼”收藏御赐书籍。

除了吟诗、藏书之外，汪启淑最大的嗜好就是收藏印章，并自称为“印癖先生”。搜罗古玺以及自秦汉以来的历代印章数万枚，藏于“飞鸿堂”。在收藏古印的同时，他还广交印坛名人，大量收藏当时的名人篆刻三千余方，并钤印成《飞鸿堂印谱》5 集 40 卷行世，成为当时印坛名人的集中展示，为推动浙江篆刻艺术起到重大作用。时人以印作收入飞鸿堂为荣，足见其社会之影响力。

乾隆十八年（1753）秋至二十年（1755）春，汪启淑寓居兰溪近两年时间，日游灵山秀水，夜吟清风明月，走遍了兰溪的名山庙观，访遍了兰溪的名人胜迹，被这里深厚的人文底蕴与美丽的自然风光所吸引，并因此结交了一大批文朋诗友，创作了一大批诗词书画。至于他怎么会到兰溪，暂时还无法确切考证。有说养病的，有说做生意的，有说为避乾隆到民间搜集典籍的，但据其友沈德潜在《兰溪棹歌》序中所写“歙州汪生秀峰，寓兰溪者经年，于葺志余成《兰溪棹歌》”来判断，很有可能是兰溪官方邀请他来指导修志的。也正是得此便利，能走遍兰溪的角角落落，留下一部为兰溪修正史志的文化诗典。

都说屋住兰江梦亦香，汪启淑离开兰溪后，虽身居西子湖畔，却对兰溪山水念念不忘，并将居兰期间写成的 100 首七言古诗整理成册，取名《兰溪棹歌》于当年自刻印行。他的好友礼部侍郎沈德潜为其作序，大赞其书。沈德潜将他的《兰溪棹歌》与朱彝尊的《鸳湖棹歌》齐驱并论，有过之而无不及。虽然都是 100 首，但朱彝尊咏吟的多为风月，而汪启淑更多关注的是兰溪的人文地理、典籍掌故、民俗风情等，堪称一部文化诗典、地方风物志，是一首兰溪文化的千古绝唱。

据爱好者初步考证，《兰溪棹歌》100首诗计2800个字，再加上诗人原注，总共不到一万字，却涉及农业、经济、人文、地理、历史、民俗等方方面面，蔚为大观。其中包括人文地理123处，自然风物75处，历史人名123位，民俗典故与历史事件57处。其涉及之广、数量之多、内容之详，堪称地方志大全，让人读之又读，悟之又悟，不忍释卷。正如序中所说，《兰溪棹歌》不但歌颂了兰溪"山川之明丽，人物之俊良，民风民俗之淳朴"，还记录了兰溪一些"古迹由兴而废，由废而兴"的兴衰历程，"物产之昔有今无，而昔无今多"的演变过程，以期达到"前人所载缺者补之，伪谬者订正之"弥补志书之不足的目的。因为《兰溪棹歌》，我们知道了范浚慎独斋前的树曾经那么老，城南的吊脚楼曾经那么漂亮，二酉山房的藏书曾经那么多，马鞍徐的酒曾经那么香，兰江边的乌桕树曾经那么红；因为《兰溪棹歌》，我们重新认识了范浚、章枫山、金履祥、胡应麟、赵志皋等一批儒学雅士，结识了爱民如子的知县汪国楠、爱拍马屁的主簿朱恂、充满智慧的知县盛王赞、视生如子的教谕李璧、血战黄溢的大将唐元章等；因为《兰溪棹歌》，我们了解到兰溪三百五十年前的一些风土民情、名人典故，中秋、寒食、元宵以及六月六等节日兰溪人是怎么过的，包括民间遇旱求雨、遇荒食土、遇难保节等感人的、智慧的、忠孝的故事都一一展现，让我们对兰溪的人文历史、民风民俗有了新的考证与认识。

抢救文史资料、记录社会发展、弥补市志不足，这也正是政协文史工作之主要职能。因此，从2019年初，借全省诗路浙江建设之东风，市政协教文卫体与文史委就组织人员进行座谈、征稿，对《兰溪棹歌》的人文史料再挖掘、再考证，撰稿出版《兰溪棹歌——兰溪诗路文化寻踪》，得到广大文史爱好者的一致拥护与支持。特别是最早发起《兰溪棹歌》众筹重版的市文史与文献研究会，组织会员利用节假日进行深入调查、考证，广泛发动会员在茶余饭后进行认真研读、交流，并积极撰稿。但毕竟已经过去了三个多世纪，斗转星移，沧海桑田，在资料、信息非常有限的情况之下，要想对书中一些人名、地名与事件进行完整地考证是难之又难的，甚至要找出点蛛丝马迹都非常之艰辛。所以，尽管我们如期在年底交出了这份“答卷”，100多篇稿子凝结着每一位作者为之付出的艰辛与努力，但仍然存在着许多的遗憾，有许多地方考证还不够充分，数据还不够准确，材料还不够完备，有待进一步考证。

我们希望这本书至少能成为一个引子，为兰溪旅游全域化推进提供更完备的依据，为兰溪的农业与经济发展提供更多的参考，为兰溪文化事业再创辉煌提供更多的动力！

一座充满诗情画意之江南古城，一位广交雅友搜遍奇物之儒商，一部记载百年风物之文化诗典，一首吟咏心志补正史志之绝唱。期待有更多的人能关注《兰溪棹歌》、研究《兰溪棹歌》、弘扬《兰溪棹歌》，可以让《兰溪棹歌》永世传承、回响千古！

是为序。

2019 年 12 月 25 日

一首诗　一座城　一千年

——《兰江诗路1000首》序

唐德宗建中二年（786）春，东阳郡令戴叔伦调离金华，途经兰溪时夜宿兰江。正值春江水涨，一轮弯月挂在柳梢，船尾的水面不时有鱼儿跃起，这让戴叔伦触景生情，写下了一首千古绝句《兰溪棹歌》："凉月如眉挂柳湾，越中山色镜中看。兰溪三日桃花雨，半夜鲤鱼来上滩。"这不仅是最早描写兰溪景色的诗句之一，而且也是最早为兰溪旅游打出的经典广告语。

兰溪唐咸亨五年（674）建县，离戴叔伦夜宿兰江时才一百多年，还是一座很年轻的县城，当时并不为人所知。戴叔伦的这首《兰溪棹歌》无疑为兰溪做了一次很好的宣传，从此，兰溪成了浙江中西部游人必到的网红打卡地，凡经过此地的文人墨客们无不为此动情，不吝笔墨，留下了数以万计的诗句，也奠定了兰溪在钱塘诗路上万诗之城的地位。我们从这万诗丛中选取了572位诗人的一千余首以描写兰江及相关景物为主的诗，汇集成册，为打造兰溪诗路文化抛砖引玉。

兰溪，溪以兰名，邑以溪名。千百年来，它温婉的名字就足以吸引众多的文人大咖来此打卡。站在三江口，两岸的山、塔、城相映成趣，“兰花十里照春水，山鸟无声香自幽”，兰溪天生的山水丽质和独有的人文气息让一代代的文人墨客迷醉。哪怕从不写诗的官员与商人，到了这里也忍不住要哼上几句，正所谓李渔说的“两扉无意对山开，不去寻诗诗自来”，只要舟行兰溪，一出舱，一抬头，三江两岸的青山秀水便像诗一样，涌上心头，张口就来。

如果时光倒流一千年，兰溪在唐代诗画僧贯休眼里是“青山万里竟不足，好竹数竿凉有余”的清灵，置身其中物我两忘的禅境赋予了一代大师超越万物的能量，创造了十六罗汉文化的精神高地；

如果时光倒流八百年，兰溪在宋代诗人杨万里眼里是“道是诗人穷到骨，暖边爽里放兰舟”的豪放，物阜民丰的富足奠定了天下江南志在万里的长足发展，也孕育了如范浚、柳贯等一代又一代以兼容并蓄、学以致用精神为追求的理学大家；

如果时光倒流七百年，兰溪在元代诗人萨都刺眼里是“越船一叶兰江上，载得金华一半秋”的自信，宋元理学的传承开启了婺学高地的兰溪篇章，从而形成纵贯千年的兰溪不朽文脉；

如果时光倒流五百年，兰溪在明代三部尚书唐龙眼里是“兰花十里照春水，山鸟无声香自幽”的秀美，远离功名尘嚣的清幽绘就一幅别具桃源风味的兰阴春馥图；

如果时光倒流四百年，兰溪在清代大文豪李渔眼里是“窗临水曲琴书润，人读花间字句香”的滋润，溪水的氤氲与草木的芳香在这里灵性结合，自然天成；

如果时光倒流一百年，兰溪在民国才子郁达夫眼里是“红叶清溪水急流，兰江风物最宜秋”的繁华，兰江天然的港航优势得天独厚，商业的繁华和茶楼的香艳相得益彰，成就了“兰溪日子有戏有味”的钱塘江第一商埠之美誉……

从一首诗到万首诗，从一条江到一座城，兰溪成为钱塘诗路上的一颗明珠，被誉为“诗歌之城”。这里的江是诗歌的，这里的山是诗歌的，这里的城是诗歌的，就是连这里的人也是诗歌的。近代著名记者曹聚仁一生走遍了中国的大小城市，他得出的结论是兰溪最具风情，这里的景、这里的人都让他牵挂与难忘。

有人说，兰溪辉煌了一千年，落后了二十年，但骨气里还是有一股傲气，流露出没落贵族的气质。经济上的暂时落后并不可怕，可怕的是自己嫌弃自己，失去了前行的信心。我们出这本书，本意就是增强兰溪人的自信。一千年，一千首，每一首都在赞美兰溪，流露出对兰溪的美好向往。著名诗人杨万里每次经过兰溪都要留下好几首诗，对横山产生了无比深厚的感情，“六年三度过兰溪，总是残春首夏时。最感横山山上塔，迎人东去送人西”。是什么吸引着他们，让他们如此眷恋，难道仅仅是一座塔？一条江？一座城？或许都是，也都不是。是这座城市流露出来的气质，塔、山、水、城、人，它们是一个有机完整的组合，是一幅画，多一点儿太多，少一点儿太少。作为每一个兰溪人，承担的不仅仅是守护，更重要的是传承与创新。前人把这么富有诗意与美好的一座城交到我们手里，还有什么理由焦虑与失去信心呢？

有人说，信心比黄金更重要。只要我们拥有一首诗、一座城，这里的千年文化就是我们的信心，就是我们的底气，就是我们的一城黄金。

诗和远方就在我们身边。未来，一定更加美好！

是为序。

2021 年 12 月 30 日

舌尖上的城市

——《兰溪美食》序

食色，性也。自古以来民以食为天，吃什么，怎么吃，这是一个谁都避不开的话题。吃得好不好，向来是体现生活品质的标准。兰溪人常把“吃”挂在嘴上，一见面首先要问“吃了吗?”“上哪吃?”“跟谁吃?”兰溪人管喝茶叫“吃”茶，抽烟叫“吃”烟，就是累了也叫“吃”力，力气都吃完了，便是累了。兰溪人曾经有一个引以为傲的雅号叫“吃讲师”，顾名思义就是对“吃”这件事非常讲究。但在崇尚节俭、追求效率的时代，它似乎又是一个上不了台面的雅号，好像兰溪人就会吃似的。

兰溪自古有“三江之汇、七省通衢”之誉，是一座典型的商埠城市，有“小上海”之称，各地的会馆、会所曾经遍布小城的角角落落，从而给兰溪带来的流量红利，同时也为兰溪的美食发展起到了推波助澜的作用。因为整个钱塘江流域兰溪是一个重要节点，往上走，一边是衢江，一边是婺江，河道开始变窄、变浅。许多从下游来的大船要从这里改走陆路，或改运小船，兰江沿岸的“三十六码头”人来舟往十分繁忙。来来往往的客商们不得不在这里停下匆忙的脚步，吃酒听曲便成了这里发展最广泛的一种产业。当年的戴叔伦、杨万里、汤显祖、徐霞客、王阳明等都在这里留过宿，喝酒会友，兰江鱼、兰江蟹，以及兰溪的小吃等，都留在他们的记忆里，留在他们的诗文里。因为客商与文人墨客的停留，而使全国各地的方言、美食在这里集聚、沉淀，继而发扬光大。据统计，兰溪有各种小吃三百多种，这应该都是商埠文化之功。

兰溪人在乎吃，吃什么？怎么吃？跟谁吃？都很有讲究。同样是吃面，早上吃与晚上吃不同，家人吃与客人吃不同。李渔就曾经发明出“五香面”与“八珍面”，以区别一般客人与珍贵客人不同规格的面。李渔可以说是兰溪“吃讲师”的代表，在他的《闲情偶寄》中对怎么吃有专门论述，“重蔬菜、崇简约、尚真味、主清淡、忌油腻、讲洁美、慎杀生、求食益”八大饮食主张哪怕今天看来，仍然是美食主流。李渔不吃狗肉，不吃牛肉，因为狗能守夜，牛可耕田，都是人的好朋友。所以李渔被称为“人道主义美食家”。当然，时代不同，现在的牛已经不用耕田了，只是供人成为盘中物了，所以兰溪的牛肉面成了兰溪美食的代言，一经明星的宣传，成了兰溪的网红面。

兰溪美食文化源远流长，不仅仅是兰溪面，还有兰溪的酒、兰溪的菜、兰溪的宴等，都有悠久的历史和丰厚的底蕴。游埠的烂生菜、肉沉子，李渔的鸡子馃，诸葛的行军菜，梅江的风肉，芝堰的水米糕，等等，数不胜数。“金华酥饼兰溪香”“金华火腿出兰溪”，以前的兰溪美食是金华的代言。古代兰溪江面有一种专门提供水上游的船叫“茭白船”，上面的菜有专门的讲究，色、香、味俱全，吸引着游客的胃，被称为“茭白宴”，是商人在兰溪宴请客户的必然选择。嘉兴的粽子是兰溪人远走他乡创下的品牌，鲁迅在上海曹聚仁家吃到的梅江小麦铃让他念念不忘，兰溪的茉莉花茶被周总理作为国礼送给美国总统，兰溪毛猪的科学养殖得到毛主席的批示，等等。特别是近年来，兰溪的美食文化吸引着一批批的食客前来与影视媒体采风、拍摄。兰溪也因此被授予“浙江美食名城”“中国美食文化名城”等荣誉称号。

兰溪是一座舌尖上的城市，它的姿态、它的味道、它的情色，都需要你去细品。划一条船，随波漂流；骑一单车，迎风前行；抑或携一知己，一壶小酒，在游埠，在古城，在通洲桥畔，对月畅饮。兰溪日子，有戏有味，不仅仅是物质上的满足，更是精神上的幸福感。从吃得饱到吃得好，从吃得好到吃得精，是一种生活上的追求，也是社会的发展，时代的进步。李渔曾说过，造物主对人的设计真是奇妙绝伦，眼耳鼻舌，手足躯骸，一件都不可少，但独独口、腹的设计成了人的累赘之物，世上所有功名利禄的争夺，无一不是为了满足口腹对食物的欲望追求。在茅棚吃与在宫殿吃，那是不同的社会地位的体现；粗茶淡饭与山珍海味，那是不同的物质基础。但社会的终极目标是追求没有差异的共产主义，共同富裕是必然途径。在兰溪人看来，共同富裕不仅仅体现在物质的拥有，更在于一种精神的平等追求。比如面对兰溪美食小吃，所有的食客都是平等的，没有贵贱之分。在分布在兰溪各个角落的三百多家面馆里，不管你是官员还是老板，是文人墨客还是平民百姓，都要点单喊号，依次排队，明码结价。

在兰溪，小富即安，对物质的追求不以贵贱论，而是以需求论。兰溪的美食琳琅满目，一百个游客可以有一百种需求，在这里都可以得到满足。幸福不仅仅是你要什么就有什么，更在于你可以不要什么的任性。走进兰溪的每一条街巷，每一个小镇，每一家美食小馆，面对墙上满满的美食单，你可以任性地挥着手，这个不要，那个不要，然后把手指定格在自己内心最需要的那个名字，大声地说我爱你：来一碗我心爱的牛肉面，要加料！

在兰溪，有句话叫，兰溪人一天看不见横山就要哭的。那是因为兰溪就是过日子的天堂，出去就是受苦，所以兰溪人都不想离开这块土地。当然，在新时代来临，科技的文明给兰溪带来不少的冲击，兰溪的发展相对滞后。但所有的这些都不妨碍对“有戏有味”兰溪日子的追求，兰溪人的包容、创新、开拓、担当等，都可以成为超越时代发展的垫脚石。横山塔现在叫聚利塔，与之相对应的是能仁塔，“仁”为精神内涵，“利”为物质基础，当两者平衡时，便是兰溪日子的幸福生活。

本书仅十余万字，难以承载兰溪厚重的美食文化。编印此书，旨在抛砖引玉，希望我们每一个兰溪人，每一个踏上兰溪的过客，和每一个能看到此书的读者，能够借此产生对兰溪美食的向往与了解，从而打开一条通向兰溪历史文化深处的捷径，知兰溪、品兰溪、爱兰溪、美兰溪，那便是对我们的最大欣慰！

是为序。

2021 年 12 月 30 日

兰溪杨梅有戏有味

——文集《兰溪杨梅》序

六月江南芳菲尽，唯有兰溪杨梅红。

看着眼前这本带着油墨清香的《兰溪杨梅》文集，忽然想起了十多年我在农业局去上海推介杨梅时写在背景墙上的这句话。

中国杨梅数浙江，浙江杨梅数兰溪。由于地理环境的特殊性，兰溪杨梅红得早成为市场竞争的最大优势。但在当年，兰溪杨梅在上海连个名字都没有，上海人根本不知道兰溪还有杨梅。浙江一些杨梅产区在上海高速路口竖起了一块块高大的广告牌时，兰溪的果农却提着篮子淹没在巨大的市场里，悄悄地插上一块“××杨梅”的牌子，自家的好东西却只能借着别人的牌子才能卖得好价钱。当了解到这个情况后，市里分管领导当即拍板要在上海召开兰溪杨梅品牌推介会。

在上海人的眼里，凡上海之外的地方都称之为“乡下”，凡上海人之外的人都称之为“乡下人”。当我们兰溪杨梅第一次亮明身份摆上大都市上海超市的货架时，上海人的味蕾一下子变得灵敏起来，经不住“乡下人”的诱惑，不停地往肚里咽口水，连称“好吃好吃”，不敢相信兰溪“乡下”还会有“介甜的杨梅”。

当我们把“兰溪杨梅红天下”“兰溪杨梅荣耀上市”的巨幅广告从超市的顶楼挂下来，铺天盖地的跃入上海人的视线时，兰溪的果农们再也不用遮遮掩掩，可以理直气壮地亮明“身份”，让上海人对兰溪杨梅“刮目相看”。

但是一个农业品牌的打造非一日之功可成，一靠产品的品质，二靠市场的口碑，三靠文化的内涵。品质靠管理，口碑靠经营，这两者或许都容易做到，而内涵不是商标，拿张纸就可以贴上，它是日积月累的沉淀，是产品与岁月的深度融合，是历史底蕴的有效彰显。

时代的潮流车轮滚滚，大浪淘沙，有的人走了，有的人来了，老人被新人替代，老产品被新产品迭代，而最终能真正留下来的是文化、是故事。

这是一个文旅融合、农旅融合的时代，更是一个讲故事的时代。我们的农业人率先拿起笔来，讲起了杨梅的故事，为兰溪杨梅这个品牌增加含金量。

兰溪地处一个神秘的地理纬度29°，由此山更奇，水更灵。奇异的山水孕育了兰花、杨梅、枇杷等许多的奇花异果，而奇花异果又哺育了黄初平、胡应麟、李渔等一批奇人名士。想当年，黄初平在深山老林炼丹时，随手将仙人给他吃的一颗仙梅果核丢弃在北山山岙里，千年以后，山岙里已杨梅成海，漫山遍野，连空气中都流淌着甜蜜的味道，后人为了感恩他，供奉为“大仙”。家居北山之麓的胡应麟嗜酒如命，却一生布衣，不想从政，只想效仿黄大仙，整天只需牧羊喝酒，著书立传，他将杨梅泡入高粱烧酒里，让酒少了几分烈性，多了几分绵柔，成了兰溪人的最爱。而李渔却将杨梅、荔枝视为水果中的最爱之物，一次可以吃好几斤，最奇的一次竟然还将疟疾都吃好了，他忍不住拍案而起，大呼“南方珍果，首及杨梅”。

或许，这就是文化，这就是故事。

说文化是为了更好地理解产品，说故事是为了更深地感受产品，从而提升产品的附加值，增强产品的个性识别度与市场竞争力。本书从杨梅的风情、风韵，到诗意、古意，把一颗兰溪杨梅演绎成为通达灵性顺达人性的仙梅。无论你是游客还是果农，无论你是初来乍到还是轻车熟路兰溪常客，无论你是鲜果采摘还是举杯畅饮，本书都可以伴你左右，让你解闷，为你消遣，可以助雅兴、增情调。

六月的兰溪，满城尽带杨梅红，五十里长廊，兰溪杨梅第一枝。天时，地利，人和，兰溪杨梅占尽先机。今天，兰溪杨梅“有味”，更有大棚技术让兰溪杨梅早得更早、紫得更紫、甜得更甜。未来，兰溪杨梅更“有戏”，杨梅酒、杨梅汁、杨梅酥，等等，系列产品就像文人笔下的诗句一样，源源不断地开发出来，“天下杨梅，首及兰溪”，让天下文人墨客都来为兰溪杨梅吟之、诵之、绘之、咏之，让“有戏有味”的兰溪杨梅成为“兰溪日子”的标配，成为兰溪百姓美好生活的致富产业，可以走得更远，做得更好，可以更“有戏”、更“有味”、更兰溪！

是为序。

2021 年 5 月 24 日

很兰溪　很文学

——《很兰溪——中华人民共和国成立70周年兰溪作家作品选》跋

历史是一条奔流不息的长河，滚滚向前。七十年，弹指一挥间，兰溪的变化已今非昔比。

或许，对于一个兰溪人来说，这种变化是渗透在生活中的点点滴滴，贯穿工作中的时时刻刻，目极所处的一草一木，履痕所处的一山一水，置身其中的一事一物……所有的变化都是前所未有的，充满期待的，刻骨铭心的。

但作为一位作家或文学人来说，这种变化或许已经超越物质与物质的关系，更多的是来自内心的一种变化，无论是精神上的、心理上的、感受上的，都带着一个文学人的细腻与抒情，是一种“很兰溪”的变化，一种“很兰溪”的赞叹，于是就有了一种“很兰溪”的书写。

如果时光倒流一千三百年，兰溪在戴叔伦的眼里是“凉月如眉挂柳弯，越中山色镜中看”，是天下江南最美的景色，很兰溪；

如果时光倒流七百年，兰溪在萨都剌的眼里是“越船一叶兰江上，载得金华一半秋”，其自然景观与人文风韵名冠吴越，很兰溪；

如果时光倒流五百年，兰溪在唐龙的眼里是“兰花十里照春水，山鸟无声香自幽”，天生的山水丽质与独立的精神内核孕育了一方桃源胜境，很兰溪；

如果时光倒流四百年，兰溪在李渔的眼里是“窗临水曲琴书润，人读花间字句香”，文化的浸润与草木的芳香在这里灵性结合，自然天成，很兰溪；

如果时光倒流一百年，兰溪在郁达夫的眼里是“红叶清溪水急流，兰江风物最宜秋”，兰江天然的港航优势得天独厚，商业的繁华和茶楼的香艳相得益彰，成就了钱塘江第一商埠之美誉，很兰溪……

当如果不再如果，时光只是定格在某一历史时刻，我们文学人深处其中，又会说些什么？写些什么？是否依然很兰溪？

如今，我们身处当下，时光不再倒流，社会在变革，时代在进步，人文殿堂在重新构建，文学精神在浴火重生。历史滔滔洪流中，我们感同身受，无论是从外在的物欲所极，还是从内在的心灵深处，文学已经不再是一种远离烟火的法器，而是

66 万兰溪人生活方式中很兰溪的一种，成为流淌在兰溪人血脉里一种很兰溪的风雅气质。

如今，在这个自媒体不断发展、信息爆炸、纸媒冷落的时代，《很兰溪》为上、下册两本书，以这样一种传统的方式呈现在您面前的时候，我们的心情是忐忑的，我们不知道这大半年时间的付出会不会得到您的肯定，在这个简洁而不失雅致的封皮里面，能不能触摸到我们“很文学”的心跳和“很兰溪”的温度。

在整个过程中，或许我们没有更多的时间去想最后的结果，我们只想做好这件事，毕竟 2019 年是一个非同寻常的年份。人生七十古来稀，如果是一个人，七十岁已经难得，想当年李渔满腔的诗情画意，却依然闲情只能偶寄，人生难得长留，七十岁时坐拥西湖无疾而终。但对于一个国家来说，七十岁才刚刚开始。我们每个文学人身置其中，都是感慨万千，于是就有了诗路兰溪的征文活动，有了《很兰溪》的集结令。上册为全国作家写兰溪，下册为兰溪作家写兰溪，虽然文章质量参差不齐，有名家大作，有无名小文，有旧作经典，有新人新作，但它们都有一颗共同的“很兰溪”的心。全书 37 万字的容量或许不能承载这七十年来文学人对兰溪的所有眷恋与感情，只言片语只是用一种文学的方式表达我们对七十年祖国盛典的一次致敬与仰望！表达对家乡奔跑姿势的一次咏叹与由衷赞美！

为什么我的眼里常含泪水，因为我对这一江清水爱得深沉。

因为一个人，爱上一座城；因为一种事业，坚持一生梦想。

在这里，很兰溪，因为这是一座充满诗意的城市；

在这里，很兰溪，因为这是一次饱含深情的吟唱；

在这里，很兰溪，因为全国作家写兰溪，美不胜收；

在这里，很兰溪，因为兰溪作家写兰溪，字句流香。

让我们感恩神圣的文学，感恩美丽的兰溪，感恩在不断成长的自己，感恩与我们相逢的这个伟大时代，未来成就梦想，文学成就人生。

也特别感恩所有支持与关心我们文学事业的领导与朋友，感恩所有为该书出版付出辛劳与热忱支持的文朋诗友、社会爱心人士，是你们的坚持让我们的梦想得以绽放，让我们的工作得以顺利开展。我们坚信，在我们的共同努力下，兰溪一定会很兰溪、更兰溪！文学一定会很文学、更文学！

是为跋。

于2020年元旦之晨

时光三白

大雪无雪

三白／著

團结出版社
UNITY PRESS

图书在版编目（CIP）数据

时光三白. 大雪无雪 / 三白著. -- 北京 : 团结出版社, 2023. 11

ISBN 978-7-5234-0431-7

Ⅰ. ①时… Ⅱ. ①三… Ⅲ. ①散文集-中国-当代 Ⅳ. ①I267

中国国家版本馆 CIP 数据核字（2023）第 180706 号

出　　版：团结出版社
（北京市东城区东皇城根南街 84 号　邮编：100006）
电　　话：（010）65228880　65244790
网　　址：www.tjpress.com
E - mail：65244790@163.com
经　　销：全国新华书店
印　　刷：四川科德彩色数码科技有限公司

开　　本：145mm×210mm　1/32
印　　张：33
字　　数：590 千字
版　　次：2023 年 11 月第 1 版
印　　次：2023 年 11 月第 1 次印刷

书　　号：ISBN 978-7-5234-0431-7
定　　价：138. 00 元（全三册）

生活的痛与文字的痛（自序）

在接到书的样稿之前，心里还是一直忐忑不安。

原本是想把它作为献给自己五十岁生日的礼物，结果好事多磨，前前后后又磨了一年多。

离上次出书已经过去了快二十年。之前，曾动议过几次，都因为种种理由而没能付诸于行动。或许也因为这些年来，没写过什么满意的文字，都是一些应景之作，想到什么写什么，看到什么写什么，东拉西扯，随心所欲。

这次终于鼓起勇气，拉拉杂杂地整理起来，竟然也有一百多万字。在这些文字里面又删删改改，挑三捡四，分门别类。就像一个女人整理自己的心爱衣物一样，拎起又放下，放下又拎起，反反复复，总要折腾好几遍才肯罢手。

那些文字在我的折磨下变得心灰意懒、词不达意。有那么一刻，我差点又要放弃。想想都知天命的人了，“书的寿命总比人长”，也就释然了。

翻开那些陈年的文字，惊诧于年轻的样子、充满激情的样子，感觉文字外的我都快认不出文字中的我了。

都说搞文学的人是幸福的、是幸运的，因为他们除了拥有一个现实世界之外，还拥有另外一个世界，在这个世界里可以像上帝一样，用文字去主宰一切。

但事实真的如此吗？

恰恰相反，好的文字不是被滥用，而是被唤醒。它们也有生命，像一排排的小精灵，原本就住在那里，你只不过是把它们唤醒了来。

我一直坚信，文学是一种生活，文学是一种品质。

人的生命是有限的，而文字的生命是永恒的。不管你在还是不在，它们都一直在。在我们烦恼的时候、困惑的时候、焦虑的时候，文字的倾诉可以带来无穷的快乐。所以我相信文学人的幸福不在于主宰一切，而是可以像魔术师一样，让失去的东西再回来；可以像造物主一样，创造出一个新世界。

我把这些文字视为自己的时光三部曲，《兰溪日子》是留给这座城市的一个背影，我相信每一个读者都会有家乡的这样一座小城，他们是你熟悉的记忆、流淌的血液和传承的基因；《去看桃花》是留给生活的一个印记，那些所思、所闻、所阅，无论是趣味横生的，抑或是了无生趣的，都是曾经的过往；而这本《大雪无雪》则是留给故土的一缕乡愁，每一个曾经来过的生命都值得尊重，无论他们曾经做过什么、说过什么，在他们离开这个世界的时候，就像下了一场大雪，会把所有的一切都掩盖得悄无声息，而只有文字可以将雪悄悄融化，让所有过往再次得以重现。

其实除了上帝，没有一个人是万能的，包括文字。而每一个我们，所做的只是希望能尽量地抵达真实的心灵。而当文字抵达心灵的时候，总会伴随着真实的疼痛。

生命是痛并快乐着，文字是快乐并痛着。

愿文字与生命同在，与世界同在。

第一辑　故土难离

第二辑　人生边上

第三辑 梦里依稀

DA XUE WU XUE

大雪无雪

Chapter 1

故土难离

转眼间，那群当年在井边嬉戏玩耍的孩子都已中年，而那口老井也早已经被拓宽的水泥路掩埋了。村里家家户户装上了自来水，再也不用担心干旱季节的喝水问题了。

家乡的那口井

那晚毫无预兆地做了个梦，梦见了家乡的那口老井。

说是井，却因为井口很大，足足有十几平方米，与其说是井，倒不如说是一口精致的小池塘。但因为比池塘深，而且水源来自井底岩缝里的清泉，所以就叫井了。井的一边是大路，另一边是一口清澈的水塘。那晚梦见大路拓宽，要把井口埋了，我坚持不能埋，说的时候井口突然就变小了，上面安了一个铁井圈，我指着井口说："只要做一个井盖，平时把井盖上便可以开车走路，需要打水的时候打开井盖就行了，一举两得。"正在得意之时，梦突然惊醒了。睁着眼睛盯着黑黑的天花板，怅然若失，不知道是在梦里还是在现实。

现实是，那口井已经被埋掉好多年了。

看了日历，那晚正是农历的白露。"蒹葭苍苍，白露为霜。

所谓伊人，在水一方。”难不成是白露凉爽的夜风掀起了乡愁的回忆？

一口老井，何以在心中念念不忘？记忆中，那口井是童年的乐趣，很多记忆都来自那口井。

村里一共两口井，大路边的这口井叫前井，就在我家门口斜对面，隔着一个晒谷场、一条小溪、一条大路，不过十几米的路。另一口井在村的东面，叫后井，地势相对较高。每年夏天干旱季节来临时，总是后井先枯水，于是全村人都集中到前井来挑水。眼看着前井满满的水一天天地浅下去，到后来只剩下一个底，能清晰地看见一股股清泉从井底的各个岩缝里源源不断地渗出来。泉眼里渗出的水量虽然不大，但不管多干旱的年份，从未枯过。听老人说，这个泉水是从金华北山渗透过来的，所以就越发显得神秘。

前井因为口子大，所以沿着井壁做了台阶，呈螺旋状地往下伸，直到井底。枯水期，村里人便沿着台阶排队等在泉眼边，用铁勺往木桶里舀水，渗一点儿舀一点儿，久而久之，每个泉眼边便都出现了一个个圆圆的小坑，那都是铁勺与岩石亲密接触后留下的岁月痕迹。每到这个时候，我们小孩便会赤脚沿着井石阶跑上跑下，寻找还没来得及跑走留在井壁四周石缝里的小虾、小鱼和螺蛳什么的，有时候还会意外发现平时掉下去的硬币、钥匙什么的。因为井底地方小，又排满了等待舀水的木桶，孩子们便挤在各个水桶和大人间穿行，大人们便呵斥着要小孩走开，如果遇上自己的孩子便伸手劈头盖脸地打过来，机灵的小脑袋瓜往前一缩，一溜烟地逃出了井口，回头做个鬼脸便跑开了。

如果是满水期，井沿便是孩子们惊险而有趣的一个去处。井的四周是用岩石砌成的，外面浇有水泥，以防隔壁水塘的水渗漏进去。井沿的上面，是水泥浇筑的约 60 厘米宽的围堤，平时会有大人在上面晒些咸菜干、豇豆干，甚至鞋子、枕头什么的。傍晚的时候，等大人把这些东西收走，这里便成了孩子们追逐嬉戏的“跑道”，沿着井圈从一边跑到另一边。“跑道”的一边是井，另一边是塘，两边都是水，稍有不慎便会跌落水中，所以追逐的游戏便显得更加惊险与刺激。大人见了，又是喊又是骂，放着这么大的晒谷场不跑，偏要跑到井边上去，找死啊!

这井沿的“跑道”虽宽，却还真有掉到水里去的。那一年的夏天，有个六七岁的男孩因为在井边玩，也不知怎么就掉入井里去了，还好有人看见，救得及时，捡回一条小命。记得当时我正在家里做暑假作业，猛听得外面有人喊“小鬼落水了”，等我跑到现场时，孩子已经被拉上了岸。那时候村里人不太懂得急救知识，只是用最土的办法催吐水。见孩子已昏迷不醒，肚子里水灌得胀胀的，有大人就喊：“牛！牛!”我们小孩不知道大人为何喊牛，就见牵过来一只牛，大人把孩子放到牛背上，让他趴着，让孩子的鼓胀的肚皮贴着牛温暖的背，然后轻轻地拍着孩子的背，不一会儿，孩子就哇哇地吐了一地的水，慢慢地缓过气来了。这时候，那个跳水救人的已经悄悄地走了，回家换湿衣服去了。事后，这孩子的父母少不得拎了红糖、鸡蛋去当面感谢。救人、谢人，这都是村里人最起码的礼数。都是乡里乡亲的，并不图什么东西，而是求个吉利，好人有好报！所以从来没见过用钱感谢的，鸡蛋、红糖是乡里人最高的礼数。

在记忆中，这口老井就是整个村子的命脉，从没断过。而且它又位于村的中心，每到傍晚或农闲之际，大人们都会集中到老井边上唠嗑儿，或坐或站，有的还叼着烟嘴，从田里的庄稼说到一年的收成，从家长里短说到天下形势……这日子就这样在漫不经心的闲聊中被岁月慢慢地吞噬着，父辈们的皱纹一天天地多起来，孩子们却像田里的庄稼一茬茬地生长着、替换着、轮回着……

转眼间，那群当年在井边嬉戏玩耍的孩子都已中年，而那口老井也早已经被拓宽的水泥路掩埋了。村里家家户户装上了自来水，再也不用担心干旱季节的喝水问题了。我每次回家，一个人站在门口的那块水泥地上，看着村里年轻人开着小车从水泥路上飞驰而过的时候，就会想，埋在下面的那口泉眼还有没有在渗水？渗出的水又会流向哪里？

而在我站立的脚下，一个曾经装满收获与笑声的晒谷场，早已没有谷子要晒，如今已经变成了停车场。每到节假日，便停满了回乡探亲的各种小车，从此坐着小车进出的人们，或许都已经忘了，在车轮碾过的地底下，还曾经有过那么一口鲜活的老井。

（本文原载2019年9月21日《兰江导报》，入选《2019浙江散文精选》，选载《作文新天地》2020年12期《悦读悦美·美文欣赏》栏目）

附《作文新天地》评论：

井是一种乡愁

许海波

美不美，家乡水；亲不亲，故乡人。水是故乡亲，月是故乡明。

对于大部分同学而言，井是陌生的。但在自来水尚未普及的年代，它可是人们生活的命脉，是人们内心深处最柔软的地方。

写文章需要一个“落脚点”，越是宏大的主题，越需要某个或某几个落脚点来诠释。本文的落脚点就是井。写故乡的文章，我们还能找哪些落脚点呢？比如老屋、廊桥、丛林等，都很适合深挖。这可不是现代人才知道的方法，不信我们走进唐朝看看白居易是怎么写江南的。江南那么大，美景那么多，怎么写？于是他找到了杭州、吴宫这些落脚点，又列举了“山寺寻桂”“郡亭看潮”“吴酒竹叶”“吴娃芙蓉”这些具体的事物，水到渠成地抒发了诗人对江南的怀念。

本文以梦境开头，既如梦似幻又历历在目。都说“日有所思，夜有所梦”，梦中的作者俨然就是个孩子。为了让自己的心爱之物不被侵犯，会着急、会较真。让人遗憾的是，美梦终止，回到现实，那口井早已被埋了好几年。

“蒹葭苍苍，白露为霜。所谓伊人，在水一方。”作者在白露这一天又想起那口井，看似偶然，其实也是必然，从它被埋之日起，一天天积累，直到这篇文章的写就。

都说没有无缘无故的爱与恨。一口井又何以让人念念不忘呢？接下来作者用了这句“记忆中，那口井是童年的乐趣，很多记忆都来自那口井”过渡，来揭晓答案。同样的，我们在写状物类作文如“我心爱的玩具”时，用一两句话来统领自己心爱的原因是非常重要的。

村里一前一后有两口井。作者要写的是前井，可为什么要提到后井呢？也许聪明的你已经发现了，这里使用了对比的手法，通过后井有枯水期来写前井始终源源不断地渗水，其珍贵不言而喻。

小孩子的快乐其实很简单，也许就是在井底发现一只小虾米、一颗小螺蛳，甚至是一枚生锈的钥匙。大人们常常忽略这样的细节，尽管他们曾经也是这么过来的。这些细节，恰恰是写作最宝贵的钥匙。这把钥匙可以打开引起读者共鸣之门。作者深谙这点，所以他抓住了小孩子在井石阶上玩闹的镜头，巧妙地用了“穿行”“阿斥”“往前一缩”“一溜烟地逃出”“做个鬼脸便跑开”一系列动词，生动形象地刻画了小孩的动作敏捷、顽皮等特征。

越是危险，越是跃跃欲试。于是井沿成了孩子们的跑道。但在此，我要特别强调一点：同学们可千万别模仿这些举动哦，因为往往你一个小心思就可能让整个家庭陷入担忧与危机之中！

若仅仅只是解决饮水问题，也许还不足以让作者心心念念、情牵梦绕。这口井还是村民们休闲娱乐的好去处，大家在这里追溯往昔，在这里畅想未来。“这日子就这样在漫不经心的闲聊中慢慢地溜走了。父辈们的皱纹一天天地多起来，孩子们却像田里的庄稼一茬茬地生长着、替换着、轮回着……”

最后两段可以说是一种“命运式结尾”。提到“命运”这个词，也许有人会诧异。并不是人才有所谓的命运，我们在写作的过程中一处景、一个物也要突出其命运，我们只有把它们的命运，尤其是那些让人扼腕长叹的命运，比如你心爱的玩具被弟弟一脚踩碎了，比如故乡的廊桥被水冲垮了……写出来，才更容易引起读者共鸣。

我向作者约稿时，他很遗憾地表示没有留下那口井的照片。我安慰道："人生难免有遗憾，不过万幸，一切得以纸上相遇。你以另一种形式永远地怀念它，甚至让那井水流进更多读者的心里，亦是一种慈悲。"

也许，这就是文字的魅力吧。

掸蓬尘

童年记忆中的年，是从掸蓬尘开始的。

这一天，全家人一起动手，要将家里的角角落落彻底地打扫一遍。虽然民间有“腊月二十四，掸尘扫房子”的说法，但有时候也会前后调整，得看天气，需要选在大日头的晴天才好。

一个大晴天，父母亲早早地起来了。

父亲要先把掸蓬尘的必备工具准备好，一个是“掸尘帚”，一个是“通烟帚”，这是必不可少的。它们可不同于一般的扫帚，是掸蓬尘的专用工具。“掸尘帚”是在一根长长的竹竿一头绑上一把竹枝，专门用来掸扫高处的灰尘；而“通烟帚”是在一个大秤砣上绑上一根长长绳子，绳子尾巴再绑上一捆稻草，专门用来通烟囱的。

而母亲则早早地烧好了番薯粥，大声喊叫着：“小懒虫起床了，太阳都晒屁股了！”见我们兄妹三个一点儿动静都没有，就咚咚咚上楼，故意把楼梯踩得比平时响。要在平时，我们在楼上做作业，母亲要上楼检查我们是否自觉，她就会脱下鞋子走楼梯，一点儿声音都没有，将正沉浸于玩耍中的我们抓个正着，让人措手不及。母亲上楼后，冷不丁地将窗户推开，原来黑乎乎的房间一下子充满了亮光，我们的小脑袋赶紧又往被子里缩，想钻回黑暗里去。可母亲一把将我们拉了起来，嘴里说道：“快起来，要掸蓬尘了！”我们的眼睛一下子睁开了，再次确认：“要掸蓬尘了？”似乎不敢相信一年一度的幸福时刻真的已经来临了。因为在这一天，我们是不用做作业的，而是成为家里的小帮手。因为掸蓬尘，也无法做作业。

这一天的早餐吃得也比平时快，囫囵吞枣地喝完粥，快乐劳动的一天便开始了。

母亲指挥着要将什么东西搬出来，要将什么东西盖起来。那些衣被、桌椅、篮子等能搬的都搬出来，花花绿绿的一大堆，晒在门口的阳光里；不能搬的就用塑料布、报纸什么的盖起来。此时父亲已全副武装地穿戴起来，身上是雨天才穿的蓑衣，平时防雨，今天却用它来防尘；头上戴的是笠帽，活脱脱的“雪中一笠翁”。父亲拿起那把长长的“掸尘帚”开始了扫尘。先是房梁上、屋柱间、墙角处，从屋顶到床底，从二层到一层，上上下下，里里外外，要将家里的每一个角落都打扫干净，似乎要把一年的晦气与不洁都扫出去，好干干净净地迎新年。

这使用“掸尘帚”也有讲究，不能直扫，要与屋顶成45°角。因为仰着头，直着扫，灰尘就会掉到自己的眼睛里。我偷偷地试过，不光落了一头灰，眼睛也落了尘，又得哭丧着脸找母亲吹灰。扫的时候用力还不能太猛，也不能太轻，太猛会松动屋顶的瓦片，太轻则扫不干净灰尘。“掸尘帚”一把划过去，一把划过来，用力均匀，迅疾而精准，像操练场上跑过的马，扬起一屋的尘土。屋梁上、床底下、柜子后那些沉寂了一年的灰，便都纷纷扬扬起来，整间房子似乎都笼罩在迷漫在“硝烟”中。

而我们却全然不顾这些，像过节一样欢快地穿梭在这“硝烟”中。因为在父亲的扫尘中，不断会有惊喜，让我们欢呼雀跃。有时是一枚硬币，有时是半块橡皮，有时是一件不知什么时候丢失的玩具，此时会突然从床底下或什么柜子底下扫出来，像一只走丢了的小马驹，欢快地从角落里跑出来。我们兄妹几个跟在后面，抢着各自的“战利品”，乐此不疲。父亲却不停地挥手，要我们走开，去帮母亲干活。

此时的母亲，正在哗哗的溪水里忙着洗东西，有凳子、碗筷、凉篮等。凳子和碗筷都是正月里专门用来接待客人的，因为平时没那么多人，都放在阁楼里。每年的这时候都要拿出来洗洗干净备用，正月一过，母亲又会小心翼翼地放起来。那时候用的筷子都是红筷子。平时用的筷子都磨掉了红漆，洗得发白发黑；而拿出来招待客人的那些筷子则是红红的，像新的一样。凉篮是老家特有的一个竹制双层篮，平时悬空挂在屋梁下，吃剩的菜饭就放在里面，一防老鼠二防馊，相当于乡土版的冰箱，而过年时凉篮是要拿来放祭祀品的，最为奢侈的鸡鸭鱼肉和猪头都要放在里面，所以必须把它洗干净了，再晾干备用。

母亲其实也用不着我们帮忙洗碗，怕我们把碗摔着了，她可心痛。我们乐得什么活都不用干，作业也不用做，在小溪边上玩水，或在太阳底下晒着的杂物堆里捉迷藏。特别喜欢躲在晒着的被子中间，暖暖的，一股阳光的味道，闻着都是一种幸福。

到了下午，父亲扫好楼上楼下的尘，便要开始通烟囱了。千百年来，人们的食物都是在灶台上烧熟的，一直相信是有一位叫“灶王爷”的神在帮助。灶王爷又叫“奥灶菩萨”，专职向仙界汇报凡间动态，所以在供奉“奥灶菩萨”的地方要贴上一副“上天呈好事；下界保平安”的对联，寄托人们的愿望。烧了一年的灶，“奥灶菩萨”吃了一年的烟，受了一年的气，要给通一通，顺顺气。其实是烧了一年的柴火，那些焦灰积在烟道壁上，厚厚的一层，把出烟道堵上了，不通的话不利于出烟。

父亲架了梯子，爬到高高的屋顶，然后把“通烟帚”的铁秤砣从烟囱里一点点地放进去。那铁秤砣因为沉，一下子就沿着烟道滑进了灶膛子里。父亲最后把那个稻草尾巴也塞进了烟道里。这个稻草尾巴大小也有讲究，要刚好与烟道差不多大小，太大塞不进，太小通不了灰。塞好稻草尾巴，父亲又要绕回灶下，从灶膛里捣出铁秤砣，然后一点点地往外拉，直到见到稻草尾巴为止。这时候，烟道里会随着稻草尾巴落下一大把一大把的烟灰，偶尔还会掉下整块的柴灰，感觉有种从耳朵里捣出耳粪的爽快。

有时候一次还不够，要将同样的程序再操作一次，甚至几次，如此反复，直至没掉下灰为止。烟道通畅了，“奥灶菩萨”出气就顺畅了，这个年也会顺顺当当，来年的日子也会顺顺当当。上上下下地折腾几回，烟道是通畅了，父亲的脸上却黑一块白一块，成了个大花脸，惹得我们哈哈大笑。

通完烟囱，整个掸蓬尘工作才算基本结束。这时候，太阳也快下山了，大家一起把晒在外面的东西一件件地往里搬。原来黑乎乎的屋子顿时变得明净、亮堂了，每一件晒过的衣物和家具都散发着一股阳光的味道，溢满在空气的每一个角落，好闻极了。

就这样，一个亮堂堂、暖乎乎的年拉开了幸福的序幕，孩子们翘首以待的“红包季”就要来啦！

2021 年 2 月 13 日

杀年猪

掸蓬尘过后，此起彼伏的猪叫声在村子里响了起来。“腊月二十五，杀猪又抓鱼”，这是到了家家户户杀年猪的时候了。

在 20 世纪七八十年代，家家户户都养猪，小孩子们放学后第一件要做的事，就是拔猪草。那时候的猪吃的是草，拉的是有机肥，献的是美味佳肴。那时候房屋小，大部分人家都是猪、人一屋，灶台的对面就是猪圈。母亲每次做饭的时候都会烧上两大锅，一锅煮的是大米饭，一锅煮的是猪草。一家人在这边水缸背吃饭，那边的两头猪吃着米糠拌猪草，猪、人同欢。那时候猪吃的都是有机草，猪、人共处一室而不闻其臭。不像现在的猪吃的都是高蛋白饲料加激素，拉出来的粪臭气熏天，三个月就能长到几百斤，整成的猪肉不但不香，而且还容易促成孩子发育早熟。那时候年初买两头猪崽，慢悠悠地养上一年，等到腊月里长了膘，杀一头，卖一头，过年的猪肉有了，办年货的钱也有了，这年也就过得滋润、踏实。小时候一年到头很少吃到猪肉，杀年猪这一天却可以大快朵颐，把猪肉当饭吃，一想到这天就流口水，便把吃剩的饭菜偷偷地倒到猪槽里，让它也吃点精细粮，好多长肉，能早点儿吃到香喷喷的猪肉。

杀年猪这天，母亲早早地起来了，两只大锅都烧满了水。约好的杀猪佬如期而至。父亲约了几个身强力壮的人，一起去猪圈里绑猪。笨了一辈子的猪此时忽然顿悟了：主人家天天让我吃了睡睡了吃，原来在这儿等着呢。可这时候明白已经来不及了，只有高声叫唤，绕着猪圈四处躲。可这猪圈就像孙猴子金箍棒划下的圈圈，休想逃走。没两个回合，只得乖乖地束“脚”就擒。大家把猪三下五除二地绑在了两条四尺凳拼起来的“刑台”上，猪的叫唤声变得更加刺耳，声音中似乎有点儿后悔的意思。我想，它为什么不是猪八戒呢？可以遁形而逃啊。转而一想，不行，它逃走了我吃什么啊？幸好不是猪八戒。

这刺耳的尖叫声把我们从梦中唤醒，我赶紧把弟妹们叫起来，“快快，杀年猪了！”那时候孩子的娱乐生活很少，哪怕是杀条鱼都可以让我们看半天，看看它肚子里究竟藏着什么，更何况是只猪。

几个壮汉摁着猪，杀猪佬一手拧着猪耳朵，一手举起那把锋利的杀猪刀，说时迟，那时快，手起刀落，对准脖子关键部位用力一捅、一送、一拧、一松，那鲜红的猪血便喷涌而出，流到了早接在地上的一只木盆里。木盆底下撒了一大把盐，猪血流了满满一盆，再用勺子搅拌均匀，不一会儿血就凝固了，然后切成一块一块豆腐状，加上生菜一煮，也是一道美味。杀猪佬把刀身在切口上进进出出又送了几下，好让猪血彻底流干净。原来白晃晃的刀身也被染得红红的，真可谓是“白刀子进红刀子出”。此时要是有人想凑上去看个究竟，也会溅上一身血。

我们在床上迷迷糊糊地听着猪叫声先是由缓到急、由低到高，再由高到低、由急到缓，最后回归寂静，我们知道这头猪已经彻底一命呜呼了。因为杀猪这个环节太血腥，父母们是不让小孩子看的，但我们总是很好奇，在别人家杀年猪的时候会偷偷地跑去看。

等我们起床的时候，杀猪佬已经在一个大木桶里开始褪猪毛了。这样的大木桶一般家家户户都有，实在没有的，向邻居借一下也都很乐意。在这个寒冬腊月的早晨，一头死去的猪被丢进了盛满开水的大木桶里，开始它平生第一次也是最后一次的“泡澡”。杀猪佬用一个铁钩猛地扎在猪脖子里，然后抓着铁钩的手柄，拉过来，推过去，让猪的全身得到“洗礼”。然后拿出一把刮刀，迅速地在猪的身上一下一下刮了起来，落下的猪毛不一会儿就溢满了水面。

刮完毛的猪一改污秽不堪的面目，变得白白胖胖，光滑而温热，小孩子忍不住要去摸一下。杀猪佬举着一把砍刀，朝着小孩子挥了挥呵斥道："走开走开!"孩子们吐吐舌头逃开了，走不了几步又停下来，朝这边望着，脚步一点一点地移过来。

杀猪佬举起大砍刀在木桶边上先将猪头割下，再将猪头、耳根、眼睛等每一个部位上的细毛刮干净，因为这是谢年用的，来不得半点儿马虎。然后将猪身用铁钩倒挂在靠墙的梯子上，再拿刀把肚子从上到下剖开，取出里面的肚、肺、肝、肠等内脏，放在一个筛子里，然后再一件件清洗干净。肺啊肠的，一般都由女主人送去娘家，孝敬老人，嫁了老公也不能忘了娘，得有心肠。这时候，杀猪佬不忘先割下猪脖子上的一条肉，俗称"红头肉"，交给主人家拿去先炒，有时候还会割上一块猪肝，加上猪血，一桌猪福宴基本上就显得丰盛了。

不一会儿，灶头上就会飘过来一阵阵猪肉香，孩子们闻着口水止不住要往下流，不停地做着吞咽的动作，才不至于露出一副馋相。等母亲烧好一桌猪福宴，帮过忙的人都要上桌尝鲜。杀猪佬当然是坐在上首的，满上酒，拿起筷，说声："吃吃，大家吃!"这时等急了的孩子们便毫不客气地将筷子箭一样地射向了那盘满满的肉，好像只见过猪跑没吃过猪肉似的。杀猪佬自然是最淡定的，吃过百家猪的他慢吞吞地举起酒杯，一边吃一边就跟主人家唠起嗑来，从养猪到杀猪，从猪草到猪肉，吃得怎样？喂得怎样？长得怎样？分析得头头是道。母亲在边上一字一句都听到肚子里，为的是第二年把猪养得更好。

我们孩子却不管这些，早就盛了满满的一碗饭，夹上几块肉，高高地堆在上面。父亲用筷子敲着我们的筷子，口中说道："够了够了，吃完再来夹。"母亲却笑着说："难得杀猪，让他们吃个够。"我们吐吐舌头退到一边狼吞虎咽地吃了起来，心里却吃着碗里的，想着桌上的，怕等下迟了抢不到最后一块，吃了一半便把另外一半藏到碗底，又去桌上夹。父亲看着我们的碗将信将疑："这么快，你们把肉当饭吃啊！"我们心下却窃喜不已。现在的孩子已经很难想象，在那个物资匮乏的年代，连吃上一顿猪肉都是一种奢侈。唯有杀年猪这一天，我们可以在猪福宴上将猪肉吃到撑为止，恨不得把一年的猪肉都吃到肚子里去。

猪福宴散去，热闹嘈杂的场面渐归平静。母亲看着空空的猪圈，七分是喜悦，三分是失落，口里念道："人活一世，猪养一秋，虽然安逸，却是短暂。"母亲默默地点了三支香和一沓黄表纸，进行杀年猪的最后一项仪式——"拜栏头"。在香火袅袅中，母亲虔诚地为她养了一年的猪祈祷，希望它们早日投胎，转世为人，以免受宰割之苦。

2021 年 2 月 14 日

大雪无雪

近来流感肆虐，高温者咳嗽者不乏其人。不幸患得，流涕咳嗽，又是中药，又是盐水，半月有余，却不得痊愈。一连数日，前往医院吊瓶。偌大的输液室，男女老少，济济一堂，咳嗽声、呼医声此起彼伏，空气中飘浮着药水的味道。

倒挂的盐水瓶里像藏着一只深水鱼，不停地冒着一个个小气泡，那水液便沿着细细的管儿很缓慢地流向人体的手腕，最终与血液融于一体。才挂得小半瓶便接到朋友电话，问晚上能否一聚。我说感冒不能喝酒呢。朋友说那就过来坐坐嘛，好久没见了。我说正吊瓶呢，不知何时结束。朋友说等你吧。我无以拒绝，匆匆应允。

看窗外，天色阴沉，似晴非晴，欲雨无雨。想到，今日是何日呢？掏出手机一查，恰是二十四节气之“大雪”。“大雪”

无雪，这些年来，一直都是这样，已成习惯了，如果下雪，倒觉意外。故而，这“习惯”也已成为流毒，蚀害思想已久矣。

忽想起有一年独自在上海，也是“大雪”之日，也是这样的天气，天色阴沉，欲雨无雨，欲雪无雪，一副捉摸不透的样子。高架上，车流不息；地铁里，摩肩接踵。我办了事情赶地铁去火车站，地铁的人流像潮水般，一群群行色匆匆的人们又像海水中赶潮的鱼，忽而涌过来，忽而涌过去。上得地铁，坐无坐处，站无站处，只得踮了脚抓着一个环勉强支着，装成吊环运动员状。冰冷的地铁像是匍匐于地底的蛇蜿蜒前行，轰轰的声音显得特别沉闷。

正这时，收到朋友的短信，却是白居易的一首《问刘十九》：“绿蚁新醅酒，红泥小暖炉。晚来天欲雪，能饮一杯无？”天就要下雪了，家里新做了酒，又生起了炭炉，是不是能过来共饮一杯啊？无奈身处他乡，无缘共饮，只得感叹：“大雪无雪，饮者无友也是人生一大遗憾啊！”回了短信，抬头望，对面站着一80后女孩，怀中抱着一大捧玫瑰，一只手环着花，一只手抵着周围人的身体，以免挤着花。女孩脸上似笑非笑，似悲非悲，就像外面的天色，一副捉摸不透的样子，有一丝焦急，有一丝幸福，还有一丝期待。我想男女之间都是男孩子送花，哪儿有女孩子送花的呢？看她样子又不像是花店送花的，便在心里猜测，或许她是“凰求凤”？或许是男孩要远离，她去送行或挽留？或许是她做错了什么事，前去向心中的白马王子道歉？晚上要是下了大雪该多好，那男孩或是远行不了，或是被女孩的真诚所感动，两人站在漫天的雪花中，成为“大雪”之日最幸福的一对。心中胡乱地猜测着，但不管何种情况，希望女孩都能如愿以偿才是。

一晃几年过去，“大雪”无雪的情况依然不得改变。今年北方倒是下了比往年更大的雪，落雪成灾，令人痛苦不堪。这世界到底怎么了？要么一点儿没有，要么泛滥成灾。连感冒都这样，一来就一大片，让人措手不及。

盐水不紧不慢地从透视管里一滴一滴往下渗。朋友电话一个接一个地催问好了没有。夜色已经渐渐地笼罩了这个城市，五彩的灯光次第亮起，给人以另一种繁华与喧闹的景象。等终于吊好了瓶，匆匆赶去，餐桌上虽是残羹剩菜，却有朋友的殷殷细语，如同雪夜之炉，暖意由心而起。

忽又想起白居易与刘十九，想起那地铁相遇的女孩和她心中的男孩，在“大雪”之夜，只要能相聚，何尝不是一种幸福，何尝不是一种温暖！

漫漫冬夜，其实无论有雪无雪，只要心中有情，无论亲情、友情、爱情都是冬夜之“红泥小暖炉”，不管在哪里，一直都会温暖我们的心。

2010 年 12 月 14 日

立　春

年初三，立春。天气晴好。

每年的这天都是上外婆家拜年，可巧碰上立春还是头一回。暖暖的太阳照着田野，散发出一股青草的气息，埋在泥土里的春天似乎有些蠢蠢欲动了。

外公过世得早，这么多年以来，外婆已经习惯一个人的生活。每年的这天，她都会早早地煮好鸡蛋等着我们去吃。可是今年的状况有些不一样，外婆一个人躺在堂前的躺椅里，桌上散乱着杂物，似乎好几天没整理了。早到的姨娘坐在边上，一脸愁云。一问才知外婆在除夕前一天下楼梯时摔了一跤，骨折了。大过年的，她跟谁也没说，自己去镇上卫生院拍了个片子，抓了点儿草药。第二天，手臂肿了起来，痛得动不了，就一直躺着。

外婆命苦，三个儿子两个参过军，后来又英年早逝，现在只剩一个大儿子，平时又常有口角，不太和。如今有了病痛，竟也无人问津。心中备感凄凉，这过年也就如过关了。

拿出外婆拍的那张片，黑乎乎的，因为没什么专业知识，照着亮光，也只能看出森森的骨骼形状，不清楚断在何处。先联系好镇上卫生院，带上外婆再去查看。

那位医生对那天外婆去看病的情形记忆犹新，一个老人独自前来，没有家人陪同，身上又没带钱，也没医保卡。外婆搞不清什么卡，她说钱是交过的，但是卡在哪儿她也搞不清，抑或在大儿子那儿，抑或还在村里，抑或自己放在抽屉哪个角落了？医生画了个骨骼草图，对我们解释了老半天，我们终于明白了外婆骨折的大概位置。医生说要么手术，要么让其自然伤愈，但是肩关节的功能自然是没了。鉴于外婆年纪偏大，手术危险系数大，术后恢复也不一定好，分析利弊后，大家还是决定放弃手术。医生开了些消肿、止痛、活血的药，然后把外婆的手简单处理了一下，用长长的绑带一圈一圈地绕在了脖子上，叮嘱说至少要挂一个多月，让其软组织自然生成，把骨折后的裂缝慢慢填没。

外婆望着自己的手，一声不语。我想外婆这只手的肩关节从此失去了它举起放下的功能，当我们与她告别时，每次都举在半空中高高摇摆的那只手已经不可能再举起了。

外婆已经八十多岁了，在她四五十岁的时候，先后送二舅、小舅出去当兵，一个在南京，一个在山西。大舅分家早，家里的重担都落在外公外婆身上。等他们回来，一个个成亲立家之后，想想好日子刚刚开始，没想到外公有一次在镇上喝了酒回来一头栽到溪里，再也没能起来。从此后十年，不幸的事一桩接着一桩。先是二舅无端之死，似乎与外公之死如出一辙，也是喝了酒之后从一个高高的石坎上摔下至死的。隔了两年，过度劳累的小舅又被查出顽症，几经治疗也不曾痊愈，在一个大年三十的晚上安详地死去。两个舅舅去世的时候都是四十岁不到。外婆白发人送黑发人，熬过了一个又一个的漫长之夜。

一年前，外婆突然中风，还好抢救及时，没留下大碍。只是在住院时随身揣在口袋里的一点儿积蓄让小偷全数拿走，很长的一段时间，外婆都闷闷不乐。中风痊愈后，我们让她在家安心歇息，可她终是一个闲不住的人，仍然做一些来料加工的活，她说也好舒活舒活筋络。大家也便由她去了，只是时不时地去看她一下。外婆摔去的前两天，我妈还去看过她，可短短几日，就发生了不幸之事。如今外婆的手摔成这样，不要说来料加工，怕是自己的饭菜也做不成了。我们商量着要接外婆去住几天，可外婆说，大过年的，谁家会没个客人，你们还是忙自己的去吧，等过完正月再说。然后就静静地坐在那里沉默不语，好像凝固在时空里的雕塑一般。

窗外，阳光早已掠过屋顶，渐渐西去，而春的气息却愈来愈浓了。此时，电视里正在重播春晚旭日阳刚唱的歌："凝视着此刻烂漫的春天/依然像那时温暖的模样/我剪去长发留起了胡须/曾经的苦痛都随风而去/可我感觉却是那么悲伤/岁月留给我更深的迷惘/在这阳光明媚的春天里/我的眼泪忍不住地流淌/也许有一天我老无所依/请把我留在那时光里/如果有一天我悄然离去/请把我埋在这春天里。"这首歌或许让外婆想起了在那片春天的田野里，还躺着她的爱人和她的两个儿子，她多想再去看一看他们熟悉的模样，再去摸一摸他们温热的脸庞，再去亲一亲他们如春草般旺盛的发丝。

2011 年 2 月 9 日

祖辈们的风范

人们常说，百人有百性。同样是黄皮肤黑头发的人，有性暴者，有性娴者，有性急者，有性怠者，少有相同者。但这性又从何来呢？我以为无非有三：一是来自祖辈们血液中的遗传因子，二是来自祖辈们行为风范对后人耳濡目染的影响，三是来自个人成长过程中的学习与修养，久而久之，自然成性。每个人的遗传不同，家风不同，修养不同，性亦不同。

我性笨拙，悟事迟钝，对族人之事从未考查过。记得祖父在世时，多次提及重修宗谱之事，终因响应者寡而未能动议，直至去世，成为遗愿。2011 年，村里有识之士再次提及，《西方陈氏宗谱》经共同努力，终得以修成。我一直纳闷，一般陈氏都谓之“颍川陈氏”，为何唯独我们要称“西方陈氏”？带着这个疑问敬阅谱文，真是不读不知道，一读吓一跳。原来我的祖上果真像祖辈们说的那样，原是方氏后裔，晚唐诗人方干之后，在宋宣和年间，因受方腊之难，族受株连，祖上为保全血脉，而隐姓迁居，自睦州青溪（今淳安）几经周折，迁至今地，托陈姓之庇护才得以血脉绵延，繁盛至今。

欲知今日之家风，必溯祖上昔日之血统。那就让我从晚唐之方干，说说祖祖辈辈们的那些事吧！

身无一身禄　名扬千万里

按说今日之姓概由方腊之因，但阅遍宗谱之序文，却极少有提起方腊之事，大多序文中说起陈氏溯源，都说是晚唐诗人方干之后。那么方干是何许人也？史书记载：“方干，字雄飞，睦州青溪人。幼有清才，散拙无营务。大中中，举进士不第，隐居镜湖中，湖北有茅斋，湖西有松岛，每风清月明，携稚子邻叟，轻棹往返，甚惬素心。所住水木幽閟，一草一花，俱能留客。”睦州青溪就是现在的淳安，是我们的祖居之地，而镜湖就是今绍兴之鉴湖。

方干（809—888），幼时熟读四书五经，聪明伶俐，有神童之誉。他对人很讲礼数，见人皆以三拜为敬，时人呼为“方三拜”。素爱吟咏，擅长律诗，清润小巧，且多警句。后期诗作多反映社会动乱，同情人民疾苦；或抒发怀才不遇、求名未遂的感怀。少时有一次，因偶得佳句，欢喜雀跃，不慎一跤跌破嘴唇，留下疤痕，于是人家又给他起了个“方缺子”的外号。大中年间，参加进士科考时虽文章才华横溢，却因缺唇貌丑而被拦于榜外。后听说钱塘太守姚合爱才，于是携诗拜谒。没想到姚太守见其容貌丑陋，他的诗看也不看就随手丢在一边。方干心灰意冷，从此不再有荣辱之想，弃仕而以游山访友为乐，凡园林名胜所到之处，都会留下他的诗句。后来姚太守读了方干的诗稿，后悔自己以貌取人，错过了一个人才。

咸通年间，浙东廉访使王龟慕名拜访方干，觉得方干不仅才华出众，且为人耿直，于是竭力向朝廷推荐，但终因朝廷腐败，嫉贤妒能，不被起用。后人赞叹他“身无一寸禄，名扬千万里”。

此后，方干告别家乡，去大自然中寻找他的寄情之所。后流寓于会稽鉴湖，居于湖畔，整日里逸舟泛湖，吟诗寄情，过着淡泊悠然的生活。湖的北面有一座茅草书房，湖的西面有一座松岛，每当风清月明之时，带着家人或好友，撑一支轻舟游弋于书斋与松岛之间，使自己淡泊的心境融化于自然山水中，显得非常惬意。所居之所的水木幽门，一花一草，看似随意而栽，实则精心布置，却与整个环境融为一体，使人流连忘返。

咸通末年，方干客死会稽，有门人问他的老婆，先生死了，取个什么谥号好呢？他的老婆就说，取个“康”字好了。人家纳闷了，先生活着的时候，食不饱腹、衣不蔽体，死了以后更没有锦缎裹体，没有酒肉祭奉，正是活着得不到富贵，死后也无处显荣，为何还要取谥号“康”呢？他的老婆就说，以前人家推荐他去当官，馈赠他钱财，他一律辞而不受，他以粗茶淡饭为天下之美味，位居民间而安适，不以贫穷为耻，不为富贵所动，要仁有仁，要义有义，要取谥号，没有再比“康”字更合适的字了。

方干生不逢时，晚唐如大厦将倾，怀一身之才而因貌丑不受朝廷重用。其一生甘于清贫淡泊，寄情于山水之间，以诗文千古于世。方干死后，归葬桐江。后人搜集了他的遗诗 370 余首，编成《方干诗集》传世。《全唐诗》编有方干诗 6 卷 348 首。宋景祐年间，范仲淹守睦州时专为方干画了张像，供奉于严陵祠内，世代瞻仰。

策马卧疆场　成败论英雄

以前看《水浒传》总把方腊（1048—1121）当作“贼寇”来看，如今方知竟然是“贼寇”之后。自古以来的英雄史都是“成者为王，败者为寇”，谁让这方腊如此不禁打呢。最近看新拍的电视连续剧《武松》把方腊形象塑造得完全不同于以往剧本，还其英雄本色，方腊与武松正所谓是英雄相见恨晚，武叹服方为好汉，却只恨事主不同，无能相助，最后不惜刀刃自己双臂，以表对英雄之敬意，令人叹为悲壮。不管这个桥段的历史真实性，却让我顿生对方腊的崇敬之意。

方干与方腊为同族同宗之人，虽不处于同一时代，但都是生逢朝代没落之时，方干学识渊博，面对国难当头却选择了隐仕；而方腊一介武夫，佣工出身，面对朝廷之腐败却挺身而出，揭竿而起，虽迫于无奈却亦属英勇胆魄。

据史书记载，北宋宣和年间，宋徽宗皇帝喜花石竹木，在江南设“苏杭应奉局”，派朱勔等爪牙到东南各地，搜刮民间花石竹木和奇珍异宝，用大船运向汴京，每十船组成一纲，时称“花石纲”。青溪多产竹木漆，是应奉局重点攫取之地。这种沉重的负担都转嫁到农民身上，尤其是靠出卖劳动力度日的赤贫者身上。方腊身为佣工，更痛感这种剥削压迫之苦，因而对宋王朝的反动统治怀有刻骨仇恨，遂起反抗之心。

宣和二年（1120）十月，方腊在万年乡洞源里正方有常家做佣工，他积极联络四方百姓，准备起义。他们的秘密活动被方有常发觉，便派二子方熊向县上告发。十月初九，方腊发现事泄，遂在洞源村杀里正方有常一家而举义。方腊集合千余人，在东南誓师而起。在誓师会上，方腊慷慨陈词，愤怒揭发宋朝的罪恶统治：“今赋役繁重，官吏侵渔，农桑不足以供应。吾侪所赖为命者，漆楮竹木耳，又悉科取无锱铢遗……独吾民终岁勤动，妻子冻馁，求一日饱食不可得。”方腊号召大家揭竿而起，并提出鲜明的政治口号和政治主张，付之于革命实践。他领导的义军烧孔庙、毁神像，杀贪官污吏，批判佛教教义中“是法平等，无有高下”的虚伪性，指出“是法平等无，有高下”，主张实现真正的平等，“劫取大家财，散以募众”。方腊出身贫苦，性情豪爽，又有较强的组织才能，他的政治主张和革命行动，深受贫苦百姓的拥护，所以能号召很多生活困苦的农民响应，数日间便聚众十万，浩浩荡荡，自成大军。方腊策马疆场，豪情万丈，纵横千里，所向披靡，一口气打下了六州五十二县，威震东南半壁，从根本上动摇了北宋王朝的统治。方腊似乎看见了一个新的王朝正在升起，便自号“圣公”，年号“永乐”，开始做起了自己的皇帝梦。但方腊毕竟胆气有余，谋略不足，好梦还没开始便匆匆结束了。朝廷派童贯率精兵15万，在第二年的春天，便把方腊大军如同鹅卵击石般地打回了青溪老窝。十万义军，血流成河，方腊父子及首领52人被俘。朝廷下令株连九族，睦州之方姓皆数杀尽，偶有幸存者只得隐姓埋名，流落他乡。

方腊被处死后，歙县和淳安一些地方的人因为敬重这位农民起义的领袖，偷偷祭奠，并在民间口口相传着他的一些故事。后人为了纪念他，以他的名字命名了许多地名，如方腊洞、方腊庙等，保留至今。

辞官解归田　残山觅桂源

历史自古以来就是以成败论英雄，方腊起义的失败让青溪方氏难以立足，于是吾祖上隐姓埋名，背井离乡，离开了青溪。我相信祖辈的这次逃离一定是胆战心惊的，一路上都不敢往官路上走，翻山越岭，越是荒无人烟，越是安全。祖辈们认定"留得青山在，不怕没柴烧"这句古话，狠心地烧毁了家中所有的东西，包括记载着辉煌家史的宗谱也没敢保存下来。除了无以改变的家风，连姓都改掉了。不知道祖辈们为什么要在百家姓中偏偏选了个陈姓，或许是陈姓最为大众化，不太引人注目吧。

在现有记载宗谱中，迁浦始祖为百十六公陈淑程（1253—1317），他生于宋宝祐年间，卒于元延祐年间，跨越了两个朝代。从方腊起义失败到元朝初始经历了整整一个半世纪，难以想象这一百五十余年，我的祖辈们是怎么度过的，没有家，没有业，有才不能参加科举，有祖不能公开祭祀，家风是仅承的一点儿精神支柱。当时隐居于浦江龙溪之东，曰"陈村"。龙溪即今属兰溪市梅江镇刘源溪。旧时溪之东为浦江管辖，溪之西为兰溪管辖，溪之南隔山而望便是金华，而此地离三个县城又都交通不便，故为"三不管"之地。祖上隐居于此，自给自足，无人知晓。如今，换了朝代，方改陈的祖辈们终于可以吐一口气了。宗谱上对陈淑程的记载曰："稽公之先，失其谱牒，亡其世系。稽公之居龙溪之傍，陈村之地。稽公之身生于南宋之末，长于有元之际，以勤俭起家，垂统绪于万年，以诗书教子，遂显荣于三世，是盖公之种德行仁故。"方姓那股"东山再起"的倔劲气贯长虹，终于从淑程公的三世孙开始，再一次扬眉吐气起来。

淑程公生三子：文桓、文宗、文须。文宗（1290—1360）生一子叫义庆（1315—1373），二十多岁就考上了邑庠生，做了安庆府同知。文须生一子叫义敬，做了光禄监事，但因犯钞法事贬流山西。家法规定，如若犯法皆不能入宗谱，故今之宗谱查不到文须父子之生卒年月。幸有义庆牢记家训，为官一任，造福一方。后有同乡邵玘（1375—1430）为义庆公留下一篇《安庆郡公传》，记载其生平事迹，全文如下：

公讳启，字义庆，浦江龙溪人，晚迁兰之桂源，姓陈氏，祖讳淑程，父讳文宗。公性颖悟，诵书一览通大义，务在躬行，不屑举子业，年二十余进邑庠生，累试不得第。后铨政国学，除授南直隶安庆府同知府事。为治先教化，宽刑辟，建利去病若嗜欲，然洞察民隐，凡属县有民所未便，理所未安者，必反复沉思，终夜不寐。所见一定，屹如砥柱不移。虽压以权贵人之势，弗回也。性廉明而刚介，贿赂不通，请谒悉绝。合郡有冤抑者，必诣公求伸。公为之讯察辩白，不惮再三，必得其情而后已。未几，元政日乱，上下相蒙，公知势不可为，遂解印绶归。诚《大易》所云，见机而作，不俟终日者也。

国朝太祖定鼎，访元遗老堪任用者，征公为金华知府，力辞不赴。公值兵乱之余，翱翔陇亩，凭吊残山剩水。俯仰今昔，慨为伤之。子男四人：德恺、德悌、德恒、德怀。怀出为从弟义甫公后。孙男七人，幼方倍积学，善属文，由选拔贡生，授无锡县知县云。

据文中描述，义庆公虽为官一任，欲行善功，却与祖辈方干、方腊一样，无力改变朝廷腐败、大厦将倾的局面，公知势不可为，毅然解印归田，再一次过起效祖隐居的生活。到了明太祖安国定邦之时，新朝廷欲请其出任金华知府，仍有元朝情结的义庆公却力辞不赴，安于乡里。但胞弟义敬的犯事让他再一次陷入沉思。他叫来几个儿子一起商量家事，得出的结论是陈村地处龙溪之傍，有水无山，风水不吉，于是再一次举家迁移。往西二里许，有一垄地，四周围山，桂树飘香，乃一风水宝地，是为桂源。桂源即为现在我的老家西庄村，至于桂源为什么后来改为了西庄，无以考证，大约是因为桂树已成绝迹吧。

翻阅宗谱，所庆幸的是有《安庆郡公传》如此美文为祖辈们留下印迹，能让后辈得以知晓祖辈之贤为。而此文正是五世公陈方倍（1377—1421）在明永乐四年（1406）的春天叫同乡邵玘所写，据此判断，祖上的宗谱大约就是从这一年开始编撰的。方倍公字淑养，幼时便熟读四书五经，20 岁就考上了邑庠生，他与邵玘是邑庠同窗，只因小邵玘 2 岁，两人以兄弟相称。也正是永乐四年的春天，邵玘考中了进士，但他面对好友之约，欣然挥笔著文，留下他中进士后的第一篇美文。这也成了邵陈两家结成世好的佳话。

此后，两人把盏话别，邵玘奉旨去江西任按察使，而方倍公也经过努力，后来被选拔为贡生，当了无锡县知县。但人生总是有那么多的不测，仅仅十五年时间，两人便已是生死两相隔。永乐十九年（1421），方倍公因终日劳累，卒于任上，时年仅 45 岁。当方倍公之子陈本周将此噩耗快马报知邵玘时，时任南京都察御史的邵玘闻之痛哭不已，十五年前的音容笑貌犹在眼前，如今却已生死相隔，无以相叙了。于是邵玘再一次挥笔留下美文《明府陈淑养传》，大叹生命无常，老天不公之感慨：

尝读太史公《伯夷列传》至颜回笃学而早夭，盗跖日杀不辜而寿终，不觉慨然，发书而叹曰：嗟乎，颜子之德行尚矣，下此丰于才而啬于命，不得大显于世者，可胜道哉。唐刘梦得有诗云：一夜风霜凋玉芝，苍生望绝士林悲。其陈明府之谓乎明府，讳方倍，字淑养，号无功，兰溪桂源人，祖讳启，为安庆府同知，以元季乱政解官。淑养幼承家学，性警敏，五经子史靡不研究，弱冠游邑庠，踰壮选拔贡生，吏部铨选授无锡县知县。在任以力政著闻，崇学校，广教化，兴利去害，除弊剔蠹。朔望亲谒先圣庙，进生童，而甲乙之日，召父老于庭，而问以疾苦，声圣赫然，藩臬二宪，交章荐之。未及命召，而淑养竟以抚字心劳，卒于任所，行柩归葬焉。嗟乎！方淑养谒选都城，命予为同知公作传，时意气雄伟，辞情慷慨，予谓其必获大用。后闻其在官著绩，又喜淑养遭遇清明，能使上官起敬，行将宏展夙昔之经纶，而作朝廷之柱石矣。孰意竟止于斯，惜哉！今其子本周以淑养交知于予，谒予为文，以图不朽，乃不辞而次其行云。

然九年之后，这样的不公再一次降临在邵玘的头上，一辈子没办过一件冤案的他于宣德五年卒于任上，时仅56岁。

命运之神为何如此不公，祖辈们奋发图强，一生积善，欲报国图治，却偏偏要英年早逝呢？祖上一直有训曰：“人家之盛衰皆系乎积善积不善而已，何谓积善？居家则孝悌，处事则仁恕，凡所以济人者皆是也。何谓积不不善？持己之势以自强，夺人之财以自富，凡所以欺心者皆是。是故，爱子孙者遗之以善；不能爱子孙者，遗之以不善。传曰：积善之家必有余庆，积不善之家必有余殃，天理昭然，务宜深省。”难道家训仅仅是一种期望，却总是与现实相违背？细想起来，概因时代不同，旧社会之统治阶级总是考虑自身利益，特别每每在改朝换代之际，总是贪腐成灾，恶行泛滥，哪怕你再好的家风何以挽回一个国家之堕落？近五百年之后，我的曾祖父陈贤棋（1890—1943）在悟得此理之后，一度成了自暴自弃、玩物丧志之“败子”。

德高树威仪　桃李自成蹊

我的曾祖父陈贤棋与前文所述的前辈们一样，生在一个时局动乱的年代。清朝毁于朝夕，民国军阀烽烟四起，作为一个山野村夫的曾祖父纵有报国之心，也苦于无法辨明是非，不知何方才是正道。当时村里有“斗牛”之习俗，此俗与西方之“斗牛”不同，是牛与牛抵角相斗，逃者为输，俗称“牛相操”，每年的农历二月十九开始斗，俗叫“开角”，然后一周一小斗，一月一大斗，农历九月十九为一年的“封角”之日，就是年度总冠军决赛。而这种牛需专门饲养，平时吃香的喝辣的供着，都不舍得让它耕田干活。如若胜了就会有人出高价来购买，如若输了观者会起哄直呼其主人之名，道“某某某逃了”，主人顿觉脸上无光，连夜便要把此牛宰杀，以极廉的价格卖掉，然后又去高价购进勇猛善斗之牛，等下周继续比赛。所以说这种民间斗牛只有殷实之家才能玩得起，一般人家只有当观众的份儿。而这种游戏实在是乱世之玩物丧志之所为，就像鲁迅笔下那些麻木的中国人看日本兵杀中国人一样，只知乐趣，不知丧志之格。近年来，村里人又恢复了斗牛之习俗，在每年的农历九月十九举行斗牛比赛。然此时斗牛却是盛世之文化发扬，与乱世斗牛不可同日而语。但时隔半个世纪之后，我细想曾祖父之行为，似乎也不能简单地说他是“玩物丧志”，他只是恨报国无门，把一身的热血寄托于一头啥都不会说的牛身上罢了。

曾祖父终因心力交瘁，没等见到新中国成立便英年早逝了，年仅 54 岁。我从未见过曾祖父，也没见到过他的画像。曾祖父没有留下儿子，他的长兄贤缎把大儿子可仁过继给他，以让我的曾祖母在女儿远嫁后可以有个儿子在膝前侍老。我的曾祖母为穆澄源余庭权之女余修菊，在我的记忆中她就是一位白头发、裹小脚、穿青衫的慈祥老人。因家中屋窄人多，我从小就同曾祖母睡于一床。曾祖母每晚会抚着我的背讲故事，或者出一些传统的谜语，直到我入睡。但她却极少提起曾祖父的事，在我印象中，好像曾祖母一直都是单身的。我每天都可以看见曾祖母坐在门口发呆，两眼望着对面的山坡。那座曾经桂树飘香的山坡如今已经是杂草丛生，除了两棵苍老笔直的松树外，再也找不到桂树了。

我所有关于曾祖父的讯息都是来自祖母的唠叨。祖母张静云是著名记者曹聚仁结发之妻王春翠姐姐之女，也算是书香门第之后。曹聚仁之父曹梦岐于光绪二十八年（1902 年）创办了育才学堂，是全县最早的新式学堂。曹梦岐动用了所有远房近邻的力量来办学，我的祖母也曾为建学堂捐过木头等物。学堂破除旧时女子不可入学之规，并对学生一律免费，以“知行合一”为宗旨，着实培养了一大批有识之士。后来王春翠接替了校长职务，人称“王大先生”，按辈分，我应该叫她太姨婆。我的祖父陈可仁（1942—2005）自幼聪颖好学，寡言内秀，对曾祖父的斗牛“玩物”不屑一顾，并自誉“先知”，虽置身于山野，却着眼于社稷。我太姨婆看祖父清俊之才，绝非凡夫俗子，便聘他为育才学堂教员，去学校任教，祖母也时常去学校后勤帮忙。从此，祖父与教育事业结下了一辈子的缘。祖父身受王大先生的影响，深深地认识到只有教育才是一个国家的唯一出路。王大先生正是受了良好的家风，为人行事令人称道，把学堂也办得红红火火，为国家输送了不少人才。

在王校长的感召之下，我的祖父一心扑在教育事业上，尽力尽责，呕心沥血。在中华人民共和国成立之后，他担任了梅江区中心学校的首任校长，并先后担任过浦江县人大第一至三届人大代表，兰溪县第四至六届人大代表。中华人民共和国成立之时，教育人才最为紧要，当时村中与我祖父同辈中有四人当了校长，除了祖父之外，还有可流、可逸、可宣三人。穷乡僻壤的西庄村，一下子出了四个校长，传为佳话，成为十里八乡有名的校长之村，这或许正是受祖辈们崇尚读书的家风影响所致。

祖父执教多年，桃李满天下，自我读书起，一直到参加工作，经常会碰到祖父的学生，一说起祖父都会竖起大拇指，特别恭敬地尊称“陈先生”。祖父在离休之后，我父亲继承了他的教鞭之业。我幼时随父就读，走在小镇上人人见了都会尊称一声“陈老师”，于是在我幼小的心灵里埋下了对老师崇敬的愿望。然事与愿违，终因种种，我没能走上那个三尺讲台。而祖父离休后继续在有生之年发挥余热，为村民免费写春联，为首倡建村中道路、修缮祠堂等，乐此不疲，并热心于关心下一代工作，为多个学校聘为总务等职，直至燃尽最后一丝光亮。

箴言以自警　风范永相承

如果不是村里修宗谱，我还真不会如此认真地去查宗谱。其实一个人若要教他如何爱国，莫若让他先去读懂一部国史；若要教他如何爱家，莫若让他先去读懂一部家史。只有懂得家的来之不易，才会懂得爱家。我开始总认为最早改姓的祖辈们是贪生怕死，但换个角度想，要不是祖上的隐姓埋名，哪儿来今日家族的振兴？虽然姓不再是原来那个姓，但血脉没有变，家风没有变，精神没有变。一个家族的变迁史，有时候就是一个国家变迁的见证史。我们的国家经历了那么多，变的只是国号，而那些流淌在我们血液里，刻在我们骨子里的中华优秀文化传统却是不能丢的。这或许就是中央电视台重提家风和习近平总书记重提传统文化的原因吧！

人们常说，国有国法，家有家规。在每一部宗谱的首卷都会记载着详细的家规家训，一律都是劝善行德的，各宗谱间无非只是表述不同而已。有一些重要的劝诫之言或典故还会被绘制在家中的建筑上，如牛腿上、桌椅面板上、堂前屋柱楹联上，等等。几年前，我去参观太姨婆王春翠的故居，发现她家的每扇门上都刻有一句家训，孩子进出家门都要会看见，日积月累，也就潜移默化了。虽然因为岁月的剥蚀，有些已经模糊，但大致还能看清一些，抄录如下：

1. 观天地生物气象，学圣贤克己工夫。
2. 兄弟和其中自乐，子孙贤此外何求。
3. 善为至宝，一生用之不尽；心化良田，百世耕之有余。
4. 父母所欲为者我继述之，父母所重念者我亲厚之。
5. 知足常乐能忍自安。
6. 安详恭敬是教小儿第一法，公正严明是做家长第一法。
7. 待人三自反，处世两何如。

8. 非读书不能入圣贤之域，非积德不能生聪慧之儿。

9. 静坐常思己过，闲谈莫论人非。

10. 喜闻人过不若喜闻己过，乐道己善何如乐道人善。

11. 径路窄处留一步与人行，滋味浓处减三分让人嗜。

12. 岂能尽如人意，但求无愧我心。

13. 古今来许多世家无非积德，天地间第一人品还是读书。

14. 何思何虑居心当如止水，勿助勿忘为学当如流水。

15. 勤俭治家之本，忠孝齐家之本。

16. 谨慎保家之本，积善传爱之本。

17. 读书即未成名究竟人高品雅，修德不期获报自然梦稳心安。

18. 忿如火不遏则燎原，欲如水不遏则滔天。

19. 门内罕闻嬉笑怒骂其家范可知，座右偏陈善书格言其志趣可想。

20. 奢者富不足，俭者贫有余；奢者心常贫，俭者心常富。

21. 富贵如传舍，惟谨慎可得久居；贫贱如敝衣，惟勤俭可以脱卸。

22. 仆虽能不可使与内事，妻虽贤不可使与外事。

23. 惠不在大，在乎当厄；怨不在多，在乎伤心。

24. 处事须留余地，责善切戒尽言。

25. 待小人宜宽，防小人宜严。

26. 临事须替别人想，论人先将自己想。

27. 律己宜带秋气，处世须带春风。

在《西方陈氏家谱》上，我查到一篇《四箴》，用“勤诵读、精词翰、静养心、慎交友”十二个字非常精练地概括了为人的四大要旨。其一“勤诵读”就是学习知识，为人的第一要务。人与动物的最大差别就是学习，所以学习是人类进步的动力。“故学欲其博，艺欲其工，内而吾身之主，外而吾身之辅，皆不可以不尽其道焉”，大至立国泽民，小到言谈举止，内修素养，外树形象，都离不开学习。而学习全在于一个“勤”字，宋代黄山谷说：“三日不读书，便觉言语无味，面目可憎。”故训曰：“圣贤事业，修齐治平，布在方策，亦繁亦精，上自诗书，下逮子史，学术所关，岂徒口耳，云胡不勤，或作或止，尚勉之哉，纯亦不已。”

其次“精词翰”，就是要学会写文章。一个人上则读取功名，下则与人应酬交往，都离不开写文章。能说会写其实也是当今立身处世之根本，一个人连自己的想法与观点都表述不清，如何能说服别人呢？而写文章也非易事，难在一个“精”字，非一日能整成，需要日积月累的学习，与前者是因果相关的。如方氏祖辈方干，写得一手好文章，虽身无一身禄，却也是名扬千万里，而方腊的失败却恰恰输于自己思想学习的不够，纵有豪情万丈也难圆救国之愿望。故训曰："文推班马，字尚钟王，夫岂逸获，时习不忘，惟此二端，道赖以传，日居月诸，征迈矢焉，广业崇功，非此不得，景彼前贤，是效是则。"

其三"静养心"是前两者之保障。祖辈说，如果要说我们每个人身上有一主的话，那就是"心"。心非静不能读也，学习、写文章就都只能浮于表面，只有心静才能学有所成。越是乱世，越需要心地静养，才能找到自己的出路。在民国乱世，我的曾祖父玩物丧志，以乱治乱，最终却什么也没能留下。而我的祖父跟着我的太姨婆，在乱世之中静心办学，开创了山乡的一片新天地。在我记忆中，祖母是最爱唠叨的，祖父是最为寡言的，两人每次吵嘴，都是只听见祖母的声音，祖父总是坐在那里一言不发，说是吵嘴，不如说是祖母的自言自语。祖母吵架找不到对象，唠叨一会儿自然就息了。祖父的这招"以静制动"法全在于一个"静"字，给我留下了很深的印象。心有多大世界就有多大，当你的心大到像海一样宽广的时候，那些小溪里的浪花自然就大音"稀"声了。故训曰："渺兮方寸，吾身之宰，心失其养，百事随殆，无为物诱，无为形役，屏绝外营，主静立极，敬以将之，深造自得。"

其四"慎交友"。古人说，近朱者赤，近墨者黑。你的朋友圈有时候会决定你的人生走向。三世祖义庆与义敬，两人同样在朝廷做官，却走向了不同的道路：义敬只因交友不慎而犯事，被收监流放，最终在家谱上连个名字都没留下；而义庆公却因不屑与贪腐之徒为伍，解甲归田，却从此流芳百世，令人敬仰。五世祖方倍公虽官只做到无锡知县便英年早逝，但他一生只与圣贤者结好，如南京都察御使邵玘等，所以对他的人生产生重大影响。如若不是早逝，前途将更加宽广。所以祖辈说，交友易，“慎”交友难，需要有克制之心，不受利诱，不受名惑，难在以一片真心去交友。学有所成、业有所精、思有所悟者方可交之；如果与那些整天无所事事，满嘴空话，荒于业、懒于学、废于思者为友，不但没有好处，反而会害你的一生。故训曰：“讲学辅仁，惟友是因，伦常之重，次于君亲，直谅多闻，于焉获益，便辟佞柔，目为匪僻，凡不如己，犹勿与友，矧彼燕朋，云胡可偶，宁隘毋滥，庶无悔咎，慎之慎之，圣谟宜守。”

此四箴语虽简，却意长远，吾族后人一直奉为金科玉律，发奋诵读，广学博识，谨慎做事，低调做人，只求耕耘，不图回报，以将祖上之优良家风代代相传。

纵观泱泱中华优秀文化，从每一部宗谱开始，从每一个家风开始，博大而精深，浩渺而悠远，如巨大之宝藏，读之不尽，学之不尽，今将吾之家风渊源以文述之，祈与读者互勉共享，还望诸位不吝赐教。

完稿于 2014 年 12 月 20—21 日

爷爷这辈子

1

我们村不算大，属于半山区，散落在山旮旯的四个自然村合起来也不过两三百户人家，不足一千人。可就是这么一个小山村，在20世纪80年代，却一下子冒出了四个校长，这在方圆几十里都引起了轰动。我爷爷便是其中的一位。

我爷爷具体哪一年当上校长的我不太清楚，但是我听奶奶说，爷爷早年是在育才小学里做过先生的。育才小学是著名作家曹聚仁的父亲曹梦岐先生创办的，在当时是很有名气的一家学堂，后来主要由曹聚仁夫人王春翠掌管着。我奶奶管王春翠叫小姨，她的母亲便是王春翠的大姐，听奶奶说，她的名字还是姨夫曹聚仁给取的呢。所以那一年，经王春翠介绍，爷爷在育才小学当了教书先生。育才小学里待过的先生出来即便不是精英也都是数一数二的，所以当个校长也自然不在话下了。

那个年代当个校长并没有现在这么轻松，而且兼着好几个班的课，更甭说好处了。现在经常听说哪儿的校长挪用公款了，哪儿的校长买校服索要回扣了，要在那时候，哪儿会有这种事？就是钱放在这里叫你拿你也不会拿。那时候的人思想多单纯啊，就是一心为了事业。但凡那时候在我爷爷学校里上过学的，现在都还能记起我爷爷的名字和笑容，笑起来除了皱纹比以前多以外，还是那么的坦诚与和善。我相信爷爷在育才小学里一定是学到了很多的东西，他把这些育才的经验都用在自己的工作中去，培育了一批又一批的人才，真可谓桃李满天下。

爷爷现在对育才小学依然记忆犹新，说起往事来仿佛就在昨天。我有好几次想让爷爷带我去看一看它的旧址，写点儿文章，可好几次都因为其他的事情耽搁了。现在育才小学倒还是有的，不过只是一个名字而已，学堂不再是那个学堂了，建在一个砖瓦厂的边上，操场边上的黄土都被挖掉烧制砖头了，仅剩下一座教学楼高高地立在一个黄土丘上，好似一座孤岛。爷爷每次经过都要感慨万千。

2

自从爷爷退休以后，钓鱼成了他的一大乐趣。在离村子不远的山脚下修有一个水库，清清的水，天气好的时候，可以看见有鱼在游，这儿也便是我爷爷垂钓的最好去处。但是好景不长，20 世纪 90 年代初，水库承包给了村里的一个人养鱼了。既然承包掉了，爷爷当然就不好再去钓了。可是没过多久，村里人发现水库里流出来的水变浑了、变臭了，村里人皱起了眉头：村里没有自来水，这可是村里唯一的水源啊，水库水变脏了，那还怎么用水啊？

有细心的村民发现，水浑浊都是喂鱼的饲料引起的。承包人将许多猪粪、烂稻草等都倒进了水库里，这水不脏才怪呢。村里人将这事告诉了我爷爷，好让我爷爷写个东西向上面反映一下情况。爷爷听了，感到很气愤，便写了个东西给村里，强烈要求退出承包。村里不搭理，因为村里几乎没有其他收入，就靠这点儿承包费，水库不包了，村里的开支费用就没地方报销了。

爷爷见村里不予理睬，就写了人民来信，让村民都按了手印，把情况反映到了乡里、市里。市里非常重视，就指派乡里解决。这件事前后闹腾了一年多，让村支书很没面子。村支书原来与爷爷的关系也还挺不错的，每年村里的礼堂春联都是拿来让爷爷写的，那一年，却没有让爷爷写，而是叫另外的人写的，村里人都说这人的毛笔字远远没有我爷爷的漂亮。

我爷爷倒是问心无愧，都是为了村里人的切身利益。后来在各方的压力下，水库的承包未到合同期满就结束了，爷爷又可以去水库钓鱼了。爷爷是一个大气的人，从不会去计较个人恩怨。后来，这一任的村支书卸任以后，与爷爷的关系仍然很不错，大家好像都忘了过去这些不愉快的事。

爷爷这辈子也算为村里做了不少的好事。村里人有事没事也都喜欢找爷爷。比如，写个春联，给在外读书的子女写封信什么的，都要请爷爷代劳。村里修井、造桥、修祠堂等，哪一件事都少不了他。而每一次爷爷都是要贴钱贴物的，对于这一点，奶奶倒是很支持的。别看我奶奶平时省吃俭用，但对于村里的公益事业她却大方得很。

3

那一天，爷爷来找我说让我陪他去医院看看，他舌头上生了个东西，摸上去硬硬的，一直好不了。我们先去了就近的一家医院，口腔科的医生用手一摸，就说："我们这里设备不全，你还是去人民医院看一看。"临走又特别嘱咐马上就去看。"我一听弦外有音，这病肯定不轻，心里急得像什么似的，马上就去了人民医院。

爷爷说他舌头上的东西生了已有好几个月了，他一直没上医院去看，自己按照书上、报纸上看来的药方抓来吃了一些药，一直没见好。后来又去赤脚医生那开了一些药，仍然没见好。最后，这才来找我。

人民医院检查的结果是肿瘤，得马上手术切除，是不是良性还得做过病理切片看结果。我一听眼泪便“唰”地就流了下来。我知道肿瘤的概念，那其实就是癌，良性的概率会有多少？如果是恶性的，那就等于是死亡的代名词。我不知道为什么命运会这么不公平，上帝往往要给好人许多曲折与磨难。

第二天，我和姑夫陪爷爷去金华看专家门诊，专家的诊断与兰溪的一样，建议马上住院。住院后，爷爷心里一直非常清楚，自己的病一定是不轻的。我们的心也一直悬着，默默地祈祷。听小姑说，奶奶那几天在家老是做噩梦。这时候显得最轻松的反倒是我爷爷，他说：“是癌又怎么了？人总得有一死吧。”

做手术那天，我、父亲、小叔、小姑等全去了。手术室在六层，病房在二层。爷爷穿着一套洗得有些发白的蓝色病员服，跟在医生后面去手术室。我们几个人都陪着他穿过长长的走廊去电梯，鞋跟与水泥地摩擦时发出的“嚓嚓”声在清晨的走廊里回荡，使得住院大楼显得更寂静，似乎都可以听见死亡的声音。我的心慌乱极了。爷爷说：“我没事的。”我瞧瞧爷爷，硬朗的身体这些天来其实瘦了好多了。

爷爷从手术室里推出来的时候，舌头上卷着许多纱布，有肿瘤的半个舌头被割掉了。我不知道被割去半个舌头的感受，但我从爷爷的脸上能够感受到其中的痛楚。术后爷爷一直都不能讲话。因为少了半个舌头，甚至好几个月之后，讲话仍然口齿不清。我想，爷爷这辈子好事做了不少，也得罪了不少人，到了晚年却还得承受割舌之痛，命运真是不公平。

4

爷爷共有两个儿子、四个女儿，日子过得还算可以。爷爷的晚年虽然遭受了割舌之疾，但术后情况一直比较好，无碍他的幸福生活。去年我奶奶不小心把腿摔断了，在医院里躺了半个多月，至今走路还是有点儿瘸。奶奶爱唠叨，现在腿脚不灵光了，一坐下来更是说个没完没了。我爷爷却相反，本来就话不多，现在舌头不灵光，说话就更少了。以前还经常来兰溪城里住几天，现在也来得少了。以前因为地处偏僻，村里报纸送得很不及时，即便是新闻，传到山村也早是旧闻了。村里又没通有线电视，买了电视机也只能收到一两个台，兰溪台也没有信号，爷爷曾写信向上面反映多次。去年在乡政府的关心与支持下，通了有线网，能收到兰溪台及其他许多台的电视节目了。爷爷待在家里足不出户，也能知天下事了。

爷爷的晚年生活显得很清闲，看看电视，读读报，有时候也会与几个老友一起打打牌。有村里人来要写个信、写个春联什么的，爷爷也会戴上老花镜认认真真地去给人写。每当这时候我就会想起爷爷在我记忆中的点点滴滴。

在我初中毕业去金华读中专的时候，还是我爷爷送我去的。爷爷话语不多，却常常会用眼神告诉我们什么是正确的、什么是错误的。爷爷虽然已年过八旬，思想却并不僵化，许多新的东西他都能理解，我想这大概是受早年育才小学先进思想的影响吧。我们这些儿孙们有时候与父母沟通不了的事情都会找爷爷去说。

我一直想找个机会写一篇关于爷爷的文章，每次提起笔来，却总是找不到叙事的缺口，不知道从何说起。因为爷爷这辈子其实也是很平凡的，没听他说起过有什么轰轰烈烈的事。问那些做过爷爷学生的现在也上了年纪的人，也都说不出有什么印象特别深的事。反正爷爷给人印象是很祥和的，一点儿都不凶，做起事来也是一丝不苟的样子，从没出过什么差错。就因为这，退休以后，他还被好几个学校请去管基建。

我想，生活中其实像爷爷这样平凡的人实在太多了，他们如同静静的河水中的一分子，在生活的潮流中静静地流淌着，直到化为灰烬。

2002 年 5 月

像祖父那样死去

正月初一，如往年一样，父亲一大早就带着我们像走亲访友一样挨家挨户地去祭拜祖坟，只是今年又添了祖父的新冢。

地上湿湿的，天上雨星点点，落在衣领里，禁不住也要打个冷战。等到了祖父的坟前，雨却突然大了起来，大家都躲到了伞下，父亲躬身蹲在雨里打了好几次火还是没有把纸点起来。

雨越下越大，在那块打湿了的墓碑上，由我起草的那篇墓志铭的字迹显得更加清晰了。记得在乡下，人死了入土为安，以前都是没有墓碑的，自己的祖宗安在哪儿全凭记忆，有的时间久了，也便记不清了。后来见山坡上的无名坟越来越多，才有人开始学城里人，叫石匠花上一天半日刻个石碑什么的，让后人祭祖时也有个好找。祖父执教一生，为人忠厚，其功绩之高、德行之善令人敬仰，我想岂可一块墓碑这般潦草？于是我自告奋勇要为祖父写一篇墓志铭。这是从来没有过的事，但我心下决定了要这样做。我一连跑了好几个石料场才找到一块合适的石碑，无论从大小、光泽还是颜色、平滑度上说都令人满意，后来拿回来安在祖父祖母合葬之坟上，果然十分合适，好像原本就是为他们定做的。墓志铭全文如下：

先考行绥廿二陈公可仁，兰溪西庄人。生于一九二二年六月十三日，卒二〇〇六年八月初一，享年八十五岁。先妣张氏静鸳，生于一九二四年八月十八日，卒二〇〇五年七月廿日，享年八十二岁。

先考生于书香寒门，得益于进步思想，自号先知，少时敏而好学，弱冠，一表人才，四书五经熟谙于心。一九四三年娶塘下张张氏为妻，举案齐眉，白头偕老。膝下二子四女，家道中兴，阖家康宁。先考毕生致力于教育事业，先后执教于曹聚仁之父曹梦岐创办的育才学校及梅江区校、白沙初中等，担任总务、校长等职。其一生俭朴，为人忠厚，乐善好施，工作积极，刻苦钻研，为同道所赞，多次被评为先进工作者，先后当选为浦江县第一至三届人大代表，兰溪县第四至六届人大代表。其离休后，老有所学，老有所为，热心于关心下一代及退休协会工作，并多次评为年度先进个人；在家乡倾力于村公益事业，为首修建村公路、桥及厅堂、观音殿古迹等，为村人所颂。

寒泉之思，寸草春晖，德贤兼备，高山仰止。呜呼！世间万物，生死轮回，树活十年，名扬百世。先考遗骨，薄葬于斯，青山永伴，绿水长流。贤祖贤德，遗爱千秋！

记得五六年前，第一次拿到祖父舌癌的化验报告单，我从医院出来时，泪流满面地骑着自行车穿过市中心那条最繁华的人民路，街上川流不息的人们用怪异的眼光看着我，却不能感受到我心中那种巨大的悲痛。那时候，整个世界像是被谁按了静音键一般，除了我自己的抽泣声，一切都变得死一般的寂静。而在2006年的秋天，祖父驾鹤西去，我坐在黑夜里用一些力不从心的文字去总结祖父一生的时候，眼里却一滴眼泪都流不出来了。

在我记忆中，祖父瘦瘦高高，威严中透着仁慈，和善中带着严肃。祖父在小镇上任教的时候，每天早上都会拿着那个写有“为人民服务”字样的搪瓷杯去集市上买豆浆，祖父一路走过去，用他沙哑的咳嗽声唤醒小镇寂静的清晨。镇上几乎所有的人都认得祖父，见他来了都会让他先买，店老板总是给祖父盛得比别人满一些，而祖父在最后付钱的时候总是会多拿一分两分。说实在的，在我的记忆中，早年的祖父也就只剩下这么一点儿印象，我一直都不知道祖父还是中华人民共和国成立后梅江区校的第一任校长，而且还当选为浦江县第一至三届人大代表、兰溪县第四届人大代表，所有这些都是在整理他的遗物时看到那些发黄了的委任状才知道的。在祖父生前，很少跟我们提及他自己的事情。在那一大沓盖着大红公章的证书以及一抽屉的笔记本面前，我感到了祖父的高大，感到了自己的微不足道，为人为学为德能学得祖父的一半，亦足矣。

祖父退休后又应邀去过好几个学校，为他们管理一些基建项目，像一块燃尽了的木炭虽然没有激情的火焰却仍然发挥着余热。回到村里后，他又一直热心于村里的公益事业，没有一次不是带头捐钱捐物的。后来在舌癌手术割去了差不多五分之一的舌头，祖父说话的时候显得有些口齿不清了，这使得本来就沉默寡言的祖父话更少了，更多的时候他只是点个头，或者发出一些鼻音来表示自己的看法或态度。

在 2006 年 5 月 1 日祖父再次入院，在这之前，他曾多次表示过疼痛，可是他一直没有去复查，只是自己到药店里买一些止痛膏贴着，以减轻痛症。特别是在 2005 年的秋天祖母去世后，祖父的身体日渐消瘦，在大家的一再劝说下，他才同意来兰溪治疗。记得那天也是下着大雨，我在街上接到父亲的电话，哗哗的雨声使得我不得不对着手机大声地说话。后来到人民医院一检查，初步诊断是肿瘤转移，要入院。鉴于祖父年纪大，再做手术风险太大，于是采用化疗。第一次试用小剂量化疗，效果还不错。可一个月后再次化疗时，却突然产生不良反应，有一次祖父竟然还在上厕所的时候晕倒在地。祖父的脾气也变得暴躁起来，天天闹着要出院，要回乡下去住。那段时间又恰好是气候最热的时候，一天要挂六七个小时的吊针，祖父骂医生说一定是把没人要的药开给他了，有一次甚至自己拔出针头要求出院。等到第三次再入院的时候，祖父已经沙哑得说不出话来了，曾经好几次他向护士要来纸和笔，写字给她们看，纸条上写的却是：请把我的讲话医好！或许，这时的祖父比任何时候更渴望说话，他想把要说的话都说给我们听，可是疼痛让“说话”这件天下最容易的事对他来说不知变得有多艰难！

祖父最后一次出院的时候，脸上焕发着孩子般的笑脸，他跟同室的病友们一个个点头微笑，向护士医生报以感激的笑容。在汽车离开的刹那，祖父向身后阳光下的那座住院大楼投去最后的深情一瞥，或许，祖父那时就已经知道自己不会再回来了。

祖父退休金应该说也算不错，可是他平时生活十分节俭，甚至在他住院期间，我的几个姑妈在病床前服侍，他也舍不得拿出大钱来让她们花，以至于有一天，大家开始怀疑祖父退休工资的去向，并因此闹得彼此心中都有气。可是祖父在村里的公益事业上，如修祠堂、修路、修井等，从未有过吝啬。后来在整理祖父的遗物时，竟搜出好几张存折来，按照祖父的遗愿，父亲把这些钱分为几部分，除去一些开支，一部分捐给观音殿（村里的一个古迹）用于修复，一部分用于修桥，还留一部分整理族谱之用。

雨依然没有停止的意思，站在祖父的坟前，远处的青山，近处的田野，渐渐变得模糊起来了，或许是因为雨的水气，或许是因为眼的湿润。眼前的一切似乎都是那么熟悉，好像刚刚祖父还在给村里人写着春联，还在告诫村里年轻人别把垃圾倒在清澈的小溪里，还在为村里修葺祠堂用心操劳……一转眼，祖父就消失得无影无踪，像雨中的蒸汽，无论我怎么抓，都已经抓不住他了。

2007 年 3 月

祖母的中秋

一直想陪祖母过个中秋，可往年的中秋要么上学，要么上班，都没时间回老家；今年中秋好不容易赶上个双休日，可是祖母却不在了。

半个多月过去了，我仍然不能相信这个事实。暑假里，我送女儿到乡下的时候，见了祖母最后一面。那次，父亲跟我说，祖母的神志时而清醒时而糊涂，医生说可能过不了七月半了。按照农村的说法，七月半是一年之中的一个关口，过了这一关，这一年也就顺了。那次，我看到祖母的时候，她神志很清楚，只是腿脚不太灵便了。父亲叫我给祖母照张相，可那次回家没带相机，刚巧借了个摄像机，就随便拍了一小段。祖母以为我是给她照相，就跟我说："相片有的，洗过一张大的。"祖母指的是死后用作遗像的那种黑白照。祖母的这句话是她生前留给我的最后一句话，也是我现存的唯一视频录像。后来，我回到城里后，只能从父亲的电话里了解祖母病情恶化的程度。祖母在好几年前患肾结石，做过手术，后来一次又因为走路不小心，摔断股骨住过院，这次是肝硬化晚期，全身发痒，一抓都是水，每天只能靠吊瓶来维持。那几天，父亲打电话来，让我抽空回家一趟。8月23日晚又打电话来说祖母病情越来越不好，咳出来的痰都带血丝了。我想，无论如何都得回家一趟了。没想到第二天凌晨五点钟，急促的铃声把我从睡梦中叫醒，父亲说祖母在凌晨四时走了。我的脑中一片空白，心像突然掉入冰窟，冰凉冰凉。

再也见不到祖母了！我在心里千百次地忏悔，也无法挽回祖母已经不在的事实。

祖母的母亲是曹聚仁原配夫人王春翠的姐姐，据祖母说，她的名字还是曹先生取的呢，叫静鸳，很富有诗意。王春翠在育才小学当校长的时候，叫我祖父去做过先生，祖母也到学校里去帮忙。王春翠与曹聚仁的情感发展过程，我祖母一清二楚，在世时常常提起，可是我一直没有好好整理，现在想听也听不到了。

村里人几乎很少有人没受过祖母的好，村里诸如修路、打井、演戏等公益事业都会有祖母祖父的份儿。那一年，祖母住院，我给她两百块钱让她买点儿吃的。她出院后，执意要还我，见我坚持不要，她就以我的名义捐给了村里的观音殿，为我祈福求平安。每年的大年夜祖母都会给我们压岁钱，即便是我参加工作了，仍然保持着这个传统。但钱不多，只有两块钱，一直是这样。以前是纸币，后来纸币少了，就改为硬币。刚结婚那年，妻子第一次拿到祖母给的压岁钱，用红纸包得好好的，一摸是硬硬的两个钢板，以为是以前的铜板。打开一看，是两个一块钱的硬币，感到好笑，被我好说了一顿。

现在祖母走了，在大年夜的时候，我再也收不到那个具有特别意义的压岁包了。

祖母入土的那天，村里因为要拓建公路，正准备填埋村里的那口井。井是老井，井口很大的那种，几辈人都喝那井里的水，前两年祖父祖母还拿出省吃俭用的一点儿积蓄，修建过这口水井。现在村里建了两口深水井，那口井基本上不用了。这次经村里同意，就要填埋掉了。往年中秋的时候，祖母说她都会走到井边去看水中的月亮，可以看见月亮上的嫦娥。乡村的夜总是很宁静的，那时候，静静的月光洒在水面，整个村庄一点儿声音都没有。可是今年的中秋，祖母也不在了，水井也不在了。

人们都说过了七月半这个关口，这一年就顺了，可是祖母过了七月半这个关口，却再也跨不过八月中秋这个关口。中秋是天上人间团圆的日子，可是祖母再也不能与我们团圆了，只有天上的月亮静静地挂在空中，我相信，那一定是祖母的眼睛在看着我们。

2005 年 9 月

二舅之死

谁也没有想到二舅会死。那天，似乎没有任何预兆。兰城的某一条街正掀起一股购买彩票的热潮，大奖是价值十几万元的桑塔纳轿车一辆。谁都希望自己能得到轿车，但是轿车毕竟太少了，一共才不过九辆。那天，我从街上走过，听见人们在纷纷议论，说是有一个人拿了一万块钱去买摩托车，却看见街上人山人海，不知道要出什么事，挤进去一看，是摸桑塔纳，于是这个人想，要是运气不坏的话，花两元钱就能拥有桑塔纳，这样便宜的事为什么不做？这个人就买了一张，结果不是。这个人就想，也许是在下一张，于是再买一张，又不是。又想下一张肯定是了，打开来还是不是。结果一万块钱全部摸光了只摸了辆自行车。这个人大约骑了好多年的自行车了，终于有了点儿钱想改善一下交通工具，结果因为欲望战胜了理智，仍然骑了自行车回去。但是这件事情反而吸引了更多的人前来，因为这个人把没有奖的彩票都买光了，剩下的便都是有奖的了。这个逻辑很有实践指导意义，它为不断涌来的人们指明了方向。这时候我看见了人山人海，看见了人们脸上的笑容和焦虑，看见了人们心底的欲望。偏是这个时候，我的 BP 机响个不停，一瞧，是父亲，不知道出了什么事，忙去回电话。父亲在电话那头说："二舅死了。"我一时待在那里，二舅才四十岁，两个孩子都还在读书，他怎么说死就死了呢？我回头看看街上，仍然是人山人海，电话那头的二舅之死与桑塔纳没有丝毫联系，仿佛二舅本就不是这个世上之人。

后来我才知道，那天二舅起了一个大早，拉着手车到六七里路外的一个村子里去买母猪。价格是头一天就讲好的，二舅觉得很便宜，买来到明年开春下一窝猪崽，赶在立夏之前就能卖上个好价钱，一窝猪崽少说也够两个孩子一个学期的费用了。二舅将三百块钱掖进上衣口袋里，在出门之前二舅又一次摸了摸口袋，那三百元钱已有了一丝体温。二舅眼前似乎看见了那些嗷嗷待哺的猪崽们，二舅笑了。可是当二舅一脚跨出大门的时候，他万万没有想到这一走竟再也没有回来。二舅到了那个村子里，找到卖主，没料卖主反悔说不卖了，任二舅说什么话他也不卖了，最终赔了五十元违约金算是了结此事。二舅怏怏而回。路上碰见几个一起当过兵的战友，硬是要拉去喝酒。二舅在平时是很有一些酒量的，但是不知为什么，那天二舅才不过喝了一碗，就有些体力不支，开始摇摇晃晃起来，以致后来终于从一个很高的石坎上摔了下去。二舅瘦瘦长长的个子摔下去时像一根木桩子，落地时发出很沉闷的一声轰响。据说二舅是脑袋先着了地，当场就一命呜呼了。

我真的不明白生命有时候怎么会那么脆弱，就像一碰就碎的玻璃杯。在我回家为二舅送丧的那天，我一直都在考虑着这个问题。那天早晨，好好的天却下起了雨，我和妹妹急急赶到车站，却告知回家的直达中巴停开，听说是因为镇上收停车费的事，为了表示抗议，所有的中巴车司机都联合起来，罢工去市里上访。我和妹妹几经转车，后来又搭上一辆装满砖头的拖拉机。我和妹妹摇摇晃晃地蹲在上面心急如焚，夹杂着点点雨星的风从耳边呼呼而过，那一刻我想如果是风把我那瘦瘦的身子从车上吹下来，会不会出现与二舅同样的情形呢？我和妹妹紧赶慢追，还是没赶上为二舅送上最后一程，这在我心中将成为永远的遗憾。我和妹妹沿着撒满吊钱的乡路赶到墓地，二舅的灵柩已经停在那里，准备下坑。我默默地望着二舅的灵柩，尽力地去回忆在今年春节最后一次见到二舅时的情形，二舅的音容笑貌犹在眼前。可是二舅那么高的个子现在只剩下了一把灰。妹妹忍不住放出声来，我摸一摸自己的脸颊，眼泪早已打湿了眼眶。

记得七年前，我的外祖父也是因为喝醉了酒才从河岸上摔了下去。那是一个深秋的傍晚，夕阳在河面上洒了一片金辉，外祖父的目光开始变得迷离起来，似乎看见了一条金光大道。那一刻，外祖父一定是看到了大道尽头那一个金辉灿烂的世界。外祖父毫不犹豫地大踏步向前走去，只听“轰隆”一声响，外祖父掉进了水中，冰凉的感觉一下子遍布全身。之后外祖父一病不起，终于在几天后的一个夜晚离开了这个世界。

细究起来，我的外祖父和二舅之死都应该归罪于酒，可见酒与钱一样，有时候确实也不是一个好东西。这时候我忽想起街上那些充满欲望的脸，心里不禁生起一丝淡淡的悲哀来。

1998 年 10 月

疾病缠身的日子

1

尽管知道这是迟早的事，但是当得知小舅去世的消息时，我还是无法相信这是事实。

那是今年正月初二的晚上，九点多钟了，大舅打电话来，说要我娘第二天一大早就赶过去，有急事，最好连夜去。会有什么急事呢？大舅在电话里不肯说，说是去了就知道了。到外婆家少说也有四五里路，黑灯瞎火的，晚上怎么走？我娘知道我大舅的脾气，一点儿小事都喜欢搞得神秘兮兮的，这一回也不会有什么大事，就想第二天早上去算了。再说第二天是初三，我们本来就是要去外婆家拜年的。

第二天一大早，我们一家都还在梦中，电话就响了起来，又是大舅打来的，要我妈快过去。这时候，我就有个预感，一定是出什么大事了，也许与小舅有关，但我绝想不到小舅竟然不在了，因为就在腊月二十九他还好好的。那天，我打了车去我姨娘家接他，他刚从医院里煎了一大包药准备带回去吃（因为按农村习俗，过年这几天家里一般不好煎药的）。我问他，是回家还是到他丈人家？小舅说："到家里不方便，还是到丈人家过年算了。"小舅妈也在娘家，我便一直把小舅送到他丈人家，并且与他约好大年初六再带他去医院看病。没想到这一别，竟再也没能见到小舅了！

到了大舅家得知是小舅死了，已经是三天了，是大年夜死的。因为小舅是在丈人家过的年，按照农村习俗，正月是不报丧的，而且刚好正月里他的老婆舅结婚，所以小舅的死一直瞒着。直到他老婆舅的婚事匆匆办完，才通知我大舅。这事外婆还不知道，大舅怕村里人外传，让外婆知道了，一时会承受不了，所以就没在电话里说。大舅想先把小舅火化了，按农村习俗，过了元宵再处理丧事。

我一听到这消息，泪水一下子就涌了出来，再也无法止住。我不敢相信这是事实，更不敢想象如果外婆知道了对她会是一个怎样的打击。刚刚我去看外婆的时候，她还在与我商量是不是要去民政局反映一下情况，看能不能给点儿补助。因为小舅是当过兵的，而且入了党。我二舅也是，退伍回来还在村里任过组织委员等职，但两年前由于一次意外事故他丢下两个未成年的孩子走了。外婆养了三个儿子，两个送出去当了兵，现在一个死了，另一个又病成这样，外婆实在不想再白发人送黑发人了。可没有想到这样的悲剧却在我外婆身上一演再演。

2

我最早得知小舅得病是在去年的夏天，听娘说小舅在杭州打工病倒了，住在浙二医院里，需要很多钱，捎话回来让外婆借钱寄去。后来娘也一直没来城里，我也不知道小舅的病到底怎么样了。直到今年元月十五日，我接到小舅打来的电话。我清楚地记得那是一个下雨天，单位一同事的父亲去世了，我去帮忙，小舅打电话到我单位里，我单位的小吴转告我，要我回电话去。我急忙拨了电话回去，小舅在他的丈人家，他说得的可能是尿毒症，两个肾都不太好，杭州没看好，现在家里药都吃光了，一点儿也不见好，这几天尿也尿不出来，全身肿得很厉害，都不能走路了，想让我看看兰溪有没有好的医生，如果没有也就算了。小舅讲得似乎很轻松，但听起来却很沉重。我知道尿毒症不是一般的病，一旦患上了，算是麻烦大了。我急忙去问医生，医生说这个病目前还没有特效药，只有靠透析，但也是不能根本解决问题，死亡率比较高，行之有效的办法只有换肾，但这需要很多钱，一个肾至少要十万。天哪，一个肾十万块，两个肾就是二十万，还仅仅是换肾的钱，这对于一个农民来说，不啻是一个天文数字！

那几天的雨下下停停，总不见晴，天气也特别冷，有一次竟然还下了雪子，我总以为要下雪了，因为好几年都没下雪了，大家都盼着下雪呢。可雪还是没下，天气依然很冷。我问了几个相熟的医生，心也似掉进了冷窟。我有三个舅舅，就数小舅对我最好，前年我结婚的时候还是小舅给我做陪公的。现在眼看他病成这样，我却一点儿办法也想不出来。我打电话给我爹，爹说我娘刚去看过小舅，说他吃了一服郎中的草药，有尿了。我不知道这是不是好郎中，是不是吃了好药。但我有预感，小舅肯定是不行了。

3

后来，我终于打听到了一位医治尿毒症很有名气的姜医师，我以前的同事说，她认识的谁谁谁得了尿毒症，现在都让姜医师控制得很好。我急忙打电话回去，要我小舅来。

第二天，天突然放晴了，久日不见的太阳显得特别炽亮，晃得人在阳光下就得眨巴着眼睛。我小舅妈陪着小舅来了。我已经好长时间没见小舅了，这次见面虽然有思想准备，但还是吓了一大跳，小舅脸上肿得两眼只剩下一条缝了，没说上半句话就喘得上气不接下气，连胸腔也呼呼地响。我不知道该怎样鼓励小舅，他毕竟才只有三十七岁，正当壮年啊！我们把希望都寄托在姜医师身上，希望他能妙手回春，让我小舅重焕生命的光彩。

姜医师开了一大沓单子，叫小舅去化验。我和小舅妈搀着小舅在偌大的门诊楼里跑上跑下。在验尿的时候，小舅拿了个塑料杯在厕所里待了老半天才尿出那么一点点，而且红得像血，根本就不是尿。平时我们常说闲人屎尿多，我想如果人一旦真的没有尿了，那该是一件多么痛苦的事。做 B 超的时候，我站在旁边看，医生指着屏幕说，你看腹内都是水，这也是，这也是，都是。小舅说："我走路的时候都能听见水的晃荡声。"

姜医师让小舅住院，但因为治病家里已经借了不少的钱，小舅不想因此给家里增加太多的负担，便与医师商量，能不能住在离医院不远的我姨妈家。姜医师再三考虑，只得同意了，但要求小舅隔天便去改一次药方。

我姨夫常年在外跑运输，姨妈带着两个孩子从农村搬到城里，住在租来的一间农民屋里，也就二十几平方米，本来就很挤，现在又增加了一个床铺，显得更挤了。因为姨妈要到一个厂里去打工，小舅妈又得回家照顾家里的事，所以只得叫外婆来照顾小舅。小舅每天只能吃一点点稀饭。外婆每餐都得做成两锅，一锅是给姨妈和两个孩子的，一个在厂里，两个在学校，等他们回来都可以吃现成的了；另一锅便是专门给小舅做的，要稀一点儿，淡一点儿。小舅长年在外打工，平时也难得有外婆做饭，这一次虽说简单了点儿，但却是时间最长的一次，也是最后一次了。

4

小舅是十九岁那年去当兵的，是在山西大同当通信兵。记得那时我还在读小学，小舅入伍的那天，我与外婆去镇上送他。小舅穿着新军装，背着打得方方正正的行包，胸前戴着一朵大红花，走在队伍里，神气得很。我对外婆说："长大了我也要去当解放军。"但是当送他们远行的汽车开动，小舅从窗户里伸出头来的时候，我看见小舅的眼睛一下子红了，两颗眼泪滚了出来。

小舅一走就是三年，期间他经常写信回来，鼓励我好好学习，将来考个好学校。小舅还寄回来一些穿军装挎钢枪的照片，我爹就把这些照片装在相框里挂在堂前，每每有客人来，我就会指着照片对人家说："这个拿枪的是我小舅呢！"三年后，小舅回来送给我一支带盒子的金笔，小舅说是他在部队的技术比武大会上得的奖品。那是我见过的最好的一支笔，一直珍藏着，直到我考上了一所中专才拿出来用。

小舅退伍后，在家里待了一段时间，后来因战友介绍去大同工作了几年。后来那边不景气，又去其他一些地方打过工。我记得小舅总是穿一件黑西装和白色牛仔裤，脚穿一双白球鞋。小舅有一张在天安门广场上照的照片，就是穿着白球鞋的。

小舅酒量是三兄弟中最好的，他喝白酒就像喝白开水，一碗一口喝下去眼睛也不会眨一下。小舅喝酒是很爽快的，能喝就喝，喝得差不多了你再劝也没用，我从来没见他喝醉过。

小舅结婚后，与小舅妈一起去杭州打工。小舅在一所大学的食堂里做，七八百块一个月。小舅妈开始给一个录像厅卖票，后来新来了人，不要她了。小舅就让她去卖报，每天凌晨四五点钟，小舅就要起来去报社门口排队领报，然后交给小舅妈去公交车站去卖，他才去食堂上班。一天下来也总能卖个二三十块的，如遇有重大足球赛或者国内外重大事件发生，一天能净赚八九十元。

这一段时间，是小舅最累的时候。因为眼看村里的新楼一幢幢竖起来，小舅也想多赚些钱回家起幢新楼。1999年，小舅攒了点儿钱，回家批了地基就在老房子的位置上准备起两间楼。没想到只起了一层，就与后面的邻居闹了起来。邻居说是挡住了他家门口的光线，还把后面的一块空地都浇了水泥说这是他的地盘，不让小舅开后门，要开也不能从他的地盘上进出。村里几次调解也调解不好。且说这邻居在村里也算是个人物，村里没人敢与其斗的，都说他家上面是有人的。小舅的房子也因此停了下来，裸露的墙体被日晒雨淋，很快就上了青苔。

2000年的暑假，因为大学里放假，小舅没事，回家想把房子盖起来。可就这一次，小舅与邻居发生口角，被邻居一家四口打翻在地，砍了好几刀。等到外婆和村里人赶去，小舅已倒在血泊里了。后来派出所立了案，但一直没有解决，直到2001

年上半年，打来电话说要解决，但经熟人一打听，对方花的医药费竟然比小舅的还要多，解决起来对小舅极其不利。所以小舅也一直没有去。

也就是在这之后不久，小舅发病了。小舅说那天小舅妈回家了，他下班回来懒得做饭，就拿出冷菜想凑合一下算了，没料这一吃就犯病了，这一病也就再也没好起来。

5

尽管小舅如今已不在人世，但是我们还是要感谢姜医师，他是我碰到的少有的一位很敬业、很和善的医生，是他给了我小舅以希望和信心。

小舅来兰溪之前，总是对家人说："算了，我没希望了。"我真难以想象那些疾病缠身的日子小舅是如何熬过来的，在那些漆黑的夜晚又是如何入梦的。到了兰溪以后，经过姜医师的精心调理，一星期过后，小舅气色好多了，讲话、走路也不那么吃力了，尿也不红了。有一次去医院，他还骑了自行车去。我见了，就责怪他说："病还没好，就骑自行车，坐个黄包车也要不了几个钱啊。"

那些天，小舅脸上展开了笑容，有时还会与我姨妈的两个孩子说说笑话什么的。每当这时，我就会怀疑小舅得的也许不是尿毒症。过年前，市、乡里的有关领导也来进行了慰问，带来了慰问金和慰问品。党的关怀让小舅这个普通得不能再普通的党员增加了好好活下去的信心。小舅跟我说："明年不出去了，就在家休息一年，先把身体调养好再说。"

腊月二十九，我去姨妈家接小舅。姨妈家住在二层，我在楼下叫了两声，小舅从二层窗口探出头来喊道："马上就来!"说罢就提着一个袋子走下楼来，我赶忙迎上去，接过他的包一摸，还热乎乎的，问："这是什么呀?"小舅说："是药，刚煎好的中药。"我心一沉，人家过年带回去的都是年货，而小舅带回去的一袋子竟然都是药!

但这却是小舅生活的全部希望和信心!

小舅在车上告诉我，姜医师让他过了春节再去查一下，如果还有水肿就去住院。小舅说他准备回去再借点钱，到初六来住院。我说："好的，我陪你来。"但是没想到这一次竟成了我与小舅的最后对话。

小舅是在大年三十晚上死的。据小舅妈讲，那晚他很高兴，吃了不少的年糕和汤团（事后分析起来，也许正是这些东西成了罪魁祸首，导致小舅的窒死）。吃完坐了一会儿，小舅感到有些累，便上楼去睡了。没料这一睡就再也没醒来。

我娘与大舅在年初三去给他搬尸体的时候，他的枕头下还压着厚厚的一沓钞票，是他刚借来准备年过后去住院用的。

6

小舅的死一直瞒到元宵节过后才让外婆知道，外婆经受不起如此打击，寻死觅活地哭。短短的十年间，外婆先后经历了外公、二舅、小舅三个男人的死，他们可都曾经是铁骨铮铮的汉子啊，可如今转眼就都不在了，你想，我外婆能承受得了吗？

外婆最后得出的结论是，小舅之死肯定与2000年的那一架有关，如果没有邻居的那一顿打，小舅不会这么快就走的。外婆说："你小舅这么好的身体，就是想打死也有好一顿打，哪儿能这么快就死的？肯定与那一次被打有关。"外婆哭着闹着要向邻居要人。我们都劝她，人都化成灰了，还闹个什么呢！一连几天几夜，我娘与姨妈一直都守着外婆，怕她出事。

小舅的骨灰被放在村子的公墓里，是在一块贫瘠荒坡上。但是从那里可以看得见村子通向村外的那条路，以及小舅那幢只盖了一层、墙上已长满青苔的房子。

2002年4月

修亭记

以爷爷的名义为村里修一座凉亭，是我 2021 年突然冒出的想法。

在这之前，姑姑曾对我说："爷爷一百岁了，要不要做一下？"

姑姑说的"做一下"意思是，要不要做一下法事。毕竟逢百岁，在民间也是一个大祭的年份。

我说："做场法事也好。"

祖父是个无神论者，身前也是无党无派，简简单单清清白白的一生，不太在乎这些仪式。可是祖母却非常注重这些仪式，无论哪一路的神仙和孤魂野鬼，她都会逢庙必拜、逢鬼必施。每逢清明冬至，上坟之前，祖母总要叮嘱他的两个儿子，一定要给孤鬼野鬼烧点儿纸，以免他们来抢太公太婆们的吃食。每年的大年三十，祖母也总是要祖父给孤魂野鬼们单独烧香祭酒，在供桌上摆碗筷时，总是要多放一副在边上。

我正好有懂这方面的一位朋友，就先预约了一下，可变幻莫测的疫情让这个事一拖再拖，最终也没有确定下来。

那怎么又会想起修凉亭的呢？时间得从 2021 年的 10 月 26 日说起。

一

那天是农历九月二十一，两天前的九月十九往年应该是村里举行一年一度斗牛节的日子。但自疫情之后，这个活动跟其他的许多文化活动一样，都停掉了。每到这天，在外打工的年轻人还不忘在群里问一句："今年还斗不斗牛啊？"没等村里书记回答，自有人凑上去："人都不让乱跑了，还斗牛？不要命了啊。"

大疫当前，健康第一，斗不斗牛，日子都照样过。

因为没有斗牛，我也没有回家。母亲在上海为弟弟带孩子，父亲一个人在家，过着自足自给的退休快乐生活。

这一天，一个看上去很平常的日子，深秋的阳光懒懒地洒在院子里。我吃过中饭，正悠闲地散着步，忽然接到上海堂弟的一个电话，说："哥，大伯不行了，你快点叫个救护车！"

我一下子蒙了，前几天才好好的，怎么会不行了呢？

他急促地说：“我爸不知道你的电话，所以打到我这里来了！”

他爸就是我叔，一个老实巴交的农民，不可能虚报军情，八成是有点儿严重了。挂完电话才想起来，我也没有我叔的电话。

脑袋空白了三秒钟后，我冷静了下来，心想，如果严重，等我兰溪派车去，那更耽误时间，所以我还是先拨了父亲的手机，心想边上有人一定会接的。号码一拨完，对方传来语音：对不起，您拨打的电话已关机。

赶紧又拨打村里兴森电话，让他去看看情况到底怎么样，如果能走，就赶紧帮忙送到兰溪医院里来。兴森有车，只是离我家远了点儿。我焦急地等待着那边的音讯，在太阳底下走来走去，像一只无头的苍蝇。

过了五六分钟，兴森电话回过来，说还能走，我说那有劳你辛苦点，我在人民医院等。心下稍稍松了一点儿，还能走意味着还无大碍，我赶紧一边联系人民医院的医生，一边往医院那边跑。

站在急诊室门口，此时的我再也淡定不起来了，不时地看时间，不时地打电话问到哪儿了。三四十分钟之后，车到了医院门口。当见到父亲被扶下车来的时候，我心里还是“咯噔”

了一下，整张脸肿得连眼睛都看不见了，只是在血污的脸上留了一条缝。

后来，在村里人的叙述中，我才慢慢了解了事情的真相。最先发现情况的是我家对门，中间隔着一条溪，已经连续两晚发现我家灯亮通宵了，白天也是大门紧闭。今天好奇地想去看一下，结果门反锁着，从门缝里一看，父亲正躺在地上，叫他也好像听不见，才发现不对头，赶紧撬门进去，扶他起来。

根据邻居的推算，发病可能是在两天前，有可能是自己在家摔着了，磕着脑袋导致昏迷，神志不清。但到底摔哪儿了，他也支支吾吾地说不清楚。

父亲血污满面地躺在病床上，问他也是答非所问，神志不清。愧疚与悲伤一起袭来，泪水在眼眶里打转，心里一直在祈祷：爸，你要挺住，千万不能有事啊！

一通的化验、检测、拍片，基本诊断是脑溢血，不幸中之万幸，没有伤到要害，恢复应该不是问题。悬着的一颗心终于放了下来。

到了晚上，母亲也从上海赶回了兰溪。有了母亲的陪护，父亲也显得不那么焦躁了，变得像孩子一样温驯。

但我还是无法想象父亲是怎么挺过来的，摔在了哪里？所有的这些疑问都像谜团一样。本来就爱唠叨的父亲此时更像是和尚念经一样，经常低声嘟哝着，冒出一些没来由的话，前言不搭后语，这其中的逻辑除了他自己没人能听懂。还时不时地起床走到走廊里、站在窗台前，不知道自己为何会住到这里来，嚷嚷着要回家。母亲有时候按他不住，只有打电话让我去，耐心地劝他安心养病。

渐渐地，我听懂了他常提起的一些地名，什么“黄石岗农职校”“马公滩”“田野大酒店”等，要么是祖父曾经待过的学校，要么是与父亲或我有关的一些地方，许多都是很久远的记忆，他却清晰地表达出准确的定位，但对于几天前摔倒的事却一无所知。

于是我决定回老家去探个究竟。

二

老家空无一人，在一层的垃圾桶内我发现了许多留有血迹的餐巾纸，还有一条血迹斑斑的裤子挂在垃圾桶的边缘，一半拖在地上。沿着楼梯找上去，其他地方再也看不出什么痕迹来。厨房的锅里干干净净，看上去也不像烧过饭的样子。如此推测，父亲这几天也没有吃过饭，难以想象他这几天是怎么过来的，要是没人发现，后果将不堪设想。

后来还是在小姑的提醒之下，找到村后的自留地，才发现父亲落在那里的一把柴刀和手机。自留地就在一户人家的屋后，差不多有三米多高的一堵石坎，离屋墙只不过相隔一米多点儿。石坎的边缘有几个杂乱的脚印，几棵被砍倒的野竹，再往下，还有几处明显被物体滚落时压弯了的杂草与灌木。根据现场分析，父亲是在砍杂木时不慎失足滚下去的。

那么高、那么深的石坎，不要说人，就算是石头，滚到下面也是会碎了的。而父亲竟然奇迹般地自己走回了家。现场还有一大摊已经干了的血迹，好像在诉说着什么，但谁也无法重述当时是怎样的情景。村里平时除了几个不太出门的老人，已经很少看到年轻人了，因此父亲无意识地回家，一路也没有碰见个人，也不知道打个电话，就这么无意识地过了两天，才被邻居发现，真是天大的幸运。

祖母生前总是教我们要多做好事，多行善。祖父虽然话不多，却总是用自己的行动践行善举，率先示范。在他们言传身教的影响之下，我们整个家族都以行善为荣、助人为乐，小到让个座、问声好，大到捐款捐物，替人抱不平，助人渡难关。古人有言，积善之家必有余庆。父亲的这次不幸之万幸，我宁愿相信是祖辈们积下的德。而父亲却总是笑呵呵地说：“是阎龙王抓错了，又把我放回来了。”我听了心里却酸酸的，要是我们做子女的能多关心他们一点儿，能多几次回家看看，能多打几个电话问个安，也不至于隔好几天才发现啊！

不知道如何来弥补自己的过失，我想，还是用实际行动来表示对乡亲们的感恩之情吧！

我打电话给小姑，说："爷爷的法事别做了，我们以他的名义给村里修个亭吧！爷爷奶奶在世的时候，常常拿钱去做修桥铺路的好事，现在政府把我们的路修好了，再也用不着我们出力了，但我们可以修亭啊，在村口修个过路凉亭，可以让行人避雨乘凉。"

修凉亭历来就是一件公益事，也是一种对善德的修行，所以在老家管造亭叫修亭。小姑最近正在禅修《了凡四训》，听我一番话，立马就说："好啊，怎么做你来张罗，我肯定支持。"

父亲是个节俭之人，过去靠自己教书的一点儿工资供我们兄妹三人读书，东借西凑的苦日子过怕了，恨不得把一分钱掰成两分用。我犹豫着这个事怎么跟他说，不知道他会不会同意。

经过一段时间的治疗，父亲脑中的淤血慢慢褪去，意识也渐渐地清晰起来，除了摔去那一段时间成为记忆的空白之外，其他的记忆都逐渐恢复了。那天晚上，我趁他心情好，就问他："爸，今年爷爷百岁，我想以爷爷的名义大家一起修个凉亭，你觉得怎么样？"

他想也没想，脱口而出："好啊！"

我接着问："那你出多少钱啊？"

父亲说："我出一万。"

我说："好。"向来吝啬的父亲变得如此大方，有父亲这句话，修亭的事已经十拿九稳了。

父亲是个党员，这一年又恰逢建党100周年，也算是向党的百年献礼，还是很有意义的。我把想法在家族微信群里一说，大家纷纷响应与支持，让我信心大增。于是，接下来的一段时间，我在照顾好父亲之余，便开始忙起修亭的事来。

三

亭子虽小，却也是一个百年大计。大家也一再叮嘱要造就要造好，不要像隔壁村那样，造好的亭子一年不到就被风吹掉了。程序合法、质量安全在我看来当然都是摆在第一位的。

于是先找到村里，把想法与村里、镇里都进行了沟通，位置不能是"永农"地，不能太偏，要找到合适的位置。经过几次现场踏看，最后把位置定在了村口公路边，村标的斜对面，对村口景观形成呼应。

然后再去找做古建的老包，请他设计凉亭的样式，商定使用的材质。老包聚集了一帮乡村的老匠人，一直从事祠堂、亭台楼阁等古建筑的修缮，在十里八乡有一定的口碑。托付给他，人就是信誉，满口就答应了下来。

落实了亭子的建造之事，还有匾额、楹联、亭赋的撰稿、书写等。凉亭是中华传统文化，自古以来，醉翁亭、陶然亭、兰亭、牡丹亭等都留下了经典的铭文故事留传下来，远的不说，就说李渔故里夏李村的且停亭，不就是因为李渔的一副对联“名乎利乎道路奔波休碌碌；来者往者溪山清静且停停”而名扬天下的吗？因为有亭必有联、有赋，这必不可少。甚至有时候，一副好联、一篇好赋比亭子本身更为重要。

祖父在学校时取的名字“先知”本身就有一种很好的寓意，用于亭子的名字倒也非常贴切。后来在听取各方意见后，拟定两副对联：

修桥铺路礼待泉茶邀过客；

课子育才蹊成桃李望西庄。

有仁有义此道宽平先觉去；

无虑无忧斯亭清静再知行。

前一副是将祖母的行善功德与祖父的教育情怀隐含在里面；后面的一副是将祖父的“可仁”“先知”名字嵌在联里，也借此寓意人生道路须想清楚了去哪里，才有可能到达目的地，心中有仁爱，一生方能无忧虑。外面的匾额是“先知亭”，里面的匾额是“即知即行”，取自育才学堂的校训“即知即行学做真人”，也算是对婺学“经世致用”文化精髓的一种传承吧。这两副联与匾额请朱根富、姜如良两位前辈赐了墨宝，为亭子增光添彩。

而对于《先知亭赋》却是几易其稿，最后又请童俊伟老师给予润色，方才最后敲定。全文 194 个字，虽然说不上字字珠玑，却也算在一定程度上表达了对祖辈功德的一种怀念之情，以及对人生的一种启迪与警醒吧。赋曰：

四面环翠，兰幽鸟鸣，通衢大道，水秀山清。
有亭翼然，飞甍跃瓴，珠辉玉映，斯为佳境。
陈公可仁，先知其名，壬寅之春，百年诞庆。
公生贫寒，幼而聪颖，为人师表，桃李成荫。
修桥补路，浚井葺厅，问苦慰贫，誉满乡亲。
故土之善，育才之英，百年家风，千秋石铭。
桂溪之畔，象鼻之临，感念贤德，乃筑此亭。
有仁有义，祈道安平，坐看云起，忆往惜今。
思以己过，饮以甘茗，遮风挡雨，蓄锐养精。
先知先觉，砥砺同行，忧乐和合，共富同心。
呜呼！
古之富贵，谁记其形？今有不朽，常诵英灵。
沧海桑田，云淡风轻，山高水长，永志德馨。

有了赋文，还得找到一块好的石材、一个好的石匠。几经周折，找到一家石材厂，老板就是十六年前我给祖父订过墓碑石的这位。一见面，他竟然还记得我，记得我当时选材的仔细和对碑的要求。我自己都忘记了，他却记得清清楚楚。他说："你跟别人不一样，要求高。"所以这一次，没等我开口，他便自作主张地给我选材、定样，并建议我不要用电脑字，最好是用书法字。

那时候已是腊月，要在年前刻好，时间很紧。我找到周水波老师，请他出手，直接将书法写于石碑上。这可是一般书法家最不愿意干的，因为同样是书法，书于石碑与书于纸上完全是两码事，因为花岗岩材质的碑石光滑如镜，行笔于上，完全没有了顿挫感与笔墨的韵味，对书法家完全是一种考验。

记得那一天是腊月十八，大寒之日，外面风呼呼地刮着，似乎是要下雪的样子。我们在石材厂一个简陋的房子里，把石碑搭在一个架子上，打着一盏矿灯，开始碑文的书写。因为地方小，而且碑上的字又不易干，只能站在那里悬着手腕写，这可是真功夫啊。周水波老师就这样站着写了整整两个多小时，外面的风时不时从门缝里吹进来，呼呼地响着，却更加衬托出书写人内心的安静，似乎都能听见毛笔与石碑摩擦的声音来。如果祖父在天有灵，也定将护佑好人善行、一生平安。

四

本来想着在2022年春节的时候，趁大家都回来，搞个落成仪式。可因为政策规定，还是有许多人不能回来，再加上亭子也还没有漆，老包建议过个“三伏天”再漆会好一些，于是就将时间拖了下来。

等过了“三伏天”，让梁柱的木材水分挥发透，师傅们便可以给亭子上漆了。上了漆后的亭子，朱梁碧瓦，飞檐展翅，顿时光亮起来。途经的人都啧啧称赞，忍不住要多看几眼。每每务农之余，或月圆之夜，村里人都会三三两两地散步到村口，坐在亭子里乘凉、赏月、聊天。亭子也便成了村里标志性的建筑之一。

2022年10月3日，举行纪念陈公先知一百周年诞辰先知亭落成暨捐赠仪式，在外工作的亲朋好友都回来了，祖父的一些学生、同事和老领导闻知也都纷纷赶来参加仪式。

在前一夜，我又一次梦见了祖父。举行仪式这天，早早地就醒了。先去花店拿了预定的鲜花，赶在仪式之前，与家人们一起先去祭拜了祖父英灵。

这一天，阳光灿烂，碧空万里，虽已秋天，气温却高得像夏天。表舅公钱明能也是快九十的老人了，闻知后一定要赶来参加活动。因为天气热，我建议他在亭子里休息，他却坚持与大家一起坐在太阳底下，直至活动结束。

那一天，大家都早早地来到现场，一起帮忙布置，搬椅子、摆展板、清扫卫生等。整座亭子披红挂彩，匾额、楹联、石碑上都盖上了红盖头，像一个就要出嫁的新娘。我把揭牌的嘉宾任务一一分配好，剩下《先知赋》石碑的红布让我父亲与叔叔揭。他们兄弟俩接受任务后，从活动开始就站在石碑的两侧，像两位门神一样守着，在烈日下一动不动。本来揭牌之后，可以到亭子里去休息一下，他们却仍然站着，一直到活动结束。这个细节至今回想起来依然让我感动。

在揭牌之后，我们把亭子的产权与管理权交给了村委会，让它成为村中的一道风景。堂弟陈联辉与村书记双方互换了捐赠备忘录，并做出今后为修缮与保护给予经费的积极保障的承诺，希望让先知亭成为全村人共同的精神财富。

我们为所有在修亭过程中捐过钱出过力的同志都颁发了一块“爱心使者”的荣誉奖牌，以示纪念。我想，虽然只是一个凉亭，花的钱也并不多，但在整个过程中，家中大大小小都能参与到其中，这本身就是一次凝聚共识、传播爱心的过程。我相信，在这个过程中，每个人在参与的过程中，都受到了团结的力量与行善的正能量，这比捐钱捐物本身更有意义。

在捐赠仪式上，我表达了修亭的三层意义。

一是活着的意义。有的人活着，他已经死了；有的人死了，他还活着。所以这座亭子不仅仅是亭子，而是一次怀念、一股精神。祖父平凡而伟大的一生，赢得了全村人的口碑，他虽然死了，但是他仍然活着。他的品格值得我们敬仰与学习，他的精神值得我们传承与弘扬。

二是人生的意义。人的一生很长，也很短，有的人走了一辈子的路，不知道目的地在哪里；有的人为了追求梦想，走了一辈子的路，做出了一生的努力。同样是走路，有的人走过且过，没有留下一丝的痕迹，有的人每走一步都会留下深深的印迹，成为后人继续前行的航向标。所以这座亭子不仅仅是亭子，还是一种启示。为人要仁义，行事须先知，走累了，可以坐下来，歇一歇，想一想，然后走该走的路，走踏实的路，走光明的路。

三是故乡的意义。每个人一生都在奔走，有的人离开了故乡，离开了父母，若干年后，在他乡扎了根，把他乡做了故乡。就像我们的祖上，八百多年前从远方跋山涉水来到这里，建立起了新的故乡。但不管走到哪里，在我们的心里，总有一种乡愁在。这个乡愁有时候是一个人，有时候是一座桥、一棵树、一个亭子。所以这座亭子不仅仅是亭子，更是一种乡愁，是一座时代的纪念碑。当今世界面临百年未有之大变局，我们作为承上启下的一代，站在两个百年的新时代历史交汇点上，更应该不忘初心、不忘故乡、不忘来时的路，把故乡安放在心灵的某个角落，在你未来面对诸多的不可预见性、诸多的艰险困苦的时候，可以想到它，让乡愁化为无敌的力量与智慧，助我们踔厉奋发、勇毅前行。

历史又在岁月的前行中翻过难忘的一页，逝者已逝，生者继续前往。世间万物总是在不断轮回中新旧更替，但总有一些东西是在不变中应万变的，那些东西我们往往把它称之为精神。

每当我回到故乡，远远地在村口看到那座亭子的时候，就仿佛看见祖父的身影，忍不住会放慢车速，或者远远地停下，走过去，在亭子里坐一坐，想一想，然后继续前行。

2023 年 1 月 6 日

唤醒历史美好记忆

前不久，由我牵头的金华政协“委员同心汇 · 兰溪窗口”在兰溪古城义乌会馆落地揭牌，金华市政协副主席胡锦全、文史委主任吴远龙等领导前来参加活动。同时策划组织了一场关于浙中商埠文化保护与发展的对话，邀请远龙主任等嘉宾一起畅谈商埠文化的过去、现在与未来。各位嘉宾畅所欲言，纷纷献上睿智之言、务实之策，活动卓有成效，金华日报作了一篇题为《义结“金兰”能否唱一出“双城记”?》的特别报道，一时引起网友热议。

兰溪古城的商埠文化既是兰溪人的乡愁，更是兰溪人心头难解的“结”。从20世纪90年代的万人空巷看古商，到现在的桃花坞残垣断壁“伤心事”，恍如隔世，不禁让我心生感慨，想起自己多年来一直为商埠文化鼓与呼的一些事来。

二十五年的政协缘，留下商埠文化深深烙印

二十五年前，我被抽调到兰溪政协大会宣传组，为大会服务。这一调便是十年，年年大会都要去编大会简报，对政协委员在大会发言与小组讨论中透出的为民情怀深深触动。直至十五年前，我被推荐当选为政协委员，然后是当了一届政协委员、一届常委、一届副主席。由此算来，我与政协结缘已经有二十五个年头了。

在这之前，参加工作之初，我在古城一个叫“章府里”的弄堂里的一座老宅二层租了一间房，十几平方米。当时我还在医院工作，从单位到租房不足两里，穿过延安路，钻进“牛角尖”，便到了我住的章府里。推门而入，拐过一个天井，沿梯而上。房子全是木结构，上楼梯的时候脚下的木板咯咯作响，像老人骨骼脱臼时发出的呻吟。二层的四周围栏连着三个房间和一个杂物间，我的房间靠西南。房内有两扇窗户，一个朝南，可以看见大云山和婺江；一个朝西，看出去却是一堵砖头墙，离窗不足两米，脑袋钻出窗外，可看见一些檐角石栏什么的，那时候不知道是什么建筑，后来才知道是纪念赵抃的告天台，而我住的阁楼以前也是赵氏家族的老宅。每次随政协视察或陪客人前往古城参观调研，经过我住那个阁楼的窗户前时，都会

心生感念，叹时光的飞逝，岁月的不居。

如果说二十五年前，我还是一个不懂政协、不善议政的愣小伙的话，那么，经过二十五年的接触与培养，我已经成为老委员，而对于商埠文化的保护与发展成了我持续关注与呼吁的一个议政课题。

20 世纪 90 年代的古城在经历了从保到拆、从拆到建、从建到保的三次轮回后，开启了第一轮的发展机遇期。1997 年创办的彩船节暨古城商会，简直可以说万人空巷、蔚为壮观。但因为缺乏旅游产品的开发与项目的支撑，众星捧月只是昙花一现，好景不长。随即，自 21 世纪初起，热闹一时的古城开始人气下滑。随着岁月的推移，千年古城在政协委员一次次的视察座谈与建言献策里，守望着一江春水向东流，日复一日，年复一年，终难以逾越。对于一个与古城擦肩而过的我来说，无论是视察、调研，还是讨论、发言，都怀着对古城的眷念与独特情感，寄予了更多的梦想。梦想，却心有余而力不足。但在众多委员的不断呼吁与推动下，历任主政者都非常重视古城的修复与发展。

11 本文史资料，唤醒商埠文化美好记忆

十年前，我调到兰溪市政协教文卫体与文史委，开始了文

史资料的搜集与编撰工作。我把文史资料编撰的聚焦点转到了“商埠文化”上。兰溪自古为“三江之畔，七省通衢”，文化底蕴深厚，那是什么使它有这么深厚的积淀与传承呢？我陷入了思考与探寻。我把自己想象成一位采矿工人，对着兰溪浩大的历史，一点点地进行挖掘。

自2012年接手文史工作起，至今已满十年。十年间，我以古城着手，纵跨千年，横射乡野，从人、事、景三个维度进行文化基因解码，先后编撰了《兰溪文史》《风雅兰溪》《兰溪家风》《兰溪风骨》《兰溪祠堂》《记忆兰溪》《乡韵兰溪》《兰溪棹歌》《兰溪工业》《兰溪美食》《兰溪诗路》11部文史资料，计二百余万字，从而描绘了兰溪商埠文脉传承的一幅历史长卷。

周恩来总理曾在全国政协成立初期对文史工作有过一个“以史资政、团结育人”的指示。十年来，这沉甸甸的11本文史资料，也正体现了这八个字的精神。政协文史与地方志史的编撰相比，显得更加自由、明快、生动，既是地方志的一个补充，也为党委政府决策提供一个历史的借鉴与资讯。十年间，我们还培养了一支对兰溪有着特别情怀、对文史写作有着一定水平的文史作者队伍。每年，我们确定主题后，他们下村入户、走亲访友、走街串巷，像挖宝藏一样，把城市的每个角落的老照片、老故事都搜集起来，成为兰溪地方文史的典藏。像《风雅兰溪》最早翻译了英国女作家罗安逸在20世纪初写下的兰溪商埠风情，读来十分清新，多家媒体争相报道，《金华晚报》曾做了整整四版的专题报道；《兰溪家风》是金华最早关注家风文史搜集的书，受到纪委、妇联以及一些研究机构的关注与青睐；《兰溪棹歌》是对兰溪诗路文化进行一次集体寻踪，是钱塘诗路第一本诗路文化的史料书籍；《兰溪诗路》搜集了历史诗人写兰溪商埠文化的一千首诗；《兰溪祠堂》《兰溪工业》等都以独特的文史视角与历史价值得到了社会的好评与认可，在文旅兴兰层面上也发挥了一定的作用。

三次大会发言，赋能诗路文化时代自信

作为政协委员，在每次政协大会上，都要为商埠文化鼓与呼，或提案，或小组讨论，或大会发言，等等。自任委员十五年来，我在金华、兰溪两级为商埠文化撰写的调研、提案、社情民意起码十件以上，仅在兰溪的政协大会发言就有三次之多。

2011 年，在兰溪市政协十二届五次会议上，我代表民盟兰溪市委会与文化新闻组作了题为《加快古城保护　再现商埠繁华》的大会发言。当时也是第一次参加大会发言，心中十分忐忑。时任政协主席郑遗清给我信心，点拨我一些发言的小技巧，让我至今受用。在这次发言中，针对古城的衰败与失管，我提出了“加强管理，完善机制；量体裁衣，落实规划；消除隐

患，加强保护；合理利用，逐步开发”四点建议，特别是在开发方面，提出的“修建一个点、营造一个圈、美化一条线”的建议让大家印象深刻。这次发言获得了非常好的效果，许多委员与领导也因此认识了我，说我写得好、讲得好。

2014年，在兰溪市政协十三届三次会议上，我又作了题为《为兰溪古城商埠文化开发再呼吁》的大会发言。经过几年的修修补补，古城的旅游怎么做日渐成为政府的心头之忧。针对旅游开发，我提出了“一个规划要落地、旅游建设与市民安居两项工程并进、建设业态管理三驾马车齐驱、古城产业吃喝玩乐四轮驱动”四点建议，博得大家认可。这一年，也是兰溪政协会议第一次实行大会发言优秀评选制，没想到我的发言得票位居前列，获得了优秀大会发言。

一晃八年过去了，这期间，兰溪古城在历任市委市政府的努力下，启动了天下江南景区的市场规划与开发，有了许多新的变化。但对于古城项目来说，全国面临同质化瓶颈难以破解的困惑。在2022年政协会议召开之际，我撰写了第三个大会发言稿，题为《唤醒美好记忆　打造宋韵明城》，针对古城商埠文化的内容挖掘，提出了“唤醒宋韵之魂，擦亮老城底色；修复大明之心，彰显商埠闲情；打造雅致之城，创建美好未来”等建议，为古城商埠文化的主题挖掘提供决策参考。

三篇大会发言，跨越十一年，针对不同时期、不同现状从不同角度进行呼吁，对一个政协委员来说，不仅仅需要与时俱进的思维对策，更需要一种尽心履职的文化情怀。当然，一篇好的大会发言不但能博得领导与部门的关注，还能引起与会者的共鸣，增强民众的文化自信，对于时代的进步、决策的推行，都是一件有益无害的事。

一首歌，寄托三代政协委员的爱城情怀

不知道钻过多少次牛角尖，登过多少回百步梯，爬过多少次告天台，去过多少次桃花坞，骑过多少趟兰江大桥圆盘……溪以兰名、邑以溪名的兰溪独有的人文地理在与她日夜相伴的三十年中，已经成为生命中的深深烙印。三江之汇、七省通衢，依山傍水、两山两塔、一城三片成为兰溪典型的地域特征，有“天下江南”“小上海”“钱塘第一商埠”“万诗之城”等美誉。这里的山、这里的水、这里的城、这里的塔、这里的乡愁，一闭眼就扑面而来。曾经走过的每一条古巷，吃过的每一家面馆，身边的每一张笑脸，记忆中的点点滴滴都充满了温馨与感动。

2018 年，我为古城保护专门写了一个微电影《爱上一座城》，又配了一首同名歌词，把自己对古城的这几十年的情怀融入词中。原兰溪市政协副主席朱根富拿到我的词马上就谱成了曲，而且指定原兰溪市音协主席傅雅瑜演唱此曲。朱是“50

后”，傅是“60 后”，我是“70 后”，都当过政协委员，虽是隔了三代，相同的是对这座城市的爱。此曲一经推出，带着一丝婺剧腔调的独特韵味备感亲切，非常受欢迎，老年大学专门进行教学，文化馆编排成广场舞。凡此种种，并非歌有多好，而是一种真实的情感触动了大家的内心。

为什么我的眼里常含泪水？因为我对这个城市爱得深沉。这是独一无二的城市，曾经的商埠文化让她在钱塘上游领跑一千年，一千年的文化积淀和一万年的上山文明史，让这座城市熠熠生辉。站在新时代面前，兰溪又该往何处去？

在刚刚结束的第十五次党代会上，兰溪市委提出了建设雅致老城的战略目标。站在西门城楼，远望横山，感慨万千。“此楼即宋楼，宋楼非此楼，一沉一浮，已越千年”的时空穿越感，让我有点恍惚。“几十里的埠头客商，几千年的帝王将相”“才子佳人今何在，空留舞台翰墨香”，什么功名也好，利禄也好，所谓的美好生活并非占有多少，得到多少，而是你心里装了多少，在你的生命中留住多少？

同样，我想问自己，作为一名政协委员，回顾自己的履职经历，到底有多少建议是在纸上谈兵？有多少建议提供了决策参考？有多少建议得到了部门的采纳，并已经落了地？这恐怕是一本不太好理的账。但不管如何，一日政协人，一生政协情，只要有一天还是政协委员，就会为兰溪的商埠文化不断鼓与呼，直至古城实现复兴梦的那一天。

此生无悔入政协，倾心履职为兰溪。

2022 年 1 月 19 日

生命中难以承受之痛

好几次在噩梦中哭着醒来，心想生命要是可以重来，还会不会是这样的结局。

外婆在 86 岁的时候，夜里上厕所的时候摔了一跤，倒在地上一个人爬不起来，便在冰凉的地上躺了一晚。边上邻居要隔好几间空房，痛苦的呻吟声在黑夜的上空回荡，却久久没人听见。直到第二天拂晓，早起的人们经过门口时才发现外婆。后来送到医院拍了片，脊椎骨断了好几根，因为年纪大做不了手术，医生嘱咐她睡硬板，让骨头自然恢复。

那时候，二舅、小舅都已经不在，外婆动不了，只好由大舅和几个舅妈轮流给外婆送饭、服侍。为了合理分配，一家人不知道吵过多少次，由亲人几乎吵成了“仇人”。

大家以为外婆这样应该挺不过几年，忍忍也就过去了。没想到外婆一躺就是六七年。

刚开始的时候，我妈、小姨也轮流去看她，后来我弟弟生了孩子，我妈去上海帮忙带小孩，便回来得少了。

在外婆摔倒第二年，小姨却先走了一步。

在一个初冬的傍晚，小姨骑着电瓶车被一辆大货车轻轻地刮了一下，便像一只蝴蝶一般飞走了。

那一年，小姨家刚刚起了新房，本来打算年底住的，结果自己却住进了另外的“房子”。

刚开始，我们都瞒着外婆，说小姨忙，没时间来看你。有几次，我去看她时，她当着我的面骂小姨没良心，也不来看她。我不敢吱声，生怕露出破绽来。

可时间一长，纸终究包不住火，外婆还是知道了。当她听说了之后，却并没有我们想象的号啕大哭，而是出奇的冷静，一声不响，好像早就预料到的一样。

我不知道外婆是不是把一生的眼泪早就哭干了。外公走时外婆 64 岁，二舅走时外婆 69 岁，小舅走时外婆 73 岁，每隔四五年就要白发人送黑发人一次，这换作谁，都是生命中难以承受之痛。

从我记事起，外公与外婆就很少说话，不吵也不闹，两人各过各的日子，同在屋檐下，却视若不见，连做饭也是各自分开的。我记得外公是一个小柴炉，自己炒菜做饭。如果遇上赶集日，就挑副藤萝筐到集市上去，卖点儿花生、瓜子什么的，卖了钱就去茶馆里泡上一整天。有时候我去集市，外公见了便会叫我过去，大把大把地往我口袋里塞香喷喷的花生、瓜子。

但是我从来不知道外公外婆为什么要一个屋檐下搭两个灶台，以前年少不懂事，不知道问，后来他们不在了也没机会问了。

外婆在我们面前也很少提起外公的事，但是在小姨出事后，她却常常跟我提起一件事。说有一年，一个外村人看中了外婆家的一块风水地，要买去做墓基，外公怎么说都不同意，甚至自己躺在那个坑里不肯出来。他要把这块风水宝地留给自己，以荫庇子孙后代。在这件事情上外公与外婆出现了分歧，争吵由此开始。我后来分析，他们之间的隔阂或许也是从这次事件开始的。

后来因为外公的坚持，在他走后，我的舅舅们让他如愿以偿，安柩于此。但此后并没有给家里带来好运，而两个舅舅与小姨接二连三地离去让外婆更加坚信这是外公跟人家抢墓地带来的恶果。

二舅 40 岁死于非命，小舅 37 岁死于恶疾，小姨 53 岁死于车祸，一个个鲜活的生命，一场场无情的告别，让疼痛的灵魂无处安放。

外婆的泪水早已流干，对这个世界已经生无可恋。那段时间，她对我说得最多的一句话就是："阎王怎么还不把我抓走啊！"

外婆是一个闲不住的人，在这次摔去之前还摔过一回。那次是中风，还好送得及时，很快就康复了。出院时手还不太灵活，医生说让她多动动，但是见效不大。后来，我给她找了一位康复医生，坚持做了一段时间的理疗后，渐渐地恢复了正常。回到家里，她又做起了手工，说闲着也是闲着，挣点儿小钱也好。

但是这次不一样，怎么也难以恢复，加上她也没听医嘱，躺上床上都不安宁，老是折腾来折腾去，一直好不了，每天都靠止痛药来维持。我曾经也请了老中医去看，也没什么办法，只是开了几贴水药，日子与中药一起煎熬。

她除了腰直不起来之外，其他功能都很好，胃口也不错，满满的一碗饭，哪怕没什么菜也吃得一粒不剩。每天还喝点儿酒，我妈隔三岔五地会给她带一瓶梅江烧，装在可乐瓶里，塞在床头，想喝的时候就来上一口。我的几个舅舅酒量都很好，估计就是来自外婆的基因。可到了我这一代，就没有传下来，稍微喝两口就满脸通红。

我的童年很大一部分时间都是在外婆家度过的。因为离我读书的小镇近，每到节假日，我就会去外婆家，捉泥鳅、玩水、干农活，等等，到处留下了童年的记忆。小时候我不喜欢喝粥，只爱吃饭，外婆每天早上烧粥时，便在米粒还没糊的时候就先捞一碗起来，给我的专供早餐。

外婆性格刚烈，两句不和就会骂过去，指着人家的鼻子，好几里外的人都听得见。外婆也有柔的一面，怕软不怕硬，手头稍微有点儿钱就借这个、借那个，有时候她自己都记不清借给谁了。一直到她去世后，还有人来还钱。有一次住院，在病房里被人从贴身口袋里掏走不少钱，烂在肚子里，过了好久才讲出来。

外婆家里条件不好，三儿两女，没有一个读到高中的，我妈最大，只读了一年小学就回家帮忙干农活了。外婆说我妈的命最硬，有一次从树上摔下来昏厥不醒，外婆请算命先生算了一卦，说她这个槛如果能过去的话必有大福。后来果真醒了，也没什么大碍。这件事情外婆跟我说了两次，她说我妈是先苦后甜，是个好命。

三个舅舅两个送出去当了兵，一个在南京，一个在山西大同，他们都曾给我寄过穿军服的照片，帅气得很。每到过年，镇里都会有光荣军属的年画送到家里来，一送就是两张，在村里也是不多的，每到这个时候，外婆脸上就挂满了笑容，招呼着叫送年画的干部喝茶。

可这样的天伦之乐并不长久，人家是风雨之后见彩虹，外婆是彩虹之后都风雨，一场接着一场，让人连躲的机会都没有。

外婆的生命就像山坡岩石缝里的紫荆花，开了一茬又一茬，在风雨中挺着又硬又倔的枝干，像伸出一只只绝望而苍劲的手，棱角分明，一往无前。

后来，外婆可以扶着支架一步步地移到室外，自己去养老中心吃饭、去广场上晒太阳了。

2021 年年末的那个冬日，是我最后一次见到外婆，在暖暖的太阳底下，我搬了个小板凳，坐在她的边上。她又一次说起了那些往事，怀念起那些天伦之乐的时光。她眯起了眼，抬头看了看阳光，似乎有些心驰神往的样子。

我拿起手机定格了那一刻，却不想，这成了后来外婆唯一留存的照片。

不久后的一天，2022 年 2 月 22 日，农历正月二十二，星期二，一个传说最有“爱”的夜晚，外婆被一场无情的大火带走了。没有人知道火是怎样着起来的，那是一个永远不解的谜。等我和母亲赶到现场的时候，火已经被扑灭了，整座房子只剩下四壁残垣，看上去就像张着大嘴的怪兽，黑咕隆咚，深不见底。

夜空中母亲突然响起的哭声，如决堤的洪水铺天盖地袭来。

大舅站在母亲边上，愣愣地盯着残垣断壁，一声不吭，像黑夜里的一尊雕像。

这是一把怎样的火啊，烧得竟然如此彻底！外婆自己早就准备好的遗照、塞在枕头下的那些省吃俭用的积蓄、喝剩下的半瓶梅江烧和家中所有的一切，都化为了灰烬与焦土。

从现场的焦土里，消防人员只挖出了几块看不出人形的尸骨，包在一块红布里，放在一个担架上抬了出来。

消防人员问我要不要看一下，我摇了摇头，泪水夺眶而出。

母亲说，她把自己的东西都带走了。

这时候，天空中突然飘起了雪花，一片，两片，三四片，最后迷糊了视线，迷糊了黑夜，也迷糊了眼中的世界。

两个月之后，69 岁的大舅突发脑出血，一个人在家发病，第二天才被人发现，送到医院已经昏迷不醒。七个月以后，也随外婆而去了。

不到一年时间，母亲失去了两位至亲，人一下子变老了很多，常常坐在角落里发呆，炒菜时要么忘了放盐，要么多放了盐，日子似乎也恍惚了起来。

我不知道应该怎样去安慰母亲，毕竟所有生命中的疼痛只有疼痛过的人才会知道，而那些疼痛的伤疤，是无论如何也难以磨灭的。

2023 年 6 月 11 日

DA XUE WU XUE
大 雪 无 雪

Chapter 2

人生边上

世间万物都是在运动与变化的，如果只是一成不变地妥协于命运的安排，那便是俗人。命是要靠自己双手去争取的，要想在短暂的一生中有所成就，便要靠自己去努力、去拼搏。

怀古永远是一种生活方式

——记诗人刘湛秋兰溪之行

五月的雨淅淅沥沥，如诗如醉。

一位花甲老人带着旅途的疲惫和经世的沧桑沿着雨的轨迹悄声而来，从北方到南方，似乎是赶赴一场五月的约会。

就是这样一位老人，自20世纪50年代开始诗歌创作以来，已著有诗集、散文集、小说集、评论集等二十余种，曾被大学生们誉为“抒情诗之王”。

就是这样一位老人，曾翻译出版《叶赛宁抒情诗选》及长篇论文，使其成为介绍叶赛宁最坚实的翻译家；他翻译普希金的诗以流畅、忠实、有神韵而后来居上，被广大读者喜爱，印数超过30万册。

就是这样一位老人，倡导建立了中国轻派诗歌，担任中国轻诗歌网的主持，主编了《中国诗歌理论大辞典》《俄罗斯文学名著金库》《泰戈尔文集》《契诃夫小说集》等，在文坛上曾与刘再复、刘心武被合称为“劲松三刘”。

就是这样一位老人，十年前，因为震惊中外的“顾城事件”而卷入绯闻中。十年后，凤凰卫视、东方卫视、《北京娱乐信报》等国内外众多媒体依然不屈不挠地到处寻找他的踪迹，而他却悄悄地来到了江南小镇——兰溪诸葛村。

他就是年近古稀的中国当代著名诗人、中国轻派诗倡导者、翻译家、评论家刘湛秋先生，曾任《诗刊》常务副主编、编审，中国散文诗学会副会长。

怀念诸葛：“我想在诸葛买套房子住下来”

让浮躁生活静下来

静于江南的梅雨中

听下塘狗吠与棒槌声

任青苔牵到幽远

——刘湛秋《诸葛村雨中怀想》

5 月 14 日，一个阳光明媚的上午，忽然接到金东区文联主席的一个电话，说有位诗人要到兰溪来，能否作陪一下。我还没听清是谁，便连忙答应了。

我一直在芥子园门口等，车还是费了一些周折才到。车门打开，我先看到一个光亮的脑袋上升到车门的高度，然后才从车门后游移出一张精神矍铄而略带旅途疲惫的老人的脸——这就是著名的抒情诗人、原《诗刊》常务副主编刘湛秋先生。他脑袋上的那一圈头发虽然花白，却依然倔强地卷曲着，分布在脑门的四周，像一群忠于职守的卫士们守护着一片荒凉而坚硬的土地。

刘老说，他是在前年应邀参加金华诗歌节的时候在组织者的安排下来过兰溪的诸葛村。刘老是安徽芜湖人，从小在农村长大，所以他一到诸葛便喜欢上了这里，白壁、黑瓦、马头墙、石板路，还有在池塘里洗衣的女人，卧在门口摇着尾巴的黄狗，屋檐下飞来飞去的燕子，一切的一切，在刘老的眼里都是那么亲切，好像又回到了儿时的故乡。那次走得匆忙，回京后，他一直有个心愿就是来诸葛住上一段时间。所以这次来除了几个好友外，谁也没打招呼，他想悄悄地来，悄悄地走。诸葛天一堂的房间在他来之前就已经打电话订好了，我陪不陪其实都无所谓。

天一堂位于诸葛村的中间，沿着下塘的石板街走进去，再从一个小弄堂里拾级而上，以前是江南最大的药堂之一，现在光从门口已看不出当年的气派了，但是一走到里面还是能感受到过去那种雍容华贵的气息。我们一路走进去，没有人认识来的这位老人是谁。一问是北京来的，才遗憾地告诉我们，这儿的房间全让上海人订了。不过服务员说雍睦堂还有一处房子，只是没有电视机的。刘老说："这没关系，你就带我去看看吧。"

沿着下塘的石街，我们又往回走。街边临水的茶馆店里有老人在闲淡地喝着茶，天有些闷，有人敞着衣服跟一个女人说了句什么，惹得大家哈哈大笑。刘老说："这就是生活，它们是纯朴的、轻松的、没有偏见的。"刘老一直认为现代生活使人们"活得很累"，提倡"轻诗歌""轻松散文""轻松的生活方式"，主张"以轻对重，以轻对累"，于己"既不受名利之累，也不为劣境所苦"，也就是以平常心看待荣华富贵与利害得失，心如明镜淡如水；淡化貌似严肃、正经的说教所带来的僵化、刻板、不近人情的生活方式。这里独有的江南生活方式和民俗风情让他找到了人生的休憩地。他说："我想在诸葛买套房子住下来。"

说话间，已经转弯，上台阶，再转弯，再上台阶，便看见一些枝枝丫丫、藤藤蔓蔓从一个柴扉紧闭的院子里漫溢出来。阶前爬满了苔藓，一看就知道鲜有人来。服务员告诉我们，房屋的主人住到城里去了，这房子现在是属于村里的了，因为太清静，平时没什么人来住的。进了院子，里面并不大，但八仙桌、老式木床等家具一应俱全，用手摸摸，一尘不染，看来是常有人来打扫的。桌上还有一个老式的摆钟，但已经停了，一直指着八点二十分，不知道这时间是白天还是黑夜。刘老看了后连连说："这里好，这里好！就住这了。"

安顿下来后，刘老就催着我好走了。他送我还没走下台阶，雨就下来了。先是一滴一滴，打在树叶上，打在瓦片上，打在池塘的水面上，发出悦耳的声音，不是暴雨那种刚脆，也不是秋雨那种绵延。这是一场五月的雨，是一场充满诗意的雨。雨开始越下越大，我们也不得不告辞了。

第二天，电视台得知后，跑到诸葛去采访，带回来一首他前一晚上即兴写的诗："让浮躁生活静下来/静于江南的梅雨中/听下塘狗吠与棒槌声/任青苔牵到幽远//久违了堂前的燕子！/老钟已停摆了几多时辰？/不是儿时的家园/却那般熟悉又陌生//怀古永远是一种生活方式/思念之苦散发出甜醇/灵魂的锈蚀并不因岁月/只在于错误的名利追逐//栀子花与睡莲的夏梦/依然会伴着我渐行渐远/面对正关注虐囚的世界/我无法占卜只茫然相看。"诗在当天晚上的电视节目里播了，于是第二天刘老再出门的时候，诸葛村的人都知道他是一位诗人了。

怀念青春："人生隔了很多年以后，你会觉得很残酷"

没有不下台的演员

也没有不散场的观众

鼓掌一百零一次

还是有鼓掌一百零二次的落幕

——刘湛秋《没有不下台的演员》

我考虑了再三，还是不愿意失去这么好的一次机会，决定请刘老为作协会员进行一次诗歌讲座。我小心翼翼地把这个想法说与刘老，没想到他满口答应了。到了说好的这一天，刘老早早地就从诸葛赶过来了。没想到，在芥子园已经有四五家新闻媒体在等他了。由于众所周知的“顾城事件”曾经把刘老陷入了绯闻的漩涡中，所以刘老说“最痛恨新闻记者了”，但他还是愉快地接受了他们的采访。采访结束，记者们提出要与刘老合影，刘老僵着笑容站在一块太湖石旁做道具。这时候，一帮中学生走过来，其中领队的老师看了我们一眼说：“这老头挺有艺术气质的!”我赶紧说了句：“你知道这是谁吗？他就是著名诗人刘湛秋呀!”那位老师一愣：“啊，是刘湛秋，我知道我知道!”说着就迎上来与刘老握手。刘老是我见过最没架子的名人了，他笑着说：“谢谢！谢谢!”那位老师赶紧回头对他的学生讲，这就是诗人刘湛秋老师。在初中、高中的课本里都有刘老的作品入选，刘老的名字大家是最熟悉不过了。“呼啦”的一下，围上来一大群学生，刘老站在学生中间，笑得更灿烂了，午后的阳光透过窗棂打在他的脸上，划过一道道金色的光芒。刘老眯起了眼睛，似乎陶醉在青春的回忆之中。

后来，刘老在当天晚上的讲座中，再一次回忆起了这个充满阳光的下午。他激动地说：“我觉得对你们来讲，回忆就像春天的河水一样，永远都是畅快的，但回忆对我们来讲，有时候很残酷，人生隔了很多年以后，你会感到非常残酷，今天你们在座的这些孩子，我过去也是这样的，可是一眨眼，半个世纪过去了，不是开玩笑啊，五十年，多么残酷，多么可怕，多么残忍的回忆，但我觉得非常高兴，因为有你们这些人，有诗社，就等于有诗歌的火种，希望的火种。”

从我在网上查到的资料中显示刘老生于 1935 年，依此推算，刘老今年应该是 70 岁，但是他自我介绍时却说是 65 岁。我寻根究底地问他，他又闪烁其词。后来我读到刘老的这样一首诗：“没有不下台的演员/也没有不散场的观众/鼓掌一百零一次/还是有鼓掌一百零二次的落幕//走吧，雨点在无声飘落/泥土并不是它的墓园/只有长长的路是真实的/快乐地、热情地、认真地走吧。”这时我才明白，刘老是宁愿在自己的人生路将自己的年龄忘掉，而轻松、快乐地前行。所以刘老也不喜欢人家叫他刘老，他说：“你们叫我名字就行，就叫我湛秋吧！”

怀念诗歌："诗歌是14岁到22岁年龄人的专利"

思想的自由是神圣的自由
它胜过人间的一切死亡
当我们的肉体化作灰烬
思想的树却一代代在嫁接成长

——刘湛秋《每个人都有自己的思维》

我提出请刘老讲座的想法时，原以为刘老一定会拒绝的，或者提出很高的讲课费，但是刘老都没有，竟然爽快地答应了。刘老说，现在已很少有人请他作诗歌讲座了。以前几乎人人都是诗歌爱好者，写诗的很牛，诗集一印就是几万册，而现在呢，出一本诗集如果不要自己掏腰包就算好的了。刘老说自己现在诗歌也写得不多了，刘老在2000年来临的时候，曾一口气出了三本诗集，但发行量不大。现在他有时候会写点儿散文或者报告文学什么的，稿费来得多，来得快。所以这次听说有人喜欢听诗歌讲座，他立马就答应了。

刘老是一个很守信的人。他怕弄错时间，三番五次地打电话来问清讲座的确切时间与地点，说好是19日晚上放在兰五中。才到中午，他就早早地打电话来，让我去接他。往往大牌名人的名气大小似乎都是要跟迟到时间的多少成正比的。但是，刘老却是一个时间观念很强的人，他一再问我通知讲座的时间，离讲座时间还有半个多小时，他就开始不断地提醒我，是不是可以走了？兰五中远不远？千万别让学生等久了！

到了讲座的会场一看，竟来了那么多的文学爱好者，能容纳二百多人的报告厅里全坐满了，甚至连过道里、外面的窗台下、走廊里都站满了人。我原担心这种诗歌讲座会冷清，没想到会有这么多人，有好多会员是从乡下赶了几十里路来的。套用刘老的一句诗“北京依然如此的拥挤/却又因少一个人而空旷”来形容“兰溪依然如此宁静/却又因多一个人而拥挤”。

刘老一进会场，掌声便像暴雨般地响起。刘老见到这个场面，也显得很激动，他第一句话就说：“我今天特别高兴，因为我已经有好多年没有体验到这么欢乐了。”刘老说诗歌是 14 岁到 22 岁年龄人的专利，你 22 岁以后不写诗，不爱好诗，我觉得可以原谅，但你要是在 14 岁到 22 岁间不写诗，那对你来讲一种损失，一种遗憾。刘老说在我们上中学的时候，男女同学之间递纸条子，不像现在这么赤裸裸地写什么“我喜欢你”“我爱你”之类的，就是一首诗，或者抄一句名人的诗，表示他自己的一种感情，我觉得这是一种朦胧的美，是一种非常值得回味的生活。刘老还说自已不是歌星影星，现在只有歌星影星才受到大众的关怀，粉丝很多，今天这么多人来听，诗歌不是特别需要粉丝的，不需要荧光棒闪来闪去，诗歌需要交流，需要心灵的交流。社会主义市场经济给中国带来了快速的发展，但也使人们对艺术的东西，对真正有价值的东西忽略了，我们有点远离诗歌了，淡忘诗歌了。刘老说钱是需要的，但它不可能给你带来灵魂的、精神的、永恒的东西，所以我觉得在人生中不可能没有诗，不可能不需要诗！刘老最后希望大家喜欢诗歌，爱好诗歌，将来多少播种一点诗歌的火种，并用诗歌来帮助你的人生，智慧你的人生，丰富你的人生，滋润你的人生！

整整一个多小时的演讲刘老都一直站着，并不时地挥动着双手，就好像在指挥一曲雄壮交响乐。

夜深了，我送刘老回到诸葛村的居所。村里静静的，昏暗的路灯下，古街的青石板乏着暗绿色的光，下塘的池水也静静的，像一面巨大的镜子，无声无息地不知放了多少年。远处偶尔有狗吠声传来。

我说："这是一个多么美的乡村之夜啊！"

刘老说："这是一个播种诗歌的夜晚！"

怀念爱情："我与麦琪之间的爱情是真诚的"

或许

你会站成树

让我成为你树上的眼睛

——麦琪《愿望的象征》

这次随刘老来诸葛村的还有八位澳大利亚的朋友，他说这几位都是他十分要好的朋友。但其中有一位四十多岁的女士是位华人，起初大家一直以为她是翻译。我因为事前查过网上的一些资料，见过麦琪的照片，所以她一下车，我就觉得眼熟，我怀疑她就是麦琪。但是在整个行程中，她似乎一直在躲避着我的镜头，总是与刘老保持着一定的距离，或者相互背着。但越是这样，我越肯定自己的想法。那天，四五家新闻媒体的记者在芥子园的一个画室里采访，想挖掘一点儿花边新闻，刘老却闭口不谈此事。后来，也有记者追问过我，但我没得到刘老的肯定和许可，没敢乱说。

如果没有 1993 年那次震惊中外的“顾城事件”，也许至今还不会有人知道他们之间的那段感情。麦琪与刘老最初的相识是在 1986 年 5 月一个诗会后的舞会上，一颗爱情的种子就在一支优美的舞曲中埋下了。当时的麦琪只有二十多岁，她痴迷地爱恋着湛秋，狂热地在爱中失去了自己。湛秋比她大二十多岁，于是，她祈求岁月能在情人身上停止脚步，自己则快速穿过光阴。她在诗中写道：“多想/你能站在岸上/让时间只流过我/从东到西/缩短黎明和黄昏的距离//或许/你会站成树/让我成为你树上的眼睛/或许/就这样对视/站成一种愿望的象征。”麦琪原名李英，1986年毕业于北京大学分校中文系，同年分配到北京《健康咨询报》任编辑，1987年底调到《诗刊》社任编辑。出版有诗集《天边梦边》。1990年夏天受顾城夫妇之邀，赴新西兰威克西岛（激流岛），和顾城、谢烨生活在一起。1992年底离开该岛，移居澳大利亚的悉尼，并于该年结婚。1993年，顾城杀妻悲剧发生和《英儿》的出版使她成为备受争议的公众人物。1995年，她出版自传体小说《魂断激流岛》，试图真实地反映她和顾城、谢烨在岛上的生活，却因牵进诗人刘湛秋而惹来更大的骂名。后来，湛秋与麦琪都离了婚，两人一直过着单身生活，但他们几乎每隔两个月就要见一次面，要么麦琪来北京，要么湛秋去悉尼。

后来，曾有人说麦琪调进《诗刊》社是因为刘湛秋的关系，但是在许多的新闻记者采访中，刘老都否定了。他说：“我与麦琪之间的爱情是真诚的，是纯粹的，根本没有利用与被利用的关系。”刘老一直珍藏着麦琪写给他的许多情诗，他说：“会在适当的时候出版公开，以让世人更多地了解我们。”

在刘老整个兰溪的行程中，他一直没有向我介绍麦琪老师，我也一直没有主动问他。直到刘老临走之前，趁着酒酣耳热之际，我试探性地问刘老，随行的那位是否就是麦琪老师？刘老酒量不大，已喝得三分酒意，但一听我问起这个，连忙站起来，举着酒杯走到我身边，要我止住这个话题，并再三嘱咐我保密。我答应了。现在我举笔写下这段文字的时候，不知道算不算是对刘老的失信。我想对于他们的爱情，在我的笔端不应成为避讳。我对刘老说："你们的爱情是伟大的，应该得到人们的理解和尊重。"因为此时此刻我想起了那天刘老讲座结束后送他回诸葛路上的一个细节。

那天，刘老讲座结束，作协的几个人又请他去临江仙茶楼喝了点酒。坐在露台上，兰江的美景并没引起他的浓厚诗兴，只是淡淡地喝酒，淡淡地说话。在此过程中有好几次抬了抬身，见大家聊兴正浓，便欲言又止。夜深了，江面上的风从对岸吹过来，有了些许凉意。终于有人站起来提出告辞了，刘老才顺口提出要回诸葛了。

车在空旷的道路上行驶，只有马达声"嗡嗡嗡"地响着。车快到诸葛的时候，刘老的手机忽然响了起来，铃声在夜的寂静中显得非常刺耳。刘老把手机放在耳边轻轻地说着，大意是说我已经回来了，就快到诸葛了。对方似乎是说门已关了，你回来我去叫服务员开门。那种深切的样子就好像是一个妻子在打电话询问丈夫什么时候回来。

车到弄堂口，刘老就不让送了。此时，在寂静的乡村之夜，我似乎听见了一个女子踏着木梯下楼为丈夫开门的声音。

湛秋先生走了，在五月之末的一个早晨，乘车从诸葛直接走了，那时，诸葛乡村新的一天才刚刚开始。

湛秋先生悄悄地走，正如他悄悄地来，没有迎宾送客，没有大包小包。

湛秋先生说，他与兰溪似乎特别有缘，这里有诗一般的意境，有梦一般的迷离。湛秋先生说，他的名字里有一个“秋”字，而郁达夫写过“红叶清溪水急流，兰江风物最宜秋”的诗句，所以他还会在秋天的时候再来兰溪的。

2004 年 6 月 11 日

儒雅之风

最早对民盟的儒雅印象来自张澜主席。读书的时候就看到过开国大典的那张经典照片，一个站在毛主席身边的长胡子长衫老人，给人一种温文尔雅的印象，胸藏万千气象，思接古今学识，气宇轩昂，风度不凡。但那毕竟是从画面上的一种感性印象，现实生活中很少遇见的。自从入了盟之后，在与一些老盟员接触过程中，才真正地触摸到这种来自骨子里实实在在的儒雅之风。

最先接触到的是民盟金华市委会的前主委陈三富和现任主委胡锦全。陈主委原先是金华市人大常委会副主任，退下来后，一直专注于非物质文化遗产婺州窑艺术的传承与保护工作，而且身躬力行，自己也做起了陶瓷作品。有一次他还专门带我们去看他做的茶具作品，上面还画有写意的花鸟，一笔一画，颇具心思。他对兰溪的盟务工作非常关心，每次碰到，都要问一问兰溪的情况，叮嘱一些要注意的问题和发展的方向性问题。而胡主委对兰溪的盟务工作关心得更为细微，只要有需要，哪怕是对兰溪普通盟员遇到的困难都会亲自过问，并尽力协调、帮忙。我们有一位盟员在办学过程中遇到了一些困难，胡主委了解到情况之后，几次来兰了解实际情况，并与教育等部门多次沟通、协调，帮盟员解决实际困难。还有一位盟员有一次被推荐省人大代表候选人，他三番五次地打电话过问，动用社会各种资源，从分发名片的设计，到个人事迹的介绍，每一个细节都一一过问、把关，虽然最后没能当选，但胡主委的关怀让盟员切切实实地感受到了他的细微与大度。

后来又接触到民盟省委会专职副主委徐向东，对儒雅学者之风有了更深的认识。徐主委原来是大学老师，见到他的第一眼就显得很亲切，还是像老师一样，没有一点儿官架子，盟省委机关的同志都说徐主委很严厉，有点儿怕他。可是我一点儿都没感觉到他的威严，当然他对纪律与学习还是非常严格的。每次省里有培训班凡是他的课他都会提早十几分钟到会场，静候大家的到来。在他讲课的时候不允许有手机铃声，不允许有交头接耳，但他却鼓励对他的讲课内容进行打断式的质疑，提出不同的见解，对有想法有创意的盟员他会非常赞赏。他会在讲台上放一大摞有关盟史的书籍，在讲课过程中会不时地停下来，忽然抛出一个问题向大家提问，答对的盟员就会得到一本盟史书籍的奖励。对答不出来的盟员会轻轻地批评几句，批评的时候嘴上总是带着微笑，有时候还会引起大家共同的会心一笑。这种看似有点尴尬的情景却让我们感到非常温馨，好像回到了最初的人生课堂，享受那种谆谆教导的滴水之恩。后来在我向他提出兰溪想筹建盟员之家的时候，刚好跟他想在基层寻找一个组织建设的抓手的想法不约而同地吻合。在整个筹建过程中，他多次地过问，并帮忙协调、解决一些实际问题，请徐辉主委题词、亲临兰溪揭牌、赠送书籍，等等，并协调组织盟省委常委们到兰溪盟员之家现场指导。至今，盟员之家在全省已建了不下五十家，有力地推动了民盟基层组织建设。在这个自媒体时代，他对新媒体的认识与运用有种奋起直追的紧迫感。他倡导微信在盟务中的工作应用，如今全省盟员在微信上的交流已经打破了传统意义上时间、地点的限制，可以说是做到了交流无障碍，学习无止境。

再后来又认识了民盟中央组织部部长陈幼平，一个干瘦精练的老专干，工作起来却比年轻人还疯狂。那时候兰溪盟员之家的工作得到了统战部门与盟省委的充分肯定，也得到了盟中央的关注。记得 2014 年的元宵节刚过，正月十七，还是周末，细雨霏霏，春寒料峭，陈部长抵达兰溪的时候已快下午四点了，他顾不上旅途的劳累，径直去盟员之家现场调研，与兰溪盟员座谈，了解基层组织建设的实际困难。一直到晚上六点多才吃晚饭，简单用餐后，也不留宿，连夜又奔往第二个点去了。过了不久，我因为参加盟中央的培训班，人还没去，就先收到陈部长的欢迎短信。他这么一个大忙人，竟然还不忘给基层一个普通盟员关怀，真是让人感到无比的温暖。在北京培训期间，他都一直与我们同吃同住，在学习与生活上对我们照顾得无微不至，没有一点儿部长的架子，若是走在北京的大街上，平实得与普通百姓无异。还有一次在安徽黄山召开浙鄂皖民盟先进基层组织建设经验交流会，为了参加我们的活动，他在北京主持完当天下午的会议已是五点多，连晚饭也顾不得吃，连夜乘机飞到杭州，又驱车三个多小时匆匆赶到黄山，等他入住宾馆已是凌晨三点多了，睡了个囫囵觉，第二天八点半准时精神抖擞地出现在会场。真是老夫聊发少年狂，甘为民盟奉心香。

对于民盟中央张平副主席我虽然只是一面之缘，却留下了深刻的印象。张平副主席也是中国作协副主席，因为自己对文学的爱好，读过他的《抉择》等一些作品，所以就多了一层敬仰之意。在北京参加盟中央培训的时候看到有他讲盟史课的安排，便早早地期盼能见到他，希望能与他合个影。没想到大家想法都是相同的，全班有来自全国的一百多个盟员，讲完课已是下午五点多了，每个人合影显然是不可能的，于是班长提议按省份合影。张主席就像一个模特站在那里，保持着微笑，分别与各省市盟员合影，这样一遍轮下来都半个多小时了。等到全部结束，他就要离开之时，我还是非常冒昧地提出合影的“非分之想”。他接过我的名片之后说：“哦，兰溪作协主席，幼平部长跟我提起过你，我们都是同道啊！”然后非常愉快地拉着我合了影。这看似一件小事，却体现了他对基层盟员的关心。过了没多久，他来浙江调研，竟然还记得我，专程托徐向东副主委给我带来一套他的新作《国家干部》（上、下），上面题言道“水惟善下能成海，山不争高自极天”。短短的两行字，抵过千言万语，道尽了为人处事之真理，使人顿悟。

而对于民盟中央徐辉副主席我也不过见过两次。第一次是在参加盟省委第十一次代表大会上，他当时还是民盟浙江省委会主委、浙江省政协副主席。在大会选举的前一天晚上就餐时，我以为徐主委一定会像我们基层选举一样，带着各个常委候选人挨桌地敬酒，却没想到一直到宴会结束，也没见有领导来敬酒。后来问了才知道，这是民盟历来的传统，凡选举之前一律不敬酒，要不然有拉票嫌疑，只有等到选举结束后，大家才会来表达谢意。徐主委个头虽然高大，却丝毫没有盛气凌人之意，说话娓娓动听，举手投足间显得非常慈祥平和。我在见到他的第一面就跳出来“儒雅”两个字，以前只是一种感性的认识，现在却真真切切地感受到儒雅之风的魅力。徐主委虽然没有来过兰溪，却对兰溪盟务工作给予许多的关注与支持，为兰溪盟员之家题了词。第二次见面是在盟中央的培训班上，徐主委已经从盟省委调到了盟中央工作，任民盟中央专职副主席。因为2014年是兰溪民盟支部委员会成立三十周年，我们想编撰一本《兰溪民盟三十年》以示纪念，我向徐主席提出想请他为我们题写书名之事，他又欣然应允，在我回兰溪没多久，就叫秘书将题写好的书名寄过来了，让我们感到惊喜与鼓舞。

当然，有着儒雅之风的盟员远不止这些，纸短情长，只恨篇幅所限，不能一一细述，他们如同我的生命中一本本大书，可以让我细细品读与回味，成为我学习的榜样。在我内心深处，深深感受到他们这种从骨子里透出来的儒雅之风和对基层盟员关怀的滴水之情，让我难以忘怀。有曰：大恩不言谢。面对记忆中的这些点点滴滴温暖恩情，我无以言谢，唯有以文字记之，以鉴我心。

2014年

幽幽之情

慰问老盟员是盟市委每年春节前的惯例，那几条熟悉得不能再熟悉的弄堂，那几座都能背出几级台阶的楼梯，那几扇只需轻轻一扣就会打开的木门，都在心里已经记得滚瓜烂熟。可偏偏看似单调的慰问，每每都会有无数的温馨，有无数的感动，有无数挥之不去的记忆……

这天，马路上人来车往，过年的气息越来越浓，我和方绍龙、张响珍、吴伟东三个副主委趁双休日如期赴约，拎着一大早从芝堰山里寄出来的几盒水米糕去慰问80岁以上的老盟员和历届老主委。

先是到了直联支部的方汝淮家。方老住在临近郊区一座职工宿舍楼的一层，两室一厅，四五十平方米，前些年儿子也同他住在一起，因为居住面积小，就把后面五六平方米的院子隔成了厨房，边上还堆着纸板箱等杂物，若有三四个人进去，就转不过身来。可就是这样困难的方老，每次盟里组织捐款活动都要坚持参加。许多盟员都记得那一年汶川地震捐款，大家知道方老家困难就没跟他说，方老获知后，硬是顶着寒风深一脚浅一脚地把捐款送到盟里来。而他自己患病、儿子失业、老伴身体不好等情况，从不向组织说半个字。短短几年，方老身体每况愈下，行走、说话已经没那么灵便了。

记得去年，盟省委徐向东副主委和金华市委程颖副主委来看他，他还颤颤巍巍地迎到门口，在断断续续的言语中艰难地回忆青春往事，他面色红润，轻松谈笑，幸福洋溢在那间小屋。可今天远远看见院门口只站着方师母，客厅也不见方老的身影，一直走到潮湿阴暗的卧室，才看见方老在床上躺着，已经不能起身了。方师母向我们叙说着他的近况，那些艰难的日子就在她的擦洗中一天天地煎熬着。或许每个人都会经历生老病死，可当疾病、衰老与死亡真正来临时，又有几人能这么容易就扛过去？

方绍龙把床头的灯打开，昏暗而温暖的光一下子就布满了整个房间。我把新出版的《兰溪盟讯》翻开来，递到方老的眼前，指着去年在客厅与徐向东副主委一起谈笑的照片给他看。他嘴里咿呀着含混不清的“谢谢”两字，眼泪一直在眼眶里打转。这时候，在我的脑海里一直就浮现出他捧着自己微薄而沉重的捐款站在寒风中的身影，那何止是捐款，那是一颗宽广而滚烫的爱心啊！

我不忍再看，不想让自己感动的泪水滴落在那块本已十分潮湿的地板上，赶紧走了出来。我忽地想起，这几年的慰问名单总会有不同的调整，有的人走了就从名单上消失了，有的人满 80 岁就新增到名单里。或许这就是生老病死最直接的体现，但每每这样的调整总会让人感慨一番。就如眼下的方老，我不知道明年的慰问名单里还会不会有他存在。

这时候，我不禁对这种自古以来的慰问产生了怀疑，我不知道这是不是流于行式，甚至不知道这微薄之礼真的能安慰这些奉献了一辈子的老盟员的心。但我深知一点，他们每年期待的或许并不是慰问这种形式，更不是我手中这点儿可怜的薄礼，而是一份组织的肯定与关怀。我记得前几年慰问时，方老总会拿出几张报纸，指着刊载有民盟活动的信息版面，跟我们说一些贴心的话，回忆一些幸福的往事，每年都乐此不疲。而今，他不能言说，唯用老泪表达，我等又情何以堪？我想作为组织，对盟员理应给予更多的温暖与关怀，时间与空间都不是错失的理由，只有多一些探望的时间，多一些沟通的渠道，多一些相聚的机会，才是我们人生需求的幸福所在吧！

2014 年 1 月 26 日

每一个漫长的夜

2021 年冬至这一天，是一年里白天最短的一天，夜早早地就来了。

这一天对我来说，原本并没什么两样，两点一线，从家里到单位，从单位到家里。午间闲时去文化馆听了歌曲《兰溪日子》的小样，听着自己原本苍白的文字，经音乐赋能以后，在空气中一下子显得灵动起来，像在春天里苏醒了的小草，随着音符的跳动，一棵一棵地从地底下冒了出来。

兰溪日子，有戏有味。这样的日子让我越来越深爱着这座小城、这片土地。虽然没有大都市的繁华，也没有北上广的焦虑与内卷，但富足的兰溪日子有戏有味，阴晴圆缺，日月轮转，朝茶晚酒，小富即安。

晚上，看朋友圈忽然晒起了行程码，原来是杭州等地已从疫情中高风险区降为了低风险区，行程码的星号忽然就消失了。

这一天来之不易，背后不知有多少人默默奉献，想到这里，这个漫长的冬夜忽然变得温馨起来。

温馨的时刻总是那么短暂。陈星忽然在盟员之家群里发上来一篇读郑志谷摄影作品的感言，接着又发上来一副悼念志谷的挽联，说："今日冬至，忽有噩耗传来，云志谷已归极乐，不禁悲从中来，泪眼婆娑，特撰挽联一副，以表哀悼之情：如醉如痴，勤奋以相机为笔，谱写美篇垂青史；不屈不挠，勇刚与病魔作对，长留精神在人间。志谷一路走好！"我的心里"咯噔"一下，竟不敢相信眼前屏幕上的文字，私信确认后还是一下子难以回神，思绪一下子飘向了茫茫夜空，往事一幕接着一幕涌来。

或许每一天，都有许多新的生命来到这个世上，也有许多生命离开这个世界，就像每天的日出日落、花开花谢。但是每当这些离别的生命从你身边擦肩而过时，总还是要止不住的悲伤起来。

对于兰溪民盟这个还算年轻的组织，每一个生命的告别都是极大的损失。到明年，也就是2022年，才是兰溪民盟组织成立四十周年。在这四十年间，一批批的盟员忠于党忠于组织，怀揣一腔的热情前赴后继。回首即将过去的2021年，顺利完成了又一次的更替，新老班子顺利交接。记得春节去看望赵立言老主委时，他紧紧地拉着我的手说："民盟现在发展势头很好，你还得再带一带，继续当主委。"一个老主委的嘱托，我心生感动，无以言表，唯有付之以行。可如今老主委也已驾鹤西去，望空楼，独怆然泪下。从今年的 2 月到现在，已经送走了 6 位盟员，最大的 90 岁，最年轻的 54 岁。忆往事，不堪回首，闭上眼睛，任思绪翻飞，眼前似乎又一次飘过他们鲜活而真诚的音容笑貌。

陈廷杰，一位参加过抗美援朝的老战士，更是一位慈祥可亲的老人。十年前他 80 岁，我第一次走进他家去看望他时，他像老朋友一样拉着我的手，久久不肯松开。他家位于一层，阴暗潮湿，一天到晚几乎都晒不到太阳，但他的手却是那么温暖，在冬日的寒风中，让我感念这种没有距离的温暖。他笑眯眯地看着我，向我嘘寒问暖，好像要慰问的不是他，而是我。那时候，他的听力已经不太好了，得大声与他说。他最关心的就是盟事，每次去看他，总会问我们要《盟讯》。后来几次再去看他时，他就住养老院了。在一个四层靠窗的床位，冬日的阳光从窗户里直接照在床上，他仍旧笑眯眯地跟我们打招呼。可我们每次去看他时，只记得带慰问品，却老是忘记给他带刊物。而在老盟员的心里，最渴望的并不是什么慰问品，而是渴望听到民盟的信息，哪怕只是一句话、一段文字。每次见到我们，就像父母见了孩子回家一样高兴，又是让座又是泡茶。可我们每年给老盟员的只是那么匆匆的一晤，一点礼节性的慰问品，几句衷心祝福的话，在他们面前感觉就像一个时间的吝啬鬼。他们嘴上总是说，你们忙，你们忙，不用来看我。其实内心却是多么的渴望，哪怕再多一分钟、再多一分钟，原本最简单的要求，却是他们最廉价的奢望。这两年去看他时，神志时清时糊涂，说话也不那么利索了，目光变得呆滞起来。他看我们时会流露出熟悉而亲切的眼神，却叫不出名字来了。记得去年去时他正躺在床上睡着了，我们便没打扰他，悄悄地退出来了。后来没多久，便传来了噩耗，因为疫情影响，丧事从简，我们都没来得及为他送上一程。

王荣生、诸葛万超是两位像老黄牛一样默默奉献的老盟员，每次老年节活动他们都很积极地来参加。诸葛万超是诸葛亮后裔，家住诸葛来参加一次活动不易，要坐公交车，有时候我们安排盟员送一下，他总是说不用不用。有一次我陪客人去诸葛，在去大公堂的路上遇见他，才知道他家原来就住在大公堂的边上。他邀请我去家里坐，让我去楼上拍照。诸葛八卦太极图那张效果最好的照片就是从他家窗户里拍的。去年有一次我陪客人去诸葛，其中有摄影的朋友，本想带他去万超家楼上拍摄，结果是铁将军把门。当时也没有多想，以为出去了。现在想起来，他应该是生病住院了，心生愧疚。我常常说，你们有什么事跟我们市委会的同志打个招呼，但老盟员自己有困难从来都不向组织提要求，支部里有同志去看他们时，都要再三叮嘱，不要跟陈主委说，他很忙的。每次听到这句话时，我都感动得要掉眼泪。

赵立言与王荣生是同年同月生，但入盟比他早十四年，是老盟员里面入盟较早的。在今年金华民盟庆祝大会上，被授予光荣在盟三十七年荣誉奖牌，由于身体原因，他没能到场。但没有想到的是，他的盟龄却永远定格在这块奖牌上了。兰溪民盟 1982 年成立组织，1984 年成立支部，1988 年成立市委会，是全省为数不多的县级地方组织，赵立言被推选为首届主委。他当时是兰溪为数不多的北大毕业生，在地理教学方面颇有成就，他任主委可谓是众望所归。每次去看他时，他都会说起民盟的那些往事。对于兰溪民盟的这点儿家底和这支队伍，他比谁都了解，谁的脾气、谁的性格、谁的特长，一说起这些，他的眼睛里都闪着光。他总是鼓励我，要大胆地去做，要坚持正义，为盟员去争取更多的利益，尽力去满足盟员更多的需求，这也是对我们每一任主委的起码要求。也正是在他的鼓励与启发之下，我在全省最先创建了盟员之家。现在盟员之家已在全国遍地开花，但在当时，我的初心只不过是想为这些老盟员搭建一个与组织沟通的平台。在兰溪民盟成立三十周年之际，在他的鼓励下，我又启动了《兰溪民盟三十年》的编撰工作。当时曾经遇到资料缺、人手缺等种种困难，他却不断地鼓励我，自己带头撰写回忆文章，把自己收藏的一些照片、资料都提供给我，填补了许多缺憾。在后来的兰溪民盟三十年纪念大会上，我邀请他与我一起为这部盟史志书首发揭幕，留下了难忘的一刻。每每想起这些，他那深邃而充满睿智的眼光便会浮现在我眼前，像一种无穷的力量激励着我前行。在他充满正气的眼中，容不了一丝“坏”，揉不得一颗沙子。他住在二层，每到冬天，家里没有阳光，走进去有一种阴冷的感光。身体好的时候，他便会去告天台晒晒太阳，与那里的老人聊聊天。后来，他的腿脚不方便了，只能待在家里，每天早上在阳台里晒一小会儿太阳。我们一直劝他住到养老院去，他说不喜欢那种氛围，全是垂垂老矣的老人，暮气沉沉。他喜欢看那些充满活力的生命，看见年轻盟员，他会语重心长地跟他们说话，恨不得把自己一生的经验都告诉给他们。在他的影响下，他的女儿也加入了民盟，成长为一名合格的盟员。在他的一生中，充满了奉献、努力、奋斗，无论为教育，为民盟，还是为政协，他都作出了很大的贡献，在我们面前，他就是一座高峰，就是我们学习的榜样。我后来听他的保姆说，赵老走得很安静，女儿陪在身边，没有一丝慌乱。保姆也是一位很朴素的妇女，在他家差不多做了八年了，他走之前的一个晚上，保姆觉得有不祥预兆，便打电话让女儿从金华赶回来，安然地在自己的怀里送走了父亲。以前，你抱我长大，现在我抱你离开。这是赵老与生修来的福气，无病无灾，安然离去。在他走后，我拟了一副挽联“俯首甘为孺子牛一生执教；倾心愿做民盟人九泉立言”，作为他一生的写照，打在灵堂的电子屏联上。民盟班子换届的时候，我本计划带着新班子成员，去走访一下老主委，却因种种一拖再拖，成了永远的遗憾。但不管怎样，我们总要肩负他们未完的使命，踩着他们扛起的肩膀，一代接一代地继续走下去。

如果说赵老的离去是一种遗憾，那鲍旭升的英年早逝则是一种痛。对他的爱人来说，几近撕裂生命的痛，至今也无法抹去。他在世的时候，除了工作之外，我很少与他接触，偶尔在兰一中接送女儿时撞个面。他女儿与我女儿同是一年级，因此经常会在周末接送时碰见。每次碰见，也只是礼貌性地打个招呼，也很少聊女儿的事。或许男人与男人之间，似乎更多一些默契，少一些无聊的废话。在他走后，当我看到他留下的那本日记后，才慢慢地进入他那个坚强的世界，了解那个坚持的老鲍。我们想尽量地去帮助他家，哪怕是微薄之力，也希望能弥补一点儿生前的缺憾。我总想，老鲍的死应该唤醒一些东西，比如坚持、良知、勤廉，等等，他身上的每一种品质都值得我们学习。他的死更应得到应有的荣誉，虽然有人说，这对他的家属来说是一次次地掀起他们的伤痛。但是我想说，一个人的离去，我们不应该忘记他，而是应该记住他。记住不是为了掀起伤痛，而是为了抚平伤痛，带来欣慰。兰溪好人、金华好人、浙江好人，这些所有的荣誉都是他当之无愧的，也是对他一生最好的概括。我一直想好好给他写一篇文章，可每次动笔之时，却不知从何写起，又担心掀起他家人掩藏在心底的伤痛。曾有采访过他事迹的记者对我说，从来没有看到过这么家徒四壁的老师。想象中，作为一所重点中学的班主任，随便开个口子，办个暑期培训什么的，那钱还不是水一样哗哗地流进来。但老鲍当了三十三年班主任，从没办过培训，更没收过一分钱，哪怕是学生的谢师宴，他也很少参加。他最大的心愿就是看着学生考上自己心仪的学校。许多学生都受了他的影响，走向了教师的工作岗位，这是他认为平生最为荣耀的光芒。当我走进他的学生、他的同事、他的家乡时，却发现在他憨厚的笑容后面，掩藏着一颗充满良知的爱心。他是民盟先贤陶行知坚定的追随者，我们学习他，不是要大家去做事业上的拼命三郎，而是要用自己的智慧与爱心铺满人生的道路。他的爱心故事、感人故事有太多太多，片言只语难以言尽。

而对于郑志谷，我对他的记忆还停留在几十年前的一种梅江式的笑容。何为梅江式？他是典型的梅江佬，梅江镇柳塘边村人，是浦江江南第一家的郑姓后裔。兰溪人喜欢叫梅江佬，有七分是敬佩其坚韧，有三分是对土气的嫌弃。我曾打个比喻，梅江人就像是紫荆花，硬脾气中有一股韧劲，折不断、压不垮，哪怕是生在一块岩石缝里，照样可以绽放满枝的阳光。梅江人节俭惯了，虽看上去土里土气，但性格直来直去，不管走到哪里，总改不了一口的梅江口音。我的家乡离柳塘边村不过五六里路，记忆中那是一个最会读书的村，在20世纪八九十年代，几乎每个暑假都会放上几天几夜的露天电影。放电影就意味着有人考上大学或中专，今后就是“吃皇粮”的了。志谷就是这其中的一个。在参加工作后，一直保持着梅江人吃苦耐劳、多做少说的良好品性。工作三十年间，踏遍兰溪的角角落落，拍下的照片不知有几万张，光发表的就有三千余幅。他来自农村，深知基层百姓的痛与苦，镜头中多是基层老百姓的生动写照。记忆中，以前在报上经常会看到他的作品，像获奖作品《与领袖像合个影》《山村国旗班》印象中都有看到过。在我担任主委后，才知道他也是盟员。虽然他平时很少参加民盟活动，但还是十分关注的。记得有一次在医院里偶遇，他与爱人从医院里出来，手里提着一大包中药。在闲聊中才知道他患癌症多年，但心态却一直很好，看上去与常人无异。说起那些往事，像尘土一样，不曾落下，也不曾飞扬。去年，听说宣传部要给他出一本新闻作品集，他一直在断断续续地作整理。我想，有点儿事做也挺好，忙了一辈子，也该对自己做一下总结。没想到书的出版之时，也是他人生的谢幕之即。在这漫长的冬至之夜，听到这样的噩耗，不禁哀从心起。

总听人说，人生最拗不过的就是命，命里有时终须有，命里无时莫强求。我们何时来，何时去，全靠命的掌控。但是在我研读《了凡四训》之后，发现原来命是可以改变的。世间万物都是在运动与变化的，如果只是一成不变地妥协于命运的安排，那便是俗人。命是要靠自己双手去争取的，要想在短暂的一生中有所成就，便要靠自己去努力、去拼搏。赵立言、鲍旭升、郑志谷，等等，他们的人生虽然短暂，却是曾经在风里奔跑过，在雨里呐喊过，一任接着一任，一年复始一年，直至跑完无憾的人生，抵达生命的终点……

我庆幸自己加入了民盟这样一个组织，它无时无刻不温暖着我每一个漫长的夜，在黑暗中给我带来光明。夜越长，思越深。十年间，共有 21 位盟员离开了我们，对大多数兰溪人来说，他们是陌生的，但他们在兰溪的发展史上，或多或少地都付出了他们的努力与追求，或教育，或文化，或科技，正是他们的一点一滴的岗位建功汇就了兰溪发展的滔滔江河。在这个漫长的夜，让他们的名字永远地留在我们心间吧！他们是：

章寿眉、凌成澜、诸葛达、金炫、方汝淮、汤维成、陈金标、叶惠芝、方志祥、谢启之、方志恒、施位林、李年丰、于宝伦、方汝松、陈廷杰、鲍旭升、王荣生、赵立言、诸葛万超、郑志谷……

2021 年 12 月 22 日　夜

那个坐在书吧角落里喝酒的人走了

2013 年 8 月 29 日一大早，打开浙江省作协信息 QQ 群的时候，跳出来的第一条信息就是省作协老师发的：浙江省作家协会第八届全委会委员、浙江文学院院长、浙江省文艺评论家协会副主席、中国民主同盟盟员、我国著名文学评论家盛子潮同志因病治疗无效，于 2013 年 8 月 29 日 5 时 10 分不幸逝世，享年 56 岁。

我心里咯噔一下，脑子里不断地浮过最后一次见到子潮老师的样子：一脸的络腮胡，坐在纯真年代书吧的角落里，眼光只盯着一处，嘴里叼着烟，桌上立着两瓶啤酒，他一口接一口地吸烟，一口接一口地喝啤酒。那是 2008 年一个初夏的傍晚，我出差到杭州，天下着雨，我提了两篮兰溪杨梅去看他，那时候纯真年代书吧还在文三路那边，我轻轻地推门进去，一眼就看见子潮老师像一尊蜡像似的在一个角落里端坐着，他似乎一直就是这个样子，微微笑着，安静祥和。他见到我，只是轻轻地吐了两个字："来啦！"然后还是自顾自地喝自己的酒，抽自己的烟。我知道，烟与酒是他每天不断的朋友，不需要呼朋喊友去陪伴，只是一个人静静地坐在角落，一边独酌一边思考着什么。

我记得在1996年的时候参加省文学院培训，子潮老师来给我们上课，那是我第一次见到他：穿一件很多兜的马甲，一脸的络腮胡，从容地进来，坐下，然后从兜里拿出一包烟和一个打火机放在桌上。我正想他会不会再从哪个兜里掏出讲义什么的时候，他已经从盒烟里轻轻地抽出一支烟来，"啪"的一下点上，自顾自先很用力地抽了一口，然后开始了讲课。烟是"三五"烟，很凶的那种。从古代到当代，从传统到先锋，从现代主义到魔幻主义，他如数家珍，娓娓道来。那次课让人记忆最深的还是他背诵了初恋时他写给一个女子的一首情诗，他爱上了一个女子，追了好久也没得到明确的答复，就写了一首诗，全文我现在差不多忘了，大意是说你这扇门虚掩着，却又不完全打开，我不知道是应该推门而入，还是默默离开，他在诗中浪漫地问道："选择吧/把门关紧/或者/让门敞开。"那女子读了这首充满才气与浪漫的诗后，回敬道："心灵的门已经为你敞开，你不进来，怪谁呢？"后来这个女子成了子潮老师终身伴侣，也就是纯真年代书吧的老板娘朱锦绣。这个才子佳人的故事后来成为文学界的美谈，诺贝尔文学奖得主莫言曾为他们亲笔撰写了一副对联“看山揽锦绣；望湖问子潮”，至今还挂在纯真时代书吧的墙上。

2000年的时候，朱锦绣老师患结肠癌，从死神的魔爪里捡回一条命，提前从学校岗位上退下来，就对子潮老师说：“给我开个书吧吧！”于是在西湖边上就有了这样一家纯真年代书吧，在文化界人士几乎无人不知。但时隔十多年之后，死神的魔爪又缠上了子潮老师。2012年5月，他被确诊为下咽癌和食管癌，从此不断地奔波于上海、杭州两地，其间进行了手术、放疗和化疗。可仅仅一年零三个月，这个爱坐在角落里静静喝啤酒的大男孩就匆匆地走了。

在他卧病期间，仍不忘对文学工作的牵挂与操劳，坚持每天写微博，写微童话。在去年8月，河北少儿出版社还新推出了他的微童话集《蟋蟀演奏家》。他的微童话充满爱心与浪漫，就像他的爱情。如他在《爱心牌兔毛衫》写道：

小刺猬的妈妈前几天去世了，小兔子很想接小刺猬来家里玩，兔妈妈说，小刺猬身上长着刺，一不小心就会扎痛你的。第二天，小兔子把自己身上的毛都剪了下来，兔妈妈太惊讶了：“你这是干什么？”小兔子骄傲地回答：“我要用兔毛给小刺猬织一件兔毛衫，小刺猬穿在身上就不会扎痛我了。”

短短一百多个字，有温情，有哲理。读他每天的病中微博，也是如此，像一则则微童话。选摘几条：

据说每个事物都有例外，包括癌症。我相信了，于是白天，我拿个小板凳一大早到奇迹的门口排个队，晚上我就裸身躲在“例外”洞里不出来，只是那洞前的路很高，有时候气喘的我走不上去。(7 月 31 日)

这几天总是这样，醒醒睡睡，到 6 点半或 7 点不再那么贪睡了。打了一个贪字，心一抖，为什么人们对贪官总是要打？对贪睡总是同情呢？官和睡，不都是名词吗？一笑。(8 月 21 日)

像我这样，以生命为抵押，暂时失去说话功能的人，微博是和这个世界唯一沟通的渠道，还有就是书写，两者有共同点吗？我想有的，这就是短而慢。这两点，正是当下社会在流行的；微字打头的在流行，人人要求慢生活。(8 月 22 日)

谢谢锦绣，什么事，我先不告诉你。(8 月 24 日，此为生前最后一条微博)

看子潮老师的每一条微博都是一个大男孩写的一则微童话，

特别是他生前最后一条微博，竟是悬念式的，到底是什么事，或许除了锦绣老师，从此再也无人知晓。

我文学院培训回来后，除了邀请他担任《芥子园》文学刊物顾问，和一次受兰溪市委宣传部之托邀请他来兰讲了一堂文化课之外，很少有联系，换句话说，也是怕联系，因为总觉得自己创作少，无颜见师面。2011 年参加一次省民盟会议时，才知道子潮老师也是盟员，从某种意义上讲与子潮老师又多了一层民盟的关系，从心灵上更亲了一步。民盟省委会本来打算要以子潮老师为首，组织全省作家盟员搞一次文学活动的，却不想如今已是阴阳两隔。

那个爱坐在书吧角落里静静地喝黑啤酒，静静地抽“三五”烟的大男孩走了，他一直深爱着并陪伴他走完一生的那个女子说：“他睡得像个小孩子，安安静静地睡了。”

2013 年 9 月 11 日

魂牵梦绕西塘下

——纪念方增先先生逝世一周年

又一次来到西塘下，虽然已近夜暮，但还是被惊艳到了。

来过几次西塘下，村还是那个村，却已经不是原来的西塘下了，有了很大的改观。一到村口，便见一块巨大的景观石上刻着方增先先生题写的村名，遒劲而飘逸，看似信手而来，却是笔笔如刀，七分守正三分洒脱，让人在入村前顿生敬慕之情。

记得第一次来西塘下时，是二十多年前跟着前辈来看先生的父亲方自成老先生。那时候还是乘着公交车到的横溪，然后步行前往。先生家就在村口，还没进村，老远就看见先生的老宅。前辈指着一位坐在门口晒太阳老人说："呶，那就是方老师的父亲。"待慢慢走近了，看他正埋头看着书，来了客人也没有发觉。待我们走近连叫了几声方老师，他才慢慢抬起头来，欣喜而诧异地看着我们，似乎一下子想不起来是哪里的客人。前辈说，是去年来过的，文联的同志。他才似乎有点儿想起来的样子，招呼我们坐，在冬日的阳光里闲谈、问好。这时候我才发现他手中的书是一本朱子治家格言的古籍。后来才知道方老先生以前也当过老师，对方增先从小就有严格的家教。我想先生有如此高的艺术成就，最早应该得益于严格而温和的家教吧。

那时候文联的同志坚持每年春节前去慰问方老先生。后来方增先为了方便照顾，就把父亲带到上海去了，我也就再没去过这个村，一直到前两年调研兰溪祠堂文化的时候才又去了这个村。村里人带我们看了方氏祠堂，非常震撼，七进五堂，依势而建，分别是孝义堂、忠顺堂、世德堂、雅言堂、崇本堂，都是方增先亲题墨迹，苍劲古意，大气磅礴。可惜的是好几进的房子都已毁塌，但光看地基，足见气势。更有先生为祖上宋代文学名士方凤所题的“文学名家”牌匾，熠熠生辉，彰显大家遗风。

此次前往正值先生逝世一周年，为行程平添几分肃穆。先生生前一直有魂归故里的愿望，曾给前去看望的家乡人题下“魂牵梦绕西塘下”的字样。那时候他已经身体欠佳，全身开始浮肿，却一直想回家再看看。兰溪相关方面也一直在促成此事，做过多种方案，却因为担心先生的身体未能成行，一直到他溘然离去。时隔一年，人去楼空，再一次站在方氏祠堂的那块空地上，想起先生的心愿，不免黯然泪下。

先生自幼聪慧好学，在当地至今还流传着一张牛画换一头真牛的传奇故事。先生生于斯，长于斯，家乡的一草一木、一山一水都成为他生命中不可或缺的艺术基因。先生在上海的居所外墙全部用家乡运过去的鹅卵石进行装饰，成为小区中独具风味的一座。院子里的一些花草竹木也都是托人从家乡带过去的，甚至连培植的土都是西塘下的。先生恨不得连喝的水也是家乡的。西塘下的冠山蜀水养育了先生，家乡文化的基因时时流淌在先生的血液里，这种刻骨铭心的牵挂或许是一般人难以理解的。先生把这种乡愁与牵挂倾注在他的作品里，因而有了《粒粒皆辛苦》《说红书》《家乡板凳龙》等经典作品。

先生从小受李渔倡编的《芥子园画传》影响，从而走向美术道路。20 世纪 80 年代兰溪建成李渔纪念馆芥子园后，先生专程前往采风体验，曾在芥子园里住过一段时间。1990 年先生专门为芥子园创作了国画《李渔像》，在题款中称李渔为“吾乡先贤”。2013 年 3 月，先生正式授权，将方增先艺术馆永久落户在兰溪。四年之后，一座占地面积约 2000 平方米的艺术馆在环境优美的青湖公园建成，但是先生因为身体的原因没能亲临开馆现场。先生生前一直想回兰溪看看他牵挂的静静的兰江、弯弯的蜀溪、巍巍的冠山，但一直没能成行。在先生去世之后，兰溪方面在艺术馆里设了临时灵堂，许多因为不能去上海的书画爱好者和广大市民都前来祭奠先生，这里曾经也是先生魂牵梦绕的地方，如今成了永远的遗憾。

先生在西塘下的故居至今依然屹立，泥墙、黑瓦、榆木门……还是那幢两层的泥瓦房，斑驳的墙体诉说着一路的风雨。门口那个先生为父亲专门建造的沼气池也还在，只是门扉紧紧地关闭着，先生已经驾鹤西去，唯有先生的精神依然是家乡人在村口大樟树下常常念叨的话题。村里新班子上任后，信心满满，要秉承先生遗志，让先生魂归故里，将西塘下建成中国画家朝礼膜拜的画家村。村里还散落着许多已经难得一见的泥瓦房，大部分主人都已经另起新楼。村里并没有急着把那些遗弃的泥瓦房拆除，如今反而成了艺术家眼中的稀罕物，如果在美丽乡村建设过程中，规划建设一个老宅文化写生基地，让美丽变成经济，让乡愁变成艺术经典，也不枉先生对家乡的牵挂了。

夜幕降临，热闹了一天的西塘下渐渐地静了下来。我想，卧于青山秀水间的这个小山村曾经是如此的不起眼，却因为先生不朽的一生，已经让它从此不再平凡。

冠山巍巍，蜀水潺潺，先生遗风，魂牵梦绕。

2020 年 12 月 9 日

青山红梅忆忠魂

每年 6 月，兰溪的 47 省道沿途便会格外的热闹，漫山遍野空气中都漂荡着甜蜜的气息，五十里杨梅长廊吸引着全国各地的游客与商贩。云山街道陈家井村是这条长廊的起始点，全村拥有杨梅面积 1500 多亩，总收入 500 多万。但在三十年前，这里还是荒山杂林，“种粮难，行路难，致富难”，人均收入只有三百多元，村民面对青山日夜发愁。

1987 年 10 月，时任兰溪市委农村工作部副部长的杨东海，响应市委扶贫开发号召，来到陈家井村挂职，担任村党支部书记。这个村离城里只有 6 公里的路，骑自行车只需半个小时就到了，但他搬来了铺盖，在一间破旧的知青屋里一住就是两年，把陈家井村当成了自己的家，连周末都很少回家。当爱人责怪他连陪女儿逛公园的时间都没有的时候，他说：“农村哪儿有星期天，我是村里的支部书记，应该在村里。”

面对村民的发愁，有的干部给他提出了办厂的建议，但是他说："现在村里底子薄，办厂条件还不具备，怕只怕办成'开关厂'，没开几天就关了，给村里雪上添霜。"他给村前村后连绵的群山提出了"近山花果山，远山用材林"的战略决策。有人说他傻，办厂见效快，能体现挂职政绩，而种果树没个三五年见不到收成，那个时候他都挂职结束了。但是他说："我不是来镀金的，我只想为村里办点儿实事！"在这挂职的两年中，他不图名利，不辞辛劳，视农民如挚友，敬农民如父母，在十分艰苦的条件下，组织带领全村党员、干部、群众开垦山地，种植杨梅，兴修水利，开筑道路，深受村人的爱戴和拥护，都尊称他为"杨部"。在他挂职结束离开时，村里人恋恋不舍，他住过的知青屋也一直保留着，盼望他随时回来住。他说："我已经是陈家井村的人了，往后还会经常来看你，来看大家的！"确实如此，他时常会抽空来村里询问果林长势等村里的发展情况，村里每遇上困难或大事决策，也会找上门去听取他的意见与建议。

繁重的工作和超限的劳累耗损着杨东海瘦弱的躯体。1991年11月，经浙江医院检查确诊杨东海患主动脉扩张症，在紧连心脏的血管间已鼓起一个大得惊人的瘤状体。医生说，这是一颗危险的"定时炸弹"，建议手术。杨东海说："我才43岁，还年轻，我还能拼一拼，再干一点儿事，如果一开刀，我就困在病床上了，什么事都干不了了。"他恳求医生能不能缓两年再手术。医生跟他“约法三章”：一是下乡不能干繁重的体力活；二是半年到医院复查一次；三是写材料不能熬夜。就这样，这个仅仅住院四十七天的“重症病人”就执拗地出院了。但他一出院就把医生的“约法三章”抛在了脑后，他从此再没有请过一天病假，开始与生命赛跑，下乡远途跋涉、熬夜写材料等对他来说已是常事。他说：“我宁愿忙忙碌碌活到50岁，也不想无所事事活到100岁。”

1993年6月13日，兰江水位突破危急线，杨东海主动请命支援马达镇陈家村抗洪，组织指挥干部群众扛沙包、堵缺口，挡住了一次又一次的洪峰。他对乡亲们说：“水不退，我不走!”他让疲惫的同事回城休整，自己坚守岗位七天七夜，直到6月19日洪水退去！陈家村及近邻三千多亩粮田保住了，而杨东海嘴唇青紫，脸色蜡黄，几近生命的极限。

杨东海淡泊名利，勤政为民，一身正气，两袖清风。他说：“做官去伸手，不如杀了头。”他对在银行任职的妻子说：“我在市里工作，有权，你在银行工作，有钱，权与钱都是人民的、国家的，这两关我们一定要把牢。”他手中握有每年一两百万元的农发基金审批权，从不谋取分文私利，连起码的“人情礼”都被拒绝；他从不公车私用，重病在身也坚持骑自行车上班；家里28平方米的旧屋一住就是十年，单位机关分房每次都先给需要的人；到北京参加培训二十天，全部费用仅报销743元；他在农经委副主任职位上干了七年，主任换了三位，从不感到委屈，总是主动配合，被称为“最佳搭档”。

1994 年 10 月 19 日，为了调查全市农村经济情况，他再一次踏上了下乡调查之路。每到一地，实地踏勘，召开座谈会，马不停蹄，三天下来，共跑了 5 乡 1 镇，行程 180 多公里。10 月 22 日晚上，他热了一碗冷饭，匆匆扒了几口，便开始整理几天下来搜集的第一手资料，起草农村调查报告。但刚起了个头，便听得他突然撕肝裂胆般发出“啊”的一声，轰然倒地，等妻子反应过来跑过去抱起他时，杨东海失去知觉……5 分钟后，他便停止了呼吸。

杨东海逝世后，陈家井村村民以族人的礼仪在村后的祠堂山上举行隆重的骨灰安葬仪式，前来祭奠的村民从山顶排到山脚。墓地的周围是满山的杨梅，与忠魂常青常伴。墓碑上写着：“杨君律己唯严，清廉自守，关怀民瘼，志在悯农，泽及桑梓，口碑载道。”

忆青山红梅，东海忠魂犹在。从此，杨梅成了陈家井村民的致富树，人民的公仆、党的好干部杨东海帮陈家井村民摘掉了“穷帽子”，过上了安居乐业的幸福生活。如今，全国上下吹响了振兴乡村的号角，在兰溪，在金华，在全国，不知又有多少个“杨东海”在习近平新时代中国特色社会主义思想的引领之下，为建设富裕和谐美丽的新农村而不懈努力！无怨无悔！

2018 年 3 月 29 日

天堂的路有多远

天堂的路有多远？谁都不知道，去过的人也没见回来告诉过谁。或许在很远的地方，或许就在你身旁，不小心一脚踏了进去就再也不能回来。谁都无法相信，2015 年 10 月 16 日的那个傍晚，年仅 43 岁的陈金标就这样一脚踏进了天堂。

那天傍晚，陈金标吃过晚饭后，像往常一样主动承担了洗碗的活，好让母亲早点儿去跳广场舞。洗毕，他骑电动车带爱人江小燕去沃尔玛。不料才骑出小区，在马路拐角处，陈金标忽然一个急刹车，人就一头栽了下去，他爱人还没反应过来怎么回事，他已经倒在地上没有声响了。江小燕顾不上去扶电瓶车，拼命地哭喊着问他怎么了？陈金标像突然睡着似的一点儿声音都没有。江小燕害怕极了，不知道该怎么办，幸得好心人帮助，陈金标很快就被送到医院进行急救。

当我接到电话的时候已经快晚上八点了，说陈金标车祸正在医院抢救，让我去看看。我一听是车祸，心想，毕竟是在城市道路上，车速不会很快，大不了动筋伤骨，总不至于危及生命的。但听电话里说得很沉重，便也不敢耽搁，放下手头工作急忙赶去。

在医院门口，碰到闻讯赶来的几个盟员，大家都猜测着，不知道什么情况。进了急诊室，看见走廊里已经站了许多人，有家属、领导、同事、朋友等，大家焦急地等待着医生抢救的结果。这才知道并不是车祸，是突然晕倒，一头栽倒在地，再也没有醒来。医生要家属有思想准备。听了这话，大家的心一下子像掉进了冷窟里，都沉默不语。有人开始抽噎起来，又像是怕惊扰了别人，把抽噎声压得低低的。

半小时、一小时、两小时……用手按、用拳头敲、用机器吸，医护人员一次次地努力着，陈金标却一直没再醒来。我与几个盟员一直守在手术室门口，最终没有等到他醒来的消息，却等来了殡仪馆的灵车。当我把这不幸的消息通过微信群告诉所有盟员的时候，大家都无法相信这是事实。这一晚，陈金标的爱人与母亲悲切的哭声响彻了整条走廊，他年仅10岁的儿子此时却显得异常冷静，一直不停地抚摸着妈妈的胸口，劝妈妈别哭别哭。我站在走廊尽头的黑暗处，看着眼前这两个女人与一个男孩深陷巨大悲痛之中，却无法帮到他们，第一次感到黑夜的漫长与无助。我记得金标带着这个男孩参加过两次民盟的文艺演出，深受盟员们的喜爱。如今他又长高了，懂事了，在这个危难之时，他主动承担了一个男人应该承担的，把自己的悲伤藏在内心，而以自己的淡定去安慰两位女人。此情此景的每一个细节，每一缕温情与哀伤都刺在了我心上，却一滴眼泪都流不出来。

当我回到家在民盟微信群里看到大家为金标的祈祷与祝福，看到民盟省委会徐向东副主委微信询问怎么回事时，我的眼泪再也控制不住了，趴在电脑键盘上肆意地任泪水流淌，陈金标的历历往事一幕幕地浮现在眼前……

金标 2007 年 12 月入盟，与我是同一批入盟的，但由于不在同一个支部，以前并不熟悉。一直到 2011 年我担任主委之后，才对他有所了解。当时他在教育会计核算中心上班，归属五中支部。2012 年各支部换届时，由于科技支部盟员年龄普遍偏大，干部梯队力量不足，经过大家推选，决定将金标转入科技支部，担任支部副主委职务。一开始，大家并不看好他，个子瘦瘦小小，戴副眼镜，说话又是低声细语的，怕他挑不了这副担子。我也特意嘱咐支部老主委陈有其要带好陈金标。没想到他个子虽小，工作劲头却不小，他对盟务工作的热情、朴实、不计个人得失和对盟员细致入微的关怀一下子就赢得了盟员们的信任。他组织观念强，点子多，对市里的一些情况又熟悉，所以经常组织盟员围绕市里的中心工作开展视察调研活动。由于科技支部盟员单位分散、年龄偏大，对支部工作开展带来很大难度，可每次活动他都克服困难，一个个地通知，打电话、送口信，决不含糊。他曾带领盟员调查白露山旅游资源，为市里白露山开发献计献策；为新盟员之家的搬迁，他利用节假日休息时间，组织盟员清扫卫生；为编撰《兰溪民盟三十年》一书，他积极撰稿，并一个个上门去收集盟员资料；为参加“兰溪民盟三十年纪念大会”文艺演出，他亲自上阵，带领几个从没有过表演经验的盟员组织了一个正能量小品《还是好人多》，成为整台演出的亮点。为了达到演出效果，他哪怕只有一句台词，一个过场，一个可有可无的角色，却在每次排练时都一丝不苟地拖着一辆自行车，从这头走到那头，不厌其烦；为了筹建科技支部盟员之家，他多次与章惠仙等盟员商量场地、规模等事宜，多次与我探讨场地布置内容等；就在他临走之前，他还在张罗着准备组织支部盟员到第二水源，进行一次库区保洁的爱心活动，他跟支部的几个盟员多次商议，反复讨论一些活动的细节，还联系了外国语小学的老师，准备与他们联合行动……可如今这一切都已成为历史定格，那个大家熟悉的身影再也不可能出现了。

在我印象中，金标同志对民盟组织讲纪律、顾大局，信念坚定，态度忠诚，对盟务工作认真负责、默默奉献，对盟员之间讲团结，不愧为一位好盟员、好战友、好兄弟。对于市委会以及上级盟组织的一些活动，他总是积极参与，主动承担，组织上派给他的任务总不推辞，想尽办法克服一切困难去完成。他因此多次被评为兰溪、金华两级先进盟员。在今年中共金华市委统战部组织的“同心·共识”全市统一战线纪念抗日战争胜利70周年的征文活动中，他撰写的《牢记历史，警惕当下，着眼未来》一文还获得了优秀作品奖。

忆往事历历在目，看今朝阴阳两隔。我再一次找到《还是好人多》的小品演出视频，看着他那熟悉的容颜再一次活生生地在眼前浮现的时候，我不再相信上帝是公平的，要是公平，上帝就不会让好人这么过早地离去；我不再相信金标兄弟是一个负责任的男人，要是负责任，他就不会扔下白发苍苍的父母，扔下尚未成年的儿子，自己匆匆地离去……但我宁可相信，在天堂的那一边，或许更需要他这样一位守信、认真、负责的审计人，他匆匆的离去或许只是另一次生命的开始。

天堂很远，谁都不知道有多远；天堂很近，近到一转身就在你身边。三江浪嚎涛悲沉默是金，一世寡言善行天堂领标。金标好兄弟，一路走好！

2015年12月3日

“兰溪制造”的青年女作家

早春的一个晚上，我在兰溪的一家餐馆包厢里见到了陈蔚文。当时，包厢里坐得满满的，杯盘狼藉，晚餐已接近尾声。我见过陈蔚文的照片，所以一进去就认出了她，但比起照片，她的脸显得更苍白，更清瘦了。后来才得知，前不久做了个手术，这次来之前刚刚出的院。

餐毕，走出饭馆，站在大街上，早春的风吹在脸上，还有些凉意。对兰溪既陌生又熟悉的青年女作家陈蔚文对这样的夜显得有些兴奋。说她陌生，是因为她虽生在兰溪，却一直随父母在部队长大；说她熟悉，是因为她熟悉这里与她父亲身上散发出一样的气息。

从美术到写作，寻找心灵最贴切的叙写形式

1991 年，陈蔚文从江西师大毕业后，分配在江西省群众艺术馆“少儿美术部”。办公室在二层，从窗口望下去，看得见对面矮房灰暗的屋顶和路边树上无精打采地飘拂着的枝条。她每天上班除了抱着本《冰心作品选》之外，就是坐在窗口的办公桌前发呆。她被冰心作品中那种温柔的愁绪，欲说还休的情韵感染着、笼罩着。

因为分在美术部，当时，为了使专有所长，所以家里还特地为她找了位有一定造诣的国画家为师。这位画家每天抽出宝贵的几个钟头指导她画速写，有时甚至亲自上她家去。为了训练她捕捉生活画面的准确度，画家要她每天清早上菜场画速写。每天，她要拿着一个画夹站在川流不息的买菜的人群中像猎人一样搜索着速写的对象，而且下笔要快，要不然你还没下笔已不见了要画的对象。菜场里腥臭的鱼虾气味，被踩得污烂的菜叶泥，小贩和穿工商制服的中年男人的汗味……她开始厌倦了画画这种艺术表现形式。

找件可以替代画画的正经事成了当务之急。纸笔是当时最易抓到的，她开始学着冰心的文章胡乱在纸上涂抹些日记似的强说愁的文字，权作无聊的排遣。但是，渐渐地，她从中体会

到了比画画更快乐的东西。站在菜市场画画的时候，你自始至终都暴露在人家的眈眈目光之下，而文字的东西发出来之前，一直是你能守住的秘密，就算刊出来署上你的名，也似乎与你没什么关系了，真实的自己被掩饰在文字背后，让她有一种隐秘的快感。

1995年，她的一篇作品《女人如茶》在由江苏文艺出版社、《扬子晚报》、《雨花》杂志社等单位举办的全国精短散文小品大赛中，和著名作家陈村一起获特等奖，这使得她对写作这种形式更加痴迷了。同年，她调进了江西的《涉世之初》杂志社。

从散文到小说，陶醉于叙述的愉悦

我最早读到陈蔚文的作品是在2001年的一期《青年文学》上。在这一期刊物封二作家介绍上，这样写道："陈蔚文，女，1974年7月生于浙江兰溪，毕业于江西师大中文系，现供职于江西《涉世之初》杂志社。1989年开始发表作品，诗歌散文多次获海内外大奖，著有散文集《随纸航行》。近年来开始小说创作。"后来便又陆陆续续地从《天涯》《小说月报》《北京文学》等刊物上读到她的小说、散文，但无论是散文，还是小说，此时对她来说都是游刃有余，无半点儿涩滞。

单拿今年上半年来说，《散文·海外版》推出了她的作品小辑，《北京文学·选刊版》转载了她的小说《整个七月》，《青年文学》《红豆》等刊物发表了她的长篇随笔，上海东方出版中心推出了她的随笔集《不止是吸引》，上海文汇出版社出版了她的随笔集《情感素材》。同时她还为好几家报刊写专栏随笔、散文。

最近读到她的几篇小说《悬念》《雨水正白》，以及她在散文《午后的墓园》中的描写："其实 30 岁还不到，对死亡却有越来越大的恐惧。发自肺腑的，连细节都想到了———从阖上眼睛的那刻起，想到会有多少真心实意的泪水与痛苦，想到希望碰上一位手艺好些的化妆师，想到用什么优美器皿盛装肉体的灰烬……"还有她在散文《乡间》里的叙述："怕见那些孤寂的坟。山岗，田头，村后，土黄的坟冢就像潦草而卑微的一生，尤其飘着白幡的新坟，天地顿时都成了冬至清明。雨水哗哗地冲着，每冲一次，坟就单薄一些，如果无人培土，渐渐，这些坟就平了，来过人世一遭的最后一点印迹也没了……"读到这些，不禁让我震动，一个年轻女子何以如此深入"死亡"幽暗的内心。对"死亡""消失"这样主题的关注，是不是她为了使自己走上深刻和厚重呢？她像一个善于颖悟缪斯的人，左手小说，右手散文，间或随笔，像一尾鱼欢快地游离于各个门类的湖泊之中，并且总能拨开遮蔽在真相之上的乱草，找到柳暗花明的途径。

从福建到江西，打着“兰溪制造”的烙印

我注意到最近陈蔚文散文集出版时，在江西报刊上的消息用的标题最多的是：“我省才女又出新书”。请注意是“我省”，也就是说他们承认陈蔚文是江西人，但是陈蔚文在任何一个集子里还是哪篇文章里写自己简历的时候都是写“陈蔚文，女，兰溪人”，她说：“我不管走到哪儿，我的籍贯始终是兰溪，我的身上始终是流着兰溪的血。”她对兰溪的感情还来自对她父亲的感情。

她的父亲 18 岁离开家去福建当兵，从此开始产生和脚印一样多的乡愁。陈蔚文记得父亲最早教会她的一首唐诗便是戴叔伦的《兰溪棹歌》：“凉月如眉挂柳湾，越中山色镜中看。兰溪三日桃花雨，半夜鲤鱼来上滩。”自此，陈蔚文在幼小的心灵里打上了“兰溪制造”的烙印。自她记事以来，“家里奉为上宾的永远都是一群浙江口音的客人，他们携带着江浙的仆仆风尘，或单个，或群体直入我们家餐桌上席，而他们的来处有的是家乡，有的是家乡的邻地，有的则是父亲在火车上刚认识的，父亲甚至不容老乡在这个城市的别处逗留，就径直给领回家了，带着意外收获的激动喜悦，完全视母亲的眼神于不顾”。

如今，她定居在江西南昌，但兰溪的气息长驱直入，深入家中的每个角落。家里日用品首选兰溪出产，如削果皮用的刨子，几十年来都是兰溪特有的长木柄刨子，不谙此物的人简直无从下手，而父亲用起来如小李飞刀般身手敏捷；每次到兰溪他都要带一大包凤凰牌的肥皂、洗衣粉回来；家里的热水器、燃气灶都是兰溪凯旋牌的；父亲思乡症犯了的时候，就会做上一桌的鸡子馃、豆腐汤团，过足一回瘾……

兰溪，陈蔚文随父亲回来过不少次，在她眼里，这座城市就像是一个饮尽灵秀、风华殊异的女子。那幢“尚义堂巷 28 号”的昔日老屋需要走过狭长的弄堂，拾级而上，屋后是大云山，有围墙半坍的梨园，有石碑，有古井，有茂密的树林和鸟的欢唱，陈蔚文记得小时候暑假回来常在园子里玩的。

“尚义堂巷 28 号”，一个对父亲永远不会灭失的地址，同时也烙在陈蔚文的生命里，它联结着过去、现在和未来。

（原载 2004 年 8 月 4 日《金华日报》）

兰溪女孩京城圆星梦

原名盛利，小名晶晶，还未满 7 周岁的兰溪小女孩近日与著名演员丁嘉丽结缘，在由中央电视台电影频道投拍的高清晰电视电影《初三初四看月亮》中两人做起了“邻居”。

11 月 9 日，笔者拨通了小晶晶家的电话，一直陪着晶晶拍片的父亲盛晓斌高兴地对笔者说，《初三初四看月亮》已于 8 日杀青，进入后期制作，将于年底在中央电视台电影频道与观众见面，他与女儿刚从外景地赶回来。

盛晓斌告诉笔者，此片根据著名军旅作家衣向东创作的获得第二届老舍文学奖优秀长篇小说奖作品《初三初四看月亮》改编而成，由内蒙古电影制片厂导演哈斯·朝鲁执导，著名演员丁嘉丽、赵福余主演，另外还有老艺术家陈连艺、年轻演员皱建、顾婷渲担当重要角色，其中顾婷渲是著名文学家冰心的外甥媳妇，最近在中央八台正在热播的电视连续剧《护国良相狄仁杰之古墓惊雷》中饰演盗墓侠花蝴蝶，深受观众好评。小晶晶在此片中出演皱建与顾婷渲扮演的股长夫妻俩的女儿欢欢，与丁嘉丽扮演的军嫂是邻居。

丁嘉丽很喜欢晶晶，称晶晶是万人迷加万人宠。朝鲁导演说晶晶“太会演戏了”，还认晶晶做了干女儿。饰演欢欢妈妈的顾婷渲因为与晶晶的十多天生活，有了想做妈妈的冲动，希望有一个像晶晶这样聪明漂亮的女儿，同时又感到自己多了个妹妹，说晶晶太可爱了，她们在一起有说不完的话，在表演上也教了晶晶不少知识。因为很多镜头在军营里拍摄，军营里的战士们偷偷地带她去食堂吃饭，部队里的首长们非常喜欢晶晶，争着请客。等到拍晶晶的戏时，战士们里三层外三层围着看，几乎影响到了录音师的工作了，导演说：“没想到电影还没有拍完小晶晶就有了这么多铁杆影迷了。”

盛晓斌告诉笔者，他对女儿的表演很满意。他利用自己的专长，为女制作了一个网站，把女儿的一些演出花絮与照片放到网站里，与喜欢、爱护晶晶的人们共同欣赏。他说，从上个月 27 日开机到现在小晶晶已经落下了近半个月的课，过两天学校里就要考试了，不过他一点儿也不担心。他告诉笔者，小晶晶虽然才上了两三个月的小学，却已经修完了小学一至五年级语文的全部课程，以及小学一年级数学的全部课程，笔者让小晶晶背一段五年级的课文，在电话中，小晶晶马上就背了一首五年级课本中的唐诗。

小晶晶出生在兰溪，因为小时候很调皮，奶奶管不住她，只好由在北京一家网络公司工作的父母带到了全国科技精英最集中的地方——北京中关村。2 岁时，其父就开始指导她用计算机学习软件学习识字，4 岁便能自行看小说、读报纸。晶晶好学，理解、表达能力强，喜欢诗歌、历史、自然等，尤其唐诗，一首短诗她能在默读 5 分钟后一字不差地背诵出来。小晶晶模仿能力强，记台词特别快，从小就有当演员的愿望。

2001 年 10 月晶晶被选入总政小红星幼儿艺术团，2002 年 6 月考入北京电视台七色光艺术团培训中心影视表演班，曾多次参加山东电视台、北京电视台、中央电视台主办的大型文艺晚会、春节晚会的演出，以及给众多国家领导人出演，并多次在晚会中担当主持人，但出演电视电影还是第一次。

（原载 2003 年 11 月 12 日《金华日报》）

十里春风别忘一声感恩

意外地接到兰溪电台的电话，说是要给我送花，很是诧异。随即才明白今天是感恩节。

一大早就看见微信朋友圈里都在刷感恩节，看到其中有一段释迦牟尼说的话：“无论你遇见谁，他都是你生命中该出现的人，绝非偶然，他一定会教会你一些什么。所以，我也相信，无论我走到哪里，那都是我该去的地方，经历我该经历的事，遇见我该遇见的人。”回想起与电台相伴的日子，不免有所感慨，应该感恩电台，感恩文学，感恩那一段曾经的青春，感恩今生相遇的每个人！

不一会儿，电台主持人弈含就到了楼下，我建议把这份感恩转赠给另外一个写作的朋友。他叫周战平，是我在兰溪最初相遇的文友之一，如今因为身体原因，一直住在福利院里，很少跟外界接触，送他一个收音机，能够通过广播了解兰溪的信息。弈含听说后，欣然应允加送一份感恩。随即同行前往。

岁月如梭，自参加工作起，一晃就是二十五年，人生能有几个二十五年。这份突如其来的感恩，让我一路上开始回首青春，一幕幕往事如烟如幻。

记得当年刚参加工作时，租住在老城章府里一座老房子的二层，楼道里白天也是黑乎乎的，木板地走上去吱吱嘎嘎地响。房间很小，也就十多平方米，没有电视机，开始连台桌也没有，用几个从药房里拿来的纸箱一叠，上面盖一木板，就成台桌了。唯一的电器就是收音机，那一段寂寞的青春都是和它一起走过的。那时候兰溪电台也刚刚从有线广播开始转向调频广播，中午12点有档节目叫《青春节拍》，主持人是红叶、文艺，其中每天会播诵一篇文章。那时候每天吃过中饭就会雷打不动地收听这档节目，后来开始投稿，然后就是等待。每当自己的作品通过主持人的声音溢满那个黑乎乎的小阁楼的时候，心中顿时显得亮堂起来。于是那个固定的频道、熟悉的声音成了相知相伴的好朋友，一路同行。后来还多次被评为年度积极通讯员。

渐渐地，通过写作，逐渐认识了更多的文友，开始融入兰溪文学作者的队伍中去。记得我参加的第一个文学社团就是兰阴文学社，而周战平就是在那个时候认识的，另外还有徐迅、黄邹骥、刘运森、郭孙发、金晓、武慧萍、程建元、章绍清、杨金龙等，都是文学社的骨干成员。文学社每个月聚会一次，大家轮流做东，无非是请大家到家里坐一坐，喝喝茶，聊聊文学。那时候，每次聚会要求每人都要带着自己的作品来交流，然后大家交换学习，相互提出意见与想法。周战平是给我印象最深的一个，他因为工伤，一条腿被截肢，安装的是假肢，所以行走极为不便，但每次活动都是必到的。一般都会由刘运森或者黄邹骥陪同前来。即使是这样，但最开朗、笑声最响的就数他了。大家都叫他“兰溪的史铁生”。那时候他每年春节都会与黄邹骥合作，写一篇春晚的评论，发在《金华日报》上。除了写作，他还喜欢打打牌。有时候，文学沙龙散了以后，几个人就会留下来陪他打红五，我往往都是他手下的败将。随着经济大潮的冲击，大家都忙了起来，兰阴文学社每次聚会的人也越来越少，后来就散了。战平的情况也越来越不好，肌肉开始萎缩，一些其他的并发症也随之出现，经常要住院。后来为了方便，他就干脆住到了福利院。

或许，这个世界就是一个丰富多彩的世界，更是一个变幻莫测的世界，每一天会遇见什么人，会发生什么事，谁都无法预料。但不管遇见谁，那一定是你应该遇见的人；不管发生什么事，都是应该发生的事，任何强求与躲避都是无济于事的。既然有一个感恩节，就应该对自己的过去感恩，对曾经相遇的人与经历的事感恩！“感恩”两个字都是心字底的，因为有心在，不忘初心，才能走得更远。

我打了个电话给战平，等我和弈含一行来到福利院时，战平已经靠在床头等着我们了。我把金华作协刚刚出版的《金华新时期文学》一书递给他，上面有兰溪作家章节，其中就有他的条目介绍。我把那一页翻给他看，他伸手拉抽屉，找老花镜。他把镜盒拿在手上，手一直颤抖着，试了几次都没有打开，我心里一酸，拿过来帮他打开，把老花镜递到他的手上。心想，岁月真是不饶人，它总是在不知不觉中夺走我们的青春，夺走我们的健康，夺走我们的激情，以至让我们慢慢地衰老、退化，乃至死亡，慢慢地，在这个世界上从一种物质转化为另一种物质。

弈含与他的同事把鲜花与收音机递给他，并告诉他收音机的使用方法。看着两位花一样美丽的主持人像天使一般站在面前，他笑了，嘴角的肌肉不停地颤抖着，有幸福，有感恩，有酸楚，这些复杂的东西或许只有他自己知道。当主持人要他说感受的时候，他的话语变得更为笨拙，只是不停地说："感谢文学，感谢大家！"我看见他眼眶有些湿润起来，让我想起了那些与文学相伴的一个个下午，遥远的过去好像就在昨天发生，可生命却已经稍纵即逝。

感恩有你，一路同行，不忘初心，继续前行！

2016 年 11 月 25 日

在雨中他为别人撑起了伞

从“我们都是兰溪人”公益志愿队出来，晴了半个多月的天突然下起了雨。

很大，很急，我们犹豫着怎么冲进雨幕，钻到车里去。

“去我的奶茶店坐坐吧，很近，就在前面。”施小龙一而再再而三的邀请，加上水鸟在边上介绍，让我无法再以突然而至的暴雨成为谢绝的理由，况且我也确实想去看看能帮他做点什么。

小龙虽然自身残疾，却是“我们都是兰溪人”公益组织里十多年的骨干队员。他比我小几岁，十九年前因工厂的一次事故让他永远地失去了右臂。他说：“我的经历也是一个传奇，都可以写成书了。”我心里一动，当一个人可以轻描淡写地描述自己伤痛的时候，那个痛已经成为自己的一笔巨大财富了，对生命、对朋友都会非常的珍惜。

雨依然很大，水鸟递过来两把伞，我没要，想想几步路就冲到车里去了。小龙接了伞，熟练地用右臂夹住，左手手力一拉，扯掉了伞套，在我头顶撑起了一方晴空，我心头掠过了一丝愧意。

他说："走，我坐你车。"

我已经没有谢绝的理由，听从他的指挥。上了车，一拐两拐，就远远地看见大阜张夜市街深处一闪一闪的霓虹灯。

他说："呶，前面就到了!"

异常的天象有时真看不懂，也就两三分钟的路程，却像隔了两个世界，那边还在暴雨哗哗，这边却是一方晴空。当我们站在奶茶店门口的时候，连地上都是干的。

他说："开奶茶店才没几年，刚开起来，疫情就来了。去年稍稍有所恢复，可小小的大阜张却一下子冒出了十多家奶茶店，竞争激烈，不太好做。"

进了店，小龙的爱人热情地招呼着。奶茶店并不大，十几个平方，墙上画着动漫，一根空调管上缠绕着绿色塑料藤蔓，显得温馨而不失趣味。小龙说，当年选择奶茶店是因为省时省工，不用雇人，夫妻两个（其实也只能算一个半）就行了。当时选择加盟的是"花芝烧仙草"品牌，对残疾人有优惠。房子是租的，选择在大阜张就是看中这里的人气，年轻打工的不少，可是每个月的租金也不菲，一年下来，也就只能混口饭吃。

在别人看来，似乎难以置信的事，在他身上却显得与正常人一样自然。哪个是主业，哪个是公益，对他来说并不重要。每天小夫妻九点开门营业，直到夜里 10 点、11 点才会打烊，然后驱车十多里路，回到石龙头乡下居住。第二天一大早又要在 9 点之前赶回大阜张，开始新的一天忙碌。每天这样的生活对他来说，是一种重复的幸福、叠加的快乐。

好在孩子已经参加工作，家里也没有什么负担，对他来说每天保持快乐便是给自己的最大奖赏。而每天最大的快乐却是来自参加公益活动，十年如一日。他说，以前我也曾淋过雨，现在想为他人撑把伞。在文明城市创建期间，他积极参加文明劝导、维护秩序等一些公益活动；今年疫情期间，他第一时间报名参加志愿服务，从防疫宣传到秩序维护，从运送物资到上门收集居民信息，见缝插针，哪里有需要，哪里就有他的身影。后来，他的事迹被许多大大小小的媒体所报道，甚至新华社、人民网都转发了他的报道，他把这些报道从网上下载打印，贴在自己的店里，期望能每一位消费者分享他的快乐。

柜台的一边摆着两个大茶罐，上面贴着“浙江有礼爱心凉茶供应点”，这是经官方认可，专门为环卫保洁员、过路行人等免费提供凉茶的供应点。边上还摆着藿香正气水、风油精、牛黄解毒片、感冒灵等一些药片，一问才知道也是专为顾客与行人提供的免费药品。我建议他把药品换成温馨提示的牌子，毕竟药品放在食品柜台上总是不太协调，尽管是公益的。他听了觉得有道理。我又提了几个小建议，他认真地听着，不停地点头微笑，好像小学生一样。

不一会儿，女主人便将奶茶一人一杯端了上来。在她转身的那一刻，我隐约看见她脖子后面因拔火罐留下的深黑印记，是在今年酷暑里奋斗的痕迹。在这个秋雨突至的深夜，入秋的第一杯奶茶不觉驱走了一夏的暑气，更是带来一份别样的温馨与感动。

小龙说，他在乡下还养了一群鹅，承包了一口水塘，养了一些鱼。残疾人只是在别人眼里的标签，在他心里，那只空空的右臂却一直未曾残缺。

夜深了，在大阜张这个开发区城中村，却依然灯火通明，幸福的生活幸福的夜。

奶茶店的客人渐渐稀少，该打烊了。我们恋恋地告别，相约下次再见。

车开出夜市街，转弯时远远地看见，小龙还站在奶茶店门口，高举着左手不停地挥舞，而与地面垂直的右手衣袖，在秋夜的风中空荡荡地飘着。

我想，或许那就是生命里一面旗帜的样子，鲜艳而坚强。

2022 年 8 月 31 日

永源，永远

接到电话的时候很突然。文联秘书长在电话里说，陈永源老师走了。我捏着电话，停下手中的活，呆呆地望着窗外好久。

窗外，今冬的又一场寒流正悄悄地逼近，暴风雪就要来了。

说起陈永源，在兰溪几乎无人不知，他的书法和曲艺作品广受百姓欢迎，可称得上真正的人民艺术家。在十几年前，我曾受命《婺星》杂志社对他做过一次专访，那也是我第一次走进陈老师的那座小院。

那是一座幽静而雅致的小院。一进院门，迎面两棵蜡梅傲然翘立，角落里的几盆兰花风姿飘逸，一显主人高雅情趣。由此，陈老师把自己居室称为宁庐，把书房称为双梅书屋。其实这个宁庐并不大，不过五六十平方米，只能算是斗室。可就是在这个斗室里，陈老师创作了大量的书画、诗词、戏剧等文艺作品，包括大家耳熟能详并在全国获奖的婺剧《东海魂》、曲艺《兰花吟》等。

陈老师是一位坦诚之人。他是文联的顾问，每次在文联的座谈会上，唯有他最爱唠叨，对于文艺界的不良风气能直言相谏，一针见血地指出来，并给予厉声痛斥。对于当下文艺作品评奖过滥的风气，陈老师也存有己见。一直以来，他从未参加过书画类的任何比赛与评奖，但是这并不影响他的作品依然为人所共识，并在北京、上海、杭州、成都、台湾等地区及日本国家多次展出。如今这位最爱唠叨的老人走了，对于我们来说损失了一面可以鉴己的镜子。

陈老师是一位执着之人。他自幼酷爱书画，童年时因家境贫寒买不起笔墨纸砚，就每天以水当墨，鹅毛当笔在一块方砖上习字。他还常常跑到裱画店里看一些托在墙上的名家书画作品，并在心里默默记着其布局、用墨、着色等，然后回到家里将其凭记忆临摹出来。有志者事竟成，暑来寒去，几十年的执着努力使得陈永源老师成了一位远近闻名的书画家，为中国书协会员，历任浙江省书协理事、金华市书协副主席、金华市书法篆刻研究会会长、兰溪市政协诗词书画社社长等职。如今这位最爱书艺的老人走了，对于书艺界来说，无疑是折损了一支大椽之笔。

陈老师又是一位海纳百川之人。他才识广博，不但擅长书艺，还工于绘事，而且在诗词、戏剧上也颇有成就，创作了婺剧《东海魂》《斩马谡》、曲艺《兰花吟》等。他还把戏剧上这种“凤头、猪肚、豹尾”的舞台艺术运用到快速中去，使尺幅黑白风起云涌，逸韵遄飞，独具一格。我曾把他的这种独具风格的书体喻为“宋瓷之美”，大气、严谨、精巧而雅致。而对于兰溪文化与历史，他也是如数家珍，每次政协会议，他都会提出许多很好的建议。如今这位博古通今的老人走了，对于兰溪文化界来说，也是少了一本文化活词典。

陈老师还是一位大善大爱之人。每次文联组织采风创作或下基层送文化写春联活动，只要身体许可，他都积极参加。我在农业局工作的时候，有一次邀请他参加诸葛的“种文化种科技”活动，他欣然为“新农民之家”题了匾，还不顾身体劳累，为村民写了许多春联。后来我调监察局工作，他在“两会”上碰到时还送我一幅书法，内容是宋理宗赞范锺品格操行的一首咏梅诗：“隔水闻香远更幽，冰姿消瘦为谁愁？天教独向春前发，不与凡花混一流。”范锺是兰溪历史上著名的廉政官员，堂堂一个宰相，其告老还乡时竟连一幢茅舍也建造不起，以致客死于金华旅舍之中，人称“无地起楼台宰相”。陈老师是以此诗来勉励我、激励我。如今这位慈善的老人走了，对于兰溪人民来说，少了一名本土的人民艺术家。

毕生衷情书画诗词美名常在，一世奉献教文事业佳绩永存。

这是原书协主席郑振庚先生对陈永源老师的挽联，也算是对他一身的最好的评价吧。

永源，永远……斯人已去，音容犹存，无以相送，悼文祭之。

2010 年 12 月 30 日

画者吴湘

可能是因为离开文联的缘故，对文艺界的一些人和事也接触得少了，所以竟然连吴湘老先生去世的消息也浑然不知。在去年年底的文联全委会上，还听宣传部的领导说起，说今年要抢救一下吴老先生的画作，给他出一本作品集，没想到春节未过，他却已经离世了。

吴湘的画与陈永源的书法、吴一峰的曲可谓是兰溪文化界的三大宝，陈永源出过自己的书画作品集，去年吴一峰的婺剧作品集也结集出版，听说原来还要搞一台作品专场演出的，却不知何因，后不了了之。但吴湘的画却从未出版过，这或许与他的淡泊为人有关。

说起国画，兰溪人都会提起吴湘。他原先在兰溪工艺品厂当画师，当年画有他的花鸟作品的陶瓷等工艺品曾出口日本等国，后来那厂破产了，他也调进了文化馆专职画画。兰溪画画的大都向他求过学，或讨过教。他有着丰富的人生阅历和扎实的笔墨功底，只是没有进过专业学院，不懂得怎么宣传自己，所以他的画在兰溪有市场，价却不高，到了后期，许多后生的画作价格都已经比他高了。一者其商业意识的淡泊，二者其在晚年时候视力严重减退也有一定关系。大凡画家的作品都是越画越老辣，越画越入境，而客观地说，吴湘的画在晚年时美感有所弱化，不如他在 20 世纪 80 年代和 90 年代初的作品。但尽管这样，却仍然没有影响他在兰溪画坛的地位。他的艺术水准也得到金华、省美术界专家的肯定。

我之所以称之为画者，是因为吴湘老先生他从没有把自己当作画家看。在我认识他时，他已经退休，也去过几次他的家。原来住在老城的一条叫养砚巷的弄堂里，好像连这个巷子的名称都是为他取的，“养砚”多好听的名字。但时隔不久，就被拆了。他后来住的一个地方就是在火车道旁，有时候他会沿着铁轨散步，一直走，有时候也会往老城走，然后走过大桥，到溪西新区，到芥子园，到兰花村。在他住的地方能听见火车驶过的隆隆声。有几次我们去看他，他正躺在门口的躺椅里，晒着太阳，见到我们，他起身与我们说话，火车驶过的时候，隆隆的火车声淹没了我们的声音，只看见张嘴却听不见声音。

吴湘老先生一起过着深居简出的生活，他不喝酒、不抽烟，也不参加聚会，市里开“两会”的时候，他也是政协文新组的列席代表，但是他一般都不来参加活动。他说耳背，听不清，又不喜欢这种热闹的场面，就干脆不来了。现如今，与他同样过着深居简出生活的还有一位老先生，那就是吴一峰。陈永源、吴湘老先生都已经过世了，吴先生还在，他对戏剧的权威与痴迷可说是数一数二，退休后，他一连出了好几本戏曲方面的书了，义乌、江山等地还专门找过来，要他作曲，他们说吴老师作的曲韵律优美，好上口，好听。以前吴一峰与陈永源两个人坐在一起就能出一台戏，而今这种条件已经不具备了。今年的正月里，听说兰溪婺剧团一个春节都没出去演戏，这听起来真不知是悲哀，还是伤感。

愿逝者安息，活者安康！祝愿我们的文艺事业繁荣不息！

2011年2月21日

志卷长留天地间

在这个春天里，自从日本核电站出现泄漏问题之后，似乎不断听到一些不好的消息，甚至是噩耗。先是东阳的东方涛前辈，如今又忽闻何百川前辈的噩耗，猛然想起《春天里》这首歌唱道："如果有一天我老无所依，请把我留在那时光里；如果有一天我悄然离去，请把我埋在这春天里。"东方涛老师是写诗的，如今他的诗骨已经埋在了那块开满油菜花的春天土地里。何百川老师在之前的几年里一直都在从事兰溪市志的编撰工作，在刚刚过去的一年里，他获得了省里颁发的全省市志工作先进个人荣誉称号，他得到这个消息的时候，还在躺在医院里，床头还放着一大沓市志材料，我想他那时候一定笑得很欣慰。他的古文功底很扎实，古诗词写得很好，也应算是一个诗人吧，如今，他的诗骨也要埋在这个开满油菜花的春天里，闻者无不悲痛。

在我认识何老师时是去文联之后，那时候他是《兰溪日报》副总编兼任文联副主席。平时也碰不到他，只是每次文联开会他都会准时来。他在报社是管业务的，平时的工作就是看稿审稿，有一次他说自己连上街都没时间，都不知道外面发生什么事。但其实兰溪发生什么事都经过他的审阅形成新闻上了报的。他总喜欢叫下面的人叫娃娃们，听起来很亲切。我那时候创办了一本《芥子园》，每期都请他审读，他每次对我的卷首语都给予较高评价，总在人前夸奖我。他对文学很包容，对比较前卫、试验性的一些文体也很赞同。记得有一次我将一位作者的小说拿给一位文学前辈审读，他认为没意思，而何老师看了却表示很肯定。也正是他的这种态度，给予了许多文学青年以信心。那些年的报纸副刊《东峰亭》也办得很火。后来他退了，有好几年仍然留在报社做文字审读工作，他很认真，哪怕一个字、一句话、一个标点符号都不会放过，挂在读报栏里的那张样报总是划着一道道红线。

他对学术问题也是很执着，比如诸葛村的称谓问题。每次相关的稿件，他都把八卦两字划去，他认为诸葛村很美，无须强加“八卦”称谓。而且据他研究，诸葛村的地形其实是一个手持花瓶的女子。他的一些研究也得到了专家学者的认可。他还写过一篇关于诸葛亮及其后裔的廉政事迹总述的东西，后来，纪委要挖掘诸葛亮廉政事迹，就把他的这些文章印成一个小册子，很有幸，我成为这本书的编辑。过了若干年，我调到了纪检部门，又面临着把诸葛村能否提升为全国廉政教育基地的问题，“八卦”又成了一个很纠结的词。当然，我们不否认“八卦”是诸葛村旅游策划最为成功的一个因素，然而在旅游市场日渐成熟的今天，我想诸葛村更应做的是廉政与和谐文化，这一点，何老师早几年就一直在强调。

或许，也因为何老在某些学术问题上的过于执着，在后来他任市志办主任之后，就某些志史问题引起不少争议。如今，斯人已去，何老的名字也当应在史书上留下一笔。在去他的灵堂祭奠时，看那里挂着市志办撰写的一副对联“壮怀犹在文章上；志卷长留天地间”，颇有感慨。当晚，廿文学沙龙让我讲课，开课之前，我先提议全体起立，为何老师默哀，并以“文学与人生”为题，从何老师的人生谈到当下社会的人生观，谈到文学与人生的关系，漫谈了一些我自己对文学与人生的感受。

夜渐渐地深了，也不知农历是什么时候，夜幕中的那轮月亮似乎特别圆，特别亮。月亮之下，有人活着，有人死去，有人寂寞，有人灯红酒绿，有人执着，有人“神马都是浮云”，日子一天天地老去，月亮圆了又缺，缺了又圆，一次次地轮回着。

愿何老一路走好！

2011 年 4 月 22 日

滴滴心血化清泉

很多年以后，我依然清晰地记得1994年的那个夏天，那座熟悉的院落，那股青草的气息，那个颔首微笑的您。

那一年，我23岁，正值绽放梦想的季节。在那个夏日的午后，我带着一个贴有自己发表作品的剪报本，骑着一辆破旧的自行车穿越大半个城市，从老城来到兰阴山下那座幽静别致而独具江南韵味的芥子园。一踏入园门，迎面而来的一阵凉风，从修竹绿叶间穿过空空的廊檐，轻轻地抚过我的脸庞，一脸的汗一下子就被吹散了。我小心翼翼地推开了边上文联办公小院落的门，第一次看见正坐在一扇花窗前看报的您。您一副淡然的样子让我一颗忐忑的心一下子安静了下来。

那一年，整座城市正经历着社会经济转型的阵痛，谁都不知道未来将怎样，有人下海了，有人上岸了，为名而来，为利而去，什么想法的都有。而我因为自幼的文学梦，与城市潮流逆行，跑到一个既没钱又没权没什么人愿意去的“清水衙门”文联自荐，在别人看来是作践。那时候，我原单位的待遇比文联好多了，许多同事都劝我，说我是“米箩”跳“糠箩”。年轻时的傻劲让我认定了路决不反悔，而您恰恰是看中了我这股傻劲里的实诚。

许多年以后，我依然记得那个午后与您简短的对话。您问我：“来这里不反悔?”我说：“不反悔。”又问：“文联没房子，没奖金，也不反悔?”那时候的房子还是拿来住的，单位时兴分房制，我在原单位再熬两年，或许也就能轮上。但我依然坚定地点点头说：“不反悔。”您说：“那回去等消息吧!”

这一等就是一年多。我后来才知道这一年里，您一次次地要求，最终说服我单位领导放人，让我得以如愿。当我再次踏入那座小院时，心中对您充满了感恩。我庆幸自己能与您相遇，庆幸自己把十年的青春年华留给了那座小院，在那里，我度过了幸福、安静而难忘的十年，在那里，我从您身上学到了很多，涵养、包容、定力、正直、善良、尊重、勤奋、节俭、博爱等，它们都成为我生命中努力追求的方向。

为了让我得到更多的见识与锻炼，您尽可能多地让我去参加各种文艺活动，尽快地认识各协会的会员。您说文联的职能就是“组织、指导、联络、协调、服务”10个字，文联的干部就是要深入协会，多听听他们的想法，尽可能地为他们做一些服务工作。记得刚到文联时您带我参加的第一个活动就是李渔研究会的年会，会议就放在李渔故里的夏李村伊山茶场。因为研究会老者多，年轻人少，您让我多多向老同志学习，研究研究李渔。您还把您台湾省买来的相机交给我，让我多拍些年会的照片。那次我跟大家一起在伊山茶场住了好几天，直到会议结束。这也是我第一次如此深入地了解李渔，与会的每一个会员都带着自己的研究成果在会上进行交流，大家相互探讨、争论，为李渔故里的发展献计献策。我们还去村里寻找李渔作品中提到过的遗址，呼吁开发李渔文化资源。如今二十多年过去了，那一批研究李渔的老者多半不在了，而李渔文化的弘扬也已经成为兰溪文化的一面旗帜。

芥子园是李渔的纪念馆，园内的小桥流水、亭台楼阁都是根据李渔所记载的文字精心设计的。您总是要我们爱惜园中的一草一木，就像爱护自家的园子一样。记得燕又堂前有一口池塘，塘里养了许多红鲤鱼，在荷叶间自由地游弋着。您每天上班都会带来一块大饼，然后站在池塘边上，把大饼撕成一小块一小块，轻轻地扔入荷塘里，那些大大小小的鲤鱼们便像闻见香味似的，成群结队地游过来，围着您跟前的荷叶，欢快地抢食眼前的美食。因为谐音，我们故意把“鲤鱼”说成“李渔”，让每天清晨的喂食多了一层深意。为了开发李渔文化旅游，您又积极筹资，在池塘边上建起了戏台，与燕又堂相为呼应。为了省钱，您亲自为戏台绘景、刻匾。我记得那个冬天，您把牌匾架在小会议室的两张桌子间，您用自己锻打的刻刀把李渔当年那副“休萦俗事催霜鬓；且制新歌付雪儿”的戏台联一刀一刀地刻出来。但您那时毕竟不比当年下放农机厂时候的体格了，因为长得胖，每次弯腰都会付出比别人更多的努力，常常是刻刻停停，停停刻刻。那时候的冬天也没空调，手麻了最多捧一会热茶杯。我记得那副联的字是朱根富老师写的，他的字飘逸洒脱，若是没有好的刀工是难以体现的，每一个字的轻重缓急，每一笔飞墨的浓淡深浅，您都把它展现得淋漓尽致，这样的技艺哪怕是机器也是难以达到的。如今这副戏联依然挂在芥子园的戏台上，游客见了都说字写得漂亮，但几乎没人知道是谁刻的。

您常说：“文联文联一半是文，一半是联。”您要我不断提高自己的文学创作，您还推荐我去参加省文学院的创作培训班。那时候，我写了东西便会急于发表。您就告诫我说：“写了东西可以先在抽屉里放一放，过些天再拿出来改，好作品都是改出来的。”您还说：“现在不要急着求编辑发表，等你成了大家，人家编辑就自然要来求你了。”在您的支持与鼓励下，我一方面进行创作，一方面联络文学作者，组织文学活动。后来还创办了兰溪第一份文学报《芥子园》，让广大文学爱好者有了一个新的发表作品平台。刚开始我对文学界不是太熟，难免有考虑不周的地方，有一些老同志就跑到您面前说闲话。但是您听了并没有责怪我，反而替我说话，为我撑腰。您说：“老同志也要尊重年轻人，不能倚老卖老，长江后浪推前浪，要多给年轻人机会。”您还说：“自古文人多‘相轻’，这很不好，文人要‘相亲’，亲近的‘亲’，文人之间要相互交流、相互团结、相互包容，‘百花齐放、百家争鸣’说的是文艺的多样性和融合性，并不是排他性、单一性。”

您那时候已经是市政协副主席，按待遇有专车接送上下班。虽然是一辆苏联产的旧拉达，但您从没把它当过您的专车，您让文联住老城的同志都搭您的车上下班。那时候，文联里人手少，加起来也就四五个人，连家属也就十几个人，每年春节都会轮流请客吃饭，轮到的在家里烧一桌自己最拿手的菜，大家济济一堂，俨然像一个大家庭。大家相互之间真诚来往，没有虚伪，没有利益，完全是同事、朋友之间的正常来往，家长里短，嘘寒问暖，现在回忆起来依然是满满的幸福。那时候，我们往往会对某一道菜的制法争论不休，而这个时候，最有权威的就是您。大家都知道您在戏曲方面的造诣，却不曾想在美食上也有独到的见解与实践。您曾经教我怎么烧白斩鸡，我回家如法炮制，果然又嫩又香。记得您曾创作过一首《想吃就到兰溪来》的歌，旋律轻快、优美，闭上眼睛，眼前就会闪过一道道的兰溪美食，让人如临其境。

1996年4月，由中央文化部主持的艺术科学国家重点研究项目文艺集成志书《中国戏曲音乐集成·浙江卷》全国审稿会议在兰溪开，原中央文化部常务副部长、著名作曲家周巍峙以及全国各地许多知名的音乐家前来参加，我想这么高级的会怎么也得找个星级酒店吧，但您却作出了一个最省钱的决定，在芥子园里自立炉灶，除了请一个厨师朋友帮忙外，文联人自己买菜自己干，会议室就设在燕又堂楼上，餐厅就设在文联小会议室。没想到就这么简陋的招待，却得到了周部长的大加赞赏。直到后来他担任全国文联主席，还寄贺卡来对兰溪文联的美食念念不忘。

后来，您退休了，见到您的次数就少了。但您是一个闲不住的人，作曲、画画、打游戏成了您退休生活的三大爱好。因为老一辈的作曲家越来越少，逐渐成了“珍稀保护动物”，周边县市的剧团都喜欢您作的曲，所以经常有人找到家里来要您作曲，终究是盛情难却，退岗不退戏，创作了一部又一部。有的剧团还干脆派人到家里来学谱曲，您是来者都是客，从未拒绝过。您说，肚子里的东西又带不走，只要有需求，能留一点儿是一点儿。

画画原来是您的业余爱好，并不被外人所知，直到退休后，渐渐地画得多了，展得多了，大家才知道原来同样一双手，不但可以把曲写得那么美，还可以把老虎画得这么好。您的工笔老虎栩栩如生，身上的每一根毛都清晰可见。画如其人，您笔下的每一只老虎都温良如您，或卧于水边，或行走空谷，或傲视群山，虽目光如炯，却温驯柔和，让人心生善念。这恰恰是您的耐心与专注造就了您工笔画之成就，所以大家不但仰慕您的艺术成就，更加佩服您的艺术定力。久而久之，“吴老虎”的雅号也便传了开来。

而打游戏的爱好并非外人所知，您只是借此来保持自己的年轻的心态与激情，不让自己手脚过早地僵化。刚退休那会儿，有时候去您家会看见您专注地坐在电脑前打游戏。听说许多年轻人都打不过您。我诧异您做什么事都是如此地认真，哪怕打游戏都是如此专注，这就是正念的力量。不管何时何地，您都能把握好当下，寻找到自己内心的快乐。世间无难事，只怕有心人。只要有正念，无坚不摧，无难不克，这也正是您用自己的一言一行教会我的一个真理。

搞创作的人似乎总离不开烟，您也不例外，一直嗜烟，长年累月，以致肺疾。您戒过几次，但总是反复。后来您只抽一种叫“双叶”的淡烟，但终究对身体无益，肺疾日益严重，一到冬天，您就气喘得厉害，咳嗽不止。您有点儿小毛病，从来不告诉别人，不麻烦别人，人家见您咳嗽不止，就提醒您是不是要上医院看看？您却说：“老毛病了，不碍事。”后来我调离了文联，联系就更少了，很少知道您的身体状况。每次上家去，也都聊一会儿就走了，没有给予您太多的关心。直至后来您病危住院，看到您日渐消瘦的身体，心痛不已。

您病重期间，曾对我说，等您病好出院后，要找我探讨一下修改《李渔别传》的事。那时候，我一直相信您还会好起来的，也期待着与您的合作，然而我一直没有等到这个日子。其实在那之前，我也曾无数次地想过，要与您合作写一部戏，哪怕是一首歌也好。可我总是梦想的舵手，行动的矮子，一直到您离世也未能了此心愿，成了我此生最大的遗憾。

记得最后一次去见您时，您正和衣躺在床上，不知道是疲劳还是病痛，已经睡着了，两只脚斜搭在床沿，微微地打着鼾。我没有走进去打搅您，只是站着看了一会儿便走了。之后也一直没去看过您。几天之后，接到电话消息说，您走了。我愣了许久，回不过神来。我回家找出那些有您在的合影照片，却发现，很多时候您都是站在照片的边上。您总是如此低调，一生甘当绿叶，在风雨中可以冲到最前面，为别人遮风挡雨，在功成名就之时，却又默默退居路边，为别人鼓掌呐喊。

您的突然离去让大家悲痛不已，您走的那天前来送行车辆排出数里之长，其壮观是兰溪城少有的。您算不上高官，算不上富有，却得到大家共同的尊敬与爱戴，全因为是您的德艺双馨，您为百姓创作的亲民理念。您从艺六十年，一生创作过八十余部（首）作品，每一首曲子老百姓都耳熟能详，剧团盛演不衰。如果不是肺疾，您本还可以为百姓创作更多脍炙人口的戏曲，但是您走了，天堂多了一位作曲家，而人间艺苑从此少了一双妙手。我为您撰写的挽联挂在灵堂前，“谱婺曲绘丹青艺苑一峰独秀；泪西施凋百花梨园三界同悲”，表达了大家共同的哀思。

或许，您的一生算不上轰轰烈烈，算不上著作等身，算不上桃李满天下，但您的为人为艺又不得不让所有人所敬仰。有人把您的曲与陈永源的字、吴湘的画、凌成澜的诗合称为兰溪的四大才情，但其实，您的才情不光光在曲上，您的字、画、诗都是独树一帜的。最近在资料中发现您早年写的一首题为《地下长河赞》的诗：“千年涌雪洞，深处隐长龙。不嫌沉寂苦，愿负万山重。虽有穿岩力，无意逞威风。心血化清泉，滋润禾葱茏。默默无声息，赫赫有奇功。世间名与利，难以动其衷。甘当坐下骑，载客游穹窿。因见山乡富，欣然露笑容。”细细琢磨，此诗虽然写的是地下长河，却也正是您一生的写照。“千年涌雪洞，深处隐长龙”说的是您远大抱负与志向，您自幼便表现出音乐的天赋，15 岁便在全省获奖，被誉为“少年笛王”，如若不是历史的捉弄，您便是一条潜伏的长龙，只要有机会，您随时都可以搏击长空。“不嫌沉寂苦，愿负万山重”正是您早年默默承受生活之艰的写照，那时候下放到乡镇，一家老小寄居小屋里，天天要用艺术创作的双手去抚摸冰冷的机床，但您不管身处何时何境，都能笑对自如，举重若轻。“心血化清泉，滋润禾葱茏”“甘当坐下骑，载客游穹窿”，恰恰是您善待每一个人的慈悲胸怀，甘愿用自己的心血化为甘泉，去滋润每一块需要的土地，培育每一位社会需要的人。您一生写过多少戏，培养过多少人，或许连您自己都不记得了，但在百姓的心中，那些好听的旋律，永远都记得，并将世世代代地传唱下去。“虽有穿岩力，无意逞威风”“世间名与利，难以动其衷”却是您雨过天晴迎得彩虹时的平静与安然，困难时不气馁，得意时不逞威，依然坐看云起，花开花落。记得 2009 年您被金华市文化广电新闻出版局、金华市婺剧促进会评为“中国婺剧（金华）社会热心人”，我到第二年才获知，便提出要叫记者来采访，您却再三推辞，好不容易才说服您，接受了记者的采访。后来这篇报道刊登在《金华日报》上，反响极好。在我印象中，这也是您生前唯一的一篇专题报道。“因见山乡富，欣然露笑容”，您一生浇灌过的土地、培养过的学生或许您自己都记不清有多少，但是看见每一块土地都有收获，看见每一位后辈都有出息，那便是您最大的欣慰！

这就是您，艺峰独立，群山仰止。

2018 年 10 月 19 日

明月千里寄相思

2022年9月9日上午，突然收到浦部依子的微信，说冈晴夫教授因病医治无效于8日下午1点30分去世，此时离中秋节只剩下一天时间。

噩耗传来，大地悲鸣。

冈晴夫与浦部依子是日本的两位李渔粉丝，研究李渔几十年，多次来兰溪寻访李渔遗迹。冈晴夫先生分别于1985年、1997年、2011年、2019年四次来兰，浦部依子除了1997年这次没来，其他三次都全程陪同，也算是师生之谊。我有幸陪同了后面三次，印象深刻。

冈晴夫先生是日本庆应大学的一位教授，也是一位汉学家，汉语讲得也很好。他原来是研究中国元曲的，后来接触到李渔之后，就痴迷于李渔了，并将李渔的戏曲与日本的“戏作”鼻祖平贺源内做比较研究，先后出版《〈闲情偶寄〉考》《李渔与平贺源内》等十多种著作。

他第一次来兰的时候只有46岁，那时候李渔研究会刚刚成立不久，也没什么资料。时隔十二年，他再次前来的时候是58岁，那一年，我调文联不久，对李渔文化充满了兴趣。文联派我全程陪同，正合我意。与他同来的还有一位是他的博士学生，我与李渔研究会会长赵文卿先生一起陪同，前往夏李等地考察。那一年正值且停亭修复，他看了很高兴，在且停亭里接受了记者的采访。又去了伊园遗址。复建伊园是李渔研究会几代人的心愿，年年呼吁，甚至后来李渔研究会的李年丰绘制了伊园的复建图，赵文卿去争取了古城拆下来的许多木料，但后来还是因为资金等原因没能圆梦。冈先生很健谈，我印象中有一次安排在一个小餐馆里吃饭，请他喝本地白酒，喝至尽兴，聊起两国的友谊与文化，甚是投合。他还教我们日本话的“干杯”怎么发音，听上去跟汉语很接近。

2011年是李渔诞辰四百周年，他应邀又一次来到兰溪，看到兰溪不少变化，称赞不已。最后一次是2019年应复旦大学邀请，来兰溪参加复旦李渔研究会的成立暨李渔文化产业论坛。这一年他正好80岁，但看上去跟二十几年前我第一次见到的样子差不多，神采奕奕，只是更瘦了。这一次，在会议结束后他特意多留了一天，我陪他去永昌老街、夏李李渔故居、李渔坝等一一考察。夏李有变化，但伊园还是一个遗址。每到一处，他总是看得很认真，默默地走着，不时地停下来盯着某一处，好像要看出个什么来。不说话，也不知道他在想什么。后来离开兰溪之后，又在上海停留了几天。正在拍《浙戏百年》纪录片的倪导恰在上海拍片，闻知后赶到他的住处，专门进行了一次采访，弥补了遗憾。

这次离世确实有些突然，我向浦部依子打听是什么病，她说是肺炎，今年 5 月底就住院了，反反复复好几次，甚至不能进食，靠咽管流汁喂食，最瘦的时候只有 32 公斤，很难想象那是瘦成了咋样。7 月的时候看到一则有关日本护照的新闻时，他突然说要去兰溪。浦部依子很高兴，以为又要和老师去兰溪了。她受冈老师影响，也成了李渔铁杆粉丝，甚至要把自己的院子献出来，作为李渔研究社的活动场所。每每看到有关李渔的文章或新闻都会发给老师分享，每次来兰溪都会兴奋得睡不着觉。但没想到这次的喜悦却是冈老师的回光返照，一个多月之后，老师驾鹤西去，在另一个世界与李渔相会去了。

冈晴夫先生是当代日本李渔研究成果最为丰硕的学者，是中日李渔文化交流的使者与纽带。自 1981 年以来，先生耕耘于李渔作品研究领域，先后四次来兰，追寻李渔戏曲本质，为李渔文化的交流与传承，为中日民间友好作出了巨大的贡献！他真诚地提携后学，培养了一批李渔研究的后继者，浦部依子就是其一。先生的离去，是国际李渔学术研究的巨大损失。呜呼！山高水长兮精神不朽，名垂于世兮先生永生！为此，研究会陈星特拟了一副挽联以示悼念：

八秩晋三，德高望重，寿同亚圣，斯人不朽；

四番莅兰，性谦色温，情系李渔，著作流芳。

我把唁电与挽联发给浦部依子，她读后不禁失声痛哭。老师与兰溪、与李渔的情缘至深或许只有她最为理解，一晃竟然已经四十多年，半辈子的缘分，难怪他要把兰溪当作第二故乡，临走之前还念叨着要去兰溪看一看。

中秋节那天象征着团圆的月亮高高挂在空中，而冈先生的兰溪之行却再也难以圆梦了。我想，如果冈先生在天有知，一定会驾鹤神游，回到他梦中的第二故乡，来看一看已经复建回去的伊园和魂归故里的笠翁才情园吧！

2022 年 9 月 11 日

兰江的早晨

兰江的早晨是从兰阴山的塔尖开始的，然后到山、到洲、到江，慢慢地，小城的一切依次从晨光中醒来。而2020年4月18日这个早晨显得非同寻常，当兰江再一次醒来时，您却再也没有睁眼，只有那本《兰江的早晨》静静地安放于枕边。

在前一天的晚上，您睡得比往常更早、更香。您在睡梦中又一次梦见了那熟悉的兰江，梦见自己乘着江帆而去。或许这次睡得实在太香、太沉了，以至再也没有醒来。

在这之前，您曾经打电话给我说自己没有活下去的信心了。当我前去探望您的时候，您却欲言又止，对我说，天天看电视，把社会主义核心价值观都背得滚瓜烂熟了。我只能安慰您说，马上会好起来的，等过几天，买支语音输入笔，不用动手也能写文章。但之后没多久，听说您的病情并没有好转，反而加重了。

作为一个作家，能想不能动，这是人生最为痛苦的事。这一生，您没有离开过笔。每次见到您，随身都是一个大包，鼓鼓的，提手已经磨得发白。包里装的不止一支笔，不止一个本子，还有烟、零食等，满满当当，我们笑称是“百宝箱”，遇到女孩有巧克力，遇到男人有烟，物取所需，取之不尽。而这次您从2018年3月中风致病，一躺就是两年多，几次命悬一线又挺了过来。而那只提了一辈子的“百宝箱”静静地躺在角落里，再也不能随您出行。

我知道，您原先还有许多的计划，还有许多的文章要整理、要创作，可如今，这些都只能到另外一个世界里去完成了。

还记得第一次见到您，是我捧着自己作品跑到市政府大楼去找您，要求参加文学协会的情景。那时候，我20岁，还是个毛头小伙，平生第一次走进政府大楼。推门而进，见您坐在窗边，明晃晃的晨光从窗外擦过您的额头，照在门口的地面上。我站在光圈里，逆光而视，有点晃眼，有点胆怯：“请问这里是徐老师办公室吗?”您抬了一下头：“我就是，进来吧!”没有多余的废话，第一次见面就像早就熟悉的长辈，一个笑容便让我的顾虑烟消云散，一声招呼便让陌生的距离缩短。从此，我便深深地记住了那一张长满皱纹与思考的脸。

一直想不通看上去挺深沉的您却能写出那么纯真有趣的文

字，深受读者喜欢。在您的笔下，村口的池塘是一张唱片，能够播放童年的歌谣；在您的眼里，兰江是一把琴，能够弹奏清新的乐章；在您的心中，世界是一篇儿童文学，到处都充满童趣。每当酒席上有人称儿童文学为“小把戏”时，您总是像个小孩一样乐呵呵地笑而置之，然后拿起酒杯与人一饮而尽。久而久之，便成了逢酒必说的话题，而您依然我行我故。在这样一个人人算计心里阴影面积的时代，在您的世界里却依然阳光明媚。

从岗位上退下来，您又挑起了老年书画家协会会长的担子，发展会员、筹措资金、组织活动，乐此不疲。不知道您是从什么时候开始画的毛竹，渐而渐之，“徐毛竹”成了您在书画界的名号。也有人说您有“官瘾”，喜欢坐主席台。我现在才明白，您那是“有其为坐其位”。我们常说“有为才有位”，其实这句话反过来也是站得住脚的，就是“有位才有为”。这两句话是相互依存、相互制约的。一个人具备了能力才有可能得到施展的平台；反之，一个人有了平台，可以实现更大的抱负。一路走来，您从一位普通老师到政协专委主任，凭的就是自己默默奉献的一腔情怀，您要的不是那个“位”，而是能作“为”的履职平台，让自己一身才能得到施展，尽心尽职，倾尽一生。

每次见到您都是一辆28寸黑色自行车，车把上挂着一个鼓鼓的黑皮包。若是迎面相遇，停下来，匆匆地打个招呼，说声

“有事，很忙，先走”。一年到头，从在职到退休，没有见过您空的时候。每次政协诗词书画社工作落实任务的时候，您总会说“我来我来”，编诗刊、收作品、布置画展等。每次活动，您都是一个一个地发通知、打电话、落实细节。每次看到您那本写得密密麻麻的通讯录都很感慨，谁来谁不来谁延迟来都标注得明明白白，要将工作细致到每一个人、每一个位置，一次活动都得打上百个电话，一遍一遍地重复着同一个内容，要是没有点耐心还真难以完成。退休后，每次政协诗词书画社组织送服务下基层，您依然是报名最积极的一个。到乡下写春联一写就是几个小时，被老百姓里三层外三层地围着，连喝水上厕所的时间都没有，但您乐此不疲，从无怨言。

您对资料文档的收集、保藏是有了名的细致，一副对联、一张照片、一份资料，每每需要的时候，大家首先想到的就是您。每次外出采风，您都是拿着笔记本，把墙上的标语、柱子上的匾联一字不落地抄下来。您说，这些都是写作的素材。而一些年轻的会员采风时只忙着拍照，回到家需要什么联什么匾，都只能求教于您这个“百宝箱”。

一辆老式自行车，一个老式的小灵通，一个老式公文包，风里来雨里去，几十年如一日。如今，77 岁的您在兰溪作协第七次代表大会召开的前一天匆匆地画上了人生休止符。而这次大会我被继续推选为新一届作协主席，带着您的遗愿，任重道远。

回想往昔，一路走来，是您教我如何将自己的作品剪贴成集，带我参加兰阴文学社活动，鼓励我参加文学赛事，推荐我一步步地从作协会员成长为作协主席，亦师亦友，一路相伴。记得那时候我每次都把兰阴文学社写成“兰荫文学社”，是您耐心地给我讲解“阴”字的出处，您的这种认真态度深深地影响着我，以至于现在每次看到“兰荫山”的几个字我都要孔乙己般地告诉人家“荫”的几种写法，絮絮叨叨，不厌其烦。

您原名叫徐文洪，文思如洪水之滔滔不绝，却不知为何笔名要取为“徐迅”，一直想问是不是取“鲁迅”之名，如今再也听不到您的回答了。您对两个名字的使用有严密的分界，凡一切文学活动、作品发表均用“迅”名，公务活动时均用“文洪”。我健忘，老是搞错，在文学活动时写“文洪”，在公务活动时写“迅”名，您每次提醒我改之，等到下次又忘了。潜意识里觉得一名而已，无关轻重。

我现在才明白，对于一个作家来说，其实拥有着两个世界，一个是物质的，一个是精神的。物质世界乃毛发之身、谷物之气、心外之界，包括你的名字、气息、生命等，为有形、有色、有时之物，终随身而去。而精神世界乃思想之源、自然之气、心头之念，包括你的思想、观点、心念等，为无形、无色、无时之物，身虽去，心仍在。物质世界会随身而去，精神世界可随心长存，只要你想他，他便在，虽不在眼前，却仍活在心中。

我相信，“文洪”虽去，“徐迅”长存。

当兰江的早晨再一次醒来，横山塔上的第一缕霞光便是您的眼神。因为您相信，每一个早晨的开始便是一次新的征程。

未来，虽任重道远，却充满阳光。

2021 年 3 月 31 日

下辈子再见

天气说翻脸就翻脸，明明已经进入了立夏，转眼它又凉了起来，马路旁绿得发亮的树叶被风吹得呜呜响，毛毛细雨被风挟持着打在脸上，有点儿凉，行人悠闲的脚步变得急促起来。您去世的消息就像是夹在风中的一颗雹子，猛地砸在脑袋上，让我有些发蒙。

犹记得刚刚不久前，兰溪作协召开换届大会，您就坐在前排，还有说有笑的，对兰溪文学寄予新的希望；犹记得有一次在十字路口迎面相遇，您告诉我最近在帮一个局里编志书；犹记得那次您把自己新出版的散文集《兰江絮语》送来，还散发着油墨的馨香……这一切转眼就成记忆，如今您已经走了！转身，书架上的那本书却真实地站在那里；走过去，抽出来，翻开，看您的照片，生动的容颜如初。

您从不使用笔名，章绍清这个名字似乎与生俱来，朴实中透着一丝清雅，就像您的为人。您今年 77 岁，因为抽烟抽得凶，十四年前，查出患肺癌，您就上了手术台上把半个肺切了。您说要不是因为自己每天晨跑锻炼，身子骨硬朗，恐怕早就死在手术台上了。您说这话时显得很轻松，全然不像是从死亡线上捡命回来的人。别人去看您，您都乐呵呵地说没事没事，倒是逢人就劝：千万别抽烟，有百害而无一利。

您原是兰溪作协副主席，发表过大量的散文、小说，在制刷厂工作时曾是二轻系统的一支笔。您对兰江有独特的情感，经常与老伴沿江散步，您的喜忧哀乐也常常随着兰江的变化而变化。以兰江为题，您写下了许多的文章，印象中像《登西门城楼》《双塔凌云映兰江》《兰江之夏》等，都寄托了您对家乡的一片深情。您一直有手写日记的好习惯，几十年来写了九十多本日记，就在病重期间，您还叫只有小学文化程度的老伴把您的口述日记一笔一画地写下来。在重编《兰溪市志》的时候，因为原西门城楼倒塌的时间只记了月份，没有确切日期，您在日记中找到了确切记录：倒塌日期是 1985 年 9 月 9 日下午一时半。您对兰城的情感和对生活的有心由此可见一斑。

我是早年在兰阴文学社的沙龙上认识您的。那时候文学社有二十来人，大家每个月轮流主持，轮到的人会邀请大家上家里去喝茶谈文学。我们都去过您的家，五十几平方米的小套间，一家四口挤在一起，却挺温馨。后来大家都忙，文学社的沙龙散了，也就很少有见到您了。但您是一个闲不住的人，病愈后受邀参加了新一轮《兰溪市志》的编撰工作，发挥自己的余热。您个头不高，却有着乐观、豁达的心胸，真诚讲求公道，平时不偏袒谁、不讨好谁，更不会诋毁谁，文学圈子里有口皆碑。在编志书期间，遇到一些有争议的问题，您从不以感情喜好来编撰，而是以历史唯物主义的眼光去判断，保持客观中立的观点，受到业界的称赞。

听说您去年起一直在整理稿件，原打算再出一本作品集的，因为您不会用电脑，一直断断续续，如今成为一个遗憾。由于病情复发，以及并发症引起心力衰竭，您的身体今年明显衰弱，从一层走到四层的家里，以往您几分钟的楼梯今年要走走停停爬半个小时。就在一个月前，才在家人的催促下，您再一次住进了医院。您对前来看望的老朋友说："永别了，下辈子再见了！"您说得很轻松，听的人却很沉重。

可是很多文友都不知道您住院了，记忆一直停留在那次作协换届大会时的样子。您凡事都顺其自然，自己能做的事从不麻烦别人。临走前一再吩咐家人，不要太麻烦别人，不用搞什么告别仪式，不用哭哭啼啼，人活一张皮，人死一把灰，高高兴兴地把我送走就行了。

人活一张皮，人死一把灰。在我记忆中，您一直就这么保持着革命乐观主义，任何大喜大悲在您眼里都是一江春水向东流，安静而随缘。但我知道，在您的内心，却像江底的水流一样，暗自涌动着许多的激情与思想。您曾把文学创作比作是酿酒，谦虚地称自己是一个蹩脚的酿酒师。如今，这个酿酒师已驾鹤西去，只留下那一江的美酒，让我们苦涩而幸福地品尝……

章老，一路走好！下辈子再见！

2016 年 5 月 8 日

有一种平凡叫无私

——追忆兰溪市第十一届政协委员崔利昌医生

2005年2月9日，农历正月初一，正当全市人民都沉浸在喜庆的气氛之中时，年仅54岁的兰溪市人民医院大外科主任、兰溪市第十一届政协委员、人民的好医生崔利昌在浙一医院病逝的噩耗传到兰溪，所有认识他的人都哭了，大家顾不得大年初一的忌讳，冒着雨雪赶到医院，为的是再看他最后一眼，对他说声走好！

时刻把病人放在心上

崔利昌心里总是装着老百姓、装着病人，时刻把病人放在心上，急病人所急，想病人所想。他总是说：“技术不好的医生不是一个好医生，但是如果一名医生连医德都丧失了，那即便技术再好，也是配不上‘医生’这个称呼的!”崔利昌是这么说的，也是这么做的。

马涧镇马庆洪一提起崔医生就禁不住会竖起大拇指。二十多年前，他到马涧卫生院打青霉素针过敏而致昏迷，且其本身还有心脏病，当时卫生院条件很差，也没什么抢救设备，只有靠人工呼吸。崔利昌刚刚分配马涧，初生牛犊不怕虎，见此情况，二话没说，就嘴对嘴地进行人工呼吸。期间，病人先后昏迷了三次，崔利昌人工呼吸做了三次，最后甚至把病人肚里的饭都吸出来了，一股酸气扑鼻而来，崔利昌想吐又吐不出，看看病人还处于昏迷之中，又投入抢救了。现在马庆洪逢人便说：“我这条命是崔医生给的，要不是他，现在投生的第二胎都很大了!”

对病人，不管是老幼残弱，还是经济困难的，崔利昌都一视同仁，热情相待。有一次马涧的一位胃癌中晚期病人来找他。家中妻子因病刚刚去世，两个智力低下的儿子年纪又还小，根本没有钱看病。崔利昌了解情况后，苦口婆心劝说他不要放弃治疗，还为他垫付了部分住院费用，精打细算为他省下每一分钱。后来这个手术非常成功，崔利昌每天都要好几次到床边去看望他，安慰他。在崔利昌的精心治疗下，这位病人康复得很快，而且一直到出院，整个费用只有三千块钱。出院那天，那位病人紧紧握着崔医生的手，竟然热泪盈眶，哽噎得久久说不出一句话来。

崔利昌平时是没有什么节假日的，不管是不是值班，只要科室工作需要，一个电话，他就来了。他对病人认真、负责、关心，那更是没得说，一颗心全扑在了病人身上。遇有危重病人，不管是不是他认识的，手术是不是由他主刀，他都会守在旁边细致观察病情及时采取措施。记得一次，一位农村来的老年胃癌患者，术后反复呕吐，经造影证实是“呆胃”并发症，他每天两次自己动手用温盐水冲洗胃腔，空针筒抽得时间长了，手上都磨出了水泡。坚持了半个月病人能吃一点流食，为了使病人能增强食欲，他又亲自动手熬肉汤、鱼汤送到病人床前，直到病人康复出院。还有一次深更半夜，来了一位柏社乡的晚期肝硬化、上消化道出血的病人，因为吐得满身都是血污，身上散发出的血腥味令人作呕。当时上班的都是年轻医生和护士，没见过这种场面，不知所措。一个电话打到家里，他立刻赶过来，二话没说，动作麻利地给病人插双腔管、止血，等病人血止后，他又与家属一起为病人换下了沾满血污的衣裤，安慰病人，稳定病人的情绪。此时天已大亮，他回家冲了个澡，吃点早饭，又回到病房，出现在病人床头问长问短了。

还有一位乳腺癌患者郑大妈在得知崔医生去世的噩耗后，竟然好几个月茶饭不思，崔医生生前给她开的药、针一直摆在桌子上，没有动过。她与崔利昌素昧平生，但由于自己的女婿、老伴先后得过癌症，都是崔利昌开的刀，几乎一年到头都在医院里，2004 年自己也被查出患乳腺癌，也是崔利昌开的刀。每一次癌症的查出，都会给郑大妈一次很大的打击，每一次都是崔利昌耐心细致的诊断说明给她树立起战胜病魔的信心。人家都说久病成医，郑大妈平时有一点儿小疑问，都要跑去问崔利昌，崔利昌从未嫌麻烦过，手头再忙也会搁下来先给她仔细地解答。慢慢地，郑大妈对癌症有了新的了解，觉得也不再可怕了。郑大妈说："我从未碰到过这么好的医生，好像朋友一样！"交往这么多年下来，崔医生已经成了郑大妈心目中的精神支柱，现在忽闻崔医生去世，心中一下子变空了，不知道怎么办才好，以后有话不知道该找谁去说。

"这是我们应该做的"

崔利昌平时总是一脸的微笑，讷于言而敏于行，实实在在，勤勤恳恳，廉洁自律，奉公职守。他每天总是提早半个小时上班，在第一时间来到危重病人床头，向病人问好，了解病情。他对病人的负责、真诚，没有一点儿专家医师和科主任的架子，患者有口皆碑，送锦旗、寄感谢信是常有的事。但是他总是将锦旗上自己的名字剥下来，然后偷偷藏起，不愿挂出来，他说："这是我们应该做的！没必要张扬的。"崔利昌从不收病人的红包和任何礼物。每当病人怀着感激之情，给他送礼送红包时，他总是在病人手术后或出院时将礼物归还给病人，或另外买东西送给病人，而红包都是叫护士长交到院收费处，然后将收据交给病人。这样的事一年中不知其数，从医近三十年来，他自己也记不清总共退回了多少红包，拒绝了多少次宴请。拿他的话来说就是，医者父母心，治病救人是医生的天职，没资格接受病人的任何馈赠。

有一次夜班，崔利昌前半夜一个脾破裂手术做到 12 点结束，刚睡下没多久，又来了一个脾破裂病人。病情就是命令，崔利昌顾不得休息，又立刻投入到了紧张的手术中去。等这个手术做好已经是凌晨 6 点多了，病人家属看崔医生这么辛苦深为感激，一定要塞个红包给崔利昌，崔利昌却说："救死扶伤是我们医生的职责！"坚决而严肃地推辞了红包，家属只能满含热泪哽咽着一个劲地说："谢谢！谢谢！"

2004 年 8 月，马达的一位姓郑的肠梗阻病人住进外科，崔利昌医生为她认真做检查、治疗，有一次做造影检查，因为要一直观察它的变化，崔利昌为了不延误科室工作又要时刻掌握变化情况，在病房大楼上上下下跑了五趟。由于病人较胖，术后疮口脂肪液化，崔利昌每次都亲自为她换药、擦脓，每次都要把脓水放在鼻子底下闻一闻，以观察病情变化。病人来自农村，听别人说要送医生红包的，家里拿不出钱，就想买箱牛奶送给崔医生，崔利昌却说："你要是再东西拿来，我就不来看了。"

还有一次，一个车祸伤致双侧肋骨多根多处骨折、骨盆骨折的病人，一入院就是休克、呼吸困难，病人处于濒死状态，当时他在外院会诊，一接到通知，马上"打的"赶回，一面指挥大家建立多条静脉通道，快速输液输血；一面仔细体格检查，当时胸片提示无胸腔出血，但他检查后认为有右侧胸腔积液，给穿刺证实后，立即做了右侧胸腔闭式引流，病人呼吸困难好转了，但血压始终不能上升，望着病人高高隆起的腹部，B超也提示腹腔内少量积液，许多人建议行剖腹探查，但他经过多次仔细检查，坚定认为病人休克由于骨盆骨折导致盆腔后腹膜巨大血肿引起的。输血400毫升、800毫升，一直到4000毫升后病人血压才稳定，他从早上一直站到晚上，渴了喝口白开水，饿了吃几口快餐，回家后他又是每隔半小时一个电话询问病人病情。第二天凌晨5点半他又带着熬红的眼睛出现在病人床边。病人出院时一家人全都含着眼泪拉着他的衣角千恩万谢，他只轻描淡写地说了句："不用谢，这是我们应该做的。"

医学永无止境

在农村崔利昌是个好知青，在学校是个优秀的学生，在医院同样是个优秀的医生，他努力学习普外科、胸外科，尤其是肿瘤外科的理论知识，积极参与临床工作，有坚实的理论基础和临床工作能力。20 世纪 80 年代初兰溪市人民医院外科只有一个病区普外科和肿瘤科合并在一起，他一方面认真学习普外科的理论知识与医疗技能，一方面刻苦钻研肿瘤外科，至今他的书柜里还保留着当年他阅读《外科学》《腹部外科》《临床实用肿瘤学》，还有十几本厚厚的学习笔记，记录着他学习、工作中的心得体会。每天早晨他总是第一个来科室先把要换药的换掉，自己先巡视一遍病房，然后参加早会，当时由于普外科、肿瘤科混杂在一起，病人工作混杂，千头万绪，病种多样复杂，他总是不断向前辈讨教，提出自己的看法，倾听别人的想法，并不断向书本学习。

1987 年医院送他到浙江某医院学习，他就一头扎进医院的各个科室，虚心讨教，与该院的医护人员打成一片，深受他们的信赖，建立了深厚的友谊，他们也耐心地向他传授肿瘤外科知识，至今令该医院医生津津乐道的一件事是 1988 年 1 月的一次手术，那天该医院的一位老主任主刀，崔利昌当二助，行胰十二指肠切除术，不小心把肠系膜上静脉碰破了，腹腔大量出血，情况异常紧张，这位主任束手无策，一连请了两位专家都无计可施，这时崔利昌顾不得别人的面子，凭着对自己能力的自信和对病人高度负责的精神，毅然站了出来，用手指捏住出血的血管，吸清积血，再分离血管，上无损血管钳后，仔细缝合了血管裂口，手术得以继续，病人的生命得到挽救，此事流传甚广，成为佳话。

崔利昌不但学习腹部肿瘤外科，而且积极钻研胸部肿瘤的非外科治疗，回到医院后积极参与肿瘤外科的创立，先后开展有直肠癌根治术、Hartmann 手术（直肠造瘘手术）、胃癌根治、乳腺癌根治、食道癌根治等手术。近年来又先后开展肠癌低位深肛手术、三切口食道中上段癌根治术、肺癌根治术、盆腔清扫、后腹膜巨大肿瘤切除术，尤其对腹部疑难手术颇有心得，曾先后多次将其他上级医院判定不能手术的晚期肿瘤患者进行手术，有的人至今还健在。近两年他不断向老年肿瘤根治方面进军，在麻醉、心血管等科室的配合下，对几十位 80 岁以上高龄的肿瘤患者进行肿瘤根治术，他凭着自己扎实的医学理论和外科基本技术，将其他医院退回的老龄患者从死亡线上救了回来，在对老龄患者术前、术中、术后的一系列治疗措施方面有自己独到的见解，使肿瘤的治疗几乎不受年龄限制，绝大多数肿瘤患者都可在我院得到综合治疗，取得了显著成效。别人说他为“兰溪一把刀”，他听了，总是劝别人不要这么说，医学永无止境，自己离真正的“一把刀”差距还很大。

长期的临床经验锻炼了他冷静分析问题，果断临床操作的工作作风，但果断中又不乏细致，在每一个手术前，手术方案总是集思广益，召集医生们各抒己见，寻求最佳方案，一方面是为了追求医疗最佳效果，同时也培养了年轻医护人员善于思考、善于敬业的精神。而且在年轻医护人员面前，他对自己的技术也毫不保留，如有疑惑，他总是会耐心地进行讲解、分析，直至你弄懂为止；并且积极给年轻医生创造主刀的机会，自己则在一边观察、指点。有一次，崔利昌收了一个晚期胃癌伴局部肝转移的病人，这样例子的病人碰到的比较少，科室里的人总以为这次肯定是他自己主刀了，然而他却又一次把手术机会让给了年轻医师。打开腹腔后，面对这种晚期重症情况，年轻医师心里有点沭，想行姑息切除，然而崔利昌却出奇地冷静，坚持要行 D2+清扫+全胃切除+左半肝切除术，事后证明崔利昌的方案是十分正确而果断的，那病人两年多了状况仍然很好。

有一种平凡叫无私

崔利昌同志工作认真，任劳任怨，从不计较个人得失；他对业务精益求精，用扎实的医学理论知识和丰富的实践经验填补了我市肿瘤外科的多项空白；他视病人为亲人，精心诊疗，关怀备至，数以千计的患者在他的妙手下得以康复；他为人正直，心地善良，总是尽自己最大的努力关心和帮助周围的同志；他廉洁自律、勤俭节约，对生活没有过高要求，从不贪图享受。他的专业特长得到同行极高的评价，他以他的高尚医德和情操受到全院职工、广大患者和社会各界的尊敬和爱戴。由于他成绩出色，多次被评为医院和卫生局先进工作者，以及医院“诚信服务标兵”。他还是兰溪市政协第十届、第十一届的政协委员，十分关心兰溪的卫生事业，为兰溪卫生事业的发展贡献自己力量，为兰溪的经济建设积极献计献策。

他很平凡，1996 年被任命为六病区主任，2001 年任命为大外科主任，这在别人看来是十分风光的，但是他却总是表现得十分低调，从不张扬，从不摆什么主任架子的。对科室医护人员，他总是关怀备至，就像自己的兄弟姐妹。每年的护士节、三八妇女节，他都会自己掏钱买鲜花、蛋糕送给大家。科室里要是谁病了，或是谁家里有什么困难，都逃不过他的眼睛，他都会妥善及时地帮助解决。大家有困难或心烦的时候，也都喜欢同他商量，听听他的看法和建议。

他很平凡，他的妻子原在兰棉职工医院上班，由于单位不景气，多次有人建议他向医院要求一下，把妻子调进来，当时院领导考虑他是杭州人，在兰溪又没有其他的亲人，也曾提出调他妻子进医院的意见，却被他谢绝了。他说，还是把名额让给更需要的人吧！

他很平凡，三十多年的从医生涯，每天都是在看病、手术、观察、探望中度过；他很无私，他把宝贵的青春献给了兰溪，把整个生命都献给了人民卫生事业，他为兰溪的卫生事业发展贡献了毕生精力。因经常连台手术，他患有多年的严重痔疮和严重的椎间盘脱出，常常因为长时间站立后，腰都直不起来，走路都困难，第二天照样出现在手术台上。1998 年崔利昌八十多岁的母亲在杭州行子宫全切手术，他只在手术当天赶往杭州，母亲手术结束返回病房后，他又迅速赶回医院为他的病人手术。就是在身患“恶性淋巴瘤”重病期间，他仍然关心医院的建设，关心病人的安危，关心科室的日常医疗工作。在他大剂量化疗间隙，白细胞下降到 1000，他还拖着疲惫的身躯多次为病人做手术，临终前一周还与科室同事探讨科室发展思路及科室人才培养策略。

崔利昌同志的一生都很平凡，没有轰轰烈烈，没有可以大书特书的事迹，但是他做的每一件事都让我们感动，都让我们感觉到一种无私人格力量的存在！

平凡的职业，无私的奉献！

这种平凡的另一个名字叫作无私！

2005 年 11 月 22 日

生命是一只玻璃杯

一连几天来，我一直还在疑惑，你是否真的已经离开这个世界。

那天，接到朋友的电话我还在出差回来的路上。我想，一定是朋友搞错了，或许只是一点儿轻伤。我拼命打你的手机，传来的只有嘟嘟声，好像电话那头只是一座空荡荡的房子。那时候，我宁愿相信你只是忘带了手机，而不肯相信你已经离去。我们不知道你出事的具体位置，沿着游诸连接线一路找寻。坐在朋友的车上，音乐像水一样淹没了我的整个身体，窗外呼呼地吹着风，空气中飘浮着春天草的气息，似乎还夹带着一丝淡淡的血腥味，一种不祥的预兆笼上心头。

到了现场，警灯闪烁，人来车往，在被隔开来的那块空地上，是两条长长的刹车痕迹和一辆又高又长的大货，你所乘坐的那辆本田小车已经压成一块巨大的钢饼，正被吊在一个车上准备拖走。散落一地的是汽车的残片，还有一只袜子和一只鞋子，我不知道你去了哪里，又是担心又是恐惧。我走到一个交警边上，看见他的本子上写着你的名字，连忙问他，得到的回答是已经送到殡仪馆了。那是一个离我们多么遥远的地方，是一个与温暖、幸福、安康毫不沾边的地方，是一个我们想也不会想到的地方，即便要想，也不是现在，而是当我们都拄着拐杖坐在夕阳底下的时候。我问交警，你是不是坐在副驾驶的位置？交警疑惑地问我是怎么知道的，是不是看见你上车的？我说你每一次陪朋友，都是坐在这个位置。每一次出行，你总是会热心地给人指路，辨认路线，但你从来没想过这是一个危险系数最高的位置，更没有想到有一天，一座巨大的车身会首当其冲向你压来。我相信，在生命最后的一刹那，你牵挂的一定是车上其他朋友的安危。

或许生命中会有太多太多的不幸，但一直没有想过不幸会降落在你的身上。我们的老家是隔壁村，只隔着一个坡，每次你跟别人介绍时都会提起说我们小时候还打过架的。有几次，我甚至开始怀疑是否真的与你打过一架。其实我知道，那都是你为了体现我们的情谊才编造的。你我都是老实厚道之人，连捏只蚂蚁都于心不忍，又何尝会去打群架呢。你对朋友总是那样的纯真，那样的坦诚，那样的豪爽。就在我出差前一天，我们还一起欢聚过，约定五一等我回来，带上家人去你老家的那个深山里住几天的，那里山清水秀，是我们心灵憩息的地方。以前你从没有失约过，而这次你怎么就失了约？如果不是这次车祸，我想你一定不是一个失信者。

或许生命中会有许多次相聚与别离，但一直没有想过最终的别离会是这样。因为你在乡镇法庭上班，平时工作也很忙，难得相聚一起。而每一次相聚，你总是十分尽兴，工作的繁忙与辛劳从未提起。原以为出差前的那次相聚只是生命中无数次欢聚中极为平常的一次，没想到却成了最后别离的记忆。每每想及，泪水汹涌，你在世的时候一直没有好好珍惜这段情谊，在你突然离开的时候才明白原来你才是我生命中最为真诚的朋友。你知道我不胜酒量，每一次别人劝我酒的时候你都会帮我挡驾，会关心地问我还能不能喝。每一次有事找你，你都是二话不说立马赶到。如果不是这次车祸，我想象中的别离一定不是这样的。

或许生命中会有无数次的开始与转折，但一直没有想过最后的结局会是这样。那天，我们陪你父亲去为你选墓地，几天时间你父亲似乎一下子衰老了许多。他说，他 7 岁就没了爹，在最该享受父爱的时候，父亲走了，现在好不容易熬到儿子有出息了，孙子也抱大了，自己七老八十也该是享受天伦之乐的时候了，却不料儿子又撒手离去了。你一直是你父亲的骄傲，整个家族数你最有出息。你又是那么热心，老家有人托你办事，你从未拒绝过。而你的妻子单位效益一直不好，你从没利用自己职位的便利去要求过谁。你在世的时候倒也无所谓，而如今你没说一句话就走了，留下孤儿寡母，上有老，下有小，这样的重担你妻子一人如何能承担？如果不是这次车祸，我相信你一定不是那种不负责的男人。

或许生命就是一只脆弱而美丽的玻璃杯，有时候你盛的是白开水，虽然无味却纯正真实；有时候你盛的是铁观音，浓郁而回味久远；有时候你盛的是梅江烧，直性而无丝毫掺杂……可是一旦这玻璃杯碎了，再好的水再好的茶叶再好的酒也都无法存放，只留满地余香。

不知道天国有没有车来车往？不知道你是否还每次都坐在副驾驶的位置？不知道天国的道路上会不会也发生过车祸？我宁愿相信天国里没有车来车往，这些担心都是多余，宁愿相信那里的人们都是用翅膀走路，从来不会有车祸发生的。只有那样，你的灵魂才会安息；只有那样，我们的牵挂才会安心。

2008 年 5 月 4 日

那个谁都要去的地方

开银行的总会碰到一些坏账，还不了钱；写文字的，总会欠下一些文字债，留下许多遗憾。老应生前曾说过，要我给他写篇东西，最好在他走之前写好，让他好看到。我一拖再拖，终没能在他走之前写成。如今我欠老应的文章，已经再也无法还上了。

大家都知道老应叫应连昌，笔名憨夫，那个曾经在《兰溪日报》(《兰江导报》前身) 几乎天天都有稿件见报的通讯员。我最早认识他却是在李渔研究会 1995 年的一次年会上，他写了一篇李渔论性学的研究文章。那时候他已经快五十了，我跟他一见如故，可算是忘年交。他讲话声音洪亮，不用麦克风再大的会议室也能听得很清楚。后来在每年的报社通讯员会议上都能见到他的身影，每年他都是发稿量的冠军户。老应还烧得一手好菜，在城南方圆数里是个有名的“厨倌师”，记得有一年在张坑乡开通讯员会议，那是我第一次品尝到他的手艺。他烧完菜最后一个来吃，喝起酒来毫不含糊，把好几个都喝高了。那时他还兼着敬老院院长，也是不省心的活。可就是这样，他每天还能抽出时间来写作。通讯消息稿发得多了，他的眼光也渐渐地放远，开始写起了小说、散文，并屡屡见诸报端。文章发的多了，他开始梦想出版自己的专著。

2002 年，兰溪作协组织出版第一套兰溪作家文丛，在我的再三鼓动下，他抱了一大摞作品剪报到我这里来。我与他一篇篇地筛选、分类，最终定书名为《城南碎影》，收入他在全国各级报刊发表的八十多篇文章十余万字。作品出版后，只有初中文化的他被媒体称为“农民作家”。还有媒体文章总结了应连昌的“三不”精神：一是不怕底子薄，自学也成才；二是不满足于“小家”，心中有“大家”；三是不怕事情忙，忙里偷闲写文章。

这次著作的出版，为他了却了一桩心愿，但他马上又有了新的梦想，他说：“这本是散文集，过几年再出一本小小说集。”这话说了一晃就好多年过去了。后来我调离文联从事农业工作，他一直默默关注着我，每次碰见，总是鼓励我，为农民多想办法，多做好事。有一次他在农展会上看到识字农合作社，就问：“这个名字是不是陈兴兵取的?”合作社的几个年轻小伙很惊讶，说你怎么知道？他说凭我对他的了解。我后来听说之后很感动，心想，有时候人与人之间并不需要过多的语言表达，不需要觥筹交错，远远地关注也是一种温暖。

2011 年 3 月，他被确诊为肺癌，医生判定他最多活八个月。他原本还有许多心愿，要整理出版一本小小说集，还想写两个长篇小说，框架都已经构思好了，还要去老年大学学书画，还要去公园参加婺剧票友会，等等。但是这突如其来的噩耗让他措手不及。他知道，只要生命不停止，他的文学梦想就不会停止。他说，那是个谁都要去的地方，只是迟早的事，最重要的是在用生命与时间赛跑的日子里，是写作让他找到了快乐和幸福。他在一边积极治疗的同时，一边开始了生命最后的奋笔疾书。我与几个文友去见他的时候，他已经过了医生说的八个月的门槛，看上去他显得很自信，脸上微微红晕在院子里的阳光照射下显得很健康的样子，完全不像癌症晚期的病人。他说他现在每天只是莳花、写作两件事，就像李渔当年在伊山脚下做“识字农”时一样，充满了快乐与充实。得知他要把这些莳花弄草的文章结集出版时，我还特意帮他联系了出版社免费出版，但他谢绝了。当我拿到那本还散发着油墨香的《雾里看花》时，我还在心中责怪他为什么不让我帮他设计版式。他却说：“我知道你很忙的，就不麻烦你了。”我现在终于明白，老应在与时间赛跑的过程中，哪怕一分一秒的时间都显得十分宝贵。

2012年11月20日，在我的一再邀请下，应连昌参加了作家协会每月廿文学草根论坛的交流，与大家分享了他的写作快乐与人生感悟。那一晚，来得人也特别多。那一晚，大家在感慨生命之余可能有了更多的思考。过了不久，他又写完了一系列谈美食的文章，出版了《美食乱弹》。这本书是他当“厨倌师”多年来的经验总结，有许多菜肴的制作工艺已经失传，此书既是一册美文，又是一部“食品非遗”的宝贵志书。看着书上几张老应大快朵颐、大杯喝酒的照片，想到他再也无法如此痛快地享用时，不禁悲从中来。他想在临走之前，把自己那些美好的记忆都留给后人。

2013年7月9日，我接到杨丽萍老师的电话，说老应可能快不行了，我心里咯噔一下。第二天就与几个文友一起去医院看他。进病房的时候，看到他蜷在床的一角，微闭着眼，原本高大的身材已经瘦得只剩了一个副架子。听到有人来，他微微睁开了眼，很疲倦地看了一眼，轻轻地说了句：“你们这么忙，不用来看的。”他爱人告诉我们，老应的癌细胞已经扩散到全身，每天都是要靠止痛针来维持。那时候，我还傻乎乎地问他：“你还能看报不?”他摇摇手说：“我现在什么都不感兴趣了。”我临走告别时跟他握了握手，感觉那双曾经做过许多美食写过许多美文而有力的大手此时显得苍白而无力。他挥了挥手，又说了一句："你们不要再来看了。然后就闭上了疲倦的眼睛。"

没想此次一去即成永别。当晚，他带着许多未了的心愿驾鹤西去了。他死后的一切仪式都按照他身前吩咐过的进行，不放哀乐，不开追悼会，一切从简。灵堂前挂着他自己早就撰写好了的挽联：跋涉人生历尽苦辣酸甜原是南柯一美梦；驾鹤西去离开凡尘俗世从此酣睡永无忧。灵堂里不停地播放着他生前最爱听的婺剧。人生何尝不是一场戏，既然那是一个谁都要去的地方，何不把生命中最后一次别离当成另一次的开始，又何必要弄得那般悲伤呢？

在那阵阵戏曲声中，我仿佛又看到老应伏案疾书的样子，又听到他爽朗的笑声。老应，一路走好！

2013 年 7 月 29 日

相见不如怀念

一连几天，我都在想一个问题，跟你认识于何时何地？这几天经常有人问我这个问题，我就不得不经常回忆，但每次都是徒劳。就像一只时光机，一次次地倒带，一次次地清洗，却怎么也倒不回那一天去了。

我都忘了有多久没有见到你了。记得 2011 年在纪念李渔诞辰四百周年活动时的匆匆一瞥，只是打了声招呼，后来没等活动结束你就提前走了。你也很忙，我也很忙，这年头大家都很忙，两个人多年没见，好不容易见了面，又匆匆离开，连坐在一起喝杯茶的时间也没给。没想到这一面竟成最后一面。

2013 年 4 月，李渔研究会决定要办一份李渔文化宣传刊物，我首先就想到了你。那几天刚好你在参加第五届中国当代徐霞客的评选，网上的同学、朋友都在为你投票。我这才知道你已经骑单车走过运河，走过丝路，走过越南，骑行两万多公里了。我记得你从来没参加过什么协会，也没参加过什么评奖、大赛，可这次怎么突然参加起当代徐霞客的评奖了？我有点儿纳闷，甚至连网上投票都只是应付性地投了几票。因为我对网上拉票一直比较反感。直到5月1日的时候，我看见我的新浪微博上突然“粉”上来一个叫“徐徐霞客—徐林正”的，一看头像是你，赶紧“互粉”了，并私信给你。私信中的对话是这样的：

我：多年不见，你都成霞客了。我们最近要办一份李渔文化的刊物，想向你约一篇稿，盼赐稿！

你：不客气，命运无常，我是瞎折腾而已。需要什么类型的稿子？最晚什么时候交稿？

我：关于李渔的就行，长短不限，五月底吧。

你：好的，我尽力吧！

就这么简短的几句私信，竟成了你给我的最后遗言。到了6日下午，金华日报的记者突然在QQ上向我打听徐林正的家人地址，说是北京派出所接到你邻居的报警，称闻到你家有异味。下午4点多我接到你同学的电话，对我说你去年被查出得了尿毒症，每周血透两次，邻居闻到气味可能是你去医院忘关煤气了。我想但愿吧。等到 5 点半我在回家路上接到电话，说你已经走了。我一下子愣在那里，不知道该说什么。后来了解到，北京的一个出版社编辑因为通知你取新作《那一年，我骑单车走越南》，从 5 月 2 日开始打你手机，一直没人接，到后来干脆就关机了。这位编辑几经周折找到你的寓所，却迎面碰上派出所的同志，告诉他这个不幸的消息。

后来，我们从出版社要到了你用生命写就的这本书，打开油墨飘香的书封，你在自序的开头就写道："那一年，我抑郁、迷茫、孤寂、无趣、绝望。我决定去拜访一个人。我来到江苏无锡江阴的一个小镇。这个镇叫霞客镇。"这时候，我才恍然大悟，你为什么要如此在意"当代徐霞客"这个奖了。而且当你得知自己身患重症后，深知自己这个骑行世界的梦想再也无法实现了，所以你才会去在乎这么一个奖，这也是你参加唯一一次评奖。你曾经立志成为中国独立撰稿第一人，你坚持独立经济、独立思想、独立人格、独立采稿，在北京的文化圈里得到很好的口碑。你始学古龙，以兰溪为背景写过多篇武侠小说，在《金华晚报》上连载。后效鲁迅，嬉笑怒骂皆文章，曾撰写《当代十大文坛剽客排行榜》《八国联军侵华留下哪些文化后遗症?》《人民文学诗歌奖为何颁给自杀者和精神病人》《茅盾文学奖缘何矛盾重重》等一些视角独特、观点新颖的文化稿件，几乎覆盖全国主要媒体，并出版了"文化批判三部曲"：《文化突围》《文化嘴脸》和《文坛剽客》。其中《文坛剽客》被媒体称为“中国第一部专门研究剽窃抄袭的书”。诺贝尔文学奖获得者莫言对你的正气与勇气高度赞赏，并作序力荐，称此书“很值正人君子一读”。

读万卷书，行万里路。2006 年，年满 35 岁的你开始实现骑游天下的梦想，自称“我的新生命从 35 岁开始”，把博客、QQ 都改名为徐徐霞客，单车骑行天下，大运河、丝绸之路、云南边境、越南异国，无不留下其畅游足迹，行程两万多公里，撰稿近百万字。如果没有病痛的折磨，你一定还将继续走下去，继续写下去。你说你骑行的真实目的是：享受一边骑车一边写作的快乐，是享受走到哪里吃到哪里的惬意，是享受看美景看美女的舒畅。你说你梦想自己能骑个自行车，自由自在地行走在这个地球上，把整个地球走遍。

这时候，我忽然想起了我们的相识也正是缘于单车。那一年，我在文联，你在《金华晚报》，你每次来兰溪都会找到我，骑上我那辆黑色凤凰牌自行车，带着我沿兰江慢慢地走。我那时候瘦，就乐享其座，靠着你宽厚的背，欣赏一路的风景。每次骑到上坡路的时候我想跳下来，你说：“不用，能行。”说罢你呼哧呼哧就上去了。后来你离开金华去北京，就很少见面了，只是经常会收到你写的书。

时隔数年，没想到在这个阴霾重重的初夏，我们又见面了，在你出生的那个叫下杜村的村口。更没想到的是的会以这样一种形式相见，你在一个阴暗而明亮的方盒子里躺着，我在明亮而暗淡的地方站着。

相见不如怀念。

一片落叶从身边的树上飘下。从来没有去注意过，在这生机勃勃的初夏也会有落叶？在你回来的前一天，我们在你哥的指引下，为你选了一块绿意葱葱的墓地，那里长着两棵树，一棵是柿子树，另一棵也是柿子树。感觉这棵树很符合你的性格，那黝黑而遒劲的树枝就像你生命中那些弯来弯去的日子。你曾经说过，不离开家乡，不知何为故乡；故乡，其实一直在心中。现在，你疲惫了，终于回到了故乡，从此后，在这两棵柿子树下，你的脚步将得到安息。

这时候我忽然明白，你跟我说的最后一句话“尽力吧”，那是一种对生命无奈与内心的抵达。生如夏花，死如秋叶，生命无常，悌然泪下。

林正，你一路走好！

2013 年 5 月 18 日　凌晨

老方、老张和老范

人生的命运有时候并不在于你走得好不好，而是你遇上的人好不好。遇上好人，可以扶你一路上青天；遇上歹人，可以变成命中克星，一辈子翻不了身。

所幸的是，在我人生最初走向社会的时候，就遇上了三位好人，老方、老张和老范。

我走向社会的人生第一站，是一个医院的药库。老方也是我们的头，管着药房药库十几号人。他个子不算高，也不算矮；脸上不太笑，却也看不出有凶相；高高的发际线，有点儿花白的浓密头发整整齐齐地往后梳，在思考或走路的时候，时不时地伸手撸几下。老方走路很快，脚不长，但步子大。好像当过兵，又好像没当过，我都记不清了，但不管怎么说，行事作风还是有点儿像老兵的样子。他很少骂人，真骂起来的时候，眼睛总是移向别处，好像骂的跟被骂的没有什么关联，又有点“指桑骂槐”的意思；没骂两句，似乎自己都觉得不好意思，飞快地走开了。

记忆中他没有骂过我，像师傅一样，又像父亲一样，总是很亲切。我也没怎么把他当领导，直接叫他“方师傅”。那时候，他快退休了，我正年轻，大家都说他对我有点培养接班人的意思，经常带着我去外地出差进药，教我分辨药材的真假。我的勤奋与好学总能得到他的肯定，但我还是辜负了他，没有当上这个接班人。那个时候，年轻气盛，不屑于当什么“官”，总想有一天要离开这个药房的，去实现自己的“作家”梦。而且他这个“主任”总时不时地被科室的一些老同志合伙“算计”，骂上门来。我记得有一次不知道为了什么事，有个女的从三层骂到四层，手指甚至都快戳到他的鼻子上了，但老方依然坐在办公桌前一声不响，一动不动。我当时很为老方抱不平，毕竟大小也是主任，再有错也犯不着这样吧。但事情一过，该怎样待人家还是怎样待，好像没有发生过这件事情一样。后来有的年轻员工也动不动就朝他吼上几句，好像整个科室都是主任，就老方才是大家的员工。那时候我算明白什么是“马善被人骑，人善被人欺”的道理。但老方却从不认为是“欺”，反而觉得有点“亏欠”于人的样子。

老范是药库里唯一的临时工，几乎所有的重活都是他干的。

我来的时候他已经做了十几年的药工了。中华人民共和国成立前他就在药店里当学徒，对药材的加工、炮制、鉴别都有一套，所以后来就一直在医院药库里留用。药库里除了老方，就是我跟老范两个人。老方是领导，还要兼管药房，药库基本上就是我与老范两人。我比他最小的儿子还小，做什么事都跟在他后面，扛药、切药、炒药、发药等。刚参加工作，人也缩手缩脚一些，老老实实，认认真真，于是很快就博得了老范的喜欢。兰溪以前是中药“三溪”之首，药材质量方面有着很好的声誉，每个药店大堂里都会挂着一副对联，上写着“修合虽无人见；诚心自有天知”。老范说：“干我们这行的兰溪话叫‘药猢狲’，又脏又累，但又叫‘吃良心饭’，人命关天，来不得半点儿虚假，要自己对得住自己。”他一有空就给我讲一些有意思的事，我最初发表作品就是根据老范讲的整理成的文字。他讲故事不仅仅是有趣，更重要的是有做人的道理，有点哲学的意味。其中印象最深的三句话，在后来的人生道路上，成为伴随我的座右铭，让我受益一生。

第一句是“人比人气死人”，这是他常说的一句话。他说我们做人要知足，不要轻易地去跟人家比，“比上不足比下有余”，只要内心满足，你的人生自然就是幸福的。这句话伴随我一生，让我在不管什么处境之下，都能找到快乐。有人说“知不足”才是社会前进的动力所在，“知足”是消极思想，会让社会停滞不前，这完全是逻辑误导。抬头志在万里，低头绣花功夫，尽力而为，量力而行，根据自己的实际出发，去实现自己的人生价值。“知足”是基础，“知不足”是努力方向，两者其实并不矛盾。

第二句是“力气是存不起来的”。他常跟我说：“小鬼，钱存银行有利息，力气存起来是没有利息的，年轻多使点儿力不吃亏。”那时候，医院大楼没有电梯，药库在三层，每次采购来的药材一麻袋一麻袋的，在一层卸下就走人，都要我跟老范两个人一袋一袋地从一层扛到三层。有时候还要扛到四层的平台上，因为很多药材进来的不是饮片，而是原药材，需要切片、炮制，从泡、洗、切、炒、晒等，还有很多环节，而我们的加工炮制室就在四层。那时候我力气小，常常几十斤的东西就扛得气喘吁吁。老范百八十斤的麻袋扛在肩上爬楼梯像走平地，脚不抖、气不喘，一点看不出是六十多岁的人。

第三句是“买一样少一样，卖一样多一样”。他说的是买家具时，你买了椅子感觉少了桌子，买了桌子感觉少了杠几(即长条几)，每买一样都会逼着你去买下一样，使之逐渐完善，这是成事之举。而卖家具时，你卖了椅子感觉桌子是多余的了，卖了桌子感觉杠几是多余了，他说败家子都这样，卖了一样又一样，最后连房子也是多余的，把祖宗家业全败光，这是败家之为。我开始总不理解，怎么可能会买一样少一样，卖一样多一样呢？现在随着年龄的增加更加明白这个道理。这其实也是能干事与不干事之间的距离，能干事的人总是越干越多，不能事的人会越干越少，最后一事不干、一事不成。因为一件事后面总跟着许多事，你一件做成了，后面更多的事就会找上门来，你做了一件又一件，用一次成功去践行更多的成功，最终成就你的人生。而你一件事做砸了，或者什么事都不想做，事情也就不会找你了，碌碌一生而无为。

老范虽说是个临时工，但他的见识、道理不会比其他人差，他可以说是我走向社会的第一位人生导师，他的这三句话一直牢牢地刻在我心里，是我人生成长的源动力。后来因为我离开了医院，与老方、老范很少见到了，但心里也总牵挂着。有时候越是熟悉的人却总是不敢轻易去见他们，好像记忆中盛开的一朵花，就怕见到花谢的样子；不见，是为了让花永远保持着盛开的样子。后来，我碰到老张，老张说："老方家里日子也不太好，先是老婆生病，然后儿子又出事情，反正遭遇的都不好。老范家里也不太好，好像儿子做生意还是什么欠下一大笔账，老范干了一辈子，都在为儿子还债。"

老张是科室里最热心的一个，也是全院最热心的，至少是"之一"。不管乡下的、城里的，不管亲戚朋友还是远房近邻，哪怕是拐弯抹角地问来的，只要找到她，都是有求必应，有应必果。老张做事风风火火、雷厉风行的，今天能做的决不过夜。

但她又是最包容的，科室里好像只有她没有骂过老方，对老方也是忠心耿耿，对老范和我也总是客客气气。我甚至想，老张才是最适合当“主任”的。但老张从来都不喜欢当“官”的，从不在乎权大权小钱多钱少，老张在医院里，就是“一卡通”，走到哪里都很熟，所以基本上没有她办不成的事，当然这都是在合法的范围之内，违法的事她也不会去干。

那时候老方、老张和老范都是我的前辈，他们又都很爱护我。老方常常会叫我和老范上他家吃饭，只要带着嘴巴和双手去就行，大家一起喝点儿小酒，谈些琐事，现在回忆起来简直不可以想象，一个新员工、一个临时工、一个领导上司怎么坐到一起吃饭的，要是现在，恐怕没事都能传出一些事来。老张有时候也会请我们上家去吃饭，她家爱人是单位领导，家里客厅要比老方家大些，但也不受拘束，大家嘻嘻哈哈的，关系融洽的很。

我离开医院后，关于老方、老范的信息也都是老张告诉我的。后来我听老张说，老方老婆没了，他也病了，是癌。老方酒量不大，也不怎么喝，但抽烟抽得厉害。那时候在药库门口休息的时候，老范和老方一人一边，坐在两个麻袋上，你来我往，一根接着一根，两三根烟一下子就没了。老范年纪大一些，他后来慢慢地抽得少了，但老方一个人的时候，还是一根接着一根地抽。

又过了好几年，有一次碰到老张，说起老方老范，老张说："老方走了。"我心下一凉。老张又说："他走之前，最想见的人是你，但怕你忙，都没敢叫你。"我"啊"了一声，责怪老张："你怎么不叫我啊？你应该打我电话啊！哪怕再怎么忙，我也要赶来啊！"那时候，老张也已经退休在家，老范也早就回老家去了。那一天，我与老张相约，什么时候要去看一看老范。

但一晃又是几年，也一直没去看老范。有一次，听老范同村的人跟我说老范病了，住在中医院里。当晚，我赶紧去看他。他看到我，很是高兴，拉着我、抱着我，有说不完的话。他还是那么健谈，跟我说了好多关于中药行业的事，那天忘了录音，我后来专门叫史志办的人去做了口述历史，留下了一些珍贵资料。那天，我坐在老范的病床上第一次与他合了张影，相约下次去他家看他。一晃又是几年过去了，一直也没有兑现这个诺言。

前几天，碰到老范村里的一个老人，我问他："老范认识吗？他还好吗？"他想了许久说："死了，去年死的。"我一下子愣在那里，心如刀绞，思绪翻飞。

我们与岁月有过约定，却总以为自己还年轻，岁月会等在那里，却总是在约定中与我们的相爱之人擦肩而过。老方、老范都已经走了，听说老张后来也出过一次事故，生了一场大病，身体也大不如前，每次见到的时候，再也没有以前那种火热的激情了。

岁月没有老，是我们变老了。世界没有变，是我们看世界的眼光变了。我们常说生老病死，佛说："只有生、老、死才是人生之常，病是无常。"看世间能有几人不得病，又何时得？何地得？如何得？无常之常谓之常。无论是思想，还是身体，坚守不得病者少，得病者多。如果我们能调节好自己的心态，保养好自己的身体，坚守人生底线，让人生路上不得"病"，那此生无论长短，也都是无憾的。

2022 年 6 月 26 日　星期日

DA XUE WU XUE

大雪无雪

Chapter 3 梦里依稀

一万年之后，尽管它醒了，把那颗破碎的心也装饰成宽容之心，只是那颗稻谷的梦再也回不到万年之前了，黑乎乎地嵌入在那些陶片里，一梦不醒。

老郑的搪瓷茶杯

老郑离开我们差不多有三年了，可是每当有人一提起他，大家都还会露出一副惋惜的表情。清明那天，有人提议一起去看看老郑，大家自然积极响应。于是买了鲜花、纸钱、蜡烛等，一起去了城东的那座墓碑长得比树还茂盛的山坡。

开始以为老郑的墓地很难找，三年了，都不记得他的“门牌号”了，本来想打电话问问他老婆的，怕又让她伤心就没打。老郑去世的那一年我们每次给他老婆打电话，他老婆都是只哭不说话，把我们想劝慰的话全堵了回去。所以小余建议先找找再说吧，隐约还有些记得。没想到没费多大工夫，我们就在那些密密麻麻的墓碑里找到了老郑。并不是我们的记性有多好，而是老郑的那个特殊记号——一个搪瓷茶杯竟然还在，被当作插香炉摆在墓前，老远就一眼认出来了。

这是一个白色的搪瓷茶杯，是那种大号的，一热水壶水倒出来最多只有三杯。杯的一侧用红漆写着一个“奖”字，另一侧也用红漆写着几个字，有些脱落了，隐隐约约能看出是“为人民服务”。

这个茶杯对我们每个人来说是再熟悉不过了。他在的时候，每天上班第一件事就是泡上满满的一杯茶，然后翻开那本封面印有党徽的工作笔记本，把这天要做的事一一记上。那时候，他是主任，我刚从乡镇调到纪检室，生怕自己有什么做不好，就左一个主任右一个主任，叫得自己都起鸡皮疙瘩。老郑把我叫去，很认真地对我说：“小陈啊，你不用叫得这么肉麻，以后叫我老郑就行了。”我说：“我们乡镇都这么叫，如果不叫职务会不高兴的。”老郑说：“我都同意了你还有什么顾虑的。”从此后，我就跟科室其他人一起都叫他老郑了，一直到他后来提了常委，我们还是叫他老郑。

有一次，我开会发的纪念品是一只高级磁化不锈钢杯，我跑到老郑办公室趁他不在的时候偷偷地把那只搪瓷茶杯换了，心中想着老郑回来看见一定会乐呵呵地问是谁给他换了这么漂亮的杯子？正得意着呢，老郑回来了，一眼看见桌上的磁化不锈钢杯，脸一下子黑了下来，怒视着大家说道：“是谁换了我的杯？”我低着头向前一步站在他跟前，等待着更多暴风雨般的批评。没想到他的语气又一下子软了下来，轻声说：“你把我的杯换回来吧!”

后来我才知道这搪瓷茶杯是老郑在部队里参加打靶时获得的奖励品。那次打靶他本来可以拿一等奖的，因为刚好一只蜜蜂在他脖子里蜇了一口，一分神，一枪打偏了，只得了个三等奖。于是老郑一直把那个搪瓷茶杯当作自己的一块耻辱碑。转业到地方后，这块“碑”一起跟随他立在办公桌的目光所及处，一时半刻都不能离开。

纪检室是纪委最为重要也是压力最大得罪人最多的部门，对那些违法违纪的干部就像打靶一样，要一打一个准，不能冤枉一个好人，也不能放过一个坏人。老郑办案的韧劲是出了名的，只要碰到他手上，都逃不出他的那双火眼金睛的。记得有一次，我们根据群众举报，掌握了初步证据后，把交通局的一个副局长叫来谈话，谈了两天，一点儿突破都没有，在大家差点儿放弃的时候，老郑从他的一个手机通话记录里找到了“靶心”，一下子就打开了他的突破口。

那几年，我们纪检室几乎每年都拿先进，在市里、甚至全省纪检系统都是得到通报表扬的。但是，在社会上，我们却并不是一群受欢迎的人，有的甚至在背后指着我们的脊梁骨诅咒我们不得好死。每次办完一件案子，老郑都会请我们在江边的大排档里撮上一顿，自得其乐，不醉不休。老郑不但嗜茶，而且善饮，又是一个瘾君子，十足的烟、茶、酒“三好学生”。

但是，当后来获知老郑被查出肝癌晚期的时候，我们大家还是感到很震惊：为什么老天如此不公，对老郑这样一个好人、能人、善人都忍心降此苦痛呢？竟然还有社会上传说，说是老郑得罪人太多，是报应。听到这样的流言我们真是无言以对，只是深感自己作为一名纪检干部所负的压力。

天上的雨还在淅淅沥沥地下着，我们站在老郑的墓碑前默默地哀思。那只白色写着“为人民服务”搪瓷茶杯里，盛满了土，我们把点燃的香插在上面，看见里面还长了几根小草，极小，看上去只有一点点的绿而已，尽管如此卑微，他们还是在雨中欢快地吸吮着雨露，把细小而顽强的根扎进了那杯土里。

（获2011年建党90周年金华市征文三等奖）

事　故

周日傍晚，丁局长从乡下钓鱼回来，驾车经过何塘村路段时，没想到那个平时很少有人出入的路口会忽然冲出来一辆三轮车。

踩车的是一老农，五六十岁的样子，不知道是眼神不好还是耳朵不好，好像专门奔着丁局长的奥迪而来。

车厢里的混响飘荡着邓丽君的轻柔曲儿，丁局长中午喝了点儿酒，虽然在那打了四圈麻将，但现在还是有点儿头晕，突如其来的三轮车让丁局长措手不及。

丁局长使劲地一边按喇叭一边急踩刹车，口里大声地嚷了起来：“让让呀！让让呀！”就差站起来挥手了。

“嘭！”

“吱——”

由于奥迪车速过快，让人不敢想象的一幕还是难以避免地发生了。

奥迪的右前轮压着三轮车的前轮，然后拖着三轮车滑行数米后停了下来。

丁局长吓出一身冷汗，开始以为自己完了，摸摸脸，摸摸腿，然后两只手又相互摸摸手臂、手背、手指，还好，没伤着自己皮毛，心里总算缓了一口气。

丁局长侧首去看副驾驶的车窗，玻璃已经碎了，碎片撒在座垫上、脚垫上，窗外半空中悬着两个三轮车的后轮，还在空转着。

丁局长倒吸一口冷气，踩车的老农肯定完了。

丁局长看看四周没什么人，赶紧下车给驾驶员老李打电话，要他赶紧打的到何塘村来。

丁局长从小怕见血，远远地躲在对面的树干后面朝这边看。

老农就侧身翻在奥迪的前轮边上，不知是死是活。

丁局长的身子开始哆嗦起来，心里仍在不停地祈祷，希望老天保佑老农能够躲过这一劫。

路上不时有车飞快地驶过，也有人发现车祸后会慢下来好奇地朝这边看一下，但很快就加大油门驶离而去。

丁局长在心里痛骂世风日下，竟然没一个人停车相救的，很想冲出去用自己身体拦一辆车下来，但一想到自己是公车私驾还是控制住了自己的脚步。

还好这离城里不远，驾驶员老李十来分钟就到了。老李先是给急救中心打了个电话，然后又给交通事故处理中心打了个电话，最后是给保险公司理赔服务中心打了个电话。

三个电话打完没几分钟，急救中心的车就到了。

一阵手忙脚乱的处理之后，事故中心的交警也到了。

这时候，附近村里的百姓听说有车祸，也都赶来看热闹了。有人见了那受伤的老农，同村人都认识，赶紧去告诉了他的家人。不一会儿，就有老农的子女哭哭啼啼地赶来了。

现场交警问："谁开的车？"

驾驶员老李就说："我。"

交警指指脸色吓得铁青的丁局长问："他呢？"

老李说："他坐在车里，看到事故，吓坏了。"

交警又看了一眼，好像有点儿疑惑，又有点儿鄙夷，对老李说："是你领导吧？然后把老李的驾驶证和汽车行驶证拿走了。"

老农的家属一个个哭喊着扑上来，要与老李厮打，却被交警拉开了，说："有事情我们会处理的。"

这时候，保险公司的理赔车也到了。

还真是上天保佑，老农只是左腿有一点儿骨折，其他都无大碍。

几天以后，交警的处理意见出来了，老李负全责，老农的医药费、修车费、误工费、营养费等都要老李出。老李又把这些费用的单子拿到保险公司，让保险公司赔付。保险公司把几项不是理赔范围的费用剔出来，老李又拿着这些单子到单位财务报销。

单位财务的嘴太快，不久全单位的人都知道老李撞了人。有的见了面就拍拍他的肩安慰几句，有的还要刨根问底地询问事故的全过程，还有的干脆就在背后风言风语，说得很难听，传到老李耳朵里，心里起了一个疙瘩，像肠梗阻一样不舒服。

丁局长事后悄悄地塞给老李一个信封，厚厚的，里面装了五千块钱。老李没有拒绝，一声不响地收下了。

老李 18 岁就跟师傅开车了，那时候还是大货，一年到头在外面，后来去了公交公司，年年得先进，几十年如一日，从未发生过一起交通事故。后来公交公司裁减人员竞聘上岗竟然莫名其妙地把他裁下来了，老李百思不解，有个领导似乎于心不忍，介绍他到机关单位开小车，一直到现在。再过两年，老李就要退休了，而恰恰在这关节眼上，出了这么一起交通事故，老李总觉得它像是白纸上的一个污点，擦也擦不去，洗也洗不清。

之后老李每次开车总觉得有点儿恍惚，特别是在傍晚的时候，有时候会忽然觉得眼前有一个黑影在横穿马路，老李就会忽然来个急刹车，常常惊出一身冷汗。

丁局长以前坐老李的车就像坐在办公室里一样，端个茶杯几乎连水都不会晃一下的。近来丁局长发现老李开车要走神了，他想是不是老李年纪大了。丁局长有时看老李恍惚的样子就会猛地叫他一声，好让他回过神来。老李却像吓了一大跳似的，来个急刹车，然后回首问道："丁局长，有事？"丁局长就挥挥手，让他继续往前走。

丁局长想老李毕竟年纪大了，还是让他早点儿退休吧。丁局长就背着老李让办公室主任去物色新的人选。

不想，没等到他物色到新人选，老李就出事了。

那天，丁局长叫老李送一个朋友去乡下，回来已经是傍晚了，要经过一段河堤路，那河堤路以前老李跟丁局长下乡时也走过很多次的，却从没有出过什么问题，这一次却不知怎么的，老李的车撞毁了路边的防护栏，直接冲到河里去了，造成了一起车毁人亡的事故。

追悼会上，是丁局长亲自致的追悼词，里面提到老李一生从事驾驶工作兢兢业业，默默无闻，几十年如一日，行程近百万公里，仅出过两次交通事故，一次是在何塘村路段与三轮车相撞，一次是在河堤路由于疲劳过度，不幸坠河。读到这里，丁局长已经泣不成声，在场参加追悼的同志闻者无不流泪。

追悼会后，老李家属来单位整理老李的遗物，看到办公桌抽屉里有一个信封，上面写着：丁局长亲启。老李家属就把它拿来交给了丁局长。

丁局长捏着信封有点儿茫然，打开一看，里面没有信函，只有原封未动的五千块钱。

（原载《古今故事报》）

局长咬到了一颗小石子

局长到下面部门检查工作，检查结束，已是用餐时间，随行问上哪儿就餐？部门经理说："我已在四星级饭店订了，上那用个便餐吧！"局长心里明白他说的便餐就是鲍鱼海参什么的，局长都吃厌了。局长摆摆手说："不用了不用了，就在你们食堂用个便餐吧！"部门经理急了，说："那怎能行，再说食堂也没准备啊？"局长一副无所谓的样子，说："有什么吃什么嘛，吃饭从简，青菜萝卜，更有利健康嘛。"部门经理拗不过局长大人，就赶紧吩咐后勤部的去叫食堂准备。

部门不小，人多，食堂也办得像模像样的，还专门设了两个包厢。因为现在也确实有些领导下来不喜欢去大饭店用餐了，所以好多部门都是在自己食堂里设立了星级包厢，然后聘请星级厨师来掌勺，这样既掩人耳目，又可保证用餐质量。别说这厨师还真是星级的，不过一支烟功夫，菜就上来了，有荤有素，色香味俱佳，不亚于有些星级饭店。

局长一边品尝一边夸赞，说："想不到这小小食堂还藏龙卧虎，有这么好手艺的厨师呢！"正夸着呢，上来一道青菜豆腐，服务员介绍说，这是一青二白。局长不停地点头，感慨地说："这菜名取得好，一青二白，我们就要像这道菜一样，一青二白啊！"众人忙点头应和。

局长夹了一棵青菜到嘴里，上下一合牙，只听得"咔"一声，咬到了一颗小石子。这刺耳的"咔"声给一桌人吃惊不小，大家都停住了嘴巴，用怪异的眼光一起瞪着局长的嘴看。呆了有三秒钟左右，部门经理先醒悟过来，食堂怎么搞的，连个青菜也洗不干净，磕了局长的牙那还了得？经理第一个反应就是把后勤部的部长叫来训了一通，要他去查明原因，要扣食堂员工的奖金，并进行整顿。

局长的这一餐饭后半场虽然吃得有些潦草，但局长好像并不太在意那颗小石子，局长的牙好，并无大碍。餐毕，跟以往的每一次检查一样，拿了纪念品，握了手，道别，走了。而后勤部长却领了经理的圣旨，召开了一次食堂员工民主生活会，对这次"严重事故"进行深刻反省。

一开始大家还不知道民主生活会开的是什么内容，在食堂里干活的哪个不往家里拿个油盐酱醋什么的，为公家买菜的哪儿有不缺斤少两的？想想每次无非是强调这几点，但每次强调之后大家照样如此。等到后勤部长在会上一通报，才知事故的严重性，大家都很关心局长的牙有没有磕掉？在追究事故责任的时候，炒菜的推切菜的，切菜的推洗菜的，洗菜的推买菜的，买菜的推卖菜的……你推我，我推你，最终大家在座的都没有责任，责任就在卖菜的身上。于是大家一致决定要扣卖菜的老农一个月的菜钱，用以弥补大家被扣的奖金损失。

第二天，刚好卖菜的老农来单位结算上个月的菜钱。老农是城市近郊的蔬菜种植户，老实巴交的，一辈子以种菜为生，这个单位一直都是他送的菜，每月结一次款，好几年了都这样。没想到这次结款遇上了麻烦，后勤部长说要扣他的菜钱，说他的菜里的石子把他们局长的牙都崩掉了。老农听了惊吓不小，为什么自己的菜里会有石子？为什么偏偏会把局长的牙崩掉？局长的牙该有多贵啊，可是与他的菜钱有什么关系呢？老农思索百般不能理解。后勤部长说："不扣也可以，那你的菜以后我们就再也不要了。"老农好不容易有个固定的点，如果失去，以后的菜往哪送呢？

老农想了老半天还是没能想通，但老农又没有其他办法，想想舍不得孩子套不着狼，最后还是同意了后勤部长的这个决定。

2013 年 7 月 14 日

离婚协议书

芍药签上自己的名字后把那张薄薄的纸推到了益草面前。

益草两眼盯着对面墙上那张婚纱照，许久，两颗豆大的泪珠滚了出来。

十年了，一直都是这么吵吵闹闹、磕磕碰碰着过来的，好像生活本来就是这样，需要有一些波澜来丰富这平静的日子的，每次到达激化点的时候都会冒出一句：“要不行就离婚好了！”后来说得多了，这似乎都已经成了每次吵架的口头禅了。当突然有一天提出要真的离婚时，蓦回首，才恍然觉得那一次次地脱口而出就像一道道细小的裂痕，让这婚姻的瓷器变得脆弱了。

益草试图去回忆一下，那天的争吵是因何事而起，又是谁先提起要离婚的？却怎么想不真切了，好像都是在梦幻中。这几天，双方的父母都来劝过，还有几个要好的小姐妹和同事，都以为是芍药找了相好的，来了都朝他责问一通。但是益草心里都明白，这事不怪他，只是那件瓷器上经受了太多的裂痕，已经撑受不住了。与其让碎片撒满一地，不如平静地分手。

房子与女儿小玲都归益草，股票与财产各持一半，所有的这些都已经明明白白地写在纸上，现在只要等益草签上字然后一起去民政局办个手续就行了。

益草侧头看了看左边墙上的挂钟，2008 年 5 月 12 日 14 点 28 分，她记住了这个让人心痛的时间，然后拿起笔签上自己的名字，说："咱走吧!"

两人刚起身，却听得"轰隆隆"一连串的巨响，只觉得房子在摇晃，还没来得及反应过来，人已经掉进了一片黑暗之中。

也不知过了多久，芍药从疼痛的昏迷中醒来，看着眼前漆黑一片，极力想回忆起刚才到底发生了什么。

地震？芍药有些疑惑。他开始呼喊益草的名字，十年前，这个名字曾经让他心跳，让他热恋，但是现在它已经变得有些陌生了，之前芍药一直用"喂"代替着这个名字，如果没有这一场灾难，他或许已经与这个名字彻底决裂了。芍药记得曾经把益草这个名字与自己的名字一起刻在石头上，然后丢到大海里，发誓要让它们永生，直到山崩地裂，海枯石烂。现在真等到了山崩地裂，这两个名字或许要永远地埋葬在这里了。

芍药不停地呼喊着，许久，听见了角落里低沉的应声。芍药抖抖索索地摸出了口袋里的打火机，打了几次，打着了。借着一闪一闪的微光两人爬到了一起，互相拥抱着、安慰着。

芍药觉得这是上天对自己的报应，他对益草说："以前都是我的错，你原谅我吧！"

益草再也抑制不住自己的眼泪，大声地哭了出来，小小的废墟夹隙里顿时充满了轰鸣声。益草把头埋在了芍药的怀里，哽咽着说："以前都是我的错，你原谅我吧！"

芍药突然感觉到自己心跳不已，深情地说："益草、益草、益草……"他一遍遍地呼喊着那个名字。心底的某种力量驱使着芍药，他开始大声地喊叫，不停地用手往外抠、刨、掰，可一次次都是徒劳。

绝望的现实与求生的本能不停地交叉折磨着他们。昏迷了又醒来，醒来了又昏迷，也不知反复多少次，也不知过了有多久，好像比过去的十年还长。

益草似乎已经睡着了，恐惧越来越多地笼罩着芍药。他想点根烟，让烟雾从缝隙里出去，或许有人看见会来救他们出去。但是芍药在口袋里摸了许久，最后只摸出来一张纸。

此时，芍药感觉自己已经浑身无力了，他打了好几次，才把火点着，然后把那张纸慢慢地靠近了火焰。

当芍药被人刨出时，益草还躺在他的怀里，两只手紧紧地抱在他的身上，芍药右手捏着一个打火机，左手捏着一张没有燃尽的纸头，上面"离婚协议书"几个字还清晰可见。

水晶项链

一脚踏进山门，便看见那块五彩的昭灵岩迎面矗立，好像随时就要倒下来似的，我的心中开始变得不安起来。我转过头看了看跟在身后的虹，不知道自己到底还爱不爱她，既然决定要分手为何还要带她到仙华山来？难道是为了让分手留下美好的记忆？

我记得那一年第一次和虹来仙华山，在天门边上的九霄亭里，碰到一个卖水晶项链的女孩，她不厌其烦地向我们介绍浦江的水晶特产，虹让她说得心动，一定要我给她买水晶项链，我说这有什么好的，等有钱了送她钻石项链，虹说不要钻石的就要水晶的。那女孩真是做生意的料，哪怕是菩萨都会让她说动心。她帮虹选了一款最漂亮的也是最贵的水晶项链，给她挂在脖子上后连夸虹漂亮，还特别强调带上水晶项链更漂亮了，都成仙女了。那款水晶项链像是嵌进了虹的脖子里，再也舍不得拿下来。我知道景区的物件价格都是偏高的，我想在付款之前砍一下价，没想那女孩没等我开口就说："给女孩子买项链要心诚，我给的是最低价。"我只得乖乖地付了钱。她还建议虹去昭灵宫请那里的大师给项链开一下光，说开过光的水晶能照见爱人的心的。她对虹说："你们的爱情一定会像水晶一样透明，一样纯洁，一样永恒的。"我在心里说，钻石才能永恒呢。

想到这里，我的心不由地微微颤了一下，我不知道那个女孩的话是真是假，虹是否真能通过那一颗颗被大师开过光的项链水晶看见我的心呢？我此时心绪纷杂，前不久，我喜欢上了另一个叫丽的女孩，虹就像看了无数遍的老电影，在我心中渐渐地褪色与厌倦了。但是我不知道怎么与虹提出分手。在昭灵宫门口，虹拉着我要进去烧香，我心虚怕见到宫里那位法师的眼光，找借口让虹一个人进去，我坐在门口的树荫底下默默地想等下该怎么跟她说。

但一直到虹拿着一张上上签书从昭灵宫出来，我还是没想好要怎么跟她说丽的事。只好先爬山了，登一步算一步。过了天门，在九霄亭里我们又遇见了那个卖水晶项链的女孩，她还是那么热情，不停地向着游客兜售她的水晶工艺品。虹扶栏远望，对面山岙里的村落炊烟袅袅地升起，颇有一番回望凡尘的感觉。我站在虹的身边，心中翻江倒海一般不是滋味。我对她说："我们分手吧。"声音低得似乎只有自己听见。虹似乎早已洞悉我的心灵，毫无表情地说："我早知道有这一天的。"那声音在我听起来似乎来自天界，有点缥缈。我看见虹扯断了脖子上的那串水晶项链，然后猛地转身，奔下山去了。水晶撒了一地，我知道她哭了，连忙追下山去。

传说仙华山是帝女升天成仙的地方，虹此时就像升天的仙女一样拂袖而去，我怎么也追不上她。后来我就干脆不追了，反正要分手了，为什么还要追呢？有人说过，男人就应该有男人样，该了断的时候要快刀斩乱麻，不应该儿女情长。我想起丽第一次见到我的时候就说我强有男人味，我觉得自己经过此遭越发有男人味了。于是我放慢脚步，干脆顾自欣赏起仙华胜景来了。快到山脚的时候，忽听得后面有人喊，转头看时，见是那个卖水晶项链的女孩跑下山来了。我便停下来，问她何事追赶？女孩举着手里的一串水晶项链，手摸着胸口上气不接下气地说："是你的！"她说："得到的东西要好好珍惜，不要随便就扔了！"说完就又回头上山去了。

我傻站在弯弯的山道上，手里拎着那串重新穿好了的水晶项链，夕阳的余晖透过一颗颗纯洁而晶莹的水晶，折射出一缕缕七彩的光芒，就像一道美丽的彩虹。得到的东西要好好珍惜，不要随便就扔了！我眯起眼睛看到那个卖水晶项链的女孩上山的背影渐渐消失在绿荫里，心中莫名地涌起一股暖意，忽然觉得这道彩虹应该挂在虹的脖子里，那才是最美的。

皮　鞋

刘寄根路过拐角的时候看见一个穿着高跟皮鞋的别致女人挎着个小坤包屁股一扭一扭地走过来。

因为马路窄，又刚好对面一辆轿车过来，刘寄根就站在一边，让女人先过去。女人擦过刘寄根身边的时候，一股浓浓的香水味扑鼻而来，刘寄根不由得打了一个喷嚏。刘寄根用右手狠狠地抹了一下鼻子，然后抬起左脚往自己那只黑乎乎的鞋帮子上一擦，转过身去，继续看女人小巧的背影。女人就要走过拐角的时候，突然站住，转身往刘寄根这边看，刘寄根赶紧掉头走。

"哎——"

一个很好听的呼声，刘寄根的脚步凝滞了三秒，又继续走。

"哎——我说擦鞋的，叫你呢，耳聋了！"

刘寄根终于停下脚步，转身，四下看看，然后用手指着自己的鼻子说："你叫我吗？"

"你是擦鞋的吧！不叫你还叫谁？"

刘寄根还是站着不动，不知道哪里得罪了这个女人，心里扑扑直跳。

"有事？"

"跟我来，帮我家的两双皮鞋擦擦。"

"噢——"

刘寄根长长地吁了口气，然后屁颠屁颠地跟在女人后面走。

没多远，就到了一幢洋别墅门前，女人叫刘寄根在门口等着，自己开门进去了。不一会儿，女人手上提着两双皮鞋出来，一双白的，一双黑的，她叮嘱刘寄根："这可是名牌，你给我上好油，仔细擦。"

刘寄根鸡啄米般点头应着。刘寄根找出一支白鞋油和一支黑鞋油让女人看，这可是好油，德国进口的，锃亮锃亮。

女人手上不知何时变魔术般地拿出一把瓜子来，倚着门框一边嗑着瓜子一边看着刘寄根擦鞋，有一搭没一搭地说着话，刘寄根就有一搭没一搭地应着。

刘寄根有心想讨好女人，说："你家的房子好大啊，跟我老家那房子一样大。"

女人鼻子"嗤"了一下，说："你家房子有这么大？"

“是啊，我家房子比这还大，去年夏天刚起的，三层楼哩!”

“那有这么漂亮吗?”

“没有。”刘寄根摇摇头。

“有这么大的院子和草坪吗?”

“没有，不过后面有座很高的山。”

“有这么漂亮的防盗门吗?”女人用脚后跟敲了敲门板，当当当地响。

“没有。”

“有那种古典式防盗窗吗?”女人指了指二层的窗户。

“没有。”刘寄根不明白防盗窗还有什么古典式的?

“有监视探头吗?”

“没有，这些东西有什么用啊?”

“呵，说了你也不懂，防盗啊。”

“我们乡下没有贼，不用这些东西。”

“是没钱装吧?”……这时房间里的电话响了，隐约能听见悦耳的铃声。女人说：“你等会儿，我先去接个电话。”

电话有点儿长，刘寄根把两双皮鞋都擦好了，女人还没来。到底是名牌鞋，擦了之后锃亮锃亮，都可以照见人影了。刘寄根不由得把那双男式白皮鞋拿在手里细细端详起来。刘寄根再看看自己脚上的那双鞋，心里忽然闪过一个可怕的念头。

刘寄根心头扑扑直跳，探头看看院子里没有动静，女人还在房子里絮絮叨叨地煲着电话粥呢。刘寄根脱了自己那双黑乎乎的球鞋，然后把一双黑乎乎的脚套进了那双白得有些刺眼的皮鞋里，试着往地上踩了踩，很合脚。刘寄根收拾好工具，站起来，轻手轻脚地走了几步，然后猛地往路口跑去。

但是刘寄根没有跑出多远，就被社区大门的一个保安拦住了，保安从监视器里看见了刘寄根的一举一动。不一会儿，那女人也来了。女人打电话叫来 110，说皮鞋让刘寄根穿脏了，要他赔偿两千多块的皮鞋钱。刘寄根最后翻遍所有的口袋，只有七十九块六毛，女人看刘寄根实在没钱了只好发慈心让他走了。

等刘寄根走后，女人一挥手，一道刺眼的白光横空划过，那双被刘寄根穿过的白皮鞋落进了路边的垃圾筒里。

2008 年 11 月 20 日　晨 1 时

高跟鞋

兰与萍是高中同学，没想到大学毕业后两人又在同一部门供职。

高中那会，两人是形影不离、无话不说的好朋友，个头也差不多，只是萍总爱穿高跟鞋，看上去兰要矮一截。后来上大学一个去了省城，一个去了东北，联系就少了。

意外的相逢让人惊喜，两人好像又回到了高中时代。只是几年的分别使得两人都有了很大变化：兰变得更成熟老练了，话也不多，声音轻轻的，还是穿着一双平跟鞋，走路爱低着头，好像生怕踩死脚下的蚂蚁似的；而萍还是跟高中时差不多，张扬、开朗，大大咧咧的，平时走路一双高跟鞋踏得地面“咯咯”响，老远就能听见。每次兰跟萍走在一起，给人的感觉就像小绵羊与长颈鹿。

但是不久萍就发现兰时不时地往领导办公室跑，与她之间的话渐渐少了，上班下班有意无意地避着自己，各走各的，渐渐地两人也就疏远了。

一年之后，科室领导调整，原科长提拔了，要从她们两个中选一个当科长。大家都以为会是萍，结果宣布是兰。萍向兰祝贺，兰淡淡一笑，并没说什么。

第二天，萍意外地发现兰穿上了高跟鞋，走路也显得挺拔了，个头好像一下子高了许多。

后来有一次，兰带萍到一单位办事。对方是萍的老朋友，一见面就先上前握了手。对方以为萍就是科长，拉着她说了半天热乎话。当萍转身向对方介绍兰才是科长时，兰阴沉的脸很勉强地笑了一下。这时兰忽然觉得自己穿着高跟鞋的样子显得太扎眼了。

第二天，大家发现萍第一次穿着平跟鞋来上班，走路时低着头，看上去似乎比以前矮了一大截。

2022 年 5 月 25 日

梦里依稀云和湖

记忆就像一个发酵的罐子，有些东西放得越久越是香醇，让你永生都难以忘怀。云和湖就是这样，参加省作协组织的“浙江作家看生态”云和采风活动回来已经很久了，却久久不能忘怀云和湖给我的深深印记，乃至于其他地方都已逐渐淡忘，而云和湖的记忆却越发地清晰，就像是在生命中偶然邂逅的一个女子，让你心动而挥之不去。

在云和的短短数日，或是专程前往，或是采风路过，曾有三次机会与云和湖近距离接触，时间不同，感受不同。

第一次是在抵达云和的次日清晨。原来的行程安排中并没有这个计划，只因住的地方就叫“云和湖大酒店”，让人无限向往急于相见，于是大家都提议要早起去看看云和湖的晨雾，特别是随行的著名诗人柯平老师也一改晚起的习惯，积极响应。

翌日天蒙蒙亮，叫早的铃声把半个梦硬生生地摇碎在晨风里，一行人乘车穿过仍在梦中的小城，直达云和湖。初见云和湖，并无惊艳之色，倒像是一个略带羞涩的邻家少女，隐隐约约，卧于两峰之间，绵延而去，不知尽头。据介绍，云和湖以狭长著称，延绵 90 公里，曲折多变，跨越莲都、云和、龙泉三地，水域面积五十多平方千米。如果把它比作一女子，眼前看到的这一小段只不过是此女子的细腰而已。此时的云和湖像一个贪睡的少女，仍沉浸于睡梦之中。霭霭晨雾，丝丝缕缕，如纱如絮，从静静的水面升腾而起。就像生怕打碎少女之梦似的，四周一切都显得十分安静，就连农家早起的司晨之鸡也把自己的本职工作丢在一边，安静地在竹林里散步觅食。竹林边上有一古船码头，一叶小舟横泊湖面，一个老农正在往舟上挑沙，躬身的背影不停地往返于小舟与码头之间。前往询之，正是运往对岸建寺庙之用。抬头望，对岸正在修建的慧云寺隐于幽谷之间，殿宇峥嵘，初露峥容，颇显肃穆。不一会儿，远山之间，云雾之隙，如卵红日跻身而出，万道霞光顷刻间笼罩湖面。而那孤身老农也已挑满了一船的沙，摇着橹优哉游哉地朝对岸而去，橹声轻晃着水面，荡起圈圈涟漪。也不知是被轻晃的橹声吵醒，还是被日照的霞光刺醒，此时的湖已经像一个晨起的少女，站成一个动人的剪影，让人怦然心动，流连忘返。

第二次是在上午，主办方专程安排的。此时的湖面多了一些帆船，在湖面缓缓而行，再现了“瓯江帆影”的胜景。此时的云和湖倒像是一个少妇，完全没有了晨雾中的羞涩，更显成熟魅力。远山浓黛，郁郁苍苍，脚下的湖水碧澄碧澄，滑腻而幽深。山水之间清晰的轮廓性感而妩媚，让云和湖这个少妇显得更加婀娜多姿。上了船，身穿大红袄的船娘笑脸相迎，沏茶待客。一群久居都市的性情中人，一旦到了此生态佳地，乌篷之内顿时笑语盈盈，溢于湖中。三五船只，白帆点点，散落于湖面，任其漂流，不知何来，不知何去。舱篷内，花生米、老酒俱备，早有诗友嘬了两口，脸露红晕枕于舷畔，在桨声日影中眯起了眼。舟身轻晃，年轻船娘生怕有个闪失，盘腿坐其身侧静静守候，其景古意，温情绵绵，恨不得从此梦乡里一卧不复还。

第三次是在傍晚，从一乡村采风返途路过。此时的云和湖更像是一位身穿古典淑女装的贵族仕女，富态、安闲、雅致、淡然。近处打鱼归来的老农脸上露出富足的笑容，一只狗远远地跟在主人后面，一边嗅着地面，一边摇晃着尾巴。山风穿越对岸的幽谷，从湖的那一头，一直滑行到你的脚下，如仕女身上那块轻柔的丝绸披肩，绵软而光滑。湖中小岛上散落着三五间农房，袅袅的炊烟已经升起，像斜搭在仕女手上的那块墨绿色挽纱，慢慢地升腾，一点点地散发，最后隐于渐渐暗淡下来的暮色之中。农房是那种传统的在都市已经消失的泥坯房，虽然简陋，却依然能阻挡风雨；虽然低矮，却和都市高楼的每一个方格窗户一样，独然撑起自己的幸福之家。想着每一炷袅袅的炊烟之下，都会有一位仁慈的母亲，做好美味晚餐等待着远行的子女归来。云和湖的暮色就在这样美丽的等待中渐渐降临，我们也该收回最后依恋的目光，踏上自己的归程了。

清代戏剧家李渔说，看一眼不足为奇，看两眼怦然心动，看三眼引人入胜。看过“三眼”云和湖的我心存贪婪，她的身姿素容虽然尽收眼底，但仍然希望会在别后的某一个雨夜，与她再次邂逅在梦中。

2013 年 10 月 6 日

龙游峡谷的漂流人生

周日，应朋友之邀，带女儿到龙游峡谷去漂流。女儿曾经去磐安漂流过，惊险刺激的经历让她记忆犹新，所以一听说去漂流，一改暑期懒床的习惯，早早地起来催着出发了。

从兰溪出发，约莫个小时的路程，就到了龙游罗家乡一个叫荷村的地方，再往里走，便是长长的龙游峡谷，隐藏其中的桃源溪蜿蜒而下数十里，而漂流的水程，只取水势较为险峻的一段，约 4.5 公里。大家在这里先把手机、钱包存放好，再穿上救生衣，戴上安全帽，一切准备停当之后，自有车子接送到上游漂流的起点。

因为久日未雨，上游水库的水也是日趋紧张，每天都限时放闸，在我们随车而上时还没放水，所以一路上看到的河道里还没什么水，心中不禁产生如何漂流的怀疑。却不想，看似平淡无奇的峡谷溪流一旦湍水而下，却显出另一番急、险、奇的姿态来。

在上游放艇处，大家已经跃跃欲试，急不可耐，一旦水一放闸，便逐水而出，似乎要赶到流水的前面去。女儿一开始还能腾出手来打水枪，但随之一个颠簸就顾不上了，双手紧紧地抓着皮划艇的拉手，随着湍急的水流忽上忽下，忽左忽右，嘴里也不停地大呼小叫起来。河道弯弯曲曲，时缓时急，张弛有度，如果胆怯，索性闭上双眼，平坐于皮划艇中，任其漂流，惊而无险。

时而是漩涡之处，皮划艇不停地打转，忽前忽后，变化无常。时而是险峻之处，皮划艇急速而下，水浪淹没其身，全然坐于水中，此时头盔已是充当水勺之用，拼命舀水，以防第二次的水浪冲击。时而是乱石之滩，左右颠簸，有时头稍稍往后一仰，就要碰上河滩乱石了，幸好在尖石之处绑有几个废旧的轮胎护着，赶紧又把刚刚当水勺的头盔戴上。时而又是平缓之处，岸边垂柳照水，自是一种悠然情调，有人趴在艇上，已是筋疲力尽，桨也懒得去划，任其缓缓而下，情急之人却又打起水仗来了，不管认识的不认识的，用桨拍，用头盔泼，用水枪射，刚把一处静娴之水闹出一番动静来，却不想艇身已悄然行至险口边，猛一下急摔而去，几乎歇斯底里的兴奋呼叫转眼就淹没在水浪之中。

大坡连着小坡，一险连着一险，一浪跟着一浪，出其不意，趁其不备，趣味横生。在河道险滩处，时而狭窄，时而有石突出，搁浅是常有的事。有的就任其自然，专等上面的艇到时可将其冲撞而下，有的按捺不住就下水推行，却一松手，艇已漂然而下，人却还在水中傻愣着。一路上，不时有游客在急流中散落的木桨、头盔、鞋子从身边流过。更有甚者，皮划艇翻滚而下时，里面空空如也，只见游客站在身后的水中一副“狼狈”相，让人哭笑不得。

时而曲折，时而平直，时而奇险，时而悠缓，近两个小时的漂流不知不觉就结束了，不禁心生感叹，漂流如人生，人生如漂流。听朋友介绍开发龙游峡谷漂流的老总原本来兰溪考察过，却一直找不到如此险峻的水流，由此联想到兰溪的地理人文，方才领悟为什么很多兰溪人在家乡没什么作为，而一旦离开了兰溪这块土地，便大有作为，其实兰溪人并不缺乏智慧，而真正缺乏的是创业的激情，对于家门口这条平缓的溪水，缺乏的是险峻的考验，破釜沉舟的创业兴奋激点，一旦拥有了这激情，兰溪的创业便可蒸蒸日上。

2010 年 8 月 19 日

诗画浦江万年梦

浦江，近在咫尺的一个小城。从我的老家兰溪梅江往北，一山之隔。祖父那一辈还隶属于浦江的，后来划归兰溪。从此，咫尺天涯，地界的划分使归属变得遥远，但是情感并不陌生。如今在那座叫桐坞岭的山底打通了隧道，浦江之远不再是蜿蜒曲折的羊肠山道，而是笔直畅通的隧道公路。它就像是一条时间隧道，又像是武陵人梦寐以求的那个桃花源洞口，穿越它眼前便豁然开朗，一个灵毓、秀美而远离喧嚣与尘俗的江南小城——浦江，如诗如画，如梦如幻，若隐若现，以另一种柔软、安静的方式在我记忆中绵延开去。

一

最初的浦江记忆是一幅具灵秀之气的水墨画，淡雅有致。

印象中浦江便是一个书画之乡，那条窄窄的、短短的书画街，从这一头走到那一头，不需费一支烟功夫，却能与张书旂、吴茀之、方增先、吴山明、张世简等诸名书画名家神遇，他们的纪念馆舍分布在各画廊、展馆之间，像是哪位画家随意点染的几笔浓墨，特别显眼。据记载，浦江的崇尚书画之风自唐开始，代有薪传。迄今为止，浦江艺术造诣较高的书画人物就有255人之多。很难想象，浦江这样偏远的小县城，何以培育出如此多的书画名家？他们从书法、绘画、篆刻、雕塑等多个方面展示各自的才能，共同汇成浦江蔚为壮观的丹青风景。

或许正是应了那一句古语，一方水土育一方人。在浦江，无论是灵动的浦阳江、峻拔的仙华山，还是清新的神丽峡和充满野趣的白石湾，它们都是长着眼睛的，每一步、每一景都是按着国画的雅致来布局的，多一山而累赘，少一水而不足。再加上那些美丽的传说，不知倾倒历代多少名仕，为它吟诵，为它挥毫。若是有幸浸淫其中，真是如置画里，让人分不清是人入画中景，还是景归画中人？

有位叫洪汛涛的浦江作家，从中获得灵感，创作了童话

《神笔马良》，成为名篇之作。古今中外有多少人梦想拥有马良手中的那支神笔，把眼前的山水美景描绘下来，让其凝固，使其永恒。其实，浦江历代以来的那些画家们手中的画笔何尝不是神笔呢？

二

后来的浦江印象是一首具才华之腹的乡野诗，质朴有韵。

从郑义门到月泉，再到嵩溪，无处不让你感受到文化的深厚，才华的流溢。

在郑宅古镇的入口，诉说着郑义门“一门尚义，九世同居”故事的九座气势恢宏的牌坊蜿蜒排开，就像诗之韵脚，错落有致。难以想象，如果没有郑氏兄弟当年的承罪之争，还会不会有朱元璋对“江南第一家”的御题之事。据说，朱元璋曾化妆乞丐亲自前往郑宅调查，对郑氏的“有序”“师俭”之道眼见为实，对以孝义治家、耕读为本为思想的《郑氏规范》168 条称赞有加，并在明代法律中引入不少内容，给予郑家至高无上的荣誉。168 条郑氏规范，就是 168 行诗，每一行都充满了郑氏人对美好理想的向往。

或许是浦江地理位置的偏僻，潜藏于江南山水之间，虽朝代更替，却受乱世影响较小，社会相对安定，所以不但会出现郑义门“江南第一家”这样的特例，而且在民间，还不断涌现出各种诗社，托物言志，如月泉吟社和嵩溪诗社。月泉吟社因泉得名，是以南宋文学家吕祖谦和理学家朱熹等为首的一个文人雅集交流之处，他们常借咏田园之诗，发忧国忧民之思，开启了浦江的儒学文风，此社今已不存。而嵩溪诗社作为嵩溪村的一个民间学社，至今仍每个月举行诗词交流活动，不得不令人叹服。当我们在某一个傍晚抵达嵩溪村，踏行于潺潺流水的古村落青石板路之间，读着那些老屋门墙上诗意十足的斋名和楹联，闻着农耕和书香交错的气息扑鼻而来，分明感受到浦江文化在乡野的深入人心和无所不在。

三

如今的浦江感受是一个具仙道之游的万年梦，风骨犹存。

这个梦不仅是来自仙华山的七仙女传说，更是来自那个传说活了 1072 岁的宝掌和尚，来自那粒躺了一万年的上山稻谷。

宝掌和尚是古印度人，他刚出世时，左手掌紧紧握起成拳状，7 岁削发为僧时才松开，发现左掌中有一颗明珠，所以都叫他宝掌和尚。他从印度云游来到中国，又在中国走了很多地方，最后选在浦江仙华山东面的一个幽谷为他的最后落脚点，与另一位玄朗禅师隔山而居。两人关系很好，常互相问候，互通信息，宝掌和尚派白狗衔送书信，玄朗禅师则让青猿充当信使，“白犬衔书至，青猿洗钵回”，那种与大自然融为一体的生活该有多和谐。所以，我宁愿相信宝掌确实是活了1072岁，也不愿相信这仅仅是一个千年之梦。

况且还有上山那颗稻谷的万年之梦，一朝醒来，万物皆非。盛装稻谷祭祀神灵用的那只大口盆，已经被考古学家们一丝不苟地黏合起来，放在浦江博物馆的玻璃橱柜里。在那个空空的盆里，原本盛载过上百颗、上千颗、甚至上万颗稻谷的轮回之梦，可是后来因为它的破碎，把所有的梦都埋葬在了一个叫上山的土坡里。一万年之后，尽管它醒了，把那颗破碎的心也装饰成宽容之心，只是那颗稻谷的梦再也回不到万年之前了，黑乎乎地嵌入在那些陶片里，一梦不醒。

此时，我倒想借用那支马良神笔，唤醒那颗万年前的稻谷，让它生长出万年前的绿色与和谐来，然后用那把浦江制造的锁将那一刻永远锁上，让那一刻的风骨永远定格在万年之梦里。

2011 年 7 月 18 日

踏着记忆的足迹

忙完一天的事，我坐下来，习惯性地打开电脑，看着屏幕上不断闪烁的光标，这才想起母校老师约我写的回忆文章还八字还没有一撇。前几天，老卫校一位老师回兰溪探亲，打电话要我去见个面，恰巧又有几个同学过来，于是，师生几个相聚甚欢，回忆起卫校往事，也是历历在目，温馨无比。

我索性关上台灯，让黑夜像海水淹没“马航”一样淹没我，让自己整个身子都沉到黑夜的记忆里，然后踏着它的足迹，去找回我亲爱的母校——金华卫校。

对卫校最初的记忆是关于门的记忆。1988 年，对于第一次离开农村的我来说，那扇城市学校的大门好像是专为我而敞开。进入那扇门就像进入了另一个广阔的世界，让我觉得这世界好大，这学校好大！后来我父亲回去跟村里人说：“我儿子上的那学校跟我们整个村子差不多大。”人家听了都啧啧不已，因为那时候每年很少有人能从农村考到城里去。那一年，学校在人民东路刚开了个新校门，我第一次走进来的校门便成了后门。从后门到前门，要横穿整个校园，走好几里路，感觉好长好长。

在后门的边上有一个小卖部，吃的用的应有尽有。我记得我们经常会在晚自修后去小卖部买方便面、萨其马等吃的。到了学期末，零花钱都用得差不多了，口袋里没钱买吃的，就翻开草席去找平时丢在下面的硬币，五分一角地凑起来，半夜里去敲小卖部的窗户，把一对老夫妻从梦中叫醒，然后拿着硬币一个一个点给他们看，把一堆硬币换成一堆吃的，回到寝室点起蜡烛，像一群老鼠啃玉米一样把一堆零食给啃完了。

进了老校门往右拐是开水房和淋浴房。每天晚饭后，我们会在那里排着长队打开水。开水两分一壶，用菜票支付。有时候也没人收，就放着一个盒子，你自己放自己找钱，完全在于一种信任与自觉，没有谁会不付，哪怕是忘了下次也会补上。淋浴房里没热水，夏天还行，到了冬天冲澡的时候有的就打几壶热水擦身子，勇敢点儿的就直接冲到水龙头下去了，然后大声地歌唱，好像歌声会驱走寒冷，可最后连那歌声也是打哆嗦的。

再走过去就是洗衣房和我们的寝室楼。一边是男生楼，一边是女生楼，两楼相对而立，打开窗户就能相互看见。有时候太阳晒到窗口的时候，男生们就会找一面镜子，把阳光反射到女寝室的窗户上，一晃一晃。对面女生见了，一般会出现三种情况，一种就是直接骂过来，一种就是拉上窗帘不理你，还有一种情况就是等到阳光转到那边去的时候也拿个小镜子反射过来，以其人之道还其人之身。洗衣房是共用的，与男生楼相连，从女生楼架过来一座天桥，也连着洗衣房。很多男生刚来时不会洗衣，记得班上有个男生洗衣时就拿洗衣粉一泡，然后把脸盆放到地上，伸脚进去踩上几脚，再冲干净就算好了。我们班主任葛松林老师对学生就像妈妈一样，管得很细很有耐心，不时会来现场指导男生们如何洗衣、晒衣。在我们班，女生很少有帮男生洗衣的情况，好像一旦洗了，就会被认为有暧昧关系似的。不过这种待遇我曾享受过一次，那是在一次我生病住院的时候，班上的一位女生默默地帮我洗了衣服，这事一想起来，心里就暖暖的。

从学校后大门笔直进去是一个长长的陡坡，坡的一侧是学生会和团委办公室，当时卫校有本油印的文学刊物叫《白帆》，就是由团委主办的，曾刊发过我一篇题为《表》的小小说，那应该算是我发表的小小说处女作了吧。

沿着陡坡往上走，坡顶是一块照壁，壁上写什么内容现在忘了，大概是校训一类的标语吧。两边是长长的展览柜，平时挂一些报纸什么的，偶尔也会有一些书画作品展。我曾经办过一份手抄报《新潮》，半个月一期，办过十几期，后来经班团委推荐，校团委同意，在这一排展览柜里搞过一次手抄报展览。班团委书记给写了个序言，称这些手抄报是作者在每夜的烛光下“熬”出来的。展出后，反响强烈，还收到学校不少同学的来信，有的还成了笔友。或许也就是从那时候起，让自己锻炼了一定的编辑能力，毕业后，编过报纸、刊物和书籍，也就显得有点驾轻就熟了。

再往里走是一幢解剖楼，几个教室里都展示着许多人体标本，只要人身上有的器官这里都有，不光有健康的，还有病变了的，每一次走进此楼，都会感到又新奇又恐惧。教室木地板的下面是一个个坑，浸泡着一具具的尸体，以提供学生解剖教学之用。每次经过解剖楼的时候，从走廊里就会闻到一股浓浓的福尔马林气味，然后马上就会联想到尸体，所以许多女生是不敢从这里走的，特别是晚上，都会远远地绕着走。

解剖楼的东面是操场与图书馆，西面是百草园。图书馆是我们入校之后第二年才建好的，建好之前临时放在解剖楼里，许多书都挤在一堆，根本找不到借，后来建了新馆，又气派又敞亮，所有的书都排得整齐有序，学生可以进去自由选择。从图书馆的窗户望出去，就是操场，许多场班级篮球比赛就是在这里举行的。我记得我们的毕业照也是在这操场上拍的，背景就是图书馆。

操场的边上有一个幽静的小树林，里面有几张石桌石凳。

傍晚的时候，大家会三三两两地来这里散步，聊天。树林里还有一个小池塘，但因为是死水，而且长年的垃圾没人清理，一到夏天就发臭，我们把它叫作“北湖”。小树林的边上就是学校的围墙。围墙外面就是大街，有时候周末外出看夜场电影晚归，学校大门都关上了，我们就会从这里翻墙进来，由于翻的人多了，也便成了“门”，那段围墙也被磨得发光。

再回过头去说说百草园，这是我们中药班共同的记忆，其赋予我们的美好一点儿都不亚于鲁迅笔下的百草园。推开小院门，里面自有一片小天地，种了很多药用植物，是我们中药专业的实践基地。制作中药标本、炮制中药材、辨识中药植物等都是在这个小园子里进行的。这也是令许多其他专业学生非常羡慕的，偶尔会有人想探头进来瞧瞧，就会被我们一声呵斥缩回头去，那时的神气自是不必说了。

再往前走，就是我们的教学楼了，一幢两层的半木半砖结构楼，跑在楼梯上咚咚咚地响，二层的学生要是蹬一蹬腿，下面的教室就会扑扑地掉灰。记得有一次竟连吊在顶棚上的日光灯都掉了下来，幸好是课间，没砸到人。在我们的毕业纪念册上，有一张教学楼的照片，拍的是夜景，窗户里透着五颜六色的光，能把一幢旧楼拍成这样具有梦幻美，拍摄者可谓颇费心思了。后来在我们毕业那年建了新的教学楼，新来的学生再也不用在吱嘎作响的教室里上课了。

再往北，还有一幢实验楼，一幢大礼堂。大礼堂是每年全校举行开学典礼和召开大会的地方，还有节庆文艺会演也都会在这里举行。记得曾有一年国庆文艺会演，我与班上一同学弄了一个相声去参加，内容是我根据传统相声改的，第一次站在那么大的舞台上，台下是乌鸦鸦的一大片，而且那时的话筒扩音效果没现在好，加上我们本身发出的声音又小，台下嘈杂的声音要比我们台上的声音还要响，我们讲的什么连自己都听不见，还没逗笑台下的观众自己先乐得不行。后来有个女生跟我说："你们在讲什么一点儿都没听清，只看见你俩在笑。"

一晃都已经二十多年过去了，金华卫校也已经并入金职院，搬到新校区了。在我们毕业十五周年的时候，曾组织去新校舍参观，在现代新教室里体验当年的感觉，只是物非人非，再也找不着原先的感觉了。可往事却历历在目，变得越来越清晰。那天，同学相聚，豪情痛饮，我还写了一首诗，其中写道：

当我想起的时候
好像十五年前就是昨天的事
当年青春年少的脚步来去匆匆
还奔跑在那条又暗又潮的宿舍长廊里
不知是谁忘关了的水龙头
还在洗衣房里哗哗哗地淌水

我们在食堂里排队买菜、量米
把盆子敲得当当响
我们在操场上奔跑、扣篮
漂亮的姿势吸引了女同学深情的目光
我们在小树林里大声朗读
青春的欲望像一只小鸟在树梢歌唱

当我想起的时候
那 52 个名字就像一味味中药
散发着各种各样的气息
又像是 52 枚银针
穿刺着我身上每一个思念的穴位
……

母校是永远回不去的母校，它永远定格在我离去时的那个样子，不会老去；母校也是想回就回的母校，只要闭上眼睛，它就立在你的眼前。在这母校即将迎来百年校庆之际，作为它的学子，无以报答，唯以一点文字聊以抒怀，并衷心祝愿它的明天更加繁茂、长青与辉煌！

2008 年 12 月 26 日

重返渔沧村

1. 重返渔沧村

到了，到了。

连绵起伏的山，成片成片的竹海，哗哗流淌的溪水声……

2019 年 7 月 21 日，我从兰溪驱车 100 公里重返渔沧村，回到那二十九年前曾经来这里进行中药野外考察过的一个小山村。

在这之前，几经打听，我终于联系上了那年寄宿人家的男孩何云，当年 15 岁的他现在已过不惑之年。当我查到他手机加上微信之后，我们都显得非常兴奋，相互了解对方的生活状况。他说已经有了两个小孩，大的女儿何诗雨 13 岁，小的儿子何诗涵才 3 岁，自己开了个诊所，他的姐姐何萍搞教育培训。

那一年，他才读小学五年级，顽皮得很，一放学就围着我们转，问东问西的，深得大家喜欢。离开渔沧村时，我俩相互留了联系方式，之后断断续续地有通信，但一直没再见过面。那个年代，没有手机没有微信，只靠书信来往，一封信从这一头到那一头，得走上好几天。一直到他后来参加工作，便断了音讯。那时候已经开始有了 BP 机、手机，但我却没了他的音讯。这次重新联系上，听他的声音又粗又洪亮，完全难以想象当年胖乎乎的那个小男孩样了。他听说我想重返渔沧村，便高兴地邀请到家里吃饭，他爸妈一直待在老家。他把联系电话及导航定位都发给我。

我沿着他给我的定位驱车前往，过了衢江的大洲镇，拐过一座桥，便见迎面的山一座连着一座地压过来，那熟悉的样子顿时浮现出来。记得那年的大巴车沿着山脚一路颠簸，好像永远没有尽头。如今的沙石公路已经铺上了柏油，但还是那么宽，对面有车交汇需小心避让。路的一侧是连绵不断的山，另一侧是清澈见底的溪水，前面是绕来绕去的黑飘带，眼看着好似没了路，一转弯，又是长长的一条，蜿蜒起伏着往前延伸。

我打开车窗，让清新的山风吹进来，冲走城市的疲倦。远处的云海，近处的花香，甚至连空气都是甜的、熟悉的味道。看着导航中那个小红点一点点地靠近，心显得有些不安起来。这几年新农村建设变化很大，不知道主人家的那座房子还在不在？不知道村中那条小溪是不是还保持着原生态的样子？

随着导航一声“目的地已到达”，公里数归零，眼前豁然开朗，在两面高山的一个夹岙里，一些高高低低的房子错落有致地排列着，和大多数村一样，原来的泥瓦房大多都让高层的“水泥盒子”代替了。但让我惊喜的是当年借宿的主人家房子并没有变，除了黑土瓦换成了黄洋瓦之外，其他一点儿都没变，让我一眼就认出了它。

近乡情更怯，不敢问来人。当我怯怯地跨入主人家大门之时，何云的爸妈却像见到熟悉的亲人一样热情地迎了上来，用带着浓重乡音的普通话与我打着招呼。何云的妈妈赶紧拨通了何云电话，告诉他我已到，叫他赶紧回来。我知道诊所周六肯定会比较忙，他要回来诊所便得关门，所以让他忙自己的，不用管我。但他还是驱车一个多小时，从城里赶了回来。

何大伯对我说：“想不到你还这么有心，我都记不起你们的样子来了。”他带我看我们打地铺的楼板，还是木楼板，踩上去还是熟悉的“咯吱咯吱”的声音。我笑着说：“明年是我们采药三十周年，再召集大家回来打地铺!”他连说欢迎欢迎!他还带我去看当年借宿的另一户人家，那户人家已经拆了重建，高高地矗立着一座三层的“水泥盒子”，已经想象不出它原来的样子了。他又带我去看当年同学们洗澡的龙潭，龙潭边上1995年新建了一座龙王庙，庙边上又建了个农家乐，可能生意也不太好，门关着，没有人烟。

渔沧村以前是属于石屏乡，后来乡镇撤并，乡改村，并入了大洲镇，渔沧便成了石屏村的一个自然村。村里的小学也早就被撤并了，房子卖给了农户，也被改建成了“水泥盒子”，记得教室前空地上的一张水泥乒乓球桌也不知去向了。村里以前的主要收入靠竹子，房前屋后都有个石灰池，他们把砍下来的竹子泡在里面，烂成浆，然后捞出来压成黄草纸，当年我们做草药标本便是用当地农民自制的纸。如今这些池子在政府的支持下，也都改成了养鱼池。

我提出要与何云一家合影时，何大伯憨笑着指指自己一身的土，显得怪不好意思。因为老屋没有卫生间，这天他请了位泥水匠正在打墙准备在厢房边上改建卫生间，他要把打下的废土石渣挑出去，扬起的尘土沾满了一身。他跑到一边拍了拍身上的尘土，又去洗了把脸，才过来与我们一起合影。

门还是那扇门，人还是那些人，只是双鬓添了白发，眼角爬上了岁月的折痕。二十九年前我们都没有手机、没有相机，只留下满满的回忆；二十九年后，汽车满街跑，手机人人有，我们用华为手机定格了重返渔沧村的喜悦。

门的两边还贴着春联“花随春到遍天下；福同岁至满人间”，门额上贴着一个“福”字和“万事大吉”四字。门一边贴着一张村里的党员联户卡，上面写着户主的名字：何根清。时隔二十九年，这是我第一次知道主人家的名字，以前只知道他姓何，叫他“何大伯”。

2. 与中药结缘

与中药结缘，或许是偶然，或许是必然。冥冥之中命运注定的安排，让我生命中有一段美丽的相遇和难忘的过往。我翻出了三十年前发黄的日记本，打开了尘封已久的记忆。

1988 年 2 月 17 日，正月初一，召开家庭会议。参加的有爷爷、爸爸、伯伯、我、弟弟，以及同村的陈老师等。主题只有一个：要我们两兄弟好好读书。特别是我，在家中三兄妹老大，如果能早点考上初中专，家中可以少一些负担。这次家庭会议相当于给我立了个“生死状”：放弃先高中再大学的梦想，非初中专不可。

3 月 28 日，春雨绵绵，润物细无声。家中泥墙老屋的山墙在吸饱雨水浸润后突然倒塌，把母亲压在了下面。所幸得到村里人的及时抢救，捡回了一条命。父亲为了让我安心读书，并没有马上告诉我，直到五天之后的周末，我从学校回家才获知缘由。这次飞来横祸给我留下深深印记，无疑也给我的学习增添了奋起的动力。

这一年的夏天，我以优异的成绩考上了初中专。因为爷爷、父亲都是教师，我从小就埋下了当教师的梦想，于是毫不犹豫地在第一志愿栏里填下了“金华师范”，并且顺利地通过了面试。父亲常说："在所有的职业里面，教师与医师是最好的职业，不管什么朝代都是必不可少的。"父亲是从"文革"过来的人，对有些事总是心有余悸，对职业的选择也会优先考虑它的保障性。可就在我满怀教师梦的时候，父亲在招生现场与金华卫校的招生老师宋丽华意外相遇。宋老师是我爷爷的学生，她对我父亲说："让你儿子到我们学校来吧！"就这么一句话让父亲吃下了一颗托付将来的"定心丸"，把原本的第二志愿"金华卫校"换成了第一志愿，从此结下了中药之缘。

这一年的9月我怀着激动的心情加入了金华卫校第13届中药班，从此13也成了我一生的幸运数。中药班的老师在第一堂课上就以"为中药事业之崛起而努力学习"来鼓励，说我国的中药事业源远流长，但由于科研力量的薄弱，远远落后于别的国家，以至于行内流行一句话叫"中药生根于中国，开花在日本，结果在美国"，如果我辈再不努力，中药将不再姓"中"了。这让我们一下子感觉到了自己肩上的重任，好像担负了中药振兴的神圣使命。

从此，识百草、背汤诀、制药丹成了我们日后的家常便饭，学校唯一的"百草园"成了我们培植中草药、炮制中药材的秘密基地。课余时间，近至城郊的铁路边、田野里、山坡上，远至尖峰山、北山等，都是我们"神农尝百草"的好去处。中药班成了全校最为羡慕的一个专业，特别是护士班的女生，经常跟在中药班的男生后面，指着路边的花花草草问这问那，此时中药班男生的得意劲那是自不用说，卖着关子慢条斯理地说出一二三四，让那些女生一副崇拜的样子。还有一件更让护士班女生羡慕的事就是赴野外开展中药资源考察，到山区农村住上十天半月的，尝百草、识中药，那该多有趣。

一晃就到了 1990 年的春天，外出实践考察的日子快要到来了。为了给这次野外活动做铺垫，4 月 25 日，班里召开了一次“我与中药”主题班会。

班会搞得相当严肃，班主任葛松林老师把专业相关的老师都请来了：张昌禧、罗国海、张孟炎、藤青等，还有来自中心医院的几位专家。先是罗国海老师介绍了中药专业班创办的相关历史背景。在过去，中药没有专门的学堂，都是靠师徒在药房里口口相传的，靠的都是经验，而缺乏系统的理论学习，对于药材的栽培、鉴定、炮制等都没有一套固定的标准，而人家国外却已经开始对我们传统的中药进行系统的研究，并取得了一定的成果。浙江省卫生厅就是在这样的历史背景下，于 1972 年 9 月率先在金华卫校创办了全省首个中药班，并面向全省招生。罗老师特别指出，不要看中药这么简单，里面学问大着呢。他还特别举了一个道地药材的例子，说浙江有一家医院在北方采购了一批威灵仙中药材，合同上明明白白写着“威灵仙”，可在东北是使用“铁线威灵仙”，与浙江用药习惯完全不同，结果一个不肯收，一个不肯退，都说自己是按照合同办的事，好好的供货商闹得仇人一般，最后没有办法只好打官司，赔了夫人又折兵，两败俱伤。这事如果稍微有点专业知识，在订货时稍微仔细点儿就不会出现这样的情况了。

接着大家趁着话题七嘴八舌地展开了激烈的讨论，王旭飞、曹锦红、叶端炉、樊翔燕、郭国伟等，纷纷表示了要认真学习中药专业知识的决心。然后几位老师进行了点评。张孟炎老师说，以前条件差，没有炮制标准，中药材质量参差不齐，伪品多，这几年中药班毕业的学生素质高、专业知识扎实，广受用人单位欢迎。张昌禧老师说，自己以前是学西医的，为了开设中药专业而改学中药。他说："如今外国已经向我们中药传统事业发起挑战，但我们光凭一腔爱国心是远远不够的，更需要扎实的专业知识。"他举了一个例子，有一个中医开了个方子到药房抓药，把"防风"写成了"防已"，一字之差，差之千里，幸好被中药班的一位实习学生发现，及时纠正，才得以一场事故避免。

这次热烈的班会一下子点燃了大家对中药事业奉献青春的激情，一节班会时间显然还没过瘾。隔了一天，4 月 27 日下午班会活动，大家继续展开讨论，这一次班主任葛老师也谈了自己的成长经历，以此来激励我们努力学习。

两次的班会讨论，让我们对中药事业有了新的认识，对这次野外中药考察的活动更充满了期待。

3. 渔沧村采药记

在召开“我与中药”主题班会一个月之后，参加中药野外考察的日子终于到来了。

5 月 28 日，为了野外安全，罗老师组织了一次关于毒蛇识别与防范的安全知识讲座。

5 月 29 日，班里组建了一支先遣部队，先行前往安排相关工作。报名者十分踊跃，最后班主任选中了王建明、刘建明、林剑、张云方四位个高体硕者。

5 月 30 日上午，出发前全班召开了思想动员大会，王禄昌、张庆利等校领导和张昌禧老师都参加了，他们对此次中药资源野外考察的重要性与安全性都一一做了强调。大家表面上在认真听讲，心中却早已按捺不住激动的心情。开完会，便开始分发安全帽、标本夹、小铲锄等，并整理好要带的东西。这一天，我们从早到晚都像打了鸡血似的兴奋，到了晚上，躺在床上还在议论纷纷，猜测着即将到来的采药生活。

5 月 31 日一大早，天蒙蒙亮，大家就起来了，早早地把东西拿到校门口，等着大客车的到来。我因为晕车，只吃了两个包子，不敢吃太多东西。上车前吃了一粒葛老师拿来的晕车药，后来半路上又吃了一粒。一路上开始还挺兴奋，但随着车的颠簸，不久便晕晕乎乎起来，似睡非睡。也不知开了多久，车过了衢州，开始进山，窗外是不断往后倒的树，两边是不断往后退的山，山下是清澈见底的溪，大家都兴奋地一路喊叫着。车开了四个多小时，终于到达目的地——衢县石屏乡渔沧村。先行到达的几个同学早已在村口等候迎接，车一停下，就上来帮大家搬运行礼。老师对大家进行了分组，我被分在一户姓何的农户家，他家房子就在车站边上，临溪背山，木头结构的泥瓦房。主人家住在楼下厢房里，二层全空着，我们十几个男生打地铺，就睡在他家二层的地板上。大家兴奋地抢占着自己的“地盘”，安营扎寨。

初来乍到，对什么都充满新奇，匆匆安好床铺，就到附近走了走。其实也走不远，两边都是山，中间是溪，头上的天只剩下两座山之间这么宽的一条。山上多是毛竹，两边的山上隔一段便可见到一条滑竹道，砍下来的毛竹顺着滑道滑下来，然后在水面扎成一排，便可以顺着水流一路而下，运出山外。在许多人家的房前屋后，还可见到一些石灰池，一问才知是用来浸泡毛竹作纸的。山里人少虫子多，周围稍微转了一下，就被不知名的虫子叮了好几口，又痛又痒，大家赶紧往回撤。

晚饭后，召集开了个会，老师强调了纪律，宣布了作息时间，早上 6：30 起床，7：00 早操，7：30 早饭，8：00 上山，

11∶30 中饭，5∶30 晚饭，基本上与学校相同。

这个时节，金华已经开始热起来了，而在这大山里，却是十分凉爽，晚上还得盖着棉被。熄灯后，躺在床上，听着屋外潺潺的溪水声，好像回到了童年的老家。随着此起彼伏的鼾声响起，夜显得更静了，我也随之渐渐地进入了梦乡。

山里的天说变就变，第二天一大早就下起了雨，虽然省去了做早操，却也没办法上山采药了。起床的时候发现昨天被虫子咬过的地方开始发红，罗老师说："这种虫子很厉害，一旦被咬，有的要过好几个月才退。"但已经不痛不痒了，只是红，也便不管它了。

吃过早饭，送我们来的胡福山书记与班主任葛松林老师便随车返回了。

因为下雨，农户的堂前成了临时教室，我们挤在一起，听罗老师讲解中药标本的采集与制作。下午，雨停了，老师分组带着我们到附近山坡转了转。我们组的带教老师是张孟炎，我们都叫他小张老师。我采了一株白术，后来经同学提醒，才发现是村民自己在地里种的。

做晚饭时，我主动给农户帮起了忙，扫地、烧火、洗菜等，一边帮忙一边与农户闲聊。闲聊中，了解到他们的主要收入来源就是竹子与杉木，木材、竹笋、草纸等，都是他们收入的来源，条件稍微好一点儿的人家都已经购置了电视机、录音机，过上了富裕的生活。

到渔沧第三天，天气非常好，吃过早饭，我们小组随着小张老师开始上山采药。上午，收获不小，还采到了七叶一枝花。不过，山势险峻，冯珏、张云芳滑了一跤，差点儿摔下山去，让我们吓出一身冷汗。小张老师再三叮嘱大家要小心脚下，雨后路滑，不要摔倒。

上午，我们是几个小组中最早返程的。下午，大家就留在家里做标本。我采得不多，早早地做好标本，拿了本书，到附近河边找了块大石头，躺在上面看起书来。耳边溪水潺潺，虽是夏日，却透着山泉的清凉。心里想着陶渊明的日子也不过如此，要是能一直过着这样惬意的日子该多好啊。

晚饭前，帮老乡收了晾晒在外面的草纸。晚饭后，天还亮得很，约了徐巧仙去溪边写生。巧仙画得很好，那时候，我刚开始迷上画画，便想从她这里得到点儿真传，把这里的山清水秀画下来。

第四天，我们组还是在近山，收获不多。有一半人去了海拔 1400 米的远山，并采到了黄连、沙参、铺地蜈蚣等，直到下午四五点钟才回来。吃晚饭的时候，我们听他们大谈特谈远山的收获，心中羡慕得很。

第五天，我们组的行程走得比前一天更远些，到了一座山的顶上，见到一户人家，便去讨了水喝。返回时走到一处悬崖，我滑了一跤，差点儿掉下去，好险，吓出一身冷汗。幸得罗老师相遇，指明正确方向，得以顺利下山。当天下午，学校的教务处王主任、总务处杨主任、办公室孙主任一行送来了粮米，给粮米告急的我们送来了一场及时雨。葛老师还托他们送来了班里的信件，大家兴奋地寻找着属于自己的信件。在那个没有手机没有微信的年代，对于远离家乡的我们来说，亲友的信件就是寂寞心灵的抚慰剂。有信的喜之，没信的叹之，一副人间忧乐百态图。当天，方虹、石松林两位老师因为有事随车先行回去了。

第六天，我们小组收获不大，每个男生背了根柴回来，给农户烧火。

第七天，天气闷热，就在附近走了走。罗老师宣布第二天要走远山，晚上大家一起蒸馒头，准备去远山时当干粮。揉面的揉面，蒸馒头的蒸馒头，烧火的烧火，大家有说有笑，气氛祥和，一直忙到 12 点多，馒头全部蒸熟才睡。

第八天，天公不作美，好好的天空又下起了雨，原本上远山的计划全部泡汤，大家在家啃了一天的馒头。傍晚雨停了，清新的空气给山村增添了几分妩媚，班里文娱委员借了录音机在农户门口的空地上开起了舞会。我因为不会跳舞，便与户主何大伯攀谈起来。我从他的谈话中了解到，他家一儿一女，儿子何云 15 岁，上小学五年级；女儿何萍 17 岁，上高一。两个人的成绩都还不错，特别是何萍的英语，在班里名列前茅。全家的经济来源就是靠何大伯一个人，平均每天收入十几元，多的时候几百上千也有。当然，因为山里田少，蔬菜、粮米基本靠买，所以开支也大，但供养孩子的读书与一家人的生活还是绰绰有余的。

第九天，还是下雨，上午由罗国海老师讲易混淆中草药的鉴别，下午由张孟炎老师讲中草药的药用价值与使用。

第十天，天气转晴，全体 8：00 出发，向十几里路外的远山进军。在海拔一千多米的山上，我们采到了龙胆、芍药、桔梗、沙参、徐长卿等。大家每采到一个新品种便不免要雀跃欢呼一阵，天真而率性的欢笑声在寂静的山岙里回响，为大山增添无限的欢乐。大家越采越兴奋，越走越远，直到下午 2：30 左右才开始返程下山。上山容易下山难，走到一半，双腿便开始发颤。后来走到公路上，搭到一辆拖拉机，一路风驰地回到了驻地。当晚，厨师余师傅把老师在远山买的野猪肉做了顿美餐，让大家美美地享受了一番。

第十一天，野外考察活动基本接近尾声，这一天是中草药鉴别测试。共有 100 种草药，每种半分钟，共 50 分钟内完成全部草药识别。考场就设在门口的空地上，天气特别闷热，大家紧张得汗珠直冒。测试结束，我的成绩是 92. 5 分，不是很好，也不是很差。

晚餐的炊烟升起来了。因为是在渔沧的最后一次晚餐，老师给大家加了餐，特别丰盛，还上了啤酒，有的同学就着啤酒开始划拳，热闹得很。

晚饭后，有些恋恋不舍，跟何云去他的小学转了转，一个女教师热情地与我们打招呼，还请我们打了乒乓球。我跟何云聊起了他的学习，勉励要他好好学习，长大后能走出大山，实现自己的理想。我们相互留了联系地址，相约以后书信来往，保持友谊。

当晚，我们在何云家门口的空地上升起了篝火，大家围着火堆开起了联欢晚会，有唱歌的，有跳舞的，有说笑话的……村民们晚上本来就闲得慌，听说有晚会，都赶过来，把整个空地都围了个水泄不通。那一晚，我已经不记得自己表演的什么节目了，但那一晚的欢笑声一定是山村最多最热闹的一次，让整座大山度过了一个不眠之夜。

6 月 11 日，是我们抵达渔沧村的第十二天，也是最后一天。上午，我们去石屏乡政府还了借用的被子。中午 12：00，大家准时乘车返校，附近的老乡都赶来送我们，站在路边向我们挥手道别，希望我们以后有空再来。

心里虽有不舍，但归程依然似箭，下午 3：05，汽车回到学校。金华闷热的天气让人好似从“天堂”回到了“地狱”。当晚，学校组织观看根据琼瑶作品改编的电影，题目恰是《地狱·天堂》，心想琼瑶阿姨怎么这么应景，取了这么一个片名，心下不免又开始怀念起渔沧村那天堂般的日子来。

4. 怀念渔沧村

岁月就是一条时间的河，看得见，留不住，一去永不复还。从 1990 年到现在已经快三十年了。几次动过要去渔沧村看看的念头，却都是只动念头不动身。在谷歌地图上，看着那大片大片绿色中间的那个小红点，想在那里度过的 12 天，虽然在生命的长河里只是短短的一瞬间，却是刻骨铭心的记忆。那里的山，那里的水，那里的人，清澈如水的印记挥之不去。

在 1990 年离开渔沧村后，我信守约定，断断续续地与何云保持着通信联系，牵挂着渔沧的山水。1991 年，参加工作后，我第一时间把新单位的地址写信告诉了他。他马上给我回了信，告诉我他已经上初二了，对未来充满了信心与期待。此后好几年没有通信，直到 1995 年 10 月，我离开医院调到文联工作，写信告知于他调动情况。他回函告知了他的学习情况。他说自己初三毕业后报考过衢州师范，结果落榜了。后来他爸叫他去读了卫校，给我回信的时候正在衢化职工医院实习，他打算回家自己开个诊所。没想到他的教师梦破灭又阴差阳错地走向了卫校的大门，与我的经历何曾相似。他还说家里造了一座二层楼高的房子，是打算让他毕业回去开诊所用的。那一年应该是1993年，正是他读卫校的那一年。我想，这真是一个朴实而有远大理想的父亲，靠着他勤劳的双手，给整个家撑起了一把伞，在你迈出第一步的时候，他已经为你守在百步之外。当时班里的衢州同学毛建文恰在衢化医院里上班，我赶紧回信，让他去找毛建文，有什么事也好有个照应。他后来回信说："他（毛建文）对我很热情，叫我有难处找他，他还记得在我家采药的那段时间，但是我却一点儿也记不起他了。"他还邀我去衢州玩，或许都已经不认识他了。

可是一晃二十多年过去，我一直没去成。不是衢州没去过，而是后来渐渐地失去了联系。后来他实习结束，我也不清楚他是否有回老家开诊所。有时候，记忆就像一个藏满珍宝的密室，你不去动它未必就是你的，而一旦你去打开它，铺天盖地的记忆就像渔沧连绵的山脉，一座连着一座，望不到尽头。

我已经记不清当年渔沧村的样子了，时隔二十九年之后，我沿着那些曾经走过的小路与台阶，一步一步地去寻找当年的记忆。

我不知道为什么一个山里的村庄会取一个叫"渔沧村"的名字，就像海边的某个村庄。或许在很久以前，这里就是一片大海？或许是寓意村庄就是大山深处的一条鱼，世世代代守着大山这个大仓库？不得而知。

我在地图上一直找不到村口那条溪的名字，便问何云，他说就叫“大溪”。我们兰溪人把穿城而过的兰江也叫“大溪”。是不约而同？还是另有寓意？“大”是一种追求，“溪”是一种坚守。

守得住青山，看得见绿水，记得住乡愁。“青山绿水”就是初心，不忘初心，方得始终。对一个人来说，年轻就是我们的“青山绿水”。那一年，我们都正值十八九岁，生命最旺盛的季节。在这个叫“渔沧村”的地方，我们把奉献中药事业的梦想播种在那座大山深处，让它见证了成长。

多少年之后，我们13届中药班的52个人就像52条游入大海的鱼。有的当起了老板，有的当上了主任，有的拥有了自己的中药研究实验室，有的依然默默地奉献在飘满药香的普通岗位上……

人生可以有不同的追求，每一条鱼可以有不同的活法，但最终的幸福却是同样的幸福。不管你从哪条路上山，最终我们都有一个登上山顶的梦想。在渔沧村那个高高的山岗上，我们唱着同样的歌，怀念着曾经一起拥有过的青春，看着金光四射的日出，畅想着我们更远的远方，在生命的每一天，用我们的余生，去遇见更新的自己，去创造更美的未来！

怀念渔沧村，怀念青春，祝福未来。

2019年7月21日

时光三白

去看桃花

三白／著

團结出版社
UNITY PRESS

图书在版编目（CIP）数据

时光三白. 去看桃花 / 三白著. -- 北京 : 团结出版社, 2023. 11

ISBN 978-7-5234-0431-7

Ⅰ. ①时… Ⅱ. ①三… Ⅲ. ①散文集-中国-当代 Ⅳ. ①I267

中国国家版本馆 CIP 数据核字（2023）第 180705 号

出　　版：团结出版社
（北京市东城区东皇城根南街 84 号　邮编：100006）
电　　话：（010）65228880　65244790
网　　址：www.tjpress.com
E - mail：65244790@163.com
经　　销：全国新华书店
印　　刷：四川科德彩色数码科技有限公司

开　　本：145mm×210mm　1/32
印　　张：33
字　　数：590 千字
版　　次：2023 年 11 月第 1 版
印　　次：2023 年 11 月第 1 次印刷

书　　号：ISBN 978-7-5234-0431-7
定　　价：138.00 元（全三册）

人生这架秋千（序）

赵　彦

很多年前我就对一个断言深信不疑，如果兰溪这座小城能出一个货真价实的作家，必定阳台无疑。彼时，阳台小说的腔调和语言已经可以以假乱真了，也就说，三十多年前他就已经在用余华的方式在写作了，余华式的句式充斥在他当时写下的每一个中短篇，如果掩上作者的名字，百分之八十的读者会以为刚刚读完的作品正是余华本人的。

文学在我们野心勃勃又自我怀疑的青春期投下的身影是非常可观的，尤其是在一座被务实精神严重污染的小城市，文学成了我们的光，但摇曳不定。我们沿着那光修改自己现实中的影子，此外还希望有朝一日能成为他人的光源，就这样，阳台当时被我视为是另一个余华（阳台自己可能也想成为一个余华），一个可以将卡尔维诺和博尔赫斯模仿得惟妙惟肖的同学被我当成另一个卡尔维诺和博尔赫斯，而我自己目标散乱，一时间偶像太多，同时也不知道在文学这条路上能坚持多久。

阳台早些年写下的桃花镇系列我印象非常深，夹带一种被作伪的乡村经验和诚实的青春期困惑，使他的作品在轻灵中显出几分忧伤。事实上直到今天他的叙述语言仍一如既往地清淡和直接，无论在小说中还是在他的这辑散文作品中（如《做一回“山中宰相”》等），他坚持那种诚实的以简述繁的风格，从来不玩诡计，而收到的效果是语言显得更为意味悠长——似乎每一个字都带着它的重影。这样的语言用在小说上的确是能建立起自己的风格的，如果他后期没有因为自己文学能力的怀疑而削弱了对小说梦想的坚持的话，在语言上他很有可能会超越余华——余华是一辆减速的列车，坦率地说，他最近一些年的作品已激不起我任何阅读兴趣了。阳台的语言也有汪曾祺的风范，只要故事编得得当，必定是作品中的上乘。

但不知何时起，阳台不叫阳台，改叫三白了。觉得叫惯了阳台，一下子改叫三白还有些陌生。这些年，改叫三白的阳台似乎很少写小说了，多是一些随笔、散文，把生活中的一些零零碎碎写成性灵文字，信手而来，随性而去。于是，那种语言被他直接搬迁进了那些短文里。

的确，我们所能读到的很多散文和小说中作者都说得太多了，就像乔治·斯坦因在《语言与沉默》中说的，“把原本私人的东西到处张扬，把语言背后原本暂时的、个人的，因此是有活力的部分变成了陈词滥调，丧失了可信度。”我认为这些絮絮叨叨的作品同时还让语言的功能作废了，饶舌的暴行给我们造成的后果就是作品只剩下了符号和声音。极简即是多。这是我一贯坚持的美学原则。

而以前叫阳台现在叫三白的这个人做到了。

最近一次聊天中我与三白聊起了梦想。他说因为公务缠身，没有时间静下心来写小说，言语中似乎更多的是无奈和遗憾。但文学不是结果和成果，而是一种状态。他随时可以拿起笔的能力总比已经出版了众多作品但却灵思枯竭要好，但我又非常能理解这种中年惆怅，因为有些人能被自己写下的作品迅速吸收，有些人则将自己变成作品，而三白是后一种。

他在《做一个坚持梦想的自己》中写道：

人生有时候就像一架秋千，荡过来荡过去，却总荡不出既定的半径；有时候像跷跷板，忽高忽低，却总也弹不出去；有时候也像滑滑梯，踩出一脚，便一溜到底……

我希望以前叫阳台现在叫三白的能在文学的秋千上继续荡下去，有朝一日能从散文荡回到小说上来，期待读他的小说。

（作者为西班牙在读文学博士）

第一辑　坐看云起

第二辑　读书札记

第三辑　管窥之见

QU KAN TAO HUA
去看桃花

Chapter 1

坐看云起

在陌生的城市街头，什么都不愿去想，让思想成为空白，让自己患上失忆症。或者什么都抛下，找一个陌生之地，从头开始，开始另一种人生。

大师笔下的李渔

2021 年 2 月 4 日小年，突然在朋友圈里看到著名画家吴山明去世的消息，一股凉意从脚底升起。

我一直在脑子里搜索，在芥子园的十年中，他有没有来过。我想不应该没来过，只要是画画的都会把芥子园当作心中的朝圣地。但印象中我好像没有见过他，或许是我没碰见吧。虽然我不懂画，倒是经常看到吴山明老师的画，开画廊的几乎没有不卖他的画的。在市场上，假冒他的画也很多，十几年前曾经在某书画节上看到过模仿他的假画，两三百块一张，那时候的真迹起码十倍以上价格。现在也不知道什么价，总之，他一个画家，不但养活了一大批的画商，还养活了一批画假画的草根画家，那模仿得还真是不错。但是模仿得再好，吴山明只有一个，后面有再多的“吴山明”也只能是卖个纸墨钱而已。如今，大师已去，留在世上那些真真假假的画作和那些是是非非的争论，或许又可以让一些画商与投机者热闹一下子了。

知道这件事的前一天还在朋友圈看到有人吐槽中国书协的换届，还附了陈传席朋友圈的一个截图，说为了某个职位卑躬屈膝，真是辱没了一个文人的气节。甚至说出“撤销中国书协百利而无一害”。本来各种艺术协会成立官方机构是中国的一大特色，其他协会也常出类似吐槽。一边是为了某个职位不惜辱没文人骨气，一边是一个个大师笑看炎凉，而后驾鹤淡然而去。倪汝霖、柳村、方增先、吴山明，等等，这几位先生曾经都是同乡，后来通化划为兰溪之后，倪汝霖、柳村、方增先的老家归属兰溪，从此后桐坞岭一山之隔，却同归一脉。倪汝霖的猫，柳村的枇杷，方增先的板凳龙，都是家乡熟悉的乡愁，却在他们的笔下永生、传世。

一代大师先后离去，也是一个时代的走远，从此后只谈高原，莫论高峰。

吴山明与方增先都是以人物而闻名，但两者性格不同，画风也有差异，正是应了“画如其人”这句话。吴山明的李渔画作落款是“甲子夏”，应该是1984年，那时候李渔研究会才成立不久，芥子园都还没建。他笔下的李渔，眼神往下，额突，左手别后，右手捋须，三分儒雅，三分清闲，三分睿智，还有一分骨气，故背景用竹衬之，颇显清新脱俗之气。你是谁，眼中看的便是谁。怎么看，这李渔都有几分吴山明。

看罢吴山明笔下的李渔，你再来看方增先笔下的李渔，却又是另一种气质。文人还是那个文人，却多了几分孤冷与傲视。吴山明的李渔画作眼神是柔的，方增先画李渔的眼神是锐利、聚光的，前者往下，后者往上，看破尘世，一切都是浮云。感觉离李渔的精神更近一些，李渔就是一个活成自己的人，看古今文人，能活成李渔的是少之又少。很多人活着活着就活成了别人的样子，不知道自己在哪里。方老师在画上落款是："吾乡先贤李渔笠翁先生，当明清交替之乱季，绝意功名，以著书自适，乃隐于市之大隐也，所作传奇脍炙人口，又有《芥子园画谱》传世，诗文词曲自开户牖，不假前人斧斤，文思敏捷，倚马可待，故时人称之曰：李十郎。有才子之称，原居金陵，晚岁移住西子湖上，号湖上笠翁。之一九九〇年秋九月，方增先以白描作造像，于上海之西郊。"寥寥数语，却将李渔的一生勾勒了出来，如同画之白描，不愧为大师。两位先生的李渔画作各有千秋，其眼神、衣衫、胡须等，每一个细节，都是越看越有深意，如若真有李渔转世，不知他看了会喜欢哪一个自己？

最后顺便说说浙江画家张伟民的李渔画作，落款丙子年应该是 1996 年，他来芥子园采风时，在燕又堂画的李渔，晚年的李渔，多了几分沧桑与悲凉。看李渔的一身，从 40 岁离开家乡，出来闯世界之后，可以划为三个时期，从 40 岁到 50 岁是"杭漂"一族，初涉江湖，还有几分书生的儒雅，吴山明的画颇像这个时代的李渔。51 岁到 65 岁左右移居金陵芥子园，开设书铺，组建戏班，周游南北，是他人生事业巅峰期，他的才气名满四海，多了几分傲迈，这个时候的李渔就是方增先笔下的李渔。而晚年乔王二姬去世后，他变卖家产，回到西湖边上，后来在自家楼梯上摔了一跤，拄着拐杖，思恋人生，倒有几分像张伟民笔下的李渔。

李渔也罢，方增先、吴山明也罢，一个时代有一个时代的精神领袖，他们用自己的思想与作品引领时代前行。任何一个人，再伟大，都是凡胎肉身，终将化尘而去，名利终是尘土，何必苦苦追求。方增先与吴山明都曾是画商们趋之若鹜的香饽饽，以前是，以后也是，然在市场上吴山明的作品流之甚多，而方增先的画却是一票难求。但多也罢，少也好，都是他们个性所使然，两位老先生都是视金钱为粪土，唯笔墨才是自己的性情之物。

李渔曾在家乡的凉亭上写过一副对联，“名乎利乎道路奔波休碌碌；来者往者溪山清静且停停”。但看世间又有几人能悟得，“天下熙熙皆为利来，天下攘攘皆为利往”，到头来，利之不得，人已先去。

吴山明先生，一路走好。

2021 年 2 月 5 日

在路上

在路上。一直在路上。

不知道自己这样做对不对，总是一个人孤独地面对。每一次，都是这样，一个人去面对，没有人能理解我的内心。

我似乎一直以来都以两种形式走在两条路上，一条是物质的，一条是精神的。一方面努力地做着一些事，使自己尽量地去融入这个社会；另一方面又尽量保留自己内心有一块圣洁的地方，让文学与思想能不受世俗的干扰。可是这是多么的难。一直想学会拒绝，一直想说“不”，可是这又是多么的难。总以为人生还很漫长，可是一转眼，就已经过了近半。有很多想做的事还没有做，有一些不想做的事却又不得不做。一直坚持堂堂正正做人，老老实实做事，一直相信只要去努力没有什么成不了的。可是现如今又有多少人相信这个呢？

一直走，一直走。在一个陌生城市的街头。路是陌生的，建筑是陌生的，人也是陌生的。在陌生的城市街头，什么都不愿去想，让思想成为空白，让自己患上失忆症。或者什么都抛下，找一个陌生之地，从头开始，开始另一种人生。我相信，街上来来往往的每个人都拥有一个自己的世界，这么多的世界汇集在一起，那就是纷繁的世界。站在街头，我不知道自己的远方在哪里，有谁会在那边等着我。于是我想起了我爷爷，他是我生命中最为敬重的人，每次回家，远远地看见村口的山坡上，那块立着的碑，一直对着我回家的路口，就像他生前倚在门口望着我时一样，那么亲近，那么温暖。

有水滴在额头上，觉得有些冰凉，下雨了。在心深处，一些温暖的记忆渐渐泛起。它们像一盏灯，一路上照耀着我。

2008 年 4 月 12 日

去看桃花

这个春天，终究还是去了一次东峰亭，却再也没有找到亭边的那株桃花。

记忆中那株桃树就立在东峰亭的一侧，周围都荒芜着，长了一些杂草，草丛中躺着几块破旧的残砖破瓦。一株桃树就那样孤独地立着，黝黑的枝丫斜在空中，点点红蕾顶破了树皮，傲然绽放。远处山脚下的兰江水昼夜不息，滔滔向前，一去不复返，就像我们逝去的青春与生命。

那时我刚从学校毕业，因为喜欢桃花坞这个地名，硬是放着单位宿舍不住，跑到桃花坞附近租了间小木屋。房龄已经很老了，走在楼梯上，木板咯吱咯吱地响。房东是个孤老太，看上去似乎比木屋还老，她的脸像桃树枝的皮一样又黑又皱。她说儿子们嫌老屋又阴又潮，都搬到外面去住了。房间里挂着老太年轻时的照片，很漂亮，风情十足。听隔壁人讲，老太在中华人民共和国成立前做过船娘，那时候很多船娘都住在桃花坞。我想，那时候的桃花坞一定是栽满了桃花的，如今却都不见了。春天，雨水从屋檐上滴下来，敲打着弄堂里的青石板上，嘀嘀嗒嗒，像是奏乐。墙角的桃花已经不见影姿，全开在老太的心里，就像那些逝去的青春与美丽，已然成了记忆。

然而，唯有东峰亭的那株桃花依然年年绽放。它见证了兰江的繁华与变迁，见证了桃花坞的寂寞与风雨。想起陆游的那首《咏梅》："驿外断桥边，寂寞开无主。已是黄昏独自愁，更著风和雨。"用来作为那株桃花的写照，也是十分贴切。从桃花坞上去，踏着百步梯的青石板，一步步地在心里数着，一直数到那株桃树跟前。雨突然而至，是春天里的那种毛毛细雨。桃花就在雨中悄然绽放，展示着艳丽的风姿。于是，就倚着东峰亭的柱子，呆呆地看花，看雨，看江水滔滔。

花开花落，云卷云舒。转眼间，桃花已经不在，青春已经逝去，心中怅然。问禅，禅曰："桃花在心里，青春在手中。"再问："何往?"曰："去看桃花。"猛抬头，灿烂一片，满山摇曳，顿悟。

2011 年 4 月 14 日

让生命中有一点痛

周六起床时，脚一落地，忽然感觉到右脚大拇指根部涌上来一阵刺痛，像电流一般从脚底窜到头上，钻心地疼。

弯下腰用手按了按，却怎么也找不到痛点。扭了？碰了？压了？仔细回忆了一下，好像都没有。试着走了一下，能走；试着翘了翘脚大拇指，能动，疼痛忽然就没有了。又走了几步，忽而又有点隐隐作痛，忽而又消失了，心里怀疑是不是错觉，便不再理会。

坐在电脑前，把注意力分散，侥幸地希望它会突然间消失。可是到了下午，脚趾头还是断断续续地作怪，好像得罪了它一般。找了一个伤筋止痛膏，把脚趾头捆了个严严实实，心想，不管你是在骨头上还是肌肉里，总要把你赶走罢。

晚上，老婆抽了抽那个比狗还灵的鼻子，问：“你贴膏药了?”

我说:“嗯。”

“贴哪儿?怎么了?”

“脚趾头,昨晚不知怎么地,突然痛了起来。”

“扭去过?”

“没有,突然就痛了起来。”

“该不会是痛风吧?去医院查一下,查一下嘌呤的指标就知道了。”

“痛风?”我心里咯噔一下。

一点儿思想准备都没有,我也会痛风。见过痛风的朋友,痛得家门都出不去,整天待在家里刷屏,还这不能吃,那不能吃的。这还只是初发的征兆,问题不大,吃点儿药就好了。

我犹豫着要不要上医院去检查,心里侥幸地想它快点消失。百度一下痛风的症状,似乎真有点儿像。但凡疾病都这样,你越是去比对,什么病都会越对越像,都是心理在作祟。有时候还是自我感觉最重要,反正走路办事也没怎么受影响,先走着瞧吧,“度娘”也说一般持续几天就会消失的。

古人常说,三十而立,四十不惑,五十知天命。以前不太理解这句话的意思,等到自己走过这段路再回过头来想这句话的时候忽然就明白了。

从学校里出来,参加工作三十年了。刚走向社会那会,二十郎当岁，什么也不愁，什么也不怕，一副“少年壮志不言愁”“相逢先问有仇无”的样子，无畏东西，一往无前，眼睛里揉不进沙子。到了30岁依旧是一头浓密乌黑的头发，三七分还要喷点儿摩丝，一副挺直的腰板，走起路来三步并作两步。却不知人的身体就像一台机器，从生下来到30岁，便磨合得差不多了，基本定型，而后便要一年年地折旧，像数学书上的那条抛物线，走到了顶端，便要慢慢地往下走了。

到了40岁，身体明显开始折旧磨损。先是头发开始枯燥，皮肤开始油腻，然后失眠、焦虑，慢慢地成了油腻大叔。头发不知不觉地长出白的来，一根、两根，渐渐地多了起来，而后开始掉发。这时候，对名利的诱惑相比内在的品质与生活的安逸，已经失去年轻时的冲劲了。到了50岁，年过半百，便似乎开始看淡生死。常说人生难百岁，即使能活到一百岁，五十也算是半辈子了。但如今有太多的人活了大半辈子，还不知该如何活？

年轻的时候怀揣梦想，那时候有强壮的身体与资本，可活着活着便迷失了方向，到了顶峰偏要“这山望着那山高”，过了一山再一山，上了顶峰再攀峰，最后却忘了来时的梦，把岁月的“折损”当作“利润”，捡了芝麻，丢了西瓜。

脚趾头终究还是会疼痛的，身体终究还是有知觉的，这是一件值得庆幸的事。前几天，一位写作的朋友前一天还一起吃晚饭谈文学的，第二天让车撞了一下，进了医院，因为撞在头上，顿时便没了知觉，不会说话、不知疼痛，与植物人无异。想想人总是很犯贱，健康、友谊、名利、权力等，拥有的时候从来不知道珍惜，当有一天突然失去时才知道“透支”，悔之晚矣。

年轻时痛不知痛，是因为有资本，新陈代谢好，哪怕伤筋动骨也用不了几天就能恢复。如今，年过半百，稍有点儿小毛小病，也都是要折腾些日子的。看来，身体还是很有必要经常地疼痛一下的，好比是敲一敲警钟，做一些善意的提醒也好。要是连疼痛都感受不到，那就形同植物人，有与没有便一个样了。

那么，痛风就痛风吧，毕竟在生命的风中，有一点儿疼痛也未必是一件坏事！

2021 年 3 月 23 日　凌晨

纪念一位女书记

一路的油菜花。天上下着毛毛雨。车在雨中无声地急驶着。

路还是那条路，人或许已经不是那个人了。

就在去年，也差不多这个时节，我们还去看过您，到您村里去踏青，您烧了那么一大桌的菜。每次您来，总是躬着背，喘着气，而您为了村里的事，却总是一次次地跑部门、找关系、拉赞助。原来坎坷不平的路变成了水泥路，原来破损不堪的水管变成了全村人都能喝上的自来水，几十万的资金都是您费尽口舌一家一家筹来的。而今您说走就走了，那条通往建德的路已经开工，而您再也走不上了。

每次春茶上市的时候，您都会带一包来给我们先尝；每次大红柿熟透的时候，您都会带一些来让我们先尝。今年，我们想坐在那个屋檐下，喝一杯您泡的香茶，却再也不可能了。不知道您临走前是怎样一种痛苦，您的咳嗽声一定让整个山沟都失眠了。您曾经是人大代表，您曾经是劳动模范，您曾经是兰溪年纪最大的农村女书记，而现在，您一定是坞口村全村百姓最想念的人。

在那个狭小的董姓祠堂里，我看到您熟悉的笑容已经凝固在相框里，最普通的杉木棺材泛着幽暗的光，甚至连红漆没有刷过，几个花圈静静地摆在那里，灵前的火烛不知什么时候已经灭了，屋里显得更加冷清了，我忙叫一小伙点了火烛。烛光闪烁着，映照着那张熟悉的笑脸。

在这春暖花开的时候，万物都醒了，而您却睡着了。

但是黄店镇坞口村的百姓一定把您的名字永远铭记在心上：董友花，一个好书记。

2007年3月16日

逝者如斯夫

好像只是一转眼的工夫，又到了岁末。

当过年的氛围越来越浓的时候，当街上购年货的人越来越挤的时候，当单位的走廊上越来越冷清的时候，当父母打电话来催问什么时候回家过年的时候，我才突然意识到再过两天就要过年了，看着桌上乱糟糟的报纸、文件、杂志，想想这一年，都做了什么？好几天都没写博了，柑橘的“爱购行动”还在火热进行中，偶尔遇见马路上有人手提着两盒椪柑从对面走来，心中就会洋溢出一种温暖，这个冬天真的不太冷了。前两天，与香溪镇干部和合作社同志一起去几个村走了走，农户的情况已经基本有所缓解了，镇里干部也都进行了认购，合作社用认购的钱优先收购了 15 个村的 15 户贫困户，《金华日报》《兰江导报》上都曾发过照片的那个用竹竿开电视机的鲍锦新家，合作社也认购了5000斤，我们去看的时候，他家的客厅已经亮堂多了，余下的柑橘合作社也表示愿意收购，他们心头的一块石头总算落了地。

解决问题是暂时的，最主要还是后续问题，如果每年都要这样，这就真成问题了。看了近一期的《金色田野》做的柑橘专题，决定去刻一些盘，安排初七上班后进行一次柑橘技术培训，然后把这些教育光盘送给每个村。

忽然想到很早很早以前，有一个叫孔子的老人有一天站在河流边上说过的一句话："逝者如斯夫，不舍昼夜。"孔子在河岸上，一定是仰观俯察，再看河川里的流水，因而兴起感叹。他所说的"逝者"没有特定的所指，自可包罗万象。且就天地人事而言，孔子仰观天文，想到日月运行，昼夜更始，便是往一日即去一日；俯察地理，想到花开叶落，四时变迁，便是往一年即去一年。天地如此，生在天地间的人，亦不例外。人自出生以后，由少而壮，由壮而老，每过一日，即去一日，每过一岁，即去一岁。个人如此，群体亦不例外。中国历史到了五帝时代，不再有三皇，到了夏商周，不再有五帝。孔子生在春秋乱世，想见西周盛况，也见不到，只能梦见周公而已。由此可知，自然界、人世间、宇宙万物，无一不是逝者，无一不像河里的流水，昼夜不住地流，一经流去，便不会流回来。所以李太白借《将进酒》说"奔流到海不复回"。古希腊哲人也说：

"濯足急流，抽足再入，已非前水。"

窗外，鞭炮声突然大作，抬头望时，今岁已非前岁了。

2009 年 1 月 25 日　除夕

百样人百样生

昨夜做了一个噩梦，一大早就醒来了。

今天，是我的生日，好多Q友都发来了祝福，一一谢过。又在网上偷了一回菜，把好友买卖了一通，已经九点多，要送女儿去跳舞。

女儿跳舞，我照例发了一会儿呆。人生有时候就是这样，发发呆一天就过去了。佛说，禅往往是发呆的时候悟出来的。我没有这种天分。十一点半，女儿跳舞结束，接她出来，问她想要吃什么？女儿说不想回家吃。打电话给老婆，回复：你们自己在外吃吧，我不饿。

在家里，两个女人，我一个男人，二比一，听她们的。女儿要吃仔排炒饭，只好陪她吃。要了两份，两个人慢慢地吃。餐厅里电视里正在放《喜羊羊与灰太狼》，女儿正看得入神，饭放到嘴边又放下，如此反复，一碗饭吃得很漫长。我早早吃好在门口等她。马路上人来车往，各色人等，有一刻看得入神，真觉得自己就是上帝，看得人发笑。

恰此时，一个截腿的男人摇着车慢慢过来，每到一个门店就停一下，两只手拱着，把头低到大腿根部。但尽管如此，大家都忙着自己的生计，没有人理他。这时，忽然跑上来一个打扮入时的女人，手里抱着一个西瓜，喊着："等一下！"那男人诧异地往后看，那女人就把手中的西瓜一股脑地塞到那男人的怀里，然后转身急急地走了，好像要去赶赴另一场约会。那男人把西瓜举在头顶，把脑袋塞在西瓜的下面，一个劲儿地点头，点头。那个女人早走远了，他仍在点头不止，足足有一分多钟，不知道的还真以为他是在祭奠什么呢！

久久，久久，我呆立在那里，也不知道那男人什么时候走的。想想，这生活，这人生，不免感慨，真是百样人百样生啊！

2009 年 9 月 19 日

在幸福与痛苦交替中度过人生

不知道是世界变了，还是哪个环节没跟上，今年总是遇上一些不愉快的事。有单位的，有自己的，有朋友的。

特别是这段时间以来，自己先是感冒，然后就是咽喉炎，一天咳到晚，从夜晚咳到天明，就差没把五脏六腑咳出来。先是自己吃了两天药，再又在社区卫生站里挂了两天水，没见好，又去一个赤脚医生处挂了两天水，接着又吃了两天药，还是不见好，去中医院找同学引荐了一个老中医，开了五贴药，还在吃着呢。医生让我吃得清淡点儿，可是有时朋友聚会无法拒绝，赴约之后坐在餐桌边上真是难受啊，什么胃口都没有，人家还要劝你酒，不喝还说你是演戏，这种痛苦真是只有自己知道。这种时候对我来说任何美食都是受罪。今天因为朋友要让我喝酒，我脸都拉下来了，让一桌人都显得很尴尬。自己想想真是没风度，觉得很不好意思。拗不过最终还是喝了一点儿，回来后又是咳个不停，两天的药算是白吃了。这时候突然想起我死去的朋友相。

这几天，偏又遇上一些不愉快的事，工作上的不顺利和朋友的烦心事。一个非常要好的朋友因为感情之事，两家人搅在一起，平时都是很好的，一起打牌，不想如今却寻死觅活的，一大早起来就要去拼命，非要进行什么所谓的“了断”。却不知这尘世恩怨如何“了断”？是是非非，男男女女，谁对谁错？心底的阴霾挥之不去。是不是漫漫人生总要在幸福与痛苦的交替中度过？如果一定是这样，那何苦折腾呢？起起落落，分分合合，又有何必呢？

2009 年 4 月 3 日

幸福不能买

这些天来每天都会睡得很晚，每天都觉得时间不够用，随着年华的一点点堆积，光阴的一点点吞噬，每天都会有一些无聊的交际与应付，那又有什么办法呢。要做的还是要做。有位网友愿把他的时间借给我，我说：“这世界什么都可以借，就是时间不能借；什么都可以买，就是幸福不能买。要不然大家都会拿钱去买生命、买快乐了。”

2007 年 6 月 3 日

今天很“贵”

都说钱是万能的，只要有钱，什么东西都可以买。

真是这样吗？

今天早上起来，老妈给女儿穿衣服，突然说了句：“今天很贵的！”

我和女儿大笑。她原本是想说“今天很热的”，可是把“热”误说成了“贵”。

我说：“难道今天还能用钱买不成？”女儿又笑。

我又问：“昨天可以用钱买吗？”女儿摇着头，嘴里笑个不停。

昨天已经过去了，用再多的钱也不能买回来了。

接着问：“那明天呢？”女儿还是摇着头，笑个不停。

明天还没有来，用再多的钱也不能先把它买回来。

我说："所以，我们要珍惜今天，对不对？"

女儿点点头。这些天，女儿做作业的速度明显快多了，早上起得也一天比一天早了。最喜欢听的一句话是，女儿回来说："爸爸，今天老师又表扬我了！"呵呵，小孩就是这样，老师表扬的越多，她就越努力！

送了女儿上学，然后到单位办公室，同事们都还没来，只有烧水的阿姨在忙。上网，看博，偶然点进王思懿的博，看她怀念李钰的文章，李钰曾在《情深深雨蒙蒙》里面演方瑜角色，虽然她不是女主角，也不是很美，但她却把那场战火纷飞的爱情演绎的轰轰烈烈，让人记忆深刻，演得很有个性。就是这样一个年纪轻轻的演员，却被突如其来的癌魔夺去了生命。而王思懿是个算得上美丽的演员，但很少看见她会有像其他演员那样的绯闻，最早看她演的潘金莲，是那么平民，那么清纯，那么美丽，让人怎么都无法对她生恨。我想以后很少会有演员演潘金莲能超过她的了，就像再也没有人能超过陈晓旭的"林黛玉"一样。可是美丽易逝，突然想起早上与女儿的对话，不禁在王思懿的博上留了言，让我们活着的人都珍惜自己，珍惜上帝赐予我们的美丽，珍惜友情，珍惜生命吧！

2009 年 3 月 18 日

生活中的希望与失望

金华一百。空调哗哗地响着，外面有些冷。人们在嘈杂的商场挑选着自己需要或不需要的衣服和其他东西。

接到一个电话，是陌生的号码。一听，竟然是江山的何姐。我一直知道她的名字，但直到她今年年初刚从副市长的位置上退下来，我才去拜访了她。那天也只是礼节性地送一本拙作给她，没想她却仔仔细细地看完了，特意打电话来肯定了我的作品，同时指出我书中的问题所在，并鼓励我整理下思路，写出不愧于时代的好作品来。我感动且惭愧着。都是以前的作品，而且这一两年来，一直都没有好好写过东西，内心里恐慌着。何姐的电话给我一种很大的启发，或许对我以后的创作会有着一定的帮助。像这样诚恳的语言我真的很久没有听到了，现在是一个“好好年代”，同事之间、朋友之间都是哈哈着，当面说好，背后指不定怎样骂你呢。

每天，郑朝阳的日记都在感动着我，我一直没有去看他，向会员们发出要求捐款的信息也是反应寥寥，心中不安，朝阳他站在地狱的门口却仍然念叨着金华的诗歌事业，何况我们这些口口声声说热爱文学的人？

父亲还是老样子，动不动就发火，一个人喝着闷酒，也想不明白他到底在想些什么。

或许生活就是这样，总会有一些收获有一些缺憾，有一些希望有一些失望，但赋予我们的毕竟已经足够，关键在于我们怎样去取舍。在内心深处，除了感谢与感动，还能有什么企盼呢！

2007 年 3 月 19 日

体　检

早起，去金华。体检中心，温馨的环境，先进的检测仪，漂亮的医护人员。空腹，一项接着一项。每年一度的体检，就像工厂里机器的检修，每年都会有一些小毛病。似乎今年更多了一些，视力、鼻腔、咽喉、甲状腺、颈椎、颈动脉、肝、肾、胃、大肠……一系列的查下来，渐渐地，自己也对自己的身体产生起了怀疑，是不是真的有些严重了，日子过于慵懒，身体也疏于运动，睡眠缺少安神，又常常醉酒，日积月累，竟连某些器官也变得脆弱了。

体检是件好事，能时时提醒你该注意什么，在饮食上、在起居上、在运动上，医生总会多多少少给你一些有益的建议。或许在思想上，也得常常进行体检，看看该注意什么，该节制什么，该迭代什么。我一直以为自己是一个不设防的人，总是比较信任别人，可常常是用信任换不来信任，有时候甚至是怀疑、虚伪，甚至是陷阱、奸诈。

身体上的体检有医生，有先进的仪器，而思想上的体检只能靠自己了。

2008 年 12 月 10 日

生命如烟花

大年三十那天，女儿突然问我："爸爸，你最大的愿望是什么？"我想了想，逗她说："会飞。"女儿说："我也是。"女儿又问："你最怕什么？"我说："我最怕蛇，我属鼠，蛇会吃老鼠。"我问女儿："你呢？"她说："我最怕生命没有掉。"我心中一惊，这是 7 岁的女儿说的话吗？我记得我在十多岁的时候也曾经对死亡十分恐惧，并坚信自己的生命会在二十多岁的时候消亡，因为那时的我很瘦，多病，而我们村里有一个同样瘦弱多病的男人在二十几岁的时候就死了。我说："为什么呀？每个人生命都会没有掉的，所以我们要学会快乐，要天天开心。"女儿说："我还是怕，生命没有掉的话就不能玩了。"

诺贝尔文学奖得主帕慕克的作品《我的名字叫红》开篇中写道："如今我已是一个死人了，成了一具躺在井底的死尸。"

人死了还能叙述自己的遭遇，分明是说生命有延续性呀。接着又写道：“因为当人在这个地方的时候，他会觉得过去的生命还像以前一样仍然持续着。我出生前就已经有着无穷的时间，我死后仍然是无穷无尽的时间！活着的时候我根本不想这些。一直以来，在两团永恒的黑暗之间，我生活在明亮的世界里。”我不知道女儿对生命的理解究竟有多少，但是我坚信女儿对生命一定比同龄人有更多的领悟。几个月前，我带着女儿与我同学刘的儿子去超市，我忘了是什么东西，反正刘的儿子问了句什么，然后女儿脱口而出说：“是我爸爸买的，你也叫你爸爸买呀。”刘的儿子突然大声吼道：“我爸爸死了！”那时候，刘刚刚出车祸死了。女儿突然意识到这一点的时候，感到心中很愧疚，一副不安的样子。我坚信，那一声吼给女儿留下了深刻的印记。后来有一次，我从舟山带回来几个海螺，那天在一个同学家吃饭，她带去两个准备送给小朋友的，没想到，来了四五个小朋友，两个海螺怎么送呢？我说：“要不谁最小送给谁吧。”她想了想说：“不行。”我说：“那怎么送？”她拉着我的手说：“一个送给乐乐，另一个送给乐乐边上的那个哥哥。”我顺着她的手一看，乐乐边上站着的正是刘的儿子。

住在楼下的老人在门口摆着一些爆竹、烟花及香火、黄表纸等，女儿看见其中有一些冥币，很好奇，要买一些，我就买了几捆带回了老家。大年三十的晚上，父亲在烧香，女儿把那些冥币一张张地扔到火堆里去，很认真的样子。天渐渐地黑了下来，我和父亲把从镇上买回来的一个大烟花抬到门口的空地上，点燃了引信。五彩的烟花在夜空中绽放，绚烂，只在瞬息之间。从升起到落下，从诞生到死亡，从亮丽到黑暗，只是刹那间，原本的黑暗又复归黑暗，但是现在的黑暗已经不是原来的黑暗了，因为有一朵烟花曾经在这里绚烂地绽放过。女儿仰望着美丽的夜空，看得出神。

我想，生命何尝不是如烟花？虽然短暂，却灿烂无比。一个人的生命在历史的长河中，何尝不是一个烟花弹，如果只做一个哑弹，光有华丽的包装，而不能绽放出自己的美丽，那有什么用呢?!

2009 年 1 月 31 日

不长大真好

今天女儿学好舞蹈我没时间送她回乡下，我向她解释因为中午有事，有省里的领导要来。她嘟着个嘴，一脸不高兴。

她忽然说道：“我真的不想长大！”

我问：“为什么？”

她说：“长大不好，像你一样这个事儿那个事儿，这么烦。”

我无言。心下想，不长大真好，我也想不长大。

昨天还在金华日报上看陈集益老兄的作品《城市里的马群》，其实写得就是我们。自己都成了一匹只知道跑的马了，都成了一台跑步机器了。忽然想起李渔，他曾写过一副对联“名乎利乎道路奔波休碌碌；来者往者溪山清静且停停”。人世间其实是一个大花园，美丽的山山水水，我们到这里只不过是单程旅行，不可能来第二趟，可为什么偏偏不知道欣赏风景，只知道去制造一些“文明”的垃圾呢？

不长大真好，在女儿的眼里，世界永远是那么的美丽，那么的可爱，那么的无忧无虑。

2009 年 7 月 28 日

吃哈密瓜会让我想起幼儿园的日子

又是周末，女儿因为一直不肯去乡下，我也因此好久没去乡下了。今天因为弟弟回来了，于是想回去下，征求了女儿的意见，她说不想去，我试着说服她，她还是没同意，最后我说："你每天都有爸妈陪，我总也要回家去看看我的爸爸妈妈的吧！"她想了想，觉得有理，说："好吧。"又说："那我要先去超市买个太阳帽来。"

到了超市，没找到她想要的那种太阳帽，只买了一个过家家的玩具。后来在水果区，问她买什么好，她说买哈密瓜，我一吃哈密瓜就会想起幼儿园的时候。呵呵，女儿下半年就要上小学了，她倒是开始怀旧了。

一路上，她一直与我探讨几个问题，一个是为什么轮胎是圆的？这个其实已经跟她说过，一提起她就想起来了，因为三角、四角、五角的都不能滚动。第二个是叶子为什么会不一样？我说就像人长得都不一样，要不然全都一个样，谁都认不出来，树也一样。如果全是一个样，世界会很单调。植物也有自己的个性，有的会掉叶，有的不会。女儿说："树也有个性啊？"我说："当然。比如有的怕热，夏天会晒死，有的怕冷，冬天会冻死。"女儿说："哦，我知道了，冬天白茫茫的一片，就剩下松树一种绿色。"我说："还有一种是红色，那就是梅花，它是不怕冷的，叫寒梅。"接着我们又探讨了为什么会有美与丑？我说这是一个相对的问题，是你拿什么东西来参比的问题，也举了具体的例子。还有为什么房子会有新与旧，有的造得好看，有的难看？我说："新旧是时间的问题，好看难看一个是设计的问题，一个是审美观的问题。"我问她："爷爷家的白墙黑瓦与那种红瓦的洋房哪个好看？"女儿觉得白墙黑瓦好看。还有为什么电视里会有仙女、魔力，还那么逼真？我说那都是编的，那些飞翔啊，变身啊都是特效的，你长大了也能做。世上没有七仙女、魔法什么的，那只是人们的想象，是人们心中的一种愿望。你也能做到。女儿闭上眼睛说："我闭上眼睛感觉你的车在飞翔，睁开眼它就在地上开。"嘿嘿嘿，女儿的想象力还是蛮不错的。

呵呵，与女儿探讨问题我觉得还真是挺有趣的，她的一些想象能赋予我一些童真的东西，我也希望自己能帮她对这个世界的一些疑惑慢慢地解开。就写到这吧，女儿现在正一个人在图书馆看书呢，我等下还得信守诺言，带她去游泳哩。

2008 年 7 月 26 日

四颗星是怎么扣去的

早上送 7 岁的女儿上幼儿园。今天是玩具分享日，在家里她要找一个方纸本，说要带学校里去。没找到，我答应她去文具店买。

买来后，路上，女儿一手拿着星星纸，一手拿着方纸本，说："我上次带的星星纸，一大群人围着我，别人的星星纸是不发光的，我的发光的。我的方纸本也很多人围着我，现在很多小朋友都有了。"

我说："你给他们了吗？"

"给了，星星纸好几种颜色都只剩一张了。"

"哦。"

"我给别人，别人如果不跟我好，我就把它拿回来。"

我大吃一惊："你怎么可以这样，做人要大度一点儿，给人家了就不能要回的，要么就不给。人家跟谁好是他的自由，你跟别人都要好，不能跟这个好跟那个不好。”

“我给×××，他不跟我好，我也不拿回来的。”

“为什么？”

“因为他都会跟我玩的。”

“哦。以后不许这样，给了人家东西都不能要回的。”

“嗯。”

隔了一会儿，女儿眼望着车窗外说：“爸爸，有件事情我真不知道该不该跟你说……”

我说：“什么事情呀，你说。”

女儿说：“我扣了四颗五角星……”

“啊？怎么扣的，说说。”

“有一次，我午睡没睡，扣了三颗……”

“还有一次呢？”

“还有一次，老师没说去拿茶杯，×××去拿茶杯，别人也都去拿，我也去拿了，就被扣了一颗……”

“你怎么不自己想一想呢，是不是可以拿的？老师说了没有？就跟着别人去拿？”

“我其实也想过的，没听见老师说，但我想可能是×××听见老师说拿了……”

“以后要听清了，想一想，不要跟着别人走。那午睡怎么不睡呀?”

“睡在我边上的×××老是来吵我的……”

“你不会跟他说的呀。”

“我说了，他还是吵……”

“那你就跟老师说。”

“我也说了，老师走了，他还是来吵的……”

“唉，现在这些孩子啊……”

每次，与女儿交流都是一种童趣与天真，既好笑又惊奇，有时候真不知道她这些想法是哪儿来的。但是每一次，我都试着与她进行平等交流，尽量以她的眼光去看待同一件事情，这样交流起来她也容易接受。我相信，在这样的交流与感知中，她会慢慢懂得一些道理，学会思考，学会做人，在慢慢成长中不受一些污浊的思想侵蚀。愿女儿在健康中成长！

2008 年 6 月 6 日

童言无忌

——女儿的那些趣事

1. 吃奶

女儿刚出生的时候很爱哭，特别是晚上，嘴一吸奶就不哭，一拿出来又哭了。有时候我就抱着她在地上来回走，走两步就闭着眼睛不哭了，刚一坐下她又哭了。这样折腾了一个月后，到医院里一称，比出生的时候还轻，医生一看说是饿的。从此改吃奶粉，晚上也不再哭了。至今每天睡前仍要吃奶粉，养成依赖性习惯。有一次妻买了一个假奶头，她要睡时塞到她嘴里，她吸了半天，似恍然大悟，一把扔掉，说："这个没有的！"

2. 吃药

女儿小时候怕苦不怕痛，跌倒在地从来都不哭，生了病宁愿打针也不愿吃药。有一次感冒引发肺炎，在医院里住了一个多月，吃药都吃怕了，见了汤匙就躲。有时候没办法只好化到奶粉里吃，可是她一吃苦的就说："这不是奶粉。"没办法只好又加糖。医生说这样会减药效，就只好拿来灌。狠狠心捏住她的鼻子好不容易灌下去了，一放手她就低头干呕几下，然后"哇"地一下带药连饭一块吐出来。吐出来她就笑嘻嘻了，让你拿她没办法。你问她吃药还是打针，她说："我打针好了。"有一次让护士连打了四针才打进去，妻子心疼都流泪，她愣是没哭。

3. 吃饭

女儿吃饭爱动，有时候吃了一口饭要下地跑上两圈再来吃。前不久看了《我的兄弟姐妹》，学齐天的养父母教育孩子吃饭不能说话，不能乱动。开始她还好好的，没一会儿就唱了起来，她说："我不说，我唱好了哦?"我说也不准唱。她停了一会儿又手舞足蹈起来，她说："我不唱，我跳舞。"

4. 吃零食

女儿从小就不肯吃饭，爱吃零食，而且嘴馋，见了人家吃的都想要。有时候出去看见人家吃东西她就会跑过去，用小手指着人家手上的食物问："这是什么呀?"人家就明白她是想吃就分她一点儿。而有时候她手上有吃的人家小孩想吃的时候，她就会说："这东西很难吃的!"或者说："很苦的!"

5. 上幼儿园

我不知道她在相貌上有多少像我，但在脾气性格上是越来越像我了，而且连生活习性也像我。我晚上要写东西睡得都很迟，她也是晚上不肯睡早上不肯起的，上幼儿园常常被关在大门外。每天早上我说她是小懒虫，她就会说我是大懒虫。她逢人就说："上幼儿园很辛苦的!"我问她什么叫辛苦，她不语，我真不知道她是怎么想出来的。为了让她按时起床，每天七点半左右，打开浙江教育台播放动画片给她看。有一次睡过了，打开电视动画片已播完了，她硬是不肯起来说动画片还没播呢。

6. 失职

问女儿："昨天汪老师说老妈了？什么事啊？"女儿答："家长不尽职呗！"问："为什么不尽职，肯定是你自己没做好啊！"答："那要家长督促的呀！"问："为什么这么大个人还要督促啊，你瞧人家，像你这么大，有演影视的、参加表演的，还有出书的，难道都是督促出来的？要靠自觉呀，从小养成自觉的好习惯呀！……"

7. 外国语学校

父："明年就读初中了，实验太远了，不接送又不放心，接送又不便，你还是读育才吧，离家近点儿。"女儿："不行，实验同学多，到了育才都不认识。"父："那岂不是更好，可以多交一些同学。"女儿："还是不好。"父："那要不读外国语学校吧，咱外国的学校念不起，就读外国语学校吧！"女儿：……

8. 素食

好不容易推了饭局回到家里，想吃点清淡的，不料是两盘肉，女儿有滋有味地正吃着。我自己动手炒了个青菜，吃完赞道：“素食真好！”女儿：“真的？我看你鼻孔都张开了。”问：“何意？”女儿：“说谎啊，说谎者心跳加快，鼻孔扩张，瞧你这肚子，难道真喜欢素食？”唉，说真的，我最喜欢红烧肉啊。

9. 迟到的事

早上又迟了。女儿：“老爸几点了？”父：“7 点 40。”女儿：“啊！都 7 点 40 了喂！”父：“这时间又不是我拨快的，是它自己走的。”女儿：“那你就不要说话了呀，开快点儿！”父：“是你先说，我不回答不礼貌的呀。”女儿：“那你可以不把我当人的呀。”父：“啊，那你是猫？是狗？那就不用上学了。”女儿：“一个人在家太没伴了！”

10. 压轴节目

女儿班里要搞文艺汇演，刚开始她对自己班上的节目没信心，后来看了别人班准备的节目更差，信心大增。比赛这天，我问：“有信心吗？”答：“有，另外那个班写钓鱼岛的，穿一身海军服，我们前排穿班服，后排穿校服。”问：“家长可来看吗？”答：“可以，随便什么时候来都可以，反正我们是压轴的。”

11. 没水平

女儿：“老爸你没来看比赛绝对一大遗憾，那个钓鱼岛节目太爆了！”父：“你不是说很烂吗？”女儿：“网上的是很烂，没想到他们这么爆，只有这节目的掌声是自发的，其他都是老师领鼓的，他们绝对一等奖！”父：“那你们的节目呢？三等奖会有吗？”女儿：“应该会有吧，没有的话那评委也太没水平了。”

12. 版权费

女儿看见我把她的语录发至微博说：“你无不无聊啊？”我：“我这是公益传播。”女儿：“你得付我版权费！”我：“要是有出版商找我出版，稿费全给你！现在没有。”女儿：“不行，也得给！”我：“我这是公益传播啊，我也没得到稿费啊？叫我给什么？”女儿：“那就不能发！”……此事终未有结论，反正先拖着。

13. 扫盲

学校布置要女儿去溪西街做扫盲社工，我说你带点水果吧。女儿："为什么?"我："不要为扫盲而扫盲，像客人一样上门容易交流，要不然人家不配合就先把你扫出来了。她第一次去不在家，第二次去把水果落同学家了。说明来由后老人说以前扫过盲了，现在认字了，所以扫盲试卷不来做了。"我说："是吧，没带水果被扫出来了吧?"

14. 一字千金

昨日老婆把微博之事又跟女儿说了，说我无聊，女儿有了后盾就说："给钱，一个字一万块。"我说："你掘金矿啊?"女儿说："一字千金懂不懂?还作家呢，收你钱说明你文章值钱啊!"我一想对啊，我的文章要真值一字千金就不得了了。转而一想不对啊，那要她给我钱才对，竟然让她偷换概念了!

15. 第一件事

女儿在打电话，只听她说："你猜我爸看到第一件事做什么？对了，拍下来上网。”听她挂了很好奇问看什么？她拿出一本子，上面画了我家养过的三只狗，我拿起手机就拍，不拍就不是我了。女儿：“我说吧，又要拍下来上网了吧。”说完赶紧把本子抽走了。

16. 特权

女儿说对六某班特别反感，说他们是否有特权，人家每个班都是 2 个大队委员，他们班 3 个；线描比赛人家每班 6 人，他们可以 7 人，别人都不好带参考书，他们带了一大沓，还画得比我们差，他们二等奖，我们三等奖。我说：“是你的欣赏眼光问题吧？”她说：“他们班的人都承认我们画得好，有特权。”

17. 班上的男生

女儿说：“班上的男生说话都娘娘腔，都怕班上的女生。还有黑板擦让隔壁班拿走也不敢去抢回来，还有扫把什么的也会被拿走，就知道起哄，真去拿又不敢了。班上的女同学却是女汉子，一下子就抢回来了。”

18. 奖牌的意义

女儿说："老师叫我们去任课老师那去拿奖牌，我们只拿了几块，就被老师骂了一通，说我们老实，不多拿几块，难道老实不好吗？"我问："什么奖牌啊？"她说："就是哪个班优秀就给一块。"我说："那岂不是每个班都有了，有什么意义呢？"她说："是啊，开始还觉得有意义，后来我们都觉得没意思了。"

19. 好看不好看

女儿说："最近某某家长在老妈面前夸我服装好看，老妈就跟我来说她选的衣服好看，其实还不都是我自己选的呀，她选的都是黑的，她自己穿黑的，把我也要穿成黑的，那天那个店里的阿姨都说老妈穿得这么职业，还说她干练，精明。她还买花花绿绿的，又不好看。"

20. 当"叛徒"

女儿说："班里的某某同学家长跟老师说，他每晚十一点才做好作业，老师就叫他去他妈妈班里读了，说把这毛病改过来再回来。他这是第二次转班了，上一次老师产假他也是去妈妈班的，这是‘叛变’，长大了肯定会当‘叛徒’的。”

21. 二没一好看

女儿说：“最近班里同学一听到什么‘爸爸’‘去哪儿’这些词就会兴奋得脸上开花，说个不停。”我问：“你呢?”她说：“我看都没得看（因为在做眼睛护理），她们来问我，我就说我没看过，好像特别尴尬。”我问：“你觉得好看吗?”她说：“我就看过第一季，不过第二季肯定不好看的，反正二都没一好看。”

22. 不适合

路过篮球场时女儿说：“我到目前只进过一个球。”问：“怎么进的?撞到板上，弹进环里转了一会儿又弹出来了。”问：“那还是没进啊?”答：“那不算的话一个都没进过，这不适合我。”问：“那适合什么?”答：“都不适合，我可能不适合这个世界。”

23. 没作业

一次拔河比赛回来，女儿说："隔壁班的口号你绝对想不到。"问："是什么？"女儿："没作业没作业！他们老师答应赢了比赛就不布置作业。"问："结果呢？"女儿："当然是第一名了！我们就没人敢去建议，竟然还有一个建议，如果输了全部上数学课，我晕！"

24. 你爸有病

昨天女儿做作业至晚上十一点，我把时间写上。今天问她老师写了什么批语？她说："四个字！我说哪四字？"她说："你爸有病！"我不信，去看了，是学会安排时间六个字。她笑："这么笨，一下就让我骗了！"过一会儿，她有题目要问我，我说："我笨还要问我？"她说："我是故意考考你，看会不会做！"

25. 找理由

女儿说周末要跟同学出去玩，我问："又有谁过生日了？"

答："不是，是要过圣诞节。"我不解，"圣诞不是过去了?"答："那天我们上学，今天是补过啊!"我说："这是洋人的节日有什么好过的。"答："哎，我们无非是找个理由一起玩呗!"

26. 手艺

女儿："今天她们又说起我的生日了。"父："怎么会说起呢?"女儿："反正是先说 A 的生日，然后说 B 的生日，后来说来说去说起我的了。"父："你的生日还早呢!"女儿："我过生日最受益的人是你。"父："为什么?"女儿："你看，我过生日，你又可以展示厨艺，又可以展示茶艺。"父："啊，这也算？我有点儿晕……"

27. 开心的事

女儿："这周好开心!"父："有什么开心事?"女儿："没有周记。"父："是不是还有考 100 分?"女儿："我才一个，好多人都是，有的都两个 100。"父："92 也不错!"女儿："我们班学霸考九十几都哭了。"父："那种心态要不得，那考差点儿还不自残?"女儿（笑）："是呀，所以我都开心。"父："但你也不能得意，要有颗平常心。"

28. 赖床

早上女儿与同学约好九点半在校门口集中出去玩，到了十点还没起。我问她，她说："其实我八点就醒来了。"问："那为什么不起呢?"她说："叉叉打来说，她也不想起床，好舍不得这暖暖的被窝。"我说："那就在床上梦游一下好了。"等赶到时另外两个同学都等了很长时间，我说："你真牛，应该当班长!"

29. 淡定不了

早上对女儿说："今天是 2013 年最后一天，祝你快乐哟!"只听她在车后座突然敲起了前椅的靠背，有点烦躁的样子。我："怎么？今天要考试?"女儿："不是，是发试卷!"我："昨天没考好？要淡定！哪怕考得再差，靠敲两下 60 会变 90?"女儿："我是淡定了，可是老妈不淡定啊，老师不淡定啊!"

30. 不要做木头

放学见她无精打采样就问她："怎么有心事?"女儿："明

天同学过生日我不去了！”父：“怎么了？”女儿：“问了她几次随便的样子，好几个都不去了。去年她也是约了十来个结果去了没几个。”父：“那是她组织能力不够，要事先想好方案。组织、自立、心态调整三大能力比成绩还重要！”女儿：“自立是什么？”父：“比如爸妈不在家，你自己能想办法不饿着，你在路上有人拐骗，能自己脱险等。”女儿：“那我有这三种能力是不是不用上大学了？”父：“不是说有能力就不用上学了，而是能力更重要，如果是又有能力读书又好，那就是国家栋梁了！”女：“我才不要做一根木头呢！”

31. 抄作文

女儿：“今天老师发慈悲，叫我们抄一篇作文！”父：“作文都是从抄开始的，就像书法也是从临帖开始的，但是要会抄，抄的时候要去领悟别人写的意图与方法。老爸第一篇作文就是抄的，还记得题目叫《我家的大花猫》，老师给了98分，还问我写得这么好是不是抄的，从此后，我信心大增！”女儿……

32. 找同名诗

女儿：“我们班有个同学很搞笑，一次老师叫大家找同名诗，大部分同学都找杜甫的《绝句》一、《绝句》二，他以为要找与自己名字相同的，就跟老师说没有的，老师都懵了。还有一次造比喻句，小学生挂着红领巾改成比喻句，他说小学生挂着红领巾，就像挂着一条蛇，老师都傻了。”父：“蛮有想象力。”

33. 反击

女儿：“体育课老师教我们如果有人拎脖子怎么反击，有两位同学学得特别认真，因为他们经常被老师拎脖子的，下午果然又被老师拎了脖子，我们希望他能反击。”父：“结果呢？”女儿：“没有结果，课后问他想过反击没有，他说我在想象中已经把老师摁在地上N次了。”父……

34. 泼冷水

女儿：“这些天天天考试，每次都是六面的试卷，因为多最后一面作文都不用写的，今天发下来一张只有四面的，我们正高兴呢，今天这么少，没想老师忽然说还要写作文，真是郁闷，为何不让我们高兴一下呢？要不就在我们高兴之前就说要写作文的，偏要等我们刚高兴了来泼一盆冷水。”

35. 老师累不累

女儿："这几天每天都有科学，今天好不容易下午有节音乐课，科学老师对班主任说这节课给她科学考试好了，结果班主任也同意了，老师怎么也不累的呀，礼拜二科学，礼拜三科学，礼拜四科学，礼拜五还要来考，还要占我们的音乐美术课，累不累呀？"父："这确实太不科学了！"

36. 少数和多数

隔壁又在门口倒建筑垃圾，我打电话物业，然后对女儿说："看，这就是中国式犯错，有了第一个倒垃圾，就有第二个，大家都认为这里可以倒的，就都倒这里，就像有时候停车，见有人停也停了，结果全贴罚单。"女儿："我在校门口也看到过前迟到的见到后迟到的就说，看还有更迟的！"父："中国式犯错是明知错还要跟着犯，罪加一等！"女儿笑："中国不是有句老话，少数服从多数嘛！"父："中国还有一句老话，真理往往掌握在少数人手里！"女儿："那如果考试全班人选了 A，只有我选了 B，那你说是我对还是他们对呢？"父："这……这要看具体情况啊。"女儿又笑："那等于没说！"

37. 秘密

看到女儿桌上有个卡片，一直看不懂上面文字与字母的意思，问她，她窃喜说："自从我发现你有偷窥的爱好之后，就决定用字母与暗语了，你绝对猜不出的。"我说："这字还能猜个大意，这上面一排字母打死我也猜不出。"她说："你当然猜不出，有几个我都忘了！"我……

38. 没准头

女儿："老师扔粉笔头也太没准头了，每次都扔不到的，有一次很好笑的，弹了三次，我看得很清楚，扔某某某的时候，扔到了后面的某某额头上，然后弹到前面的某某后脑勺，又弹到后面的桌上。"父："这是一箭双雕。"女儿："今天我也被弹到了。"父："哈哈，这老师确实是太没准头了。"

39. 孔子说

老妈在给女儿穿衣拉拉链的时候没拉上去，女儿："孔子说过要有耐心。"父："孔子还说过早上要早点儿起来。"女儿：

“这分明是现代人说的，孔子说过早上要睡到自然醒。”父大跌眼镜：“孔子还说过这样的话？”女儿：“孔子嘛，就是恐龙的儿子！”父……

40. 摔碗

谈起各国的年俗，女儿说：“印度人真奇怪，要见面抱头痛哭的。”父：“倒没听说过。”女儿：“还有个国家更好笑，要摔碗的，把家里的碗碟全摔碎。”父：“这个好像看到过。”女儿：“那要是卖碗碟的，那还不亏死啊！”父：“哈哈，这倒真是个问题……”

41. 培根

女儿：“科学上说培根是科学家，数学上说培根是数学家，他到底是什么人？”父：“数学家也是科学家嘛。”女儿：“我们班的同学说他肯定是个美食家，或者是厨师之类的。”父：“何以见得？”女儿：“他上次吃了培根火腿肠，肯定是与美食有关。”父：“哈哈哈。”

42. 饱含热情

今天期末考试，早早地起床，我对女儿说："怎么样，保持一个良好的心态与饱含热情地去考。"女儿："考试还饱含热情？"我："你想啊，明天之后你就可以不用上学了，多好啊！"女儿："那有什么好，一个人待在家，无聊！"我："那你至少不用起这么早，可以睡到自然醒了。"女儿："那也不好。"

43. 死胡同

到了学校门口，我说："考试的时候动作要快，要考虑仔细了。"女儿："快了还怎么仔细啊。"我："要又快又细嘛！特别做数学题的时候，不要钻死胡同，要开放式思维，一个胡同里走不通就不要往下走了，换条胡同试试。"女儿："一般进了死胡同就掉不了头了。"我……

44. 三好学生

女儿回来说："某某某今天我看她一脸不高兴。"我："为什么？"女儿："因为没评上三好学生。"我："那很正常。"女儿："而另一个比她考得差的评上了。"我："为什么？"女儿："老师说因为艺术节的时候她妈妈有过贡献。"我："什么贡献啊？"女儿："出过钱……"

45. 不顺眼

女儿问："老爸，上海店多还是兰溪店多？"我："当然是上海了。"女儿："可上海街上看上去很顺眼，兰溪看上去就是不顺眼，感觉这个店是多余的，那个店又是多余的，反正有点儿乱糟糟的。"我："所以未来得靠你们这一辈来改造了。"女儿："那总不可能都拆了呀？"我："如果有实力没什么不可能的。"

46. 长得像

女儿指着正在建的嘉泰新时代广场问："这沃尔玛超市怎么跟对面的楼（世贸大饭店）长得这么像呢？"我："可能是因为他天天看着对面的楼成大，于是就越来越像了吧！不过有点儿不像，就是一个高一个矮，高的是兄，矮的是妹。"女儿："这也太像了呀，没特色。"

47. 夜景最美

夜里骑车经过兰江时我说：“你看，兰溪的夜景多美！”女儿问：“你说兰溪什么时候最美？”我：“夜里。”女儿：“为什么？”我：“因为夜里黑，看不见脏东西了。”女儿：“对的哇，什么垃圾脏东西一到晚上都让这些华丽的灯光掩盖了。”

48. 广告太假

女儿：“有个广告里一个小孩唱道，我家可以没有人民币，但不可没有好家具，这明显太假了呀！”我：“为什么呢？”女儿：“没有人民币，怎么来的家具啊！”

49. 角度问题

快过年了，到处都是鞭炮声。女儿：“我怎么只听到声音，看不到烟花的。”我：“声音与光哪个速度快？”女儿：“肯定光快。”我：“那为什么听到看不到呢？”女儿：“那是角度问题。”我：“应该是阻碍物问题吧。”

50. 放还是不放

现在网上都在倡议禁放鞭炮烟花，我问女儿："我觉得若是没有鞭炮声静悄悄的，就不像过年了，你觉得呢?"女儿："我也觉得没有鞭炮不像过年。"我："这是几千年来的文化传统，不管放还是不放，污染还是在那里，靠禁放一下鞭炮是治不了根的，少放点儿倒是真的。"

51. 达人与疯人

正在播放达人秀节目，出来一壮男，耸动着满身的肌肉，忽然"啊"的一声，衣衫分崩四裂，大块的胸肌抖啊抖的。我说："这都什么乱七八糟的达人啊，越来越没看头了。"女儿说："这哪儿是达人秀啊，简直就是疯人院!"

52. 广告与电视

正看着电视精彩处，突然镜头一转跳出来一段广告。女儿："知道以前电视与现在有什么不同吗?"我："不知道。"女儿："以前是电视（剧）看得好好的，突然会跳出一段广告来，现在是广告看得好好的，突然会跳出一段电视（剧）来，所以还是网上看好点儿。”我：“网上也有广告。”女儿：“网上总少一些啊。”

53. 遗言

女儿班里同学很怕一老师，今天回来说：“有一道题许多人都解不出来，有同学就鼓起勇气去问，说临行之前把遗言也写好了，财产分割也交代好，然后才去问。”我：“有这么夸张？后来呢？”女儿：“后来完整无缺地回来了。”

54. 薯条事件

女儿说了一个复杂的薯条事件：“甲突然送了包薯条给我，我非常惊讶；乙却要送薯条给甲，甲不要，要自己的那包，乙就用他的薯条从我这换回了甲的薯条，然后把它送给了甲；此事的结果是，乙送了薯条给我，而甲的送了一圈后，回到了自己手中。那么问题来了，你说甲到底送过薯条没有呢？”

55. 豪宅

下班途中看到一辆公交车后面写着一房产商的广告：“人

生从豪宅起步”。女儿说：“这怎么可能，等到豪宅的时候，我们已经止步了，除非是那少数的一些富翁还差不多。”是啊，如果人生真的都起步于富裕无忧之时，那他的终点又会落在何处呢？

56. 存档

女儿说起班里的两人打架，打着打着就突然——请注意是突然喂——突然就停下来了，然后坐在一起有说有笑地谈了起来，甚至联合起来骂别人，问他们怎么不打了？他们说，存档了！过一会两人又开了档，开打了！这真是太有意思了！

57. 满分

女儿 8 岁的时候，我带她在中洲公园参加了一个植树活动，叫希望之树，把心愿瓶埋在树根。六年以后，有一次她数学考试没考好，我突然想起这件事就问她：“你当年埋下的是什么心愿？”她想了想说：“好像是数学考 100 分。”我说：“你这次不是考了 100 分嘛，愿望实现了。”女儿说：“可满分是 160 分啊！”我说：“你应该写考满分。”女儿说：“谁知道还会有 160 分的呀！不是我没有梦想，实在是因为现实跑得比梦想快啊！”

梦见女儿走丢了

昨天陪女儿去兰一中游泳。晚上做了一个梦，梦见女儿走丢了，不知道她去哪儿了，然后我们一直找，一直等，一直没有回来。我心里一方面很恐惧，一方面又相信她一定会找回来的，相信她的智力。醒来一身大汗，看看身边的女儿还在，心里才算踏实了。

其实，女儿终究有一天要远走高飞的。

2008 年 7 月 21 日

洗浴人生

朋友送来几张洗浴票，扔下一句话说："要过年了，好好去洗一下，把一年的晦气都洗洗掉，来年会有好运的。"呵呵，好运倒是不敢求，好好洗一下倒是真的。这阵子忙，倒真的还没好好洗过澡，身上都发痒了。记得小时候，几乎整个冬季都不洗澡，到了夏天，身上都有一层灰壳了。过年了，好好洗洗，至少可以把一年的疲惫与不愉快的东西洗去。于是去乡下把女儿接来一家人一起去洗浴。

在洗浴中心洗起来到底比家里舒服，空气中充满着潮湿的气息，几个擦背的走来走去，口中不停地招呼着："要不要擦背，自己擦不干净的，过年了，好好擦个背，明天就没人擦了。"是呀，明天就是大年夜了，擦背人也要回家了。可是背上的污浊可以由别人擦，但心灵上的疲惫谁帮你擦。带着温度的水从很大的喷头里哗哗地倾泻下来，从头上、肩上、背上一直到脚底心，那种温热，那种放松，那种神怡，是很少得到的。真愿意一直这样下去。上午还与一个进入公务员队伍时间不长的朋友聊天，说起工作，无由的聊落，说自己真不适合这个队伍。

我只是想对这位朋友说，无所谓合适不合适，我们的一生都在寻找之中，如果找到合适了，那你就是这一行中的天才了，但是大部分人没找到合适的，那么我们要怎么对待自己的工作呢，首先是要认真负责，只要在一天，就认认真真地做好一天，不管有没有回报，不管别人对你是什么评价，只要认真，有责任心，有善心，并快乐，你一定会是优秀的。这其实是做人的最低要求了，但要真的做到这一点，在这个时代这个社会，却又是多么的难。这就是理想与现实的差距。

在新的一年里，从心里给这位朋友一个祝愿，给我所有认识与不认识的朋友一个祝愿，也给自己一个祝愿，平安而快乐！

2009 年 1 月 24 日

“老爸牌”豇豆馃

第二天就是全国高考的日子，几乎家有考生的家长都已经进入战前的准备状态中。女儿突然对我说：“我的高中生涯这么快就结束了。”她说：“感觉高中是最短的时间了，好像刚刚进去就结束了，以前的小学、初中都没这么短。”我说：“等到你到了老爸这个年纪时间就过得更快了，一下子就一年，一下子就一年，真是岁月如洪水，挡都挡不住啊。”

想想还是风里雨里送她上幼儿园的时候，在门口哭着闹着不肯进去，一转眼高中都要毕业了。眼看着那个扎着羊角辫的小女孩一天天地长大，跨过了 7 岁、10 岁、16 岁、18 岁。7 岁的时候我说，你上小学啦，是一个正式的小学生了；10 岁的时候我说，你已经从个位数到两位数了；16 岁的时候，我说，我已经完成抚养人的义务了，从法律上你应该对自己行为负责了；

18 岁的时候，你已经成人了，老爸像你这年纪的时候，已经离开父母独立生活了。

如今，真快临近女儿离开父母的时候，心里却开始有了些许失落。忽然想起余华写的《许三观卖血记》中，许三观年老的时候再去卖血，医生说他年纪太大了，他的血不要了，他呆呆地走出血站在马路上转来转去，一副失魂落魄的样子。我不禁对女儿说："以后老爸再也没机会到校门口接你了，只能骑个车去校门口溜达一下了。"

虽然女儿对自己的未来早就有了规划，但还是支持她去完成自己高中生涯的最后一个仪式，完整地走完一段人生。在这样特殊的日子里，作为老爸也应该衬托一下氛围，做点有象征意义的事，于是决定给她认真地做一次晚餐。于是问她想吃点什么好的，她却说想吃粥，吃白粥！女孩子就是爱美，小小年纪天天喊着要减肥，没办法，想好的美味佳肴没机会展示。那就挑战一下自己，给她做几个老爸牌的豇豆馃。虽然从没做过，却从小看着妈妈做，想想也不是难事。

家里找来找去，却只有二两左右的面粉，就这些了。先揉好面团，让它饧一会儿。接着炒豇豆馅，女儿走过来，看着锅里嗅了嗅说："看着就好吃。"这话说得，老爸心里乐滋滋的。二两面粉也只能够做三个馃，剩下的馅就当过粥菜了，一馅两用。

因为匆忙，面粉没放酵母发酵，做的馃显得厚实。女儿说：“够结实的。”但没说难吃，或许是脑子里只想着高考的事，没顾上好不好吃；也或许确实不难吃。

我说：“对啊，就像高考，要的就是结实。不管好不好吃，得给自己找一个好的托词。”

我说：“这可是我第一次做馃，我可把人生的这个第一次献给你了！”又补上一句：“或许也是最后一次了。”

女儿说：“怎么会最后一次？”

我说：“以后，你不在家，我也没做馃的动力了，这是专属于你的‘老爸牌’豇豆馃。”

女儿说：“等我大学毕业了回来也可以做我吃啊！”

我说：“等到那时候，还不知道你会不会喜欢‘老爸牌’呢？”

女儿说：“会的会的。”

不管喜不喜欢，“老爸牌”豇豆馃仅此一家，别无分店。

一代人在慢慢老去，一代人在慢慢成长。岁月在不经意间慢慢流失，而未来的脚步却越来越近。

2020 年 7 月 6 日

梦的摇篮

记得二十年多前的那个下午，父亲第一次带我去看实验小学，那是我这个乡巴佬平生看到的第一所城里的小学，它是那么的幽静，那么的宽敞，那么的漂亮。在一个教室窗前，我们看到一个漂亮的年轻女教师正在给孩子们上美术课，我后来一直呆立在窗前，看那些小朋友们画画，从心底羡慕这些城里的孩子，能有这么美丽的学校。那时候，我已经初中毕业，再也没有机会回到小学了。在那个下午，我也从父亲的眼神中看到了艳羡的目光，他一直在乡村小学教书，教室的窗户连几块玻璃都是残缺不全的，更不要说其他条件了。

二十年后，我女儿来到了实验小学，实现了我少时的梦想。再次踏入实验小学的大门时，发现这里又变了许多，那时的小树现在都长高了，操场的跑道改成了彩色塑胶，教室里都有了投影仪……在入学之前，我带女儿参观了附近的几座小学，然后让她选择学校时，女儿毫不犹豫地选择了实验小学。女儿从一踏入实验小学第一天起，就爱上了这所学校，我想我也是。学校虽然逐渐被城市的喧嚣与浮华所包围，但在我眼里，它还是像一个记忆中的初恋女友，依然保持着如我初见时的那种幽静，那种儒雅，那种兰质。无论是在清晨，还是傍晚，当我穿过那几棵高大的玉兰树，去接送女儿的时候，都会深深地吸一口气，那是一种城市别有的气息，那是一种书香与梦想的气息。

一切皆有可能，只因有梦。

有一次，我问女儿的梦想是什么，她说她的梦想是像小鸟一样飞翔。是啊，飞翔是人类最为本能的一个梦想。从生物学角度看，翅膀是飞翔的最基本的条件，那么人要飞翔，翅膀在哪里？我的理解是，一个翅膀是“德”，一个翅膀是“智”，而这两个翅膀最初的成形都是在小学里。我更愿意把实验小学校徽上那棵幼苗的两瓣叶芽看作是两个翅膀的雏形，飞翔的梦从此开始。

实验小学的老师们不但在孩子的“智”育上面倾注了很大的心血，在“德”育上面更是费尽了心思。二十年的办学经验，二十年的显著成效，社会有目共睹。近年来开展的“好书伴我成长”读书活动，营造“书香校园”，为孩子健康读书有了一个良好的引导方向；每个月的“无作业日”设置是学校践行“轻负、高质”的一种良好探索；文化艺术节的举办，是校园主题文化建设的良好举措。

一个学期下来，我发现女儿长高了、懂事了，更会思考了。“昔孟母，择邻处”，孟母为了儿子有一个良好的读书环境，三迁居所。我们所幸选择了实小，选择了这个梦的摇篮。我想，孩子们把梦种在实小的这个母体里，一定会得到良好的浇灌与抚育，在不久的将来，梦的叶芽一定会长成两只有力的翅膀，翱翔在祖国的蓝天里！

2009年3月10日

三十年的前世今生

弹指一挥间，改革开放三十年，三十年前的事恍若前世。

三十年前，我 7 岁，在村里设在祠堂里的复式班上小学，靠左边第一二列是一年级，第三四列是二年级，一个老师要教好几个年级；三十年后，女儿 7 岁，在城里最好的小学就读，十几个老师教一个年级。

三十年前，我背的书包是皮革的，上面还画有一个五角星，书包里只有语文、数学等几本书，背在身上还一跳一跳的；三十年后，女儿的书包我都看不出是什么材料制的，上面画的卡通人物我也叫不上名，包里的书更是沉得不得了，女儿背在肩上得弯着腰走路。

三十年前，我为了能奖到一支两分钱的铅笔，早早地起来自己炒冷饭吃后第一个抢到学校里；三十年后，女儿为了带一块钱去学校小店买零食可以赖在床上不起来，为了让她吃下一顿早餐还得做一番思想总动员。

三十年前，我除了过年，平时总是要穿父亲改小后的旧衣服，然后又传给弟弟、妹妹穿；三十年后，每一季妻子都会给女儿买回来很多款新衣，那些穿旧了的衣服不知道该如何处置。

三十年前，我回家得点着煤油灯做作业；三十年后，女儿可以用学习机随教随学。

三十年前，我跟着大人跑六七里地去隔壁村看彩色电影；三十年后，女儿一放学就抓着个电视遥控器不是按频道就是放碟片。

三十年前，我与伙伴们玩的游戏是跳房子、滚铁圈，玩用香烟壳做的三角包等；三十年后，女儿的各种各样玩具把房间堆得像杂物间。

三十年前，我和弟弟、妹妹挤在老屋里，三个人聚在一起就可以玩游戏；三十年后，女儿常常一个人待在空旷的房子里，只有周末的时候才有可能打电话约她的同伴来家玩。

三十年前，我们喝的饮料都是用井水烧的白开水；三十年后，女儿喝碳酸饮料担心气泡多，喝有色饮料担心有色素，喝杯牛奶还担心加了三聚氰胺。

三十年前，因为刚刚包产到户，而且还有弟弟、妹妹，父母都照顾不到我；三十年后，我们一家人都得围着女儿转，凡事都要以她为中心。

三十年时间似乎很短，又似乎很长，两相比较，如同前世今生，有好多东西都变了，也有一些东西没有变；有好多指数是增长了，也有一些指数是降低了；有好多以前连想都不敢想的东西现在都实现了，也有一些以前轻而易举就能得到的东西现在却变得难了。

或许时间就像一江流水，能让土地滋长出万物，也会卷走沙滩上遗忘的一些精美贝壳。但愿再过三十年，滋长的更多一些，遗落的更少一些，让我们的家园变得更和谐、更美丽！

2008 年 9 月 25 日

我的人生态度

与朋友闲谈，谈及处世为人原则，自我整理了一下，崇信以下九种人生态度：

1. 一日人生。昨天已经过去，明天还没到来，人生只有一天，那就是今天，过好每一个今天，做好今天的每一件事。

2. 快乐人生。人生苦短，开心第一，勿为杂务而烦恼，勿为小人而扰心，及时行善，及时行乐。

3. 敬业人生。坐其位，敬其业，负其责，思其危。不能占其位不尽其力，享其乐不尽其职。工作是一种美丽，奉献是一种幸福。

4. 平淡人生。清清白白做事，平平淡淡做人。友不求多，真诚就好；物不求奢，够用就好。

5. 距离人生。与人相处，保持距离，距离产生美。不可太近，近则怨；不可太远，远相忘。不远不近，相敬如宾，最为和谐。

6. 思想人生。用思想走路，用思想工作。学会用自己的脑袋去思考问题，用自己的脚步去丈量思想。同流不合污，随波不逐流，保持自己的思想不受亵渎。

7. 文学人生。文学是一生的信仰，不一定要成为作家，但一定可以用文学温暖人生，用经验与文字在心灵深处开辟另一个世界。

8. 尽善人生。给人方便，与己方便。对人以宥，对己以严。人以恶之，一笑而过，人以善之，永世铭记。知恩图报，尽善人生。

9. 敬畏人生。万事万物，皆因爱生，敬畏自然，敬畏生命，不贪不嗔，不怨不恶，友好相处，和谐共生。

2008 年 7 月 4 日

文学·信仰·识字农

或许是机遇使然，或许是命运安排，几个月前，我从文联调到了农业局，从农村里读书出来，转了一圈又回到了农业这条线上。在这之前，我曾经梦见过祖母，她一直冲着我笑。在这之后，我的祖父离开了人世。我不知道这是他们对我的某种寓示，抑或是命运的巧合？在我告知祖父我调农业局时，祖父已经不能讲话，他只是一个劲儿地点头与微笑。所以尽管我是早在年初就定下来要出版这本集子的，但在出版之前，还是一直忐忑着，一方面担心人家说我不务正业，但在任职后第一次下乡走在稻田间时，那种无比熟悉的气息，农民脸上那种无比亲切的笑容一刹那间浮现在眼前，那种久违了的温馨、朴素、憨厚的东西好像一下子找回来了，出版这本集子的决定便在那一刻决定了。

似乎每个文明产物的出现都会让人类丧失掉一些东西，包括网络也一样。

自从接触网络以来，也差不多有十年时间了，这十年间，我从懵懂到依赖，从菜鸟到网虫，网络让我懂得了许多，给生活和学习带来了很大的方便，也让我与这个世界的接触更加紧密了。但是它也让我失去了许多，比如激情，比如耐心，有时候竟感觉到自己已经退化成了一条虫，就像卡夫卡写的那样，在某一天的早晨醒来，发现自己变成了一只甲壳虫。有时候突然停电的时候，我会不知所措，不知道该做些什么？我对网络是坦诚的，是认真的，但是网络却经常给我一张冷漠的脸，一声狡诈的笑，我不知道那是谁的面具？为什么要这样？我究竟做错了什么？

我怀念没有电脑没有网络的日子，怀念单身时趴在木箱子的一盏台灯下看书写文章的日子，怀念童年在煤油灯下做作业的日子……那时候，我居在一个小木楼里，有朋自远方来，在木质的空间里谈笑风生，充满着五月的温情。那时候，我们一起去大云山看月，一起去江边看水，甚至在每晚十一点钟的时候去同一小吃摊吃同一种小笼包，为的只是去看一眼小吃摊上的那个女孩……月已隐去，水已东逝，那个女孩想必早就成了他人妇了，如今聊天都是在网络上，吃饭都是坐在包厢里，喝茶都是在茶楼里，上了班就关在办公室里做自己的事，下了班就锁在防盗窗防盗门里，足不出户，事不关己。

我不知道自己现在这种生活状态从何日开始，常常把黑夜当成白天，把白天当成黑夜。前几天参加金华的一个《中国新诗刊》沙龙，读到青山小兄弟的长诗《疯人院》，写得真好，几乎写透了世间的芸芸众生，整个世界就像一座疯人院。而诗人青山却居于一角，大学毕业，每月给人家打工只拿五六百块钱的工资，每天上下班经过豪华酒楼的时候，都会朝那儿多望几眼，不知道这疯人院里都在上演什么？还有一位诗人在快要迎来自己幸福生活（结婚）的时候，却被告知已是癌症晚期，这现实的打击却是来得那么措手不及，让诗人没有一点儿准备。但是他想通了，只有心爱的女友陪着他，默默地读着自己的诗稿，然后放下，又拿起另外一首，这让我想起了林黛玉。

诗歌不能充饥，网络也不能充饥。一夜醒来，昨日之事，恍若梦中。一直心仪的东西已经逐渐远去。现实还是现实，生活毕竟就是生活，一切虚拟的都会在白天到来的时候消失。

2009 年 10 月 29 日

QU KAN TAO HUA

去看桃花

Chapter 2 读书札记

把愤怒藏于孤独的内心，把慈悲付诸救赎的行动。愿我们每个苍生都能跟紧水生，不要在路上迷失自己。

西窗月下读盟史

说实在的，在入盟之前，对民盟的历史知之甚少。入盟之后，通过对盟史的阅读与学习，对民盟曾经有过的一段光荣历史有了更深的了解，对那些民盟先烈的悲壮之举更加敬仰，对自己身为民盟的一员有了更为强烈的自豪感与责任感。

因为读盟，所以爱盟；懂得越多，爱得越深。昨天是今天的历史，今天又何尝不是明天的历史？民盟有着光荣的过去，而今天，身为肩负着传承重任的我们应该何为？读盟史不光是为了了解过去，更多的是把握好现在。作为民盟一员，身处这样一个和平盛世，又该如何把我们民盟先辈用鲜血与智慧换来的宝贵经验与优良传统很好地传承下去呢？结合自己对盟史的阅读与学习，我认为，目前最重要的当需时刻保持一种危机意识，传播正、雅两种能量，担当道路、责任、文化三个自觉。

一是要时刻保持一种危机意识。中国有句老话叫作“居安思危”，越是安全的时候越要提防危机的来临。古代易经讲究太极变化，盛极必衰，否极泰来。我们民盟自 1941 年成立至今，历经沧桑，度过了一次又一次的危机。1947 年 10 月，由于国民党的翻脸，公然宣布民盟为“非法团体”，责令限制解散，并对部分骨干盟员开始搜捕围攻，直至 1948 年 1 月之后，各地盟组织才恢复正常活动。时隔近二十年之后的 1966 年 8 月，受“文革”冲击，民盟机关又一次被迫解散，这一次的危机伤害更为严重，大批的盟员前辈受到迫害，莫须有的罪名席卷而来，1970 年 11 月，在周恩来亲自过问下，才开始恢复部分活动，一直到粉碎“四人帮”之后的 1977 年 10 月，各民主党派才正式宣布恢复正常活动。现如今，我们正面临着一个前所未有的和平盛世，中共各级领导对民主党派工作更为重视。但越是这种时候，越要绷紧“危机”这根弦，它就像悬在头顶的一把剑，要时刻提防。在和平时代的危机往往不是别人，而是自己。平庸、教条、奢靡、享乐等这些无时不在的东西时刻会有侵蚀我们盟员的危险，时刻都会成为摧毁我们盟员参政议政能力的定时炸弹，从而形成我们民盟新的危机。有为才有位，无为就有“危”，就会被历史所淘汰。因此，我们应该时刻保持危机意识，做好自己的事，走好自己的路，作出自己应有的努力！

二是要努力成为正能量与雅能量的传播者。“正能量”好理解，是一种充满正义的、积极的、向上的能量。翻开盟史，从《光明报》的正义之声到《群言》的谏言献策，从闻一多的“最后一次演讲”到陶行知的“知行合一”，无一不让我们感到正气凛然，激情澎湃，浑身上下都充满了一种正能量。而在当今这样一个真假难辨、鱼目混珠的时代，作为盟员，如何辨别事物的真相，传播好社会正能量，对我们是一种严峻的考验。要多问、多思、多学、多做，不信谣，不传谣，努力做一个传播正能量的盟员。至于“雅能量”，是我从梁漱溟与毛泽东的“雅量”之争事件中得到的一点感悟，这是一种儒雅的、包容的、远大的胸怀与气度。梁漱溟为了追求真理，他在延安窑洞里与毛泽东彻夜长谈，在会场上为抵制“左倾”之风据理力争，在“文革”期间，他照样可以闲庭信步谈笑自如，照样可以淡定地打他的太极拳，在内心却发出“这个世界会好吗”的忧虑，这是何等的胸怀，何等的“雅量”！再看看我们的盟史，那些曾经留下深深足迹的民盟先贤们，张澜、沈钧儒、史良、费孝通等，何曾不儒雅？无论时局有多动荡，风雨有多急骤，白须、长衫、布鞋，仍然保持着一种清雅自如、一尘不染的淡定形象，这我认为就是一种非常难得的“雅能量”，是非常值得我们民盟后辈学习与传承的。

三是要主动担当道路自觉、责任自觉、文化自觉等三个自觉。道路自觉就是坚持和发展中国特色社会主义学习实践活动。我们民盟从 1941 年 3 月 19 日成立那天起，就一直与中共站在一起、想在一起、干在一起，后来也是众多民主党派中最先站出来响应“五一口号”的。我们不会忘记，在开国大典上，我们的民盟张澜主席长髯飘飘地与毛泽东主席站在一起，就像生死与共的两兄弟，肩并肩地站在一起，那一刻被永远地凝固在历史的记忆里，也成了我们始终坚信中共的领导，并与之同心同德、同向同行的历史见证。至于这个责任自觉，源自张澜主席的一句话：“责在人先，利居人后。”看似平常的八个字，说起来容易，做起来何其难，需要一种自信和一种自觉。费孝通主席也说过，盟员要为人民“出主意、想办法、做好事、做实事”；为人类教育事业奉献一生的著名教育家陶行知也说过，“人为一大事来，做一大事去；捧着一颗心来，不带半根草去。”我们民盟先辈的这种强烈的忧民责任意识与范仲淹“先天下之忧而忧，后天下之乐而乐”的思想如出一辙。这种责任意识应该成为我们每个盟员的自觉担当，成为我们工作中的一种鞭策与航标。最后一个担当是文化自觉，这是从我们民盟的教育文化特色考虑，而要求我们对中华优秀文化传承所必须做到的历史选择。费孝通针对中西方的文化交流说过十六字：“各美其美，美人之美，美美与共，天下大同”，奉为经典准则。天下大同是当下文化发展的一种趋势，但这并不是一种简单的雷同，而是一种美的相互渗透、融合与并存。现在许多地方把自己的传统文化遗忘、丢弃，把一些外来的、糟粕的文化却奉为经典，无论是古民居的拆毁、城市的规划、新农村的美丽建设，很多时候会因为对“美”的片面理解而出现了对美的毁灭，对丑的围观与推崇，这是非常需要警惕的！对我们盟员来说，主动担当文化自觉，为建设“两美浙江”是义不容辞的责任与义务！

西窗月下读盟史，成长路上照肝胆。夜深人静的时候，泡一壶暖暖的茶，捧一本厚厚的书，阅读一段波澜壮阔的盟史，感受一种别样的人生，何尝不是一件幸事？

第七天：死无葬身之日

——读余华新作《第七天》

在那个以闷热预告酷暑即将到来的周六下午，我接到快递的电话，说书到了。我知道是余华的《第七天》到了。那时候，我正坐在公园的长廊里等女儿。女儿每个周六都要参加课外辅导，一周里面只有第七天没有课程与辅导。而余华的“第七天”又是些什么呢？我坐在公园的长廊里迫不及待地读了起来。

全书七章13万字，不算长，但阅读起来却并不轻松。里面的情节似乎是那么的熟悉，几乎都是近几年社会上发生的惊人事件的复制。但这种复制又不是简单的山寨模仿，而是经过艺术提升的重现。余华让这些“风云人物”出现在一个让我们感到陌生的地方，既不是现实生活中，也不是地狱或天堂，而是从现实通往地狱或天堂的一个途中驿站，这个驿站叫什么？书中写道：

他问："那是什么地方？"

我说："死无葬身之地。"

这让我们读起来又是如此陌生。因火灾事故而被瞒报的冤魂，被当作医疗垃圾扔到旧水沟里的弃婴，被强制拆迁而掩埋在地下的死鬼，为贪图享受而转嫁豪门的前妻，为生活奔波一生的父亲，为男友买山寨苹果而生气跳楼的鼠妹刘梅，为女友死后能买块好墓地而卖肾的底层蚁族伍超，因冤案而奋起袭警双双致死的对头冤家张刚与李姓男子，所有的这些人都集中在这个"死无葬身之地"，他们因买不起价格涨得比房价还贵的墓地而滞留于此，天天憧憬着幸福生活的到来，直至身枯肉烂。小说中，那对现实生活中的冤家张刚与李姓男子在那个"死无葬身之地"下了十年的棋，不断地悔棋、下棋，没完没了，"他们之间的仇恨没有越过生与死的边境线，仇恨被阻挡在了那个离去的世界里"。他们希望的这个"死无葬身之地"应该是"树叶会向你招手，石头会向你微笑，河水会向你问候"，"那里没有贫贱也没有富贵，没有悲伤也没有疼痛，没有仇也没有恨……那里人人死而平等"。

上帝用六天时间创造了人类所需的一切，到第七天的时候开始享受这一切带来的安然与幸福。而人类接受了上帝的恩赐之后，同样用了六天时间以无比的绝望摧毁掉这一切，到第七天以无比的惶恐迎来死无葬身之日。我想这正是小说家余华试图要告诉读者的东西。所以有人说，它比《活着》更绝望，比《兄弟》更荒诞。余华自己也说，与现实的荒诞相比，小说的荒诞真是小巫见大巫。

现实的荒诞见证了小说的荒诞，小说的荒诞又再一次山寨了现实的荒诞。这样的一个貌似“山寨”小说对余华的拥趸来说，无疑是一种失望。但好小说的标准又是什么呢？是华丽的辞藻？还是美丽的构造？就像现代城市里雨后春笋般冒出的一幢幢华贵高楼？我觉得好小说的唯一标准应该是“良知”，一个富有良知的作家写出一部富有良知的作品，那就是好小说！

余华还是使用他一贯的第一人称与倒叙写法，而语言却更趋原生态化，不加任何作者情感修饰，没有任何技巧手法，就像一个垂垂老朽在回忆他的一生，你却看不到他脸上的任何表情。小说更像是一位画者在描绘一幅现实市侩图，而这幅图恰恰就是现实社会的一面镜子。我们一直生活在镜子的背面，看不清自己的真实面孔，用所谓的利益贪图与业绩麻痹自己。当有一个小说家站出来，把镜子的正面转给我们看时，我们顿时傻了：那是我们吗？

在那个下午，坐在公园长廊的长椅里，我思考着从来没有思考过的一些问题。不远处坐着几个老人，他们不无担忧地讨论着这个城市的生存环境、气候变化与就业的艰难。

人无远虑必有近忧，这是上辈人告诉我们的一个道理。

上帝第七天迎来了美好的一天，而人类第七天将迎来毁灭的“死无葬身之日”，这是余华告诉我们的一句谶语。

《第七天》的开篇中写道：“浓雾弥漫之时，我走出了出租屋，在空虚混沌的城市里孑孓而行。我要去的地方名叫殡仪馆，这是它现在的名字，它过去的名字叫火葬场。”那么现在，我们要去的地方是哪里呢？

2013 年 11 月 4 日

为谁守护

——读张平新作《生死守护》有感

很久没有这样酣畅淋漓地读完一整本小说了。

常常是读了个头就摊在那里，过了很久，还是翻着那一页。在短视频的快餐时代，时间被碎片化，难以静心读书了，况且也很难遇上一本好书。

《生死守护》是作家张平的一部新作，一部很好读的书，却又是一部很难读的书。好读的是故事，难读的是思想。

我花了一天多的时间读完这部四十多万字的作品，掩卷之时已次日凌晨三点多，窗外的城市已经沉到夜的最底层，像死去一样，但很快便会又慢慢浮将上来。

我呆呆地望着黑暗的天花板，心情久久不能平静，一点睡意都没有，脑海里满是书中人物的情节。只要一闭上眼，书中的那些密密麻麻的文字就成了马家园棚户区那些密密麻麻的格子户，成了龙飞大道南翔胡同43号地底下那一个个深不见底的黑洞，整个身体似乎要往下掉，猛一睁眼，仍是黑黑的夜空。

其实小说并不复杂，全书围绕龙兴市为了适应形势发展，要打通一条想了多年却一直未能启动的龙飞大道，政府官员、企业老板、文物大盗等各色人等一起出场，为了在大道修建过程中获取自己的最大利益而想尽一切办法、动用一切关系、用尽一切手段，阻止，或推进这个项目，成了两股相冲的力量，相持不下。

政府官员这条线是主线、明线，市委书记田震为了在任上做出点政绩，在省委副书记的点拨之下，决定拿下历届都没能拿下的龙飞大道。他超常规提拔县长辛一飞为常务副市长，主抓修路工程，却不料还未上任，便在人大常委会上以半数少一票而落选。仗还没开打便种种的明枪暗箭齐发，矛盾重重、艰难重重。辛一飞当然知道这个历届市委都未能拿下的龙飞大道会有多难，但实在想不到会有这么难！先是选举落选，然后是三千万的赃款事件，接着又是文物事件、一百万的礼金事件、篡改档案年龄事件，等等，全是子虚乌有的栽赃造谣，但这些事件却惊动了省纪委、中纪委，最后查出了一个特大清官，还给辛一飞一个清白，但因此而造成的损失却已无法挽回。

云翔集团的靳如海是另一条暗线，一直隐藏在辛一飞的背后，却把手伸进政府的各主要部门，各个方面的头头脑脑们在他这个巨大的利益集团里面都有投资、有利益食物链，所以整个龙兴市也只有财大气粗的靳如海敢在风口浪尖胡作非为。为了让自己的非法所得不受影响，不但可以鱼肉百姓，而且还一层层、一道道、一圈圈地想方设法设计陷害辛一飞，甚至不择手段、不计后果。出来混总是要还的，靳如海最终却落得红颜成植物人、自己入狱花落楼空的结果。

文物大盗崔铭化、崔晓剑父子是一条辅线，花了几个亿的血本，购置大量土地与项目只为掩饰从郊外挖一条地下通道，穿过大半个城市，寻找当年的皇家通天寺里的稀世珍宝。而同时与之斗智斗勇的是由公安局副局长沈慧等组成的专案组，最终以青春生命保住了国家珍贵文物，迎来了这个城市文物保护新的春天。

另外，还有县委报道组组长、微博大 V 刘小江为保护一位年轻女孩吴莹莹而展开的全网搜索，惠源董事长赵祯熙坚守职业道德，不与奸商沆瀣一气等枝枝蔓蔓的插曲，使得整部小说显得更加厚重而丰富。

生活本来就是这样，各色人等都会随时潜伏在你身边，好的坏的、奸的勇的、阳的阴的、富的穷的、官的民的、贼的憨的，等等。每个人都有自己的底线，只是深度不同，有的人以廉洁为底线，有的人以利益为底线，凡是对自己有利的都可以不择手段。每个人都有自己走的道，只是方向不同，有的人坚持走阳关大道，有的人偏爱走歪门邪道。道不同不相为谋，志不同不相为友。但作为一个政府，要做好一项政绩，哪怕只是一座楼、一条路，也都要凝聚好各条道上的力量，共同发力，才能实现共同目标。

小说是虚构的，但这样的现实又何曾没有呢？每个城市或许都会隐藏着靳如海这样的欺世恶霸，崔晓剑这样的江洋大盗，以及贾兴昆那样贪小便宜的小市民，家境贫寒却让恶人利用误入歧途的霍怡帆，但是同样也会有像辛一飞这样担当有为的政府官员，像刘小江这样一身正气的媒体人，像赵祯熙这样坚守道德底线的商人。在社会大潮中，冲击的大浪在时代的沙滩上淘洗着，肮脏的、邪恶的、贪婪的终将被冲刷，而最终留下来的，终将是正义的、勇敢的、无私的、干净的。

书名叫《生死守护》，我不禁掩卷思考，我们守护的到底是什么？是百姓的利益？国家的利益？这些都是，但我想不仅仅于此。一部好的小说不仅仅讲一个故事，而在于故事背后的东西。

海明威对小说写作有过著名的“冰山理论”，他说过，冰山漂浮在海面上的时候，我们只能看到它露出水面的一小部分，可是在水下，却潜藏着巨大的山体。海明威以此比喻写作：作家有八分之七的思想感情是蕴藏在文字背后的，真正通过笔端表现出来的只有八分之一。如果作家能够处理好这一点，读者就能强烈地感受到这八分之一背后的分量。

而这部小说表达的东西只是整个冰山的八分之一而已，还有更多的没有表达，由读者深思。比如一开始写到的选举，67个常委投票，33票赞成，24票弃权，10票反对，这是在龙兴市的选举史上从来没有过的，是什么驱使这些平常很听话的常委们把一个常务副市长的人选拉下来，小说只是略略分析了一些原因，提供了一些线索，但没有具体展开。这34票中肯定有相当的一部分是与靳如海的利益集团捆绑一起的，要不然他也不至于如此嚣张。还有他们把辛一飞的档案年龄进行了篡改，这并非一般人能够做到的，这背后的利益链与团伙细思极恐，后背冒出一身冷汗。

不仅仅是小说如此，生活也是如此，很多时候，我们看到的真相只是事实的八分之一，真正的真相永远沉在水面以下，需要我们用心去观察、去探索。

都说三年清知府，十万雪花银。像辛一飞这样分管城建的局长，再到县长，最后还住在单位分房里的，没有一点儿私产的官员虽然很少，但确确实实是有的。如果说田震守护的是市委的面子和政绩，金慧在守护的是国家财产的安全和百姓的利益，那么辛一飞守护的则是党委政府的信誉和国家干部的正气与廉洁。在这个到处都充斥着利益主义的时代，在老百姓眼里政府经常是说话不算话的，国家干部都是贪污受贿的。常常是一届政府一届思路，一些政策朝令夕改，搞得老百姓云里雾里。常常是只管拆不管建，只管堵不管疏，只管令不管问。一些干部都忙于开会，忙于汇报，忙于数字，开会就是落实，汇报就是执行，数字就是政绩。而像辛一飞这样深入基层、明察暗访，了解民生实情的确实太少了。

其实老百姓的需求并不高，有时候只要我们一句话、一个说法、一个尊严，他们都会理解、支持。像《秋菊打官司》《我不是潘金莲》中的主人公都是最基层的百姓，她们上访、打官司，并不是有意要跟政府过不去，而仅仅是要讨一个说法。人类社会如果按物质条件可以分出三六九等，但是如果按尊严分，那是人人平等的。活法有各种各样，但尊严从来都只有一种，只要活着，都需要尊严。

诚信、正义、廉洁这些是国家与政府的尊严，是每一个国家干部、每一个公民都必须去生死守护。当老板的不能不给员工尊严，把他们当牛马使；当领导的不能不给基层百姓尊严，只唯上不唯下，对民生不闻不问；做百姓的不能不给自己尊严，有小便宜就贪，见利就上，仇官仇富，一棍子打死一船人。守护尊严、维护正义、保持廉洁，这是一个政府起码的公信力，是一个社会的道德底线，是社会主义核心价值观的起码要求。

想起那个雨夜，在杭州参加《生死守护》的作家见面会。作家张平是民盟中央副主席、中国文联副主席，被授予“人民作家”称号。他百忙之中从北京来杭州，与读者见面。那天的雨特别大，一直没有停歇的样子，飞机晚点。作家一下飞机就往活动地点赶，结果路上又堵车，紧赶慢赶还是迟到了半小时。张平副主席一落座便不停地向读者致歉。其实现在开会领导迟到也是常有的事，但张平副主席身居要职仍笔耕不辍，而且永远都是这么谦和、这么严谨、这么儒雅，或许这也是他作为一个人民作家的生死守护吧！

2020 年 10 月 11 日

《慈悲》：愤怒而孤独的救赎行动

很久没有读到这么好的书了，一如读《活着》，读《许三观卖血记》，酣畅淋漓，却又凝重痛苦，五味杂陈。

轻轻地合上《慈悲》，封面是一幅梵高式的油画插图：愤怒的烟囱、汹涌的河流、孤独的背影……所有的这些似乎与“慈悲”两字格格不入。

作者路内是70后作家，比我还小一岁，之前没读过他的作品。他凭借此书刚刚摘得华语文学传媒大奖2016年度小说家的桂冠。“华语文学传媒大奖”非官方设立，没有什么潜规则，是最具良知最为公正的纯文学奖项之一，自2003年设立以来，备受文学界关注，所以在此奖颁布后的第一时间我就淘得此书。不想一拿到手，就像老友相聚的杯中烈酒，恨不得一醉方休，痛并快乐着的那种感觉让人恨不得效仿魏晋山人跑到竹林里长啸三声。

小说主人公水生12岁那年，因为“三年自然灾害”饿得快要死了，被父亲带到城里投靠叔叔，后来进化工厂当了工人，从此有了与弟弟不一样的命运。高高的烟囱，散发着异样的气味，三班倒，20世纪70年代的工厂似乎都这样。但因为化工厂毒气重，老工人退休两三年就会患癌死掉，用水生师傅的话说，天天在厂里上班，身体适应了就没事儿了，一旦退休离开了这个环境，就会患癌。这话听上去有点儿像黑色幽默，但却透着一种生存主义的慈悲胸怀。

水生的父亲到田里找到最后一根野胡萝卜，切开了全家四口人分着吃；到生产队食堂里去找食，好不容易在麻袋里摸出七颗黄豆，差点儿被抓；叔叔告诉水生，吃饭要留三成饥，穿衣要留三分寒，这是穷人家的家底，以后饿了就不会觉得太饿，冷了就不会觉得太冷。这让我想起《许三观卖血记》中许三观一家饿着肚子躺在床上用口水点菜的情节，与《慈悲》有异曲同工之妙。我想，现在的孩子已经没有这些家底了，他们无法想象那个时代的饥饿，厌食、挑食、攀比、浪费已经成为新的家底。

小说中的人物大多带有一个“生”字，水生、根生、玉生、云生、强生、复生，但每一个生命却都是与死相关，只是死的方式有所不同，有患癌死的、上吊死的、淹粪缸死的，最后只剩下了水生，在化工厂待了一辈子却幸运地躲过了患癌一劫，这或许正是他自己对自己救赎的结果吧。他利用自己的口才一次次地为同事争取到补助款，却从未自己争取过；玉生体弱多病，生不了孩子，他不离不弃，相守终老；复生因为兔唇，一生下来就遭弃，他领回家视作亲生；根生一次次地落难，他每次都慷慨相助……最后厂被改制了，平时在厂里吆五喝六的宿小东却成了老板。水生下岗后利用技术特长搞设计，化工厂遍地开花，他也赚得盆满钵满，同时宿小东厂里的技术工流失严重，以至于倒闭转产。水生不知道自己这是行善还是行恶？

路内在后记中说："《慈悲》是一部关于信念的小说，而不是复仇。"在他看来，"慈悲本身并非一种正义的力量，也不宽容，它是无理性的"。正如小说的结尾，水生两兄弟相遇，颇具喜剧效果的是此时因厂倒闭的宿小东又在房地产上大发，而且还建了一座庙，弟弟云生正是庙里的职业和尚。一座投资五千万的庙宇三五年就收回成本了。

水生说："一座假庙而已。"

云生说："世间本来就没有真庙假庙，真庙假庙，都是一种虚妄。"

但水生决计不踏入假庙半步，他带着妻子玉生和爸爸的魂去寻找灵魂的安放之处。他对玉生和爸爸的魂灵说："跟紧水生，不要迷路。"

把愤怒藏于孤独的内心，把慈悲付诸救赎的行动。愿我们每个苍生都能跟紧水生，不要在路上迷失自己。

2016 年 4 月 25 日

折叠时代的吃瓜群众

——读《吃瓜时代的儿女们》和《北京折叠》

利用周末时间看了两部作品，一部是刘震云的新作《吃瓜时代的儿女们》（下文简称《吃瓜》），一部是郝景芳的《北京折叠》（下文简称《折叠》），先说说两部作品的故事吧。

刘震云的《吃瓜》从牛小丽高利贷贷了十万块钱给哥哥牛小实买了一个叫“宋彩霞”的姑娘当老婆开始，宋彩霞不到一周就跑了，牛小丽按照她身份证地址去找人，发现名字地址都是假的，自然没找着。而牛小丽却阴差阳错来到南方一座城市，化名“宋彩霞”假装“处女”卖身得到十二万块钱，然后回到小城还了高利贷，开起了小吃店，以为神不知鬼不觉地过去了。却不料“买处”的都是高官，其中一位公路局长因为一座桥的坍塌而被双规，所有被折叠的那个阴暗世界因此而被掀开，于是，眼看他起高楼，眼看他宴宾客，眼看他楼塌了。最后省长李安邦夫人也因为丈夫、儿子的入狱而沦为洗脚女。

刘震云的这部作品仍然沿用了上一部作品《我不是潘金莲》的体例结构，全书分为三部分，第一、二部分为前言，最后一部分才是正文，篇幅比例分配也相似，这种文章体例我没见过其他作家这样写过，暂称为“刘体”吧。百分之九十的篇幅为前言，百分之十的篇幅为正文，这更像是一则寓言，里面所有写的事件都是这几年网上盛传的事件，作者用一根看似荒诞的线把它们都串在了一起，显得更具讽刺意义。

而《折叠》说的是北京这座城市被隔成了三个空间，分别在大地的两面。第一空间是精英人士，五百万人口。另一面是第二空间和第三空间，生活着七千五百万人口。时间也被分成两部分，第一空间享用二十四小时，第二、三空间享用另外二十四小时。在第三空间一顿早饭要花一百元，垃圾工老刀一个月工资一万元，而他希望能让自己的孩子糖糖上一个月一万五学费的幼儿园。为了得到十万元的报酬，他冒险去帮第二空间的穷学生给第三空间一位叫依言的女子送信，表达爱恋之情，而依言却是已婚，丈夫年纪大得可以当她爹，她一边享受着第三空间的荣华，一边却倾心于第二空间的穷学生，希望他能等着她。这部作品获得了 2016 年第 74 届雨果奖最佳中短篇小说奖。这是一个国际性科幻小说的奖项，这之前中国的《三体》同样得过。但我更愿意把它看作是一个现实主义作品，与《吃瓜》有着许多相似之处。

自古就把世界分为三个空间，天堂、人间、地狱，在《三生三世十里桃花》中把世界分为天界、地界、鬼界，是一样的道理。《折叠》把世界分成了三个空间，第一空间为上等人，第二空间为中等人，第三空间为垃圾人，道理其实还是一样。到了《吃瓜》这里，刘震云把社会分为官场、普通百姓和发廊女三个世界，其中道理还是一样。不管怎样分，都是三个世界三个层次，每个层次都想往上爬，到更高的层次去，到了最高层后却又感到精神的空虚，怀念最底层的温情与纯真，像《吃瓜》中的李安邦找村姑，《折叠》中的依言找穷学生，都是如此。

十九大报告中指出，中国社会主要矛盾已经转化为人民日益增长的美好生活需要和不平衡不充分的发展之间的矛盾。2016 年我国的基尼系数为 0. 465，社会发展不平衡，财富分配不均衡，势必将社会分为三六九等，在小说中体现为三个空间或三个层次。但不管分为几个空间，各个空间都是相互依赖、相互演绎、相互推进的。

《折叠》中的第三空间五千万人为第一空间的五百万人和第二空间的两千五百万人从事着垃圾分拣、处理工作，如果没有他们，这些垃圾何去何从，第一空间的整洁与清新空气何来保障？当然这些垃圾又是第三空间赖以生存的依靠，当第一空间有人提出要用机器代替的时候，便会有人提出多余人就业的担心。

同样在《吃瓜》中，每个高官都是穷苦百姓出身，经过自身的努力，一层层地往上爬，从科长到局长，到市长，再到省长，但很多人都是过了河就忘了桥，所以最后桥塌了，人也回不去了。所以在小说的正文中省长夫人从第一空间一下子跌入了第三空间，沦为一个洗脚女。

两部作品都从某种层面警醒我们，折叠时代的危机像正向我们张开着的血盆大口，随时都有滑入虎口的危险。社会若一旦进入了这个血口，那我们的基尼系数将进一步加大，贫富差距越拉越大，社会彻底滑入一个折叠时代的深渊。我们每个人便都成了折叠时代的吃瓜群众，我们亲手制造了一个折叠时代，然后又让这个时代毁了一个时代。

所以十九大报告再一次强调，中国特色社会主义坚持按劳分配原则，完善按要素分配的体制机制，促进收入分配更合理、更有序。中央也将出台政策，加大力度，精准扶贫，争取在2020年消灭绝对贫困，拆除折叠之墙，构建一个富强民主文明和谐美丽的新时代。

2017年11月25日

在充满伤痛的时代像白云一样生活

——读诗人杨方新作《骆驼羔一样的眼睛》

杨方和我很早就认识了，这次在北京恰好遇上她作为首都师范大学的第十位驻校诗人期满一周年的诗歌创作研讨会，读到了她的新作《骆驼羔一样的眼睛》，并在会上有幸与北京诸位知名诗歌评论家一起探讨她的诗歌。

我知道，读她的诗无疑是沉重的，那是一种痛，一个诗人的痛，每读一首诗，就像揭开一个血淋淋的伤疤。诗中她对故乡、对生命、对时代的追问让人隐隐作痛。作为一个诗人，在这样一个日趋大同的世界里，她对故乡的追寻到底还有没有必要？她对伤痛的呻吟能否抵达事实的真相？我真的无从知晓。但我知道她确确实实是一个真诚的歌者，为故乡、为生命、为时代，那种入骨的痛为我们敲响了一次又一次的警钟。

故乡的痛：我还没有回到我的故乡

故乡是每一个作家都十分纠结的文学母体，更何况对故乡有着刻骨铭心记忆的杨方。她曾说过她对故乡有一种无限亲近又无限疏离的感觉，她称自己是故乡的陌生人。她从新疆到永康，又从永康到北京，成为首都师范大学第十位驻校诗人，这些空间的转换，常常让她有一种恍惚不定的感觉，不知道今夕何夕？身在何处？她说自己“到了北京，北方的气息越来越强烈，新疆在西北以西，江南在长江以南，而我身处陌生的异地，新疆或浙江，不知归去该归哪个故乡。在浙江时我说我是新疆人，在北京时我说我是浙江人。我属于哪儿？或者哪儿都不属于？”正是这种不安定的感觉，给她产生了巨大的时间和空间的美以及疼痛。但是作为一名执着的诗人，行走与寻找是一个永恒的话题，她寻找的不是一个现实意义上的故乡，而是一个精神层面上的故乡，不是在新疆，也不是在浙江，更不会是在北京，到底在哪里，她说“候鸟回到北方，群羊回到冬窝子，世界回到原处/但我还没有回到我的故乡”，她还在孤独而执着地寻找着。林莽先生会称她是一个“为寻找而不断行走的人”。

诗人在寻找的旅途中想念故乡那些“死去多年的炊烟”，想念那座“一棵苹果树紧挨着一棵无花果树”的维吾尔风情小院，想念那个“戴披肩的胖邻居”，想念那“一碗加了盐巴的奶茶”，她想“骑一回马/唱一支歌/找到一个人。在草原上/尽情地醉一次/让两杯青稞酒/燃烧之后在身体里还原成麦芒笔直的/绿。摇摆于河流两岸恣意生长”，她想“在天涯/拧亮一盏想家的灯”，可是“这些亲切的事物，这些亲人/泪水里的家乡越来越陌生”，连那些在诗人体内已还原成青稞的酒“风一吹我就触到麦芒的痛”，面对被岁月洗劫一空的故乡，一方面“仿佛我再不能奢望回到这儿，死在这儿，安葬在这儿”，另一方面“我无法在其他地方找到一个新的故乡/或者在陌生的土地上重新建立一个故乡”，诗人感慨道：“我和你的区别在于你始终不动/而我始终乱走/我不知道自己今天身在此处/明天又身在何处。”这来自故乡死亡的巨大伤痛，让诗人在重构精神故乡时经受了一次又一次的内心折磨。

生命的痛：我在海边一夜间老去

我最早读到杨方的一首诗是《我在海边一夜间老去》，诗中写道：“我从此地经过 停留/我住的旅馆面朝大海/海水苦咸/忧郁被大风一天天的吹/被日子漂走的海岛/多么像个离家在外的旅人/陆地上的繁华一概与他无关。”这种人生旅途的孤独让我一下子喜欢上了这首诗，好像写到了我的骨子里，特别是当我读到最后一段："一些伤痛从来都是无法掩饰的/一滴泪/一经落入大海/就下落不明/一滴泪就是最深的海/我在海边一夜间老去"，那种伤痛的无助感一下子悲从中来。我似乎看见茫茫大海上的一座孤岛，海浪拍打着礁石，海风吹蚀着绿叶，诗人深邃的眼神望着海天交接处，不知何处是尽头。

在我印象中，杨方不太爱热闹的场面，每每有什么会议或活动，她总是坐在角落里，或者找个借口默默地离开。在她的诗歌里，我读到最多的也是孤独两个字，那是她对生命独有的体悟。在她的眼里，挤在一起的丁香是孤独的："看啊，那么多丁香挤在一起/一朵一朵又一朵，撕裂的/小小的心里蓄满泪水，窸窸窣窣的响"；连成一排的树是孤独的，就连那些小镇也是孤独的："孤单的一棵，或者更孤单的一排/连接着一个又一个沉寂的小镇"。她说："地有不毛之地，人有骨中荒凉。"读到这句话的时候，我心中着实被震了一下。在那些大家都习以为常的喧哗与躁动的场合，每个人都穿着功利与虚伪的外套，脸上洋溢着光鲜的笑容，可谁都知道，外套里包裹着的是一颗颗荒凉而孤独的内心，相互排斥着、嫉妒着、仇恨着，这是一个失去信仰与诚实的人群的孤独。

她对生命的理解当然不止于此，更多对生命的感悟隐藏在字里行间隐隐作痛。比如她在《内四病区》中从一个女人的死写到一条鱼的死："明亮的病人食堂/胖厨师在宰杀一条活鱼/

鱼也会流血，也会痛/它比这个女人更想活。”她在《老家》中写父亲：“今夜，窗外的月光/多么像一把青光冷利的刀/它插在老屋的瓦檐上/那些灰旧的瓦早被雨水淋坏/残缺着，像受伤的鱼鳞/月光下该是怎样的疼，怎样的痛/父亲，你的灵魂注定是一条透明的鱼/梦里披着乡愁的鳞片/沿河流的方向游回老家/那口又大又亮的水塘。”她写对一个诗人的《送别》：“这里像个车站/有人要走/就有很多人来送别/走的人都是顺着那个大烟囱走掉的/他们在那里回头，转身/然后一下子消失。”

时代的痛：一块铁在隐瞒的皱纹和疲惫里

杨方生活在一座被命名为“五金之城”的城市，这座城市的居民有着艰苦创业的历史，以前曾以挑着担子走街串巷“铸铜打铁”为名，改革开放以后，先人一步，以五金产业的兴盛而扬名。全国各地的民工都涌到这个名不见经传的小城，曾经飘荡在每一个角落的铁与铁撞击发出的“叮叮”声，而今已被“隆隆”的机器声所代替，诗人见证了这座小城从手工作坊升级为机械化城市的全过程，而其悲悯的情怀与敏锐的嗅觉更是闻到了钢铁那种冰凉而冷漠的气息，感受到了那种时代巨轮辗过大地的无言之痛。

她在《西塔一路》中写道：“我也熟悉这个工厂的内部结

构/水泥墙体，钢架支撑/车间，机器，工人/每一张脸都很相似/去年走的，和今年来的，大同小异/他们是我最熟悉的部分/身体抵押给合同/无休止的跟机器一起转动，转动，转动……”她写《农民工兄弟》：“南方的小酒馆/有这么多的你/麻雀一样多/麻雀一样小/麻雀一样叽叽喳喳吃东西/用最便宜的酒/把自己灌醉/麻雀一样分不清家乡在哪个方向。”她用一种冷幽默的语气写《爬上楼顶的农民工》：“就算没有拿到钱/也不要爬得那么高啊/爬得那么高能拿到钱了吗/钱又不在楼顶上晒太阳。”她写农民工为了挣到一分一厘的钱，几乎与机器比《快》：“喝水快，吃饭快，上厕所快/快到，一启动电源就拼命转起来/跟机器的转速一样快/每一根骨头都响起来/每一根汗毛都发出尖叫/快一点，再快一点，还要快一点/快到不能再快。”她从一位农村到城里来打工的农妇身上看到了生活中《铁》的疲惫与伤痛：“离开泥土之后她就把自己变成了一块铁/越来越硬/不断地被机器切、割、焊/生活七零八碎/她小心地，不使自己成为废品/不生锈，不长出乡愁。”在这个利润第一的工业文明时代里，农民工的伤痛是微不足道的，在我印象中最深的是她在《时间的疼》中写一个民工断指：“住院费、手术费、医药费、护理费/一共三千八百九十二元/还有赔偿费，一万五千元/这是一个民工右手小手指的价钱。”这个断指事件不止一次地在她的诗中出现过，而且在她的小说《十指连心》中也出现过，给我留下非常深的印象。揭示当下时代背后的伤痛，这就是一个诗人、一个作家应该具备的良知。

在这样一个伤痛无处不在的时代，杨方显然是一个生活的智者，她在一首《病中》开出了这样一个药方："我给自己开出的药方是一张中国地图/几味草药要到广阔的民间寻找/一钱唐诗里的月光，二钱宋词里的闲愁/三钱元曲里溅血的桃花/诗经里的行露就做煎药的水吧/药罐就用朝思暮想的汉乐府。"她的这种悲悯现实主义与浪漫主义相结合的生活态度在诗中表现得淋漓尽致，她曾出过一本诗集叫《像白云一样生活》，我忽然想起一句叫作在尖刀上舞蹈的俗语，像杨方这样能够在充满伤痛的时代像白云一样生活的睿智，相比在尖刀上舞蹈的舞者，也是有过之而无不及的。

2014 年 7 月 15 日

瓷性之美的四种境界

——观陈军陶瓷作品有感

知交陈军已久，阅过他的水墨无数，跃然纸上的那种灵韵、浑朴、大气早已了然于心，却不知何时他把眼光转向了陶瓷，时不时地往景德镇跑。开始大家都以为他只是去鼓捣几下，不想这一鼓捣，却鼓捣出了另一番天地。当有一天，他把这几年时间做出来的瓷作正儿八经地摆放在面前时，大家都显得十分惊讶，惊讶于他把中国传统之水墨与传统之陶瓷结合得如此天衣无缝，惊讶于眼前这些瓶瓶罐罐已经让他从实用功能上升到艺术的愉悦、怡情之功能，通过他对瓷艺的痴痴追求，达到了瓷性之美的四种境界。

一曰娴静美。娴静是一种淡定、沉着，是一种含蓄、温绵，这也是陶瓷最原始的一种品质。浮躁、虚伪是为人从艺之大忌者，特别是搞陶瓷的，从制胚到绘染，到烧炼，到上釉，每一个过程都需要有一丝不苟的严谨与娴静如水的内心，哪怕有丝毫的躁动都会造成前功尽弃。陈军搏商海、入仕途，常行走于利欲之海却若闲庭胜步，娴静之态超然于上。其态若瓷，其艺若瓷，这是一种浑然天成的结合。如《古韵留香》系列作品就是最能体现这一境界之美的作品，我想这批作品该是陈军进入陶瓷艺术的最初尝试之作。这些作品尽管没有很好地体现出水墨的韵味，但那种似有似无的墨痕已经深深地雕刻在陶瓷的记忆中，表现为一种淡然、明丽、纯净，纵横交错的骨线。

二曰质朴美。质朴就是天真自然，心无旁念，任生命纵横往来。当瓷的细腻与墨的厚重在陈军的笔下友好相遇时，墨迹就完全没有了泼在纸上的那种生涩与滞重，它的那种质朴与浑厚被很好地在陶瓷的表面展现出来。如《苇风细语》《雨润蕉浓》系列，以及《莲花不语》《秋之蕉》等青花瓷作品都属于此类。他在陶瓷的世界里进行花鸟写意，似乎找到了某种契意，芦苇、芭蕉、荷叶甚至爬墙虎、迎春花信手拈来，它们是那么的平常，那么的清纯，但在画家眼里，或抒情，或感叹，入画皆景。或和风细雨，或雨中曳姿，或临窗顾影，或一帘幽梦，似是随意点染，却又一气呵成。

三曰大气美。如果说陈军的芦苇系列作品还带有江南的那种内敛气质，那《苍茫万古意》《天机激荡》《气蒸云梦泽》《天地幽幽》《天霁融境》等一系列的作品展示出来的完全是另一种大气与张扬。水墨原只为墙饰之品，陶瓷本不过容纳之器，而两者融为一体，便显出一番宽厚、包容、超脱的大美来。然陈军又有着丰富的人生历练，当过兵，经过商，为他铸就了大气、宽广、豪放的胸怀。当下社会，名利物欲无不充斥着我们周围，没完没了的应酬、妒忌、掠夺让我们身心疲惫，唯有那些尚有良知的嗅觉敏锐的艺术家，站在时代的前列，仗着一种前无古人、后无来者的英雄气概，仰天长啸，念天地之悠悠，问人生之恒久。

四曰禅境美。禅境在我看来应该是艺术美里最高的一种境界了，它其实就存在于我们的日常生活，只是大多人难以体悟。星云大师曾写过一本禅境感悟的书叫《吃茶去》，但他说"吃茶去"这种禅境并不是谁都能体悟得到的。如陈军的《思》《醉》《云》三大系列作品大多属于此类，它们所表现出来的随性、飘逸、洒脱正是画家所欲追求的境界。他的这类作品形式多为釉里红。釉里红为瓷器釉下彩装饰手法之一，创烧于元代，它是将含有金属铜元素为呈色剂的彩料按所需图案纹样绘在瓷器胎坯的表面，再罩以一层无色透明釉，然后入窑在1350℃以上的高温中一次烧成。它的烧制要求比青花瓷来得更高，稍有疏忽就会出现瑕疵，就像入禅需要淡定与凝神一样，只有在每一个环节都环环相扣，心无旁骛，才有可能烧制出眼前这种釉里红精品来。

瓷艺天地大，笔墨日月长。短短几年间，陈军的陶瓷艺术已鼓捣得如此出神入化，可喜可贺。

2011年12月27日

在漫画中寻找兰溪

——读口袋巧克力《昨日青空》漫画系列作品

由兰溪籍知名青年漫画家口袋巧克力（原名龚毅坚）倾力打造的《昨日青空》2011 年至 2012 年在知音集团旗下发行量超 300 万的绘本刊物《漫客·绘心》上进行连载，迅速爆红网络，并获该杂志年度读者排名榜榜首。《昨日青空》以自己独有的漫画中国风一度掀起 80 后青年的青春记忆狂潮。当年出版单行本，发行 20 万册，以 125 万版税荣居 2012 漫画作家财富榜第 14 名。我在一次出差的动车上看完了此书，并因此与女儿一起成为《昨日青空》的铁杆粉丝。在我看来，兰溪本土作者虽然写过不少作品，但还没有哪一部能如此刻骨铭心地来讲述兰城的故事，带着某种青春的忧伤，与古城的风雅浑然天成。

《昨日青空》：古城里放飞的青春

《昨日青空》全书共分七章，故事讲述男主角屠小意在 20 世纪 90 年代的高三经历……一座墙体斑驳的小城，一条窄窄的青瓦小巷，还有那些火爆的街机游戏，以及那青涩的小恋情，口袋巧克力用他细腻的笔触为我们讲述了这样一群高三少年的成长故事。这里阳光温暖，校门口的街边，总是弥漫着煎炸饼油腻腻的香气。男生们踩在发出巨大声响的老旧自行车上高声谈论，女生们则永远穿着宽大的校服，在婆娑的树影里偷笑，风吹过身旁才能看出她们瘦小纤细的身影……他们共同穿行在一段叫作高三的时光里。他们讨厌考试，担心分数。他们小心翼翼地喜欢着某人，但当亲密接触突然而至时又会因羞怯而止步。他们好像有很多梦想，但是铺在前方的未来却很单调。他们总是奋力地撞击着青春的牢笼，却找不到前行的方向……

口袋巧克力说："我的这部作品，想要表现的就是改革开放以后，中国城市新旧交错的那种恍惚感。"他说："将兰溪这样的小城生活和情怀收进漫画，就是一种特色，这是一种自然的中国文化，不做作。这样拿到国际上，才能和日本漫画有区别。我们的特色，不应该只有武侠、旗袍，或者熊猫。"这其实也正是为什么很多读者看完这部漫画后，都觉得画中的城市就是自己家乡的原因。

《昨日青空》单行本一经问世，便洛阳纸贵，国内的所有动漫节都会邀请口袋巧克力去做签售。去年，还出版了法语版叫《宁静之夜》，口袋受邀赴法国进行了为期一个月的签售交流活动。从 70 后到 00 后，对此作品都寄予厚爱，在网上开吧讨论作品中的人物，有许多粉丝还专程来兰溪寻找剧中主人公去过的那些景。

作品中最让人印象深刻的就是屠小意对姚哲恬那种柏拉图式的青涩之恋，特别是屠小意逃课去看姚哲恬的舞蹈演出，可谓是整个故事的经典情节。为了感谢屠小意的欣赏，一直生活在自卑中的姚哲恬在雨中为他再一次跳起了舞蹈。此时的古街洋溢着奔放的青春，他们似乎什么都不记得了，只是忘情地陶醉在春天的雨水里，跳跃着，欢笑着……

在这个简短的故事里，除了青涩的恋情，你还可以读到对应试教育体制无声的抗拒，对家庭亲子教育饥渴的呼喊，对同学兄弟情谊的青春荷尔蒙释放，等等。总之，翻开这个故事，你就像按下了一个青春的回放键，你可以看到自己青春的剪影，在那段想要回忆却几乎要遗忘的时光里，在那种含蓄、静默的美好里，重新奔跑、眺望、放飞……

《印刻流年》：那些还没讲完的故事

《昨日青空》出版后，口袋的粉丝们建起了网上“青空吧”，在册 2 万人，发帖 9 万多条，对此作品情有独钟，大呼不过瘾。时隔四年，口袋巧克力推出了《昨日青空》的前传《印刻流年》开始讲述初三的故事，由此从兰二中到兰三中、兰一中等古城的这几所学校面貌都有了全面的展示。屠小意和他的小伙伴们回到了最初相识的地方——兰汐二中，在这里开始讲述他们的友谊故事。

如果说《昨日青空》表现的是少年情窦初开时男女之间那种朦胧的青涩之情，那么《印刻流年》讲的就是少年诚信与男生之间那种铁杆兄弟情谊的故事。屠小意、“花生”华波、“奶油”赖荣、“摇滚”徐振坤四个兄弟组合在初中生涯中从误解到信任，结下了深厚的友谊。他们一起欢笑，一起奔跑，一起发誓，在那段美丽的时光里，他们有过焦虑，有过失落，有过悲伤，但面对未来，他们充满了向往。相比《昨日青空》的高三生涯，《印刻流年》的初中生活似乎更为纯粹，思想更加单纯，爱憎更加分明。为了同学间的一个承诺，宁可丢下自家的搬家活儿，也要赶来为同学搬家；为了大家都能考上重点中学，一起制订“奋起学习计划”，制造“学渣变学霸”的传奇；为了路边的一个摔倒老人，宁可放弃中考，也要把他送到医院里……

在《印刻流年》中，照样随处可见兰城的细节展示，哪怕是大云山上的一棵树，云山路上的一块招牌，学校门口的一张告示，作品中都展现得细致入微。让我印象最深的是爷爷给屠小意做的一辆玩具车，车轮竟然是用兰汐县啤酒厂“云山”牌啤酒盖做成的，我相信，就凭这个情节就可以让许多70后读者泪奔。那个年代，大部分家庭都不富裕，他们买不起一件像样的玩具，家长就动手给孩子做玩具，这样的事对现在的孩子来说，几乎不太可能。

青空之梦：引爆兰溪古城的超级IP

《昨日青空》在百度搜索条目40万条，“昨日青空吧”发帖数9万，有许多粉丝都自发地来兰溪寻找书中主人公所经之处，并发贴交流，该故事也被誉为“兰溪的山楂树之恋”为众多粉丝所追捧。在兰溪现有的几所学校中，我发现兰三中的门卫管理最严，进出必须严格登记。后来才知道，口袋巧克力的作品让兰三中一度成为网友热搜地，经常有人大老远地跑到三中来找老校门拍照留念。

2014年，《昨日青空》由口袋巧克力自任导演，投资一百多万由七灵石动漫画有限公司制作了四分钟的样片，样片放到网上受到青春粉丝如潮而至，翘首期待早日上映。但由于资金等原因，动漫计划一度搁浅。在艺术上精益求精的口袋巧克力开始为自己的“孩子”找“婆家”。几经周折，2015 年，该作品最终授权给国内最大影视机构光线传媒，并先后得到了国家文化产业示范基地——上海宝山科技园、上海市文广局市场处动漫扶持资金、国家文化部动漫品牌与创意保护计划、国家新闻出版广电总局原动力动漫扶持计划的支持与奖励。光线旗下的影业公司 2015 年末组建团队投资一千多万元打造《昨日青空》动漫版电影，口袋巧克力联合导演，由咕咚动漫工作室摄制，通过网络大电影和全国院线发行。光线传媒还将启动真人版电影，两个版本将作为光线传媒倾力打造的电影巨制计划于 2017 年同时上映。

在我看来，口袋巧克力更像是一个技艺精湛的厨师，给读者做了一道经典的美味佳肴，它也必将是一个引爆兰溪古城旅游的超级 IP，随着《昨日青空》电影的拍摄，下一步或许还会有纪念品、网游、电视剧等一系列文化产品的开发，“跟着动漫游兰溪”“寻找昨日青空，畅游兰溪古城”“到兰溪寻找青春的脚步”将成为青春季最具市场潜力的旅游项目！兰溪老城古巷、学校旧址、大云山等地都将会成为人们最为向往的寻踪游览之处。

兰城之恋：回到故事开始的地方

因为《昨日青空》而与口袋巧克力相识、相遇、相熟。我比他年长几岁，他在读高三的时候，我已经参加工作了，那时我的单位是在人民医院，他就住在郭宅巷，两人都诧异原来曾经距离是那么的近，或许在过去的某一天，曾经擦肩而过，谁知道呢？如今为了精心打造《昨日青空》系列作品，他多次带领团队回兰采风，每次都会有新的感悟。而兰城的每一个细节也便在他的一次次采风中留下了永恒的记忆。他对兰城发自内心的爱恋，以及对艺术的渴望与执着，每次都会令我深深地感动。

在这座城市中，随着岁月的推移、时间的磨砺、风雨的侵蚀，让许多美好的东西在我们手中稍纵即逝，所幸有口袋巧克力手中的画笔，可以把它们画下来，定格在美丽的瞬间。他笔下的那座城市和那些人物、那些故事都是那么的熟悉，好像触手可及，却又恍然不知处。

她或许已经不在，因为那是我们共同的青春。

她或许依然存在，已经深深地留在每个人的心中。

那么，就让我们带上《昨日青空》，回到故事最初的地方，开始一次青春的寻找吧！

2016 年 11 月 7 日

终于等到你

——昨日有梦到青空

如果您爱兰溪，就去看《昨日青空》，它会让您感受不一样的爱，直至您欲摆不能爱之入骨！

如果您不爱兰溪，就去看《昨日青空》，它能让您看到不一样的兰溪，让您体会平凡的感动，直至爱上兰溪！

如果您是兰溪人，就去看《昨日青空》，它将还您一城乡愁！

如果您不是兰溪人，就去看《昨日青空》，它将圆您一个梦想！

这两天是动漫电影《昨日青空》点映的日子，兰溪时代影院安排的四场点映票早已卖完，连文化局的领导都拿不到票了，要看也只能坐到过道的台阶上了。

各地的兰溪商会微信群里都在相约包场，准备来一场集体的兰溪记忆、青春记忆。

有人问我买到点映票没有，想我肯定是最想看到影片的人。

确实，这部影片我已经等了五年，昨日有梦到青空，今天终于等到它，反而内心非常平静，并不急着去看，因为里面的每一个场景我都已经很熟悉，那个青春的故事在我心里不知演绎过多少遍。

等正式上映的时候，我只想约上一个女孩去看，因为她也为此等了五年，也是她介绍我认识了《昨日青空》，现在电影拍出来了，我当然要约上她一起去看。

不要想多了，这个女孩只是我女儿。

2012 年，女儿要我给她买《昨日青空》绘本的时候，她还读小学，因为作者是兰溪人，说的又是发生在兰溪的事，于是特别关注了一下。我记得我是在一次出差的动车上读完它的，当我掩上书本的时候，内心深深被打动了。虽然我没有体会过高中生活，但那些熟悉的场景、萌动的青春，其实是没有界限、没有代沟的。一晃五年过去了，女儿都从小学到了高中，而且非常喜欢画画，进入美院成为她最坚定的梦想，所以想当然应该约上她一起去看。

也就在那一年，盛导与我说起要拍一部兰溪的电影，我当即向他推荐了这部作品，那时张艺谋的《山楂树之恋》正火，我说《昨日青空》就是“山楂树之恋”兰溪版。后来我开始撰写策划方案，当我在电脑里打下“兰溪籍著名漫画家口袋巧克力倾力打造，兰溪的山楂树之恋，兰溪建县1340周年的青春献礼片”这几行字的时候，我似乎看到了它未来的样子。在未来，它会像《庐山恋》一样，一部电影成就一方名胜，一座城市留下一种记忆，因为一部电影爱上一座城，观看《昨日青空》成为到兰溪旅游必不可少的一个项目。少年人的青涩记忆，文化人的精神家园，都市人的浪漫情怀，尽在其中……2014年是兰溪建县1340周年，我希望这个影片能在2013年完成拍摄，2014年作为兰溪的献礼片上映。我为此彻夜难眠，那些经典的场景一次次地在眼前浮现，屠小意住的那幢老屋、屠小意买大饼油条的地方、姚哲恬第一次向齐景轩告白的古巷、姚哲恬雨中为屠小意独舞的那条老街……在我脑海中开始设置剧中的每个场景。为此我还专门写了首歌词《青春的大雨》：

有一段叫作高三的时光，
有一次经历青春的迷茫，
大雨劈头盖脸地淋下，
有人孤独彷徨，
有人渴望飞翔，
谁能躲过这场雨安然无恙？
作过许多次的努力与较量，

当考试来临却又担心受伤。
奋力地拍打着青春的翅膀，
当岁月飞逝却又害怕成长。

有一段叫作高三的时光，
有一次经历青春的迷茫，
大雨劈头盖脸地淋下，
走过许多城市，
见过许多女孩，
念念不忘的是那次最初的萌动。
小心翼翼地喜欢着某人，
当甜蜜突然而至却又心里发慌。
有过很多的成长梦想，
当逆风而行时却又找不到人生的方向。

啊，青春的大雨，
曾经淋湿我的梦想，
啊，青春的大雨，
曾经迷失我的方向，
多少年后，
依然是记忆的忧伤，

让人念念不忘……

2012 年的 11 月，口袋巧克力带着他的团队回到了兰溪，住在一个小旅馆里。那时候，除了爱好漫画的孩子，还没有多少人注意到他。那次，一起来的还有剧本策划师曹曙婷、经纪人邓天乐等。他想让团队的人深入体验一下小城生活，为下一步的创作做准备。曹曙婷是个北方女孩，但她却因此爱上了一座南方城市。那次我约上盛导与口袋巧克力一起在兰江边小酌，再次聊起影片合作之事。大家从影片聊到了人生，聊到了兰溪的未来，后来，在不知不觉中大家都醉了，不知是心醉还是酒醉，江色、月色、天色融化成一团浓浓的夜色，把我们包围起来。

后来由于种种原因，终未谈成。《昨日青空》就像口袋巧克力的一个孩子，他百般呵护，要为他寻找最好的归宿。后来先后接触过兰溪籍年轻导演殷悦的公司、郭敬明的公司等。口袋巧克力也曾想过自己做，在 2014 年他自任导演，投资一百多万，历时大半年，制作了四分钟的样片，在网上发布，粉丝狂呼过瘾，翘首期待整片的上映。

2015 年，《昨日青空》终于找到最好归宿，被光线传媒买断影视版权，当年便列入计划，委托杭州咕咚动漫工作室开始制作。2016 年 6 月，咕咚动漫工作室团队进驻兰溪，在古城、三中、永昌等地开始为期一个多月的室外取景。光线传媒最初定位是制作大电影，在网上点播。当时我听了还是感到有些遗憾，因为毕竟院线上映影响会更大。现如今瓜熟蒂落，《昨日青空》终究也是上了院线，并提档在 7 月 27 日全国院线上映，网上有超过 14 万人表示了观看愿望。我听了这消息甚为欣慰，但遗憾的是除了兰溪的古城元素外，影片前期兰溪没有政府与企业直接性参与，在后期的影视收益和周边产品开发方面都将难以介入。我相信这是一部非常有市场潜力的青春片，而且将来必定还会有《昨日青空》真人版，以及《昨日青空 2》《昨日青空 3》，到那时，希望能看到兰溪元素的参与。

影片说的是 20 世纪 90 年代一群高三学生之间发生的故事，那时，兰溪正值转型期，计划经济时代的辉煌还写在每个小城人的脸上。每一条小巷都洋溢着悠然而幸福的笑声，偶尔从某条小巷里传出的一连串自行车铃声，然后是穿着宽大校服的孩子和青春的笑脸，阳光洒在肩上，像风一般地掠过你的身旁。

或许，那就是你的影子。

屠小意、齐景轩、花生三个小伙伴，三种性格，三种人生，总有一种会撞到你心中的小鹿。

屠小意就是一个乖乖孩，为了自己理想不断努力，同时又不得不屈从于生活现状。他既平凡又不平凡，是大多数人的样子。《昨日青空》之所以这么多人喜欢看，或许也有这方面的原因，很多人从屠小意身上看到自己当年的影子。很多读者都喜欢问口袋，这是不是你？口袋从来都是笑而不答，反问："你说呢？"屠小意喜欢玩街机，喜欢画画，喜欢看漫画，并且偷偷喜欢着娆哲恬……我想这些多多少少会有一点儿作者的痕迹吧。

齐景轩是平常人眼中的坏孩子，灵魂里装着叛逆，爱打抱不平，两次出手相助屠小意。被姚哲恬喜欢，但是又拒绝了她，他向往自由的、无拘无束的生活，像掠过大云山顶的一只鸟。每个班里都会有这样的同学，毕业若干年后同学再聚会的时候，往往会发现屠小意们大多在哪个机关部门或企事业单位朝九晚五地上着班，而齐景轩们都事业有成，拥有自己的小公司、小事业，在聚会时抢着买单，在同学有困难时出手相助。以前那些看他"坏"的优等生们此时也都投以钦佩的眼光。

花生是屠小意的死党，就是平常人眼中的跟屁虫，没有自己的太多想法，今朝有酒今朝醉，不知今宵是何年的人。但这类人有一点儿好处就是忠诚，认定你就从头到尾跟着你，你说白他绝对不说黑。花生是班里个子最小的男生，但在屠小意被混混打时毫不犹豫地出手相助，宁愿自己被踢得鼻青脸肿也毫无怨言，这样的人这个明哲保身的时代，已经很少了。

而姚哲恬是每个男孩心中的姚哲恬，长发、恬静、优雅、能歌善舞，瘦小的身子被裹在宽大的校服里。说白了，男孩与女孩就是保护与被保护的关系，要是一个女孩长成保护型的女汉子，八成男孩不会喜欢。《山楂树之恋》中的女主角静秋也是类似角色。《红楼梦》中的林黛玉也是。我印象最深的就是姚哲恬在雨中为屠小意献舞的场景，那是只为一个观众跳的舞，但对姚哲恬来说，只是在淋了一场青春大雨之后的内心发泄，雨水、泪水、汗水都流在一起，屠小意的内心也得到了一次洗礼。那是多么美的青春样子，平时只看见一模一样宽大的校服，无法体现青春的美，而此时穿着裙子跳舞的姚哲恬让屠小意看到了青春绽放的样子。

由此，屠小意的梦想，齐景轩的阳光，花生的呆萌和姚哲恬的忧伤，汇合成了一支青春畅想曲，成为一座城市永远的青春记忆。

或许兰溪一直是一座有故事的城市，千百年来，江水滔滔，诉说不尽。历来不知有多少文人写过兰溪，咏过兰溪，或诗词歌赋，或散文小说，或歌舞戏曲，或影视作品，但在这之前，还没有一部作品竟然可以用如此唯美的手法来写兰溪，让更多的动漫迷们为兰溪所倾心，城楼、小巷、美食、山坡、江水……里面所有的人与物，一切的一切，都是那么的熟悉，那么的亲切，比起以往那些日本动漫，《昨日青空》让人眼前一亮：这才是中国的动漫风骨！每个读者都从作品里面看到了自己，看到了自己的家乡！

那《昨日青空》为什么是兰溪而不是其他的什么地方？

因为作者就是一位土生土长的兰溪人，所以“昨日青空”成为兰溪的一个代名词，这是一种必然，而非偶然。

他生在兰溪，长在兰溪，对兰溪的一草一木，一砖一瓦，一街一弄，闭上眼睛也能如数家珍，历历在目，对它们就像自己身上的器官一样熟悉。我在 2012 年跟他第一次见面的时候，两人一见如故，他原来好像就住在郭宅巷一带，我原先的工作单位也在那，说不定在过去的某个时刻还真在路上遇见过。

兰溪人有句俗语叫：一天看不见横山就会哭的。每一个离开家乡的兰溪人都会特别思念家乡，早饭的时候想兰溪的大饼油条，中饭的时候想兰溪牛肉面，晚饭的时候想兰溪的鸡子馃，早上起来爬爬大云山，晚饭吃好荡荡中洲公园，这是多么惬意的小城生活啊！但我们往往拥有时候不珍惜，直到失去它时才懂得它的价值。在兰溪时怨这怨那，离开兰溪走到大都市的水泥森林里方显小城生活的安逸与幸福。

而口袋巧克力却是一个很兰溪的男孩，他不高不胖，不矮不瘦，不丑不帅，阳光、文艺，就连他对梦想的坚定追求都很兰溪，像那清清的兰江水，昼夜不停地往前奔，不到大海不止步。

在他离开兰溪开始走上动漫之路时，给自己取了个口袋巧克力的名字，他说巧克力是一种幸福的寓意，把幸福揣在口袋里，时时能感受到它的温暖。在这里，我更愿意把巧克力解读为兰溪，或者家乡，口袋里的兰溪，这种幸福或许只有兰溪人能体会到。在他最早的出版作品《1 区 212》中，主人公唐季多多少少有一些他的影子，故事开头便说唐季怀揣着一个动漫梦乘火车离开兰溪，结果还没下车便接到电话说，他要去的动漫公司倒闭了，这喻示着一条艰难的艺术道路之漫长。

从他离开兰溪的 1998 年至今恰好二十周年，如今他已经是动漫界的大咖，荣誉与光环无数，可当他回到兰溪时，仍然是那个大男孩的样子，混在高中生群里找都找不出来。画画、签名仍然是那样一丝不苟，跟每一个家乡人打招呼都十分热情。如果不介绍，走在老城的弄堂里，没人会知道他已然是一个国内著名的漫画家了。

口袋很兰溪，是因为他与每一个兰溪人，对兰溪的一草一木一往情深，兰溪 20 世纪 90 年代的一些事与物，都一一出现在他的作品中，哪怕连一个云山啤酒的瓶盖，他都不放过，那种情景的唯美与记忆，许多人看了都会泪崩。

他把藏在心底的一些故事，带着对家乡兰溪满满的爱，作为自己精心打造的一份礼物献给兰溪。在影院屏幕亮起的那一刻，我的心开始有些激动，毕竟这是一部真正属于兰溪的影片，从口袋最初落笔的那一刻起，它就是属于兰溪的，到影片上映的最后一刻，它的成长都与兰溪紧紧连在一起。

很多读者在从《昨日青空》里读出了乡愁，感觉画的就是自己的家乡。

自古以来，中国人的生活形态无非是村落、小镇和城市，但随着钢筋水泥的出现，房子毅然抛弃了白墙黑瓦的建筑形态，像竹子一样一节一节往上长，至今从全国的层面看，古村、古镇、古城的三种形态都在慢慢湮灭。而在兰溪，这三种建筑形态、生活形态都依然存在。正因为《昨日青空》从一个少年视角还原了一座江南古城的生活形态，让那些久离故乡的观众一下子穿越时光，回到情感的原点，不泪崩才怪。

纵观兰溪发展轨迹，在历史上每一个时期的辉煌，都可以看到兰溪的身影。

在最早的农耕时代，兰溪稻桑棉麻，物阜民丰，宋徽宗曾题谕赞曰："天下江南。"唐代最早就有兰花交易市场；粮米酿制的黄酒"瀔溪春"成为兰溪最早的黄酒；至今发现世界上最早的一块棉毯在香溪出土，至今保存在浙江省博物馆里。

在手工业时代，兰溪人曾被喻为"钱塘江第一商埠"。兰江两岸，商贾云集，"日对千舟竞发，夜照万户明灯"。兰溪成为江南中药材集散中心，誉为"三溪"之一。手工业、商业发达，除了中药材，打铁、棉纺、酱油、酿酒、缸窑等都盛极一时。

到了民国时期，兰溪一跃成为全国四大实验县之首，县城人口达二十多万。1907 年 5 月，一位叫罗安逸的英国女作家罗安逸坐船从杭州来到兰溪，为这座江南小城而倾迷，惊奇于这个完全不同于其他地方的兰溪，这里的白墙黑瓦、风俗民情都让她痴迷，一星期离开之后却久久不能放下。到了 1912 年她再次踏上这座小城，并一住就是一年，她用的相机与文字记下了在辛亥革命前后受到西方和民国新思潮的冲击之后兰溪所发生的巨大变化。后来在她出版的《我眼中的中国》和《中国：机遇和变革》两部游记中均有大量与兰溪相关的图片与文字记载。兰溪当时人称“小上海”，它的时尚、商业、信息都是与大上海接轨的。1915 年有了电灯公司，1919 年有了中医专门学校，1920 年有了长途电话，1932 年建成兰杭铁路，如此等等，凡新式的东西都走在了全省、甚至全国的前列。

在计划经济时代，兰溪是重要的工业城市，以浙铝为核心，建起了一大批的国有企业，工业总产值和税收都是金华地区老大，位列全省前茅，1988 年的时候还受到国务院表彰，《人民日报》头版头条报道兰溪，全国工业经济发展现场会在兰溪召开。

进入市场经济时代之后，兰溪的交通优势已经完全失去，繁华商埠的气息也只剩“淡淡的茉莉花香”，兰溪要如何重振雄风？《昨日青空》故事发生的 1999 年也是兰溪阵痛的时代，整个城市陷入焦虑中，往左走，还是往右走，就像影片中被挡在兰棉铁路道口的屠小意一样，有激动，有茫然。

一滴水可以照出整个世界。兰溪如此，整个中国也是如此。所以说，兰溪的发展见证了中国的发展，兰溪的故事就是中国的故事。

经过差不多二十年的阵痛期，随着进入新时代的脚步，兰溪逐渐找到了针对兰溪病症的药方，以文化新动能撬动兰溪城市的蝶变。

兰溪，再一次找到了自己的坐标，每个角落都散发着青春的气息。

他们自信、无畏、真实、良心、激情、勇气。

那个来不及勇敢的昨日青空已经过去，未来已经启动，未来我们都将有一个光芒万丈的未来。

中国很青春，兰溪很青春。

老城城未老，青空空还青。

在影片现场，每位观众都很兴奋、很激动，指着画面中的每一个镜头哇哇不断，这是哪儿，那是哪儿，恨不得让画面定格下来。

在影片最后主题歌响起时，全场的观众不由自主地站起来，用右手掌去击打左手掌，最后连成一片不息的掌声，以此来表达内心对电影的最高敬意。

或许，每个人心中都有一片青空，每个人心中都住着一个姚哲恬。

其实，每个人心中都有一个永远无法抵达的故乡，和一个永远无法抵达的未来。

兰溪青春的脚步已经在路上，只要坚定、无畏和一往无前，我相信，那个万丈光芒的未来，终究会留给青春、留给兰溪、留给未来。

所以说，《昨日青空》选择兰溪，是一种偶然，更是一种必然，是口袋内心小宇宙的一次爆发，小确幸的一次大转盘。

成也兰溪，败也兰溪。

“昨日青空”是兰溪，“光芒万丈”也是兰溪。

口袋很兰溪，兰溪很中国，中国很青春，让我们一起努力，用我们的青春与智慧去迎接那个光芒万丈的未来吧！

2018 年 7 月 22—28 日

美美+家：从三个维度重构美美家庭教育

——写在《温和守望美美绽放》前面

当您打开这本书时，又是一个百花争艳季。

与往年不同的是，今年百花锦上再添花，此花乃是“美美+家”。

如果说 2016 是“美美+家”的启动年，2017 是“美美+家”的推广年，那么 2018 是“美美+家”的绽放年！

这一年，“美美+家”工作不但得到了民盟浙江省委会、民盟金华市委会的大力支持，也受到了中共金华市委宣传部、金华市教育局、金华市妇联等的点赞，还得到了中国家长与教师合作管理委员会（CPTA）、中国教育学会家庭教育专业委员会等机构的关注，并决定将“2018 家庭教育全国会议”的现场交流部分安排在兰溪，将“美美+家”兰溪模式在大会上作重点推介。

在这之前，民盟兰溪市委会先后组织教师盟员前往梅江镇蒋畈村追寻教育先贤曹梦岐育才之初心，前往柏社乡洪塘里村学习蒋六山办学之精神，在水亭畲族乡建立乡村教育烛光行动实践基地，倡导创建家庭、校园、社会 2+1 美美教育之共同体，幼小衔接之联合体，在各中小学校和社区开展美美家庭教育之实践，等等，一路探索，一路实践，一路收获。

在民盟兰溪市委会的倡导下，在兰溪市教育局、市妇联、市总工会等单位的大力支持下，在众多学校、社区、家庭的共情下，在以吴玉花为发起人的美美团队的共同努力下，“美美+家”从无到有，从理论到实践，再从实践到理论，以“温和守望，美美绽放”为初心，以陶行知先生的“爱满天下”和费孝通先生的“各美其美，美人之美，美美与共，天下大同”为梦想，牢记“多一个幸福家庭，少一个问题学生”的责任与担当，逐渐形成了美美家庭教育兰溪新模式。

这个模式基于心理学，又高于心理学，以科学的态度、文化的情怀、社会的责任，结合传统文化教育和人类社会学，把人性的温和守望与心灵的美美绽放置于首位，从本体、家风、社会三个维度来重构美美家庭教育，为推进教育改革与社会和谐努力提供兰溪样本。

本体：从“知行合一”到“爱满天下”

民盟先贤张澜曾给自己立下“四勉一戒”，曰：“人不可以不自爱，人不可以不自修，人不可以不自尊，人不可以不自强，而断不可以自欺。”张老在立下这“四勉一戒”时已年满古稀，位居国家副主席。按理说，人修至此，已是功德圆满。张老却依然自修自爱，立下此箴，发人深省，给人启迪。

古人以为，人存于世间，由本体出二体，一为“知我”，一为“行我”。“知我”乃本我，是深藏于内心的“真我”；“行我”乃表象，为他人眼中之“我”。当“行我”脱离“真我”时，“我”当为“假我”，乃是“自欺”行为，表现为“不自爱”“不自尊”。故张老立下“四勉一戒”是给自己提个醒，要时时关照到自己的内心，让“知我”与“行我”合一。

早在九百年前，宋代著名兰溪籍儒学家范浚曾手书《心箴》挂于自己案首，其曰：

茫茫堪舆，俯仰无垠。人于其间，渺然有身。
是身之微，太仓稊米。参为三才，曰唯心耳。
往古来今，孰无此心？心为形役，乃兽乃禽。
唯口耳目，手足动静。投闲抵隙，为厥心病。

一心之微，众欲攻之。其与存者，呜呼几稀！

君子存诚，克念克敬。天君泰然，百体从令。

他强调了心为一身之主，不要为物欲所攻。他以为，人之所以可以与天、地合称为“三才”，是因为人拥有一颗“克念克敬”的心。要是没有自修自爱之心，“心为形役”，那就与禽兽无异了。其注重气节、重视品德、讲求修养、发奋立志等内容，对今天的教育仍具有借鉴意义。这或许就是最早的心学之雏形。后来朱熹将《心箴》收入《朱子集注》。后来嘉靖皇帝看到后，专门对此箴作注，并以统一格式颁行天下，立石于全国各地学宫，将之作为官方要典推广学习。后来，王阳明受之启悟，吸收各理学之精华，提出“知行合一致良知”之思想，备受今人推崇。

1902年，兰溪北乡著名教育家曹梦岐参加杭州乡试归来，带回来一套《王阳明全集》，立志在家乡办学，以“即知即行学做真人”来改变北乡野蛮之乡风。他在通洲桥畔单身砸毁了烟、妓、赌等诸多堂馆，建起了兰浦第一座学堂——育才学园。曹聚仁、王春翠、叶庆文等许多名人都曾由此起步。

一百多年之后，范浚思想鲜有人知，育才学园唯有残垣，世人多放纵，知行两分离。人们在忙忙碌碌中戴着各色面具，扮着“假我”，对“真我”之本体无暇顾及。大人如此，孩子也如此，彼此看不到“真我”，内心得不到关照，信息无法传递，无法沟通，爱亦难以同频。家长们抱怨自己满腔的“爱”得不到回报，孩子们却觉得自己的花季备受摧残，人生毫无趣味可言，久而久之，产生抑郁、自闭、厌世等状，甚至出走、自残、跳楼等，令人担忧。

美美团队自成立之日起，备感社会责任之重，以心理科学之严谨，聚而学之，研而论之，修而救之，逐渐成长。本书中的案例多为团队中各位老师利用闲暇之日，精心辅导、参与的一些典型案例，以《引领护航健康成长》《叩响心房架起桥梁》两个章节来解读亲子沟通、陪伴成长的正确方法与技巧。现实中，有些家长把呵斥当作沟通，把溺爱当作陪伴，此为“爱”走偏锋。在本书中，针对种种谬误，从孩子各个不同生长期的心理特征，美美团队成员们用自己的经历与行为告诉你，唯有“知我”与“行我”合为一体，方是持正念、立“真我”、致良知。

若得闲暇，让自己的身静下来，能够关照到自己的内心，感受到孩子的内心，用心去沟通，用爱去传递，让你的家庭教育抵达“知行合一”“爱满天下”，方获家庭之幸福。

家风：从“温和守望”到“世代相承”

如果说本体乃家庭教育之宽度，那么家风乃家庭教育之高度。“人”字到底能写多大，取决于本体的宽度与家风的高度。

兰溪是一个文化底蕴深厚、儒学思想盛行之地，其良好的家训家风百世传承，生生不息。如诸葛亮“静以修身俭以养德”之淡泊宁静，李渔“莫道班门难弄斧，正是雷门堪击鼓”之创新立异，曹梦岐“即知即行学做真人”之蒋畈精神，等等。因为有好的家训遵循，便有好的家风传承；有好的家风铺垫，整个社会便有了深厚的文化底蕴。由此，兰溪历代曾出过两百多个进士，建过八百多个祠堂，书院之藏书曾占金华一半还多，等等，这些现象也就自在情理之中了。

故之，兰溪曾享“天下江南”之美誉，以及“大大兰溪县，小小金华府”“越舟一叶兰江上，载得金华一半秋”等赞誉，或许更多的是指兰溪之文脉。“脉”乃“脉络”，是基因，更是潜能，需要守望、传承与引领。在本书的《血脉相承温和守望》章节中，编者意在通过15个故事的讲述，让读者明白家风的重要性，这是其他任何东西都无法替代的。

家风包括良好的家训、祖辈的风范和父母的言传身教。在浩瀚如海的历代风训中，各个宗族都自成一套，但百变不离其宗，仁、义、礼、智、信是所有家训之基础，虽然时代不同，在众多家训中也有一些不合时代发展之糟粕，但其根植于诚信良善之本，摒弃糟粕后的家训依然不失为好家风传承之源。

曾多遍读过吴玉花的《穷家富养》，在该文中，可以感受到父母对她成长的一种宽容、慈爱与陪伴。她又把这种家风通过自己的言传身教，传承给了儿子，让儿子在温和守望中健康成长，成为别人眼中“有出息”的孩子。我以为，这皆得益于其良好家风的一脉相承。

故而，美美团队倡议重树兰溪好家风，这也是推进兰溪美美家庭教育的文化根基。传承家风的主体是家长，受体是孩子。唯有血脉相承，代代相传，我们的文化之脉才有望振兴，我们的教育之魂才有望永生。

社会：从“各美其美”到“美美与共”

家庭是小社会，社会是大家庭。家庭教育除了要注重孩子本体之宽度和家风之高度外，还需要社会之厚度。

民盟先贤、著名的社会学家费孝通曾提出“各美其美，美人之美，美美与共，天下大同”之思想，成为当今发展之共识。我们的教育最根本目的是为社会培养有用之人、栋梁之材。这个“有用”指的是对人类社会发展能作出一定贡献，而不仅是对自己获取名利“有用”。“为人民服务”曾经是社会之共识，而今却越来越受到私利主义的排斥。对于教育也是如此，急功近利、拔苗助长成为普遍现象。而费老的这十六字箴言可谓一针见血，成为教育的济世良方。

“各美其美”指的是让每一个生命都尽情绽放。孩子就像一朵正在绽放的花朵，不要羡慕其他花朵的颜色，天下没有一朵花是一模一样的，每一朵花都会绽放出自己的样子。原国家图书馆馆长任继愈曾说过：“培养人才不能像蒸馒头，个个都一样。”我们的社会就是要有一种让每一朵花尽情绽放的包容心，唯有每一朵花都绽放出自己独有的艳丽与生动，这个世界才多姿多彩，这就是1+1=2的道理。

“美人之美”指的是教育要有学习、借鉴、交融之精神。“各美其美”并不等同于固执地封闭自我，在自我成长时更要懂得“美人之美”，要能学他人之长，补一己之短，这就是1+1>1的道理。当今世界，面临信息爆炸时代，以有限的生命去获取无限的知识，如果缺乏“美人之美”之智慧，那难免会被高速行驶的新时代列车所抛弃。

“美美与共，天下大同”指的是要有一种凝聚、团结的精神，致力共同成长的梦想。唯有“各美其美”之坚守与认可，方得“美美与共”之大同与和谐，这也是一个1+1=1的道理。有人说“要想走得快就一个人走，要想走得远就大家一起走”。孩子终将要离开家庭与父母的庇护，走向社会的大熔炉。如果一个孩子长期受到温室培育，不经受风雨，不接纳团队，不融入整体，终将无以成就。

在《息息相通美美绽放》章节中，编者用了近四十个故事力求表达一个从“各美其美”到“美美与共”的道理，读一读，相信会有收获的。

费老的美美思想就像路边的行道树，一路上庇护着沿途的风雨。我们一路欣赏着花朵绽放的精彩，品尝着果实的甜美，感受着心情的畅达。

美美就是一面旗帜，家庭教育是一个着力的支点。在这个支点，聚拢了一批有志于美美事业的同心之士，她们利用茶余饭后和休假时间，下基层，跑乡村，进社区，做家访，做讲座，披星戴月，不辞辛劳。

当看到忧郁的孩子重新找到快乐时，当看到无助的家长脸上重新绽放出笑容时，当看到沉闷的家庭重获生机时，当看到紧张的校园生机昂扬时，我们欣慰而笑。

教育学专家黄全愈说：教育“重要的不是往车上装货，而是向油箱注油。”

儿童文学家秦文君说：“教育应是一扇门，推开它，满是阳光和鲜花，它能给小孩子带来自信、快乐。”

“美美+家”希望为家长与孩子间建立起一架沟通的桥梁，为每一个尚在困惑中的家庭加油，为每一个孩子打开一扇通向美美未来的门！希望推开这扇门，可以让您看到一个温馨和谐的家，看到一个洒满阳光和鲜花的世界，看到一个充满希望与美好的未来！

让爱点燃爱，爱满天下；让美感化美，美美与共。

2018 年 4 月 29 日

对人类灵魂与秩序的拷问

——读丹溪草《人类命运变迁与规则》

一本好书有时候就像一壶好酒，有的像白酒，烈性大、冲劲足，一喝就上头；有的像啤酒，水分多、干货少，一泡尿就没了；有的像“女儿红”，放得越久越香，无论你喝与不喝，它都在那里慢慢地发酵、酝酿。丹溪草的《人类命运变迁与规则》就是后者，第一次看完时是2020年，当2022年我再次捧起案头这本书的时候，书中那种“宽慢来，弗着急”的从容依然像人生初见一样打动着我。

这不是一本小说，也不是散文，而是一本关于人类发展文化史研究的书籍。说实话，平时很少看这类书，只是因为对作者丹溪草的好奇，而迫于自己去读。丹溪草原来是我一位睿智而富有创新意识的领导，他跟你讲话的时候眼睛会发光，牢牢地盯着你，半句话在嘴里，半句话在眼里。从来没有套话、空话，眼光里全是真诚，嘴巴里偶尔来一句冷幽默，一不留神，就错过了笑点，看见人家笑，你也笑，却不知道为什么笑。后来因为丹溪草工作岗位的变动，很少联系。忽然有一天，收到丹溪草的这一本书，却是意料之外，情理之中。有人是“学而优则仕”，有人是“仕而优则著”，拥有大智慧的人才能写出大智慧的书。

2020 年一场突如其来的疫情打乱了整个人类的文明秩序，百年之大变局由此拉开不可逆流的序幕。丹溪草也就是在这个时候开始重新思考人类命运的变迁与规则，从人类的起源开始探索物种变异的规则，从人类的动物性开始思考欲望与社会发展的关系，从部落文明开始寻找理想的轨迹，从一个蚁群社会的构架拷问人类社会的文明秩序……

这是一本好读的书，处处都闪耀着人性的光芒；这也是一本难读的书，时时拷问人类灵魂与秩序的坚守。

一、从哪里来，到哪里去

我们从哪里来，到哪里去，这么一个看似简单的问题，却是千古之谜。不知有多少人迷茫过，求索过，甚至穷其一生。著名学者梁漱溟说自己一生只关注两件事，一是中国往哪里去，二是人为什么活着。要搞清楚人为什么活着，必须先要搞清楚从哪里来，到哪里去？我们看过多少文人雅士举杯问明月、问苍天，看过多少帝王将相寻觅长生之丹，看过多少英雄豪杰壮烈赴义……那么，古往今来到底有多少人能不忘初心？有多少人能经得住灵魂的拷问？

本书从几百万年前的动物社会开始探寻人类起源之谜，从蜂类、蚁类的精细分工来揭示人类社会的变迁与规则。作者表示，人性的原生属性与变迁属性总是存在着冲突，一方面在进化，一方面在退化。甚至在进化的同时也是在退化，这是一种客观存在，不能熟视无睹。一方面，随着社会与文明的发展，我们不断地征服大自然，进行科技创新；一方面我们却在创新的同时摒弃了传统，打破了平衡，越过了人类变迁的本来规律与秩序。

看身后，漫漫长路；看前方，茫茫苍宇。从哪里来，到哪里去，似乎都看不到头。

人类从部落文明到父权文明，到王权文明，再到资本文明，似乎走向了一条文明不归路。一边是在努力寻找理想国的秩序文明，一边却不断地陷入资源掠夺、资本比拼的无序竞争之中。很难说 2003 年非典和 2020 年的新冠疫情不是这种资源掠夺的衍生品，至少是人类与大自然平衡的危机警示。

活着到底是为什么？人类到底要往哪里去？哪怕是一个高明的哲学家，也很难说出一个令人信服的答案。作者在书中却并不直面这个困惑，而是用一个轴坐标带领读者走出人生的困境。我们大多数人都把自己的生命活成了一条直线，由此及彼，缺少厚度与宽度，看着很长，叠在一起，却没有分量。梁漱溟曾经教育他的子女们，人活着要有两种能力：一是横向的社会链接能力，二是纵向的自我成长能力。这是生命抛物线的两条轴线，当纵横两条轴线同时往前走的时候，你的生命就不是一条直线，而是一个不断扩张的区域面积，不仅仅有长度，更有宽度与厚度。这或许也是这本书封面简图的人生启迪吧！

二、人的欲望有多深

在我刚参加工作时，一位老人对我说过两个年轻人的创业故事。一个是富二代，一个是穷二代。富二代的这个因为父母死后长期吃喝玩乐，欠下许多债，只能变卖家里财产，先是把椅子卖了，过几天把多余的桌子卖了，再过几天把多余的供桌也卖了，卖一样多一样，最后把房子也卖了，只剩一副可以随身携带的身子骨到处流浪。而那个穷二代呢，看着家徒四壁，觉得客人来也没地方坐，先是赚了点儿小钱买了几把椅子，有了椅子又觉得少桌子，就继续赚钱买了桌子，如此买一样少一样，最后把家里该有的都通过自己的努力赚取了，成了一个富人。

那时候我年轻，“买一样少一样”的创业故事时时激励着我。三十年之后，我从一个小年轻到了知天命的年龄，再来看这个故事的时候，却有了另一种感悟。世间万物一是解决生存需求，二是为了满足欲望。很多时候，我们在向大自然索求的时候，不知道是需求还是欲望。“买一样少一样”由最初的生存需求，慢慢地转化成为欲望。有个故事说从前有个乞丐被一个富人收留，每天给他吃香的喝辣的，后来开始向主人要房、要车、要老婆、要佣人，欲壑难填。总是“少一样”既激发了人类创造的欲望，也打开了人类“物欲横流”的潘多拉魔盒。人的欲望像一个深渊，看不到底。

在蜂蚁社会里，每个蜂蚁有着严格的分工与规则，上百万年以来一直未变，这种秩序的平衡也一直没被打乱。而人类自从有了部落，等级便开始分化，大自然中弱肉强食的规则逐渐向权利秩序发生转变。从此，战争、暴乱、灾难、疫情等，无时无刻不缠绕着人类前进的脚步。

这是人类一条无法逆行的变迁之路。但它不是一条直线，而是一条曲线。

作者说写这本书的原动力是小时候常听奶奶说的一句话：“宽慢来，弗着急。”看来天下奶奶都一样，我小时候奶奶也这么说，那是一代人所坚守的规则与精神。但我一直觉得应该是快慢的“快”：“快慢来，弗着急。”它是掌握在快与慢之间的一种人生哲学，不是“快”好，也不是“慢”好，而是掌握这其中的度。宋元理学家金履祥曾提出“寻恰好处，存敬畏心”，似乎与“快慢来”有“理一分殊”之处。世间万物都有一个平衡点，找到这个“恰好处”支点，不多不少，不快不慢，保持对大自然的敬畏之心，这便是保持人类良好发展的最好规则。

三、灭六国者六国也，非秦也

著名哲学家、犬儒主义代表人物第欧根尼一生拥有的最大财富就是一件斗篷、一根手杖。有一天，他躺在一个木桶里晒太阳，亚历山大大帝经过看见他，上前自我介绍道：“尊敬的先生，我是亚历山大，有什么需要我做的，尽管开口，我一定会为你兑现。”第欧根尼说：“你挡住了我的阳光，请让一让。”亚历山大感慨地说：“我若不是亚历山大，我愿是第欧根尼。”在这里亚历山大象征着权力与金钱，阳光象征着自由与民主，而第欧根尼则象征着人民。作为一国之君要在心里时时装着人民，保障他们起码的生存权益，不要挡住他们的阳光，给人民以自由与民主，给社会以和谐与文明，这是一个国家需要守住的“道”。

“道可道，非常道。”老子《道德经》的第一句话便讲明了人类命运变迁中暗藏的玄机与规则。人类发展需要遵循其中的“道”，但这个“道”又不是一成不变的，它不可说。家有家规，国有国法，“君君，臣臣，父父，子子”就是各守各的道，不可越逾职权而违“道”。蜂蚁之族万年不变其“道”而延承至今，许多族群却因为改“道”乱“道”，最终迎来了灭族之灾。

唐代诗人杜牧在《阿房宫赋》中曾叹道：“灭六国者，六国也，非秦也；族秦者，秦也，非天下也。”一个国家不能守“道”，走向灭亡那是迟早的事。1945 年 7 月，民主人士黄炎培前往延安考察，在毛泽东的窑洞里促膝长谈，留下著名的“窑洞对”。黄炎培说：“我生六十余年，耳闻的不说，所亲眼见到的，真所谓‘其兴也勃焉，其亡也忽焉’，一人，一家，一团体，一地方，乃至一国，都没有能跳出这周期率的支配力。”毛泽东坚定地回答：“我们已经找到新路，我们能跳出这周期率。这条新路，就是民主。只有让人民来监督政府，政府才不敢松懈。只有人人起来负责，才不会人亡政息。”共产党人坚持以人民为中心，敢于接受人民监督，敢于自我革命，才有历久弥新长盛不衰的青春与活力。

作者在书中追问：“我们从人类四大早期文明发源地的现状看，为什么只留下了华夏文明?”人类社会阶层化的出现，虽然体现了贫富差距和不均，但也是社会稳定和进步的必然，是社会角色分工和协作的具体表现。但社会必须要通过合理的“规则”进行分层，从“让一部分人先富起来”，到消灭绝对贫困的“小康社会”，再到共建共享的“共同富裕”实践，这是我们共产党人在人类发展历史进程中探索出来的“道”。

在百年未有之大变局的当下，人类又一次站在新的十字路口，作者感慨我们拥有太多，也失去了太多，“我们面对平静沉稳的高山、大河，还有绵长的历史、浩瀚的大自然，人类改变更多的只是人类自己。不论出生何处、财富多少、种族基因、文化背景，人类终究必须面对的是同样的世界，拥抱共同的命运。”作者认为要守护人类文明，构建命运共同体，还必须战胜世界四大危机：一是贫困危机，二是自然环境容量危机，三是人类文明的自毁危机，四是人类综合焦虑的危机。

作者说：“人类的目标应该是快乐幸福，工具的地位和管控应该初衷不改。”不忘初心，坚守规则，“好的规则，人人趋之；不好的规矩，人人避之。”只有建立在人类对规律的认识之上的规则，才是走向文明、富强、繁荣所要坚守的“道”。

这是一次愉悦的阅读，一次感动的阅读，一次震撼的阅读。愉悦于丹溪草那灵动而不乏机智的文字叙述，感动于丹溪草站在百年之大变局风口的深度思考，震撼于丹溪草对人类灵魂与秩序的一次赤裸裸拷问。

这样一本好书，值得推荐，值得悦读，值得珍藏。

2022 年 8 月 21 日

通往李渔内心的那扇门

——《李渔诗路人生》序

四百多年前，当 8 岁的李渔在自家后院梧桐树上刻下第一首诗的时候，就注定了他富有诗意和传奇的一生。

兰溪地处神奇的北纬 29 度，有着神奇的地貌，养育了一批神奇的人物，贯休、范浚、金履祥、胡应麟、东皋心越、曹聚仁等。李渔便是其中一个，从他怀胎十一个月呱呱坠地开始，便注定成为传奇。他的一生既是一首写实主义的感怀诗，又是一首浪漫主义的抒情诗；既是一部喜剧，也是一出悲剧，生前毁誉参半，死后褒贬不一。喜的是他在时代夹缝里硬是闯出了一条从未有人走过的“卖赋糊口”之路，悲的是世俗眼光对他的不公评价。好在随着时代的进步和文化、思想的解放，大家越来越多地看到了李渔文化的现实意义，给予他越来越公正的评价。

很多人知道李渔都是从《芥子园画传》开始的，也有从《金瓶梅》开始的，但这两者其实都不是他的原创作品，前者是他倡编并作序推荐的，后者是他改定并主持出版的，虽然他在这两本书的出版上都起了关键性的作用，可以说没有他，或许我们今天就看不到这两部书了，至少不会有这么精彩。但他真正原创的作品并不体现在此，而是《闲情偶寄》《笠翁十种曲》《笠翁一家言》等等，有将近五百万字的作品留于世间。或许他写过的远不止这些，但很多东西没能保存下来，或在战乱中烧毁，或在世代更替中遗失。

很多人知道李渔是个大戏剧家、戏剧理论家、小说家，但很少有人知道他还是一位诗人、词人。他的《笠翁对韵》作为古诗词入门必备的工具书之一，与《芥子园画传》《闲情偶寄》成为他对后世影响最大的三部文化经典，但很多人不知道它们竟然出自同一人之手。我对李渔的诗虽然有所接触，但缺少系统的认识，一直到 2020 年。

兰溪是一个富有诗意的地方，但对于 2020 年来说，再有诗意的地方都只是梦中的远方。这一年的疫情暴发，让全世界措手不及，人们的经济贸易、生活规律、文化观念都受到突如其来的冲击。2019 年启动的夏李李渔戏剧小镇建设也一度停滞，但李渔的活法却备受关注。不妥协、不抗拒、不焦虑、不内卷，李渔活在当下的生存法则在此时却是恰到好处，按着自己内心的需求，寻找最好的自己。

这一年，我参与筹建了李渔诗路馆，这是第一个以诗歌的形式去展示李渔人生轨迹的展馆，也是自钱塘诗路建设以来，第一个以“诗路”命名的陈列馆。沿着李渔的诗歌作品，我推开了一扇通往他内心的门，看到了更为真实的一个李渔。

在他的“十种曲”中，在芥子园的戏台上，演绎的终究是别人的故事，而在诗歌里，我们看到的是李渔自己。跟随他的诗歌去追寻他的一生，人人都能读到不同的境界与感悟。

李渔的一生，不走寻常路。饱读诗书的他也曾想通过科举“飞翔鸾凤天”，他曾是那个少年得志的“五经童子”，他曾是感叹“我侪穷骨天生成”的落魄才子，他曾是那个“但作人间识字农”的山中隐士；转眼他又驰骋文学的疆场，得意于“唯我填词不卖愁，一夫不笑是吾忧。举世尽成弥勒佛，度人秃笔始堪投”，红遍大江南北。他，把自己活成了一个传奇。

不论得意还是失意，李渔总是不改真性情。他怀着一种朝圣者的心来对待生活，生活不是他的桎梏，而是他的舞台。他吟诗作曲、置造园林，懂得养生，喜欢美食，漫游四方……拘泥于世俗的欲望中的我们能够在李渔的诗歌里回到最单纯最有滋有味的清静中。

这是一次穿越现实与诗人李渔的隔空相见，一次穿越时光与才情李渔的心灵对话。一百个读者会有一百个李渔，不管此刻在书前是一个怎样的你，打开诗歌这扇门，走进去，相信你会遇见不一样的李渔。

如果你是少年，你会在书里认识一个有着少侠之气、苦读之志的李渔，可以看到李渔那种“相逢先问有仇无”的率真，结交四海皆兄弟，放歌山水亦才情；如果你是青年，你会看到李渔在“才亦犹人命不遭”时的逆转人生，无论是顺流而下抑或逆流而上，重要的是能够在时代的洪流中特立独行、熠熠发光；如果你在职场中迷茫，不如跟着李渔共享“人读花间字句香”的归隐之趣，故乡的土地最能给人温柔的安慰，让人找到恬静纯真；如果你正处于人生低谷时，李渔的诗可以给你“水足砚田堪食力”的信心，随遇而安、尽心而为，给予每个人重新出发的勇气；如果你到了人生晚境，李渔“少年场上杖藜人”的生命激情与“老将诗骨葬西湖”的坦然一定可以感染到你，人生无处不相逢，人生无日不无常，无论是启程，抑或谢幕，都只是人生的一个过程。

做一个敢于追梦敢于斗争敢于胜利的自觉主义者，以无畏的勇气与无私的仁义去书写另一种诗意的人生。活成李渔那样坦然、那样有趣、那样滋润，无论成功还是失败，只要曾经努力过，足矣。

李渔诗路，繁花锦绣；有限生命，无限人生。那个在时光中模糊的李渔国终究在诗歌里变得明晰鲜活起来，让我们在且停亭中慢下来，在伊园的窗前静下来，在李渔带有色彩和芬芳的诗句里停留、领悟，找回岁月的丰盈与生命的精彩。

是为序。

2022 年 8 月 7 日

追梦，用尽有生之年

——读徐林正之“自行车文学三部曲”

徐林正，笔名易水寒，资深文化记者、作家、旅行家，1971 年 3 月 20 日出生于兰溪市马涧镇下杜村，2013 年 5 月 6 日于北京寓所病逝，享年 43 岁。他在兰溪任过乡村教师在金华晚报当过记者等。1998 年 3 月孤身北赴京城，立志成为中国独立撰稿第一人。他坚持独立经济、独立思想、独立人格、独立采稿，先后出版了“文化批判三部曲”：《文化突围》《文化嘴脸》和《文坛剽客》，“自行车文学三部曲”《单车万里走丝路》《骑车走运河》和《那一年，我骑单车走越南》。

林正自离开晚报去北京之后，很少回家，特别是自从他开始实现骑行计划之后，就是想打个电话都难。很多人都责怪他，说他把家乡丢到后脑勺去了。其实现实中，往往是那些天天把家乡挂在嘴上的人最不把家乡当回事。而在林正的心里，何时忘过家乡？每当有什么成就，他会在第一时间与家乡人分享；家乡人有什么事打他电话的时候，他都没有二话地去兑现。他在书中写道：“不离开家乡，不知何为故乡；故乡，其实一直在心中。”读他的“自行车文学”三部曲就能明白，家乡在他心中有多重。

他说自己在小时候最羡慕的是邮递员和卖棒冰的。我跟他是同乡，年龄也相仿，所以小时候也都见过这两种人，他们在农村里都应该算得上是骑自行车专业户，那时候家里要是有辆自行车，也算是很奢侈的事。后来他父亲粜了好几担谷购回了家里第一辆自行车，是 28 寸的，跟他人一样高，他只能把一只腿套进三脚架里面，倾斜着身子站在脚蹬子上骑。我记得自己小时候也这样骑过。当时，对于习惯走路的人来说，这是一种多么奇妙的速度。或许也正是那时候，林正在幼小的心灵中，埋下了骑行世界的梦想。

他说自己真正拥有第一辆自行车时是在参加工作的 1995 年，那时候他已经在《金华晚报》当记者，梦想像邵飘萍那样能“铁肩担道义，辣手著文章”。他说：“那时的金华城不大，又没有太多的汽车，非常适合骑车。我就在这自行车上放飞我的新闻理想。”那时候他为了一条新闻线索，可以骑行几十公里；为了暗访一个新闻事件，可以整宿蹲在水泥涵洞里。也正是因为有这种敬业态度，才会有他笔下那些精妙的文字与惊人的事实。

在他开始实施骑行计划的时候，他给自己定下了铁打的“纪律”：“不拿群众和官方的一针一线；不接受官方、民间的吃饭和钱物（资料除外）；沿途不接受媒体采访，只带身份证，自己的身份基本是作家、旅行者。”古人的长途旅行是徒步或骑毛驴，林正说“自行车就是我的毛驴”。在这个靠汽车行走的时代，还有几人会把自行车当作长途旅行的工具呢？而很多时候，汽车出行的样子恰恰像龟行，而自行车的便捷却可以带来身心的畅游。所以他说：“有路的地方，自行车能到；没路的地方，自行车也能到。我希望我的下半辈子，能够骑着自行车走遍全球每一个角落，这就是我想要的生活。”

但是这种为梦想生活是需要付出巨大勇气的，沿途的那种艰辛，每天都行走在路上，太阳还没出来就得出发，月光洒满一路还没到达住地，有时候只有忍着饥渴在路边搭着帐篷露宿。就连著名主持人倪萍也感慨道：“我们都有徐林正的盼望，可就是启动不了行为上的那一个简单的出发。”每个人心中都会有一个梦想，但又有几人能够做到为了梦想去放弃美好而选择艰辛。林正如果想过个舒坦日子，完全可以有其他的选择，可是他宁愿在路边的简陋旅舍里与老板娘讨价还价，也不愿受别人吃请去住星级酒店。

这就是林正，像一块顽石。

但就这么一个在莫言看来面貌粗陋而显亲近的人，在内心也藏有浪漫的柔情。他说我骑行的真实目的“是享受一边骑车一边写作的快乐，是享受走到哪里吃到哪里的惬意，是享受看美景看美女的舒畅”。他曾经在书中写过在异国他乡邂逅一位异国女子的浪漫一天，两人语言不通，只有靠手势比画，靠画图来理解，但这并不妨碍两人情感的交流。那女子要乘晚上七点的火车离开这个小镇，只停留几个小时。在这段时间里，林正用单车带着她穿过小镇古巷，感觉就像回到了故乡江南小城，带着他的初恋穿越在古巷。天下起了蒙蒙细雨，夜幕渐渐降临，两个人沿着河流默默地走，坐在咖啡馆里数着窗外的街灯。没有发生什么所谓的故事，甚至连名字电话也没有相互留下，从相遇到离开，是一次浪漫而难忘的记忆。他在日记中写道：“今天早八点到晚七点，我们奢侈地把时间交给对方，一秒都没有私藏………这已足够。两个独自流浪的人，一次美丽的邂逅。”

这就是林正，一个浪漫主义的骑士。

著名导演高希希说：“有梦想，人生才完整。”倪萍说：“愿望是什么？行动。”林正是个有梦想有行动的人。但是生命有时候会是惊人的脆弱，惊人的巧合，他在 2007 年 5 月 6 日正式宣布骑行计划的开始，而在六年之后的 2013 年 5 月 6 日，他的生命却永远画上了休止符。他自被查出染上重症，深知无法实现自己骑行世界的梦想之后，他参加了第五届中国当代徐霞客的评选，这也是他唯一一次参加评奖，组委会在颁奖词中写道："超过一百万字的作品，测量不出他人生的厚度，只能测量出他的人生态度：不为浮华，不为虚名，只为人间正道公义！"这也算是对他的骑行之旅和他的"自行车文学三部曲"的最高评价，我相信，他每次出发，除了一顶帐篷、一张身份证和一个手机之外，在他的心中，一定还装着他的故乡和梦想。现在，他骑车西游去了天国，在那里，没有汽车的横冲直撞，没有空中的乌烟瘴气，没有水里的污染排放，他将带着他的梦想，继续他的骑行计划，继续他的自行车文学之旅。

这就是林正，追梦，用尽有生之年。

2013 年 5 月 20 日

回望乡愁的文化反思

——读兰溪籍油画家宋永进作品集《回望》

油画作品集《回望》是兰溪籍油画家、浙师大美术学院教授宋永进的新作，它放在我的书桌上已经一月有余，一直想动笔写点文字，每次都是拿起书翻阅良久，最后又放下了。我不懂油画的技巧，但是我从作品中看到了画家对回望乡愁的文化反思，读到了对回归传统的呐喊，读到了对文明滑坡的担忧，也读到了一种守望乡土的壮烈情怀，让我一次次地感到震撼。

《回望》分为“古宅的期盼”“兰江的困惑”“土墙的茫然”“木窗的自语”“老街的诉说”“会馆的凝望”“荷塘的传说”“石凳的故事”八个部分，收入了画家近年来创作的一百多件油画作品。该书封面一改当下花俏、另类的设计风格，而是以一种简单的墨黑为底色，铺满了前前后后，还未开卷便让人感受到一种厚重、压抑而逼人沉思的气息。当我在距他的画展结束一个多月之后，再一次翻开画册时，除了在现场感受到的震撼以外，又多了一种寻找乡愁的痛。随着社会的发展，城乡建设快速推进，在当下高楼大厦如雨后春笋般拔地而起的同时，很多珍贵的古建被无情地拆除了。城镇建设要“望得见山，看得见水，记得住乡愁”。但许多地方为了追求所谓的“高大上”，把承载着“乡愁”的一些古建当作落后、贫穷的符号一推了之。而宋永进的这些作品恰恰是它们最后的呻吟与呐喊，是画家在回望乡愁中的一次文化反思。

在“古宅的期盼”部分里，宋永进记录了故里的一些老宅建筑，包括祠堂、廊桥等。在画家的眼里，它们已经不再是一幢建筑，而是一个个乡愁的守望者。画家剔除了周边的环境交代，只剩下一幢幢古宅像一个个孤独的老人临风而立，虽风烛残年却仍傲骨凌然，翘首期盼。它们在盼什么？盼拯救？盼新生？还是盼早日结束？画家在这组“回望故里”系列作品的命名中也寄托了他的期盼，如《长者端坐》《老将守望》《勇夫当关》等。世间万物死是必然，生是偶然，在这种时刻面临死亡与新生的夹缝生存中，画家表达了一种壮烈的坚守精神，让人在看这组作品时不免多了一份悲壮。

如果说在“兰江的困惑”与“土墙的茫然”作品中，体现的是对现代科技与传统文化的心灵撞击，那么“木窗的自语”与“老街的诉说”系列便是对城市文明与传统文化断裂、分割的一记棒喝。兰江、横山多少年来已经成了兰溪人的心灵依托，“一天看不见横山就会哭的”，那种情怀是外地人难以体会的。但因为高科技的运用，在画家看来，灯光替代了夜色，马达替代了船桨，水泥替代了土墙，钢筋替代了木料，这是一种文明的进步，但也是对城市的一种溺爱，无意间我们也对传统文化造成了伤害。那些木窗不见了，都换成了防盗门窗；那些老街不见了，都改成了车水马龙的柏油路。这些作品中，给我印象最深的是《大红门》，画面上只有一扇红色的大门，甚至连门框都没画，红漆已经斑驳，有许多划痕，中间挂着一把生锈了的锁。锁最初的发明是为了防范与守护，而在这里却只有分割与阻挡。因为这把锁，既关闭了通往“乡愁”的大门，又阻隔了现代文明扎根传统的土壤。红色又代表了一种传统与热烈，那么这扇门是传统的坚守还是文明的樊篱？总让人产生一种破门而入的强烈欲望。

在“会馆的凝望”中，画家反思的是个体与集体的利益反差。在过去，会馆是一种乡情的共同守望，是个体温暖与力量的集合；而现在的会馆，首先是利益的共同捆绑，然后是个体欲望的膨胀，甚至腐败、堕落，所以这种“凝望”更多的是回归本义的希望。在“荷塘的传说”中，画家反思的是主体与辅体的利益争夺。在画家笔下的那个荷塘里，艳丽的荷花、饱满的莲蓬、摇曳的荷叶都已经没了，只有一根根孤零零的残梗直刺天空，代替昔日翠绿一片的则是贴在水面的浮萍，但它们只有表面的绿，连根须都扎不到土里，只好依附于水面随风漂荡，水流到哪里，它们就漂到哪里。

最后一部分是“石凳的故事”，似乎与第一部分的古宅故事互相呼应，它以另一种坚守的方式诉说着一个个温暖的乡愁故事。或是一块粗糙的青石板，或是一块残破了的磨盘，甚至是一个没来得及铲平的土墩，在故里的村口或弄堂里随处可见，只要有老人往那儿一坐，小孩便围了一圈，便有很多古老的传说会源源不断地流传开来。现在却只有石凳，不见老人。这组作品寄托更多的是画家对童年与岁月的一种怀念。

我最早认识宋永进是因为他的获奖作品《红色的休止符》，画的是人们在火车道交叉口的休止符前等待放行的瞬间。那是20 世纪 90 年代初，改革开放的步伐开始加大，他却以这样一种强烈的反差进行文化反思，提醒人们放慢脚步。二十多年之后，他又以这样一道灰色的“休止符”来提醒人们回望乡愁，守护乡愁，呼唤社会对传统文化的反思与回归，这种精神与良知实在难能可贵。

我想，这也正是我们现在许多只会媚俗于市场的文艺工作者所缺失的。

重返村庄的三个精神维度

——读项建新作品有感

项建新从1400多公里之外的北京托人带回来两本他的新作，一本是散文集《炊烟记忆》，一本是诗集《重返村庄》。

他曾经在我主编的“兰溪作家文丛”里出版过一本散文集《在路上》，这似乎是好多年前的事了，那时候他已经从事新闻行业，后来又投身商海，自己创业，开发了一款“为你诵读”的软件，着力打造移动互联网独角兽爆款。他说诗歌是自己心中的一个结，哪怕是做互联网，也在为诗歌寻找活路。通过他的软件平台，原本一声不吭地躺在纸质媒体上的诗句，一下子赋予了声音的能量，让行将死去的诗歌恢复了青春的活力。正是他对诗歌的执着与商业的敏锐嗅觉，让他在传统文学与互联网之间迅速找到了一个可以让大众狂欢的通道，于是“为你诵读”的事业越做越大，全国各类相关活动，搞得风生水起。

现在，隔着1400多公里的两本书静静地放在我的案头，洁白的封面，亚麻的质地，狭长的尺寸，就像两封从远方寄回故乡的信，满纸都是乡愁、乡音、乡情，内容虽然早已熟知，但还是迫不及待地想打开它、阅读它。

我与项建新的老家很近，也就隔个三四里路，初中是同一所学校读的，只不过是我毕业了他才去读，擦肩而过。我俩是在工作之后认识的，现在已经想不起第一次是怎么相识的。那时候他还读高三，却经常有文章见诸报端或在电台播出。后来便有了书信来往，一来二去，便自然就认识了。原来是隔壁村的，我们都算是北乡人，于兰溪城里人来说，北乡人算是一个异类，肯吃苦、一头筋、口音重、土里土气，等等，在人群中很容易让人辨别出来。城里人经常拿北乡人的方言开玩笑，说鸡、猪、箸（筷子）发音不分，只得在前面加上一个定语，说成是地上的ji（鸡）、栏里的ji（猪）、吃饭的ji（箸），用以区分。但其实北乡人在这个字的发音上还是有声调上的微妙区别的，只不过是城里人没有细辨出来而已。北乡人比较安分守己，只要不触及自身的利益，也便懒得与你争，你说不分就不分，一笑而置之，仍沉浸于自己的世界里。

在我们老家附近有一座廊桥叫通洲桥，桥东有一个村叫蒋畈，桥西有一个村叫塔山脚。蒋畈出了个曹聚仁，后来成了战地记者、著名作家；塔山脚出了个王春翠，后来成了曹聚仁的妻子，做了育才小学的校长。育才小学最早是曹聚仁的父亲曹梦岐创办的，他只身砸烟馆、办学校，改变了整个山乡的野蛮风气，让从不识字的北乡山里佬从此变得斯文起来，后人把这种精神称之为“蒋畈精神”。“蒋畈精神”影响了北乡一代又一代人。项建新正是毕业于20世纪80年代复建的育才小学，也深受影响。曹聚仁先生曾写过一本书叫《我与我的世界》，呈现的就是兰溪北乡人的风骨。勤奋刻苦、傲骨铮铮、特立独行、适应性强，像野草的种子，落在哪儿都能生根、发芽、开花、结果，形成自己独立的一个世界。项建新的性格当属此类，无论何时何地，变化的是这个世界，在他内心拥有的文学情感一直没有变，有自己的一个世界，不管文学也好，商业也好，坚定而执着，不管外面怎么变化，都改变不了其坚定行走的轨道。

这次项建新一下子出了两个作品集，用他自己的话来说，是对自己文学内心的一个交代。而在我看来，更像是他对自己文学少年的一次穿越，对家乡故土的一次祭奠，对漂泊人生的一次解读。不管是《炊烟记忆》，还是《重返村庄》，都是从“我”的内心出发，试图抵达那个永远都回不去的精神故园。打开书本，似乎剥开了诗人摘掉生活面具之后的一颗真实内心，每一首诗、每一篇随笔、每一段记忆，或温馨，或伤感，或忧郁，如同飘逝的光阴碎片，从梦想、心灵和生命三个维度构成了诗人内心一个文学意义上的故园，从而实现精神上的重返村庄。

梦想是重返村庄的精神宽度。

在他早期的文学作品中，梦想会以各种姿态、各种颜色呈现，浪漫的、忧郁的、幸福的，关于爱情，关于青春，关于人生，等等。《走出雨季》是我最早读到他关于爱情梦想的一篇散文，从期待到梦想，再到期待："不知怎么睡着了，梦见明天有一个很好的太阳，我们一起走过了这淡淡的雨季！"从一个梦到另一个梦，可以穿越整个洒满阳光的青春丛林。在《大山无故事》中他描写了一个山区邮递女孩的梦想；《天才与我》描写了一个残疾女孩的画家梦想；《一坛雪水》描写了一对隔着海峡相望的恋人团圆的梦想，他们都是一些生活中常见的普通人，他们为自己的梦想不断地追求着，却被无情的现实一次次地打碎：邮递女孩被洪水冲走了，残疾女孩用玻璃碎片割破了手腕，隔着海峡的男孩别离五十年后再次相见时已化成灰……身边只有现实，梦想总在远方。在《蚂蚁·英雄》中的父亲与世间许许多多的普通人一样，他们也有梦想，也有奋斗，但作为最底层的农民再伟大的梦想也终究摆脱不了生活的挣扎，他们最实在的梦想"不过就是做一只蚂蚁，仅仅是一只蚂蚁罢了"。他们从来没有想过要当英雄，真正的英雄也不过是"平凡的人做了最不平凡的事"。但在作者眼里，他们"虽然平凡、短暂"，却也是"一个像蚂蚁一样的英雄"！由此项建新称自己"突然很冲动地想做一只蚂蚁，一只像父亲一样的蚂蚁"。这个时候，他的梦想或许更接近于心灵的真实，更接近于一个草根“英雄”的真实。

心灵是重返村庄的精神高度。

心有多大舞台便有多大，而故乡便是心出发的地方。不管你走得有多远，飞得有多高，成就有多大，你的心最柔软处一定是留给故乡的。在他的作品中，有大量的作品是描写故乡的，故乡的人、故乡的景、故乡的事，作为一个身处他乡城市创业的游子，每当路遇坎坷之时，每当功成名就之时，每当夜深人静之时，故乡是唯一能填满心灵空虚的东西，它是温暖的、充实的、文学的。他说“我本是/乡间的一颗麦粒/一只鸟/使我迁徙到城市”“丢失了麦地/和整个乡村/我身体的每一个部位/都流失着血液/长长一个季节/我都在街心公园里散步/再也找不到/一个安静的角落/重新做那辆心中的驿车”（《一颗麦粒》）。剥开名利喧嚣的城市之核，我看到一颗来自乡村的麦粒，它真实的内心在都市的黑夜里闪耀着质朴的光芒。在《沉默的故园》，他“看到母亲手搭凉棚/伫立在季节的中间/青春的脊背/满载着沉沉的岁月”。他《遥想千里之外的母亲》“黑暗中/你又在唤我的小名/一遍一遍”。他记得父亲说过“要为我娶房媳妇盖幢楼/不知道/你的指缝里还能否拧出时间/谁肯定明天的你/我还能够再见/让我的儿女/绕你膝前呼唤爷爷/别忘了/你的苍老里/还站着我的年轻”（《父亲，把明天交给我吧》）。在

《麦子熟了》的时候，他看见故乡的田园里“阳光/在一摇一摆地行走/田鼠在地穴里聆听/麦粒的欢呼/远远的乡村里传来父亲磨动镰刀的声音”，而此时，“隐匿于城市深层的儿子/在这个时节/眺望故乡/总是泪流满面。”每当读到这里，我便会看到自己的乡村，看到自己的父母，深埋于心底的乡愁与泪水一下子就填满了整个黑夜。“多年以后/我重返乡村/听到麦子嘤嘤哭泣”“泪水哟/夺眶而出/如弓的镰刀划破我内心/弯弯的忧伤”。而此时，文学也通过诗人的笔触已经抵达了心灵的高地，实现了释放乡愁的功能。

生命是重返村庄的精神长度。

从梦想到心灵，再到生命，三个维度的构成也可以当作三个时期的主题来看。梦想是他早期的主题，只是从一个点到一根线的变化，而到了后来，他离开故乡以后，视线从城市回望故乡关照内心的时候，一个由线到面的文化地图已然形成。当他在事业上取得一定成就之后，把视线关注到了生命的长度，由量到质，这个时候，一个立体的文学空间慢慢地便立起来了，也标志着一个作家风格的成熟与定型。这个时候，他更加注重于写实主义，他写《有个表弟快要死了》，“听说有个表弟快要死了/癌症晚期了/扩散了没救了”，此时，诗人用一种悲悯的笔触去怀念表弟的青春，同时，他更是通过语言的力量，痛揭现实的残暴，“对此我心疼/却不内疚/因为需要内疚的是/有些山/有些水/有些空气/有些灵魂。”看似轻描淡写的诗句，却像一根鞭子一样，抽在每一个毁灭生态的灵魂身上。当他遇上《可可西里的藏羚羊》想喂水给它喝时，羚羊保护队的队长却把小羊赶跑了，“他说/我这么做/会让小羊们/误以为/人类很善良。”此时的写实主义成了批判主义，是不是所有的人类都会像善待自己一样善待世间的每一个生命？显然没有。在《小银鱼》里，诗人描写了一种生命喂食另一种生命的过程，“我看着碗里的油炸小银鱼/想着这些小银鱼的一生/他们还这么小/就失踪了死亡了/他们的母亲不知道他们的死活/我也不知道他们母亲的死活/就这样/小银鱼的尸体辗转到了各地/想着这些的时候/我夹起了他们/送进了嘴里。”世界要保持平衡，生命便是轮回的，人类与生物都是如此。但当人类的侵占欲望达到要以其他生命来换取人类生命的延长时，世界的平衡也便打破了。当世间再次《轮回》时，哪怕你是一头曾经多么勇猛的狮子，也将得到无情的报复，他们会对你说“没关系”，然后悄无声息地灭了你。尊重生命、爱护生命才是我们诗人透过字里行间对人类发出的警告。

面对《寂寞戏台》，作家在心中再一次拷问生命的长度，人与戏台哪个生命更长？“对着空空的戏台，想象着它有过的繁华种种。太阳很慢很慢地总算照着了隐墙边的一抹开着花的玉藕树，软软的花香走散开来。一个下午的过去钝如抽丝，几十年的沧桑却可以快如刀锋。”人生如戏，戏如人生。曾经在戏台上风光无限的才子佳人今何在，只留戏台空对月。世间万物实乃空性，无所谓长短，只是一种形态的变化，因缘合和的不同，谁都不知道明天与未来哪个先到，但每个人都应该知道此时此地“我在”，立于当下，忘却疼痛，心持快乐，才是真正实现重返村庄的最佳归途。“一只家雀飞来，落在台上，叫了几声。不知它唱的是哪出?”或许在这个寂寞的戏台前，作家突然对生命有了更彻底的了悟，他想，“有一天我老了，头白了，散落了激情，便牵着一头老骆驼，走进无人穿越的沙漠，然后倒下去，任风沙把躯壳淹没。”此时，已经对生命已经少了一份遗憾与感伤，却多了一份三毛式的浪漫与安然。

我想，不管梦想有多宽，心灵有多高，生命有多长，只要有诗歌在，有文学在，我们的人生便是充实与安然的，我们的未来便是美好与令人期待的，让那些在生命中走丢故乡的孩子们重返村庄便有实现的可能。

我相信，在未来的人生道路上，骨子里流淌着“蒋畈精神”因子的那个“文学少年”项建新一定会走得更远，用更高更广的维度重返村庄，在他的精神故园构建起一个更为美好的文学空间。

2018 年 11 月 18 日

空中飘过的那些乡愁

——读小虫散文集《表情》

2019 年春的某个雨天，突然收到小虫的一条微信："你好！我是小虫，多年不见，但一直在我计划出一本有关乡土和青春回忆的散文随笔集，初定由江苏凤凰文艺出版社今年 8 月份出版发行，文稿已整理完毕。文字功力有限，力有不逮，但确实是真情流露，里面有家乡，有一个文青曾经的执迷不悔。有一个不情之请，恳请能给我的《表情》散文集作序。"这条微信来的确实有些突然，好像不期而至的一场春雨，让我显得有些不知所措。小虫，两个熟悉的字眼，一张陌生的面孔，我不敢确定是否了解他。

小虫是黄小龙的笔名，我已经想不起是什么时候加的微信，却一直相互存在着，没怎么对过话。如果不是他要出书，我还真不知道什么时候会对上话。前些年没微信的时候，我们的 QQ

也一直这么相互存在着，聊天总共可能没超过十句话，只是偶然在相互的空间里点个赞、留个言。我甚至想不起来是否真见过他，但他那时候的文字让我印象深刻，那是一种从年轻生命中散发出来坚硬而傲慢、孤独而迷离的青春气息，读之一个性格刚强而又爱憎分明的邻家男孩感觉就鲜活地站在你的眼前。时隔二十多年，他已经从一个心怀文学的高中生成长为一个小有成就的商人，但难能可贵的是一直没有放弃文学，在别的商人忙于酒桌、牌桌和歌厅之时，他却把休闲的时间献给了书桌，一路上留下了诸多的文字，见证自己的青春、自己的成长以及心灵的历练，确实值得可喜可贺。我不由得静下心来，开始寻找我们文学交集的“表情”。

最初的交集应该是在 1997 年，那时他 20 岁，我 26 岁。那时候我办了一份《芥子园》文学报，他寄了稿子给我，一篇是《两种期待》，一篇是《青春从空中飞过》，发表在同一期的两个版面上。一期同时发一个作者的两篇作品是不多的，况且是一个新人。尤其是后一篇，我把它发在三版的头条，后来又被评为“李渔杯”文学大赛优秀作品奖。他说，就是那次他来芥子园里领取获奖证书和奖品的时候见的面。此后再没有见过，一直到现在。有过几次机缘，却都错过了。甚至有一次我经过他工作的城市无锡，他在我 QQ 空间里看到后发短信约我相叙，可此时我已经离开他所在的城市了。相遇又一次擦肩而过。

说实在的，我自 1999 年《芥子园》停刊以后，似乎没怎么看到过他的作品。后来，经过十几年的奔波，他最后落脚在无锡，在那边扎根落户，而且加入了当地的作家协会，如今，他的散文集即将出版，真为他高兴。打开他发给我的电子文档，很好读，又很难读。好读的是他的语言，有自己鲜明的特点，就像当年那个干脆利落是非分明的年轻人，多短句，快语速，每一句都是落地有声，果断的、坚定的。难读的是他对乡愁与生命的解构，总在不经意间蹦出几句要让人咀嚼好几遍的话，带点哲理，带点反思，有时候甚至说半句藏半句，颇费琢磨。

都说文如其人，读他过去和现在的文章，相隔二十年初心未改，实在难能可贵。能保持文学的初心，又能在商场上如鱼得水，看似不易，实是相辅相成，共建共赢。从他的作品中我能感受到那种浓浓的乡愁，和那股对拥抱生命与青春热烈的气息，通过他那种特有的简洁、明快、不加粉饰的原生态短句的叙述，来表达自己丰富的内心。

写乡愁其实很容易掉入一个沉湎与伤怀的陷阱里，而小虫干脆明丽的文风却将人带入了一次次美丽的穿越旅行，乡村、老屋、小城、爱情，他们存在着、守护着、美丽着，在历史的某一深处，楚楚动人，让读者看到了一种客观存在的美丽，就像一幅乡愁的“清明上河图”，展示着丰富的文学“表情”。按作品表达的主题分类，我把它们大致分成了五种“表情”，分别是：故乡、亲情、青春、生命、文学。

第一个表情是“故乡”。故乡是心灵的安宁，在那里，可以放养你无拘无束的青春，可以与你的亲人世代承欢。人们常说“故土难离”，哪怕天涯海角，故乡仍居心中。在故乡，我们守着家业，说着方言，却任“老宅墙体剥落坍塌，杂草丛生”。人类的迁移总是从这里到哪里，一直寻找着最适宜自己生存的地方。对于新移民的一代，哪里才是故乡？小虫说：“在‘八百里乡愁’之处，曾经‘影影绰绰在这四角的天空，停留着我的童年，飞不出去’，可是‘长大就是背离故乡的过程，人生道路越走越远，故乡越变越陌生’。当我们重返故乡倦鸟归巢寻找‘初心’的时候，故乡‘已经面目全非，不是你离开时的模样’，久违的乡音虽然没有变，可是‘那条老巷，那家面馆，门口的那块大青石，已经找不到了’，甚至连‘线索统统不见了’‘房地产野草一样，四处丛生’，故乡成了‘复制的赝品’，再也‘找不到当初的回忆’，故乡成了他乡，他乡成了故乡。”“在无锡，我们是第一代，无亲有故，到孩子们这一代成家立业，慢慢开花结果，三代才能安定下来。距离的疏远，长辈的过世，故乡开始模糊，它慢慢退回到我们心里。”我们走得越远，故乡这块“金子”就越沉。只要故乡藏在心里，内心就不会荒芜，因为“故乡是我们的来历，这条线，有据可查”。

第二个表情是“亲情”。父亲、母亲以及七大姑八大姨等等构成的亲情就像生长在故土上的一棵棵大树，庇护着每一个延续生命的繁衍、生长、升发、畅达。他们的喜怒哀乐，他们的悲欢离合，他们的爱恨情仇，他们的生老病死，都是我们每一根文学神经的牵挂。翻开小虫父亲留下的那本《老黄历》，想着父亲在时，遇上家中有婚丧嫁娶、起屋动土、开业乔迁什么的，父亲翻翻他自制的老黄历就搞定了。他无师自通，诸事大吉。父亲在时，年少的小虫“笑他迂腐”，如今想想，那都是老辈人的宝贵经验啊。他们总是对万事万物有一种敬畏感、神圣感，虔诚的心总是可以得到善意的回报。在《父亲的爱情》中，他不动声色地讲述了父亲与阿素之间那段深埋于心的故事，“两个人不能在一起，彼此祝福，又不动声色”“我在想着你的时候，知道你也在想我”，这是一种多么伟大与朴素的爱。作为子女，可以如此平静而不带偏见地去讲述长辈们的过往，需要一种宽广的胸襟与畅达的“表情”。

第三个表情是“青春”。每个人都有过的青春，它就像一场任性而来势凶猛的洪水，来得快，去得也快，还没等我们品尝出青春的滋味，岁月的沧桑便已上额梢头。当《重返十九岁》的时候，我又一次看见了那个雪夜趴在桌子上给我写信的少年小虫。那时候，他“身体里燃烧着一团火”，又像一江被大坝围困着的洪水，横冲直撞，“一种想要破壳的冲动，可是不知道出口在哪里”。当青春不再的时候，文学为我们提供了一次重返的可能，回到二十多年前的时光，“重拾起当初的梦想碎片”，与自己的青春对话。“青春会用光，身体会老化，记忆会退化，我心依然。”他“跟象牙塔里的自己说，这次我决定改变一下，等我回来”。在青春的时光机里，《此情可待成追忆》，他与她相遇、相识、相恋，“带上门世界就剩下我俩，单放机放着轻音乐，一切都刚刚好”，在那个没有手机、没有电话的年代，“我们挨得很近，并排坐在床沿。我的身体贴着她的身体，感觉到她的体温。”这种让年轻荷尔蒙喷射的心跳如今却成了稀罕之物。你一个手机，我一个手机，中间隔着冰凉的屏幕，却感受不到彼此的心跳。在《救时光》中，小虫把青春看作“是一场花开花谢的盛事”“做梦的年纪，天真率性，无忧无虑”，但随着青春飞逝，“白头发惊心动魄地长出来，眼袋开始发黑沦陷，睡得越来越迟，醒得越来越早”“青春已不辞而别，悻悻地溜走了，徒留下一声叹息”“青春开始的时候在校园，结束在家庭和社会之间”。水从源头开始，就踏上了奔向大海的征程，当踏过千山万水抵达大海时，那到底是青春的坟墓还是奋斗的开始？当我们走向衰老时，在我们内心永远都藏着一个不灭的青春，只是生活的磨炼让它一直压抑着，装出一副老气横秋的面孔，一次次地去重复着千年不变的人生游戏。

第四个表情是“生命”。生命是构成故乡的核心要素，故乡之所以叫故乡，是因为曾经有过的那些生命，他们曾经灿烂过、美丽过，如果没有生命，故乡只是一座荒丘、一堆建筑而已。当父亲的生命在1969年化作故乡的一抔土的时候，小虫忽然感觉到了故乡随着父亲的背影渐渐远离，最终搁浅在童年的记忆里。故乡“从此长眠在铁路边，留下繁生的世界，无边无际”。尽管生老病死是生命的常态，但我们却常常无视于这种常态。在父辈还在的时候，他们像一道安全屏障一样挡在我们与死亡之间，当有一天这道屏障轰然倒塌，我们面临着眼前张着血盆大口的“死亡”，我们何以看待生命？“生命是脆弱的，死亡只是一个失联的老友，总有相逢之日”，既然如此，那么“剩下的每一天都是生命中最年轻的一天”。能如此清晰地看透生命的本质，在麻木浮躁的当下，已属不易。记得他在当年给我来信中探讨“活到五十岁就死”的时候，就已经明白生命就是一场燃烧的火，哪一天灭了，哪一天就结束了。“或许，我们生命中一直在重复那些毫无意义的事，吃了睡，睡了吃。我们马不停蹄在尘世中转悠，背负功与名，发发牢骚，排遣对无聊生活的厌倦。我们甚至忘了生活的本真”，但是我们是否可以“为某件值得的事，为某个可爱的人，甘愿辛劳一生”？我们是否可以在有生之年去“更好地享受生活，为世界创造财富，证明我们曾经来过”，然后“从容别离”？他明白“生命只有一个入口，出口却有很多，用一个旁观者的心态观望自己一生，世界还是善意的，投之以桃，报之以李，奋斗吧，少年！”他用自己真诚的方式走过生命的每一天，就像当年他毅然休学走向社会一样，哪怕撞得头破血流，也不能辜负了自己的青春。珍惜生命的每一刻，不忘初心，让“杂念和贪念少一点，安心地变老”，不管最后成功与否，至少可以在年老的时候对自己说：“我已无憾！”

第五个表情是“文学”。生命终有涯，文学无尽时。故乡、亲情、青春、生命构成了一个乡愁文学的完整版图。小虫说自己是“一个敏感的，试图在梦境和现实边缘自圆其说的文青”，他喜欢用“文字捕捉青春岁月里一闪而过的细节”，而这些细节里“乡愁占据一半”。在他眼里，文学就是蜗牛背上的那个壳，“独立、自由、坚不可摧”，在风雨来临时，“不用东躲西藏，一秒钟钻进防御大楼”；文学就是蜘蛛脚下那张“与世无争、坐享其成”的网，可以“等待食物主动送上门来”；文学就是父亲手中的那本“老黄历”“冥冥中，万事皆因果，早有定论”。二十多年前，我曾在《芥子园》报刊上编过一组“文学与贫穷”的稿件，还是少年的小虫在信中与我探讨文学的“贫穷”与“富裕”。他相信“写作是一场旷日持久的单恋，尽管力有不逮，它依然是作者直抵内心的最好方式”。他从 18 岁开始，“自我意识的觉醒，无可救药的多愁善感，养成了文字记录心迹的习惯”，他断断续续二十年的“守口如瓶”，却换来“发黄的十几本笔记”，成为文学最初的积累，也是自己一生成长的财富，“闲下来，翻翻看看，兵荒马乱的青春跃然纸上”。

翻看小虫的作品，在叙事上、结构上，以及人物的逻辑上尽管还有一些可以商榷与改进的地方，但他的那种不动声色、有一说一、不加粉饰的语言，那种文学原生态的写作，是很接地气的。就像立在乡村田野里的一座老宅，不用说话，就已经全是故事。文学的功能有很多，教化、感染、美学、知识、娱乐等等，一个作家的作品野心再大，也难以实现所有的功能价值。小虫在他的作品中，至少为他的故乡、亲情、青春、生命和文学留下了岁月的“表情”。岁月本无情，只是写得人多了，便有了“表情”。小虫说：“‘时间就藏在它里面，取之不尽，用之即竭’，但是‘它从哪里来，要到哪里去？’谁都不知道？我们要做的就是‘紧紧追随着它’。”

林清玄说：“我们虽然在尘网中生活，但永远不要失去想飞的心，不要忘记飞翔的姿态。”林清玄是小虫最喜欢的作家之一，把这句话送给一直没有忘记飞翔的小虫，希望在未来的天空中，依然可以看到他飞翔的样子。

2019 年 10 月 9 日

谈谈先知精神

——先知纪念文集《先知先知》序

从2021年10月决定要以祖父的名义建一座亭子起，到2022年10月3日举行落成仪式，刚好是一年的时间。这一年中发生了许多不可控的事，让建亭一事也徒生不少曲折。

世间的事如果不去做，再简单的事都是万难；如果一旦开始行动，再难的事也都会变得简单，再远的路都会到达。

亭子终究是建起来了。期间有过好几次，在梦里见到祖父，好像就在眼前，跟我说着话，叮嘱着什么。可一睁眼，又不见了。

祖父是一个无神论者。我也是，从小就是不怕鬼的。

但我又是坚信这世间是有一种灵魂存在的，它不是神，也不是鬼，在我看来，它便是一种精气神，是一种精神的支柱、力量的依靠。

人是不可以没有精气神的，它既是一种基因的遗传，也是一种文化的传承。

所以在亭子落成的那一天，我突然想，还需要有一本先知亭的“说明书”，为什么叫“先知亭”？“先知”有什么含义？“先知精神”是一种什么样的精神？希望有一个小册子，能把这些问题给后来人说说清楚。

建一个亭子容易，有钱就行；但要形成一种精神不容易，需要几代人的修为与努力。我查了一下宗谱，祖上从迁始祖百十六公开始，一直到祖父第二十四世孙，没有一人入仕。或许是“宣和之难”给祖上带来了太多的伤痛，方姓改陈以后，便世世代代隐居不仕。

一方水土养一方人。祖上跋山涉水选择此地隐居，正是看中了这里的山清水秀，可以坐拥山水卧听鸟鸣，窗临水曲琴书润，人读花间字句香，八千里路云和月，百世功名尘与土。因此祖上取之为“桂花源”，入不入仕并不重要，重要的是寄情于子孙后代都能过上一种安宁富足的生活。相比较现在的“西庄”村名，我更喜欢原来的名字，听上去更有意境。

西庄以前是金、浦、兰三县的地界边缘，属于三不管地带，在战争年代，多有地下党活动于此。据说，连粟裕都在此养过伤，至今村里还有他的一些故事传说。在没有通机耕路之前，村里只有一条小路通向村外。一座突起的象鼻山挡在村口，不熟悉地形的人，初来乍到，不易发现此村。只有绕过象鼻山，再往里一拐，才豁然开朗，如遇世外桃源，白墙黑瓦，绿树成荫，鸟语花香。自宋末八百多年来，祖祖辈辈安居于此，自足自给，无论世外风雨飘摇，“乃不知有汉”，更何况从商入仕。

直至清末，隔壁蒋畈村的曹梦岐中了秀才后，给四邻八乡带来了一股新风，吹醒了沉睡的梅溪两岸，办起了全县第一家新式学校——育才学堂。而祖父正是赶上了时候，就读新式学校，得到继任校长王春翠的亲炙教诲，并受其影响，紧随其后，走向了一条教育救国的育才之路。

祖父20岁金华七中毕业，受王春翠赏识，始在育才学校执教。王校长为他取名先知，并介绍外甥女与她为妻。从此，改变了祖父的一生，决定了他为民执教的一生。而育才的“蒋畈精神”也影响了他一生，从而奠定了他的“先知精神”。

那么，“先知精神”的内涵是什么？

首先，“先知精神”是一种信守本分、勤俭节约的践行精神。祖上世代为农，家境并不富裕。祖父兄弟四个，作为老大，却从小过继给了二伯。二伯“玩物丧志”，把家里的钱都花在了“斗牛”上，54岁就撒手归西了，留下我祖父与曾祖母相依为命。在我印象中，曾祖母是信守本分、勤俭节约的人，她自己的衣服补了又补，却永远保持着整洁的样子。我小时候就跟着曾祖母睡，她每次吃杨梅都会把杨梅核晒起来，晒干后敲开给我们核仁吃。她的床头与柜子里摆的衣物等永远是整整齐齐，见不得一丝杂乱。她的这种精神也传给了祖父。印象中，祖父也是一直讲诚信、持节俭的。在这次的集体回忆中，大家有个共同的记忆，就是从来没有见过祖父给谁买过零食。祖父虽然家境不富裕，但在他当了校长后，在学校里工资也算高的，却从不乱花钱。但在买文具、做公益等方面，他又是从不吝啬的。正因为祖父的这种践行精神，让我们养成了勤俭节约的习惯，不奢侈、不铺张、不浪费，对所需之物不求华贵，以够用为标准。

其次，“先知精神”是一种即知即行、务实创新的求真精神。先知精神从蒋畈精神衍化而来，蒋畈精神从婺学精神衍化而来，它们是一脉相承、有迹可循的。曹聚仁曾写过一篇叫《金华学派》的文章，他称自己父亲曹梦岐是金华学派的最后一位先生。曹聚仁称，金华学派与程朱理学、陆王心学相比，最大的特点就是经世致用、求真务实，不空谈、不故弄玄虚。曹梦岐在学校主张的“即知即行学做真人”校训影响了一代又一代的育才人，祖父也是其中之一。祖父讲了一辈子的真话，做了一辈子的好事，从不空谈，从不故弄玄虚。哪怕在牌桌上，都是老老实实、规规矩矩。有时候碰上鬼头鬼脑的年轻人，他很是看不惯，忍不住要说上几句。他每天坚持看新闻联播，从中央到地方，一个不落，所以他思想不守旧、不顽固，对新生事物接受程度高，与时俱进。每年给村里写的对联都会随着形势变化而变化，不会一成不变。在担任人大代表期间，他总是为民建议，敢说真话，真心做事，赢得选民们的拥戴，连续担任过六届的县人大代表。

第三，“先知精神”是一种淡泊名利、大公无私的仁爱精神。祖父对功名看得很淡，他是梅江区最早的校长，那时候整个梅江区光小学就有 58 所之多，他要从中捞点好处做个好人可以说是唾手可得。可他非但没有从中捞过任何好处，而且急流勇退，在他校长口碑最好的时候主动提出让年轻的人干，自己退居为总务、会计，甚至是一般的老师。1942 年，育才学堂被炸，抗日战争胜利后，在曹聚仁、曹艺等兄弟的奔走努力下，1946 年育才学堂恢复重建。祖父二话不说，便带领家人从自家的山上砍了木材无偿支持。在他 1980 年离休后，因为他的洁身自好，先后被蜀山、黄石岗、柏社等多所学校聘请，去管理基建项目。他一辈子所经管的基建项目不少，却没有出过一次差错，拿过一分私利，哪怕小到一个铁钉、一根电线、一块木板，他都不曾沾过。

第四，“先知精神”是一种静待花开、甘当人梯的奉献精神。对学生，他爱护有加，不分三六九等，不管成绩好的差的，在他眼中都是一朵未开的花，他就是一个园丁，用心浇灌、用心守护。在他退休后，又一直承担着退休协会与关工委的工作，在关心下一代方面发挥余热，多次被评为工作先进个人。对待同事，他团结友爱、甘当人梯，积极推荐优秀的同志担任重要职务，对表现落后的同志能给予积极的帮助。所以每次教育部门下来调研，都会重视他的意见。退休回到村里，对村中的大小事务也都会积极帮助，无私奉献，毫不保留。对社会不良现象也会与之斗争，并及时纠正、努力改善。

最后，“先知精神”还是一种先知先觉、超然物外的无我精神。祖父话语不多，却对万事万物有着先知先觉的洞察力，对于一些时局发展总是能比别人看远一步、看高一层。他除了看每天的新闻之外，还订有《报刊文摘》等一些时讯类的报刊，虽居于乡野，却时刻都关注着时局。对全国的一些大事件、灾害等看在眼里，急在心上。对在外打工、读书的孩子们总是会写信给予关心、问候，不厌其烦地嘱咐。他从来不跟我们提起他以前的往事，不摆谱、不炫功，一种超然物外的无我精神。有时候我们在外听到他的事迹，回去向他求证，他总是笑笑，觉得没什么可说的。现在，我们没有一人能说清祖父到底得过什么荣誉，担任过几任校长、几届人大代表。在祖父过世后，我们在整理遗物时，找到一大沓破损严重的各种荣誉证书，才从中拼凑出一些履历与荣誉。

十年树木，百年树人。2022 年是祖父一百周年诞辰，回望这过去的一百年，是中华人民共和国的发展史上最为惊心动魄的一百年，无论是战争年代，还是新中国的建设时期和后来的改革开放，祖父作为经历者与践行者，都作出了他的实际行动。花无百日红，人难百年好。祖父终究没有看到建党百年的伟大成就，但他的一生是无憾的、清白的、让人敬仰的。他留下的耕读、求真、仁爱、奉献、无我精神是一笔巨大的财富，对我们每一个人都值得学习、传承与弘扬。

这本书很薄，对于祖父这段厚重的人生来说，只是拼凑了一些皮毛，他的太多故事与精神我们无法一一复原，期待今后更深入的挖掘与弘扬。

这本书又很厚，它承载了几代人的追思与怀念，我们期望它成为通往胜利彼岸的一座航标，在你人生迷茫的时候，在你遇到困难的时候，能想到这本小册子，拿出来翻一翻、读一读、想一想，希望它能给你力量，给你启迪，助你走向更远的远方，实现更美的梦想。

是为序。

2023 年 1 月 7 日

李工的古典情结

——为李年丰新作《梦痕小集》序

前几天，李工跟我说，他又要出书了，要我给他写个序，我犹豫了一下，立马答应了。

可世上的事往往有这么一个规律，就是大凡你以为很熟悉的事物，可真要你说出个一二三四来的时候，却又不知道从哪说起了。

李工就是李年丰，李渔故里兰溪夏李村人，是李渔的后裔。认识他的时候我刚调文联，文联下属有个李渔纪念馆叫芥子园，聘请他为园林顾问，三天两头要来走一走，看一看，对芥子园的花木养护、园林修葺等等亲临指导，文联的人都尊称他叫“李工”。一晃差不多都有二十年了，李工好像还是原来的李工，除脸上多了几道褶，其他的一点都没变，笑起来还是那么坦然，走路还是那么匆忙，做事还是那么执着，热情还是那么饱满，一点儿都不像一个 85 岁的老人。

李工自 1949 年 10 月参加工作，先后在兰溪县人民政府建设科、县工业交通局、县经委技改科工作，1980 年退休。曾主持或参与设计、修建兰江悦济木浮桥、马公滩水泥船浮桥、中洲支桥、中洲公园休闲长廊、芥子园古戏台、书画创作楼、且停亭、溪西防洪坝、老城沿江路改造、洞源村“绮霞亲陵”等。先后荣获兰溪县委二等红旗干部、兰溪市科协年度优秀学会干部、浙江省科学技术协会先进个人，以及金华市从事土木建筑科技管理工作逾三十周年特别表彰、浙江省从事土木建筑科技工作逾四十周年特别表彰等，其论文先后获金华市土木建筑学会二等奖、浙江省土木建筑学会年度学会奖等。

像他这样一个荣誉等身的老人理应安度晚年，乐享清福，可他偏偏是一个闲不住的人，只要哪里有需要，一个电话、一声召唤就会倾力而为。他对建筑设计从来都是一丝不苟，精益求精。记得他在为芥子园设计古戏台的时候，对每一个节点的高度、宽度都量了又量，算了又算，不管日晒雨淋，每天都要跑工地好几趟。建好后的古戏台临水而立，白墙黑瓦，飞檐斗拱，与燕又堂隔水相望，为芥子园又添新景，与芥子园整体协调统一的古典风格得到了所有专家、学者的认可。

作为一个深谙李渔建筑思想的李渔文化研究者，李工后来又主持复建了且停亭、故里碑楼等，绘制了李渔故居伊园的规划图，对李渔的人文景观营造作出了很大的贡献。他还对李渔的人文思想、建筑理念进行考证、研究、寻踪，写下了大量的文章，先后出版了《梦痕小集》《探寻李渔游踪》等专著，为李渔文化研究提供了很好的参考资料。

李工从李渔文化到兰溪的商埠文化，都有一定的研究，对兰溪古城的一些建筑遗迹如数家珍。在我编撰兰溪文史期间，李工是重点约稿对象。他不但撰写文章，还把一些已经消失了的古建筑凭自己的记忆一一在图中标注出来，为古城保护与利用提供了宝贵的依据。

李工是一个有着传统文化理念和古典情结的最早一代工程师，他所有的作品设计都表露出一种根深蒂固的传统建筑理念，体现了人与自然的和谐统一。对于当下一些洋不洋土不土的建筑设计，他常常会表现出一种凝重的忧虑，甚至直言不讳地指出一些规划的不足与设计者的浮躁与游离。而这种憨直、执着、真诚、负责、正统的文化理念与为人秉性恰恰是当下所稀少的。

李工还是一个盟员。他 1985 年入盟，是兰溪成立民盟组织以来的第一批盟员。他甘于清贫，乐于奉献，从不计较个人得失，对盟真诚，为盟事业建言献策，并做出积极贡献，是一位非常优秀的老盟员。

李工家境并不富裕，家里除了一台老式电视机之外就是一大堆的书，两三个人一去就把一个十几平方米的小客厅塞满了。

但是在他宽广的心里，对传统建筑文化传承与追寻的热情却永远都塞不满。面对兰溪日新月异的追赶与跨越，他也常常感慨，恨自己不能为此多做一份力量。因此，他更加奋笔疾书，把自己更多的想法与研究成果通过笔触留给后人。

在这个讯息爆炸的互联网时代，或许你不能理解一个老人还在密密麻麻如蚁般的手写稿件，不能理解一颗对传统文化虔诚而具有古典情结的心，但亲爱的朋友，当你翻开这本书的时候，你一定能感受到一位老人对家乡的深深眷恋，能触摸到一位建筑工程师与古典文化碰撞的思想火花，能体会到一位老盟员对兰溪经济社会发展的情深意切！

是为序。

2014 年 3 月 27 日

水墨易得　歆意难求

——倪华歆作品集《水墨歆意》序

案头放着倪华歆老师送来的个人画册《水墨歆意》样稿，算是对自己教艺三十年的一个总结，嘱我写点儿文字。闻着水墨的馨香，似乎把我的记忆拉回到了三十年前。

三十年前，我还是梅江一个小镇的初中学生，倪华歆师范刚毕业，分配小镇小学当老师。那时候我父亲也是这所小学的老师，我随父亲吃住都在小学，所以自然就认识了倪华歆老师。说是老师，其实也大不了几岁，师范毕业生都是毛头小子，年轻后生。学校一放学，就只剩下几个住校的老师和我们几个孩子，吃饭、打球都在一起。那时候因为学校宿舍有限，他和另外一个柳老师被安排住在了小镇大会堂的楼上，设施简陋，生活不便，想打牌都是二缺二，要搁现在早就跟校长掀桌子骂娘了，可那时候华歆却落得个清静，于是所剩的时间便都用手中的笔墨打发了。在我少年记忆中，他便是挺有才的那种，能歌会画，音乐课、美术课全包，他还写了一首《梅江之歌》，自己作词作曲，教学生唱，我弟弟是他的学生，回家就向我炫耀，这可是自己家乡梅江的歌喂！那时候都是学音乐课本上的歌，从没学过老师自己原创的歌，心里佩服得不得了。有时傍晚站在小学操场上，可以听见从办公室传来华歆边弹风琴边唱的歌声，从操场的这头飘到那一头，惊飞了操场尽头那几棵树上的鸟。

他也经常出去写生。学校边上三面是田野，清清的小溪，绿绿的山坡，到处都是风景，不像现在的农村，要么是荒田荒坡，要么就是红砖红瓦。华歆背个画夹，随便找块石头坐下来，便可以写生，田埂上、小溪边，都可能有他的身影。但更多的时候他会待在房间里，绘就胸中的山水，有山水，有花鸟，日积月累，房间的桌上、地上都堆满了这些黑乎乎的、五颜六色的纸片。小镇每年的农历九月十三是一年一度最热闹的赶集日，人山人海，卖什么的都有。我记得每年这一天，小学的操场就变成了自行车停车场，我父亲跟其他老师一起忙着收停车费，而华歆却一个人拿个小板凳坐在校门口卖他的水墨画。前几天跟他一起喝酒聊起这事的时候，我问他当时卖了多少钱？他摇摇头，说想不起来了，反正没有停车费多。那时候普通百姓家还没时兴挂书画，几块钱一张的画也鲜有人问津，偶尔有几个人停下来看的，也都只是看看而已，总觉得这花呀鸟的像是像，但黑漆麻乌的，与年画上的美女帅哥照比，这个太土气了。当时没人会意识到这样一个毛头小伙的书画是奇货可居，要放到现在，也成稀罕之物了。

后来我初中毕业离开了小镇，直到十几年以后进入文联工作，才又遇见了他。此时他已经是实验中学的老师，还是那样，教学生画画，自己画画，初心未改。他的花鸟水墨也开始小有名气了，在一些单位的会议室里，在一些朋友家的客厅里，经常可以看见他的牡丹图。但他并未满足于此，后来又去了中国美院进修学习。这一次进修可以说是他艺术人生中的一座分水岭，回来之后画风大为改变。

曾与浙师大美院宋永进教授一起喝茶，聊起艺术的几种境界，颇有同感。在我看来，画家可分为三种境界，一者画形，二者画心，三者画神。画形者观物，画心者观我，画神者物我两忘，笔墨皆菩提。在这个物欲横流追名逐利的时代，大部分都停留在第一境界，其实这只能称为画匠，尚不能称为“家”。只有进入内心的画画才能称为“家”。若再能进入第三境界那就成为大师了。初学者总是在追求“形”象，临摹大师，临摹万物，这只是一个画家成长的第一道门槛。华歆在这条路上苦苦摸索了几十年，为他打下了扎实的基础。我特别喜欢他从美院回来后画的一系列古村老屋作品。这两年，他几乎每到双休日就往农村跑，哪里有老房子就去哪里，跑完了兰溪的古村，就往周边县市跑，那些岁月斑驳、风雨沧桑、摇摇欲坠的老屋成了他心中的一道风景，他要赶在这些老屋夷为平地之前，用他的笔墨把它们永久地凝固在那一张张洁白的宣纸上。

华歆与我一样，来自农村，对这些老屋有着特殊的情感。我看过宋永进教授的油画老屋系列，画家对老屋那种从骨子里的爱凝于笔端，让人看了有一种想哭的冲动。倪华歆的水墨老屋系列同样给我视觉上与情感上一种强烈的冲击力，哪怕是屋前的一口井，屋后的一棵树，墙边的一个草垛，都能引发无边的遐想与眷恋。我的老家在一个小山岙里，原来都是泥墙黑瓦，记得小时候到山上砍柴拔草，看见炊烟袅袅的时候便知道妈妈已做好晚饭，可以回家了。那种情景如今只在梦中呈现。有一次我回老家，跑到后山上去看村庄的样子，都是红砖红瓦，高高低低，错落杂乱，像一个盆子里丢了一堆五颜六色的积木，偶尔有几座黑瓦房被夹在洋房楼中间，显得孤单和寒碜，那时候心中有一种隐隐的痛，想哭。不是说洋房不好，只是在很多时候，我们在过分追求物质的时候忘记了物质本来的功能，以及从文化层面延伸出去的功能。忘了我们的初心，这或许就是所谓文明进步所带来的一个副作用吧。华歆作为一个画家，从来没有放弃自己对艺术的追求和情感的回归。在他的水墨画作中，我看到了那些老屋的魂，看到了中国传统文化的初心，宁静、平和、淡定、雅致。

歆，古指祭祀时鬼神享受祭品的香气。这个香气其实就是一种物品的精神所在。水墨歆意，就是指画家所追求的画心、画神的境界。水墨易得，歆意难求。所喜的是华歆之水墨，歆意有所得，并渐入佳境。只是艺术之途从来都是坎坷而无止境的，道漫漫兮，唯有初心不忘，求索不止，方有正果。

祝贺华歆！祝福华歆！

2016 年 7 月 18 日

范公教你如何读书做人

范仲淹文正公十一世孙叔肇公松江人，有一次做生意经过兰溪游埠的时候，看见此地风水好，就住了下来，后来代代相传，这一支便在此地扎了根，渐渐地形成了“范院坞”这个村。

我在查阅范氏家谱资料时，意外发现一篇《示学七则》，读之非常震撼，可谓是范氏读书学习之法宝，其思想置于当下也依然为学习之高见。看似简单的七条要则却把如何读书学习这件事说得明明白白，而对照当下，有些人读了一辈子的书，做了一辈子的人，都还没搞清楚为什么要读书，该怎么读书。我现在把这七条要则与诸位分享，愿能给你有所启迪，唤醒世人的为学初心。

第一条，习举业非只要望取科第，读圣贤书须要学做圣贤。

这一条讲的是读书目的。读书为了什么？许多人没搞明白。许多家长一味地追求成绩与名次，以为只要考了满分、高分，便是有出息、有希望了。君不见，有多少孩子得高分、进名校，出来后不过尔尔，甚至有的沦为罪犯。当然这也并非常态，但名校毕竟名额有限，况且并非名校就能出名人，名人也并非都是出自名校。曾经有人专门对历代状元与落第者进行对比，结果许多状元我们一无所知，而像李渔等这些落榜者却是流芳百世。金履祥第一次去拜见何基就问："何老师，我应该怎么去读书啊?"何老师回答他两个字，就是：立志！读书先立志，方才不会走歪路。用现在的话来说，就是从小先要有理想。而事实上许多家长内卷得只剩下名次的比拼，而忽略了孩子的理想。所以这第一条说：读书不只是为了科考，学做圣贤才是读书的最终目的。古人说，三百六十行，行行出状元。人生下来每个人都怀有自己的才能，不让他怀才不遇才是教育最大的良知，就是要帮助孩子们去发现自己、绽放自己、成就自己，而不是蒙蔽自己，让所谓的科考耽误了天赐的才华。

第二条，做文字非只要哄试官叨进取，文字即是本人精神。心术艰险，怪易小人之文也；正大光明，君子之文也。得失自有命在，不可见有艰险怪易，而得者便效之也。

这一条讲的是读书的意义。做文章不只是为了应付考试，一味地迎合考官的喜好，就会蒙蔽自己的真心。写文章是体现自己的内心精神，歪门邪道是小人之文，正大光明才是君子之道。历史上每个时代，总是世俗多于清流，那么是不是我们每个人都要陷于世俗中？我们平时常常听到的理由是：人家都这样，你为什么不这样？但却很少有人去想，人家为什么会这样？这样究竟对还是不对？我们常常说不能忘了初心，那么写文章的初心是什么，是为了讨好考官，获得个好成绩，还是为了引领社会正确的价值观？李渔在《闲情偶寄》序中就说过，自己写文章的初心是：一期“点缀太平”，二期“崇尚俭朴”，三期“规正风俗”，四期“警惕人心”，这才是君子为学之道啊。

第三条，从师非只要学文艺，要以德行为先，其师但教我以文艺，而不教我以德行者，非贤师也。若遇贤师，须如亲父母，敬神明，终身侍奉。

这一条讲的是学习内容。学习学什么？不仅仅是学文学艺，更重要的是学做人。为师者首先就是要有好的德行，否则就不算是个好老师。只注重学生的成绩不注重修行的老师那也不能算是好老师。自古以来从孔子开始就非常注重学生的品德修行，当代更以“德智体美劳”全面发展作为一个孩子的衡量标准，而且“德”是放在第一位的。一日为师，终身为父，父母授予你身体，老师授予你德行。遇上一个德行好的老师就须当父母一样对待，谨言慎行，终身侍奉。

第四条，临文不要人试场方始矜持，须平日会考如试官在上，尽诚竭心，不可不完卷，不可苟完卷。

这一条讲的是读书态度问题。读书时，老师经常强调的就是学习靠自觉，要老师在与不在一个样。少壮不努力，老大徒悲伤。平时懈怠不努力，临到用时方恨少。捧起书来想睡觉，拿起笔来打呵欠，玩闹起来像老虎，临到考场像老鼠，搜尽肚子也徒劳。所以这一条告诫子孙们平日的每一次练习都要当考试对待，不可不完成，不可马虎苟且。只有今天的努力学习，才能换来明日的诗与远方。

第五条，看书不要求新求胜，须顺文顺理，十分中九分当依朱注。

这一条讲的是读书方法问题。读书不要只为了满足新奇，囫囵吞枣，滥竽充数，为了读书而读书，要力求读懂、读透、读通。诸子百家，要读其精；孔孟之道，要效其髓。古代朱熹代表了正统之学，所以说读孔孟之道要以《朱子集注》为准。而在当下的信息多元化时代，更应把握主旋律，坚持正确的舆论导向。如果没有一双慧眼，没有一颗慧心，不分清浊与是非，懵懵懂懂，就会让自己疏离正统，最终在花花世界中迷失自己。

第六条，在馆中非只要起五更睡半夜方是勤学，但清晨至暮夜月无闲日，日无闲时，禁闲走，省闲话，绝闲事，孳孳汲汲，专精不弛，自然日进。

这一条讲的是时间安排的问题。并不是勤学就非得“起五更睡半夜”，在白天，在平时，少一些无用功的游荡，少说一些废话，少做一些无聊之事，勤勤勉勉，认认真真，求质而不求量，自然能一天天地进步起来。而看当下有些一味地追求题海战术，一睁眼就要读书做题，直到眼皮打架还没做完，孩子回到家就喊：“太累了！”把脑力劳动变成了体力劳动，最终只会伤害了孩子的身心，而无益于孩子的未来。哪怕是当下提高了一些成绩，也只是起到了拔苗助长的毒害作用。

第七条，要心得，以耳听受而得者，不如以目看，读而得者之广也；以目看读而得者，不如以心悟，明而得者之极其广也。以心为君，以目为臣，以耳为佐，使可也。用目当心斯下矣，用耳当目又下之下矣。

这一条讲的是学习悟性的问题。以前常常听老师批评学生说：“有口无心，和尚念经。”大概说的就是这个问题。用耳朵听来的东西，不如用眼睛看来得更全面；用眼睛看不如用心感悟来得更深入。如果把看到的就当经验那是读书的下策，把听到的就当看到的更是下下策。宋元理学家、婺学开宗范浚在《耳目箴》中就说过，人分三种：第一种是把别人眼睛看到的、耳朵听到的奉为经验；第二种是只相信自己眼睛看到的、耳朵听到的；第三种是不仅仅是用眼睛看、用耳朵听，更重要的是用心去感悟。第一种是随大众的俗人，第二种是只扫门前雪的凡人，第三种才是有济世之学的贤达之士。所以说，心为君，目为臣，耳为佐，三者互相补充，互相呼应方为学习之道。

感慨于范氏先贤对读书之明见、高见，乃读书之法宝也，读之甚为受益。

2022 年 9 月 9 日

做一回真实的自己

——观影片《无问西东》有感

用女儿的话来说，这是一部可以四刷五刷的电影，她说这部电影很适合她现在的心情。我说我知道你一定会喜欢的。这已是我第二次看《无问西东》，在我们匆匆的人生中，让我们暂时放下山一样的学业和碌碌匆匆的人生，去看一段海一样的人生，让我们在迷茫的岁月里能看清真实的自己，活一回真实的自己，你会恍然发觉这世间的种种美好。

爱你所爱，行你所行，听从你心，无问西东。

在这个腊月的晚上，空中星星点点地下起了冷雨，虽然有点凉，但我和女儿在看完《无问西东》之后，还是一路热烈地讨论着剧中的每一个细节和每一个人物。在这之前一晚，我已经刷过一遍了，因为心有触动，所以周末女儿回来又说动她放下手中繁重的学业又去刷了一遍。2017 年的暑假，我们的北京之行路过清华，却没能进去，成为一个遗憾。因为一位优秀学姐的一句话，清华便成了她一个远方的梦想。梦想虽然不是一种真实，但精神与追求一定是一种真实与无畏。

大学对我来说，已经成了一个永远的梦。对女儿来说，才刚刚开始。但这种追求大学的人生看似踏实，却又显得非常虚无。有人说，人生就是西西弗里斯手中的那块巨石，从山脚推向山顶，一年一年，一代一代，无穷无尽。随着高科技的发展，世界变得越来越不可思议，越来越精彩，也越来越无趣，人就像一个生活在机器时代的拉线木偶人。那这样一个世界是不是一种真实存在？

很小的时候，总是望着浩瀚的星空想两个问题：一是人的问题，为什么会死？死了会不会变鬼？如果不变鬼又去了哪里呢？二是星空的问题，到底有没有边界呢？如果有，那哪儿是边界？边界外面又是什么？如果没有，那到底哪里才是尽头呢？

这一直没有想透这两个问题，至今还没有。科学虽然有许多说法，但其实都没有定论。因为毕竟没有人死了再活过来，也没有人去过宇宙的最边界。这些问题其实每个人都恐惧过，只是匆忙的人生让许多人都忽视了，或者说都躲避掉了。当有一天你真的面临生死的时候，你想躲也躲不开了。

有点扯远了，还是先说说这部电影的四个主题吧！

关于理想：听从内心

1923 年。北京。

寒冬，清华大学期考成绩公布，青年吴岭澜国文、英语满分，而物理、化学却不及格，但在世人眼里，物理、化学才够实用，国文这种“之乎者也”老夫子的东西不实用。所以他坚持学理。幸运的是他遇到了当时的清华大学梅贻琦，他说：“什么是真实？你看到什么，听到什么，做什么，和谁在一起，如果有一种从心灵深处满溢出来的，不懊悔也不羞耻的，平和与喜悦，那就是真实。”梅老的这一段话深深地打动了他。从此，他开始了对“真实”的思索和践行。

接着泰戈尔访问清华的一段演讲让他彻底觉醒，生命到底做什么才有意义。泰戈尔说：“不要走错路，不要惶恐，不要忘记你们的真心和真性。拿出你们的光亮来，加入这伟大的灯会，你们要来参与这世界文化的展览。”

梅贻琦的交谈和泰戈尔的演讲，这两件事影响了他的一生，如同命运的安排。他从此选择与自己热爱的文学为伴，选择面对与拥抱自己的真心，也获得了内心的快乐与宁静，潜心治学，终成一代国学大师。

理想不是空想，理想也不等同于实用主义，它是一种真实的知行合一，要有即知即行勇气。在兰溪，很多人知道曹聚仁，却很少有人知道曹梦岐，更不知道曹梦岐1902年在蒋畈创办的育才学园校训就是“即知即行，学做真人”，他的理想就是自己能在有生之年创办小学、初中、高中、大学，改变蒋畈方圆百里的愚昧人生。但他只活56岁就去世了，后来曹艺、王春翠先后接任校长，但终究没能实现大学梦想，只办到初中。2017年，浙师大行知学院落户兰溪，在百年之后，实现了曹梦岐的大学梦，而巧的是，这所大学的校训“行以求知，学以致用”与当年育才的校训不谋而合，只是稍有区别的是前者更偏重于如何做人，后者更偏重于如何实用。但这毕竟是一个实用主义的社会，实用比理想来得更猛烈！

关于家国：行你所行

1938年。云南。

第二个故事发生在1938年，此时吴岭澜已经是清华的一名国文教授，但眼睁睁地看着家国遭受帝国铁蹄肆意践踏，手无寸铁的书生们只能背上沉重的书籍西撤，这就是当年赫赫有名的西南联大。这所位于昆明黄土坡大普吉村的大学，虽然仅存在八年十一个月，饱受战火蹂躏，却创造了“中国教育史上的奇迹”——在她的泥墙草舍之中，诞生了一批批经典学术论著，走出了两位诺贝尔奖获得者、8 位“两弹一星功勋奖章”获得者、171 位两院院士……在这里，很有必要强调一下的是，当时西南联大的教授梁思成、冯友兰、闻一多、华罗庚等都是民盟先贤。

战争是多么的残酷与没有人性，西南联大即便已经西迁，敌机照样不能放过，三天两头的轰炸让他们放不下一张平静的桌子，吴岭澜教授带着他们穿梭于山沟之间，藏于猫耳洞中诵读国文，学生们手中的书成了唯一的武器。出生于“三代武将”之家的沈光耀心欲放下书本，走向战场。

然而母亲却千里迢迢地赶来劝说，希望自己的孩子可以享受人生的自由和快乐。她苦苦相劝：我怕你还没想好怎么过这一生，你就连命都没了。然而，面对明哲保身或投身救国的选择，他最终敌不过想要为国家贡献自己力量的那份诚挚之心，他决意投笔从戎，加入飞虎队，成了一名空军飞行员，自愿参与了最残酷的战争。“奔赴一场劫难，却像去赴一场盛宴。”面对真实，他选择遵从内心，想要听心而为。他的真实更贴近那个时代的潮流，包含着自古忠孝难两全的纠结和无私。国家之大，他的真实则不仅仅是勇往直前，更是他所坚信的真心、正义、无畏和同情。

沈光耀看到农民的贫瘠与孩子的饥饿，却把自己省下来的包子等食物空投给孩子们，而被人亲热地称为“晃晃叔叔”。

在这些孩子里面，有个孤儿叫陈鹏，或许因为他是吃了清华高才生投下的面包之故，后来他也成了清华学子，并成了研发原子弹的主要成员之一。这是后话。

这部电影值得点赞的是看似随意地讲述，实质上每一个细节都有泪点，是一部全程无尿点的影片。平时影院里经常可以看到众多的脸庞此起彼伏地亮起，因为他们在刷手机屏。而此片影院一片黑，因为他们在刷荧屏。

在影片中，每一个镜头都是一个经典故事，静坐听雨，三代五将，冰糖莲子汤，户外授课，教歌的残疾牧师，晃晃和孤儿们的歌，等等，每个画面都让人荡气回肠。每一个演员，哪怕是一个只有一句话的配角都在用心演，或者说他们就是那个人。据说章子怡看了这个剧本就说，这是她看到的最好的一个剧本。而作为80后女导演李芳芳以她独有的细腻电影语言一次次地刻画了这些人物，里面的每一个画面与历史遗存的老照片几乎是一模一样。

在这一段的人生中，导演用沈光耀母子的故事把那一代人的家国情怀体现得淋漓尽致。沈是独子，也是三代五将之后，他父母为何不让他参军，不让他沾染政治。沈光耀说是因为他是独子。而沈母却说："我们想你能够享受到人生的乐趣，比如同你自己最喜欢的女孩子结婚生子，能够享受为人父母的乐趣。我怕你还没想好怎么过这一生，你就连命都没了。"希望孩子平安幸福地过好一生，这是天下每一个父母起码的祝福。但在这个时代，平安幸福却似乎成了很难抵达的人生。在二刷影片时，我还是没有琢磨透这个桥断的实质，现在行笔至此，眼前又浮现出沈母孤单的身影站在沈厅目送大小林兄弟两远行的镜头，镜头慢慢地往上摇，让观众看到了厅上挂着的“三代五将”的牌子，这时我恍然大悟，沈家在历代的忠诚背后一定是尝过不少的酸痛，自古以来，每一块荣誉匾牌背后都是辛酸。但又能有几人懂得，更何况还是一个学生。沈母不希望儿子还没做好准备就去经受世俗的打击。世间不缺英雄，缺少的对英雄的尊重。

但所有的这些对沈光耀来说都没有比真实重要。当时的真实就是整个国家都快亡了，已经没有一个地方能容得下一张书桌了。在防空洞里，吴岭澜教授把泰戈尔的诗介绍给沈光耀，说：我把泰戈尔的诗介绍给你们，希望你们在今后的岁月里，不要放弃对生命的思索和对自己的真实。而此时恰传来了泰戈尔去世的消息，面对残酷的现实，沈决定活一回真实的自己，为拯救更多的生命和自己的国家义无反顾地献出自己的青春。

关于爱情：爱你所爱

1962 年。北京。

陈鹏，就是那位吃过沈光耀空投面包的孤儿，清华大学的高才生，爱上了他的中学同学王敏佳，当学校要分配他去研究所的时候，他却谢绝了，要留下来照顾王敏佳。她美丽、生动、明艳、活泼，男生人见人爱，女生人见人妒。而三个伙伴中的另一个李想，也是一位意气风发的少年，立志要支边。王对李的倾慕与支持，让陈误解，陈当即离开北京，远赴荒漠从事核研发事业。但同时也正是因为王敏佳的年少无知，因为虚荣和意气被诬陷，让一群文化缺失的无知，因嫉妒与自私爆发，变成最后的批判与残暴，差一点儿就死了。

王敏佳因为单纯（为班主任抱不平）、因为虚荣（因为错失给主席献花机会）、因为义气（至死也不愿供出李想）而导致最后的结局。但这个结局也迎来了陈鹏义无反顾的爱情。李想却因此陷入了人生的谴责。陈鹏“对以后的人好吧”这句真诚的告诫挽救了他，也同时挽救了第四个故事中张果果父母的生命，使清华精神得以百年传承。

陈王之恋是该片中最感人的，在云南的那个小木屋里，陈鹏的深情告白一点儿都不亚于《乱世佳人》。王敏佳遭受了一场大冤之后，人生一下子从美好转入噩梦，从人人羡慕到人人唾弃，她说自己不敢睡觉，眼睛一闭上就感觉自己在掉入一个深不见底的深渊，一直往下掉。陈鹏说：“你别怕，我就是那个给你托底的人，我会跟你一起往下掉。不管掉得有多深，我都会在下面给你托着。我最怕的是，掉的时候你把我推开，不让我给你托着。”我认为小屋里的这段戏将会成为今后影史中的一个经典桥段，陈鹏的那句“我就是那个给你托底的人”也会成为2018年第一句流行语。无论你是对爱人，对孩子，还是对下属，都可以用这句暖心窝的话托起他孤助的人生。

陈王之恋中有许多的细节可以回味，我可以用一篇长文来分析，只是匆匆的你不会停留在我的微信里来细细琢磨。在这里我只想说一个细节，就是陈鹏把雪花膏裹在金黄的银杏叶里寄给王敏佳，这么走心的画面估计不管你是60后、70后，还是90后都不会麻木于镜头表面。当她把这些物件放在枕头，然后依偎着躺下时，我回头对女儿说：“这个地方，我们现在人放的都是手机。”手机是什么？是焦虑。雪花膏是什么？是思念。你想想，王敏佳枕头放的是思念，我们枕头放的是焦虑，哪种人生才是真实的？

今天刚好看到一条微博说2017年的两个主题词，一个是油腻，一个是着急。油腻就是造作、虚伪，着急就是焦虑、迷茫。我们甚至都不能静下心来静静地看一部电影、听一场音乐会。在第一次看《无问西东》时，影片放到十几分钟的时候，门口突然传来一阵躁动，进来七八个人，一边大声说话，一边找位置，或许是刚刚一起聚餐结束，还在兴头上呢，真把这当成农村露天影院了？这到底是一种踏实、繁忙，还是焦虑？

在这一个故事中，其实包含了两段爱情故事，除了陈鹏的这一段，另一段是他们的老师许伯常和刘淑芳的爱情。其实这一段说不上爱情，最多算是一段感情。或许他们曾经是中学同学，一起长大，一起上学，后来许考上了大学，而刘却留在了家里，许家境不好，只好接受刘赚钱供他读大学。不可否认的是最初他们两小无猜，曾有过一段甜蜜的过往。但当许读完大学，悟得爱情真谛的时候，他想悔婚，刘却要死要活的不同意。于是开始了一个屋檐下，两个陌生人的婚姻生活。这对两人来说都是一种痛苦，无所谓谁对谁错。或许都对，也都错，错的是他们把一段感情当成了爱情。再看现在的中学生，初中就开始所谓的爱情了，在高中阶段，如果说没有交过朋友简直是人生中的一大耻辱，这是什么理论啊？那是爱情吗？把泛滥的感情当爱情，只能说是爱情的悲哀。难怪著名作家张中行也说，中国人的婚姻十有八九是凑合型的。

可是，许伯常不愿意成为婚姻的凑合者。当刘淑芳说，她要成为他托底的那个人时，他想把她推开。因为他知道这根本是两个轨道上的事。他怒吼道："这世间的事什么都可以变，为什么这个事不能变!"我想这句怒吼真的触到中年人的"油腻"了！但当刘跳井自杀时，他感受到了自己良心的谴责，为什么爱情的债要让良心来还？他一直没有弄明白，自己到底错在哪里？这世间最说不完、道不清的一件事就是爱情。就算是清华大学的教授都如此，何况我们一个俗人。但恰恰是陈鹏给出了一个让人走心的答案。女儿在边上一直问他两最后有没有在一起，影片没有交代，只是给了一个“寻找”的背影。但所有的人都相信他们是会在一起的。

关于真实：无问西东

2012 年。北京。

清华毕业生张果果，就职于北京一家广告公司。他能力出众，有专属秘书、受老板器重。虽拥有一颗真实善良的心却仍旧无法完全融入与适应这个社会。他会在清华校园中喂一只流浪猫；会持续关注农村一个四胞胎家庭的近况；会遵从自己上司的意见，即便对此有疑惑；却也会在老妈遇到无良小贩时说上一句“以后当心”。但面对一些污浊的真相，他无法作答，只能用“你猜”的口头禅来掩饰自己无法确定的心。张果果无疑就是生活中的我们，刚从校园里出来时的单纯，然后开始接受社会的种种世俗，把自己泡在一个大酱缸里，渐渐地让自己的真实也染上市侩的颜色。曾听过一位爱国华侨说过他奉为经世的三句话：同流不合污，随波不逐流，趋炎不附势。他说这样既不会把自己孤立起来，又能保持独善的自己。我深感佩服，但能真正做到的又有几人？

张果果跟着父母的故事来到了李想的墓前，一下子读懂了李想最后留在世间的那句话：逝者已矣，生者如斯。潜台词还是陈鹏留给他的那句："对以后的人好吧！"这与刘震云在《一句顶一万句》中说的同个意思：过日子不是过以前，是过以后！但就这么一个浅显的道理这世间没有几个能搞明白。多是为过去纠结，为过去愤懑，为过去荣耀，可未来在哪里，迷茫。庆幸的是张果果最终没有被世俗所挟持，他说："我和别人不一样！"他还是选择了善良，坚持了本心。他想向所有人证明：这世界上有种东西比"赢"更重要。他放弃了尔虞我诈，放弃了职场争斗。而选择了帮助患病幼儿，固守节操，坚持善良。他用自己的真心为四个未来的人生作出了表率，他在问孩子："如果提前了解了你们要面对的人生，不知你们是否还会有勇气前来？"同时也在问自己，问我们每一个人。在他为孩子取名的时候划掉了其中的"妲、妖、婊"等几个字的时候，也从心里坚决地摒弃了这种恶俗，而寄予她们"媛、娉、婉、妍"的美好祝愿。

这是一篇观后杂感，有点啰唆，实在也是有感而发。这样一部良心电影，可以让你坐在黑暗中静静地问一问自己的内心，是否真实地活着？这种感觉真好。

到底谁是潘金莲

一直等着冯小刚的《我不是潘金莲》，没想到原定 9 月上映的潘金莲却一直等到 11 月才上映，现如今这老爷子说话到底还有没有个准，说改就改啊？

今年是冯导喜剧二十年，说实话，以前并不是特别喜欢冯导的电影，什么《甲方乙方》《不见不散》什么的，全剧场的人都笑得前仰后合，我却傻坐在那里，心想有什么好笑的。特别不喜欢葛优那种阴阳怪气的所谓幽默，反正就是不喜欢。

一直到他拍赵本夫的《天下无贼》，才开始从语言上的幽默开始向人生的幽默转变，再到刘震云的《手机》《我不是潘金莲》。突然发现，他以前的电影都是北京式的幽默，是几个圈内人聊出来的电影，而后面这几部都是从小说原著改编的，由此得出一道理，好电影还得从好小说里去挑。

刘震云是我比较喜欢的作家之一，他总是从不经意间的叙述中，由一件小事慢慢地扯出一连串的事，把生活的另一面翻给你看。像《手机》《一句顶一万句》《一地鸡毛》《我叫刘跃进》等，顺便提一下，也是上映不久的《一句顶一万句》由刘震云的女儿刘雨霖导演，也是一部很不错的电影，道出了中国人的孤独，指出了中国式婚姻的可悲之处。而这部《我不是潘金莲》更是通过一个近乎荒诞的喜剧写出了中国基层百姓的一场悲剧。

小说《我不是潘金莲》讲的是妇女李雪莲为了与丈夫假离婚变成了真离婚，心中有冤想找个说理的地，明明有理却连“法”也帮不了她，反而被丈夫说成了“潘金莲”，扯出了婚前不是处女的事，李雪莲一下子蒙了，一个是婚前自由恋爱，一个是婚后红杏出墙，这怎么能扯到一块呢？李雪莲越想越气，犟脾气就上来了，非得说个明白才可，于是从县里到市里，从市里到省里，从省里到北京，把自己告成了一个“小白菜”，直到丈夫秦玉河死了也没告成。这部作品与《手机》《一句顶一万句》其实是一个三部曲，都是为了说话的事，《手机》说的是真话假话的问题，《一句顶一万句》说的是夫妻间能不能说上话的事，而《我不是潘金莲》说的是人说话到底要不要算数的问题。在我看来，相对应三部作品可以用三句古代俗语来解读，那就是：“真作假时假亦真”“话不投机半句多”“君子一言，驷马难追”。

《我不是潘金莲》全书分为三章，第一章为《序言：那一年》，第二章为《序言：二十年后》，第三章为《正文：玩呢》。你看看这体例就会觉得很荒诞，一本书哪儿有两个“序言”的？而且前两章将近17万字，“正文”却只有万把来个字。而电影只是拍了两个“序言”，关于正文部分没有拍，换了一个李雪莲与史县长在餐馆相遇的光明的结尾，其原因大家心知肚明。原著的正文讲的是什么呢？讲的是当年被撤职的史县长回到老家开了家叫“又一村”的饭铺，生意特别的好，但他有个爱好，就是每周四都要与几个牌友打半天麻将。可那一年年关老史去东北奔丧，回来到北京时买不上车票了，要三天之后到大年初一才能回，可第二天就是周四，牌友打电话来要他赶回去打牌，说其中一个查出了肿瘤，说不定这是最后一次打牌了。老史急中生智学了当年李雪莲的一招，写了张纸“我要申冤”，在火车站举着，于是立马有民警过来，专程护送他在周四中午前回到了家，赶上了那场麻将之约，这不是“玩”嘛！搞得民警哭笑不得，说他欺骗政府，要拿他治罪。可老史说：“我莫名其妙就被撤了职，难道不冤嘛，难道不该上访申冤吗？”民警回去复命，却不敢说出实情，还是用一套谎话应付了事。这就是作品的“正文”！

荒诞吗？可笑吗？

要说冯导的这部电影，就算是拍了个“序言”，能这样公映，那是给足了他面子，要知道，这部电影可以说是当代官场现形记啊！这也足以说明我党“从严治党”“从严治吏”的勇气与决心。而且冯导在电影的形式上动了不少心计，比如他把好好的一块银幕硬是要一会儿扯成圆的，一会儿扯成方的，为什么？细心的观众不难发现凡是北京的镜头都是方的，地方的镜头都是圆的，中间过度的镜头是长的。自古就有“天圆地方”的说法，古代人不知地球是圆的，总认为地是方的，天是圆的。而在老百姓眼里皇帝便是天，百姓才是地。那么在这里，北京是天，应该是圆的才对，为什么是方的呢？或许这就是冯导的寓意所在，意思是说我们有许多官方在做事过程中搞颠倒了，天地颠倒，黑白颠倒。而方与圆加在一起又有规矩之意，无规矩不成方圆。行使权力也好，办事也好，总得有个规矩才好！不是说要把权力关在“笼子”里嘛，这个“笼子”就是规矩！

说起规矩，就不得不说一说潘金莲这个人。自古以来，争议颇多，有说她是淫妇的，有说她是敢于追求真爱的，但大多时候，潘金莲就是红杏出墙的代名词。说白了，就是不守妇道，不守规矩。所以当秦玉河说李雪莲就是潘金莲的时候，李雪莲百思不得其解，怎么想自己都不是潘金莲，自结婚后，自己守妇道，勤俭持家，为了家里的利益（分房子），不惜损害自己的名声，甘愿与丈夫假离婚。没想到丈夫明着一套，背地一套，转身就与别的女子结了婚。这到底是谁不守规矩？谁才是潘金莲？

在李雪莲看来，自己才是有理的一方，在法庭上却成了无理的一方。这一路告上去，原本只为找个能说理的地方，却被说成了无理取闹、恶意上访，在李雪莲看来，他们才是不守规矩，他们才是潘金莲！

李雪莲试图寻找依靠，没想到远房的亲戚王公道却不讲公道，县长史为民却不为民，屠夫只是贪恋她的色，口口声声爱恋她的赵大头到头来却是为了他儿子转正的事……李雪莲被弄糊涂了。剧中的配乐鼓声与戏曲声为这一幕幕看似荒诞的镜头衬托了更为荒诞的气氛。当李雪莲来到一个果园，把一根绳子往上套的时候，她的人生走到了绝望之处，悲凉从笑声里挤出来，成了剧中最大的荒诞。谁知不怀好意的果农上来，要求李雪莲临死之前也做件好事，去他的竞争对头的果林里去上吊！这是哪儿跟哪儿啊？果农说："俗话说得好，别在一棵树上吊死，换棵树，耽误不了你多大工夫。"

刘震云在小说中最后写道："听到这话，李雪莲倒'噗嗤'笑了。"

小说的第二章到这里戛然而止，第三章写起了老史的事情，再也没提李雪莲的事。而电影却给李雪莲补了个结尾。我认为这个结尾有点儿多余，纯粹是画蛇添足。在这里，果农不经意间说的这句话才是真理。“别在一棵树上吊死”，李雪莲却在一棵树上吊了二十年（电影中是十年），这其实是一个多么简单的道理，自己为什么要等到“树根”都死了才明白过来呢？李雪莲想通了这个道理，所以就突然“噗嗤”一声笑了。

一笑泯恩仇，她突然就觉得自己也没有冤了。

有冤的反而是老史了。

这真是荒诞而真实的人生！

2016 年 11 月 20 日

别忘了你的名字

最近，去看了场电影，电影的名字叫《你的名字》。

一个人坐在那里，周围全是十几岁的青少年，显得滑稽而孤独。

因为这是一部动漫片。

都说动漫是青少年的专利，很少有中老年去看；戏曲是老年人的专利，很少有青少年去看。在国外，艺术好像从来没有这么区分的。而在我的艺术世界里，也没有过这种标签式的区分。看许永芳的婺剧《程婴救孤》，我会涕泪零零；看口袋巧克力的《昨日青空》，我也会沉迷不拔……一部好的作品它不在乎是以什么形式出现，而是有没有走心，有没有打动你，有没有影响到你！

《你的名字》是由新海诚导演的一部日本动画电影，故事讲述了在彗星来临的那一夜，在日本乡下的女高中生三叶，和住在东京的男高中生泷，互换了身体。互换身体就像做梦一样，他们两个就这样过着不同的人生，不同性别的生活。直到有一天，他们不能互换身体了，于是，两人开始互相寻找对方……

抛开此片故事与画面的唯美不说，我想谈谈此片的情怀，也就是主题。为什么我们的动漫缺少市场，走不出国门，就是因为我们的情怀还不够，只是停留在卿卿我我之间，轻浮的思想、脑残的情节、不合逻辑的傻笑，等等。小时候看《七色花》《聪明的一休》《猫与老鼠》等，至今印象深刻，在观众捧腹之时，更多的是给予智慧的启迪。而《你的名字》一片，我看到“拯救”的情怀。

首先是拯救欲望。人是一种有欲望的动物，人所表现出来的欲望情绪可以直接影响到行为的结果。但世界在变，社会在变，环境在变，人的心也在变，物欲、权欲、情欲都会随心而变。以前受统治阶级的愚民思想熏染，每个人都很容易安分守己，如今的互联网改变了眼界与胸怀，每个人都变得野心勃勃、欲壑难填。影片中的女高中生三叶每天都过着忧郁的生活，而她烦恼的不光有担任镇长的父亲所举行的选举运动，还有家传神社的古老习俗。三叶身居这小镇之中，又处于过多在意周围人目光的年龄，因此对大都市生活的憧憬与欲望日益强烈。而在东京生活的泷面对各种城市的压力，却向往农村的简单与幸福。影片让他们互换身体之后，完成了欲望的满足，但这并不意味着生活的满足，烦恼却有增无减。

其次是拯救家园。不管农村也好，城市也好，都有它存在的美，这种美难以轻易发现，当你置身于其中，到达审美疲倦之后，感受到的只有厌恶与身心疲惫。这就是为什么有的人总是说兰溪这个不好那个不好，而外地游客来兰溪总是眼羡想长居于此的道理。只有发现这种美，你才会去珍惜她，维护她，拯救她。影片采用时间倒回的手法，用一场爱完成了一次家园的拯救。三年前，三叶的家乡小镇被彗星的陨石撞击毁灭。三年后，泷穿越时间隧道重新回到那个灾难来临的傍晚，与三叶等几个小伙伴一起，用智慧、勇气与爱情拯救了美丽的家园。

第三是拯救爱情。据说，星海诚创作这部作品的最初灵感来自一首名为《你的名字》的诗："梦里相逢人不见，若如是梦何须醒。纵然梦里常幽会，怎比真如见一回。"百念不如一见，相见不如怀念，到底是见好还是不见好？到底是梦中还是现实？这如同庄公梦蝶，奇幻而美好。片中男主与女主从好奇到思念，从向往到倾慕，从相遇到相爱，经历了一次奇妙的情感经历。想起贾宝玉第一次见到林黛玉就说："这妹妹好像哪里见过！"其他人都笑话他，林黛玉第一次出门你怎么可能见过，分明是情场高手的诳语。可贾府这帮俗人哪里能理解宝玉对爱情的这种灵光闪现。在这部影片的结尾导演再次诠释了这种微妙的爱情灵性，八年之后，三叶与泷隔着飞驰而过的电车玻璃一闪而过，却像电着一般相互吸引，然后是奔跑与寻找，此时情感的嗅觉似乎比狗还灵敏，直到擦肩而过，再次回眸，已然融化为一体，你的容颜，你的呼吸，你的生命都在彼此相望中，只是，只是忘了你的名字。

还有是拯救自己。每个人的生命都是从生到死，起点与终点从无分别，只是走的道路不同而已。有的人从上而下，有的人从下而上，有的人从左到右，有的人从右到左，那么，这又有何区别呢？有何意义呢？就像你的名字，为何要取一个与别人不一样的名字呢？仅仅是为了让别人记住你？还是为了能与别人区分出来？名字就是一个名字，只不过一个符号而已，它如果脱离了你的身体，那什么都不是！佛说，无常乃诸法之常。那么，你的名字何以永恒？唯有拯救自己，永远不让自己的心堕落，不忘初心，保持正念，用自己的一生去行善，去拯救，去渡法，去播撒美的种子，让这个世界多一些和谐，多一些幸福，那你的名字终将让更多的人所铭记！

2016 年 12 月 11 日

一面照亮现实的镜子

——观电影《南京！南京!》有感

关于1937年的那段历史已经被写过许许多多的文章，出版过许许多多的书籍，拍摄过许许多多的影视，但是，从来没有像《南京！南京!》这样一部作品让人如此震撼，如此感动，如此刻骨铭心。似乎很熟悉，又似乎很陌生；似乎很激昂，又似乎很冷漠；似乎在诉说，又似乎在倾听，在沉思……或许，这就是历史，一段无法从记忆中抹去的真实的历史。

关于色彩：用黑白还原了历史的真相

或许，已经过多地习惯于色彩斑斓，习惯于五颜六色，当放映厅的灯光一下子暗下来，黑与白成为《南京！南京!》全部色彩的时候，观众就像穿越了一段长长的时空隧道，看到了七十二年前那个可怕的梦魇。又像是在观看一部古老的手摇式默片，当那些黑白影像在荧幕上一格一格地还原着历史的真相的时候，我的内心也正一点一点地被潮湿着、感动着、黑白着。

在我国水墨画里，画家们早就擅长于用黑与白两种颜色来表达对世界的感受。据医学研究，人类在刚刚出生张开眼睛看世界的时候，是不分颜色的，也就只有黑与白。其实，黑与白何尝不是一件事物的两个面呢？对与错，美与丑，正义与邪恶，正是人们最初对世界的一种最纯朴的认识。那么谁是黑的？谁是白的？谁是对的？谁是错的？角川是错的吗？可是他的内心也一直经受着一次次的内心挣扎。唐先生是对的吗？可是他也曾为了保护自己家人，而出卖过自己的良心。我想，影片并不在于想辩解什么，而只是在表达一种人性的真实。或许这就是历史的痛苦，选择的痛苦，为了那样一个痛苦，我们都付出了太多太多。

关于声音：用沉默表达了内心的抵抗

现在的社会到处都充斥着功利性，在电影界也一样，工厂化的流水线流出了一部又一部的影像庸品。在这样一个浮躁的时代，陆川带着他那支平均年龄不到36岁的队伍，用四年的时间打磨出了《南京！南京!》这一剑，不禁令人敬佩和感动。

岁月的沉淀已经淹没了声音的痕迹，在那样富有冲击力的画面前，陆川已经无须再用过多的语言来表达。不管是唐先生、陆剑雄、姜淑云，还是日本士官角川、慰安妇百合子、妓女小江，他们没有像以往我们记忆中的概念影片中的那样发出或愤怒或痛苦的声音，更多的时候只有沉默，甚至是在陆剑雄临刑之前，在唐先生眼见自己女儿被摔死，在角川眼见自己心中的百合子被队友所玷污，都没有一句台词或背景音乐。大悲无声。在那个时刻，再也没有比用沉默来表达内心的抵抗更好的形式了，就像定格在历史中的一座座雕像，给予观众更大的想象空间。而影片中骤然响起的清脆枪声与鼓点声，与沉默形成强烈对比，每一下地撞击在观众揪着的心上，让心灵感到更加的震撼！

南京在 1937 年的冬天，是一个在枪炮声中沉默的冬天，但是，在沉默的地表之下，有一种具有无比生命力的抵抗，像野草的种子，在内心默默地抵抗着寒冷，因为他们相信，春天的暖流正从东方而来。

关于意象：用肢体隐喻了人类的追求

看完《南京！南京!》，影片中的肢体隐喻让我久久挥之不去。在南京的街道两旁，那些倒悬着的头颅；在安全避难区里，那些慢慢举起的女人的手；妓女小江手指甲上的红胭脂，被日军强暴后扔在运尸车上的赤裸女尸，无一不在表达着对日军兽行的鄙视与抵抗，对人类和平的无限向往与追求。在那场日军与慰安妇的性爱中，那种麻木的表情、呆板的动作，正是对这场战争的隐喻，谁都体会不到它所带来的快乐。有两个镜头特别令人深刻，一个是在难民区里，南京市民置外面的枪声而不顾，仍然像往常一样在打麻将，这是一个多么熟悉的场景，与其说百姓对战争的麻木，还不如说是百姓对那种和平年代和谐生活的无比向往。还有一个镜头就是唐先生在把已有身孕的妻子送离南京城后，心有所慰地笑对死神，大有一种“杀了夏明翰，还有后来人”的正义凛然，因为他知道，妻子的肚子里正孕育着人类的追求与希望。

现在再回过头来看这部影片的片名《南京！南京!》，“南京”两个字都是方方正正的结构，就像一堵坚实的城墙，而那两个感叹号，就像是一个个挺直的人。只要有人在，就会有正义的城墙在，任何邪恶的侵入，都必将被驱逐和灭亡。它又像是一个特别的警示与呐喊，把我们从一个浮躁的功利时代拉回到了一个充满危机的挣扎年代，唤起了我们心中那根久已麻木的神经。

记住那段历史吧，希望它只是一面照亮现实的镜子，未来将不再重演，毕竟，和平共处，和谐发展，才是人类最终的追求！

2009 年 7 月 15 日

我们都向往的那些罗曼蒂克

看电影的心境很多时候是与遭遇的导演有关，比如有时候很轻松，是因为遇上了张艺谋的色彩、周星驰的无厘头、冯小刚的幽默，有时候很费脑，是因为遇上了李安的深邃、贾樟柯的狡黠、程耳的冷漠。电影《罗曼蒂克消亡史》便是后者，当很多人在微信上晒虽然看不懂但还是觉得很美的时候，在冬至前夜，我穿过半个兰城的雨，去看了这部电影。

真的有点难懂，难懂在它很散，却很流畅，它很血性，却很美。就像一个初入赌场的人，看见满桌散乱的骰子，看得眼花缭乱，却心底痒痒。影片采用非线性叙事手法，把 1937 年、1934 年、1941 年、1945 年四个年份间发生的一段段故事打乱，分别叙事，不分主次，不分前后，躲躲闪闪，目不暇接。静下心来撸一撸整部片子，觉得还是有些主次的。自古以来，再伟大的作品无非都跑不出两个主题，一是男人的世界，二是女人的爱情，这也是永恒的主题。男人主宰世界的梦想与女人得到爱情的梦想同样重要，但在很多时候，此两者都是雾里看花水中望月，可望而不可即，更何况是在民国时期的上海。

先说说片中渡部、陆先生、童子鸡这三个男人。

日本人渡部是个很有野心的男人，可以看作是日本的野心，他在中日战争爆发之前就已经潜伏在上海，并学会了上海话，娶了上海女人，生了上海的儿子，打着上海的麻将，吃着上海的点心。表面上看，他已经融入了上海，成了一个地道的上海人，可实质上他还有另一面，他在上海开了一家日本料理店，在这里他穿和服、吃料理，吹着日本民谣的口哨，干着丧尽天良的坏事。他表面上见不得血腥场面，屈服于陆先生和他的妹妹，还是个“妻管严”，而实质上他梦想主宰这个世界，当有朝一日夜遇日本军挺进的车队时，胜利的占有欲一下子就填满了胸膛，故事发展就出现了可怕的逆转，小六成了他胯下的牺牲品。然后，正义终究会战胜邪恶，当这一天来临的时候，也就是渡部这样的男人终结的时候。

陆先生的世界充满了权利与欲望，表面上要风得风，要雨得雨。一开篇便以断美人手为示威。可实质上他也不过是一条唯命是从的狗。他也梦想可以成为世界的主宰，可以安心地拥有自己心爱的女人，可以快乐无忧地生活，可实质上他连这一点都做不到。小六对陆先生说：“你带我跑了吧，就我们两个。”而这位看似能叱咤上海滩的大佬昂首叹道：“我要照顾的人太多，我没有办法随心所欲，我没这个命。”言语中透出许多无奈与挣扎，这是男人的无奈，男人的挣扎。当他最后脱下礼帽，举起手来的时候，他已经彻底地向一个时代投降，向自己的过去投降。面对自己的未来，他一个字都不想再说。

童子鸡在片中没名没姓，或许只是凡夫俗子的一个符号。那个妓女是欲望的一个符号。那场莫名而来的街头血战便是残酷生活挫折的象征。我们大部分人都像童子鸡刚到上海一样，坚守童贞，怀揣梦想，当经历了残酷生活挫折之后，便轻而易举地放弃了童贞，放弃了梦想，退而求其次，只要能有个女人，有个热炕头，能过上平凡的日子便行了。童子鸡对妓女说：“我养你。”这既是对残酷人生的一种妥协，也是对平淡生活的一种渴望。但恰恰他放弃了最初的宏大梦想，立地成佛，却意外收获了一份尚存的罗曼蒂克，是片中活得最久、最为幸福的一个男人。

再说说片中吴小姐与小六两个女人的爱情。

电影明星吴小姐嫁给了另外一个长相俊俏演技蹩脚的男演员。在戏外，其丈夫却扮演着各种角色，先是跟卢师长的三姨太鬼混，被发现后，吴小姐忍屈求助陆先生，得以解救。而后，她丈夫又以“卖”妻求荣，嘴上却说：“我不管在哪里都与你的心在一起!”直让人恶心。而吴小姐却是一个坚守爱情的一个符号，当她来到重庆避难饱受饥饿之时，她仍然念着上海那段感情。她说：“这里的东西样样都难吃，大概是不喜欢这个地方，所以不喜欢吃这里的东西，喜欢上海，所以喜欢吃上海菜，大概是喜欢什么地方就会喜欢吃哪里的菜。”始终如一，向往美好，这是吴小姐的罗曼蒂克。

相对于吴小姐的坚守，小六却显得有些花痴，见一个爱一个，先是舞蹈老师，再是演员明星，最后却因为花痴落入渡部的魔掌，就这样一个女人让陆先生是爱悠悠恨悠悠，带着她完成报复以后，也了结了她的悲喜人生。片中小六在当上《花好月圆》女主角后，有几句台词：“导演，我是怎么死的呢？是自杀呢？还是被别人杀呢？”这成了整个片子的最大悬疑。从头到尾，片子始终洋溢着血腥的场面，要么吃饭，要么杀人，在那个乱世，杀人如同家常便饭般简单。可有谁想过，这些无辜的人到底是怎么死的呢？自杀，还是他杀？小六渴望自由的幸福生活，她期待导演给自己安排一个好的结局，所以她对人说：“我可能没死，历经千辛万苦最后活了下来。”可结果死命难违，历经所有的痛苦与折磨之后，终究倒在了通往罗曼蒂克的路上。

罗曼蒂克是一个舶来词，意指富有幻想，充满诗意，浪漫的、激情的，本意是指对一些不能得到的东西充满柏拉图式的情感向往，也是心灵的美好寄托。人总是要有点罗曼蒂克精神的，如果连这点寄托都死了，那心也就枯寂了。很喜欢其中的一张海报，视角从埋尸坑往外拍，一群人围在坑四周，表情各异，在他们的头顶，是充满罗曼蒂克的蓝天、白云、飞鸽……

影片很沉闷，插曲很哀伤，始终洋溢着一种对罗曼蒂克的向往之情怀，大量的俯视镜头足以让我们窥视到自己的内心：活着，抑或死去；罗曼蒂克，抑或歇斯底里，全在于心的一念之间。

2016 年 12 月 21 日

在“动物世界”里读《心箴》

《心箴》是范浚的代表作，96个字奠定了他被尊为“婺学之开宗，浙学之托始”的地位。他祖上从爷爷辈就开始做官，他父亲和他的九个兄弟也都做了官，唯独他不要做官。不是他考不上公务员，只是他不屑做官，在他看来，人生还有更有意义的事让他去做，那就是授人以道，解人以惑。也就是说他更愿意从事教育事业，当官不如当个教师更有意思。人各有志，有的人看不起教师，有的人视教师为终身职业，远的有孔子、王阳明，近的有胡应麟、曹梦岐等。这是智者的职业，通过授业传道，让人类的文明一步步地往前发展。

那么还是让我们先来读一读《心箴》吧：

茫茫堪舆，俯仰无垠。人于其间，渺然有身。

是身之微，太仓稊米。参为三才，曰唯心耳。

往古来今，孰无此心？心为形役，乃兽乃禽。

唯口耳目，手足动静。投闲抵隙，为厥心病。

一心之微，众欲攻之。其与存者，呜呼几稀！

君子存诚，克念克敬。天君泰然，百体从令。

就在昨天，参加了范浚研究会召开的一个会，在会上，大家对《心箴》展开了激烈的讨论。散会之后，意犹未尽，在微信群里继续争论，孰是孰非，谁也说服不了谁。窃以为既奉之为经典，其可贵之处就在于解读的多种可能性，一百个读者便有一百种解法，没有对错之分，只有抵达本义的距离远近之别。古人胸怀之大，今人难比；道学之广，望尘莫及。更何况是范浚先生之名篇，其言所谓心者，亦心亦道，天地之间，乃为明灯。

我今天想要讲的并不是解读《心箴》的重要性，而是看了电影《动物世界》之后突然冒出的一个想法，那就是：如果在“动物世界”里读《心箴》，会有动物能听懂吗？

先别急着找答案，先看看《动物世界》的剧情吧。电影讲的是，主角郑开司因被朋友欺骗而背负上数百万的债务，面对重病的母亲和痴心等待的青梅竹马刘青，他决心登上“命运”号游轮，改变自己一事无成的人生。只要能在渡轮上的游戏中获胜，他就将有机会将债务一笔勾销，并给家人带来更好的生活。这场游戏看似简单，参与者只需以标着“石头，剪刀，布”的扑克为道具，赢取对手身上的星星标志。但游轮上的亡命徒们毫无底线的欺诈争夺，却让人性的自私与残酷暴露无遗，局中局、计中计，让游戏场最终沦为“动物世界”斗兽场。

剧中很有意思的是郑开司一开始就说自己脑子有病，别人在他眼中一言不逊便会幻想为某种动物，在心中与其格斗不知要多少遍，直至战胜。这不免让人想起卡夫卡的《变形记》。其实人本来就是动物进化而来，人类整个进化的过程就是其动物性慢慢退化的过程。哪怕到了21世纪，世界文明发展到如此程度，但你敢说动物性已经退化完全了？未必，相反，很多时候我们的动物性反而暴露得越来越肆无忌惮了。贪婪、弱肉强食、欺诈等不都是动物的本性吗？

范浚说：“参为三才，曰唯心耳。”人之所以不同于动物，而与天地相并称为“三才”者，皆是因为心能守“道”。从脏器上来说，人与动物皆有“心”，但动物的“心”只是起到生理上的功能调节作用，而人的“心”除了这个功能之外，还能守“道”。“道”如果没有了，那也就与动物的心没有差别了，正所谓“心为形役，乃兽乃禽”。

在电影《动物世界》中给我们思索的一个问题是，当你的生命受到威胁时，你还能不能守住“道”？当你面临利益诱惑时，你还能不能守住“道”？郑开司是“一心之微，众欲攻之”，弄得自己身心疲惫，人戏称“真该死”！人为财死，鸟为食亡，在动物世界里，讲义气等于自杀，背叛、欺诈、争抢、没有底线，每一个人随时都可能变成一只动物。郑开司用智慧与正义最终战胜了邪恶，他说：“该打的仗我已经打过了，该跑的路我也跑到了尽头。老子信的道老子自己来守，老子宁可做一辈子披荆斩棘的小丑，也绝不会变成你们这种人渣的样子。游戏是你们的，规则老子自己来定。”字字铿锵，句句入心。我想他不正是以自身实践解读了《心箴》吗？相比我们坐在空调里讨论《心箴》，要来得更有意义。

我突然想起前几天碰到一位男生，他因为我在女儿面前夸了他的作文，所以要来认识我，说长这么大还没有人夸过他的作文，而长大当作家一直是他梦寐以求的职业。我当时就站在学校走廊里与他聊天，空中还飘着毛毛细雨，他一脸兴奋地听我说话。其中说到社会的很多阴暗面让他感到寻找文章主题的困惑时，我才恍然大悟，难怪现在的网络文学玄幻剧、穿越剧、宫廷剧盛行不衰，原来都是在逃避现实。我告诉他世间万物皆是相对来说，既然有阴暗的一面，那肯定有光明的一面，哪怕是受到阳光照射，你的身后也会有阴影，只在于我们站在哪个位置去欣赏。写作取材就像拍照，不能跑到人家背后去拍，要表达事物积极的、光明的、向上的一面才好。世间因为有阴暗，才有追求光明的人生意义。每个人都有阴影面积，但要力求阴影面积越小越好，其越小，光亮面积就会越大。这位男生听了表示受益匪浅。我想没有误人子弟也就足矣。

在《动物世界》里，郑开司不断地在自己心里求阴影面积的答案，一次次地受心的折磨，正因为他心里坚守着“道”，才让他的人生终修善缘，他也便成为这个“动物世界”里的孤独勇士。对范滂来说，在那个唯名是图的时代，他也是一个孤独的勇士，身处“一门双柱国，十子九登科”的荣耀家庭，他不知要顶住多少社会舆论的压力，才有可能埋头做自己的功业，实现自己不一样的人生价值。

读《心箴》，明事理。在追名逐利的“动物世界”里，想做一个与“天”“地”齐平的“人”，惟立心守“道”，范滂是也，郑开司是也。郑开司谐音“正开始”，而名利如洪水，“道”如堤坝，那么守“道”之艰，乃“正开始”，今后之道路，乃漫漫兮。

故而，回到前面的问题：如果在“动物世界”里读《心箴》，会有动物能听懂吗？答案已经不重要，重要的是读懂《心箴》可以减少你的阴影面积，消业你的动物性，“让自己更像自己，这就是成长的意义”！

2018 年 7 月 2 日　星期一凌晨

乱世寄情怜香伴

——观话剧《怜香伴》随记

深秋的一个下午，在杭州的某个地铁站里偶尔看到浙江话剧团的一张海报，上面写着“年度史诗巨构《怜香伴》，李伯男导演，汪世瑜监制”，以及“昆曲还是话剧？现实还是梦影？一场家园玉碎的怜香离别，一段江河梦圆的良伴佳话”等等介绍文字，我感到惊诧，不敢确定这是不是就是李渔的那个《怜香伴》。

一列地铁飞驰而过，掀起的风滑过清凉的肌肤在地底下穿越而过，就像那些沉寂了数百年的往事，悄无痕迹。

当我确认此话剧《怜香伴》就是源自李渔的作品时，已是腊月，落木萧萧的西子湖畔虽然没有姹紫嫣红，却依然少不了红男绿女的歌舞升平。《怜香伴》是李渔 1650 年赴杭州之后创作的第一部传奇之作。原著中说的是监生范石的妻子崔笺云新婚满月到庙里烧香，偶遇小她两岁的乡绅小姐曹语花。崔笺云慕曹语花的体香，曹语花怜崔笺云的诗才，两人在神佛前互定终身。崔笺云设局，将曹语花嫁给丈夫做妾，为的却是自己与曹语花"宵同梦，晓同妆，镜里花容并蒂芳，深闺步步相随唱"。此前，北京京剧三团曾将此剧改编为京剧，1954 年由名旦张君秋主演，不过情节大变，崔笺云与曹语花的关系被全部隐去，两女同嫁一夫的情节变成小姑帮哥哥娶嫂嫂。2010 年，为纪念李渔诞辰四百周年，这部作品由香港电影导演关锦鹏执导昆曲演出，汪世瑜任艺术总监、李银河做"文化顾问"、春晚"御用"设计师郭培设计戏服，被称作"三百五十年来的首次完整演出"，分女伶版、男旦版在北京上演。

2014 年，经汪世瑜倡议并亲任监制，由著名导演李伯男执导的话剧《怜香伴》又会是个什么样子呢？带着这个疑问，在大寒之后的第三天晚上，我怀着崇敬的心情走进了位于湖墅南路 136 号的浙江话剧团艺术剧场。

厚重的钟声过后，舞台大幕徐徐拉开，展现在观众面前的是用现代光影艺术与一个斜着的巨大相框组成一个四百多年前的雨花庵情景，在优雅清心的琴声中，崔笺云与曹语花一见倾心，互生爱慕，并在佛前盟誓约定来世的秦晋之好。第二部分穿越到了 1949 年的上海，国民党作鸟兽散，此时的曹语花却已是他人之妇，生活处境艰难，而为她独守一生的崔笺云时不时地予以资助，甚至在中华人民共和国成立前夜把自己的房子首饰全卖了，用所筹全部黄金买了两张去台湾省的船票送给曹语花一家，曹语花却以两人共赴新生活为由骗崔笺云上了开往台湾的太平轮，结果太平轮沉海，崔笺云带着幽怨离去。第三部分穿越到现代，崔笺云与曹语花再以姐妹之好相处。听说在演出前夜排练时因为导演不满意第三部分的戏，临时删了一大段，所以第三部分显得略为仓促，与整个戏有失轻重。但整个戏以一种优美柔情略带忧伤的气氛贯穿始终，兼具昆曲之温婉柔和与话剧之酣畅淋漓，那些穿越了四百年的风花雪月恍如隔世，看了之后让人置于景中而难以自拔，那些细语浓情让人回味无穷，挥之不去。

李伯男是国内剧坛最具票房号召力的青年话剧导演，有“话剧界冯小刚”之称，曾执导过《有多少爱可以胡来》《剩女郎》《步步惊心》等，荣获国内外多个奖项，此次与浙江话剧团合作执导《怜香伴》，也算是天作之合。那天中午，在浙话艺术剧场楼下的茶吧里，我们等了好久，终于见到了李导，因为刚起床，还蓬着头，高个头，国字脸，小眯眼，一副似醒未醒的样子。我笑称，李导会不会是李渔的后裔啊？李导说自己是河北人，不管是不是后裔，反正都姓李，也算是缘分吧。李导与浙话的合作已经有四年之久了，每年新春之前都会排一部新作，今年因为汪世瑜老先生的倡议，将昆曲与话剧进行结合，进行了大胆的尝试。但因为《怜相伴》题材的敏感性，剧本的尺度不好拿捏，虽然地铁里的广告在半年前就贴出去了，但剧本却改了一稿又一稿，直到正式演出前两个月才最后定下来。

李导说："李渔太伟大了，要把他的这种戏剧精神在话剧舞台上展示出来，实属不易。"李导的戏以情感剧见长，但执导《怜香伴》，他坦言有三个难关要过：一是这部戏穿越四百年三个时空，风格难以统一；二是这出戏的视角不太好找——到底应该站在谁的立场来讲故事？三是这种同性"恋情"，很多人是没有体验的，难以把握。在谈话中他反复强调，今晚是试演，内容还要修改。我盛请他有空来李渔故里走走，或许能得到更多的灵感，并建议在兰溪献演一场。他欣然应允说："在李渔老家演李渔作品改编的话剧，那更具有意义！"

当晚，短短一个半小时的演出结束后，李伯男导演与演员一起谢幕，观众掌声经久不息，站在位置上不愿散去。穿越三个时空的这段奇情别恋让人恍如隔世，有种耳目一新的感觉。但在我看来，整个戏美则美矣，但终觉喜剧性的冲突尚显不够，对"怜相伴"之社会背景的挖掘还不够深入。李渔说："唯我填词不卖愁，一夫不笑是吾忧；举世尽成弥勒佛，度人秃笔始堪投。"这其实与今天的话剧精神同出一脉。既然是源自李渔，就应该尽显李渔之喜剧本色，比如在民国时，是否可以设置让崔笺云改换男装去获取曹语花之芳心，而后却因为女儿身而陷入两难，由此引出的种种误解、难堪等，增加戏剧的冲突。

乱世寄情怜相伴，李渔传奇续亦难。首演结束后，李导与编剧、演员们一起又要投入二度修改、排练，期待着下一次的精彩演出！

2015 年 1 月 26 日

情与法之间有一种距离叫良知

——观廉政婺剧《血溅乌纱》有感

听说兰婺排了个新剧叫《血溅乌纱》，原民盟兰溪市副主委、导演赵慧珠老师仅仅用了九天时间排完了这个剧，8 月 26 日在李渔周末剧场第一次公演，有幸成为观看此剧的首批观众。

关于剧情：祸起贪念

剧情讲的是珠宝商苏玉珠为寻找失散女儿在河阳住店，因为去当珠宝时被当地县衙赖都头发现，赖都头夜闯歇店盗走珠宝，并在争斗中刺死苏玉珠。案报县衙，知县贾镜水是赖的姐夫，两人沆瀣一气，欲嫁祸于店主刘松。后河阳新任知府严天民接手此案，他在审理珠宝商苏玉珠被杀案时，被河阳知县贾水镜做假蒙蔽，错判店主刘松。贾水镜系严天民夫人程氏之表兄，为使此案结案，贾水镜将其妻弟、河阳县衙都头赖仁杀死苏玉珠，盗抢来的龙凤玉镯，送给其表妹程氏，求她私填案卷结案。刘松之女刘少英欲为父替罪未遂，刘松被错斩。刘女为其父鸣冤，头碰河阳府公堂桌案，血溅严天民乌纱。后，龙凤玉镯被苏玉珠之女苏兰君认出为自家宝物，遂案情逐渐大白，杀死苏玉珠真凶乃赖仁，贾水镜知其所为而有意作假案包庇，遂贾、赖双双被正法。严天民自悔恨交加，不顾岳父程尚书的赦免与劝慰，将其妻程氏披枷锁押入南监，后毅然伏剑殉法。

剧情悬疑丛生，环环相扣，逻辑紧密，案情揪心，让人欲罢不能，近三个小时的演出回味无穷，演绎人生让人唏嘘不已。

人物关系：“共情”所困

先说说里面的人物关系。河阳县知县贾水镜自称为“贾青天”，他是县衙都头赖仁的姐夫；而新任知府严天民是贾水镜的表妹夫，他夫人程氏为贾的表妹；程氏的贴身丫头苏兰君是珠宝商苏玉珠失散多年的女儿；“天官”程尚书是严天民的老丈人。一看这关系就错综复杂，筋连着筋，牵一发而动全身。遇上这样一摊子事，谁都不好办，工作失误谁都会有，正如剧中所说错假冤案自古以来就有，这桩错案又不是第一桩，也不会是最后一桩，要么官官相护，大家都安然无事，该升的升，该赏的赏；要么鱼死网破，你要整我，你也逃脱不了干事，谁都干净不了，况且牵涉到了尚书的女儿。尚书也觉得既然真相大白，真凶也已抓到，受到了惩处，念女婿初犯，就免受处分了。连原告刘松的女儿、死者苏玉珠的女儿也都联名请求赦免严天民夫妻的处分，要不然自己就撤诉了。可严天民偏是一个讲规则的人，定下的规则不能破，他说“官大无有国法大，情深难抵刑律严”，最终还是判了夫人的罪，而自己也刎颈自杀。

在这里，贾、赖两人的恶端自不必说，只说程氏之罪，她一介妇人，虽为尚书之女，照说也懂官场规矩，不得干涉政务，却被亲情所蔽，拿了表兄的一只手镯，也不问清来由，便占为己有，这首先就犯了受贿之罪。然后又替表兄私塞假的结案卷，误导丈夫判案，这就犯了家眷干涉政务的大忌，这不管在古代还是现代，比比皆是，也就是我们常说的吹“枕头风”，然此案比“枕头风”更甚，直接参与作假，犯了同伙之罪。三罪并罚，确实不轻。夫妻二人的感情一直甚好，相约百年好合，却因一时之贪贻害终身。或许都不能说程氏是为贪所害，她毕竟是尚书之女，什么东西没见过，一只手镯再稀罕也不过是手镯而已。我以为她最主要的是受情所害。

中国人最讲究“情”字，“情”是一把双刃剑，好起来比蜜还甜，坏起来比刀还尖。它也是攻破所有堡垒的一把万能钥匙，任何事任何门遇到阻碍的时候，拿出“情”这把钥匙或许就迎刃而解了。自古以来都这样，大家一见面，首先找“情”的同心圆，是不是同学，是不是朋友，是不是亲戚，是不是同学的同学，是不是朋友的朋友，是不是亲戚的亲戚，一般来说，转几个弯都会找到“共情”点，甚至有时候连我们都去过哪儿，都见过谁，都开过什么会也会成为寻找“共情”点的理由，有了“共情”，接下来的事就像添加了润滑剂，好办多了。而这个程氏随夫到地方任职，见到表兄自然是格外的高兴，由于她丈夫刚刚任职，当地妇联都还没来得及组织新提拔领导干部夫人参加“廉内助培训班”，她这种反腐倡廉的意识自然就比较淡薄。这个心怀恶意的表兄“贾青天”也正是抓住这一点，用亲情来突破，打入严天民的兵营，在他的后心安插了一把刀，以防自己后路。“贾青天”可以视妻弟为非作歹而不顾，除了亲情以外，更多的还是共同利益的建立，赖都头每次都会分赃于他。这样一个团伙想安然生存，必得附势于权贵，况且还是表妹夫，自然就想通过表妹的亲情扩大自己的利益集团，巩固自己的生存空间。

何为清官：以民天下

只是没想到的是严天民却以“民”为“天下”，决不买账。他不是一个只讲国法不讲感情之人，剧中第七场用了大篇的章幅去表现两人的感情，观众听了无不涕然泪下。佛说，有常为无常。人生的无常才是最为正常。你永远不知道明天与未来哪个先到。夫妻两个刚刚走上生活的新途径，准备廉洁奉公，兢兢业业，做好事业，过好日子，白头偕老。却不料突来一场打击让人生的美丽戛然而止。那么是违心地继续还是选择正义的公判？天平摇晃，难以决断。这个时候，我想有必要来说一说剧中判案的一个地点，这是剧中关键的一个符号，那就是李离庙。

或许当时的河阳县没有官驿，所以官员到了这里都会先在李离庙里安歇。那么这个李离庙到底是什么庙，李离到底是个什么神呢？据汉代著作《史记·循吏列传》记载，李离在春秋时代晋国的晋文公时期担任理官一职，他因错误地听取了下级的汇报判人死罪，所以把自己关押起来定了死罪。后晋文公百般劝解，李离却仍不肯释怀，最终用剑自杀而亡。他捍卫法律的尊严，为错判案子承担责任以身“殉法”的故事，却在中国法治史上留下了精彩的篇章，后人建庙以纪念。晋文公宣他无罪的时候，他说：“理有法，失刑当刑，失死当死。公以臣能听微决疑，故使为理。今过听杀人，罪当死。”意思是说，法官断案有法规，错判刑就要亲自受刑，错杀人就要以死偿命。您因为臣能听察细微隐情事理，决断疑难案件，才让我做法官。现在我听察案情有误而枉杀人命，应该判处死罪。

严天民上任初时途经李离庙时就感慨良多，决心要当一个李离一样的“清官”，却不料接手第一只案就因为一时激动，犯了察案不明、草菅人命之大忌，他实实原谅不了自己。他最后忏悔地唱道：“官大无有国法大，情深难抵刑律严，誓将颈血泼千顷，以戒百官文武卿。”他愿意用自己鲜血来唤醒满朝官员沉睡的“良知”。

格物致知：为善去恶

最近，微信上常有阳明心学的内容疯传，但我常常想，在转播的背后这个人是否有真心读懂阳明心学，他的精髓又是否有悟。我曾听樊登老师对阳明一生的介绍和阳明心学的解读，略知一二。王阳明在《传习录》中说的“无善无恶心之体，有善有恶意之动，知善知恶是良知，为善去恶是格物”四句话可谓经典。其实人心无所谓善与恶，真正的善、恶只是心的一种表现。那如何才可做到善，最关键是你要分清什么是善、什么是恶！善恶往往没有标签，容易蒙蔽你的眼睛，误导你。比如本剧中“贾青天”给表妹送手镯的时候，手镯本身不分善恶，但他在送的这个行为是带着“恶”。可上面没有贴着“恶”的标签，程氏是个善良之人，她看到的只有“善”，只有“情”，所以她对表兄的回报只有“爱”。我都怀疑程氏一定是个佛教信徒，因为佛是讲究“爱”的无分别心，对待世间万物都要爱平等。她分不清善与恶的真相，只以自己的善心去对待。这样的善心有时候会害了自己，连累自己。

王阳明曾学过儒、道、佛，但最终从中跳出来，创立自己的心学理论，与孔子、曾国藩并称为“两个半圣人”，曾算半个。阳明心学与佛教最大的区别就在于“爱”的厚薄之分。他强调爱是有厚薄的，孔子说君君臣臣、父父子子，就是皇帝要有皇帝的样，臣子要有臣子的样，父亲要有我父亲的样，子女要有子女的样，不能混为一谈。要是所有的爱都一样，那君不君，臣不臣，父不父，子不子，那就乱套了。致良知就是要分清是非善恶，然后把恶去掉，把善发扬光大。我们每个人心中都有良知，只是常常被生活中的一些表象所迷惑或遮盖。像剧中的严天民，他的死是所有观众都同情的，都觉得他不应该死，虽然他犯了错，但每个观众都愿意原谅他。但是他自己不能原谅他自己，在他断案的时候，一边是甘愿伏法认罪，一边是证据“确凿”，一边是忿恨深重，他为民请命的“正义感”一下子被掀至情感的燃点，成为“良知”的刽子手，一下子斩断了自己心中的“善”的樊篱，脱缰而去，从而酝酿下不可挽回的恶果。从这一点上，严天民不能原谅自己，想起虽有李离在先，自己犹不能效之，为百姓带去公平与安宁，自己心尤为不安，最终以“血溅乌纱”来警示后人，唤醒世人之“良知”。

为官警诫：知行合一

那么，我们用阳明心学再回过头来看严天民的断案行为，到底是善还是恶呢？从表面看他的整个过程，是一个“善”的过程，那么既为“善”，为何会产生“恶”果呢？就是察案不明所带来的并非“真知”。王阳明说“知行合一”，只有“真知”，才能做到“真行”。知与行是良知的正反面，不可分割，千万不可瞎子摸象，以非真知为“真知”。须不为情所蔽，不为虚所幻，要明察秋毫，知之越深，行之越远。他如果不激动，不受当时群情所蛊惑，或许就不会钻到“贾青天”设置的圈套里面，至少不会立马做出误判。佛说，要有正念。所有的致良知必定是须在正念的基础上来实现的。正念就是当下。当下你是何人，处何地，在干何事？每个人在心中迷惑时便可用此三问解惑，而得到愉悦之心。如果严天民当时问一问自己这三问，自己是谁，在做什么，或许就可发现自己的良知正被当时的假象所蒙蔽，拂去假象，断清是非，真相便可大白于天下，也免去了后来的忏悔之痛了。

兰溪婺剧团今年开办了周末李渔剧场，演的都是些传统老剧目，但毕竟是兰婺的名声在外，场场爆满，一票难求。但观众对新作精品的渴望更是期待。此次全由新人担当的新戏《血溅乌纱》无论是从编剧还是编排上来说，都可谓是精品，故荐之。

2017年10月16日

C 区 16 床的内心独白

——观话剧《C 区 16 床》有感

雨，似乎总是与忧伤连在一起。

那是一个有雨的夜晚，一场只为一个人演出的话剧即将开始。

而那个人却已经走了，这似乎注定是一场没有观众的演出。

我抛却一切事务，冒雨前往，穿过黑夜，从一个城市到另一个城市，从一个梦想到另一个梦想。安静的夜，安静的剧场，安静的演出，甚至连掌声也是安静的，欢笑的泪水也是安静的。短短一个多小时的演出结束了，就像人的短暂一生，观众散去，剧场复归安静，只有黑夜记录下了这场 C 区 16 床的内心独白。

关于梦想

最初的梦想就像舞台顶上那一束柔光，照得心里暖暖的。

记得最初认识郑朝阳是在《婺星》杂志社的一次座谈会上，那时候大家都怀着一腔文学梦。我的位置正好挨着朝阳，会上几位老作者对金华的文化发展夸夸其谈，漫无边际，于是给我和朝阳的底下私聊创造了良好的机会。在这之前都只是看过对方的诗文，第一次见面便聊得有些投缘，但之后却一直没有见过面。后来一起开过会的好多作者都已经不写文章了，只有他还在坚持着诗歌的梦想，偶尔能从报上看到他的诗歌。2006年初，得知朝阳患了癌症，金华的诗友为他举行一次“内心的风暴”诗歌朗诵会，我和几个文友特意赶过去参加，结束后又去医院看望他。在病房，当我握住他那只坚硬而苍白的手时，再一次感受到了诗歌与梦想给予他的力量。

后来，我又几次去看他，脸色一次比一次憔悴，精神却一次比一次坚硬。后来，他已经痛得不能坐立了，走路也只能一小步一小步地挪，但他依然“跪着写诗，站着做人”。他住在六层，每天要爬90多级台阶下楼，再挪步数百米的路，到小区后门的马路菜场去买菜，然后再挪步数百米的路，爬90多级台阶上楼，回到他那间除了梦想再无其他的房间。这在常人看来再日常不过的生活，对他来说成为活着的艰难。一方面他要同病痛顽强地抗争，一方面又渴望死神的解脱。但在生命与死神做最后百米冲刺的时候，他依然没有放弃对梦想的热情。

而我们呢？我们的梦想又在哪里？就像剧中那个小丑对观众的那句特别提醒：“请照看好随身携带的贵重物品和您的梦想！”

关于成长

成长的过程也是一个蜕变的过程，成长也就意味着某种丢失。童年的纯真、梦想的脆弱就像舞台上那只想死死护住的气球，最终还得爆炸，像彩色的泡沫一样幻灭。像朝阳这样，能真正以自己的姿势生长的能有几人？“一匹，两匹，三……马群的数量不断增加/挣脱一根缰绳和一截木桩，马回到速度/听到血液中风吼沙鸣的声音/马蹄飞踏石头奔跑//像撕开布匹/马的嘶鸣撕裂空气/带来云火与雷电常常把我从睡梦中惊醒。”朝阳内心的风暴就像胸前的一面照妖镜，能够阻挡外界任何世俗的侵袭。他说：“我以我的方式存在着。”诗歌就是他存在着的方式，是他成长的唯一姿势。

在话剧的开始有一段冗长的念白和反复的表演，“我们的生活是一出喜剧。我们的生活是一出悲剧。我们的生活是一部传统戏剧。我们的生活是一部先锋戏剧……”然后有四个演员扮演着四个不同的动作，其中一个在数钱，一个在接电话，一个在睡觉，一个在洗刷，我想可以分别看作是挣钱、交际、睡觉、起床四个不断循环的成长过程，或者是金钱主义、无聊主义、理想主义、现实主义四种不同的成长方式。而这一段反复冗长的表演一度让台下观众显得烦躁不安，唏嘘声起，而此时的观众却恰恰进入了导演的圈套，我们此时猛然感觉到，这种无聊反复单调枯燥乏味恰恰就是我们所追求的成长过程与成长方式。

“被自己追赶，终生都在路上/马群驰下山岗，穿越草原/试图寻找一个无法到达的地方”，“马跑完一生，未曾去想过/要去的地方已经在脚下”。像朝阳那种纯粹的坚持与成长实在是太稀有了。

关于符号

看完全剧，脑中久久不能忘怀的却是舞台角上的那棵枯树的符号，从头至尾，它一直孤独地站在那里，有美丽的少女给它浇水，却依然长不出任何一丝绿意，只有一些老面人把面具孤零零地挂在树枝。因为树已经死了。我曾经想，那树或许是现实的符号，而少女手中的那罐水或许就是诗歌的符号。在现实面前，诗歌显得力不从心微不足道，就好像用一杯水想去挽救一棵快要死了的树，无济于事。可是即使完全是一件徒劳的工作，诗人还是要坚持下去。

我注意到舞台上的背景是一块巨大的白布，在右上角是一个诗人走向远方的背影，他的头部已经隐入天幕之中，这时候，我们看到他在阳光折射下的影子却是扭曲的！诗人付出了这么多，得到的却是聊胜于无。我不知道那个影子要走向哪里，哪里才是他的终点？“车子一站接一站地停/不断重复但保持足够的新鲜/有人下去了，又有人上来/聚散离合非常简单/我坐在那儿像观众看戏而我从上车的片刻起就开始苦恼/公交车无法到达我要去的地方。”

对于未来，诗人也感到茫然。

关于我们

我们只是这场话剧的普通观众，真正的那个观众已经走了。

我们既不是思想家，也不是诗人。

剧中有两个观众匆匆穿场而过。

观众 A：快点快点，迟到了。

观众 B：今天这什么戏啊？

观众 A：《C 区 16 床》啊，没听说过吗？

观众 B：哦……（环视舞台）可是床呢？

我们就是剧中问床的那个观众，没有床何谓之“床”呢？

我们也曾有过梦想，有过追求，有过思索，可是总有一些现实之魔把我们的梦想一次次地吹灭，一次次地缠绕，一次次地束缚，一次次地践踏，最终只剩下那一张没有思想的“床”。我们曾经一遍遍地责问诗人：“你为什么还在写诗？如果投稿从来不中你会不会写诗？如果任何一个诗歌奖哪怕是校级的也从未垂青于你，你会不会写诗？如果所有人都说你没有天赋你写的东西全是垃圾你会不会写诗？如果你生活拮据食不果腹衣不蔽体你会不会写诗？如果病魔缠身生命进入倒计时你会不会写诗？如果以生活的富裕为条件与你交换你会不会因此放弃诗歌？”面对朝阳的这种坚持我们不禁为自己的这种责问而感到羞耻。

关于结局

“曲终乐止，人生大戏落下帷幕/在生命的终点站画个句号/这儿的归宿人人平等/不论官员、平民、老总、乞丐、男人、女人/只有一个相同的身份：死人/一切身前的名利、地位、恩怨情仇/都像剥落下来的鳞片/与另一个世界互不相干。”诗人的语言总是那么的犀利，那么的赤裸裸，那么的一针见血。既然如此，那么我们还要结局吗？当剧中的导演与编剧对剧本的无休止地争论时，我们的诗人却已经走了；当舞台中间一直以为是诗人肖像画的大幕“唰”地拉下来时，一个巨大的问号让全场的呼吸与血液都顿时凝固了。这难道就是我们所要的结局吗？

“我的身体被病床绑住，它们依然在飞/每条血管都是支流/它们全部朝一个方向飞/汇入心脏的港湾，裹着心跳一起飞/一个又一个美好的愿望接连飞起来/像风中飞舞的花瓣/不知疲倦，更不想停下来。”当全场的目光向上仰望的时候，我们似乎看见了心灵深处的自己，又找到了那个曾经美丽的梦想，她正向着朝阳坚定的脚步缓缓飞翔。

蓦低首，我愕然发现自己在剧场中坐的位置正挨着他们给朝阳预留的位置，在那一刹那，我似乎又回到了刚认识朝阳的那个上午，我们坐在一个温暖的会议室里，轻声地交谈着文学、诗歌与梦想，那一缕早晨的阳光从窗户里照进来，就像舞台顶上那一缕橘黄色的灯光，暖暖地打在角落里的那棵树的树枝上。

2007 年 6 月 10 日

从“等待戈多”到“杀死戈多”

浙师大夏教授打电话来说，阿西剧社要上演《等待戈多》，问我有没有兴趣去看，我想也没想就答应了。这是经典剧目，当然得去看看。

原著《等待戈多》是一部两幕剧。第一幕，主人公流浪汉爱斯特拉冈和弗拉基米尔在一条村路上等待戈多，可是戈多是谁？他们相约何时见面？连他们自己也不清楚。但他们仍然苦苦地等待着。为了解除等待的烦恼，他俩没话找话，前言不搭后语，胡乱的交谈，他们一会儿谈到忏悔，一会儿谈到应该到死海去度蜜月，一会儿又讲到《福音书》里救世主和贼的故事；还说这样一些话：“我觉得孤独”“我做了一个梦”“我很快活”——并且没事找事，做出许多无聊的动作……他俩等啊等啊，终于等来了一个男孩，他是戈多的使者，他告诉两个可怜的流浪汉，戈多今晚不来了，但明天晚上准来。第二幕的内容仍然是两个流浪汉等待戈多，在同一时间，同一地点，场景的变化只是那棵树上长出了四五片叶子。他们继续等待戈多，为了打发烦躁与寂寞，他们继续说些无聊的话，做些荒唐可笑的动作。最后又等来了那个男孩，他告诉他们，今天戈多不会来了，但他明天准来。

就这么一个看似无厘头的话剧《等待戈多》，成为法国荒诞派剧作家贝克特的成名作，也是荒诞派戏剧的代表作，在1953年上演时轰动法国，连演三百场。1969年贝克特获得诺贝尔文学奖，瑞典皇家学院在授奖仪式上赞扬他的戏剧“具有希腊悲剧的净化作用”。

在我看来，这其实就是一部西方的《活着》。半个世纪过去了，该剧还是常被各地改编上演，就在贝克特一百周年诞辰时，北京理工大学太阳剧社还排过《等待戈多》，在第六届中国大学生戏剧节上，被著名导演孟京辉称为：“这是一部平庸的好戏！”

我不知道阿西的《等待戈多》会演成什么样子。事先夏教授说过是放在人文学院25幢的一个地下室里演的，大家就坐在地上看。恰又是冷空气来袭，有一朋友一听说这样的情况就打了退堂鼓。我是铁定了心要去的，又凑了金，为了等他，耽搁了点时间，急赶慢赶，到浙师大已经六点多了，在师大人家吃了个盒饭匆匆前往。绵绵冬雨又开始飘了，两个女生站在地下室的出口处，对前来看剧的观众一遍又一遍地重复着同样的话语："感谢您前来观看阿西的演出，地下室回音较重，请勿高声喧哗！"

进得地下室，演出刚刚开始，背景的几块板上横七竖八地贴着一些纸，我自己在心里与自己打着赌，一个说是报纸，一个说是杂志的内页，好像舞台上在等待戈多的两个人，絮絮叨叨地重复着同样的话。中间是一棵有叶子的柳树，舞台前面的两根柱子上贴着两个人的黑色剪纸，好像用一条很粗的红色链子绑着。前面的地上铺着一块巨大的布，看的学生都盘腿坐在这块蓝色的布上。旁边的同学指指中间的空地，示意我们套上鞋套进去坐下。我们便也顾不得地面的冰凉，也盘腿坐下，开始等待"戈多"。

这是改编后的《等待戈多》，在我看来，它应该是《等待戈多》的现代版，他们完全采用"嬉皮士"的手法通过"等待戈多"来批判现实。在原剧中一直没有出现的"戈多"在该剧中终于让爱斯特拉冈和弗拉基米尔等来了。这个身高一米八，体重一百八的"戈多"到来让爱斯特拉冈和弗拉基米尔感到惊慌失措，他们认为自己不管在现实中还是戏剧中自己的工作就是"等待戈多"，可是现在"戈多"来了，他们就得下岗了，这是一种生存危机，不行，他们得在导演宣布闭幕之前把"戈多”处理掉。于是邪念顿生，爱斯特拉冈和弗拉基米尔用刀把“戈多”杀死了。我的理解，这个戈多就是我们所谓的“希望”，它是我们生存堂而皇之的动力。没有了“希望”，那人类还有什么生存的理由呢？但我觉得从戏中得到的启发还不光光是这点，还有另外一点就是带有现实批判主义的启示：就是我们一直在等“戈多”，但当“戈多”真的到来时，却又被我们亲手毁灭了，比如我们的理想、我们的文明、我们的和谐，究竟是我们还没有等来？还是被我们亲手“毁灭”了？

下半场的爱斯特拉冈和弗拉基米尔又等来了一个“戈多”，而这个“戈多”却是一个女性，两个男人在一个女人面前不由得露出了“奴性”本色，甚至连自己的名字都按照女“戈多”的意思与对方进行了对换，就差没把黑白颠倒过来了。我的理解这个“戈多”就是我们心中的“欲望”“希望”死了，那就只有“欲望”了。但是在这个所谓的和谐社会里，能让“欲望”堂而皇之地生存下去吗？答案是否定的，所以爱斯特拉冈和弗拉基米尔不得不把女“戈多”也杀死了。

从“等待戈多”到“杀死戈多”，整个剧本充满了后现代戏剧的演绎色彩，中间还夹杂着许多现实的批判主义话语，让人在这个地下两米多的深处感受到话剧的内心穿透力。舞台上的那些“戈多”已经让两个叫爱斯特拉冈和弗拉基米尔的男子杀死了，那么他们是不是还要继续等待下去呢，既然戈多已死，他们要等的又是什么呢？我想，其实，“戈多”是驻扎在我们内心一个温暖而柔软的东西，它永远都不会来，每个人都看不见，等待“戈多”是我们日复一日年复一年，祖祖辈辈子子孙孙都要做的一件事，最重要的是我们要清楚这个“戈多”是什么样的东西，而不要像爱斯特拉冈和弗拉基米尔一样，等了一辈子都不知道“戈多”是谁？

曲终人散，雨还在继续。走出地下室，那两个女孩正在吃力地拆除门口的那个帐篷，见我们走过，还一个劲儿地感谢，一个劲儿地道歉，真是难为这些90后的男生女生们了。

同行的金说，以前一直对现在的大学生存有偏见，认为他们是垮掉的一代，今天看了这剧，却改变了自己原先的看法，认为他们还是蛮有自己思想的，对社会的洞察还是蛮尖锐的。

车出了学校，红红绿绿的马路，似乎有种“重回人间”的感觉，我们抑或就是现实中的爱斯特拉冈和弗拉基米尔，明天晨起，我们还要坐在那棵柳树下，去脱那只永远也脱不下来的“靴子”，去等待我们内心那个永远也不会光临的“戈多”。

2009年11月14日

QU KAN TAO HUA

去 看 桃 花

Chapter 3

管窥之见

在兰溪人的心里，横山就是母亲山，横山塔就像母亲充满期待的眼睛，相见时难别亦难，越难见越想见，越想见越难见。

回家的路

疫情让回家的路变得漫长而艰难。

很多人差不多有三年没有回家过年了。

可是近乡情怯，当回家的日子越来越近的时候，我却不知道以怎样的一种面貌相见。

李渔在 60 岁离开家乡二十年之后再次回到故乡时写的这首诗："不到故乡久，归来乔木删。故人多白冢，后辈亦苍颜。俗以贫归朴，农由荒得闲。喜听惟涧水，仍是旧潺湲。"

这三年，大家都挺不容易。当再一次看到那座熟悉的横山塔映入眼帘的时候，泪水止不住地打转，好像有好多话想跟亲人说。

兰溪人有句话叫"一天看不见横山就要哭的"，现在看见横山也是会哭的。

在兰溪人的心里，横山就是母亲山，横山塔就像母亲充满期待的眼睛，相见时难别亦难，越难见越想见，越想见越难见。

可是最早见到横山就要哭的却并不是兰溪人，而是那位叫杨万里的诗人。

一

杨万里是南宋诗人，他的老家是江西吉水县，每次从吉水到杭州都要经过兰溪，从 28 岁上京赶考，到一次次的调任，每次经过横山看见横山塔的心情都会随着人生命运的浮沉而变化。

第一次过兰溪是在绍兴二十四年（1154），那年他 28 岁，进京赶考，途经兰溪时，第一次与横山塔相遇，作《过金台望横山塔》："昨夜愁勤雨，今朝喜嫩风。金台斜岸北，玉塔正船东。滩改呈新碛，山回隐暗风。兰溪水亭子，作意定留侬。"这是他第一次离开家乡，路过千里之外的兰溪，在他的眼里，雨是"勤"的，风是"嫩"的，塔是"玉"的。他一身抱负，满怀信心，对整个世界都充满了新奇与希望。最后命运也终于没有辜负他，进士及第，被授为赣州司户参军，顺利地进入仕途。

可是他的仕途之路并没有想象中的那么顺利，宦海沉浮，漂泊不定，只有那个横山塔永远地站在那里迎接他。特别是在他39岁丧父、56岁丧母之后，家便是难以回去的路途，横山塔在他眼里不再是透明如玉，而是一座无依无靠的孤塔了。

真是有什么样的人生就有什么样的风景。

当58岁的杨万里再一次应召入京任吏部员外郎，经过横山塔的时候，不禁吟道："隔岸山迎我，沿江柳拜人。日摇秋水面，波闪白龙麟。不遗船迷路，俱从塔问津。一生将玉镜，千古照金身。"这时候的塔再一次闪起了金光，成为他人生中的航标塔。

可是四年之后，62岁的杨万里因上疏驳洪迈太庙高宗配飨议一事，又被迁出京外出时，他在诗中写道："相识横山塔，于今十数年。孤标立绝顶，秃影照清川。寂寞无香火，将迎几舫船。吾衰岂重过，珍重塔中仙。"横山塔又一次成为人生旅途中的寂寞。

次年，宋光宗即位，杨万里又被召回京任秘书监，离上次被召回京刚好又一个六年，不禁热泪盈眶，作《过横山塔下》云："六年三度过兰溪，总是残春首夏时，最感横山山上塔，迎人东去送人西。""孤塔分明是故人，一回一见一情亲。朝来走向山头望，报道兰溪酒恰新。"此时的他与横山塔同病相怜，愈感亲切。他想着自己这辈子的人生永远掌握在别人的手中，身边的朋友也是忽近忽远，忽冷忽热，看你的行情决定态度。而只有横山塔见一回亲一回，从来没有陌生感，也从来不失约，每次都是第一个来迎接，又是最后一个送你离境。无论贫富升贬，从不改变最初的容颜。这样的始终如一的情感这世间又能去哪里找?

有横山塔做伴，回家的路不再漫长，千里之外的故乡也是近在咫尺。

这是杨万里最后一次经过横山，最后一次跟他的老朋友相见、相叙。直至80岁病逝，再也没有来过。

二

从此，横山、横山塔成了兰溪再也挥之不去一抹乡愁。

南宋丞相范锺做了一辈子大官，等到退休回家，却因为家里老宅倒塌没钱建新楼，而客死于驿馆，远望横山却成了永远回不去的家。为官一生，清廉得连建房子的钱都没有，只落得一个“无地起楼台丞相”的名号，这样的丞相或许历史上也没有第二个了吧。连宋理宗忆及都不免涕泗横流而赞曰：“隔水闻声远更幽，冰姿消瘦为谁愁。天教独向春前发，不与凡花混一流。”对他的品格操行作出了很高的评价。

时隔两百多年后，被誉为“八婺儒宗”的章懋离开官场，回到家乡，担起了婺学中兴的时代之责。他登高一呼：“吾婺有三巨担：自东莱、何、王、金、许后道学无人担；自宗忠简、潘默成后功业无人担；自吴、黄、柳、宋后文章无人担，后学可加勉也。”有识之士纷纷响应，集聚枫山的书院里学习婺学之道。在这期间，他还曾住在横山山麓的横山殿里完成了兰溪第一部县志《正德兰溪县志》的编纂，为兰溪历史留下富贵财富。

无论横山还是枫山，都成了他心灵憩息之所。

明正德十六年（1521）大年三十那天，许多人看见一颗流星从横山上空划过。

当天傍晚，章懋先生永远地闭上了双眼。

而在他曾经编过志的横山殿里，至今还供着的横山大帝却是与章懋一样的清官。

他的原名叫徐灿，南朝时期的建州刺史，泰始二年（466年），徐灿携夫人宓氏在致仕归途中，在横山下过潭时遇风覆舟而亡。其为官清正廉明，为人刚正不阿，平生尽做善事，颇得民众爱戴。当附近村民把他们夫妻俩捞上来时，面色红润，鲜明如初。民众念其恩情和官德，将其安葬于横山东麓，是岁时和年丰，民众视为神灵世，为其建庙，塑像供奉，香火鼎盛。

从此，横山成了徐灿永远的家。

李渔曾为兰溪写过一联：瀫水官清同瀫水；兰溪花满称兰溪。

李渔种兰、爱兰，走到哪里就把兰花种到哪里。他每次回到家乡都要约上几个好友到横山上去观濲采兰，吟诗作赋。

他称自己“少年作客，老大言归”，深感在外之艰辛，等回到兰溪见到横山时不禁涕泗横流，作《归故乡赋》曰：“逸莫逸兮故园栖，欢莫欢兮游子归；怅独怅夫岁月迈，嗟复嗟此时事非。”到了故乡，“鸡犬相迎，山川相识。农辍锄以来欢，渔投竿而相揖”，那种亲人相见格外亲，家门未进泪先流的乡愁让人深有同感。

在李渔看来，虽说男子志在四方，但出门在外，还是常常会受气，只有在自己的家乡，才会处处得到尊重，连鸡啊狗的见了面都会跟你打招呼。所以他说：“采兰纫佩兮，观濲引觞。与鼎食而为萍为梗兮，宁啜菽而为梓为桑者也。”

同志们，与其列鼎而食却如浮萍一样漂泊，不如回家吃“妈妈菜”能让人安宁。

这三年，我们在外的学子、乡贤何曾不是这样的感受啊！

三

家乡有时候就像钱锺书笔下的那座围城，里面的人想出去，外面的人想回来。

横山塔一直站在横山的顶端，每天都在盼望着乡贤与游子们的回来。

兰溪曾经是农耕时代的“天下江南”，是手工业时代的“钱塘第一商埠”，是民国时代的“第一实验县”，是计划经济时代的全国“百强县”。

过去的兰溪在每个时代节点里都曾耀眼无比，都是“夜空中那颗最耀眼的星”，让我们感到骄傲。

过去，我们一天看不见横山就要哭，是因为在家千日好，出外一时难。

后来，我们每天看见横山就想哭，是因为恨铁不成钢，别人一日千里地在发展，我们却还在悠闲地过着“慢日子”，经济数据爬得像蜗牛。

现在，我们看见横山百感交集，有感悟、有痛定思痛，也有谋划，有信心，咬着牙，撸着袖，在心里默默地攒着一股狠劲。

2023 年，我们吹响了“新时代典型工业城市”起势之年的集结号。

我们需要更多的力量，更多的智慧，更多的乡贤与游子回归。

这几天，许多乡贤与游子都陆陆续续地回家了，三年以来第一次与亲人团聚，第一次露出了舒心的笑容。

兰溪横山上的横山塔还是那么坚挺地站在山巅，微笑地迎接每一位来兰返兰的新老兰溪人。

市委市政府决定，要召开第二届乡贤发展大会，要凝聚天下所有有利于兰溪发展的力量，来为兰溪的未来助力。

我们希望每一位新老兰溪人都能心连心，手拉手，同心聚力一起拼，实干争先向未来。

我们希望从看到横山就要哭，转为看到横山就要笑。在未来的道路上，我们在一起，让兰溪成为笑到最后的那一个。

我们也希望在乡贤与游子回乡的时候，每一位守在兰溪的兰溪人能主动一点儿，嘘寒问暖，哪怕是一次诚心的走访，一个关心的电话，一次用心的宣传，一次细心的解读，一项走心的服务，让每一个回家的人感受到家的温暖、家的力量。

不管你身处何方、处何境，家总在你心底最软的地方。

回家的路虽然漫长，只要有心向家，总能抵达！

2023 年 1 月 17 日

为公园“落叶不扫”叫好

报载，为了留住落叶景观，兰溪一些公园推行“落叶不扫”模式，为秋末冬初的城市增添一份浪漫。

笔者看了不禁拍手叫好。

一

一直以来，落叶要不要扫是人们争议不断的话题。要扫的一方认为城市美就在于清洁，满地落叶翻飞像什么话，当然要扫；而不扫的一方认为，落叶是组成秋天一个不可或缺的元素，也是一种无法替代的自然美。

至于这两方意见，说得都没有错。比如主干道上的落叶还是要扫的为好，要不然飞驰而过的汽车带来的气流会把落叶卷起来，甚至飞到汽车的前方，影响行车视线，造成安全隐患。

但有的地方为了免除落叶之苦，一到冬天就把树枝“咔嚓咔嚓”剪了个精光，只剩几根孤零零的枝干立在那里哭泣，让人看了不免有点凄凉。这就有点买椟还珠的味道，把最美的赏叶季节给埋葬了。

树木从发芽到开花结果，从枝繁叶茂到落叶萧萧，这是一个完整的过程，就像人的生命，少有少的朝气，老有老的魅力，缺一不可。

甚至有的地方把落叶树木砍了，全部种上松柏、冬青等冬天不落叶树木，这就好比把秋冬从四季里删除一样，只过春夏，不过秋冬，这是自己欺骗自己。

而“不扫落叶”却让自然美得到了回归，还给市民一个完整的四季，让你能切身感受到季节的变换，感受到“秋风起兮白云飞，草木黄落兮雁南归”的悲壮美，感受到“早秋惊落叶，飘零似客心”的思乡情绪。

二

大自然如果没有了四季，当它只剩下一种颜色的时候，你总有一天要厌倦；当生命中没有衰老，只有年轻的时候，你的年轻总有一天也要失去朝气与活力；当这个世界只剩下一张脸面的时候，再美的容颜也是单调与乏味。

造物主设计了春夏秋冬的四季轮回，设计了万千种花草的绚丽芬芳，万千种鸟禽的莺歌燕舞，让这个大千世界变得五彩缤纷，就是让我们去感受这种美，去维护这种美，去经营这种美。

故此，“落叶不扫”还必须要有一个公民素质的前提。城市的美包括建筑、道路、花园等等，更少不了城市的主体——人！人与草木虫鸟一样，也是城市的一道风景。有了人，有了草木，有了虫鸟，还需要人与草木虫鸟和谐共生，方成为靓丽的风景，方成为名副其实的文明城市。

“落叶”诚然是一道风景，但如果没有人去维护，你丢个纸屑，我扔个烟蒂，再美的落叶也是“一地鸡毛”。

扫与不扫是一个辩论的伪命题。落叶总归是要扫的，不可能常年不扫，何时扫，怎么扫，要有一个过程与节奏，一切为了美，顺其自然、听从我心，这是一种城市管理的智慧与对美的真切感受。

“悄悄的我走了，正如我悄悄的来；我挥一挥衣袖，不带走一片云彩”，我还是那个我，落叶还是那片落叶，风景还是那道风景，这是一种对美的自觉维护。

从“身是菩提树，心如明镜台；时时勤拂拭，莫使有尘埃”，到“菩提本无树，明镜亦非台；本来无一物，何处惹尘埃”，扫也是不扫，不扫也是扫，这是一种对美的自我修养与提升。

白露山上白露禅寺的门口曾有一联曰，“净地何须扫；空门不用关”。当你心中无牵挂、不奢求、不内卷的时候，连脚底下的一片落叶也是洁净的、脱俗的、清心的，这是抵达人生最高修为的一种境界。

生如夏花之绚烂，死如秋叶之静美。明白生命之静美，方知生命之绚烂。

三

李渔曾在家乡的且停亭上题联曰，“名乎利乎道路奔波休碌碌；来者往者溪山清静且停停”。但不知有多少人奔跑在追名逐利的道路上，却忘记了欣赏沿途的风景，错过了多少季的花开，忽视了多少次的落叶，视名利为追求，碌碌一生，终成落叶，隐入尘土。

兰溪县令曾约李渔在三江口“采兰观濲”，并问李渔：“你可知道，这江上到底有多少只船?”李渔说：“两只!”县令看着江上密密麻麻的船只，纳闷道：“怎会只有两只?”李渔道：“一只为名，一只为利。”

天下熙熙皆为名来，天下攘攘皆为利往。既然人生一世难逃“名利”二字，又如何既得“名利”，又不扫“落叶”呢?

李渔用他的一生诠释了这道千古难解的命题。

有人视李渔为文人之“落叶”，有人视李渔为“沽名钓誉”，而四百多年之后，那些在背后指着李渔说三道四的都已化为历史尘烟，唯李渔成就了千秋之名，他的《闲情偶寄》《笠翁对韵》《芥子园画传》成为三大文化经典，影响了一代又一代的文化传承。

李渔说：“凡作传世之文者，必先有可以传世之心。”你的心有多大，格局就有多宽，人生的舞台就有多广。连一片“落叶”都容不下的“心”想必格局也不会太大。

在李渔看来，名不是刻在碑上就能传世的。想当年，村里的李富贵想借建亭之名让自己流芳百世，却不想成了后人的笑柄，既输了钱又输了名，而李渔却成了笑到最后的人。

古人说，人不为己，天诛地灭。一直以来我们都把这句话理解成利己主义，然它的本义是人如果没有修为，是会遭受天谴的。“为”的本义是修炼、修为。

人多想着自己没有错，但我们内心的快乐终究是要建立在别人的快乐之上的，“利他”才能“利己”，别人快乐我们就快乐，这也应该是我们每个人的初心。

一片落叶如此，一个城市如此，一项事业也是如此。

2022 年 12 月 5 日

吴易昺的拼劲与曹梦岐的蒋畈精神

“地盘动了!”

一百多年前，蒋畈先生曹梦岐站在梅溪的通洲桥上对他的儿子曹聚仁说。

说话的时候眼睛坚定地望着溪水流向的远方。

年仅 11 岁的曹聚仁在一边静静地听着，似懂不懂，对远方与未来充满了新奇与期待。

这句俗语的意思是说这个世界要变天了。

一百多年后，我的老师方教授在群里对大家说：世界网坛的“地盘动了”!

而这个让世界网坛“地盘”动起来的人却是来自曹梦岐故里的一位 90 后年轻人——吴易昺。

这位年仅 24 岁的兰溪籍小伙子只用了不到一年的时间，就从网球单打世界排名两千名之外，一路杀到了本周的第 58 位，在 ATP250 巡回赛达拉斯站击败了世界排名第 8 的弗里茨，成为首位淘汰世界前 10 球员的中网协男子球员，并打破了 1995 年由潘兵创造的中网协男子球员巡回赛最佳轮次纪录。

方教授说，吴易昺真是天生“异禀”，照这样的拼劲，还有上升空间。

看到吴易昺在赛场上那股熟悉的拼劲，让我又一次想起了曹梦岐先生，在他的身上，我们看到这种拼劲又回来了。

一

曹梦岐（1875—1929），谱名学应，字文昭，号良叙，兰溪梅江蒋畈村（原属浦江通化）人，清末秀才，乡村教育家、理学家、实业家。

在 20 世纪初，当中国封建势力开始瓦解，维新思想开始萌芽的时候，曹梦岐深感“地盘动了”，决心要以教育救国、实业救国为己任，在自家堂前办起了全县第一家私立育才学堂，立志要培育一批能改变社会风气的人才，将一个愚昧落后的穷乡僻壤带向了时代的前列。

那个时候，对于新式学堂怎么办，浦江、兰溪都还没有样板，他就跑到东阳、义乌等地去求师访道，讨教经验。附近没有新式老师，就到金华、浦江城里去请。自己放样建学堂，自己动手做桌椅，自任文化课老师，就连排课程表、买教学用品、上下课摇铃都是亲力亲为，既是校长，也是教员、校工。

他虽在偏僻乡里，却通读时讯，洞悉风云。在获悉“五四运动”暴发，曹梦岐积极响应，带领师生组织游行，抵制日货，反对“二十一条”，反对列强侵略等。他还支持进步青年组建“通化社”，夺取全通化的教育、文化领导权，对通化旧制陋俗进行彻底的社会改良、文化革命，掀起乡村革命的热潮，迫使那些老学究、顽固派以及豪绅恶霸们在通化无藏身之地，纷纷抛戈弃甲而逃往外地。

曹梦岐在乡村教育事业上的拼劲是常人难以想象的。他一个人要做五六个人的事，每天最多只睡四个小时，五十岁的人就已经衰老得像七八十岁了。每天晚上，总要到学校每座房子四周巡回一遍，看过所有的门户，才去睡觉；早上鸡鸣即起，穿着一双破布鞋，先到田畈里转一圈，把田地里的事都安排妥当才回来吃早饭。

他倡导“知行合一”，以“立志、求实，即知即行，学做真人”为校训，言传身教，兴利除弊，投身乡村教育凡二十七载，育人三千，英才辈出，有力地推动了地方乡风民俗之淳化和经济社会之进步。

当时，蒋畈一带地处金、兰、浦三县交界，法令不能及，烟赌盛行，盗贼猖獗，曹梦岐凭一己之力，开展禁鸦片、禁黄赌、废买卖婚姻、废养奴蓄婢等行动，带着学生将附近庙庵里的菩萨统统抛进了梅溪中，向社会歪风、封建迷信、旧制势力发起了挑战。面对“割下良叙头”的恫吓临危不惧，一副天不怕地不怕的样子。

他还身体力行率学生砌堰磊堤，植树造林，着力推广熬糖、缫丝、纺织等新技术，倡农兴业的那种不成功决不罢休的韧劲让人心服口服。

蒋畈村口的东山都是红沙石，原来光秃秃寸草不生，他年年春天带着学生去种树，夏天去浇水。在别人的冷嘲热讽中，种了死，死了种，年复一年，日复一日，一棵棵苍松翠柏终于长大成林。如今新修的351国道从东山中间穿越而过，依然可以看见两边山坡上的一片青葱。

曹梦岐正是以这样一鼓作气的拼劲与韧劲，不但把文化教育普及于民，更是把先进的生产技术引进原本愚昧落后、烟赌泛滥的穷乡僻壤，切实改良乡风，造就文明，时人尊称“蒋畈精神”。

曹去世后，乡人都说：“我们这一百里方圆之内，不会再有第二个梦岐先生了！”

二

在离蒋畈十里许的梅溪上游，就是吴易昺的老家何宅村，现在叫永镇村，入村要经过一座桥，叫永镇桥。

村里人对吴易昺的父亲吴康都很熟悉，是一名执着于专业的体育老师，曾拿过全国拳击冠军赛60公斤级第三名和浙江省田径运动会的五项全能冠军。

吴易昺虽然出生在杭州，但他小时候多次随父回到这里，对村口的这座桥和满山的紫荆花还是有着深刻的印象。

在永镇村人看来，“永镇”就是永保镇定，这既是一种临场不乱的心态，也是一种胸有成竹的自信。而紫荆花在梅溪两岸满山遍野都有，只要岩石稍微有点缝，哪怕没有土都能长，它也正是当地人民那种拼劲与韧劲的象征。

在吴易昺的身上，也流淌着这种血脉与基因。

正所谓，有一种拼劲叫吴易昺。

他4岁开始接触网球，8岁就破格入选省队，不满18岁便在中国网球大奖赛夺冠，18岁在美网青少年组中包揽男单和男双冠军，成为历史上第二位美网青少年双冠王、中国大陆首位大满贯青少年组男单冠军。

进入成年组后，吴易昺由于长年累月的高强度训练，手肘、背部、肩膀、手腕等多处都曾受伤，一度暂停比赛。2019 年 8 月，他在无奈之下进行了手肘手术，右臂至今不能完全伸直。但他并没有放弃，以一种坚韧不拔的精神鼓励自己“一定要全力以赴，总有潜力还可以再挖”。

2020 年 9 月，吴易昺时隔一年多在中国网球巡回赛复出，因疫情原因，他只参加国内比赛，期间，连续拿下 7 个冠军。

2022 赛季复出回归国际赛场以来，吴易昺状态惊人，不断创造新的历史。

大家不禁惊诧，是什么让吴易昺动了世界网球的“地球”？

从去年 4 月的单打世界排名第 1869 位，到本周的第 58 位，仅用了不到一年的时间。吴易昺的成绩飞升，名字也一再同“打破纪录”“书写历史”联系在一起。

他两个月内夺得 3 站 ATP 挑战赛男单冠军，美网又从资格赛打入男单正赛，成为公开赛年代首位从资格赛打入大满贯单打正赛的中网协男子球员。

此后，他又一路杀入第三轮，将中网协男子球员的大满贯单打轮次里程碑向前推进。

今年 2 月 6 日，他的单打世界排名来到第 97 位，成为继张之臻后第 2 个排名破百的中网协男子球员。

2 月 13 日，在达拉斯站他一路杀进决赛，面对着排名远高于自己的美国名将伊斯内尔，在先输一局的情况下，顶住压力，永保镇定心态，连掰两局，以 2：1 击败对手，夺得了个人同时也是中国男子球员的首个 ATP 巡回赛男单冠军，再次书写历史。

看他的比赛，观众激情四射，连呼过瘾。24 岁的小伙子自信满满，全身充满了青春荷尔蒙，而且能在每一个赛点上都保持着清醒的头脑，难能可贵。

他说自己拿到这个冠军，是意料之中，也是意料之外，只是“没想到冠军来得这么快”。

赛后的场地采访环节，吴易昺用一句中文发表了获胜感言：“请继续期待中国男子网球，我们会为你们带来更加精彩的表现！”

他说，在每一次的成败得失上，“不要总是想着自己”，“要把眼界放开，观察对手，观察身边的人，这样你可以成为更优秀的球员。当然不光是打球，包括工作也是一样。网球只是人生的一部分，不要输一场关键球，就抬不起头，压力很大，那样很容易连败。不要上头，物极必反，做事情要有度，过了就不好了。”

正是他这种“功成不必在我”的精神境界和“功成必定有我”的历史担当成就了自己一次次的历史性突围与跨越。

三

吴易昺这种争先进位的拼劲再次掀起兰溪人民的热捧。

当下，正是兰溪打造新时代典型工业城市过坎爬坡的时候，吴易昺这种敢于挑战善于斗争勇于胜利的拼劲正当其时。

吴易昺曾经对下一代球员说："不要把我们完成过的事情当作上限，要当作平常事，这样才有更多动力去追求，要敢于给自己定目标。"他希望自己的经历和做过的事情，燃起他们心中的火，把他们的勇气激发出来，创造更好的成绩与未来。

网球比赛如此，一个产业、一座城市也当如此。

在城市发展这个赛道上，兰溪正面临着人才流失、产业分散、观念滞后等潜在危机，如何化"危"为"机"，在关键赛点上如何先发制人、突出重围，是我们当下亟待努力的。

成功从来不是轻轻松松、敲锣打鼓就可以得来的。

无论是一个人，还是一座城，除了先天的"异禀"和后天的"永镇"之外，更需要一种争先进位的拼劲与"即知即行求真务实"的精神，方能迎来"突围"之日。

到那时候，或许我们也可以说：兰溪的"地盘动了"。

2023 年 2 月 14 日　星期二

郎平执教带给教育的启迪

当中国女排在里约第三次站上奥运之巅的时候，仿佛整个世界都沸腾了，所有的中国人，不管认识与不认识，都在朋友圈里相互庆贺、狂欢，似乎一下子找到了中国人一种满满的自信！在这狂热的背后，反思郎平执教女排的艰辛历程，有网友不惜用“女王”的桂冠来赞誉她，甚至强烈要求郎导去男篮、男足执教，真是一场疯狂的精神盛宴！但中国体育靠一个郎平能拯救得了吗？这不免让我想到了我们的基础教育，带着功利目的的应试教育正吞噬着中国的未来。从上到下，都看到了教育的问题，都在努力尝试着各种各样的改革，但奏效甚微。那么，从郎导的女排执教身上，我们是不是可以得到一些启迪呢？我想，答案是肯定的！

启迪之一：不忘初心，快乐追求。观看现场直播的观众可以注意到，中国女排在先输一局的情况下，这些女孩们并没有把灰心挂在脸上，仍然洋溢着自信、快乐、淡定的表情。比赛总是残酷的，有比赛就有输赢。但输赢不是奥运的初衷，更快、更高、更强才是奥林匹克的精神所在，那么快乐、积极、向上就是这种精神的源动力。我注意到在郎平之前，中国女排经历的是魔鬼式、封闭式的训练，甚至连手机都得上交，这种高强度、高压力的训练并没有赢得胜利的高度，反而让人精神近乎崩溃，也背离了奥林匹克的快乐精神。在这方面郎导的严爱有加、宽紧相济反而迎来一个又一个的高峰。在战胜巴西队回奥运村的那天晚上，郎导并没有像高考前的班主任那样去收缴考生们的手机，只是轻轻地说了句："回村后就不要再刷朋友圈刷微博了，放下手里的一切赶快休息，战斗还没有结束。"就像妈妈在关照她的孩子们。甚至在决赛当天早上，郎导没有带队员们进行战前宣誓，而是带她们玩起了游戏，让大家放松紧张的心情。然而看看我们的教育，从小学开始，到初中，到高中，每个学生、每个老师、每个学校都绷着紧张的神经，死记硬背，题海战术，考试排名，有的学校为了加强主课训练甚至取消了音乐、美术等素质教育的学习，忽视了课外活动，忘了教育的初心。1936 年毛泽东主席给延安抗大题写了"团结、紧张、严肃、活泼"八个大字，这也一直被视为教育的初心。但现在只有紧张没有活泼，只有严厉没有严肃，只有纠结没有团结。在许多家长与老师的眼里，成绩成了唯一的追求，但我们不难看到，许多在以成绩论英雄氛围中成长起来的所谓人才却因为缺乏心理的健康成长，最后都成了“问题少年”。所有的这些症结所在我们难道不应从郎导的执教理念中得到一些启迪吗？

启迪之二：专业执着，永不言弃。中国女排的成功并不仅仅是女排精神所能成就的，更关键在于，专业的事让专业的人干！在郎导执教初期，就摒弃了一些官场作风，对执教团队的要求就是专业、奉献、团结。面对一次次出任体育官员的诱惑，她都毫不犹豫地谢绝了，她比谁都清楚自己的定位所在，几十年如一日地执着于排球执教事业，甚至面对国人的误解、报酬的低微都未有丝毫动摇，她与她的团队一起永不言弃。面对事业是这样，面对每一个队员也是这样，在郎导的眼里每一个位置都同样重要，每一个队员就像盘中的每一颗棋子，都有可能决定着整盘棋的胜负，每个人都不可言弃！而在教育界最为人诟病的是班分快慢，人分优差，从小学开始就埋下了等级观念。而那些所谓的教育管理者也越来越官场化，不懂得教育原理，不懂得教育初心，惟功利是图，离专业越来越远。如果教育再这样一味地任性，一味地拔苗助长，结果只能与男篮、男足一样殊途同归。教育的均衡化发展、专业化引领不能只停留在嘴上，躺在文件里，要化为实践行动，要贯彻落实！

启迪之三：砥砺前行，终得硕果。在赛后央视记者采访郎导时，郎导表示，在比赛过程中，她们更注重的是过程，结果该是怎样就是怎样，没有太多的考虑。她要求队员们一分一分地咬，不要慌，只要有机会就坚决拿下！正是她们顽强地拼搏，一步一步地抵达胜利的终点！如果说谁参赛不想得金牌那肯定是假话，但金牌只有一块，更多的只能享受抵达金牌过程中的愉悦。过多地强调结果就会忽视过程的愉悦，拼搏的艰辛与压力变得了无生趣。现在的学校里，很少能找到孩子们“阳光灿烂”“快乐无忧”的脸，应试教育让他们时时面临竞争带来的压力与紧张。老师恨不得把全部知识塞进学生的脑海里，急得不行；学生也恨不得在脑袋里装个百度软件，什么问题都难不倒，拼命地填海式的学习，违背科学合理的安排，难以进入淡定状态。循序渐进的学习方法成了落后的代名词，超越发展成了教育上的一种创新。于是乎，幼儿园上小学的课，小学上初中的课，初中上高中的课，你追我赶，却把原本应该充满天真、充满想象、充满快乐的孩子培养成了一台台加班赶件的机器。古话说，一口吃不了一个大胖子。可我们的教育硬是想去反证这句话，以示教育的“先进性”。可想而知，过早成熟的果实所带来的只有短暂的假阳性的愉悦，而后带来更多的是身心的摧毁和前程的灰暗。

无疑，在中国教育环境中，郎平的执教理念给我们带来的启迪是有益的，笔者只希望，在狂欢之后，我们的教育者们能得到更多的启迪，在当下教育改革的道路上，能够不忘初心，砥砺前行！

2016 年 8 月 21 日

“静”待花开还是“做”待花开

近日偶然刷到一则视频，一位老师面对许多家长在讲教育，其中说到“静待花开”时表示，他每次听到有人说教育要“静待花开”时非常气愤，他觉得“静”怎么会让花开呢？只有“做”才能让花开啊，所以这句话应该改为“做”待花开。

我不认识这位老师，也无意于要得罪于他，只是担心这样博人眼球的视频教学会耽误更多的孩子，出于个人观点，不吐不快，谈点想法，供大家参考，如果不对，就请忽略。

教育需要“静”待花开还是“做”待花开？首先要来看一看，“静”是什么？“静”是一种状态，或许说是一种心态，而不是一种行为。而“做”是一种行为，不是一种状态。静不是一动不动，更不是无动于衷、死水一潭，它只是相对而言，保持内心的平静，不焦虑、不急躁、不内卷。

《说文解字》言："静，从青从争。本义：彩色分布适当。古同净。青，初生物之颜色；争，上下两手双向持引，坚持。静，不受外在滋扰而坚守初生本色、秉持初心。谓粉白黛黑也，采色详宷得其宜谓之静。考工记言画缋之事是也。分布五色，疏密有章，则虽绚烂之极，而无淟涊不鲜，是曰静；人心宷度得宜。一言一事必求理义之必然，则虽緐劳之极而无纷乱。亦曰静。"静的本意是要坚持本色、秉持初心，不受外界之干扰。今引申为安静、恬淡、平和。这是一种美好的状态，是持正念关注当下的一种高境界。

兰溪的大戏剧家李渔曾在战乱中避隐乡野，在家乡的亭子里面写了一副楹联，"名乎利乎道路奔波休碌碌；来者往者溪山清静且停停"。李渔不经意间写下的一对联竟成了千古绝对，至今悬于夏李村口的且停亭中，凡经此亭者必会默诵并点赞转发。这里的"静"不是说荒无人迹、死寂沉沉，水中流水潺潺，林中鸟鸣声声，田野里农夫来往耕作，一片生机。静者自静，躁者自躁。溪山清静并非因为溪山的清静，而是你内心的清静，不受外界干扰，不受名利诱惑。特别是身处乱世或充满内卷的时代，要做到"静"，不争不欲、不焦不躁、不慌不忙，是需要一定的修养的。

而"做"是什么？它与"作"不同，是一种行为，从人从故，行为主体是人，行为结果是发生故事，或者事故。因为你担心花不开，或者嫌花开得慢，没达到你的预期，所以要“做”，甚至要“拔苗助长”，其结果，苗的生长就从“故事”演化成了“事故”，到那时悔之晚矣。

其次，再来看看花应如何“开”？每一朵花都是一个独立的生命体，有自己的思想与动力，花开还是不开？开得如何？关键来自其内在的动力，而非外界的推力。一辆不踩油门的车你再推也是跑不起来的。反之，一辆强动力大油门的车，无须你去推也跑得飞快。“花”开的条件是种子、土、水、阳光、空气，这些是一个环境，是大自然的赐予。我们祖祖辈辈的使命便是如何维护好这个生存的环境，让一代一代的“花朵”都能够在良好的环境里自由竞放。

花一生的使命就是“绽放”，什么时候“开”一取决于环境，二取决于自身吸取养分的能力。我们要做的就是维护好一个可以使花“开”的良好环境。这个环境需要“静”而不躁、“净”而不浊、“竞”而不焦。每朵花都会自我生长、自我绽放，只有每朵花都生长成自己的样子，绽放出自己的色彩，才有可能形成一种百花齐放、百花争艳的良好生态氛围。

其三，教育如何“静待”？教育的“静”需要各司其职、尽司其职，而不是“代”司其职。经常把孩子比作花朵，把老师比作园丁，那么园丁是干什么的，园丁的职责就是守护，锄个草啊，施个肥啊，助力成长。只有“温和守望”，才能“美美绽放”，切不可焦虑，拔苗助长。幼儿园要读小学的课，小学要读初中的课，初中读高中的课，高中呢？还是读高中的课。到了大学，再来补幼儿园的生活，变得幼稚、神经质，以游戏度日，早上睡到晚，半夜还在游戏。这样的人生，到了社会上迷茫焦虑，不知所措。

每个孩子都有自己的梦想，有自己的追求，有自己的判断与思考能力，可一些老师与家长却偏要夺了他们这些能力，把自己的思想强加于孩子，却让他们在叛逆的道路上越走越远。在人生的道路上，为何不让孩子自己学会驾驶呢？劝告这样的教师和家长，想要让孩子开好车，先要自己开好车，做好示范，而切忌为孩子“代驾”人生。

金华最美教师鲍旭升生前曾谈起过自己培养的清华大学生，学生平时每次考试不理想的时候，他从不批评，甚至不主动去找学生分析根源，只是把一张年级最好的成绩条悄悄地塞给这位学生。鲍旭升从不做“拔苗助长”的事，更不做“代驾”的事，而是让孩子看到自己的生长的空间与潜力，然后去努力，去开拓自己人生未知的空间，从而不断地突破自己，实现自己的梦想。

这几天在奥运会的竞技场上，大家可以经常见到这样的事实，最精彩的就是苏炳添，他用自己的行动打破了黄种人进不了百米决赛的记录，创造了黄种人的奇迹。人生的精彩并不是做了什么，而是实现了什么，突破了什么。不断地寻找，不断地成长，不断地突破，人类没有极限，只有无限。未来，不可能一蹴而就，需要静待花开，需要一个良好而温和的心态去面对。

其四，什么是“好”老师？前面说到的视频中的这位导师还告诉家长要为孩子找一个好老师。我想，好老师对孩子的重要性，没有谁会不知道。可是“好”的标准在哪里？到哪里去找所谓的“好”老师？或许在每个校长眼里，每个老师都是好老师，可事实上，在孩子的眼里，有喜欢的和不喜欢的，有最喜欢的和最不喜欢的。遇上不喜欢的，这门功课一般难以专心、难以学好。可是学校不是超市，不是你说喜欢就选，不喜欢就换。要是都选择喜欢的，不喜欢的就只能下岗。所以选择老师的权利不在孩子的手里，而选择孩子的权利却在老师的手里。既然选择了教师这个职业，就得守护好这个园地，不要把孩子当作自己获得功利的“工具”。记得曹梦岐创办育才学园时的校训就是“即知即行学做真人”，他说，自己办学校既不培养当官的，也不培养老板，而是要让每个孩子做一个“真人”，实现自己的人生目标。正因为这样，一个偏远乡野的小学，才有可能培养出了文学家曹聚仁、教育家王琳、革命家王鹏飞、美术家叶庆文等一大批的人才，在自己行业里成为佼佼者，在自己的人生道路上走出了自己的光彩。

真正的人生导师不是要告诉他应该怎么做，而是要启迪他、感化他、成就他，为他抚去心中蒙蔽的尘土，让他不断地“看见”！看见自己生命中的真知、真心、真力，看见自己未来的方向与梦想。

诸位朋友，让我们多一些“打开”，少一些“遮蔽”；多一些“示范”，少一些“代驾”；多一些“静”待，少一些“做”待。温和守望，美美绽放。通过我们的共同努力，让每一个孩子都能在自由的天空里快乐地飞翔，在未知的海洋里找到自己的方向，探寻人生的真谛。

2021 年 8 月 5 日

教人还需要育人

2021 年 7 月 26 日，加拿大选手玛格丽特 · 麦克尼尔以 0.05 秒的优势，从中国选手张雨霏手中“抢走”了奥运会游泳女子 100 米蝶泳冠军！但赛后，有媒体揭露，麦克尼尔原是中国的弃婴！原来，麦克尼尔于 2000 年 2 月 26 日出生于中国江西省九江市，1 岁多时，她就被一对好心的加拿大夫妇领养。这对夫妇在抚养这对中国孩子之后，在财力和精力上投入很多，让她在游泳方面得到了良好培养、教育，所以，现在才有了麦克尼尔的一鸣惊人，成了一名年轻的游泳奥运冠军。

而在这个消息传到麦克尼尔在中国的父母那里，当她们接通视频电话后，中国父母泣不成声，一遍遍说着对不起……

当网友看到这极具讽刺的画面时，纷纷给中国父母打脸，有骂中国父母的，有赞领养父母的，有表示遗憾的……

弃婴夺冠，最应该打谁的脸？

一是该打传统教育的脸。重男轻女是千百年来的传统，孔子就说过，唯女子与小人难养也。虽然有人解释说孔子的原意并非泛指女性，但后人还是这样理解了。所以为了生男孩，不惜一次次去弃女婴，哪怕不弃，也要贴上“招弟”“盼弟”等标签，大张旗鼓地作重男轻女的宣示，并无一点羞涩。当世界一旦将女人的小脚放开以后，女人便显示出她们的优势，大有超过男子之势。从带领女排冲上顶峰的郎平、创办女子学校的张桂梅，到与毒共舞的陈薇等，开始出现阴盛阳衰的征兆。但在国人的骨子里，重男轻女的流毒是流在血液中的，一直难以消除。只听说弃女婴，很少有听到弃男婴的。过去有，现在也有，未来可能还会有。

二是该打家庭教育的脸。有人为麦克尼尔感到庆幸，如果她还是在中国，那或许早就辍学打工，甚至嫁人了。我们姑且不做这样的推测，哪怕她同样享有教育的权利，或许也是不同的教育方式。我们的家庭教育是什么？总是“给予”！甚至是“硬塞”！缺少温情，缺少“发现”。我记得著名雕刻家罗丹说过，他的作品是剥出来的，石头里面本来就有这么一个像，他是一层层地去剥出来。教育何尝不是这样，每个孩子是什么，我们要善于发现，把他们本性中的潜质“剥”出来，让他们绽放光彩，这才是每个父母要做的。而事实上，现在大多父母都是把自己的东西“硬塞”给孩子。很少去问孩子的感受，孩子的需求，却擅自为孩子作出决定，所以“有一种冷叫妈妈说我冷”。

2018年体操世锦赛上，一位叫摩根·霍尔德的17岁美国女子体操队小将取得了全能冠军，帮助美国队实现了此项目的五连冠。而这位看上去有点儿丑的小个子女生，当年就被父母丢弃在广西梧州某医院的门口，一个大夏天，裹着的小棉被差点儿把她捂死。幸运的是，2岁时她被来自美国特拉华州的女子雪莉依法领养，雪莉并非有钱人，在一家牙科诊所做助理，赚取的工资除去日常开销，所剩无几。但她极其重视对摩根的全面教育，凡是她能负担得起的兴趣爱好，全部都让摩根尝试了一遍。她曾学习过滑冰、棒球、足球等，但她最终还是对体操情有独钟，表现出强烈的兴趣和极高的天赋。8岁的时候她就达到了业余体操四级，她的教练称她是“体操界的一个天才”。试想，这样有耐心、爱心、尽心的教育与陪伴有多少家庭可以做到。人的一生就像在找坐标，有的人找了一生都不知道自己的坐标在哪里。每个人的人生目标不同，道路自然就不同。有的家长喜欢自作主张为孩子铺设轨道，引孩子往事先铺好的轨道上走，不得偏离。孩子于是成了一台受家长控制的机器，一旦失去了遥控，要么脱轨翻车，要么囿于轨制，碌碌无为。

三是该打学校教育的脸。我们的教育拥有几千年的文化，但却越来越迷茫。教育教育是有教有育。教是教导，教知识，教方法。育是养育培育。而现在多是有教无育，只教知识不教方法。唐代有几个皇帝？清政府是哪年推翻的？周树人是哪里人？等等。在百度时代，这些知识真的有那么重要吗？孩子从早背到晚，和尚念经有口无心，这样的考生真的是优秀吗？在很多的老师眼里，只要考试的都是重要的，只要不考的都是无用的。像美术课、音乐课、体育课经常只是摆设，语文数学英语才是主课，音体美是副课，当主课需要时，副课都得让路。课有主副，人生的道路有主副吗？体操、游泳是主还是副？

想当年李渔离开学校，放弃科举之路，而自己去闯出另一条以文字为生的道路，却名冠古今，把那些状元抛至千里之外。所以个人觉得课没有主副之分，只要孩子感兴趣的就是主课，孩子选择去走的就是正道（当然邪道除外）。

学校不仅要教知识，更要重视教方法，不要把脑力劳动变成体力劳动，不掌握方法，哪怕做再多的题也没用，换了马甲照样不认识。

学校不仅要“教”，更要重视“育”。君子有三乐，育人为才是其中一乐。人才不是教出来的，一定是育出来的，用我们的爱心去培育、去呵护，让每一颗种子长出自己的样子，让每一朵花绽放出自己的颜色，让每一个人生写下自己的精彩！

每一个孩子都有自己精彩的人生与未来，既然您选择了他（她），他（她）也选择了您，就不要将他（她）抛弃，更不要把他（她）关在温室里成长，应该让他（她）看到更广阔的天空，展示更伟大的飞翔。

未来，是我的，也是您的，更是他们的！

呵护好未来，是我们共同的责任！

2021 年 8 月 1 日

让每一朵花都绽放自己

这几天，教科书的事情被刷爆了屏，人人都恨不得上来踩两脚，连杀人心的都有，纷纷要求严惩涉事人员，要求一查到底，公德心在哪里？爱国心在哪里？竟然在我们最认为纯净、安全的地方安下了这么大一颗地雷。

几年前，我曾听说小学教材中有这么个问题：正面故事中的孩子多为外国名字，比如勇敢保护弱小者的“萨沙”，热心照顾邻居的“查理”，团结同学的“科利亚”等；而在反面故事中却都是中国的孩子，比如贪睡的小明、不爱干净的小强、爱哭的小红等。甚至有教材中将国外坏孩子的故事收到我们的教科书中就变成了小明、小红。或许很多人会认为这只是举例而已，不足为奇无伤大雅，但殊不知，这样的影响是潜移默化的。君不见现在的许多国内的网络小说、科幻小说中都出现有外国人的名字，许多歌曲中都要夹杂几个外文单词才算霸气。我有个文友很多年前就掌握了这个成功的密码，他经常写一些哲理性的小短文，里面所有的城市名与主人公名字都无一不是虚构的外国地名、人名，投稿采用率百分百，而且《报刊文摘》《读者》等名刊的转载率特别高，用中国故事的核心套上洋名字的外衣几乎成了他投稿百发百中的诀窍。

所以说，这次插图事件不是偶然的，它暴露出来的仅仅是教育问题中的一角，我们在教育道路上离孔子、离儒家、离我们的优良传统文化越来越远，这不是改一下课本，换一碗汤药就可以解决的。如果不进行彻底的教育改革，病入膏肓的教育会越陷越深、越病越重。

一是教材要彻底改编。前些年，我们的教材改来改去，不是改好了，而是越改越幼稚了。这次的插图问题就严重暴露了这一点。比如语文教材不仅仅是认字，更重要的是学会道德伦理，几千年前，孔子老先生就这么做了，现在反而不会了。据说现在的语文教材中古文比重越来越少，而正是这些似乎有点聱牙诘屈诗词歌赋却是经过几百年、几千年沉淀积累下来的经典，经过历史的检验，完全经得起推敲与学习。再比如学数学不仅仅是 1 加 1 等于几的问题，在计算机时代，很多孩子没到上学年龄就可以把手机玩得很溜了，但对于方法，以及数字逻辑的诚信与真实性，却缺乏应有的注重。说句不客气的话，我们现在的教材某些方面还真不如民国的更人性化。现代教材各科不是独立的，需要各种学科的相融性，比如语文里也有数学的逻辑，也有思想政治的严肃，数学里也有社会价值观的体现，等等。建议要加快出台专门的《义务教育教材法》，对教材的编制、审核、印刷、发行等都要严格规定，不得随意更改与指定，不得非官方的社会组织与个人随意参与教科书的编写与审定。

二是教育理念要改变。教育教育，既要有教，也要有育。现在是教多育少。什么是育？父母是养育，学校是培育，是价值观的引导，职业人生的规划。非黑即白的教育理念已经不能适应新时代人性发展的需求，应该探索更加开放式、多样式的教学理念。费孝通曾指出“各美其美、美人之美、美美与共、天下大同”的文化箴言，文化如此，教育也是如此。

三是教育环境要改善。教育是一门综合艺术，不应该一有问题就往学校推。它不仅仅是学校的责任，更应该是家庭与社会的共同责任。学校是小社会，社会是大家庭，三者是连在一起，分不开的。今年1月1日起实施了《家庭教育法》，但还是缺乏更有力的保障。比如一对夫妻因为婚姻破裂，导致对孩子受教育的影响，这个责任谁来承担？更有甚者单亲家庭对孩子实施暴力，这个孩子的教育权利如何得到保障？有没有一个机构可以对这些家长进行公诉？需要深思。还有一点，我们现在所有的孩子服务设施，使用者是孩子，设计者是大人，比如学校设施、教学楼、课桌等，当然也包括教材，缺乏人性化，离孩子的需求都是有差距的。我女儿就曾经嫌弃过学校的导向牌的样式难看、教学楼的色彩难看等，我就想，为什么我们在设计制作过程中不征求一下孩子们的意见呢？建一个让孩子们喜欢的城堡学校、花园学校呢。有一次，到一个新建的幼儿园去看，那么高、那么单一的围栏，简直跟监狱的栏杆一样，看了真觉得悲哀。

四是教育制度要改革。育人选才历来是一个难题，几千年来也一直在改革，如何育人，如何选人。从私塾，到书院，到学堂，一样都是读书，却有许多的不同。教育发展到今天，应该有更好的科技探索。传统的考试不能成为唯一的手段，还可以有更多的考察人才的途径与手段。我坚信地认为，未来或许将终取消考试，有了 5G、6G 以后，在万物互联之后，你随便走到哪里都会产生痕迹与数据，比如你的喜好、你的性格、你的兴趣、你的反应、你的才思等，只要数据输进去，对你的职业能力与岗位匹配马上可以运算出来，到那个时代，或许组织部这个部门都不需要了，大数据一收集，要提拔谁，要不用谁，都会跳出来，而且也不存在贿赂不贿赂，用人的准确性肯定比现在更强。

教育问题关乎一个国家的兴亡，一个民族的未来，不可不重视！鲁迅先生早就喊过："救救孩子吧！"兰溪民国乡村教育家曹梦岐也曾以为乡村要振兴，民族要发展，还得从娃娃的教育抓起！

教育问题或许不仅仅是这些，在当下这个多元化时代，教育存在这样那样的许多问题，这也正常。梁漱溟说，日子总是往好里过的。我想，有问题，我们可以用心、用情、用才、用力，一个个地去解决，去改变，使之教育事业更趋完善，更趋进步，可以让未来的孩子们人尽其才，才尽其用！让每一朵花都绽放出自己的色彩，让每个人都可以成长为自己要成长的那个自己，实现自己最大的人生价值！

2022 年 5 月 29 日

原谅我红尘颠倒

2008 年的第一场雪在毫无征兆的情况下悄悄飘落，在一个凌晨，那时候，整个城市像死了一般，只有那些城郊的菜农在寒风中奔忙着。

原本以为今年不会见到雪了，虽然只是一瞬，还没来得及看清就已经消融了，但毕竟已经有过那么一瞬，洁白、纯净、美丽，就像人生，不在于长短。

慕容雪村的新作《原谅我红尘颠倒》伴了好几个长夜，看得心寒，这个家伙太恶毒了，偏是哪壶不开提哪壶，这个社会都这样了，表面上看着光艳四射，华丽无比，其实在暗处却是破洞百出，每一个地方都是恶疾暴发的征兆。曾在 1999 年的暮春北京见过慕容雪村一面，我们在一个小餐馆里，里面布置成清代王爷府一样，雍容华贵，我们在拍照留念，他一直坐在那里不动声色地看着我们，目光像一把刀，邀请他，坚决拒绝，一看到我的镜头扫过去，他就躲开。那天他还聊了他的《伊甸樱桃》，那时这本书正要出版。沉寂了几年，现在一下子推出这个小说，让人震撼。冬夜里，越看越冷，特别是看到老魏把陈杰分尸的那一章，看得我毛骨悚然。当然里面也不乏温情的、柔软的东西，像潘志明这个人，像老魏在打算出国之前回家看了一趟老娘，至少是我很有感触，其中写道：

时间很紧了，我订了4天后的机票，匆匆回了趟老家。这次是永别，我给老太太留了30万。数十年养育之恩，就当今日一次付清。对我这种农村孩子来说，无论在城市有多少套房子，都不能算是“家”，真正的家始终都在这里，它荒凉，却给我温暖，它偏僻，却是我永远不离不弃的世界中心。我妈的哮喘病更厉害了，非要送我，伛偻着身子走到村口，一路咳个不停，还喘着粗气嘱咐我：“你好好过，好好过啊。”我握握她冰凉粗糙的手，突然悲从中来，这短短的几十年，我矮小的母亲蹒跚着送过我多少次啊，上初中、上高中、上大学……我的母亲不识字，不会说感人的言辞，每次都是默默出村，站在那里静静地看我去远。年少时不懂事，嫌她烦，撵她走，有时甚至会大声呵斥。直到老奸巨猾时才明白，原来泪水和誓言都不可靠，唯有这无言的相送才是世间最真挚的爱。

或许这个世界真的有点红尘颠倒了，但所幸的是慕容雪村这个家伙把那些败落之处给我们一一指出，希望它们就像这清晨的一场薄雪，哪里来哪里去，洁净而来洁净而去，不要给这个洁净世界玷污了。

2008 年 12 月 23 日

闹剧终归是闹剧

被判定在“华南虎事件”中造假的周正龙，在 2008 年 11 月 17 日被判有期徒刑两年零六个月，缓期三年执行后，回家闭门不出。

昨日晚间，周正龙突然发表声明称“虎照真的，没有作假”，并“特要请鉴定”。“声明”全文如下：“我于 2007 年农历八月至九月，跟踪老虎，9 月 27 日在山上住两天，下小雨，跟踪脚印，只到吃野猪的现场，看见虎的后半身，照到的，照相机不行，没有冲洗出来，是一只成年虎，是母虎，因为脚印大。10 月 3 日前，我一直在山上，跟踪 10 月 3 日凌晨上山和 4 点多看见一只年轻虎，4 张照片都有大的变化，总共跟踪一个月见过两次面。特要请鉴定。特此声明，虎照是真的，没有作假。声明人：周正龙。2008 年冬月二十二”。

曾经如此光艳的周正龙面对突然沉寂下来的生活终于有些耐不住了，就像《梅兰芳》影片中的十三燕孤独地站在舞台上，面对空旷无人的观众席，悲从中来。从此，周正龙的生活也一落千丈，他还曾构想过成为明星后的生活状态，曾计划把自己的儿女培养成影视明星，把自己的一生传记请名导来编成剧本进行演义，然而现在一下子都变了，好像全世界的目光都冷冷地看着他。他心想，这能怪他吗？到底谁是此剧的始作俑者？如果这是一个相声，谁是逗哏，谁是捧哏？如果这是一场戏剧，谁是演员，谁是观众？周正龙曾经如此光艳，车来车去，宾馆进出，现在却要重新回到农民的生活状态，他再也无法适应了。周正龙一直在回忆前前后后，回忆自己的一生，恍若隔世，难道从此就这样窝窝囊囊地过余生吗？于是在无奈之下周正龙终于写下了这个惨白无力的声明。

或许周正龙真是一个演员天才，或许周正龙拍的老虎确实是真的，或许此次声明又是哪一个给周正龙的授意。或许是周正龙真的混不下去了，想以此引起人们的同情与关注，但是不管怎样，我想，闹剧终归是闹剧，这么多年了，即便演员不累，观众也累了，不想看了。

2008 年 12 月 20 日

放弃也是一种美丽

谁也没有想到会是这样的结局。

我们曾无数次想过或许刘翔会重新站在领奖最高处，哪怕再差一点，也是仅次于那个“萝卜丝”。却没有想到止步在鸟巢的第一枪。

我们实在太渴望在鸟巢看见刘翔像一只凤凰一样飞翔起来了，这是中国人五千年来的夙愿。

刘翔的背影渐渐离去，现场的九万多名观众和电视机前的人都还沉浸在刚才刘翔一出现时的沸腾回忆之中，都不相信他会离去，还在等着他再回来。

可是鸟巢已是一个空巢！

或许是刘翔压力实在太大，外媒评价他是历史上压力最大的飞人。但是我相信刘翔不会是这样的。他是一个比赛型的选手。三个多月以来，他实在太渴望回到赛场了，何况这是一次在自家门口的比赛。在昨天晚上，他还发短信给老爸，说已经看得心痒痒了，他实在是太想得到这块金牌了。如果是压力，那些体育官员和孙海平教练的压力或许比刘翔的压力更大，刘翔的胜利更能给他们带来巨大的收获。

或许是脚伤实在太严重。在直播镜头里，我们能清晰地看见向来开心的刘翔今天却表现得十分痛苦，刚刚试跑了三个栏就趴在地上了，站起来的时候还是靠手撑着附着物的，恨不得能去帮他扶一把，恨不能去帮他做做脚的按摩。换上战袍以后他又坐在地上不停地按摩脚踝，表情十分痛苦。前两天还看见报道说刘翔是一个很怕痛的人，连打针都咬牙切齿的。在起跑的时候，我们再一次看见他微微颤抖的腿，心生一丝不祥的念头。

果不其然，刘翔无奈选择了退出。

那一刻，我们每一个人都不相信这是事实。

那一刻，我还在问边上的人，是不是还可以弥补啊？

再一次看见刘翔瘫坐在地上，抱着他的脚，整个鸟巢陷入了凝滞状态。

历史似乎就在那一刻停顿，没有了刘翔的鸟巢成了一座空巢。

或许放弃也是一种美丽。

或许这样的结局是一个很美的小说结局。

或许刘翔还会在伤复以后再一次站到那个最高领奖台上。

但是今夜注定已经无人入眠。

2008 年 8 月 18 日

用“爱”浇灌便会长出“爱”

2020 年 7 月 7 日，全国高考第一天中午，一条视频新闻刷爆手机，贵州安顺一辆公交在行驶过程中忽然横穿马路，撞坏路边护栏，直接驶入湖中，导致包括司机本人和一名考生在内的 21 人死亡，15 人受伤。

当时看这条新闻标题的时候，以为是暴雨所致，点开视频，马路上并无积水，车流行人也不多，公交车在并无前兆的情况下突然横穿马路，驶入水中。第一反应是司机蓄意所为。后来看警方通报出来，果然如此，这是司机张某钢报复社会的极端行为。

那么问题来了，张某钢要报复的这个“社会”是谁？是车上的 36 名乘客？还是与他同时遇难的 20 名不幸者？这个答案显然没有这么简单。

回放事发当天的全过程，来分析张某钢报复社会行为产生的前因后果。

2016 年，张某钢与妻子离婚，此后常感叹家庭不幸福，生活不如意。同年，工作单位分来的一套 40 平方米自管公房被列入棚改区改造，张某钢租住于姐姐女儿的房子里。这个时候，张某钢的“社会”是他的妻子与姐姐。常说家庭是小社会，社会是大家庭。“夫妻本是同林鸟，大难临头各自飞”的虽然不在多数，但是结婚证毕竟只是一纸临时合同，只要有一方不同意，随时都可解约。被解约的一方往往会充满怨气，当怨气转嫁于他人的时候，便容易产生不良后果。张某钢常叹不幸便是前兆。婚姻美满、家庭幸福是社会稳定的基础，但真正幸福美满的家庭并不多。张中行曾说过，中国的家庭多是属于“凑合型”。能凑合那也算是幸福之列，毕竟小吵小闹才是“真夫妻”。但我们没有看到关于张某钢的婚姻情况报道，其不幸情况不得而知。托尔斯泰说：“幸福的家庭都是相似的，不幸的家庭各有各的不幸。”但幸与不幸并无标准，所有的不幸都是对幸福相对而言的自我认知。同样是离婚，可以是从“幸”到“不幸”，也可以是从“不幸”到“幸”。至于张某钢的婚姻，我们无从得知他到底是“幸”还是“不幸”，但可以明确的是在他的自我认知中这是一段“不幸”的婚姻，这便是报复社会恶的根源。

2020年6月8日，张某钢与西秀区住建局签订了《自管公房搬迁协议》，协议补偿价是7.25万，未领取。事发当天上午8点30分，张某钢回到公房处，看到房子贴了封条，即将被拆，心生懊恼；8点38分，他拨打了政务服务热线，投诉公租房申请未通过及对公房被拆表示不满。在这里，张某钢的“社会”便是他的房子和相关人员。2016年启动的棚户区改造为何时隔四年后才签协议？签了后又不去领补偿价，是被迫签的，还是签后又悔？通告中没说。但自管公房只是使用权，没有产权，所以补偿费是对其居住产生的损失作为补偿，而不是产权的补偿，价格也算合理。根据时间推算，从动迁到强拆已隔四年，就算有不服补偿额度需要民事诉讼走程序那也应该都走完了，这个时候你再不迁也没道理了。但往往不服的人总是不服，哪怕所有官司都打输了他还是不服。因为他把“不幸”与“怨气”都当作不服的理由。而在法治社会里讲的是“法则”，想用“不幸”博得“同情”是难以做到的。住建局依法办事，政务服务热线按程序答复，这些正常的程序在张某钢的眼里却都是对他“不幸”的忽视。于是，这便有了报复社会的动机。

8点50分，张某钢联系对班司机，提出要提前交接班；8点52分，他回到住处；9点04分，在住处附近小店里买了白酒与饮料，然后将酒倒入饮料瓶中，用黑色塑料袋装着前往交接班。在这里，张某钢的“社会”便是他的工作。提早交接班并不是因为要积极工作，而是对“人生”的绝望，产生对“社会”的报复心态，买了酒，而且从酒瓶里倒到饮料瓶里，用黑色塑料袋装着，很显然是有预谋的行为。王阳明说：“你看花好看，并不是花好看，而是你的心情好，你觉得花好看。”当一个人心情不好的时候，看花花丑，看人人厌。此时的张某钢正是心情超恶的时候，最佳的方式便是休息、冷静，而不是工作。但是没有人阻挡他，而且提前投入了工作状态，这是“报复行为”的前奏。

10 点 55 分，当事人接班接车，原定时间为 12 点；11 点 39 分，当事人微信语音女友，与其抱怨，越发崩溃。有人愿意提早接自己的班，对于一个正常职员来说，都是非常乐意接受的一件事。于是，一个提早了一个小时上班，一个提早了一个小时下班；提早下班的心情愉悦，提早上班的心情烦躁。张某钢或许并不是一开始就有预谋，只是借机耍点坏，让“社会”知道自己的重要性，就跟有的小孩以出走来博得大人注意与关心一样。但这个时间所有的乘客，包括交班的同事、女友都没有发觉他这一天与往常的不同。或许对他的女友来说，对他的抱怨已经习以为常，无非是又多了一次抱怨，并没有在意。然而对一个心生“恶”意的人来说，所有的不在意都是对其重要性的“不屑”，他便愈发要显示出他的“重要性”。此时，所有的“报复”时机已熟，只待“潘多拉盒”的盖子一开，“恶”便猛扑过来。

12 点 09 分，当事人趁乘客们上下车时饮用白酒；12 点 12 分，如文章开头一幕惨烈上演，灿烂的生命瞬间枯萎。他绝望地饮了白酒，以酒消愁愁更愁，这时候的酒已经成了毒酒。酒的历史已有几千年，它本身不是罪恶，知己相遇时酒是问候，洞房花烛时酒是情调，金榜题名时酒是祝贺。而当“恶”成为下酒菜时，这酒便成了下过砒霜的毒酒，会要了你的命。张某钢饮下酒时，人间悲剧上演。

天下没有无缘无故的爱，也没有无缘无故的恨。爱也好，恨也好，都有内因，有外因。但往往认为“社会不公”生出“报复”之心者都有以下几个特征：1. 具有强烈的相对剥夺感，即将自己的处境与某种标准或参照物相比较，而发现自己处于劣势时所产生的被剥夺感，而后产生消极情绪，表现为愤怒、怨恨或不满；2. 具有较强的挫折感和心理阴影，这类人生活中缺少关爱或有过被欺压、被凌辱的经历，这样的人往往看起来内向，老实，默默无闻，一旦暴发便是残忍无比；3. 人格障碍产生反社会动机，即人格在发展和结构上明显偏离正常，以致不能适应正常的社会生活的心理行为表现，如认知方式偏激、嫉妒心强、容易冲动、情感冷酷等；4. 缺乏责任感，喜欢外部归因，这类人在遇到挫折之后，会一味地推卸责任，把所有的问题归咎于外部，然后通过报复他人和社会来推卸自己应当承担的责任，并以此来降低自己的受挫感和无能感。张某钢符合以上所有特征。

在这个事件过程中，张某钢对“社会”不满的情绪或许在2016年妻子离婚、棚户改造时就埋下了种子，没有“爱”的阳光与浇灌，便开出了“恶”的花朵。天下之物皆有两面，同样是离婚，视为解了笼套那是幸福，视为抛弃那是痛苦；同样是征迁，视为改旧换新那是欣喜，视为记忆磨灭那是悲伤；同样是种子，用“爱”浇灌便会长出“爱”，用“恶”浇灌便会长出“恶”。

社会是谁？是你，你我，是他。你我他构建了这个社会。如果有不满，有不公，有“恶”果，那播种者便是你、我、他。报复“社会”便是报复你自己。

7月7日这一天，如果张某钢的姐姐能跟弟弟聊一聊，如果公房处的同志能再与他沟通沟通，如果政务热线能耐心地给予满意的解答，如果那个小店的老板卖酒时能递根烟聊两句，如果交班司机能多留个心眼问问为啥要提早接班，如果上车的乘客都能对司机大叔问声好，如果他的女友能在微信里安慰几句，如果……可这世间从来就没有如果，每天都在开花、都在流水、都在发生着该发生的事，你在“如果”的时候，又不知有多少的“善”多少的“恶”在发生。世间没有一只手能阻挡得了，除了当事者自己的“心”。

“心”需要“爱”的浇灌，“爱”需要“善”的培育，“善”需要“美”的感染。

陶行知说，爱满天下！

费孝通说，美美与共，天下大同！

愿天下多一些“善”，多一些“爱”，多一些“美”。

2020年7月20日

兰溪农产品营销之“痛”

第六届金华·华东农交会虽已偃旗息鼓，兰溪的小萝卜、蜂蜜、梅江烧、风肉、果蔗等产品及休闲农业展示一度成为农交会上的热点，但是结合本人亲历农交会的感受，觉得众多龙头企业、合作社等经营主体在农产品营销上的隐隐之“痛”，在意识上主要存在着四方面的缺失：

一是品牌意识的缺失。兰溪杨梅、小萝卜、蜂蜜等农产品经过兰溪政府与农业部门几年来的推介与宣传，在市场上应该有了很大的知名度。品牌品牌，一是品质，二是牌子，两者相辅相成，品质的好坏直接影响牌子的好坏，反过来，牌子的好坏也直接影响着消费者对你品质的信赖程度。树立一个品牌何其难，但你如果意识不强，不经意间造成的一个小差错或许就会在顷刻之间砸了一个品牌。像金华火腿就有过这样的“痛”。

二是宣传意识的缺失。在本次农交会上，最为抢眼的就是“周太”“洪太”和“默香”的宣传队伍，以流动的方式渗透到整个展会的各个角落，使他们的品牌无孔不入，深入人心。而我们兰溪历来以“坐商”为著，虽然能做到有问必答，但是缺乏主动性，一副“酒香不怕巷子深”的样子。在当今瞬息万变的市场，一个产品如果不把自己的亮点展示出来，何以制胜？

三是市场意识的缺失。每一个顾客背后都是一个市场，每一次交易都是一次商机的挑战。农交会就是提供这种市场与商机的平台。你如果只顾眼前利益，没有好好把握这个平台，在不经意间失去的一个顾客，可能就是失去了一个市场；错过了一次交易的机会，有可能就永远失去了一次发展壮大的商机。在商场上有诸多的成功事例，就不乏不经意间的交易带来了巨大商机的典型案例。

四是抱团意识的缺失。很简单的道理，一只手散开了只不过五个指头，数量多了，力量却小了；合拢来却是一个大拳头，力量无敌。在商场上也是这个道理，抱团闯市场，规模化、产业化的集聚效应才能体现出来。抱团发展不但能降本增效，而且还有利于产品档次的提升，有利于产品内容的丰富性，有利于产品市场的细分与拓展，有利于消费群体的引导与培育，有利于产品的宣传与研发。

知己知彼，百战百胜。兰溪山清水秀，农业特色明显，农产品品种丰富，品质优良，只要能在营销意识方面有所提高与加强，在今后的农产品市场上一定大有作为。

2007 年 11 月 8 日

走过金秋的田野

时间过得真快，三年多时间一瞬即逝，又是一个秋天，由于工作的调动，10 月我调离了农业战线，心中依依不舍，牵挂百般。20 日，识字农（大学生村干部）农产品营销专业合作社挂牌成立，我最后牵挂的一颗心也终落地，从此后也将收拾心情重新回到起点，开启新的开始。

总是在秋天，每次的离开与开始都是在秋天，一个多事之秋。十八年前，从离开学校到医院参加工作，那是在秋天；十三年前，离开医院到文联，也是在秋天；三年前，离开文联到农业局，又是在秋天；现在离开农业还是在秋天。对于农夫，秋天是一种收获，对于大地，秋天是一种失去，望着曾经满山遍野的沉甸甸果实，如今变得空荡荡一片，似乎有些惘然若失。喜之极不知所喜，悲之极不知所悲。大地的经历总是年复一年，生生息息，轮回不止。人也如此。

这事国庆前就定下了的，整个国庆假期都不知所以，哪儿都没去，往昔所为历历在目。正是一点一滴的耕耘，从一无所知到获得了农业同道和农民兄弟的认可，其中的乐趣与难忘之事，实难一笔挥之。想起徐志摩的那首诗：“悄悄的我走了，正如我悄悄的来；我挥一挥衣袖，不带走一片云彩。”没有迎来送往，没有大包小包，每次离开跟随的都只是一大柜的书。记得我这个博客也是来农业局之后才开的，三年多过去，这博客里也承载着我从事农业工作的许多记忆，新农民之家的构建、农产品营销管理中心的成立、《新农民》的创办、“春风行动”“阳光行动”“七月梨飘香”2007 兰溪蜜梨品牌推介会、2007 兰溪名优农产品上海推广周、“购年货，拜大年”2008 兰溪市首届名优土特产购物节、2008 兰溪杨梅上海推介会、2008 兰溪金秋水果采摘节、2009 兰溪茶叶采摘游推介、2009 上海华联吉买盛兰溪杨梅节、2009“清凉暑期・甜蜜乡村行”兰溪蜜梨采摘节，以及金华华东农交会、省农博会、上海农博会等都留下了雪泥鸿爪。

或许，大凡有情怀之人都会有恋旧情感，对往昔之情恋恋不舍。未来之地难以预知，往左走，往右走，都是一条不测之途。走在金秋的田野里，前面是阳光灿烂，身后是一片刚刚收获之地。

古人云："闲世人之所忙，忙世人之所闲。"把工作当休闲，把休闲当工作，想想还是很有道理的。

2009 年 10 月 25 日

做一个坚持梦想的自己

人生坐标是什么？是你本应该拥有的位置？还是别人给你指定的方向？抑或是你经过努力争取的结果？

有人说，人生就像赌场里押宝：有的人一开始就押到了，成就了一生的幸福；有的人押了一辈子，押到哪里哪里空，忙碌一生，却什么也没得到；有的人押到又犹豫了，犹豫之间就错过了，一错就是一生；有的人跟风一生，等押到宝时青春已逝，没了奋斗的激情，错过了人生的美好……

人生不是看电影，没有人给你一张票，指定要坐在哪个位置。

但每个人都有自己的人生目标。生下来时，抓周游戏或许是最初的梦想萌芽。但随着年龄的长大，周边环境的影响、基因的传承、知识的迭代都有可能改变最初的梦想。

在家长眼里，你可能是别人家的孩子，没人家成绩好，没人家乖，没人家听话，没人家勤奋，恨不得回炉重新订制；在老师眼里，你可能是未来的孩子，你的数学好未来可以当个会计师，你的英语好未来可以当个外交官，你的口才好未来可以当个律师；在社会上看来，你或许是一个永远长不大的孩子：不懂事，还小，别添乱……

书本教给我们许多知识，却没有教过我们怎样寻找人生坐标。有的因为“导航”太多，张三指东、李四指西，最后搞得晕头转向眼花缭乱，走着走着就迷失了自己；有的是苟活在眼前，在“见光死”之前先过上神仙日子再说，车到山前必有路，寅年不须担心卯粮；有的已经找好坐标，却硬生生地被“调虎离山”，找不着北了……

在我看来，人生坐标就是一条通往梦想的轨道，梦想呼唤着轨道，轨道决定着梦想。不管家长如何期许，老师如何嘱咐，社会如何看待，决定成就人生的只有自己。就像高考，没有人能猜得到题目，没有人能告诉你正确答案，所有的对与错就在你落笔的那一刹那。但人生与高考最大的不同就是没有标准答案，没有所谓的对与错。

人生有时候就像一架秋千，荡过来荡过去，却总荡不出既定的半径；有时候像跷跷板，忽高忽低，却总也弹不出去；有时候也像滑滑梯，踩出一脚，便一溜到底……

但是在人生这个大乐园里，我们要守好自己的坐标，不能学猴子，捡了芝麻丢了西瓜，要做一个坚持梦想的自己。

我相信，不管人生坐标在哪儿，只要坚持自己，便一定能够成就自己！

2020 年 7 月 8 日

千水千山得得来

古人云，舍得舍得，有舍必有得，有得必有失。那何谓得?何谓失?

有个故事说某富商在沙滩度假时遇见一个躺着晒太阳的渔夫，问他为何这么好的天气不出海去打鱼，还有闲暇在这“三天打鱼两天晒网”?渔夫反问富商:“打鱼为了什么?”答:“当然是为了赚钱。”又问:“赚钱为了什么?”答:“为了可以获取更好的生活，可以有钱有闲得到更好的享受，比如到海边度假，到沙滩上晒阳光浴。”富商以自己打比方，深为自己的成功而自豪。渔夫笑道:“我现在不正是如此吗?”富商猛然醒悟。

有人视得为失，有人视失为得。得失乃阴阳两极，得极必失，失极必得，此消彼长，自古如此。李渔曾为他的七个儿子用“将”取名，曰将舒、将开、将荣、将华等。有人问他为然不用“既”“达”之类的词。李渔说：“天下之事莫妙于‘将’，‘既’已达，满则溢，人生处处在‘失去’，而‘将’为将要之义，将要舒展、将要开放、将要荣华，将然未然，永远在‘得’的路上，寓意要不断努力，不断进取。看似失去，却是得到。”

有人把得与失看成终点，用一辈子的努力，只为得到一笔财富、一个光环，却失去了一路上风景。有人把得与失看成起点，世间万物，有幸为人，乃最大的得，由此后的每一天都是得，每一分每一秒，珍惜每一次擦肩而过的缘分，深情每一次红尘中的回眸，守护路过的每一道风景。有人把得与失看成过程，一边得一边失，得而复失，失而复得，得得失失，失失得得，人生坎坷，循序渐进。

不能说哪种人生就是对的，哪种人生就是错的，人生之“得失”无所谓对与错，而在于你要的是什么？得之为你所“得”，失之为你所“失”，“得”当其所，“失”当其时，那便是人生最大的对。得之非你所“得”，失之非你所“失”，“得”非其所，“失”非其时，那便是最大的错。

何谓得？何谓失？以何为衡量？“德”乃“得”之衡器。有“德”者为“得”，失“德”者为“失”。“得”为表象，“德”为内在。无“德”之“得”，“得”复“失”之。有人赚了钱当了老板，以“得”财为荣，却忘了诚信修“德”，久之，钱财终将失去。有的人升了官，以“得”权为傲，却忘了为民之“德”，久之，权力终将失去。

“得”之有限，“德”者无限。以无限之“德”换取有限之“得”，只图一时之快，却难达人生之高峰。以有限之“得”换取无限之“德”，人生处处是美景。

得失既非起点，也非终点，更非过程。得失乃与世间万物同在的两种状态。世间之物本无所谓“得”与“失”，在乎的人多了，便有了得失之分，获之为“得”，离之为“失”。天下没有不散的筵席，“得”“失”之间，总是在力量转衡，“得”久必“失”，“失”久必“得”。“得”江山者“得”美人，但“得”美人者“失”江山。要想江山永固，必先“得”民心。欲“得”之久，唯有修德。德越高者，“得”之越多、越久。反之，“失”之越多。

贯休晚年入蜀，献诗蜀王曰：一瓶一钵垂垂老，千水千山得得来。此处“得得”既是一位僧者手敲木鱼的声音，又意寓自己一生走过万水千山之“得”。他自幼出家，凭一瓶一钵走遍山山水水，看破红尘，以物为“失”，以心为“得”。其“一瓶一钵”与赵抃的“一琴一鹤”有异曲同工之妙，看似“失”之，实为“德”“得”。

崇德修德，以“德”固“得”，以“得”助“德”，“得”将久矣。

2021 年 6 月 12 日

做一回“山中宰相”

经历让人成长，这一场没有赢家的“战疫”，给每个人都留下了深刻的记忆。当我们摘下口罩，让阳光重新回到脸上的时候，为爱隔离的乡村旅游也将迎来春暖花开。

事实上，在疫情还没结束的时候，沉寂的乡村旅游就已经迫不及待地向全国的医护人员伸出了橄榄枝，对他们打出了免费的邀请，以示致敬，顺便打了个免费广告，何乐而不为。如此带着善意的蹭流量本也无可厚非，只是在这个节骨眼上，对肩负着乡村振兴使命的乡村旅游来说，对未来的战略调整或许比蹭流量更为重要。

真正的乡村旅游或许应该从 20 世纪八九十年代开始。那时候的乡村都向往城市，当人们意识到城市对乡村的好奇心之后，乡村旅游这个产业便自然而生。一开始便是“产品为王”，只要是古村落，城里人都趋之若鹜，买的只是一个好奇心，比如兰溪的诸葛村等。当古村落雨后春笋般冒出来以后，产品便不再成为优势。在 21 世纪初，乡村旅游开启了 2.0 版的服务时代，谁服务好谁就有流量。但随着淘宝的出现，渐渐地服务也不再有优势，3.0 版的乡村旅游要的是体验。城里人跑到乡下去，喜欢自己挖番薯，自己摘水果，自己烧饭做菜，你省了力气，还赚钱多，乡村人百思不得其解。思不解就不去解，有钱赚才是真道理。

然而在后疫情时代的乡村旅游，这些招数还会这么灵吗？

这个时候，什么产品、服务、体验变得都不是那么重要，而把每一分钟都活成自己、每一个下一分钟都让自己拥有才是最重要的。因此，未来的 4.0 版乡村旅游优势或许不再是服务与体验，而是健康！

健康的乡村旅游或许会引领新时尚。此健康非彼健康，而是从内到外的一次身心康养。让身体回到大自然中，让心找回当下的真实，这才是未来每一个都需要的。健康的第一层次是活着，吃好睡好活好，是生存主义；第二层次是好好活着，做好事过好日子，是实用主义；第三层次是一起好好活着，守好土行好道做好人，是共享主义。那么对于乡村旅游来说，如何提供这样的健康服务才是眼下最迫切需要去解决的。

其实这样的产品在我们乡村无处不在。健康的物质容易找，比如绿色农产品、原生态、妈妈菜等，但对于健康的心念相对难一些，需要觉醒与修行。记得李渔在清兵入关之后，便隐居乡里，把自己喻为“识字农”，过着“悠哉悠哉”的“山中宰相”生活。何谓“山中宰相”？不为事所缠，不为利所驱，不为名所累，身居山中，却能自己主宰一切，是为“山中宰相”。这何尝不是我们每个人所迷失的自己？乡村旅游不但要提供吃喝玩乐，还要有诗情画意、静心雅韵。

李渔说：“名乎利乎道路奔波休碌碌，来者往者溪山清静且停停。”因此，放下手机，找回自己，做一回“山中宰相”，这必将为乡村旅游开启一个全新的时代。

2020 年 3 月 27 日

今天你“挖”了吗？

今天你“挖”了吗？

五一期间，一首“我在花园里挖呀挖”的儿歌突然上了网络热搜，总点击量迅速破亿，因此火爆出圈的桃子老师与黄老师粉丝量一下子由几千几万增至数百万。据说黄老师随之开通直播，围观者蜂拥而至，一夜之间打赏上百万。

两位老师也因此处于舆论的风口浪尖。

真是网络时代，瞬息万变，日有新人笑，何闻旧人哭？

本文不想讨论这些网红事件，主要还是想就这首《花园种花》的儿歌谈点个人想法。

如果不是这首歌，这两位老师还会不会火？

或许未必。黄老师并不是这次才开始播抖音，之前也发过不少的儿歌，但都没有火。

这是一首很具魔性的歌，你如果听过三遍以上，脑子里绝对全是这个旋律，不由自主地会叨叨起来。绝对是 2023 最具魔性的歌曲之一，甚至有超过《早安隆回》之势。有人禁不住留言“我都挖了一上午了，太魔性了”等。

那这首歌为什么会这么有魔性？我想至少有三个原因：

一是朗朗上口的语言旋律。先来看看这首歌的全文：

在什么样的花园里面，挖呀挖呀挖，
种什么样的种子，开什么样的花？
在小小的花园里面，挖呀挖呀挖，
种小小的种子，开小小的花；
在大大的花园里面，挖呀挖呀挖，
种大大的种子，开大大的花；
在特别大的花园里面，挖呀挖呀挖，
种特别大的种子，开特别大的花。

很简单的旋律，很简洁的文字。还记得那个“喜羊羊”的广告吗，不断地重复，简单地重复，你越是讨厌，却越是扎根到心里。加上唱歌的老师容貌姣好，你就忍不住多停留了一会儿，反复一两遍之后，这首歌就会久久萦绕在心中。

二是传统教育的生活逻辑深入人心。在小小的园里种小小的种子，开小小的花，大大的园里种大大的种子，开大大的花，这是我们自古以来传递给我们的传统教育逻辑。种豆得豆，种瓜得瓜。换句话说，也是门当户对的传统教育，根深蒂固，深入人心。当这首歌一旦传开来，就唤醒了心底的这种简单而直白的躺平逻辑，不由自主的认同感，马上显得亲近起来。

三是可传播、可置换、可解嘲，具有一定的情绪泄放功能。童谣的简单和重复本来是为了让孩子的易懂易记，而对于一个天天处于紧张压力环境下的成年人来说，无疑是一味让人放松、解嘲的灵丹妙药。生活已经让他们很累，渴望有那么一刻是不需要加工、记忆的，不需要调用大脑资源，就能完成的快乐。也有人说，视频传递出来的是一种熟悉、简单、纯真的美好！熟悉的旋律，配上老师有感染力的召唤，还有孩子们纯净的童声，很容易就让人撤防，从紧绷的状态下松弛下来，产生一种想要跟着唱的冲动。所以这首歌就在各行各业中产生了许多的版本。

但往往在许多快乐的背后也隐藏着细思极恐的危机。

往回倒二十年，你听到这首歌，最多一笑了之，不至于这么魔性。

那是什么让我们改变了口味，或者说改变了对世事的看法？个人以为至少隐藏着以下三大危机：

一是语言教育的危机。

对于一首儿歌无可厚非，而对于整个社会疯传，在大人的世界里疯传，这就有问题了。

我跟几位老师在讨论这首歌的时候，当场一位高中语文名师脱口而出："这是语文的悲哀！"空洞的语言，不需要任何思考与转换，就是一个顺口溜而已。而我们中华民族五千年文明传下来的丰富多彩的语言，曾经给我们多少奇妙无穷的想象空间，是其他任何一种语言无法比拟的。如果我们可以尝试一下用几位名人来对花园种花的解读，或许语言可以变成这样：

莎士比亚说："挖，还是不挖，这是个问题。"

鲁迅说："这世上本没有坑，挖的人多了，也便成了坑。"

李渔说："挖一下不足为奇，挖两下怦然心动，挖三下引人入胜。"

对于一个刚开始接触语言的孩子，简单的词汇与旋律能让他快速地掌握它、学习它、爱上它，这没有一点问题。但在成人世界里风行，就像一个长大了的人还咬着一个奶头一般，变得幼稚了。

二是逻辑思维的危机。

这是一种傻白甜的逻辑思维。这种逻辑很容易就把人洗脑了，你如果不加考虑，会觉得它是很有道理的。

小小的花园里一定要种小小的种子吗？小小的种子一定开小小的花吗？真是这样的吗？

种子有发芽的，有不发芽的，完全取决于土壤的温度、湿度、深度等等。

小小的种子未必能开出小小的花，小小的种子也未必不能开出大大的花。

但在当今社会上这种傻白甜的逻辑思维却大行其道，大受欢迎。

常常对于一些看到的、听到的所谓“真相”跟风传播，人家说一，他绝不说二，不带脑子的跟风。有人拿了一大堆所谓“保健品”到老人群里左一个“爷爷”，右一个“奶奶”，先把你叫得心里酥了，就像视频中的美颜，先让你觉得养眼，然后开始唱儿歌。你用小小的工资买我神奇的保健品，多多地活上几年多拿退休金。他的逻辑是你拿出的是小钱，赚取得是大钱。有许多老人不知不觉地套进去，买一大堆的东西，最后却是人财两空。

为什么不想一想健康与“保健品”有完全的逻辑关系吗？

保健品就一定保健吗？

为什么这些年诈骗现象会这么多，不仅老年人，受骗者也有年轻人、文化人、企业家。心有贪念是一个原因，缺少逻辑思考也是重要的一点。有些诈骗案例只要稍微想一下就不可能是原来的结局。

但是现在人好像是太累了，连想都懒得想了。所以君不见满大街都是刷抖音的，不愿意去看书，看书太累了。影视片也越来越干巴巴，“神剧”越来越多，只要好笑，逻不逻辑不重要。

这是我们社会的危机，因果逻辑思想的危机。

三是人生价值观的危机。

从种子到花，需要多少过程？

儿歌中只讲了一个挖坑的过程，如果只要挖个坑，放进种子就会开花，那这是一种懒人经济，满足了所有人的幻想。

但是挖着挖着，我们所有人都掉进了这个坑，最后把自己也埋进了这个坑，成了一个人类的坟墓。

从种子到花需要土壤、阳光、空气、肥料，还要加上人类的斗争精神与创新精神。

中华民族伟大复兴，绝不是轻轻松松、敲锣打鼓就能实现的，实现伟大梦想必须进行伟大斗争。有付出才有回报，有斗争才有实现梦想。种子就是我们的梦想，它在生长的过程中，要跟自己坚硬的外壳斗争，要跟土壤斗争，要跟风雨斗争，有许多种子还没露出地面，可能就被战死在了土里，而永无出头之日。但它们依然前赴后继地往上冲，生命不止，斗争不止。

这是我们中华民族优秀传统中的斗争精神，几百年、几千年就是在这么不断的斗争中获得了一次次的胜利与幸福。

但我们现在缺的不是斗争，而是斗争的智慧，有时候甚至把斗争变成了争斗，无休止的争斗，最后让自己掉进了自己争斗的坑里，幸福成了悲哀。

那创新精神又是什么？

这是新时代赋予我们的使命。守住传统不是守旧，是要在传统的基础上创新，如果没有创新的传统，那传统终会消失，种子终发不了芽。

时代变了，环境变了，就像空气中的温度、湿度发生了变化，种子的生存能力也要发生改变。以前是种豆得豆，种瓜得瓜，科技的进步可以让种豆得瓜，种瓜得豆，都并非难事。

我们可以在花园里种，可以在花园外种；可以在挖坑在土壤里种，也可以在空气中无土培植，这是科技的创新，创新的文明。

生活的简单是一种美好，但精神的空虚是一种悲哀。

一个时代有一个时代的歌。儿歌固然美好，但不能把儿歌当成时代之歌。

不要走得太快，走得太快了，发育跟不上，就会变得幼稚。

不要忘记思考，哪怕上帝要发笑，也要想一想，想好了再走也不差那么一会儿。

2023 年 5 月 8 日